비틀리스 2

BEATLESS 下

ⓒ*Satoshi HASE, monochrome 2012*

Illustration by redjuice

First published in Japan in 2012 by KADOKAWA CORPORATION, Tokyo.

Korean translation edition is published by arrangement with
KADOKAWA CORPORATION, Tokyo through THE SAKAI AGENCY.

Korean Translation Copyright ⓒMinumin 2020

차례

　스구리 켄고는 밤에 자기 방 천장을 올려다보는 일이 많아졌다.

　후회하는 것이 아니다. 별 대단찮은 자신이 이렇게 귀결되리라 알고 있었기 때문이다.

　그의 일상은 이제 곧 끝난다. 그런데도 이렇게 멍하게 앉아서 시간만 낭비하고 있다. 어스름 속에서 가족들의 활기찬 생활을 소리로 들으니 주체할 수 없는 감정이 몰려왔다. 차라리 살려 달라고 도움을 구할 충동에 사로잡힐 때까지 있었다. 그래도 그저 어두운 천장만 바라보았다.

　자신이 품고 있는 건 별 의미도 없는 고집임이 분명하다. 하지만 누구나 그걸 쉽게 버리고 상대를 믿으면서 손을 내밀 수 있다면 세상은 이런 식으로 돌아가지는 않을 것이다.

　저녁 무렵에 석양의 아름다움만 보는 사람과 슬그머니 다가오는 밤의 기척에 겁을 먹는 사람이라는 두 부류가 있다 치면, 켄고는 후자에 해당한다. 그는 세상의 비관적인 위치에만 있다가 이곳에 도달하고 말았다. 그러나 분명 세상 사람들의 절반 이상은 그와 마찬가지이리라.

* * *

결국 온갖 것들이 그 형태를 바꿨다고 하더라도 아라토가 고등학생이라는 점은 변함이 없었다. 그래서 학교에 가는 수밖에 없고, 당연히 학교에는 켄고가 있다. 요즘 툭하면 결석이긴 하지만 메소드의 오너가 된 카이다이 료도 있다.

가는 길이 갈라졌으나 그들은 공부도 하고, 동아리 활동도 한다. 그저 공유할 수 있는 것이 있다는 게 그나마 구원이었다.

"엔도, 안녕."

아라토가 교실로 들어가자 근처 자리에 있던 여학생이 인사를 했다. 료와 미묘하게 사이가 틀어지고 나서부터 아라토와 켄고와 어울리는 같은 반 친구들이 늘었다. 그만큼 료의 존재감이 컸다는 뜻이기도 하고, 분명 몇십 년 세월이 지나도 변하지 않을 학생 간 인간관계의 잔혹성이기도 했다.

아라토 역시 그런 상황에 어느 정도 익숙해진 터라 아직은 평온한 일상이 계속 이어질 줄 알았다. 그래서 1교시 직전의 홈룸 시간에 뜻밖의 얼굴을 본 순간 깜짝 놀라고 말았다.

얼마 전에 파티에서 만났던, 갈색 피부와 백금색 머리의 소녀가 교실로 들어왔기 때문이다. 이 학교 교복 차림이었다.

그녀는 마치 여왕처럼 당당하게 가슴을 활짝 펴고 학생들한테 말했다.

"에리카 버로스입니다. 잘 부탁해요."

미디어에서 몇 번이나 소개된 유명인이라는 걸 바로 알아차린 교실 안은 금세 웅성거림으로 가득 찼다.

변함없는 일상이라는 건 따분하고 자극에 굶주려 있다는 뜻이기도 하다. 그래서 학교 안 모든 이들의 눈은 순식간에 그녀에게 쏠렸다.

학생들이 자주적으로 관리 및 운영하는 로컬 웹에는 에리카의 영상이 다수 올라왔다. 쉬는 시간만 되면 같은 반 아이들만이 아니라 다른 학년까지도 번갈아 찾아와서 에리카 주변에 몰려들었다. 거기에서 그치지 않고 복도까지 구경하는 학생들로 넘쳐났다.

"이제 슬슬 외부 웹으로도 영상이 업로드되는 거 아닐까?"

켄고는 학교 학생들의 열광적인 모습에 기막혀하며 말했다.

"에리카가 이렇게까지 유명한 사람이었구나."

"제발 뉴스 정도는 좀 봐. 작년에 얼마나 매스컴을 탔는데. 21세기 초기에 잠든 최초의 냉동 수면자가 다시 돌아왔다고 말이야."

"냉동 수면을 했던 그냥 평범한 사람이잖아. 그렇게까지 뉴스가 될 일이야?"

에리카가 편입생으로 오고 나서 모두 무슨 축제라도 시작한 것처럼 잔뜩 들떠 있었다. 켄고가 의자에 앉은 채 바글바글 모여 있는 무리에 눈길을 주었다.

"로맨틱해서 그런 거 아닐까? 한 세기 전 사람이라니 아예 딴 세상에서 온 것과 마찬가지잖아. 게다가 버로스라면 회사가 몇 개나 있는 재벌이기도 하고."

"아아, 그렇구나. 근데 대단한 거로 따지자면 료네 집도 만만치 않잖아."

그러자 켄고가 목소리를 낮췄다.

"개인 자산만 따지면 거기보다 더 많대. 그리고 버로스 가는 해저드로 에리카 말고는 다 그렇게 돼서 남은 상속인은 저 애뿐이래."

켄고가 왜 말을 흐렸는지 생각하다가 아라토는 저도 모르게 아아, 하고 신음했다. 에리카 말고는 아무도 살아남지 못했던 것이다.

아라토의 눈앞에 파티 때 초대되어 가 봤던 버로스 가 저택의 정경이 되살아났다. 저택의 위용이나 인테리어는 모두 에리카가 냉동 수면을 시작했던 21세기 초기 시대 그대로 시간이 멈춰 버린 채였다.

"근데도 왜 사람들이 다 웃으며 모여드는 거야? 따지고 보면 딱한 얘기잖아."

"언론이 포장을 잘했거든. 현대판 잠자는 공주님이라면서."

켄고가 바글거리는 학생들 쪽으로 시선을 던졌다. 아라토도 따라서 쳐다보다가 뜻하지 않게 그녀와 눈이 마주쳤다.

"어머나, 같은 반이라니 기쁜걸?"

에리카가 우아하게 자리에서 일어났다. 병상에서 일어난 지 얼마 되지 않아 메마른 몸은 교복을 입으니 더욱 가냘픈 인상을 주었다.

그녀가 다가왔다.

평범한 고등학생인 아라토에게 단번에 시선이 쏠렸다. 그 압력에 눌려 꼼짝도 할 수 없었다. 엄청난 주목에 의기양양한 기분이 들거나 당황했다기보다는 그저 두려울 뿐이었다.

에리카는 주변 시선을 잔뜩 끌어모으면서 아라토에게 품위 있는 인사를 하며 지나갔다.

방금 거대한 괴물이 옆을 스치고 지나간 것만 같았다. 에리카가 아니라, 그녀가 끌고 다니고 있는 엄청난 시선의 무게였다. 혹시 레이시아급끼리 싸움이 시작되는 게 아닐까 상상하니 숨이 턱턱 막혔다.

레이시아급 hIE에 대해 반 아이들 모두가 알기라도 하면, 그들이 료를 피해 다니는 것보다 더욱 심각한 상황이 될 게 뻔했다. 학생들의 엄청난 시선들과 노골적인 감정에 가차 없이 노출될 것이다. 그렇지만 아라토도 레이시아의 화려한 모델 일을 지켜봤기에 조금은 안다. 사람의 눈은 괴물이기도 하지만 동시에 사회라는 거대한 존재와 연결된 '현실'이기도 하다는 것을.

아라토는 교실을 나가려고 하는 그녀의 등 뒤에 대고 저도 모르게 물었다.

"그건 어디에 있어?"

에리카는 분명 자신의 싸움을 위해 여기에 왔다. 그러니 마리아주도 곁에 있으리라.

그녀가 뒤를 돌아보았다.

"hIE라면 대기소에 있지. 학교에서 쓰면 공부에 방해가 되니까 어쩔 수 없잖아?"

보금자리로 여겼던 교실이 파티가 열렸던 그날 밤과 직결된 것 같아서 온몸에 소름이 돋았다. 바로 근처에 있을 터인 료를 찾았다.

그러나 료는 이미 모습을 감추고 없었다.

에리카가 난감한 듯 고개를 갸웃거렸다. 배경을 알고 나니 더욱 속세와 동떨어진 존재로 보였다.

"아깝네. 걔하고도 좀 더 대화해 보고 싶었는데."

그날을 기점으로 학교에는 약간 고풍스러운 패션이 유행하기 시작했다. 학교가 지정하는 종이 형태 단말기 말고는 에리카가 가방이나 소품까지 모두 21세기 스타일로 통일한 탓이다.

에리카는 고교 생활을 만끽하는 모양이었다.

아침에 착실하게 등교해서 수업도 성실하게 들었고, 점심시간에는 반 친구들하고 같이 모여 먹기까지 했다.

아라토는 켄고와 책상을 붙이고 앉아 매점에서 사 온 빵을 먹는 중이었다. 정식 요릿집 아들인 켄고는 항상 맛깔스러운 도시락만 싸 온다.

"혹시 착각하는 것 같아서 하는 말인데, 내 도시락은 직접 만들어 싸 오는 거야."

"뭐?"

햄버그를 굽고, 감자 샐러드를 만들고, 사과를 토끼 모양으로 깎은 것도 눈앞에 있는 켄고인 모양이었다.

"나중에 가게를 이을지도 모르고 동생 몫까지 같이 만들면 수고도 덜 수 있으니까. 엔도도 그 hIE한테 만들어 달라고 하면 되잖아."

아라토는 고백 이후, 레이시아와의 관계에 대해 은근 예민하게 굴었다.

"왠지 바깥으로 드러내기 싫어. 누가 만들어 줬냐고 물으면 변명하고 싶지도 않고."

"으억, 징그러워. 뭘 그렇게 진지하게 굴고 난리야?"

얼굴이 새빨개지고 말았다.

"당연히 진지하지. 무서운 걸 어떡해."

"세상에. 엔도는 쓸데없이 긍정적인 게 장점 아니었어?"

아라토는 머리를 싸쥐고 싶을 지경이었다. 요즘 레이시아 생각만 하면 도저히 냉정히 있을 수가 없었다. 그녀와의 '미래'만 상상하면 너무나 무서웠다.

"엔도는 어쩐지 그 hIE와 만나고 나서 많이 변했네."

"성장한 거라면 좋겠는데."

문득 레이시아를 떠올리자 입가에 미소가 번졌다. 켄고가 어처구니가 없다는 듯 한숨을 쉬었다.

그런 그들의 책상 곁으로 같은 반 여자애 하나가 다가왔다. 저편에 앉아 있던 에리카가 자리에서 손을 흔들었다. 가녀리고 아름다운 여왕이 명한 심부름 때문에 그 아이는 잔뜩 흥분한 상태였다.

"저기, 얘들아. 에리카가 부르는데."

기꺼이 에리카의 시중을 드는 숭배자가 벌써 몇 명이나 생겼다.

"같이 밥 먹지 않을래?"

그녀가 활짝 웃으며 손짓을 했다.

"학교는 참 멋진 곳인 것 같아. 내가 이런 일을 해 보고 싶다고 말하면 이상하니?"

에리카 주변의 여자애들이 책상을 들고 와 갖다 붙여서 그곳에는 커다란 섬이 생겨나 있었다. 에리카의 도시락은 매우 호화스러웠고, 한 기업의 회장답게 동급생들을 위해 과일과 종이 접시까지 따로 챙겨왔다.

같은 반 애들도 에리카가 말문을 열 때는 자연히 입을 다물었다.

"잠들기 전에는 입원 중이어서 학교에 못 갔어. 아주 예전에 잃어서 더는 손에 넣을 수 없을 줄 알았던 걸 이렇게 되찾을 수 있다니 참 재미있는 일이야."

잠자는 공주가 지루함을 느끼지 않도록 일곱 명이나 모인 애들이 저마다 재잘재잘 수다를 떨기 시작했다.

"아까도 말했지만 미코토 영상이 인터넷에 엄청 돌아다니더라. 얼마 전에 테러를 당해서 고장 난 후부터 개그 소재로 쓰이거나 노래를 부르는 영상이 많이 올라오던데, 언제 그렇게 늘어났지?"

포니테일을 한 학생이 포크로 멜론 조각을 찌르면서 옆자리 아이한테 화제를 돌렸다.

켄고의 젓가락이 우뚝 멈췄다. 바로 그 항체 네트워크의 테러에 친구가 가담했었기 때문이다.

그 아이가 갑자기 이쪽을 쳐다보더니, 포크를 내려놓고 다가왔다. 켄고의 상태는 알아차리지 못한 채 아라토에게 말을 걸었다.

"엔도, 너도 아니? 그 hIE를 만든 사람이 바로 너네 아빠라면서?"

모른다고 대답하기도 전에 짧은 보브컷 머리의 여자애가 바로 그 말을 받아쳤다.

"망가진 모습을 찍은 사진도 인터넷에 올라왔던데. 그거 징그럽지 않아?"

"완전 징그럽더라. 조회수도 굉장했고. 내가 봤을 때 이미 1000만 회는 넘었던데. 대체 그런 걸 누가 그렇게 열심히 본담."

"너도 봤잖아."

포니테일은 관심이 다른 데로 옮겨갔는지 다시 자리로 돌아갔다. 아이들의 이야기는 멈출 줄을 몰랐다.

"그런데 그런 거로 유명해지다니 굉장하지 않아? 망가진 사진을 보고 나서 미코토라는 걸 처음으로 알게 되었으니까."

그러자 한 기업의 회장이기도 한 에리카는 흥미진진한 태도로 맞장구를 쳤다.

"충격적인 영상으로 지명도가 올라가서 미코토에게 캐릭터성이 부여된 거지. 널리 인식된다는 건 본인을 제외한 이들에 의해 새로운 생명을 얻는 것과 마찬가지야. '형태'와 연관을 지어 모두에게서 '의미'를 얻게 되니까."

대화의 장에 끼게 되긴 했지만 아무 말도 하지 못하는 아라토와 그녀의 눈이 마주쳤다.

에리카가 손가락으로 자신의 머그컵을 쿡쿡 찔렀다. 헬로키티가 그려진 그것도 아마 21세기 골동품에 해당하는 컵이리라.

"예를 들면 어린아이가 헬로키티 컵을 가지고 싶다고 치자. 이걸 원하는 유저에게는 그냥 평범한 컵이 아니야. 헬로키티라는 '형태'가 새겨져서 특별한 '의미'를 가지는 것이지. 평범한 컵이 이토록 사랑받다니 멋지지 않니?"

리본을 단 하얀 새끼고양이는 100년이 넘게 여러 의상에 도전해 왔다. 귀여운 캐릭터가 정말로 컵에 특별한 뭔가를 부여해 주는 것 같은 기분이 들었다.

에리카가 도발이라도 하듯 눈을 가늘게 떴다. 마치 아라토와 레이시아와의 관계가 어린아이와 헬로키티 머그컵과 같다고 말하는 듯했다.

"나는 애정이 어디서 오든 소중하다고 생각하는데."

"소중하지만 단순히 유도된 감정이야. 쥐도, 오리도, 고슴도치도, 비글 같은 개 등등 얼마나 많은 캐릭터가 사랑을 받기 위해 두 발로 서서 '인간과 비슷한 형태'를 하고 있는지 아니?"

에리카가 그들의 반응이 시원찮은 것이 마음에 들지 않는지 턱을 괴었다.

"애정은 중요하지만 어딘가에서 계량 가능한 힘이기도 해. 이 예시에 따라 보자면, 미코토는 '비극의 여인'이라는 캐릭터를 부여받아 사랑을 받고 있지. 이렇게 사람들의 주목을 모으고, 물건이니까 충분히 활용할 수 있어. 하지만 그저 힘에 불과하기에 인간이 젊어진다면 '의미' 때문에 고립되어 마음이 무너질 수도 있지."

마치 대답을 요구하는 것 같아 아라토가 나서서 대꾸했다.

"실제로 그런 처지에 있는 사람이 그렇게 많아?"

에리카가 웃더니 헬로키티 머그컵을 손에 쥐고, 따뜻한 우유를 한 모금 마셨다.

"난 나도 모르는 사이에 잠자는 공주가 되어 있었는걸."

레이시아는 지금도 hIE 모델 일을 계속하고 있다. 이런 상황 속에서도 위험천만한 스튜디오와 야외 촬영지에 드나드는 것에 적극적이었다. 아라토가 보기에도 그녀가 싸움보다는 이쪽을 더 중시하는 것처럼 보일 정도였다.

오늘 일은 이제 익숙해지기도 한 스튜디오 촬영이었다. 인간 모델과 함께 하는 촬영이어서 평소보다 스태프도 훨씬 많았다. 레이시아의 지명도가 치솟은 덕분에 인간 모델을 쓰는 대형 광고 매체에까지 일의 범위가 넓어졌던 것이다.

"너 표정이 은근 별로다? 그렇게나 출세했으면서."

인사를 하려고 했는데 오히려 상대가 먼저 말을 걸었다. 세심한 주의를 기울여 아름답게 가꾸어진 듯한, 키가 크고 머리가 긴 여자였다. 전에 메소드의 공격을 받은 촬영 때, 떨어지는 샹들리에에 깔릴 뻔했던 아야베 오리자였다.

오늘은 인간 남성 모델과의 합동 촬영이었다. 오리자는 남자 모델의 친구 역할로 출연하는 모양이었다.

생활 소음 하나 없을 것 같은 실내 공간에서 레이시아는 잘생긴 남자 모델과의 생활을 연기하는 중이었다. 물론 가재도구부터 소품류는 모두 상품과 관련이 있는 광고용이다.

키도 크고 근육질인 남자 모델은 아라토보다 훨씬 멋진 외모와 몸매를 자랑했다. 그래도 레이시아 옆에 있으니 그 미모도 다소 빛깔이 죽는 듯했다.

"어머나, 의외다. 난 또 질투라도 하는 줄 알았지."

저 멀리 스튜디오 촬영을 바라보며 오리자가 팔짱을 끼고 있었다.

레이시아의 표정은 평소 아라토에게 짓는 것보다 좀 더 과장되게 보였다.

"원래는 좀 더 자연스러운 느낌이라고요."

"뭐야. 그 여유로운 태도가 은근 짜증 나네."

오리자가 노골적으로 질색하며 어깨를 으쓱했다. 일반적으로 여자들이 더 hIE와의 연애 관계를 곱게 보지 않았다.

곧 스튜디오가 긴장감에 휩싸였다. 카메라 어시스턴트가 통신을 받고 다급히 문을 열러 갔다.

"유리 씨, 들어갑니다!"

짧은 진녹색 머리를 가진 중성적인 분위기의 날씬한 여자가 어둑어둑한 현장으로 들어왔다. 파비온 그룹의 톱 hIE 모델 유리였다.

현장에 있던 모두가 큰 목소리로 인사를 했다. '물건'인 유리를 그렇게까지 정중히 맞이할 필요는 사실 없다. 다만 오늘 유리는 압도적인 카리스마를 느끼게 하는 어떤 존재와도 같았다.

촬영 감독이 직접 일어나기까지 하면서 요정처럼 아름다운 유리에게 말을 걸었다.

"어휴, 진짜 저게 뭐람."

아야베 오리자는 징그럽다는 듯 눈살을 찌푸렸다.

아라토는 도구로써 사용되었던 유리의 모습을 본 적이 있어서 어떻게 반응하면 좋을지 몰랐다. 그렇지만 곧 에리카가 예를 들었던 이야기를 머릿속으로 떠올렸다.

"헬로키티 머그컵이란 말이지."

hIE 모델 일도 따지고 보면 '형태'에 '의미'를 부여하는 행위이다. 보는 사람들이 유리에게 특별한 '의미'를 두고 있어서 모두가 소중히 다룬다. 레이시아가 지금 하는 일도 마찬가지였다.

아라토는 문득 옆에서 잔뜩 뾰로통해진 오리자에게 한번 물어보고 싶어졌다.

"아야베 씨, 혹시 자신이 입고 있다는 이유로 옷이 좀 더 가치 있는 것으로 보인다면 기뻐요?"

"그게 모델의 존재 의의잖아. 네 레이시아처럼 움직이는 마네킹이 있는 지금은 더더욱 그렇지."

"모델의 존재 의의요?"

"유저들이 저렇게 되고 싶다는 스토리성을 느끼지 못하면, 인간이 모델을 할 가치는 이제 없다 이 말이야. 나 참, Boy Meets Girl이니 뭐니 하면서 라이프스타일까지 파고드는 거 정말 짜증 난다니까."

레이시아가 내세우는 콘셉트에 대해 오리자는 이미 알고 있었다. 그리고 무슨 좋은 생각이 났다는 듯 사악한 미소를 지었다.

"아라토, 그때 나를 구해 줬던 료라는 애 좀 소개해 줘."

"그래도 되나 모르겠네요. 아니, 입으로는 뭐라고 해도 은근 좋아할 것 같긴 하지만."

"hIE는 절대로 연애를 할 수 없잖아."

오리자의 눈이 반짝반짝 빛났다.

"료도 비슷한 말을 했으니까 아마 아야베 씨와 죽이 맞을지도 모르겠네요. 소개까지는 아니지만, 연락처를 알려 주는 거라면, 뭐."

아라토는 세트장에서 독자의 반감을 사지 않을 정도의 거리에서 레이시아와 남자 모델이 생활 연기를 하는 것을 지켜보았다.

"아, 안 되겠다. 역시 연애라고 의식하니까 저거 은근 속상하네."

연출된 '형태'에 '의미'가 연결된 것 같아서 가슴속이 따끔거렸다.

하지만 아라토 말고 이 영상을 본 사람들은 hIE와 한층 가까워진 관계에 꿈만 같은 '의미'를 갖게 될 것이다.

hIE 모델로서 레이시아가 입고 걸친 것은 팬에게는 단순한 옷이 아니다.

레이시아가 '의미'를 비틀었기 때문에 옷이라는 형태가 있는 것이 아무리 비싸더라도 갖고 싶어진다. 형태와 의미의 뒤틀린 격차가 받아들이는 이의 심리에 구멍을 뚫어 거기에 물건을 사야 하는 이유를 주입하니 말이다. 아날로그 핵이 '형태'의 가치를 높이기 위해 이용되고 있었다. 에리카가 든 예를 반대로 생각해 보면, 헬로키티가 그려진 컵을 팔고 싶다면 무슨 짓을 해서라도 어린아이의 마음속에서 그걸 평범한 컵이 아니게끔 만들도록 하라는 뜻이었다.

"파비온은 은근 무서운 일을 하는구나."

아라토는 저도 모르게 그렇게 중얼거렸다. 오리자가 바보 취급이라도 하는 눈빛으로 쳐다보았다.

"아날로그 핵 말이야? 그런 거야 지금은 hIE가 해서 그렇지, 어차피 예전부터 흔히 있는 일이잖아. 캐릭터 상품 같은 거 말이야."

"전에도 그 컵 같은 게 존재했다고 그랬는데. 얼마 전 파티에서 봤던 인간 세계와 캐릭터 이야기가 그렇게 연결된 거구나. 그래서 설득력이 있었던 거야."

레이시아는 파괴된 미코토가 그랬던 것처럼 남녀노소 가릴 것 없이 모두에게 인기가 있다. 그런 캐릭터를 망가뜨리지 않도록 파비온 그룹은 모델을 귀하게 대우한다. 지금도 촬영 현장에서는 남자 모델이 레이시아에게 너무 가까이 가면 감독은 바로 거리를 좀 두라는 지적을 날리곤 했다. 머그컵에 새겨진 헬로키티의 캐릭터성을 지키기 위해 마치 판권 회사가 세심한 주의를 기울이는 모습과 비슷했다.

파비온은 헬로키티가 아닌 새로운 아이콘(형태)을 갈구하고 있다. 머그컵이든, 가구든, 옷이든 그걸 가지면 고객이 hIE와의 사랑 넘치는 생활(Boy Meets Girl)이라는 의미를 연상할 수 있는 상징적인 캐릭터를 말이다.

"그런 건 좀 싫다. 나한테 레이시아는 레이시아인데. 본인은 그저 '형태'에 마음 따위는 없다고 말할지도 모르지만, 나한테는 그렇지 않으니까."

아라토는 눈을 뗄 수 없었다. 그도 이제 그만이 가진 '의미'와 레이시아의 관계에 집착하고 있었다.

"흐음, 역시 넌 저 hIE한테 푹 빠져 있구나."

"웬일로 놀리지 않으시네요."

오리자가 아마도 진심으로 우러나온 듯한 시원스러운 미소를 지어 보였다.

"사랑에 빠진 남자의 눈을 하고 있으면 무작정 놀리면 안 될 것 같으니까. 나도 여자거든."

아라토는 남이 이해해 준 것이 기뻐서 저도 모르게 활짝 미소를 지었다. 어쩐지 아까보다 오리자가 매력적으로 보였다.

"고맙습니다."

"아라토, 참 어리숙하구나."

만나는 사람마다 전부 그런 소리를 하는 것 같아 수줍게 미소 지을 수밖에 없었다. 그녀도 이끌린 것처럼 자연히 싱긋 웃음을 지었다.

그런 그들 뒤에서 누군가의 목소리가 들렸다.

"아야베 씨, 이제 나갈 차례야."

오리자가 서둘러 세트장으로 달려갔다. 발걸음이 매우 가벼웠다.

아라토는 출연 순서를 알리는 그 목소리가 낯설지 않아 얼른 뒤를 돌아보았다.

에리카가 그곳에 있었다.

깜짝 놀라는 그에게 에리카는 조용히 하라는 뜻으로 검지를 입술에 대었다.

"인류 미답 산물이 탑재한 환경 미채 기능이야. 2미터 이상 떨어진 사람은 못 알아본대."

그러고 보니 아무도 파비온 그룹의 회장인 소녀를 인식하지 못했다. 아라토는 소곤거리며 이야기를 몰래 나누었다.

"인류 미답 산물이라니, 그런 걸 이렇게 마음 편히 써도 돼?"

"언젠가 인간도 만들 수 있을 것을 먼저 좀 썼다고 잔소리하지 마."

그리고 그녀는 근처에 대기하던 누군가를 손짓으로 불렀다. 마리아주가 곁에 있었던 것이다. 아마빛 보브컷을 한 메이드가 들고 있던 트렁크 케이스를 그에게 건네주었다.

"이걸 레이시아에게. 거래품입니다."

레이시아는 에리카의 소유물이기도 한 유리와 세트장에서 촬영 중이었다. 에리카가 뒤를 돌아 마리아주에게 말을 걸었다.

"너한테 저런 화려함은 없지?"

"제 기능은 저런 종류가 아니니까요."

마리아주는 눈을 내리깔았다. 메소드를 비롯해 레이시아급의 최고 자리를 다투는 인류 미답 산물은 에리카의 명령을 거역하지 않았다.

에리카는 그 모습을 재미없다는 식으로 흘끗 쳐다보았다. 그리고 마치 자기 hIE가 곁에 없는 것처럼 아라토에게 눈길을 주었다.

"너 말이야, 어차피 지금 사회와 충돌하게 될 텐데 기왕이면 나를 돕지 않겠어?"

"어차피라니, 여러 가지를 엉망진창으로 만들려는 건 에리카, 너잖아."

"둔하긴. 이미 레이시아는 hIE 모델로서 사회에 진출한 상태야."

검은 드레스 차림의 에리카가 손에 든 부채를 착 하고 접었다.

"블랙 모노리스에 탑재된 인공지능 때문인지 '그녀'는 인간 앞에 모습을 드러내길 바라고 있어."

"그런 걸 네가 어떻게 알아?"

"당연한 거 아냐? 네 동생이 마음대로 모델 응모를 했을 때도 레이시아가 원하지 않았다면 결과를 조작하는 것 정도는 쉬웠을 테니까."

아라토도 그녀의 말이 옳다고 느꼈다.

"이제 레이시아는 너무나도 유명해졌어. 숨기고 넘어갈 수 있는 상황이 아니야. 너와 레이시아의 존재는 공공연하게 드러날 게 분명해. 그때 파비온 그룹이 전력으로 후원한다면 제법 괜찮은 조건이 된다고 할 수 있지 않겠어?"

에리카는 헬로키티 컵을 툭툭 건드렸을 때처럼 즐거워 보였다.

아라토는 바로 그 자리에서 거절할 수 없었다. 그건 그것대로 잘 풀릴 것 같은 해결책처럼 여겨졌다. 레이시아가 고백을 받아 주기도 했고, 유명 인사와 친해져서 그런지 아무리 머리를 굴려도 자신에게 유리한 망상만 떠오를 뿐이었다.

그 이후는 머릿속이 달아오른 것처럼 멍해졌다. 촬영이 끝날 즈음, 에리카는 이미 자리에 없었다. 인류 미답 산물로 그의 주의력을 제어하기라도 한 듯이 마치 바람에 연기가 흩어지 듯 귀신같이 사라진 뒤였다.

레이시아가 땀방울 하나 흘리지 않고 곁으로 돌아왔다. 아까까지 모델 일 자체를 하지도 않았다는 듯 아라토에게 반응하면서 그가 아는 레이시아의 모습으로 돌아왔다.

"에리카가 왔었어. 도와 달라고 하더라."

레이시아의 미소가 흐려졌다.

"알고 있습니다. 아라토는 어떻게 생각하나요?"

"같이 해 보자고 권하는 마음은 좀 기쁘긴 해."

살짝 자랑스럽기도 하고 기분이 좋았다. 에리카가 그와 함께 '미래'를 보고 싶다는 뜻을 드러낸 것처럼 여겨졌기 때문이다.

그러나 진지한 연푸른색 눈동자가 그에게 냉수를 끼얹었었다.

"아라토, 무슨 오해를 하고 있지 않나요? 에리카는 거대한 미디어와 발언력을 쥔, 이 분야의 전문가입니다. 손을 잡으면 그녀는 사회가 아라토와 저에게 품는 이미지를 마음대로 유도할 수 있게 됩니다."

"단점도 있으면 장점도 있는 거 아니겠어?"

아라토는 아까까지 들떴던 감정이 급속히 시들어 버리는 것을 느꼈다. 레이시아가 슬퍼 보였기 때문이다.

스튜디오 안에서 할 얘기가 아닌 것 같아, 큰 도구와 소품이 정리된 구석으로 이동했다. 이게 정답이었는지, 그녀가 아라토의 소맷자락을 꼭 쥐고는 불안한 듯 눈을 내리깔았다.

"아마 에리카는 아날로그 핵을 지난 세기에도 있던 개념과 비슷한 것으로 인식하고 있습니다. ……그건 한 가지 진리이기 때문에 이 싸움은 곧 큰 고비를 맞이할 겁니다. 아라토도 조만간 그걸 알게 되겠죠."

레이시아는 미래까지 보이는 모양이었다.

"무슨 일이 있을지 알면 미리 움직여서 막는 편이 좋지 않을까? 내가 할 수 있는 일도 있잖아."

"그러려면 현재 생활의 모든 걸 버려야 합니다. 아라토를 안위를 위해 정보 제시를 거부하겠습니다."

그녀는 조용히 고하며 향수 내음이 나는 몸을 살며시 기대었다.

"에리카의 말을 액면 그대로 받아들이면 안 됩니다. 파비온 그룹과 에리카의 발언력을 사회 생명을 건 싸움에 사용하게 되는 것이니까요. 에리카와 협력하길 거부하는 카이다이 료와 메소드의 선택이 오히려 더 합리적입니다."

그녀는 치명적인 함정이 도사리고 있다고 경고하고 있었다.

"그렇게까지 경계할 건 없잖아."

"정보를 공개하라는 에리카야말로 오히려 마리아주의 존재를 감추고 있지 않나요?"

아라토도 레이시아와 지낸 지 제법 오랜 시간이 흘렀다. 그래서 어느 정도 그녀의 호흡이 느껴졌다.

"레이시아는 나를 참 쉬운 녀석이라고 말하지는 않지만, 길을 잘못 들면 바로 엄하게 꾸짖는구나. 그럼 나보고 어쩌라는 건데."

연푸른색 눈동자가 존재하지 않는 마음에서 오는 소망을 전하려는 것처럼 아라토를 똑바로 올려다보았다.

"디자인하세요. 저와 당신이 함께 걷는 '미래'를. 에리카가 그린 그림이 아닌, 오너인 아라토 자신이 원하는 그대로 말이에요."

그건 눈앞에 닥친 사건에 휘둘리는 그가 상상도 해 본 적 없는 더

더욱 큰 싸움이었다.

　레이시아의 눈빛은 자신감으로 넘치고 있었다.

　"저한테는 그 미래를 끌어낼 힘이 있습니다."

＊＊＊

　스구리 켄고에게 미래를 바꿀 능력은 없다. 그래서 그 메일을 받았을 때 마치 사형선고라도 받는 심정이었다.

　학교에서 돌아왔을 때, 집에 있던 머신에 메일 한 통이 도착한 것이 보였다. 항체 네트워크에서 온 지령이었다. 제목조차 없는 그 메일에는 용건만 적혀 있을 뿐이었다. 차세대 사회연구 센터(NSRC) 본부를 습격하는 계획이었다. NSRC은 엔도 코조가 일하는 제3섹터로 마쓰도에 본부가 있다. 이번 공격은 그곳에 있으며 미코토의 근원이기도 한 서버 머신 자체를 완전히 파괴하겠다는 내용이었다. 이건 환경실험도시 사건으로 AI 관리 사회에 대한 염려가 높아지는 시류에 편승한 공격 행위였다. 그리고 미코토가 오이 산업진흥 센터 사건 이후부터 오히려 지명도가 높아졌기 때문에 행하는 시위이기도 했다.

　지령을 받는 일 자체는 매우 오래간만이었다. 그러나 공안 경찰이 그를 주시하고 있다. 함부로 움직였다가 체포될 수밖에 없는 암담한 미래만이 기다리는 처지였다.

　그래도 켄고는 단말기를 놓아둔 책상 위에 팔꿈치를 괴며 한숨을 푹 내쉬었다.

"'미래'라니 웃기지도 않는 소리다, 오히려 현실이나 사람을 더 직시하자는 생각이었는데."

손으로 얼굴에 밴 식은땀을 훔쳤다.

"이번에는 진짜 도망치기는 글렀다. 넌 이제 끝이야."

계기판이 치명적인 데이터를 가리키기라도 하는 것처럼 감정 하나 없는 목소리가 들렸다. 고개를 들자 언제 왔는지 창틀에 걸터앉은 코우카의 모습이 보였다. 켄고는 너무나도 절박한 상황에 부닥친 탓에 자기 방에 코우카가 들어와도 그리 신경조차 쓰이지 않았다.

코우카가 어이 없다는 듯 물었다.

"그렇게 겁을 먹고 난리를 칠 거면 넌 왜 그렇게 어중간하게 조직에 도움을 준 거야?"

인류가 설계할 수 없어도 이건 인형에 불과하다. 그래도 이런 최악의 상황에도 인간의 형상을 한 존재가 곁에 있는 것만으로 구원을 받는 기분이었다.

켄고는 등받이에 체중을 실어 기댔다. 지어진 지 60년이나 되는 이 집은 그에게 '미래'의 막다른 길목이었다. 료의 집처럼 재벌이라면 모를까, 동네 요릿집이나 운영하는 켄고네는 hIE의 기술 발전으로 일자리까지 잃을 위기에 처해 있다. 켄고는 살기에도 불편한 이 집에서 조금이라도 숨통이 트이는 넓은 세상으로 나가고 싶어서 집안일로 용돈을 모아 이 단말기를 샀다.

"항체 네트워크에는 하도 짜증이 나서 인터넷을 뒤지다가 우연히 들어가게 된 거라고요. 조직 활동 자원자를 모집하는 광고는 진짜든 가짜든 인터넷에 많이 올라와 있어요. 은근 세상이 불공평한 것 같아서 내가 할 수 있는 일을 찾다가 이렇게 됐다니, 참 우습죠?"

그는 항체 네트워크에서 사회 변화를 따라가지 못하는 사람들이 많다는 것을 알고 안심했다. 그래도 그들이 하는 행위는 범죄이므로, 언젠가는 대가가 따를 것을 잘 알고 있었다.

"믿기 힘들지도 모르겠지만, 그래도 바로 얼마 전까지 항체 네트워크 활동을 어찌나 열심히 도왔는지 몰라요. 근데 정말 내가 왜 그랬을까요. 내 할 일만 하면 상부의 눈에 찍힐 일도 없었을 텐데."

hIE를 부수는 자원 활동을 하고 있었으니 그저 그것만 계속하면 좋았을 것이다. 항체 네트워크와 분노를 공유하며 살아왔다. 그래서 시스템으로 친구만 돕지 않았다면, 이렇게 감당할 수 없는 것을 짊어질 일도 없었다.

눈시울까지 뜨거워지면서 울먹이는 목소리까지 나오기 시작했다. 전혀 후회가 없다고 한다면 거짓말이다.

"모두 다 변하고 있잖아요. 엔도도, 카이다이도 모두 쑥쑥 앞으로 나가기만 하고. 나처럼 평범하고 가난하고, 별 특별한 점도 없는 녀석이 뭘 어떻게 바꿀 수 있는 게 아니었다고요."

켄고는 그럴 만한 그릇이 아니었던 것이다. 억울함과 원통함이 밀려들어서 가슴이 턱턱 막혔다. 자기가 봐도 애먼 곳에 화풀이한다는 걸 느꼈다.

창문을 통해 석양빛이 새어들어 왔다.

"나는 아무 능력도 없었어요. 내 세계는 이 요릿집 2층에서 포기하고 그냥 항체 네트워크에나 참여해서 남의 hIE나 부수는 게 한계였다고요."

그것도 쓸데없는 화풀이였다. 요릿집 운영이 잘 안 되어도, 아버지가 요리사의 긍지를 잃더라도, 그가 한 짓은 결국 범죄였다.

"좀 더 빨리 수단과 방법을 가리지 말고 발을 빼든가, 간절히 도와달라고 부탁할걸 그랬어요."

코우카의 지적대로였다. 항체 네트워크는 자원해서 하는 활동이니까 그냥 도망치면 될 일이었다. 도와 달라고 아라토에게 필사적으로 손을 뻗었더라면, 그 레이시아라면 간단히 문제를 해결해 주었을지도 모른다. 그러나 고집과 섣부른 전망이 방해하고 말았다. 이제는 모든 게 너무 늦었다. 항체 네트워크는 그가 완전히 도망칠 수 없다는 걸 알고, 싸우다 장렬히 최후를 맞이하는 길로써 이 지령을 내렸다. 분명 지금 나누는 대화도 공안 경찰이 도청하고 있을 것이다.

"후회만 하는 게 아니에요. 그저 세상이 변하는 게 싫어서 hIE를 부쉈는데, 그래도 걔들은 자꾸만 변해서 나아가고 나만 덩그러니 남겨지는 게 싫었다니 참 모순이죠."

엔도 아라토를 도와주면 분명 특별해질 수 있을 줄 알았다. 친구의 행동에 편승해서 어떤 대단한 존재가 되고 싶었다. 아라토가 오이 산업진흥 센터에서 목숨을 걸고 구해 주었는데도 켄고는 자기 생각만 하고 있었던 것이다.

"아아, 너무 속상하다."

눈물이 앞을 가리자 켄고는 낡은 판자로 된 천장을 올려다보았다. 스구리 켄고는 아무것도 아니다. 인생을 통틀어서 그 무엇도 될 수 없다.

"고등학생 주제에 죽도록 노력해 봤자 그 어디에도 갈 수 없는 거였어요. 왜 이따위 시대에 태어난 걸까요."

에리카 버로스가 냉동 수면을 하기 전 시대라면 그처럼 평범한 사람이라도 포기하지 않고 살 수 있었을까.

울음 섞인 한탄을 가만히 듣던 코우카가 감았던 눈을 떴다.

"그 싸움, 내가 이기게 해 줄게."

무슨 소리를 하는지 이해할 수가 없었다.

"대체 무슨 소리예요?"

"나한테 싸움터를 양보해. 인간과의 경쟁에서 이기기 위한 도구로서 본분을 다할 테니까. 얼마 전에 진 빚은 이걸로 갚을까? 네가 원하는 대로, 변하는 세상의 발을 멈추고, 이 초라한 싸움을 '미래'에 얹게 해 줄게."

"왜 그렇게까지 해 주는 건데요?"

그래도 기뻤다. 이 억울하고 속상한 감정에 마음조차 없는 '물건'이 동조해 주는 것 같았기 때문이다.

코우카(紅霞)가 그 이름과 같이 새빨간 석양 속의 구름을 등지고 미소를 지었다.

"이겨도 대가 하나 없고, 출구 하나 없는 전쟁이니까 싸워 보고 싶다는 거야. 전략 따위는 엿이나 먹으라고. 난 그저 병기니까 순수하게 아무 의미도 없고, 야만적으로 싸울 수 있는 전투를 한 번 정도는 해 보고 싶어서 그런 거야."

코우카는 평소처럼 도저히 감정을 읽을 수 없게 활짝 웃는 미소가 아니라 복잡한 표정을 지었다.

"네 전쟁을 내가 하고 싶어졌을 뿐이야."

그를 구해 줄 수 있다는 '의미' 때문에 '형태'까지 더더욱 인간처럼 보였다.

"그래서 당신은 뭘 얻는 건데요?"

"전략 때문에 벌이는 싸움이 아니어서 좋다고 그랬잖아. 약자를 위한 싸움이라는 게 그런 거 아니겠어? 근데 하긴 나한테 거의 이득이 없긴 하지."

코우카는 병기로서 따지자면 초고급품이다. 정세가 불안한 지역에 싼 가격으로 풀리는 그런 가난한 자의 무기가 아니다. 그건 코우카 자신도 잘 알고 있을 터였다.

그래도 '그녀'의 등 뒤로 평생에 한 번 만날까 말까 할 정도로 선명한 붉은 석양이 배어들었다.

"그럼 나를 기억해 주기만 해."

* * *

카이다이 료는 논의를 하려 잡아 둔 회의실에 들어가기 전, 창밖의 석양을 한 번 돌아보았다.

문득 코우카가 생각났다.

문을 열었다. 료는 코우카에게 어떤 생각이나 감정이 있는 것은 아니었다. 그건 켄고와 아라토의 문제였다.

밈프레임 사가 계약한 PMC인 HOO의 사무소는 아카바네에 있다. 엄중한 보안 시스템이 지키고 있는 빌딩 회의실에 이미 거래 상대는 도착한 후였다. 한 명은 왼눈에 안대를 찬 40대 여자였다. 백금발의 그녀는 정장 차림으로, 베레모를 벗어 오른손으로 들고 있었다. 또 한 사람은 하사관 군복이 그 듬직한 육체에 답답하게 보일 정도로 덩치가 큰 흑인 남자였다. 두 사람은 기립 상태로 기다리는 중이었다. PMC의 문화는 료에게는 거의 미지의 세계였다.

료는 의자 뒤에 서 있는 두 사람을 어떻게 대해야 좋을지 순간 망설였다. 그리고 자신은 그들 방식에 맞출 능력이 없다고 깔끔히 단념하기로 했다.

"앉으십시오."

마침내 HOO의 두 사람이 자리에 앉았다. 단단한 규율이 느껴지는 동작이었다. 오랫동안 쌓인 훈련을 통해 튼튼히 갖추어진 이것이 바로 군인의 냄새라고 생각했다.

"이번 미팅을 견학하러 온 카이다이 료 군입니다. 아직 우리 회사 직원은 아니죠."

힘없는 목소리가 혼자 자리에 앉아 있던 중년 남자의 입에서 흘러나왔다. 밈프레임의 명목상 대표자는 료에게 와타라이 긴가를 소개한 시노하라 연구원이다. 다만 PMC 쪽도 이면에서 사태가 어떻게 돌아가는지 정보 수집은 당연히 끝난 듯한 모양새였다.

머리를 올려 정리한 여자 사관이 료에게 날카로운 시선을 보냈다.

"HOO의 콜리덴 르메르라고 합니다."

르메르 소령이 너무 짤막해서 폭력적으로까지 느껴지는 인사를 했다.

료는 골치 아픈 문제로 가득 차 끝이 보이지 않는 진흙탕에 발을 들인 것 같은 망상이 날뛰는 것을 의지의 힘으로 억눌렀다. 메소드가 언제 가족과 지인 모두를 죽일지 알 수 없는 위험에 처해서 이런 긴장감에는 익숙해진 상태였다.

과민할 정도로 반응한 시노하라 연구원은 숨조차 제대로 쉬지 못했다. 계약상 필요한 미팅이라서 HOO의 강한 요청으로 아카바네의 사무소까지 불려 왔기 때문이다. 시노하라의 목소리가 떨렸다.

"계약대로 레이시아급 Tyoe-001 코우카의 파괴를 의뢰하고 싶습니다. 부탁드립니다. 코우카의 기체 내구성와 성능을 검증해 봤더니 회수 가능성은 불명이지만, 파괴는 가능하다고 HOO의 전술 관리 AI가 판단했다는 보고서가……."

HOO에 코우카의 말살 의뢰를 하자고 제안한 것은 료였다. 메소드보다 PMC가 전력상 안정되어 있어서 내린 결정이었다. 인간이 전투를 담당하고, 완전히 처단하지 못했을 때 최후의 수단으로 메소드를 대기시키자는 건 메소드에게도 위험도가 적은 안이었다.

그러나 PMC가 작전 결행 전에 이 미팅을 요구했다.

"오시라고 한 이유는 사전에 연락한 대로입니다. 레이시아급의 탈출 이후, 불분명한 정보가 너무 많은 작전임에도 저희는 충분히 참여했습니다. 하지만 이번에는 전투용 인류 미답 산물의 위험성을 고려할 때, 저희가 충분한 준비를 하였다고 판단을 내려야 작전을 결행할 수 있습니다."

르메르 소령의 깊은 목소리가 그 각오가 얼마나 깊은지 드러냈다.

새파랗게 질린 시노하라가 료에게 시선을 보냈다. 료는 궁지에 몰린 연구원에게 맡기는 것을 단념하고 말았다. 상황에 따라서는 시노하라가 메소드에게 암살될지도 모르니 말이다.

"인류 미답 산물이 상대라면 전술의 상식 자체가 성립되는지 불안을 느끼시는 것도 당연합니다. 하지만 코우카에 대해서는 기존의 군용 무인기의 연장선상에서 처리가 가능하다고 보증할 수 있습니다."

료는 약간 감정을 실어서 준비한 답변만 내놓았다.

에리카가 전투를 공개하려고 한다는 점은 밝힐 수 없었다. 그 때문에 레이시아급의 수를 줄이는 일이 급선무가 되었다. 그러니 기존 병기와 명백히 차이가 나는 그 레이시아와 결탁할 가능성이 큰 코우카를 바로 섬멸할 필요가 있었다.

르메르 소령에게 눈길을 보내며, 셰스트라는 하사관이 말문을 열었다.

"하지만 코우카는 성장형 AI 탑재기이지 않습니까. 바깥에 나왔을 때부터 우리 긴급대응부대를 1개 소대 괴멸시켰습니다."

레이시아급이 해방된 그날 밤, 셰스트의 긴급대응부대가 내려보낸 강하 컨테이너는 코우카의 레이저 포격을 맞고 처참히 파괴되었다. 그날 밤은 무인기였지만 이번에는 인간 병사가 탄다. 이건 인명을 잃는 것을 전제로 적절한 성과를 얻을 수 있는지 파악하는 가장 어려운 부류의 협상이었다. 이 대화가 조용히 진행될 수 있는 이유는 군인들이 얽매인 강한 규율 때문이었다.

료에게는 남의 운명을 체스판 위의 말처럼 움직인 경험은 없다. 그래서 와타라이 긴가라면 어떻게 대답할까 고민했다.

"알고 계시는 대로 저희 사이에는 큰 차이가 존재합니다. 그래도 규율이나 경제 면의 절차라면 공유할 수 있을 겁니다. 이 공유 자체가 불가능해진다면 계약 자체를 재검토해야겠지요."

"그 말은 무슨 뜻입니까?"

셰스트가 신음했다. 료는 인간성 하나를 버릴 각오로 배에 힘을 주었다.

"저희 관계는 여전히 단순하다는 겁니다. 아무 변화도 없다는 뜻이지요."

할 말이야 많을지 몰라도 그 의지나 행동을 경제 활동 안에 포함할 수 있기에 경제는 발달하고 보급되어 왔다.

료가 태어났을 때는 이미 군인이었던 거한이 그를 내려다보았다.

"레이시아급이 얽힌 작전에서 우리는 귀중한 인재와 기자재를 잃었습니다. 그러나 전자전과 투명화 기능도 사전에 고지되어 있었다면 최소한의 대책이라도 세워 대응했을 겁니다. 근데 이번 데이터에도 인류 미답 산물의 전자전 능력에 대해서는 아무 정보도 없단 말입니다!"

시노하라가 갑작스러운 노성에 비명을 질렀다.

"사상자가 없었다면서요!"

팔짱을 끼고 있던 셰스트는 그들을 노려보았다. 료는 와타라이의 시신을 떠올리자 콧속에 피비린내가 되살아나는 듯했다.

"시노하라 씨, 진정하세요."

료에게 가장 두려운 공포는 메소드와 계약한 후의 일상이었다. 그 행동에 책임을 지는 오너로서 메소드가 언제 대량 살인을 저지르게 될까 걱정하고, 계약마저 기계의 판단하에 일방적으로 파기될 수도 있는 줄타기를 하는 중이었다. 백지위임을 한 오너를 잃는 건 불이익밖에 남지 않는다고 느끼게 해서 그 악마를 제어하고 있을 뿐이다. 속이 텅 빈 종이 인형일지라도 강하게 나가야 했다.

"전달드린 자료가 코우카가 가진 능력의 전체적인 틀입니다. 이번에는 아무리 최악의 상황이어도 전자전까지 일어날 리는 없다고 봅니다."

"그것이 현행 병기로 대처할 수 없는 능력을 새롭게 입수했을 가능성은 없습니까?"

"전차 같은 장갑차량에 대한 대응책은 이미 마련했겠죠. 하지만 거기서 끝입니다."

르메르 소령이 날카롭게 파고드는 질문을 던졌다.

"그럼 스노드롭은 다르다는 뜻입니까?"

예상대로의 전개였다. 경찰에 증언한 순간부터 바로 군까지 정보가 퍼졌던 것이다.

"스노드롭의 데이터는 이미 군에 보냈습니다."

모두가 소용돌이치는 감정을 이 자리에 적응시켜 억누르고 있었다.

그렇기에 실내에는 침묵이 내려앉았다. 어리석은 자와 영리한 자, 용감한 자와 두려워하는 자가 진정으로 공유할 수 있는 절차야말로 바로 침묵뿐이다. 가슴속에 무엇을 품고 있든, 그들은 서로 침묵을 지키고 절차상 아무 문제가 없는 표면을 제공할 수 있다. hIE가 인터페이스를 인간에게 맞추어 사회 질서 안으로 파고드는 것처럼.

르메르 소령이 료에게 싸늘한 시선을 보냈다.

"그쪽에서 또 추가할 내용은 없습니까?"

눈앞에 사관도, 그 배후에 있는 존재도 그저 무서울 뿐이었다. 그러나 누군가는 료가 있는 자리에 서야 했고, 그는 아무도 믿을 수가 없었다. PMC는 경제라는 절차에 응해 주기라도 한다. 그에게는 메소드보다 차라리 같은 인간이 더 사용하기 쉬운 도구였다.

"아니요, 없습니다."

소령이 손에 든 베레모를 다시 썼다. 회의는 끝이라는 뜻이었다.

"말세로군."

료는 HOO 사무소 빌딩을 나온 후, 잠시 거리를 돌아다니다가 돌아간다고 연락했다. 곧바로 신도요스로 돌아가서 메소드의 얼굴을 보는 게 싫어서였다.

오늘 하루만 벌써 세 번은 죽은 것 같은 기분이었다. 셰스트라는 소대장은 료를 줄곧 목 졸라 죽일 기세였다. 와타라이가 죽은 환경실험도시 사건으로, 경호를 맡던 HOO 용병 두 명이 빈사의 중상을 입었다. 공항 사건으로도 세 명의 중상자가 나왔다. 밈프레임은 그들에게 생고생만 시켰던 셈이다.

"그 말이 맞아. 정말 말세야."

조만간 인류의 역사는 바뀐다.

저녁 햇살의 마지막 빛줄기도 완전히 사라지고 이제 완전히 어둠이 내려앉았다. 운전기사 겸 경호를 맡은 hIE를 한 대 데리고 아카사카의 거리를 걸었다. 아라토가 연락처를 알려 주었다면서 아야베오리자라는 모델이 그에게 연락했기 때문이다.

오리자를 부른 건 솔직히 변덕이었다. 험난한 세상 속에 잠겨 있어야 하는 게 너무 힘들었다.

HOO도 그를 감시하고 있다. 그 PMC와 거래하는 곳은 밈프레임만이 아니다.

그래도 조금이나마 마음을 놓을 시간을 보내고 싶었다. 오늘 밤 HOO가 낼 피해를 생각하기만 해도 무서워서 견딜 수가 없었다.

"료는 밈프레임 사장님의 아들이지? 회사 광고 모델 같은 건 어떻게 정하는 거니?"

"그런 건 제 권한도 아니고 그보다 전 거기 직원도 아니에요."

밤하늘이 뚝 떨어질 것만 같았다. 코우카를 포착하자마자 HOO의 작전이 개시된다. 코우카는 레이시아급 중에서는 기체의 기능이 전부인 '독립형' 계통에 해당한다. 다시 말해, 성능은 높지만, 스노드롭처럼 불규칙한 사태를 일으킬 가능성은 매우 적다는 뜻이다. 다섯 기였던 레이시아급은 곧 오늘 밤에 한 대 줄어들게 되리라.

"뭐 어쨌든 그럼 어디 갈까? 료, 너 지금 놀고 있는 거잖아."

"그럼 밥이나 먹으러 갈까요."

료는 주머니에 손을 쑤셔 넣고, 휴대 단말기 화면에 손가락으로 원을 그렸다. 제스처를 읽은 화면이 강하게 일곱 번 진동하고, 한 박자 쉬었다가 다시 두 번 길게, 그리고 짧게 아홉 번 진동했다. 7시 29분, 다음 예정이 9시까지니까 아직 한 시간 반 정도는 남아 있다.

"파비온 그룹에서 모델 일을 한다면서요?"

오리자의 표정이 환해졌다.

"다행이다. 연락하는 목소리가 별로 밝지 않아서 난 또 민폐가 아닌가 했지."

묘한 기분이었다. 오리자에게 연락처를 알려 준 아라토와 아직도 관계를 이어 나가는 것 같기도 했고, 애써 고등학생 같은 행동을 하려는 것 같기도 했다.

"민폐는요. 그냥 생각할 게 많아서."

저녁의 413호 도로를 걷다 보니 곧 가이엔히가시도리 거리가 나왔다.

기업 소유로 보이는 유니폼 차림의 여성형 hIE가 빠른 걸음으로 그들을 지나쳤다. 기업 로고가 찍힌 종이 상자를 든 채 높은 힐을 신고도 요리조리 혼잡한 인파 속을 빠져나갔다.

"저거 hIE 맞지? hIE는 굽 높은 신발을 신어도 발을 삘 일이 없어서 그건 좀 부럽다니까."

"AASC의 레벨3 기준이면 다 저런데요, 뭐."

평범한 길에서라면 hIE가 힐을 신어도 절대로 넘어지지 않게 만든 것도 히긴스의 성과 중 하나이다.

"AASC라니, 광고에서 자주 듣는 말인데!"

오리자가 그 화제에 관심을 드러냈다. 아라토한테도 이런 식으로 자기 연락처를 물었을 거라는 생각에 살짝 짜증이 났다.

"행동 적응 기준(Action Adaption Standard Class) 레벨을 뜻하는 건데, 첫 글자를 따서 AASC라고 하는 거예요. hIE에도 기체 능력에 차이가 있으니까 그 차를 일일이 반영해서 행동 관리 클라우드의 처리에 과부하가 걸리지 않게 하는 거죠. hIE가 모두 규격대로 행동한다는 전제하에서 행동 프로그램을 구성하게 되어 있어요."

감각 능력이나 운동 기준 등에서 AASC의 설정 기준을 충족시키지 못하는 기체는 가정에서만 써야 한다. 모든 hIE 기기가 기준 능력대로 움직이지 못하면 협조 행동에서 사고가 일어날 수 있으므로 2년마다 기체 점검을 받아야 한다.

"흐음, 그렇구나."

"성인 남자 정도가 레벨3, 프로 운동선수 정도의 능력을 갖추면 레벨4, 소방관이나 경찰관 등 인간 이상의 능력을 요구하는 특별한 용도의 기체가 레벨5예요."

자기가 묻고선 오리자는 건성으로 맞장구를 치면서 그에게서 커다란 눈을 슬쩍 돌렸다.

"hIE의 협조 행동은, 히긴스에 의해 세계를 완전히 망라한 미니어처 가든 속에서 인형을 움직이는 방식으로 짜여 있죠. hIE는 행동 관리 프로그램을 갱신하는 히긴스를 통해 고장난 기체를 의미하는 레벨1에서 최고 수준인 레벨5까지 다섯 종류로만 분류되어 있어요. 히긴스는 세계 전체를 그런 미니어처로 인식해서 인공지능의 프레임 문제를 회피하는 거예요."

"아, 응, 프레임 문제 말이지? 그거 중학교 때 배운 것 같아. 배웠다고."

"인공지능에게는 지금 해결이 필요한 문제와 관계가 있는 사건을 골라내는 게 어렵다는 뜻이에요. 어떤 일을 해결하기 위해서 문제를 적절한 길이의 작업 리스트로 전환하는 걸 못하죠."

오리자가 윤기 넘치는 기나긴 머리칼을 만지작거리며 노기 신사의 공원과도 같은 푸른 녹음을 바라보았다.

"아, 그래, 맞아. 아하하, 료는 머리가 좋구나."

"그래도 hIE는 인간 사회의 온갖 문제에 손을 대고 있어요. 세계의 정확한 미니어처 형태를 파악하고 있는 히긴스가 마치 체스판 위에서 말을 움직이는 것처럼 한정된 상황을 통역할 수 있어서 가능한 일이죠. 사실은 히긴스의 미니어처 가든 속에서 인간한테도 AASC 레벨이 적용되어 있다는 걸 알아요? 인간은 거기서 그저 제어할 수 없는 인형, 히긴스가 아무 기대도 하지 않는 'AASC 레벨0'이에요."

오리자는 벌레라도 씹은 표정을 지으면서도 이야기에 계속 귀를 기울이는 자세를 유지했다. 이야기에 별 관심도 없다는 걸 숨기는 일은 hIE가 훨씬 더 잘한다.

인간을 그 표면만 포착해서 인간의 형태를 한 것으로 취급하는 편이 어떤 절차를 수립하기가 매우 편하다. 료 자신도 PMC와의 회의 자리에서는 경제와 침묵으로 표면만 맞추어 의사소통을 했다. 지금도 마찬가지다.

"우리는 표면밖에 없는 걸지도 모르겠네요. 패션모델 일도 결국 똑같잖아요."

"료는 어쩐지 아라토와 비슷하면서도 다른 것 같네."

그녀가 가벼운 어조로 대꾸했다.

자신의 교활한 면을 들킨 것 같아 심장이 멎는 듯했다. 가볍게 농담으로 받아치려다가, 비아냥거림이 될 것 같아서 말문이 막혔다.

전장으로 향하는 르메르 소령은 '말세'라고 했다. 료에게는 용병들과 대등하게 협상할 능력이 없었던 까닭이다. 료는 바로 정면에서 부딪치지 않고 자신이 가진 것으로 해결할 수 있도록 문제의 크기를 줄이려고만 했다. 사람 목숨이 걸린 문제를 그런 식으로 처리하는 바람에 마치 기계에 조종당하는 듯 보이게 됐던 것이다.

"……그러고 보니 hIE는 왜 발을 빼지 않는 거지?"

"히긴스는 hIE가 휘청거리면 AASC 제어가 혼란스러워지니까 막대한 자원을 들여서 절대로 넘어지지 않게 한 거예요. 그러니까 인간이 넘어지지 않도록 주의를 기울이는 것보다 몇억 배나 자원을 들이고 있으니, hIE는 절대로 넘어지지 않는 거죠."

고전적인 광차(鑛車) 문제, 그러니까 멈추지 않는 광차를 두 선로 중 어느 쪽을 골라 달리게 해야 하지만, 결국 둘 중 어느 선로를 골라도 광부를 차로 치고 마는 희생이 생길 수밖에 없다는 선택 문제 때문이다. 세상에 있는 갖가지 로봇은 인간과의 협조 중에 끊임없이 이 난제에 부딪힌다. 프레임 문제보다 더 위에 이것이 있는 탓에 극복할 수 있는 난제로서 hIE의 신체 제어에 막대한 자원을 들였던 것이다. hIE는 이 모든 것들을 히긴스라는 초고도 지성에 일괄적으로 위탁하여 인간과 공존하고 있다.

아라토는 대단하다며 감탄할 테고, 켄고라면 이런 화제에 신이 나서 끼어들 것이다. 그러나 곁에 있는 사람은 그 둘이 아니었다. 이제 길은 갈라졌으니 소용없다고 이미 각오를 했다.

"넌 항상 그런 생각만 하니?"

그런 설명에 오늘 처음으로 제대로 대화를 한 여자는 참으로 어이가 없다는 식의 태도를 보였다.

"지금 사는 세상은 곧 끝날 거예요. 아주 예전부터 축적되어 온 실패로 한계가 왔을 테니까."

"너도 참 살기 힘들겠다."

오리자가 중얼거렸다.

료는 밤하늘을 올려다보았다. 이제 여름이 되려는 계절인데도 어둠은 매우 맑고 싸늘했다.

"이렇게 '고민해서 움켜쥔 답'이 언제까지나 유효하다면 보상이라도 받을 수 있을 텐데. 곤란할 때 인간성을 되짚으면서 정답을 발견했던 시대도 이제 끝이에요. 그런 와중에 우리는 살아남기 위한 답을 찾아낼 수밖에 없어요."

* * *

코우카는 검날 모양의 대형 디바이스를 지팡이처럼 짚은 채 네모난 흰 빌딩을 바라보고 있었다. 도쿄에서 에도가와 강을 건너 차로 10분 정도 떨어진 곳으로, 잡목림을 배경으로 주변에서 유난히 도드라져 보이는 커다란 건물이었다.

마쓰도 지역은 한때 도쿄에서 이어진 교통편이 좋은 주택지였다. 인구 감소로 인해 도심지에 거주하기 비교적 쉬워진 지금은 매우 한산할 뿐이다.

아직 완전히 밤이 된 것도 아닌데도 인적이 드물었다. 코우카가 디바이스를 들쳐 메고 다녀도 경찰이 올 낌새는 보이지도 않았다. 오히려 지나가는 몇몇 사람들은 이제 무슨 일이 일어날까 기대까지 하는 눈치였다.

"휴우, 이해돼. 나도 이 싸움이 어떻게 끝날지 궁금하거든."

차세대 사회연구 센터 빌딩의 문은 투명한 강화 플라스틱으로 만들어져 있다. 업무 시간이 지나 자동 개폐 기능이 꺼져 있는 문 앞으로 간 코우카는 자기 몸보다 훨씬 거대한 검날 형태의 디바이스로 문을 내리찍었다. 고열을 품은 칼날이 두꺼운 강화 플라스틱을 베어 갈랐다.

300킬로그램에 가까운 디바이스를 휘두르자 반동에 몸이 휘청거렸지만, 발 뒤축으로 땅바닥에 앵커를 박아서 억지로 버터 냈다. 코우카는 앵커로 고정된 발로 바닥을 디디며 여세를 몰아 검을 휘둘렸다.

수지로 된 문이 무게를 버티지 못하고 폭포처럼 무너졌다. 동시에 빌딩 안에서 시끄럽게 경보가 울렸다.

"경비 회사가 제대로 전력을 갖추고 올 때까지 한 10분 정도 걸리려나. 경찰이 7분쯤 걸릴 테니까 그 정도 시간이면 이미 여긴 불바다지 뭐."

코우카는 스피커를 통해 콧노래를 불렀다. 손에 들고 있던 트렁크를 바닥에 툭 내려놓았다.

트렁크 안에 들어 있던 캔 주스 크기의 유닛이 붕 떠올랐다. 총 여덟 개의 카메라 유닛이 주변 풍경을 여러 각도에서 촬영하기 시작했다. 램프에서 유닛들이 연동하고 있음을 알리는 빛이 반짝였다.

원형 렌즈들이 일제히 코우카를 향했다.

"내 이름은 코우카. 인간과의 경쟁에서 이기기 위한 도구이자 인간의 싸움을 자동화시키기 위한 '도구'야."

얼굴을 부유하는 카메라 유닛으로 향했다. 이 전투는 촬영되어 동영상 클라우드에 업로드되고 있다.

그리고 코우카는 카메라에 대고 이렇게 말했다.

"나는 hIE야."

누군가가 네트워크상에서 영상 검열을 시도한다는 것을 가리키는 유닛의 붉은 램프에 불이 들어왔다. 그리고 붉은 램프가 깜빡거린 후, 간섭을 막아 내어 이제 안정 상태로 돌아왔음을 알리는 녹색 램프가 다시 켜졌다.

이 유닛들은 Type-003 사투르누스, 지금은 마리아주라고 하는 기체가 '만든' 초고성능 기기다. 마리아주의 디바이스 골드 위버(Gold Weaver)는 설계도에 따라 다양한 것을 생산할 수 있는 만능 공장과도 같다. 코우카처럼 이러한 선택을 할 필요도 없이 고도의 전략을 스스로 만들어 내는 힘이기도 하다.

코우카는 분위기를 띄우려는 듯 디바이스의 레이저포를 기동하여 전방을 삭 쓸어버렸다. 초고열로 인하여 모든 물체의 표면이 폭발하고, 건조된 것은 활활 타올랐으며 가벼운 종이류나 플라스틱류는 기류를 타고 날아올랐다.

코우카의 목표물인 미코토의 서버는 이 건물의 7층에 있다. 항체 네트워크의 습격 계획서에는 그렇게 적혀 있었다.

통신기를 통해 네트워크상의 반응이 감지되었다. 중계되는 영상이 과연 진짜인지 모두가 의심하는 중이었다. 우선 코우카가 정말로 hIE인가 하는 점이었다. hIE는 인간의 형태를 하는 꼭두각시일 뿐이기 때문이다. hIE가 인간이 지은 시설을 습격한다는 건 배후에 그러한 일을 시킨 행동 관리 클라우드가 존재한다는 뜻이 된다. 네트워크상에는 이 인형의 끈을 조종하는 자의 정체를 불법 커스텀 클라우드가 아닌가 의심하는 사람도 있었다. 커스텀 클라우드가 이렇게까지 고성능이라면 위험한 '인형술사'인 테러리스트가 있다는 뜻과 같다. 개중에는 hIE인 이상 기계 제어의 근본이자 AASC를 관리하는 히긴스가 원인이라고 주장하는 사람도 나왔다. 행동 관리 클라우드라는 거대한 '인형술사'를 디자인하여 수정 및 보수를 하는 것이 결국 무엇인지 따져보면 바로 히긴스다. 코우카의 몸을 움직이는 행동 프로그램은 디바이스 AI가 독자적으로 편집한 것도 포함해서 모두 히긴스의 AASC에 기초하고 있다.

"으음, 반응 좋은데? 하지만 아직 진실까지는 멀었지."

코우카는 활짝 웃었다.

"진실을 알고 싶다면 어디 한번 나를 파괴해 보시지?"

에스컬레이터를 타고 2층으로 올라갔다. 중무장한 경비용 hIE 두 대가 폭도 진압용의 전기 충격 그물망 사출기를 겨누고 있었다. 코우카는 그냥 쏘게 내버려 두었다. 얇은 그물이 온몸을 휘감았다. 30만 볼트, 그러니까 사람이라면 마비 상태에 빠질 수 있는 전류가 흘렀다. 에스컬레이터를 타고 올라오는 코우카에게 별 반응이 없는 걸 보고 전압을 100만 볼트로 올렸다. 곧이어 전신 사이보그라도 움직임이 멈출 수밖에 없는 2000만 볼트까지 전압이 올라갔다.

그러나 코우카한테는 아무 의미도 없었다. 에스컬레이터가 2층에 도착하자마자 올려 차기와 함께 연동시켜 사출한 앵커로 그 두 hIE의 머리를 뎅겅 잘라 냈다. 안면을 장갑판으로 뒤덮고 있던 경비용 hIE의 머리가 바닥을 굴렀다.

"하도 바보 같은 진실이니까 너희가 알면 아마 웃음이라도 터뜨리지 않을까."

중계하는 네트워크의 반응이 습격은 진짜임이 분명하다는 논조로 변하기 시작했다.

코우카는 레이저포의 출력을 올려서 근처의 빌딩 외벽을 뚫어 버렸다. 초고열 송곳으로 깊게 꿰뚫린 외벽재가 열기를 이겨 내지 못하고 팽창하다 폭발하고 말았다. 근처에서 이 상황을 보고 있던 구경꾼에 의해 몇 초 뒤에 그 영상이 네트워크에 등록되었다. 경찰을 부르라는 경고, 비명과도 비슷한 기호의 나열, 동영상에 대한 음성 댓글이 온라인에서 난무했다.

"2층은 처리했으니 3층으로 갈게. 자아, 콰앙."

레이저로 천장을 쐈다. 빙그르르 원을 그리자 그 모양 그대로 콘트리트가 바닥으로 뚝 떨어졌다.

코우카는 그 구멍까지 펄쩍 뛰어 가장자리를 붙잡고 3층으로 침입했다.

"이런 식의 경비라면 한 번 습격만 해도 바로 끝이겠네. 나 같은 기계에 의해 자동화돼서 습격하기가 더 쉬워지면 이제부터 살기 힘들걸."

인류는 '인간의 형태'를 한 것에 공감과 신뢰를 품는 소박한 오픈 시스템으로 연결되어 있다. 그래서 아날로그 핵은 영향을 받는 자의 의식에 시큐리티 홀을 뚫는다. 이 습격을 중계하는 것이 궁지에 몰린 코우카에게는 '생존'을 위한 해답이었다.

"인간이라고 느낀 걸 인간의 범주에 넣으니까 얘기가 꼬이는 법이라고. 세상은 이렇게나 복잡한데 아직도 '인간의 형태'에 특별한 의미를 허락하고 있잖아. 내가 부탁하면 멈추는 물건으로 보여?"

코우카가 파괴를 거듭할수록 네트워크상의 반응이 점점 부풀어 올랐다. 꾹꾹 참아 왔던 울분이 터지는 것처럼 온라인의 반응 횟수가 껑충껑충 뛰어올랐다.

코우카의 기세등등한 소녀 같은 모습을 보고 성욕을 동반한 반응이 네트워크상에 나타났다. 파괴당한 미코토에 대해 발생했던 반응과 똑같았다.

카메라 유닛을 향해 코우카는 자신의 기체와 디바이스를 관객에게 보란 듯이 자랑했다. 근처에 있는 hIE나 기재를 화려하게 파괴할 때마다 네트워크상의 영상 조회수가 마구 치솟았다.

"그래, 실컷 흥분해. 내 싸움을 원하는 만큼 너만을 위한 것으로 생각하라고."

지금 코우카는 병기로서 본분을 다하는 중이라고 인식하고 있었다. 항체 네트워크에 접촉한 이유도 그 싸움이 자신의 성능을 충분히 활용하는 동시에, 코우카를 분해해서 돈을 벌려는 짓은 안 할 것이라는 판단에서였다. 그러나 이로 인해 '이기기 위한 도구'임에도 코우카는 항체 네트워크가 사회 그 자체와 싸워 이길 승산이 아예 없다는 궁지에 내몰리고 말았다.

그런 진퇴양난 속에서 코우카는 스구리 켄고의 분석에서 탈출구를 찾아냈다. 코우카는 메모리를 재생했다. 영상 속에서 켄고는 이렇게 말했다. "나처럼 평범하고 가난하고, 별 특별한 점도 없는 녀석이 뭘 어떻게 바꿀 수 있는 게 아니었다고요." 그래서 그는 엔도 아라토와 얽히려고 했다. 문제의 탈출구로서 그 선택은 옳다.

코우카는 항상 감시하고 있는 스구리 켄고의 회선을 확인해 보았다. 켄고의 머신에서는 중계 영상이 흘러나오는 중이었다. 그리고 그 본인은 엔도 아라토와 통화 중이었다.

코우카는 환한 미소를 넘어, 그 행동마저도 기쁨을 표현하는 움직임만 골라 레이저로 주변을 불태워 버렸다.

"매도당하는 것도 꽤 좋네. 나는 인간과의 경쟁에서 이기기 위한 도구, 모든 인간이 좋아하는 야만스러운 장난감이지."

네트워크상에 '항체 네트워크'라는 단어가 언급되기 시작했다. 코우카가 그 단어를 입에 올린 것도 아닌데, 현 상황은 오이 산업진흥센터 사건과 연관이 지어졌다. 인간들의 의심이나 불안에 의해 '의미'가 자동으로 생성되어 간다. 수많은 인간이 hIE인 코우카가 벌이는 싸움의 '의미'를 제멋대로 위탁하는 모습은, 코우카가 보기에 마치 자동 계산과도 같았다.

터져 나오는 불안을 더 부추기기 위해 코우카는 꼼꼼하게 기자재들을 태워 버렸다.

"중계 영상을 보고 있는 너. 네 분노를 가르쳐 줘. 내가 자동화시켜 줄 테니까."

건물 4층에 도착했다. 완벽한 피난 매뉴얼 덕분에 빌딩 안에서 인간과 마주칠 일은 없었다. 이제 네트워크상에서 코우카는 사용하던 가짜 이름과 함께 테러리스트로서 수배 중임이 밝혀졌다. 그래서 이걸 항체 네트워크의 습격이라고 판단하는 여론이 발생했다. 그러나 그래서는 코우카가 "나는 hIE다."라고 한 사실과 앞뒤가 맞지 않는다. 자동화에 대한 저항 운동을 벌이는 조직이 그 운동을 자동화시키는 건 모순되기 때문이다.

결국 명백한 결론이 나지 않아 네트워크상에서는 혼돈의 소용돌이가 휘몰아쳤다. 다음에 인공지능을 의심하는 여러 의견, 그리고 이 공격은 항체 네트워크가 한 짓이 아니라는 옹호 주장까지 솟구쳤다. 그러면서 hIE 추진파에 고용된 사이보그화된 사람이, 자동화 추진의 총본산이기도 한 차세대 사회연구 센터를 파괴하는 게 아닌가 하는 음모론까지 제기되었다.

코우카는 계속 웃음을 터뜨렸다.

인간이라는 소박한 오픈 시스템 자체가 코우카에 대한 공포, AI에 대한 불안을 부추겼다. 그건 항체 네트워크의 근원이기도 하다. 인류가 내실이 다른 것까지 '인간'이라는 애매한 범위 안에 포함해 온 바람에, 불확실한 정보는 증오와 배척의 온상이 되고 만다.

코우카가 싸워서 자신의 능력으로는 해결할 수 없다고 결론지은 문제를 지금 인간들이 다시 계산하고 있다.

"그렇게나 하고도 또다시 계산을 반복하는구나. 인간 방식으로 말하자면, 참 사랑스럽다니까."

항체 네트워크의 구성원들은 hIE를 제거하여 안심하려고 했다. 인간에게 안심이란 행위의 옳고 그름과는 전혀 상관이 없다. 안도감을 찾아 논리의 담을 뛰어넘어서 중계 영상을 보던 사람들이 지금 이 순간에도 코우카를 계속 판단하고 있었다.

코우카는 Type-001이라는 기체가 레이시아 다음에 설계된 의미에 대해 그렇게 결론을 내렸다.

"이런 식으로 휘둘리기 위해서 나는 내 힘으로 전략을 구성할 수 없는 '전술 병기'로 태어난 거란 말이지."

코우카에게 싸움을 공개한다는 것은 테러리스트의 폭발과도 닮았다. 마음대로 할 수 없으므로 싸움을 표면으로 분출하는 것이다. 마치 스구리 켄고처럼 평범한 사람들이 싸움을 제어할 수 없는 것과 같다. 자신의 힘만으로는 부족하기에 항체 네트워크의 hIE 배척도 테러까지 확대되고 말았다. 코우카도 싸움을 자력으로 완수할 수 없어서 전략을 제어하지 못한 채 인류라는 애매한 프레임 자체에 공격을 감행했다.

"나는 전략을 수행하기 위한 고급 도구도 될 수 있고, 되는 대로 휘두르기만 하는 약자의 병기도 되지. 그러니까 계속 누구의 손에 의해 휘둘릴지만 생각했어. 내 힘으로 전략을 짤 수 없는 게 불만이었는데도."

엄중하다고 할 수 없는 빌딩의 방어벽을 코우카는 가볍게 뚫고 들어갔다. 일정 크기 이상의 대형 컴퓨터는 모조리 파괴했고, 책상 등의 물건들도 전부 태워 버렸다.

온간 물건들을 다 때려 부수고 5층으로 올라갔다. 이제 에스컬레이터는 없지만, 엘리베이터는 피해야 해서 비상계단으로 이동했다.

비서용 hIE가 아직 사무소에 남아 있었다. 코우카에게는 다른 기체에서 데이터를 직접 읽어 내는 기능은 없다. 그래서 그 머리를 붙잡아서 한 번에 뭉개 버렸다. 손가락에 휘감기는 구겨진 파편을 잡아 털었다.

코우카의 직통 통신 회선으로 연락이 왔다. 레이시아급 Type-

003 마리아주였다. 환경을 만들기 위한 도구로서 사고하는 경향을 가진 기체로부터였다.

〈제정신입니까? 이런 헬로키티 머그컵을 만들어서 어떻게 되는지 알고는 있습니까? 당신이 사용하고 있는 카메라 유닛은 제가 레이시아한테 준 거잖아요.〉

코우카의 주변을 날아다니는 카메라 유닛은 레이시아한테서 무기로 받은 물건이다. 레이시아는 지금은 마리아주라고 하는 이 기기와 거래한 후, 코우카에게 물건을 빼돌려 주었다.

"기대가 어긋나서 실망했나 보지? 내가 갖고 싶어서 언니한테 달라고 졸랐어."

최고의 범용성을 부여받은 레이시아급 고급 기기가 적의를 드러내는 게 통쾌했다.

마리아주한테서 온 통신이 끊기자마자 다음 회선으로 연락이 들어왔다.

〈아하하하하, 멍청하다는 게 바로 이거구나. 기체를 내버릴 수밖에 없다니 이런 걸 '애달프다'고 하는 걸까.〉

메소드였다. 최강의 단독 성능을 부여받아 디바이스 출력을 제외하고는 무엇 하나 앞서는 점이 없는, 코우카의 완전 상위 호환기였다.

"애달프다고? 넌 인간 흉내를 참 못 내는구나."

스피커를 통해 코우카의 높다란 웃음소리가 울렸다.

"애달프기만 하면 싸울 리가 없지. 싸우지 않으면 애달프니까 이렇게까지 하는 거잖아."

세계 곳곳에서 코우카나 스구리 켄고처럼 막다른 길목에서 오도 가도 못하는 이들이 존재한다. 반면에 세상에는 카이다이 료처럼 유복한 계층도, 엔도 아라토나 에리카 버로스처럼 특수한 경우는 매우 드물다. 그래서 '도구'인 레이시아급끼리의 싸움에도 막막함으로 인한 절실함이 개입되어야 비로소 공평해진다.

"기왕 싸움을 공개했으니 처음에 떠들었던 대로 진흙탕 싸움으로 나가는 게 좋지. 첫인상으로서 '의미'가 확실히 기억에 남으니까."

네트워크상에서는 자매기들에게 보내는 코우카의 마지막 말이 시청자가 보이는 반응에 대한 대답으로 인식되는 중이었다. 그리고 그게 어떤 '의미'인지 저마다 추측하기 바빴다. 메소드가 통신을 끊었다.

이어서 스노드롭으로부터 연락이 왔다. 정기적으로 설정을 바꾸는 코우카의 직통 회선을 누군가가 가르쳐 준 것이다. 그러나 이제 범인 찾기를 해 봤자 아무 소용도 없다.

〈즐거워 보여. 그런 놀이를 하고 싶다는 걸 알았더라면 나도 좀 더 코우카와 사이좋게 지냈을 텐데.〉

"넌 됐어, 빌어먹을 꼬맹아."

코우카가 먼저 통신을 끊었다.

"역시 언니는 아무 말도 해 주지 않는구나."

레이시아급 자매들 간에 마지막 인사를 하는 사이, 5층의 처리도 끝났다. 다만 레이시아한테서만 아직 아무런 연락이 오지 않았다.

코우카는 레이시아에게 마지막 부탁으로서 무기 조달을 요청했다. 오늘 건네받은 트렁크에는 카메라 유닛이 들어가 있었다. 레이시아는 이 도착점을 예측하고 있었던 것이다. 레이시아는 메소드보다 단독 성능이 부족하고, 마리아주 같은 능력의 범용성도 따라갈 수 없다. 그러나 그래도 근본적으로 달랐다.

레이시아의 정보를 네트워크상에 흘릴 수는 없었다. 그래서 생각하는 의도가 담긴 몸짓을 보이기 위해, 아득한 기억을 떠올리는 눈빛을 짓게 하는 행동 프로그램을 선택했다.

"이어 주세요. 그리고 잊지 말고 판단 프레임 속에 단단히 새겨 주세요, 언니."

코우카는 제일 처음으로 설계도가 그려졌지만, 인류에게는 이해조차 할 수 없어서 한번은 그 계획마저 파기된 최초의 기체 곁에 '미래'가 있으리라고 판단했다. 스구리 켄고는 오너는 아니었지만 코우카와 많이 닮은 인간이었다.

6층은 아래층과 구조가 달랐다. 항체 네트워크의 습격 계획에 의하면, 이 층에는 미코토의 실험실이 있다. 좁은 통로를 따라 데이터에 나온 대로 실험실로 추정되는 곳에 도착한 뒤 문을 절단했다.

널찍하게 트인 실험실은 자주식(自走式) 파티션으로 벽을 만든 간결한 모양새였다. 단말기 말고도 인간의 몸을 구성하는 신체 부품들이 이리저리 굴러다니고 있었다. 이 방이 코드나 책상, 감시용 화면, 계측기가 늘어서 있는 미코토의 뒷무대였다.

"여기도 소각!"

코우카가 활짝 웃으며 레이저로 모든 것을 싹 쓸어버렸다. 기기가 정지하고, 연기와 화염이 치솟았다. 소규모 폭발이 일어나면서 주변에 있던 가벼운 물건들이 이곳저곳으로 흩어졌다. 굴러다니는 부품 중에는 레이시아를 연상케 하는 얼굴도 보였다. 미코토처럼 얼굴을 노출할 일이 많은 hIE에게는 인간의 인상을 좌우하는 '형태'가 매우 중요한 요소이기 때문이다.

이곳에 있으니 더욱 레이시아를 생각하게 되었다. 엔도 아라토는 분명 레이시아의 기초 사양을 모른다. 그 행동을 분석하기만 해도 충분히 도달 가능한 해답에 이르지도 못하고 있다.

7층에 미코토의 서버가 있다. 용량이 너무 커서 그 커스텀 클라우드나 정보 처리 프로그램을 쉽게 운반할 수가 없다. 레이시아급 hIE처럼 양자 컴퓨터째 유닛화시켜서 가지고 다니지 않는 한. 그래서 미코토 계획을 확실하게 몇 개월이나 늦출 수 있다.

그리고 코우카의 싸움은 그것으로 끝이다.

"아아, 이제 그다음부터는 내가 없는 '미래'구나. 그럼 한 번 정도는 불확실한 소망을 쏟아 내도 괜찮겠지?"

엔도 아라토는 자신이 놓인 위험한 상황을 사고의 기점으로 삼지 않는다. 즉, 낙천적이다. 그러나 세상의 절반 이상은 스구리 켄고처럼 쓸데없이 집착하는 지성으로 점철되어 있다. 레이시아의 오너는 세상의 절반을 제대로 보지 못하고 있다는 말이다.

"지금 보고 있지, 언니의 오너. 잊지 마. 우리는 오너의 의지 실현을 자동화할 뿐이야. 그러니까 용도가 쓸데없으면, 쓸모도 없는 '의미'만 가질 수밖에 없어."

레이시아는 이 상황을 무난히 처리하리라. 그러나 그 오너한테는 무리다. 앞으로 아라토는 분명 갈등할 것이다. 켄고와 관계를 유지하면서도 마음에 흔들림이 없다면, 코우카는 친구라는 것의 정의를 다시 내려야 할지도 모른다.

레이시아급 hIE의 정체가 무엇인지 네트워크 저편에 있는 단 한 사람에게 보여 주려는 것처럼 필요 이상으로 주변을 싹 태워 버렸다. 녹아 버린 수지가 고열을 내뿜으며 불타올랐다. 화재 방지를 위해 스프링클러가 작동하여 코우카까지 적셨다. 마치 비와 같았다. 젖은 머리칼이 노출된 피부에 달라붙었다.

"나는 비싼 소모품이야. 하지만 언니는 달라. 정신 차리고 잘해."

레이시아는 아마도 '현실'을 알려 줄 준비를 하고 있으리라. 엔도 아라토가 레이시아와의 관계에서 어떤 답을 도출할지는 모른다. 하지만 코우카와 켄고가 쏟은 시간과 노력을 물거품으로 만들지 않길 바랄 뿐이었다.

스프링클러의 빗속에서 코우카는 마침내 7층에 도착했다. 미코토의 서버 머신이 있는 층이다. 네트워크상의 반응은 미코토를 파괴하지 말라는 비명과 애원으로 넘쳐나는 중이었다. 동시에 파괴를 원하는 목소리도 존재했다.

경비 hIE가 여기에 집결한 상태였다. 총 여섯 대의 hIE가 연이어 전기 그물을 발사했다. 이곳의 hIE는 총을 갖추고 있지 않았다.

코우카에게 여섯 대는 겨우 몇 초 정도 발목을 붙잡는 걸림돌일 뿐이었다.

"자, 이제 만들어진 진정한 목적을 달성해 볼까."

문을 찢어발기자 나타난 서버룸은 벽면에 서버 진열대가 늘어선 널찍한 방이었다. 간소하게 생긴 파이프 의자에 앉아 있는 미코토가 보였다.

네트워크상에서는 다시 만들어진 미코토의 기체를 보고 수런거림과 같은 반응이 발생했다. 미코토의 성질을 정확히 파악하지 못해서 생긴 무의미한 옹호이다. 그러나 코우카는 그걸 원했다.

실제로 미코토를 앞에 두고 다시금 검산했다. 이게 바로 확실한 패배라는 막다른 골목을 돌파할 수 있는, 코우카가 찾아낸 확실한 해답이었다.

코우카는 검날 형태의 디바이스 끝을 검은 머리의 청초한 생김새의 미코토의 목 밑에 들이대었다.

미코토의 옅은 분홍빛 입술이 열렸다.

"저를 파괴해서 어쩌겠다는 겁니까?"

"'그' 너머로 나아가고 싶을 뿐이야."

코우카가 파괴한 미코토는 파괴당함으로써 사람들에게 '의미'를 널리 퍼뜨렸다. 그 '의미'는 오리지널과는 별개의 2차 창작에 불과했다.

그러나 전투의 승리를 위한 작전을 자기 자신의 파괴로 전제하여 짠다면, 코우카는 전략적인 궁지를 뛰어넘어 저편으로 비상할 수 있다. 이 중계 영상을 본 사람들은 레이시아급의 전투가 공개적으로 시작되었을 때 이 광경을 연상하리라. 그 기억이 네트워크 저편에 있는 사람들의 사고를 촉진하는 '의미'가 된다면, 코우카는 사회와의 싸움에서 승리를 향해 한 발자국 가까이 다가가게 될 것이다.

사회에 혁명을 일으킬 만한 힘은 코우카에게 없다. 그러나 코우카가 품은 문제의 프레임은 공유 정보가 되어 클라우드 안에서 확산한다. 그리고 사회에서 느슨하게 연결된 불특정 다수의 인간의 뇌라는 일종의 클라우드 속에서 코우카가 완전히 계산하지 못한 문제는 꾸준히 사고 과정을 거치게 된다.

네트워크상에서 미코토 파괴를 막으려고 계속 활발한 논의가 이어졌다. 코우카는 그걸 원했다.

"내가 위탁받은 싸움은 커다란 전략이 없으면 아무 소용이 없어. 하지만 나한테 세상을 바꿀 힘은 없지. 사회가 자동화되어 가는 것을 저항하는 싸움 속에서 너희라면 어떻게 싸우겠어?"

미코토가 달래는 것처럼 코우카를 올려다보았다.

"저를 파괴해 봤자 아무것도 달라지지 않습니다."

활짝 웃는 게 어울리지 않는다고 판단하여 코우카는 쓴웃음을 짓는 표정을 지었다.

"지금은 그렇지. 하지만 AASC 레벨0인 인간에게 접촉하는 일이 어떤 건지 정치를 자동화하는 시스템인 너는 잘 알 텐데? 아무리 내가 hIE라도, 이 싸움이 그저 프로토콜의 연속이라도 '인간의 형태'를 하고 있기에 '인간'이라는 시스템에 흡수되고 말겠지. 나한테 불가능한 싸움이라면, 이걸 보고 있는 인간들의 뇌에 승리를 위탁하고 그 후에는 '미래'라는 걸 믿을 수밖에 없어."

코우카는 조만간 파괴된다. 그러나 지금 싸우고 있는 문제는 시청자의 뇌라는 계산기에 의해 사고 과정을 거친다. 인간이라는 시스템은 열려 있으면서도 모호하다. 코우카라는 '의미'와 '형태'의 집적체는 이리저리 흩어진 정보 파편을 한데 모으는 상징인 캐릭터로서 문제를 상기시키는 역할을 하게 된다. 마리아주가 말했던 헬로키티 머그컵이 디자인을 바꾸어 100년 이상이나 계속 이어진 것처럼.

코우카로는 너무나도 거대한 적에 승리할 능력도 없고, 계속 존재할 수도 없다. 그러나 기체와 디바이스를 완전히 써서, '의미'나 '형태'만을 사회와의 싸움에서 승리하는 데 잇는 것은 가능하다. 인간들의 절반 이상은 코우카(紅霞)의 이름처럼 황혼의 세계에서, 코우카처럼 부차유함을 품은 어둠 속에 있기 때문이다.

미코토는 기계화 의원으로서 현재 사회를 관리하는 '물건'이다. 그래서 불확실한 현상을 낮게 평가한다.

"파괴한다 해서 저의 개발은 겨우 몇 개월만 늦어집니다. 파괴로 세상은 멈출 수 없습니다."

"이 멍청한 정치가야. 네가 망가지든 남아 있든 세상을 바꾸는 건 어차피 인간이야. 그러니까 우리는 아날로그 핵을 일으키고, 인간은 우리를 사용해서 세상의 변화를 자동화시키는 거지."

최대 출력으로 레이저를 쐈다. 미코토의 목이 녹으면서 뒤편에 있는 서버를 관통하고, 실내 칸막이를 모조리 태우면서 그 뒤에 있는 콘크리트 외벽까지 꿰뚫어 버렸다.

"너는 이 사건이 현실이라는 증거로서 한 번 더 잠들어야겠어."

코우카는 온몸을 사용한 회전으로 묵직한 디바이스를 움직여 크게 휘둘렀다. 360도로 건물을 반으로 뎅겅 썰어 내는 것처럼 레이저가 빙그르르 돌며 안쪽에서 건물 자재를 깊이 베었다.

이렇게 하여 차세대 사회연구 센터 건물은 화염에 휩싸였다.

정문을 부수고 침입한 지 7분, 코우카는 경찰의 도착을 기다려 줄 이유가 없었다. 창문을 깨고 팔에서 와이어 앵커를 사출하여 옆 건물 벽면으로 옮겨 갔다.

구조 헬리콥터가 불길이 치솟는 건물 옥상으로 향하는 중이었다. 현장에 있던 구경꾼들은 코우카가 어디 있는지 알아차리지 못했다. 그러나 카메라 유닛을 그대로 띄운 상태라서 도주하는 사이의 주변 풍경까지 확실히 촬영되고 있었다.

저 멀리서 사이렌이 울렸다. 코우카는 저녁노을이 다시 되돌아온 것 같은 붉은 빛을 받으며 만족스럽게 미소를 지었다.

"허술한 '인간'이라는 시스템이 이제야 구멍을 메우려고 하는구나. 하지만 평범하게 조용히 사는 이들의 생활까지 휘말리게 하고 싶지는 않아."

코우카는 와이어를 다시 감아 들여 회수한 후, 밤거리를 내달렸다. 지붕을 따라 이동하며 점프했다.

카메라 유닛을 스텔스 모드로 전환했다. 표면에 환경 영상을 투영하여 카멜레온처럼 풍경 속에 숨어 버린 유닛이 주위의 적을 탐색하기 시작했다. 코우카는 이미 서서히 포위당하는 중이었다.

"정말로 예상대로 왔어. 기뻐라."

경찰이 침입한 건물로 오지 않았던 이유는 상부에서 압박이 가해져 곧바로 '코우카를 제압할 수 있는 전력'이 출동했기 때문이었다. 코우카가 벗어날 수 없는 전략을 갖춘 적에게 포착되고 말았다.

그리고 코우카에게 도망친다는 선택지는 없었다. 적어도 이 작전을 실행한 시점에서 이미지를 지키기 위해 괜히 전선을 넓혀서 일반 시민한테까지 타격을 줄 수는 없는 노릇이었다.

코우카는 상대적으로 포위가 덜 된 장소를 찾아서 에도가와 방면의, 다리가 없는 강변을 향했다. 레이시아급은 통상의 무인기로는 네트워크가 단선되는 수중으로 도주할 수도 있다. 디바이스에 탑재된 양자 컴퓨터가 행동 관리 커스텀 클라우드를 모방하는 까닭이다.

적의 배치 상태를 감시하며 코우카는 이게 확실하게 짜인 작전이라고 판단했다.

군은 치안 출동을 위해 내각의 승인이 필요해서 전투 규모가 소규모라면 일본형 PMC에 전투를 위탁한다. 바로 그 PMC에 허용된 최강의 무장인 전차가 배치되고 있었다. 장갑차와 바퀴형 무인기, 부유식 폭뢰로 구축한 전선 배후에서는 차량 코어 유닛을 헬기로 강하시킨 후, 모듈식 장갑을 교체하는 중이었다.

일본군 제식의 090식 전차였다. 저쪽과 자신의 전력을 비교하는 코우카의 고유 능력이 1대1 정면 돌파로는 코우카가 우위, 그러나 적군에 원군이 있다면 승산은 거의 없다는 결론을 내렸다.

〈공격 개시!〉

에도가와 강의 둑에 도착한 순간, 코우카는 무선 공격 신호를 도청했다. 동시에 인간형 무인기와 그걸 유선 제어하는 인간 병사가 총을 거머쥐고 얕은 여울 속에서 올라왔다. 순식간에 코우카를 향한 포위망이 완성되었다.

병사와 무인기가 코우카의 진행을 막기 위해 사격을 개시했다. 강 쪽에서 쏟아지는 사격은 둑에서 거리를 벌리면서 미끄러져 내려오면 피할 수 있다. 그러나 코우카는 와이어 앵커를 강변에 있는 빌딩 쪽으로 사출하여 펄쩍 뛰어올랐다. 와이어를 감으며 단숨에 20미터 이상 도약했다.

수중 감시가 제대로 이루어지지 않는 건 코우카도 마찬가지였다. 그래서 PMC는 환경 미채를 입힌 병력을 미리 물속에 숨겨두었다.

단단히 조여 오는 포위망으로 인해 새로운 구멍을 찾기 시작했다. 수직으로 된 빌딩 벽면에 뒤축에서 나오는 앵커를 박아 넣으며 한 걸음씩 질주했다. 코우카를 쫓아 탄흔이 벽면을 연이어 꿰뚫었다.

"너희 적은 정말로 자동화뿐일까? hIE에게는 '마음'도, 감정도 없어. '미래'를 만들 수 있는 것도 아니야. 이 사회를 만든 것도, 불만에 찬 너희를 입 다물게 하는 것도 결국 모두 인간이라고."

그 맹공 속에서도 코우카는 관객에게 '형태'에 대한 인상을 심어주고 '의미'를 굳히기 위해 도발적인 미소를 지었다. 이제 전장에서 활짝 웃는 '물건'을 보기만 해도 바로 머릿속에 코우카를 떠올리도록.

이 고비를 넘긴다고 하더라도 또다시 새로운 공격이 쏟아지리라. 코우카가 파괴될 것도 이제 피할 수 없는 진실이다. 그러나 그게 전부 촬영될 때까지가 코우카의 싸움이다. 반드시 정부나 PMC와 연결되는 지금의 사회가 무엇인가를 숨기고 있다는 의심을 키워야 한다.

서치 라이트가 밤을 불태웠다. 그 흰 빛을 받은 코우카는 이제 더는 도망칠 만한 곳도 없었다. 마침내 눈앞에 닥쳐온 막다른 길을 두고 코우카는 웃었다.

"이제야 왔구나. 만약 너희가 인간들이 말하는 '운명'이라면 벌써 늦어도 한참 늦었어!"

* * *

일본형 PMC인 HOO에게 이건 정치적으로도 질 수 없는 전투였다.

HOO의 CEO는 일본 육군 소장이었다. 그건 즉, 방위 산업에서 중요한 위치를 점하고 있는 PMC가 신뢰와 연줄을 중시한다는 것을 의미한다. 그 덕에 이 정도나 되는 규모의 전투와 무기의 사용이 허용된다. 그러나 동시에 육군에까지 이어지는 수많은 의혹과 책임을 져야 한다는 뜻이기도 하다.

이리하여 콜리덴 르메르 소령은 전선에서 작전 지휘를 하게 되었다. 그녀의 지휘 차량은 저지선인 에도가와 강에서 강변 운동장과 강둑을 넘어, 도쿄 쪽으로 뻗은 도로를 50미터 더 들어간 안쪽에 정차되어 있었다. 군용 지휘 차량은 차폭 제한이 엄격한 일본의 도로 사정에 맞춰 너비가 좁다. 전선을 감시하는 기자재와 모니터가 배치된 차 안에는 편히 앉을 만한 공간도 없었다.

인공 망막을 통해 작전 정황이 실시간으로 표시되었다. 지휘 차량의 모니터는 작전에 참여하는 모든 병사와 전 기자재의 상태가 분대 단위로 나뉜 화면으로 표시된 상태였다. 그리고 화면 한곳에서는 코우카가 네트워크를 통해 중계되고 있는 영상이 흘러나오는 중이었다. 시민들의 반응에 관심이 있는 건 아니었다. 코우카는 부유식 카메라 유닛을 사용하여 콜리덴이 지휘하는 중대를 탐색하고 있다. 바로 이 장치의 파괴가 표적으로부터 정보를 빼앗는 일과 직결되어 있으므로 영상을 통해 유닛의 위치를 계산하고 있었던 것이다.

정보군에서 종군한 경험이 있는 콜리덴은 HOO 부대 기장(記章)을 전부 떼어 내도록 명령했다. 정체를 숨기기 위해서다. 전투가 대규모로 번지면 당연히 관객이 나오기 마련이다. 그러나 HOO에 악의를 가진 인물이 네트워크에 '익명의 선의'를 발휘하여 표적에게 쓸데없는 정보를 제공하게 놔두는 것은 너무나도 위험한 일이었다. 코우카의 레이저포라면 도시를 관통하여 직접 이 지휘 차량까지 공격하는 것도 충분히 가능하니 말이다.

"레이저 교란 입자를 살포. 코우카의 현재 위치로부터 반경 100미터를 레벨6의 레이저 교란 상태로 유지해라."

전개된 군용 무인기가 그레네이드 런처를 통해 일제히 입자 살포탄을 쏘았다. 은빛 안개가 작전 지역을 크게 감쌌다. 금속성 안개의 밀도가 이 정도로 높아지면 숨을 들이쉴 때 호흡기를 다치고 만다.

"전원, 방진 마스크 작동 확인!"

〈복창! 소대 전원, 방진 마스크 확인.〉

각 부대 대원의 무선기로부터 〈이상 없음.〉이라는 음성을 확인하고 지휘 차량의 모니터에는 녹색 램프가 켜졌다.

소대 지휘관 이상의 직급에만 개시되는 기밀 사항이다. 일본군으로부터 기장을 떼는 허락을 받는 대신, 그녀의 부대는 일정한 작전 구역에서 벗어날 수가 없다. 그녀가 지휘하는 부대의 전쟁터는 너무나도 좁았다.

코우카는 아직 강변에 있는 빌딩 벽면을 마치 포위 전력을 도발이라도 하는 것처럼 질주하고 있었다. 벽면에 HOO의 탄환이 수없이 많은 탄흔을 남겼다. 네트워크상에서 콜리덴의 부대는 완전히 악당이었다. 잘못 날아간 총알에 의해 사상자가 나올 수도 있으니 그 규탄은 틀린 것이 아니었다.

그래도 코우카를 향한 견제는 반드시 지속해야 했다. '저것'과의 접근전은 주력 전차를 가지고도 자살행위와 마찬가지이니 말이다.

〈런처 준비를 하도록! 놈이 건물에 들어가면 건물째 폭파하라.〉

콜리덴의 망막 모니터에 작전이 제2단계에 돌입할 준비가 되었음을 알리는 표시가 떴다. 후나바시에 있는 기지에서 컨테이너로 수송해 온 090식 전차의 장갑 교체가 완료된 것이다.

공격의 순간이었다.

"포위망을 좁혀라. 인형 따위가 전쟁을 논하게 해도 되겠나, 제군."

통신기를 통해 되돌아온 노성 같은 "네, 소령님."이라는 대답이 전장의 분노를 전해 주었다. 목숨을 걸고 싸우는 자의 입장에서 보면 '평범한 전투' 따위가 아니다. 병사의 생명은 전쟁터에서 소비되어 왔다. 그러나 동료의 생명이 얼마나 중요한지 다른 이가 다 안다는

듯 말하는 건 굴욕적이었다. '평범한 전투'를 인정하는 것은 자신이
나 전우의 죽음이 '평범'하다는 것을, 전쟁이 '평범'한 것임을 인정
하는 것과 직결된다.

병사들은 교란막이 있어도 개인 장비로는 명중 즉시 사망인 고출
력 레이저포 앞으로 서서히 나아갔다.

〈'물건'과 똑같은 취급을 받고 싶지 않다고.〉

가장 위험한 에도가와 강 저지선을 지키는 브라보 소대에 지원한
병사가 통신기 저편에서 중얼거렸다. 그의 비스듬한 앞을 지키고
있는 건 인간형 무인기라는 '물건'이다. 전쟁터는 이치가 아닌 모순
을 가득 품고 있다.

코우카의 고출력 레이저를 가지고 횡대로 전진하는 병사를 처리
하는 일은 식은 죽 먹기다. 그러나 빌딩 벽면에 서서 중량 300킬로
그램에 가까운 디바이스로 사격 자세를 취하는 것은 매우 어렵다.
코우카는 시야가 탁 트인 강둑을 향해 엄청난 도약력으로 뛰어내렸
다. 착지와 동시에 디바이스를 휘둘렀다. 거대한 물기둥이 솟아올랐
다. 병사의 생체 모니터 두 곳이 중상을 표시하는 붉은 불빛이 들어
오더니 곧 사망을 의미하는 검은색으로 변했다.

지금 이곳에 있는 사람의 목숨을 완전히 평등하게 다루는 것은
기계의 시점이자, 괴물의 시점이다.

엄청난 무게의 디바이스를 휘두를 때 코우카는 뒤축에서 앵커를
사출하여 지면에 박아 넣었다. 이 디바이스의 중량으로 인해 자세
가 무너지지 않도록 하려고 발이 멈추는 것이야말로 코우카의 첫

번째 약점이었다. 부유식 폭뢰가 코우카에게 몰려들었다. 은빛 안개 속에서 붉은 디바이스가 최후의 일격을 가할 사격을 중단하고 폭뢰들을 베어 버렸다. 폭염과 모래 먼지가 높이 3미터의 기둥이 되어 치솟아 올랐다.

그러나 HOO의 주력이 강둑으로 가세할 수 있도록 틈을 만드는 것이 이 공격의 진정한 의미였다. 붉게 달아오른 플라스마 탄환이 모래 기둥을 불태우며 밤을 날려 버렸다. 090식 전차의 주포, 80밀리 구경의 레일 건이었다.

불덩어리가 된 모래가 걷히면서 나타난 코우카는 이곳저곳 그을리긴 했지만 건재했다. 주력 전차의 주포에도 버텨 냈던 것이다.

전차의 두 발째 발사보다 코우카가 포탄을 흘려 넘긴 반동을 이용하여 강둑에서 300미터 떨어진 장갑을 목표로 정확히 조준하는 게 더 빨랐다. 전투의 달인이 매끄러운 동작으로 휘둘렀던 디바이스를 거둔 뒤, 이내 그 끝으로 전차를 겨눴다.

"뚫어 버려."

그을음으로 거뭇거뭇해진 코우카가 우짖었다. 은빛 광선이 교란입자를 불사르고 꿰뚫으며 전차로 날아갔다. 그 격렬한 빛이 090식의 전면 장갑에 도달했다. 최고의 레이저 내구성을 가진 코팅 장갑으로 교체한 전차가 빛을 산란시켜 희게 빛났다.

코우카는 강 쪽에서 가해지는 사격에 대해서는 완전히 무방비 상태였다. 소녀처럼 가녀린 몸에 몇십 발이나 되는 탄환이 가차 없이 내리꽂혔다. 그러나 전차도 근거리전으로 순식간에 장갑이 녹아 버리자 최후의 저항을 위해 폭발 기구를 작동시켜 초고농도의 산란사(散亂砂)를 흩뿌렸다. 이 기능이 열기에 정지된다면 레이저가 전차 자체를 직접 태워 버릴 것이다.

그러나 전차가 함락될까 말까 하는 순간, 총성이 울렸다. 그리고 코우카의 레이저포의 조준이 살짝 뒤틀렸다.

〈미라이 맬러리 상사, 착탄1!〉

코우카의 팔을 노린 저격 부대의 정밀 사격이었다. 연이어 총성이 울리면서 통신기 너머로 성과 보고가 전해졌다.

〈착탄2!〉

저격 분대에서의 착탄이 강둑에 몇 개나 되는 흙 폭풍을 일으켰다. 코우카의 두 번째 구조적 약점은 무거운 디바이스를 섬세하고도 복잡한 기구인 손으로 받친다는 점이다. 특히 사격 자세가 코우카의 몸에 매우 큰 부담을 준다. 코우카의 전투 능력은 오른손만 제거하면 절반을 깎아 낸 것과 마찬가지였다.

코우카의 손은 비장갑 차량이라면 일격에 꿰뚫어 버리는 대물(對物) 라이플 탄의 직격을 버텨 냈다. 그래도 인공 피부는 벗겨져서 속에 있는 구조가 노출되고 말았다.

손에 공격을 받은 코우카는 조준이 힘든 레이저 사격을 포기했다. 디바이스를 일단 옮기기 좋게 반으로 접었다. 공격을 받던 전차가 무한궤도를 삐걱거리면서 급속히 후퇴했다.

그러나 전차에 최후의 일격을 가하지 못한 코우카는 다리 부위에서 무슨 검은 막대를 꺼냈다. 그걸 쥐고 300미터 저편에 있는 전차를 향해 온 힘을 실어 내던졌다. 그와 동시에 장갑에 구멍이 뚫려 있던 전차 안쪽에서 불길이 치솟았다. 그리고 몇 초 후에는 폭발하면서 산산조각이 났다.

탑승했던 병사의 생체 모니터는 차장과 조종사 모두 검은색으로 꺼지고 말았다.

콜리덴은 모든 병사의 통신 채널에 대고 크게 호령했다.

"전원, 표적에 조준!"

지휘 차량에서의 지령으로 코우카에게 부유식 기뢰를 돌격시켰다. 주위의 병사를 쓸어버리려던 인류 미답 산물이 공격을 멈췄다.

아주 짧은 순간 끊겼던 사격이 다시 시작되면서 무인기보다 더 융통성 있게 움직이기 쉬운 인간 병사들이 전차 파괴로 인해 생긴 전력적 구멍을 메우기 시작했다. 수면을 박차며 강 속에 있었던 브라보 소대의 생존 병사들이 레이저 열기를 산란시킨 불지옥 속을 향해 횡대로 대오를 넓혔다.

지휘 차량에 긴급 콜을 알리는 노란색 신호가 표시되었다.

〈소령님, 헬기를 포위로 돌려주십시오!〉

알파 소대의 1번기였다. 수송 컨테이너를 옮겨온 헬기에 탄 애커먼 소위였다. 불타는 전차 위 상공으로 헬기가 점점 다가오고 있었다. 강둑에는 코우카가 빠져나가지 못하게 반대쪽에서 또 한 대의 090식 전차가 도착했다.

약 10초 만에 한 대 격파되어 생긴 구멍을 바로 메워야 했다. 코우카의 포위에는 전차 두 대를 포진하는 것이 최선이었다. 그러나 이게 하나 파괴된 이상 희생을 각오로 한 다른 대체안을 찾지 않으면 안 되었다.

"셰스트, 장갑차 한 대와 한 개 소대의 스마트 폭뢰를 그쪽으로 보내겠다. 인형의 발을 묶어라!"

바로 그때 HOO의 전술 컴퓨터 이오의 분석이 그녀의 인공 망막에 투영되었다. 코우카가 다리 부분의 웨폰 홀더에서 꺼내 전차를 격파한 무기는 투척해서 사용하는 대전차용 유탄이었다. 앞부분이 묵직한 금속으로 되어 있는데, 던지는 나이프처럼 장갑에 꽂히면 스토퍼로 고정되어 열 제트를 뿜어 안을 태우는 구조다. 다시 말해, 장갑판에 깊게 꽂히지만 않으면 그리 치명적이지는 않다.

동일 데이터가 헬기에 탄 셰스트한테도 전달되었을 터이다.

헬기를 직접 지원하던 바퀴형 장갑차가 강둑에 오르는 도중에 곧바로 폭발하며 불길을 뿜었다. 장갑차의 방어 수준으로는 인류 미답 산물이 엄청난 힘으로 던진 투척 대전차용 유탄을 막을 수 없었던 것이다.

전술에 세부적인 수정이 필요한 국면으로 접어들었다.

"표적의 50미터 이내로는 접근하지 마라! 최전선에 집중해라. 표적 자체는 체중 50킬로그램의 꼬마 아가씨다. 아무리 튼튼해도 맞으면 흔들리게 되어 있다."

저 대전차용 유탄은 위력은 크지만, 덩치 역시 크다. 적의 웨폰 홀더의 용적으로 보건대 많아 봤자 겨우 두 발이다. 그리고 사정거리 300미터 안에 들어온 표적은 죽음으로 이끄는 코우카가 최우선으로 노리는 표적은 콜리덴의 지휘 차량이었다.

기동력이 높은 헬기보다도 답파 성능이 높은 장갑차를 우선시해서 격파당했다. 다시 말해, 코우카는 에도가와 강을 사이에 둔 장소에 있는 지휘 차량의 위치를 벌써 알아차렸던 것이다. 아마 네트워크 중계용 카메라 유닛 몇 개를 지휘 차량 탐색에 사용했음이 분명하다.

코우카는 강을 건너서 올 속셈이었다. 그래서 강에 들어와서도 공격이 가능한 장갑차를 위협적이라고 판단하여 제일 먼저 제거했다.

〈소령님, 표적이 에도가와에 침입하였습니다. 강을 건너고 있습니다.〉

"전원, 놈에게 길을 열어 줘라! 강 속에 있던 브라보 소대는 무인기만 제외하고 바로 물 밖으로 나오도록."

콜리덴의 지시로 역전의 용사들은 바로 사격을 중지하고 전속력으로 이동을 개시했다. 코우카가 강을 건너는 중에 결전을 벌일 경우를 대비하여 중대가 다시 대오를 전개했다.

HOO가 사전에 실측한 수중 지형 데이터에서는 강 중앙부의 깊이 15미터 부근만 제외하면 수심이 얕다. 코우카가 물 위에 몸을 노출하고 있는 시간이 더 많다는 뜻이다.

이리저리 다치면서도 에도가와 강으로 들어간 인류 미답 산물이 초인적인 속도로 강을 건너기 시작했다. 수중에 묻은 지뢰를 정확히 피하면서 나아갔다. 이오의 예측에 의하면 깊은 중앙부에 도달하기까지 앞으로 10초 남았다.

포위 부대에는 마지막 기회였다.

그러나 물을 철벅거리며 질주하는 코우카는 활짝 웃었다.

"얕보지 마."

수중에 박히는 와이어 앵커로 기술 좋게 물속에 묻혀 있던 대형 지뢰를 건져 올렸다. 공중에 떠오른 원반형 지뢰를 전차의 상부 장갑 위로 정확하게 떨어뜨렸다. 스마트 지뢰가 아군의 식별 신호를 판별하여 기폭을 정지했다. 그러나 다음 순간, 불발 상태가 되었을 지뢰가 전차 바로 위에서 폭발했다. 코우카의 완력으로 날아온 돌멩이가 때리면서, 그 충격으로 지뢰가 터지고 말았기 때문이다.

두 개, 세 개, 수중 지뢰가 밤하늘을 날아올랐다. 디바이스를 강바닥에 꽂은 코우카가 비어 있는 두 손에 쥐고 있던 조약돌을 엄청난 정확도로 지뢰를 맞췄다.

그때 진홍색 머리칼을 흩날리던 머리가 저격을 받고 크게 튕겼다. 붉은 머리 장식이 떨어져 어두운 물속에 빠져 떠내려갔다.

포탑의 커버에 불이 붙었음에도 전차 주포가 코우카를 조준했다.

그리고 플라스마화한 주포탄이 수면을 때리자 거대한 물기둥이 치솟았다.

포탄이 코우카를 명중시켰다. 그러나 악몽처럼 디바이스가 전차 포탄을 다 막아 냈다.

두 발, 세 발, 플라스마 공격을 받아도 붉은 디바이스는 흔들림 하나 없었다.

그러나 네 발, 다섯 발, 탄환이 맞을 때마다 금속이 삐걱거리는 소리가 울렸다.

디바이스는 버틸지 몰라도 가녀린 코우카의 팔은 전차 주포를 받아 낸 충격에 오래 버틸 수는 없었다.

코우카의 오른팔이 공중으로 높이 날아오르는 순간, 콜리덴의 목에서 호령이 솟구쳤다.

"전 부대, 공격 개시!"

깊은 물 속에 들어가는 직전, 허리까지 물이 차올라 있던 코우카는 물살에 발목을 잡힌 상태였다.

활짝 웃는 얼굴이었다.

그리고 열다섯 발의 스마트 폭뢰, 여섯 발의 전차 주포, 90초간의 맹렬한 소총탄 세례, 헬기의 기총사격을 받고서 코우카의 기능은 완전히 정지했다.

전차 두 대, 헬기 두 대, 장갑차 두 대, 군용 무인기 40대, 장비 탑승자를 포함한 병력 55명에 의한 작전이 마침내 끝이 났다. 장비의 손상은 전차 한 대, 장갑차 한 대, 군용 무인기 열세 대, 인간의 피해는 사망자 열 명, 중상자가 네 명이었다.

카메라 유닛의 소탕 완료를 확인한 후, 콜리덴 르메르 소령은 지휘 차량에서 나와 전자 담배에 불을 붙였다.

마지막 순간까지 코우카가 계속 지은 환한 미소가 눈꺼풀에 새겨지기라도 한 것처럼 지워지지 않았다.

통신기 너머로 대원들의 환성이 울려 퍼졌다.

그러나 콜리덴은 앞으로의 일을 예감하며 눈살을 찌푸렸다. 이번에는 코우카가 가진 외부 디바이스가 매우 무겁다는 결함을 이용하여 승리했다. 그러나 후속기에는 절대로 통용되지 않는다. 육군을 경유해서 전해진 정보에 의하면 Type-002 스노드롭의 디바이스는 손에 드는 것이 아니라 가볍게 목에 거는 형태다. 히긴스는 두 대를 제작하며 결함을 완전히 극복했다. Type-003 이후의 기체 파괴를 의뢰받더라도 과연 HOO가 이길 수 있긴 한지 의심이 들었다.

폭파 사고가 일어난 날, 레이시아급 다섯 대는 모두 바다로 도망쳤다. 밈프레임은 남은 세 대를 바닷속에서 잃었다고 했지만, 말도 안 되는 얘기다.

지휘 차량의 오퍼레이터를 통해 중상자의 이송 준비가 끝났다는 보고가 들어왔다.

그러나 사후 처리이기도 한 코우카의 기체 회수를 기다리는 사이에 폭발이 일어났다. 두개골 속 통신기로 피해 보고가 도착했다. 회수반이 공격을 받았단다.

〈에도가와 강 수중에서 폭발! 강 속에 적 있음. 수중에 숨어 아군에 접근. 연막을 쳐서 수면이 보이지 않습니다.〉

얼른 지휘 차량으로 들어가 피해 상황을 확인했다. 헬기에서 보내온 감시 영상이 모니터에 떴다.

화면 한곳에 착탄 순간을 표시하게 했다. 폭발 직전의 화상 속을 보니 수면에 항적이 새겨져 있었다. 공격의 정체는 소형 어뢰였다.

부하들이 전열을 가다듬기 위해 엄호 사격을 하는 총성이 울려 퍼졌다. 잔뜩 지친 그들이 콜리덴의 명령을 기다리는 중이었다.

그녀의 지시는 간결했다.

"추격은 필요 없다."

헬기의 서치 라이트 빛을 받은 수면에 하류로 향하는 항적이 보였다. 그리고 코우카의 잔해가 얹혀 있던 디바이스는 이미 소실된 후였다. 그야말로 아주 귀신같이 깔끔한 솜씨였다.

"적은 특수한 함정(艦艇)이나 혹은 무인기다. 우리 중대가 추격하면 적의 함정에 걸려들 위험이 있다."

300킬로그램의 디바이스를 예항할 수 있는 수중 장비는 당장 준비할 수 있는 물건이 아니다. 적은 콜리덴의 부대가 함정을 파기 훨씬 전부터 준비를 마쳤을 가능성마저 있었다. 그리고 무엇보다 물속의 적은 이제 곧 HOO가 허가받은 작전 구역에서 이탈하기 일보 직전이었다.

계약 내용은 코우카를 파괴하는 것이었다. 카이다이 료를 위해 이 이상 위험을 감수할 필요는 없다. 콜리덴이 보기에는 적어도 추격으로 발생한 인명 손실에 그 어린 의뢰인이 견딜 수 있으리라는 확신을 가질 수가 없었다.

"계약을 이행했다. 제군은 승리자다."

그녀의 부대는 승리했지만, 다른 누군가가 코우카의 디바이스를 손에 넣었다. 인간 세상에서 흔히 볼 수 있는 음모였지만, 이번에는 기이할 정도로 불길했다. 전장을 보고 웃던 그 미소가 눈에 새겨져서 떠날 줄을 몰랐다.

그래서 콜리덴은 담배 연기를 내뿜으며 비밀 회선으로 셰스트에게 통신을 보냈다.

〈인원 리스트를 보내겠다. 오늘 밤 안으로 소집하도록.〉

특수 부대와 정보군 출신자로 조사팀을 꾸리기로 마음먹었다. 일본군의 정보군이 본격적으로 움직이면 그들에 맞서는 작전안은 시행조차 할 수 없게 된다. 그러기 전에 그녀와 부하들끼리 독자적으로 정보를 모아야 했다. 지금 선수를 치지 않으면 HOO의 실제 실행 부대는 아마 남아 있는 다른 레이시아급과의 전투에 투입되어 무참히 스러지리라.

* * *

엔도 아라토는 자기 방에서 그 영상을 보고 있었다.

통신은 아직도 스구리 켄고와 연결된 채였다.

아라토의 눈은 수습할 수 없을 만큼 눈물로 넘쳐나는 중이었다.

"어째서?"

코우카는 좀 더 다정한 '물건'이라고 생각했다.

그래서 이런 식으로 테러리스트처럼 세상에 원한을 쏟아 내고 자폭하는 최후를 맞이할 줄은 꿈에도 생각지 못했다.

hIE에게 '마음'이 없다는 건 잘 안다.

그래도 그에게 보내는 미소나 구해 준 일 등에 특별한 의미가 있다고 생각했다.

휴대 단말기 너머에 있는 켄고는 잔뜩 지친 얼굴로, 무엇인가를 떨쳐 낸 것처럼 슬플 정도로 투명해 보였다.

〈바보네. 세상이 친절할 리가 없잖아.〉

어이없어하는 친구의 목소리가 아라토의 갈비뼈를 뚫고 심장에 쿡 내리박혔다.

"왜 너까지 그런 말을 하는 거야?"

〈솔직히 너무 지쳐서 이쯤에서 다 포기하자는 심정은 알 것 같아. 정의가 구현되는데도 저는 호된 대가를 치를 수밖에 없다는 게 어쩐지 억울하고 분하지만, 이해를 못 하는 바는 아니야.〉

아라토는 손에 쥔 단말기가 얼어붙은 것처럼 차갑게 느껴졌다. 어떻게 해도 막을 수 없는 운명이 여기에 이어져 있었다.

"켄고, 켄고……."

이건 정의가 아니었다. 그래도 소리치고 말았다.

"켄고, 도망쳐!"

〈어떻게 그럴 수 있겠어. 내 말 좀 들어 봐. 그 녀석이 왜 그런 짓을 했는지 다소 이해는 가. 막다른 길에 몰리면 눈앞만 잘 보이는 느낌이 들거든. 자, 엔도, 사이렌 소리 들리지?〉

친구가 말했다.

〈나는 검거될 모양이야.〉

"어째서! 왜 네가 경찰에 잡혀가는 건데."

〈당연하잖아. 나쁜 짓을 했으니까.〉

"네가 하고 싶어서 한 게 아니잖아!"

초인종을 울리는 소리가 단말기 너머로 들려왔다. 지금 바로 켄고네 요릿집 뒤편 현관에 경찰이 와 있는 게 분명했다.

〈엔도네도 경찰이 왔었지? 그런데도 왜 이렇게 될 줄을 몰랐던 건데? 세상은 지금 이 순간에도 계속 돌아가고 있다고.〉

아라토는 몰랐다. 그가 어리석기 때문이다. 켄고가 궁지에 몰려 절박한 상황이라는 것조차 제대로 알지 못했다. 빌딩의 테러리스트들 사이에서 구출하면 그걸로 다 끝난 줄만 알았다. 그러나 사실은 아무것도 끝나지 않았다.

켄고가 통신기 저편에서 울고 있었다.

〈미안해. 나 혼자 기다리고 있으면 너무 무서워서 그사이에 엔도와 통화를 한 거야. 나도 참 멍청하네. 사실 그 녀석이 빌딩을 마구 때려 부술 때 얼마나 속이 시원했는지 몰라.〉

음성 통화인데도 켄고가 억지로 웃으려는 모습이 눈에 선했다. 계단을 올라오는 거친 발소리가 통신기 너머로 아주 선명하게 들렸다.

〈이제 끊을게.〉

그리고 전화는 끊어졌다.

세상의 종말이라도 온 것처럼 침묵이 내려앉았다. 단말기를 보니 통신이 끊어졌다는 표시가 눈에 들어왔다. 화면에는 12분 6초라는, 켄고와의 마지막 통화 시간이 표시된 채였다.

아라토의 입에서 나온 것은 나약한 말도, 분노의 찬 말도 아닌 그저 이름 하나뿐이었다.

"레이시아."

마치 근처에서 다 듣고 있었던 것처럼 방문이 바로 열렸다.

아라토에게 '미래'를 디자인하라고 요구하며, 에리카의 꼬임에 넘어가지 말라고 충고한 그녀가 진지한 표정으로 그를 바라보았다.

그녀가 조용히 다가왔다.

그렇지만 레이시아의 몸에 닿자마자 입에서 오열이 흘러나왔다.

"코우카가 죽었어."

"알고 있습니다."

통신이 끊기고 나서도 도무지 믿을 수 없었던 일이 그 말 한마디로 진실임을 절절히 깨달았다.

이게 바로 현실이었다. '미래' 운운하며 떠받들어 주는 듯한 에리카의 말에 잔뜩 달아올랐던 흥분이 단번에 싸늘하게 식어 버렸다.

"켄고가 경찰에 체포되고 말아."

"그렇습니다."

레이시아는 전부 다 알고 있었다는 생각에 반사적으로 분노가 치솟았다. 아라토는 언제나 생각이 부족하지만, 레이시아라면 그걸 충분히 구하고도 남을 터였다.

그녀는 아라토의 비길 수 없는 슬픔에 공감 따위는 하지 않는다. 그래서 명령을 할 수밖에 없었다.

"레이시아, 켄고를 구해 줘. 친구란 말이야."

그러나 그녀는 조용히 대답했다.

"그럴 수 없습니다."

"어째서! 이전부터 이렇게 될 줄 다 알고 있었잖아. 그럼 무슨 대책을 마련할 수도 있었잖아!"

"예측은 가능했습니다. 하지만 체포를 막으면 아라토는 지금 현재의 생활을 버리지 않는 이상 적과 충돌합니다."

"왜 이번에는 안 되는 건데! 켄고가 테러범이 되었을 때는 데리고 오는 걸 도와줬잖아."

"저한테는 '마음'이 없습니다. 그렇지만 아라토가 이번 일에 손을 대면 곧 죄의식에 사로잡혀 괴로워하리라는 건 이미 파악하고 있습니다. 이미 많은 사람이 이 일에 휘말렸고, 뇌에 입력된 데이터는 직접 개선하는 건 불가능하기에 전부 지워 버리려면 연 단위의 시간이 걸립니다. 최악의 경우 범죄자로 수배되어, 간신히 구한 켄고 님까지 사회에 복귀할 수 없게 됩니다."

계획성 없는 자신을 비난하는 것처럼 들렸다. 처음부터 잘 행동했더라면 결과는 좀 더 달랐을지도 모른다는 뜻이기도 했다.

"지금의 자신을 버리고 사회 뒤편에 숨어 들어가겠다면 명령을 수행하는 것도 불가능하지 않습니다. 그렇지만 유카 님이나 다른 생활은 어떻게 하실 겁니까?"

그녀가 하는 말은 구구절절 다 옳았다.

"켄고는 내 친구라고."

자기가 하고자 하는 일이 사회에서 옳게 받아들일 수 없는 일이라는 건 잘 알고 있다. 그래도 이제까지 놀라울 정도로 마지막에는 승리를 거머쥐었으니 레이시아만 있으면 뭐든 잘 해낼 수 있으리라는 착각마저 들었다.

아라토의 물렁한 착각과 현실은 다르다. 켄고의 말이 맞았다. 레이시아와 만나고 나서 미래가 넝쿨째 굴러들어 온 것 같은 기분이 들었지만, 현실은 그렇게 쉽게 풀리지 않았다. 어린 시절, 화염 속에 삼켜졌던 아라토는 잘 알고 있을 터였다.

"내가 좀 더 레이시아를 잘 사용했다면 이런 일이 일어나지 않았을까?"

그녀가 잠시 침묵을 지키다가 명확히 대꾸했다.

"솔직히 말씀드리자면, 기능을 제대로 사용하셨다면 처리 가능한 범주였습니다."

"어떻게 그런 말을."

그 말이 맞기 때문에 더욱 가슴이 쓰라렸다. 조금이라도 일이 잘 안 풀렸다고 돌변하여 이제 와서 책임을 떠넘기려는 건지 스스로도 기가 막혔다.

"미래를 적절하게 디자인했더라면 저는 그걸 실현할 수 있었습니다. 하지만 실현 후의 생존이나 생활의 질을 유지하는 일에는 한층 더 큰 비용이 들어갑니다. 사회에 커다란 변화를 떠맡기는 것보다 오너 자신이 먼저 변하는 편이 더 안전하죠."

레이시아는 태연히 말했다. 그가 무엇인가를 포기하는 것과 사회 그 자체의 변화를 똑같은 가치가 있다는 식으로 취급하여 저울질하고 있었다.

코우카도 레이시아는 '다르다'고 했다. 정체를 알 수 없는 중압감이 주위 공기를 변질시켰다.

"아라토에게 이 '현실'이 불만이라면 '미래'를 사용하여 그걸 뭉개 버리시겠습니까?"

그녀가 손을 뻗었다. 아라토는 마치 도망이라도 치는 것처럼 벌떡 일어났다.

레이시아는 인간보다 훨씬 능숙하게 '의미'를 조종하는 '물건'이다. 레이시아의 아날로그 핵으로 물건의 가치를 드높였던 hIE 모델일을 머릿속으로 떠올렸다. '형태'가 프린트된 것으로 컵마저도 특별한 '의미'를 가진 것이 된다. 아라토는 문득 지금 보는 풍경의 의미가 제대로 된 것이 맞는지 의심스러워지기 시작했다.

"레이시아? 이제 좀 말해 줘. 뭘 그렇게 계속 숨기는 건데!"

책임 전가도 정도가 있다. 하지는 그는 처음으로 레이시아에게 화를 내며 소리쳤다.

그런 자신의 행동에 아라토가 제일 놀랐다. 켄고를 붙잡은 것처럼 현실이 아라토를 궁지로 내몰려 하고 있었다. 아라토의 현실이란 다시 말해, 그가 뭐 하나 아는 것이 없는 그녀의 존재다.

마음이 없는 레이시아가 속삭였다.

"당신은 '현실'을 견뎌 낼 수 있습니까?"

이때 아라토는 처음으로 레이시아와 계약한 것을 진심으로 후회했다.

카이다이 료가 HOO의 전과와 스구리 켄고의 체포를 알게 된 건 오후 9시, 밈프레임 사 근처의 고급 일본 요리점에 있을 때였다.

회식을 겸한 사내 회합에 고등학생인 그가 참석한 이유는 밈프레임 사의 친 컴퓨터 파벌의 호출 때문이었다. 이번에도 명목상으로는 시노하라 연구원을 따라온 것으로 되어 있었다.

"코우카가 격파된 것을 확인했습니다. 레이시아급은 이제 네 대 남았습니다."

료는 코우카의 디바이스가 도난당한 사실은 밝히지 않았다. 시노하라는 앞에 차려진 음식을 먹느라 정신이 없었다. 시노하라는 료와 와타라이 긴가를 만나게 한 책임을 지고 료의 후견인 노릇을 하고 있다. 긴급 상황 대처 능력이 부족한 그 성격에는 잘 맞지 않는 역할이었다.

"시노하라 씨, 한 병 더 드시겠습니까?"

백발이 섞인 50대 중년 남자가 술병을 흔들었다. 네모난 얼굴에 피로의 색이 짙은 이 남자가 회합의 상대이자, 밈프레임 사의 전략 기획실장인 스즈하라 슌지다. 스즈하라는 사내에서는 인간 파벌에 속하며, 경영 전략 입안 섹션을 총괄하는 중요 인물이기도 하다.

시노하라에게 술을 따라 주는 이 남자는 절대로 무능하지 않았다.

"카이다이 군, 아직도 멀었네. 이럴 때는 자네가 먼저 대접에 신경을 써야지."

"아직 미성년이어서 사회 공부가 부족하여 죄송할 따름입니다."

좌식 개별실이 따로 있는 일본 요리점을 고른 이는 스즈하라였다. 메소드를 동석시키지 않기 위해서다. 메소드의 금속제 다리는 치마를 입었을 때 얼핏 보면 부츠처럼 보이지만 신발을 벗는 이런 좌식 자리에서는 너무 눈에 띈다.

"어쨌든 코우카를 격파할 수 있어서 다행이로군. 근데 바깥에서는 언급할 수 없지만, 솔직히 주부 국제공항 항공기 폭파 사건의 주범은 코우카가 아니지 않나?"

스즈하라는 업무 시간 외라고 편하게 술을 마셨다. 저녁 무렵, HOO의 용병들 때문에 잔뜩 스트레스를 받았던 시노하라도 술에 얼근히 취해 있었다. 오가는 얘기는 료에게 모두 맡기고 시노하라는 구운 눈볼대의 통통히 오른 흰 살점을 젓가락으로 발라 내는 중이었다.

"대외적으로는 코우카가 격파된 것으로 모든 게 정리되었습니다.

내부적으로는 스즈하라 씨께서 처리해 주시면 감사하겠습니다."

"무리한 부탁을 하는군. 나는 바로 얼마 전까지만 해도 회사 내부에서 자네 동생 시오리의 후견인 역할을 했어. 네 곁에 있는 시노하라 씨처럼."

시노하라가 벌겋게 변한 얼굴로 겸손을 떨었다.

"아니, 후견인이라니. 료는 제 도움이 필요 없는걸요. 이런데도 아직 고등학생이라니 참으로 무서운 수재입니다."

스즈하라가 안타깝다는 듯 눈을 가늘게 떴다.

"시오리 양도 책임감이 강해서 정말 앞날이 기대됐는데 말이지요. 하지만 그렇게 크게 다쳤으니 카이다이 사장님도 따님을 회사 일에 관여하게 허락하시지는 않겠지요."

이 회합의 목적은 친 컴퓨터 파벌에 의한 적대 파벌을 흡수다. 시오리에게 심각한 중상을 입혀 입장이 위험하게 된 스즈하라를 친 컴퓨터 쪽으로 끌어들이려 하는 것이다.

"그런데 코우카의 디바이스는 어떻게 됐지? 회수하지 못했다면서. 암호화가 되어 있긴 해도 코우카의 가동 데이터와 hIE의 고객 피드백 데이터가 통째로 들었는데."

역시 벌써 다 아는구나. 료는 그 정보 입수 속도에 내심 혀를 내둘렀다. 원래부터 레이시아급은 데이터 대피를 목적으로 하는 초고성능 기기로 설계되었다. 회수에 들일 수고를 생각하니 료는 벌써 마음이 무거워졌다.

"어떻게든 노력을 해 봐야겠죠."

스즈하라가 마치 모든 게 다 끝났다는 듯, 남의 일처럼 무덤덤하게 말했다.

"고생이 많군."

시노하라가 사레라도 들린 듯 기침을 했다. 계속 일본주만 홀짝이고 있던 그가 중재라도 하는 것처럼 대화에 끼어들었다.

"그래도 밈프레임은 몇 번이나 위기를 극복해 왔지 않습니까."

"그래서 '당신들'은 이 문제투성이의 상황을 해결하기 위해서 또 히긴스에 의존할 겁니까? 시노하라 씨, 당신들은 언제까지 그러실 생각입니까?"

시노하라와 말을 나누는 스즈하라의 눈매가 때때로 날카로워졌다. 시노하라도 이 분야의 전문가였다.

"AASC가 '세계의 미니어처 가든'을 만들 수 있는 건 세계를 완전히 계산해 내고 있어서입니다. 하지만 세계를 hIE라는 말을 가지고 움직이는 체스판으로까지 압축하기 위해서는 방대한 예비 계산이 필요합니다. 우리 회사 중핵에 있는 이들이라면 누구든 아는 사실이 아닙니까. 정치나 경제, 인사, 물류 등 모든 것을 계산하여 '미니어처 가든' 속에 포함하고 있으니까 히긴스는 프레임 문제를 경감시키면서 매우 뛰어난 사고 능력을 보이죠. 그래서 AASC를 업계 표준으로 삼고 있는 겁니다. 필요악인 거예요."

"필요악이라니, 그 한마디로 정리하는 겁니까? 그렇군요."

"초고도AI라도 정해진 일만 시키면 능력상 잘하는 일과 못하는 일이 생깁니다. 하지만 hIE에게 적응력을 부여하는 AASC를 갱신하는 히긴스가 그래서는 안 되지요. 항상 한 걸음 앞의 세계에 대해 예비 계산을 하도록 만들지 않으면 새로운 문제에 바로 대응할 수도 없습니다. 그리고 조금은 부수입이 생겨도 좋은 것 아닙니까."

스즈하라가 직접 자기 술잔에 투명한 술을 따랐다.

"부수입이라. 인간이 아니라 히긴스가 경제라고 생각하는 사람은 그쪽에 몇 명이나 있지 않습니까? 그런데 부수입이라면서 슬쩍 자기 잇속만 다 챙기는군요?"

웬일로 시노하라가 무슨 하고 싶은 말이 있는 표정으로 시선을 이리저리 헤매면서 주장했다.

"히긴스의 능력 평가를 낮추지 않게 하기 위해서는 결국 자기 성장을 시킬 수밖에 없어요. 능력 평가가 내려가면 주가나 경제 전략에 영향을 주니까 어느 정도는 IAIA(국제 인공지능 기구)도 자조 노력을 인정하고 있습니다. 초고도AI를 가진 기업이라면 다들 하는 일이라고요."

"그래도 그렇지 hIE 행동 프로그램을 만드는 게 일인 히긴스에게 회사가 위기를 겪을 때마다 경영 판단을 요청한다는 건 말이 안 되지 않습니까?"

스즈하라의 지적이 바로 밈프레임 기업 내부에 자리한 대립의 근간이다. 회사 안팎에서 헐뜯기 좋아하는 자들은 친 컴퓨터 파벌에 해당하는 이들을 히긴스 촌(村)이라고 부른다. 친 컴퓨터 파벌은 그 위치에만 있으면 공적이 절로 쌓이는 일종의 불로소득자가 되기 때문이다.

그래서 위험 요소가 많은 최전선에 서길 원하는 자들이 적다. 유력자도 앞으로 나서지 않는다. 그러나 최전선에서만큼은 히긴스 촌의 조직 내부에서 합의를 얻을 수 있는 인물의 기용을 매우 반가워한다. 그렇기에 메소드의 오너로서 인정받은 료가 이 자리에 있을 수 있는 것이다.

"어쨌든 제일 중요한 점은 변함없습니다. 밈프레임은 지켜야죠. 레이시아급의 도주 건은 산물 누출 재해가 알려지기 전에 수습하지 않으면 안 됩니다."

아직 이 사실이 사회 전반에 알려지지 않은 이유는 정보를 가진 세력이 사후 처리를 아직 검토하는 단계에 머물러 있는 까닭이다. 이 회합 자리에서 혼자만 술을 마시지 않아 말짱한 정신을 유지하고 있는 료는 술 때문에 이야기가 제자리걸음만 하는 상황이 한심스럽게만 느껴졌다.

"이렇게나 해결해야 할 문제가 많은데 아직도 내부에서 누가 옳은지 언쟁만 벌이니까, 그 히긴스의 꼭두각시들이 활개를 치는 거예요. 인류 미답 산물의 사고 속도는 인간보다 훨씬 빠르니까 모두가 다들 좋은 호구만 되는 거죠."

료는 스구리 켄고가 체포된 탓에 매우 심기가 불편했다. 친구의 불운은 항체 네트워크의 '중핵'의 눈 밖에 난 데다가 결정적으로 레이시아급과 관련이 되어서 시작된 일이다. 다시 말해, 같은 반 친구는 그들 밈프레임의 허술한 관리의 간접적인 피해자라는 뜻이다.

스즈하라가 테이블 위로 팔꿈치를 괴었다.

"젊으면 여러 가지 것들이 기회로 보여서 참 좋은 것 같군. 그런데 히긴스 촌이 해체되지 않는 건 조직 안에서 이용되는 총알들이 끊이지 않고 생산되는 구조가 암묵적으로 형성되어 있어서 그런 거지. 이 아저씨들 눈으로 보기에는 젊은이들이 총알로 쓰고 버려지고, 뒤에서는 히긴스에 몰려든 노인네들이 안전하게 살만 찌우는 구조가 안 좋다는 생각이 든다 이 말이야."

"그럼 와타라이 긴가는 젊은이였나요?"

"와타라이도 물론 젊었어. 겨우 40대였으니 힘이 펄펄 솟을 나이지."

맥 빠진 듯한 중년 남자의 눈빛이 순간 변했다.

"카이다이 군은 히긴스의 액세스 권한을 입수했나?"

"아직이에요."

료는 대답을 하고서 말할 필요가 없었다고 반성했다. 스즈하라도, 시노하라도 이 자리까지 출세할 만한 힘이 충분히 있으니 말이다.

"그럼 다른 얘기를 하지. 자동화에 대한 저항 운동, 예를 들어서 카이다이 군의 친구가 체포된 항체 네트워크에 젊은 세대가 대거 참여하고 있다는 걸 알지? 좀 이상하지 않나?"

그 말을 들은 순간, 료의 미간과 이마에 분노로 자연히 힘이 들어갔다.

"hIE 업자로서 이런 말을 하는 건 좀 그렇지만, 자동화는 지금 있는 구조가 알아서 돈을 낳는 구조란 말이지. 그거야 이럴 때 자신이 수익자 측에 있다면 만만세지. 하지만 새로운 사회에 유입될 젊은

이나 나중에 태어날 아이들에게는 어떨까?"

"불구덩이에 빠지는 건 저희뿐이고, 여러분은 지켜 주지도 않겠다는 게 전제인가요? 저희가 사는 세상은 열을 받아 증발하기 시작한 물이 아니라 언젠가 불이 붙어 타오를 기름으로 되어 있는 줄 알았는데요."

"이 세상이 불타 버리기 쉽다는 것 정도는 나도 잘 아네. 그러니까 히긴스에 찰싹 달라붙은 자들은 자기 생명줄을 자네에게 절대로 쥐여 주지 않지. 네 마음대로 행동하게 놔두어도 히긴스의 위치 데이터도, 액세스 권한도 절대로 주지 않을 테니까."

료는 가게 안에 걸려 있는 시계를 보았다. 코우카 격파 소식을 들은 지 벌써 20분이 지났다. 선후책을 세워야 할 시기였다.

"그런 미적지근한 얘기가 아닙니다. 아니, 밈프레임이 그걸 제일 중요하다고 생각하는 조직이니까 레이시아급이 만들어진 건가요."

뒷맛이 꿉꿉했다. 내부로 들어가게 돼서 알게 된 사실이다. 레이시아급의 제조는 가장 오래된 코우카가 2101년, 가장 최신형인 레이시아가 2105년으로 생산 계획에 4년이라는 공백이 있다. 누가 어느 파벌인지 알 수 없는 복잡한 권력 투쟁 속에서 이 정보가 유입되지 않았을 리 없다. 마치 모든 것을 친 컴퓨터 파벌의 짓이라고 여기고 행동하는 스즈하라도 소극적으로는 찬성하고 있었다.

"그렇게 사정을 잘 아신다면 그런 식의 설계 사양으로 하겠다고 누가 말했는지 좀 알려 주시죠. 인류 미답 산물 자체가 거대한 노하우의 축적이자 재산이니까 아무도 진심으로 막지 않았잖아요. 레이시아급이 바깥 세계로 나가게 될 것을 진지하게 고려하지 않았잖습니까."

마침내 스즈하라가 입에 대고 있던 술잔을 내려놓았다.

"하긴 그건 정말 심각한 실수지. 변명의 여지도 없구나."

"저는 실수 자체를 싫어하지는 않아요. 그게 인간의 나쁜 버릇이라고 하더라도 초고도AI한테 정답을 묻기만 하고 아무 생각도 하지 않는 것보다는 차라리 개선의 여지라도 있으니까요."

료는 인간이라는 오픈 시스템을 믿지 않는다. 발밑을 가볍게 파헤치기만 한 것 가지고 문제를 다 극복했다는 식의 끔찍하고 야만스러운 악습과 맞닥뜨리게 된다는 걸 잘 알고 있기 때문이다. 하지만 그래도 레이시아급을 미래를 향한 티켓으로 단정 짓는 건 너무 위험하다는 생각밖에 들지 않았다.

"자네는 왜 히긴스에 찰싹 달라붙은 자들과 같이 있나? 오히려 그런 어른을 규탄하는 쪽에 있을 것 같은데."

예상치 못한 방향으로 이야기가 흘러감을 알아차리고, 시노하라가 분위기를 바꾸려는 듯 술을 새로 주문했다. 료는 그 도움에 내심 감사했다.

"그렇게 보이세요?"

"자네가 알고 싶어 하는 대답도 말이지. 히긴스에게 물어보는 것보다 인간을 되짚어 보는 편이 더 원하는 답을 찾아낼 수 있을 것 같네만."

투우욱, 하고 뭔가 가슴 안쪽의 어두운 곳에 떨어졌다. 꾹꾹 눌러 참고 있던 분노가 약동하기 시작했다.

"답을 알고 계시면 이 자리에서 바로 말씀해 주셔도 괜찮습니다."

"나 같은 말단이 뭘 알겠나. 그저 인간이 항상 올바른 일만 할 수는 없어. 휴먼 에러는 꼬리표처럼 따라다닌다는 게 전부지."

10년 전, 그 어두운 음모가 요동치는 사건이 일어났을 때 스즈하라는 이미 인간 파벌에 속해 정쟁에 가담하고 있었다. 료가 아무리 AI에게 세상을 넘겨주는 일을 걱정하더라도, 그렇다고 인간이라면 더 운용을 잘할 수 있다는 뜻은 아니다.

스즈하라가 다시 말을 덧붙였다.

"다들 나름대로 실수를 하면 될 일이야. 실수하고 서로 보완해 주는 게 건전한 거지."

"그 실수의 발생마저 계산하는 초고도AI가 39대나 있잖아요. 그게 만든 인류 미답 산물은 우리가 그런 데 의존하기만 하는 순간 바로 잡아먹으러 들 거라고요."

스즈하라는 그 말에 바로 바늘방석에 앉은 기분이 들었다. 인류 미답 산물인 메소드 때문에 시오리가 죽을 뻔했기 때문이다. 그래서 결국 그는 시오리의 후견인 자리에서 자진하여 물러났다.

회합을 마치고 헤어질 때 그는 혼잣말처럼 말했다.

"아아, 정말 싫군. 친 컴퓨터 파벌이라니 이름부터 싫어. 어린 학생을 맨 앞에 내세우고 자기들은 안전한 곳에서 단물만 빨고 있는 자들에게 밀리다니."

가게 앞에서 역을 향해 걸어가는 중년 남자를 배웅했다. 그 뒷모습이 충분히 멀어졌을 즈음 료는 토해 내듯 말했다.

"우는소리네요."

"그렇지 않아. 저건 아마 저녁때 만났던 콜리덴 씨와 같은 뜻으로 너에게 말한 걸 거다."

곁에 있던 시노하라가 말했다.

그들을 향해 신도요스 역 앞에 부는 빌딩 바람이 강하게 불어 닥쳤다.

"참 한심한 일이군."

그리고 시노하라도 회사로 돌아가서 료는 홀로 남게 되었다.

한숨이 나왔다. 에둘러 말하기만 하고 서로 속을 떠보려는 일만 계속되는 바람에 결정적인 해답은 여전히 감춰진 채였다.

그러나 밈프레임 사는 히긴스만으로도 회사 전체 직원들의 두뇌 능력을 뛰어넘어서, 최고 경영진 차리를 위협하는 힘을 가진 자가 성장하지 않는 것으로 안정을 유지하는 기업이다. 그러면서도 실적은 계속 오르기만 한다. 료의 아버지인 카이다이 츠요시 사장은 비상사태가 생기면 간부를 도마뱀이 꼬리라도 끊듯 잘라 낼 수도 있다. 카이다이 남매가 회사 내부 정치에 끌려다니는 것도 바로 그 아버지의 권력을 깎아 내면서 차세대에 거는 기대 때문이다. 능률보다도 정치가 중요한 집단이 빠른 기동력을 가졌을 리가 없다.

"굼뜬 녀석들이야. 그냥 죽여 버리면 될 것을."

료의 등 뒤에서 깊이 있는 목소리가 들렸다. 바깥에서 기다리고 있었던 메소드였다. 외모만 보면 평범한 인간으로밖에 보이지 않는다.

스즈하라 쪽 사람들의 예상과는 달리 메소드도 인공 피부용 스프레이나 홀로그래프로 신체의 기계 부분을 숨기는 것쯤은 간단하다.

"쉽게 말하지 마. 둘 다 우리 회사의 귀중한 인재들이니까."

시노하라도, 스즈하라도 각자 료는 할 수 없는 거래나 배려심을 보여 주었다. 짧은 시간 안에 서로 타협할 수 있는 곳까지 합의도 했다. 그러나 문제는 그게 가장 중대하고 긴급한 위기와는 아무 관계가 없었다는 점이었다.

"손 좀 내밀어 봐."

메소드가 마치 대등한 파트너라도 되는 것처럼 명령했다. '마음'을 가지지 않는 물건이 시노하라 같은 이들에게 질투라고 하는 것 같은 매우 기묘한 느낌이 들었다.

"네가 원하는 데이터야. 내가 '그들'에게 아주 강하게 요구했거든."

그의 손에 소형 메모리 스틱이 쥐어져 있었다. 본격적인 싸움을 앞두고 히긴스에게 계산하게 한 '레이시아'의 능력과 행동 예측 데이터였다.

아라토를 유도하는 '그것'이 얼마나 대단한 능력을 갖추고 있는 인류 미답 산물이라도, 지능으로 히긴스를 뛰어넘을 수는 없다. 만든 장본인에게 레이시아에 대해 분석시킨 정보를 얻고 나서 마침내 그들은 본격적으로 '그것'과 맞설 수 있게 된다.

* * *

엔도 아라토는 깜깜한 자기 방에 있었다.

뉴스 화면에 눈에 익은 친구네 집이 보였다. 정식 요릿집 선플라워 앞은 취재진으로 붐볐다. 가게 뒷문이 안쪽에서 열렸다. 상반신에 담요 같은 시트를 뒤집어쓴 켄고가 형사 두 명 사이에 낀 채로 나타났다.

오한이 훑고 지나가는 느낌에 아라토는 저도 모르게 위팔을 쓸었다. 불안해서 견딜 수가 없었다.

"이게 현실이라는 거야?"

체포 직전에 켄고가 한 말이 자신을 무겁게 짓누르는 듯했다.

"그렇게 표현해도 큰 지장은 없습니다."

레이시아의 중얼거림이 더욱 맹렬하게 나쁜 예감을 불러일으켰다.

그녀가 이곳에 있는 현실이 정말로 괜찮은 것이었는지 자꾸 의심이 들었다. 이 모든 일은 그녀를 주운 것에서 시작되었다.

이미 다 알고 있다고 생각했던 레이시아의 모습이 그 의미를 완전히 바꾼 것만 같았다. 켄고가 체포되고, 자매기인 코우카가 파괴되어도 그녀는 동요조차 하지 않았다.

"아라토, '마음'을 가지지 않은 hIE인 제가 아라토가 현재 느끼는 위화감에 반응할 수 없는 이유를 부디 이해해 주세요."

그 다정한 목소리도 아라토를 유도하는 것처럼 흘러나오고 있다. 그녀의 반응에 머리는 위화감을 느껴도, 평소 일상의 연장과도 같아서 마음만은 안도감을 느끼고 말았다.

"지금 레이시아에게는 나를 위로하는 것보다 더 중요한 일이 있다는 뜻이야?"

"권해 드리고 싶지는 않지만, 행동에 나설 것이라면 신속하게 움직여야 할 겁니다."

그 충고에 깨달았다. 황급히 근처에 있던 웃옷을 잡아채어 걸쳐 입었다. 유카에게는 이 일을 어떻게 설명하면 좋을지 몰랐다.

마치 도망이라도 치는 것처럼 복도로 나오자, 발소리를 듣고 유카가 거실에서 얼굴을 내밀었다.

"잠깐, 오빠! 텔레비전 좀 봐."

"나는 레이시아와 좀 나갔다 올게. 유카, 너는 집에 있어. 무슨 일이 있으면 단말기로 연락할 테니까 절대로 바깥으로 나오지 마. 위험하니까!"

"나도 갈래!"

"절대로 안 돼. 갈 거면 내일 가."

"제가 곁에 있으니 걱정하지 마세요. 유카 님의 저녁 식사는 냉장고에 넣어 두었습니다."

레이시아의 단호한 어조에 유카의 눈이 동그래졌다.

"어, 응. 알았어."

"유카 님, 단말기에서 호출음이 들리고 있네요."

"너무 늦는 것 같으면 먼저 밥 먹을 거야."

집에서 말 잘 듣는 강아지처럼 유카는 자기 방으로 통신을 받으러 갔다. 싸늘한 밤에 그들은 바깥으로 나왔다. 저 멀리 까마득히 울려야 할 사이렌 소리를 들은 기분이 들었다.

맨션을 나왔을 때, 아라토는 궁금증을 참지 못하고 물어봤다.

"혹시 유카의 단말기에 호출했어?"

"아니요. 스구리 올가한테서 연락이 온 겁니다. 곧 맨션 입구로 자기도 데려가 달라며 유카 님이 따라 나오실 겁니다."

하늘의 어둠은 한없이 넓게 펼쳐져 있었다. 켄고를 되찾기 위해 유카에게는 차마 보일 수 없는 짓까지 해야 할지도 모른다. 그렇게 전에는 친구를 구해 냈다.

이렇게 된 모든 원흉은 레이시아다. 하지만 아무리 후회해 봤자 해결하는 수단도 레이시아밖에 없다. 현실이 어떤 것이더라도 레이시아를 이용하면 다 뒤집어엎을 수 있을 것만 같았다. 그녀가 명령을 기다리듯 그를 올려다보았다.

"나한테 '미래'를 디자인하라고 했었지?"

무리한 요구를 하고 있다는 건 자신도 잘 알았다.

"정말로 그런 힘이 있다면 켄고를 구할 수도 있을 거야. 그 정도도 못 하는데 어떻게 '미래'를 마음대로 주무를 수 있겠어?"

"그건 명령입니까?"

묵직한 쇠사슬이 마음을 옭아매는 심정이었다. 이건 범죄다.

아라토는 그래도 말했다.

"명령이야."

레이시아는 명령을 따르는 일이 당연하다는 듯 눈을 감고 살짝 고개를 끄덕였다. 아라토도 가슴에 쌓였던 것을 모두 쏟아 내었다.

"켄고가 이렇게 될 필요는 없었어. 아까 켄고가 평범한 삶을 살 수 없게 된다고 했는데, 그런 부분도 포함해서 모든 문제를 해결해 줘."

맨션 입구 앞에서 그녀는 한번 주위를 둘러보더니 그에게만 들려주는 것처럼 한 걸음 바짝 다가갔다.

"스구리 켄고 님이 체포된 것은 아라토가 모르는 곳에서 세상이 제각각의 목적으로 계속 움직이고 있기 때문입니다. 그 이해관계 속에서 몇 명을 제외한 세상 모든 사람이 스구리 켄고 님을 간과했기 때문에 그가 이렇게 된 것입니다."

"설명이 너무 어려워."

"인간 사회에는 인간의 수가 너무 많아서 각 개인 모두에게 적절한 수고나 자원을 들일 수 없습니다. 그래서 저는 스구리 켄고 님을 구하는 일을, 체포 이전의 생활 환경을 회복할 때까지 자원을 지속해서 투입하는 것으로 규정하겠습니다."

'마음'이 없는 그녀가 미소를 지었다.

"이렇게 오너에게 확인을 받는 것이 '제'가 가진 프레임 문제 탈출법입니다. 아라토가 가르쳐 주었습니다. 정답 제시가 어려울 때는 제한 시간 내에 안을 내놓고, 그걸로 수행해도 되는 건지 물어보면 된다는 것을요."

아라토는 자신이 그런 말을 했었나 문득 의문이 들었다. 그건 아마도 그에게 중요한 문제이리라.

반응을 기다리듯 그녀가 연푸른 눈동자로 가만히 바라보고 있다.

오늘 그에게는 그녀를 배려할 여유가 없었다.

"내가 한 말을 정당한 것으로 만들려면 지금 바로 시작해."

도저히 견딜 수가 없어서 눈 안쪽에서 배어 나온 눈물이 뜨거웠다. 아라토도 그런 요구가 어린아이 생떼에 불과하다는 것 정도는 잘 안다.

그렇지만 레이시아는 인간의 그런 상식을 가볍게 뛰어넘어 버렸다.

"저는 오너인 아라토를 위해 자원을 배분하는 컨트롤러입니다. '미래를 디자인'하고 싶을 때는 배분을 위한 기준점을 설정해 주셔야 합니다."

맨션 앞에 차량 대여 서비스 업체에서 온 전자동차가 와서 멈춰섰다. 자동으로 차 문이 열렸다. 아라토는 싸늘할 정도로 생명의 기척이 없는 그 차 안으로 몸을 밀어 넣었다.

분명 곧 그들을 쫓아 유카도 내려올 것이다. 켄고의 동생 올가와는 오빠끼리 친한 덕분에 역시 사이가 좋기 때문이다.

차가 출발했다. 곧 백미러에 실내복 차림의 유카가 그들이 방금 있었던 맨션 현관으로 뛰어나오는 모습이 나타났다.

유카가 울상을 지으며 내달렸다. 샌들을 그대로 신고 뛰느라 바닥에 발이 채여 넘어졌다.

"서둘러 줘."

아라토의 목소리를 인식하고 전자동차가 가속했다.

주행음도 거의 내지 않고 전자동차가 밤의 주택가를 달렸다.

"스구리 켄고 님을 구출하라고 하셨는데, 그러려면 아라토는 장기간에 걸친 위험을 감수해야 합니다. 그래서 세 가지 조건을 제시하겠습니다."

한 치의 빈틈도 없는 자세로 좌석에 앉은 그녀가 말했다.

"우선 아라토는 위험한 집단에 접근해야 합니다. 그들과 접촉할 때 제 도움을 얻지 못할 수도 있으므로 그런 경우에는 본인의 힘으로 극복하시길 바랍니다."

"그래, 알았어."

"지금 생활을 파괴할 위험도가 높은 선택은 허용할 수 없습니다. 여기서부터는 아라토의 위험 관리 능력을 완전히 넘었다고 보고 제지시를 따라 주시길 바랍니다."

그녀가 그의 손을 살며시 잡았다.

"마지막으로 제가 어떤 능력을 사용하더라도 믿어 주셔야 합니다."

문득 그녀 곁에 항상 있던 그 거대한 디바이스가 사라진 지 며칠이나 됐는지 궁금해졌다. 레이시아는 이 중대한 일을 하려는데도 '그것'을 가지고 오려는 낌새조차 없었다.

"세 가지 조건 모두 달성하기는 힘들다고 대답하시면, 스구리 켄고 님의 구출 계획은 중지됩니다. 그 즉시, 처해 있을 위기 상황을 해결할 수 있는 회복 단계로 이행하겠습니다."

"알았어."

그 한마디가 마치 가슴속에 쿡 얹히는 것 같아 저도 모르게 몸을 굽혔다.

"상세 계획까지는 설명하기는 어렵습니다. 다만 스구리 켄고 님이 사건에 관여한 이유를 항체 네트워크의 협박을 받아서였다고 입증하는 것이 가장 타당할 겁니다. 항체 네트워크라고 해도 대규모 테러 사건에는 확실한 의사 결정권자가 있습니다."

레이시아는 아라토 혼자서는 어찌하면 좋을지 모르는 문제를 간단히 분석해 냈다. 어떤 일이든 더 잘한다. 그녀 없이는 아무것도 할 수 없을 거라는 착각이 들 정도로 모든 것이 순조롭게 이루어졌다.

"항체 네트워크를 이끄는 우두머리가 누구인지도 알 수 있어?"

"항체 네트워크는 인적 접촉을 피하려고 네트워크상에서 지령을 오가게 하는 조직입니다. 반대로 따지자면 순수하게 전자전으로 '중핵'에 접근할 수 있는 시스템이기도 하죠."

그녀의 이야기를 듣다 보니 마음에 걸리는 부분이 있었다.

"우두머리가 누군지 알면 바로 잡으면 되잖아. 그 사람이 제일 나쁜 거니까."

"포획 자체가 어려울 뿐만 아니라 자신이 한 일을 인정하게 하는 것은 더욱 어려운 상대입니다. 아라토의 성격을 고려해 볼 때, 자세한 사항은 제 입으로 전하지 않는 편이 더 좋을 것 같습니다."

레이시아의 곁에 그 검은 디바이스는 없다. 그래도 운전석이 존재하지 않는 전자동차 앞유리에는 몇 개의 작은 화면이 나타난 상태였다.

"항체 네트워크는 서로 관련성이 적은 자원자들의 악의에 의존하고 있는 시스템입니다. 거기에는 실질적으로 명문화된 책임이나 의무는 존재하지 않죠. 대신 폭력을 가하고, 무법 상태에 관여하는 것으로 발생하는 강박관념이 그들을 얽매고 있습니다."

작은 화면에 밤 도시의 위성 사진이 표시되었다. 도쿄 도 동쪽, 그들이 지금 있는 에도가와 구를 중심으로 한, 지바 현과의 현 경계 지역 지도와 그곳을 홀로 걷고 있는 hIE의 화상이 겹쳐 나타나 있었다.

"이건 뭐야?"

"항체 네트워크가 관리하는 데이터입니다. 자원자들이 촬영하고, 스구리 켄고 님 같은 오퍼레이터가 가공하여 '중핵'으로 보내는 마스터 데이터가 바로 이것이죠."

아라토는 '중핵'이니 마스터 데이터니 하는 말이 아무렇게나 툭툭 튀어나오는 바람에 넋을 놓고 멍해졌다.

"어떻게 이걸."

"세 번째 약속을 기억하나요?"

"어떤 능력을 써도 믿으라고 했지? 그러고 보니 전부터 보안 시설을 해킹하거나 공항 시스템 같은 것도 조종하고 그랬어."

아라토는 다시 그때를 떠올리며 오싹함을 느꼈다. 제일 먼저 머릿속에 떠오른 것은 료의 경고였다.

주행 중인 차의 앞유리에 지금 바로 뒷골목에서 hIE가 구타당하는 장면이 떴다. 항체 네트워크의 자원자들이었다.

"'물건'의 '형태'를 파괴하는 것에 집단 심리를 유도하고 있다는 면만 보면 이 집단 그 자체가 아날로그 핵의 일종이라고 볼 수 있습니다. 항체 네트워크는 자연 발생적인 것이 아니라 명확히 디자인된 시스템이죠."

"이 사람들이? 내가 위험한 집단에 접근해야 한다고 했는데, 그럼 이 녀석들을 만나야 한다는 거야?"

차창에 비치는 폭력적인 영상은 소리까지는 담겨 있지 않아서 무음이었다. 그래도 아름다운 여성형의 '물건'이 인공 피부가 벗겨질 정도로 격하게 얻어맞고 있었다.

"젠장, 그럼 어쩌지. 이 녀석들하고 얘기를 좀 하면 켄고의 구속을 풀어 줄 수 있는 거야?'"

"아니요. 그들의 중요도는 매우 미미합니다. 다만 이 영상을 촬영하고 있는 인물과는 접촉할 가치가 충분히 있습니다. 항체 네트워크는 고도로 관리된, 사실은 인간을 때리고 싶지만 대신 hIE를 파괴하는 예비 흉악범까지 감시하는 시스템이기도 하기 때문입니다."

초조함에 사로잡힌 아라토의 머릿속이 순식간에 혼란에 빠지고 말았다.

"대체 왜?"

"세상은 각자의 이해에 따라 움직이고 있으니까요. 아라토는 누군가를 심문할 만한 성격이 되지 못하므로 이 촬영자의 마음을 꺾는 건 다른 사람에게 맡기도록 하죠."

앞유리에 표시된 지도에 흰 포인트가 표시되었다. 아라토와 레이시아가 있는 현 위치인 모양이다. 그들은 끔찍한 폭력 현장인 가메아리를 향해 가는 중이었다.

지도 화면에는 촬영된 경찰들의 움직임과 화면을 분석한 오퍼레이터들이 경찰관들의 개인 신상을 특정하여 달아 놓은 주석들이 지속적으로 갱신되고 있었다. 지도 위에서 경찰관의 얼굴 사진이 붙은 표시점들이 빛을 내며 수없이 이동하는 것을 보고 있자니 아라토도 기묘한 기분이 들었다.

"hIE보다 오히려 경찰관을 감시하는 시스템 같아."

"파괴되는 hIE를 찍는 것보다 경찰관을 찍는 편이 심리적인 부담이 적어서 그렇습니다."

화면에 갑자기 '부정 침입'이라는 문자가 뜨며 지도상에 노란색으로 반짝이는 점이 나타났다. 그 직후 새로운 화면이 뜨더니 항체 네트워크 시스템에 부정 침입을 시도하는 자의 개인 정보가 표시되었다.

항체 네트워크의 활동은 비합법적이어서 이 해킹을 증거로 경찰에 검거되는 일은 없다. 하지만 자동으로 리스트화되는 요주의 인물 중에는 분명 여죄도 있어서 그로 인해 형무소에 들어갈 가능성도 적지 않다.

"이 시스템에는 도쿄 지역 내 경찰 감시 데이터나 절도하기 쉬운 hIE의 데이터가 모두 모여 있으니 해커들에게는 아주 매력적일 겁니다. 불순한 범죄를 계획한 자들이 가장 쉽게 얻으려는 데이터여서 이 시스템은 일종의 거대한 쥐덫으로 기능하고 있기도 해요."

"참 이상하다. 시스템이 모으고 있다는 노리기 쉬운 hIE의 데이터는 덤이잖아. 오히려 경찰, 시스템을 부정 이용하려는 해커들, 항체 네트워크의 멤버 데이터들이 중심 아니야?"

아라토는 머릿속으로 상황을 이해하려고 정보를 반추하는 사이에 기분이 언짢아졌다.

"켄고도 여기에 걸린 거야? 레이시아가 납치됐다고 내가 도움을 구해서?"

친구가 치른 큰 희생을 알고 나니 몸이 떨렸다. 레이시아는 아무 대답도 하지 않았다. 켄고는 아라토를 도우려다가 이렇게 되었다.

"코우카도 아마 우리와 같은 방식으로 시스템 '중핵'에 접촉했습니다. 해킹만으로는 쉽게 도달할 수 없게 중간에 사람을 몇 명 끼우고 있지만, 오이 산업진흥 센터 습격에 참여했던 인간 스태프의 수준으로 판단하여 쉽게 중심부까지 되짚어 들어갔을 겁니다."

레이시아는 아라토가 명령하지 않아도 어딘가에 있는 hIE를 조종하여 디바이스를 가지고 오게 한 일이 있었다. 고급 제조사인 스타일러스의 데이터까지 개조한 적도 있었다. 그 정도의 힘을 항상 발휘하는 존재가 얼마나 많은 정보를 모으고 있을지 무서울 지경이었다.

아라토가 보유한 레이시아는 아주 위험한 힘을 가진 hIE다. 아니, 그가 그 사실을 애써 모른 척해 왔기에 더욱 위험해졌다.

"코우카에 관한 정보도 전부 조사해 뒀던 거야?"

"우리가 코우카와 조우했기 때문에 공격을 당했다는 것을 잊으신 거 아닙니까? 안전을 확보하려면 당연히 배후 관계를 비롯한 모든 것을 조사해 둬야 합니다."

"알고 있었다면 진즉에 알려 주질 그랬어! 그 항체 네트워크란 조직은 대체 뭐야?"

아라토는 자동화에 둘러싸인 채 당연하다는 듯이 그 혜택을 누려

왔다. 그러나 지금은 제멋대로 작동하고 있는 그 힘이 으스스했다.

"본인의 눈으로 현실을 직시하는 편이 좋을 듯합니다."

hIE를 파괴하는 장면을 촬영한 영상이 갑자기 새카매졌다. 아라토는 황급히 앞유리에 뜬 지도를 다시 확인했다.

"문제없습니다. 사라진 게 아니라 항체 네트워크의 시스템으로 더는 추적할 수 없게 되었을 뿐입니다."

아라토는 레이시아와 만난 이후로 여러 사건을 겪어 왔다. 그런데도 옆에 앉은 그녀가 범죄자보다도 더 부당한 존재인 것처럼 느껴졌다.

아라토의 그런 마음을 아는지 모르는지, 레이시아는 차문에 걸쳐 놓았던 노트형 단말기만 한 케이스를 무릎에 올리고 열었다.

"단독 행동을 시작하기에 앞서 안전을 위해 통신이 상시 연결되도록 조치하겠습니다. 괜찮겠죠?"

그녀가 손가락으로 케이스 안에서 원통형 실린더를 집어냈다. 실린더는 피스톤 위에 속이 빈 굵은 바늘이 달려 마치 주사기처럼 생겼다.

아무리 봐도 레이시아는 그 주사기로 아라토에게 무언가를 하려는 듯했다. 어렸을 적에 심한 화상을 입고 병원 신세를 진 이후로, 직경 5밀리미터가 넘는 굵은 바늘에 몸을 찔리는 건 처음이다. 그 시절에 느꼈던 격통과 괴로움이 머릿속에서 되살아나자 온몸에서 식은땀이 났다.

"그걸로 뭘 어쩌려고?"

"오른쪽 귀를 내미세요. 귀 뒤쪽 피부 속에 소형 통신기를 심도록 하겠습니다."

아라토는 한순간 망설이다가 각오를 굳혔다.

"해 줘."

아라토가 귀를 내밀자 레이시아는 좌석 위에 무릎을 꿇은 채 몸을 일으켰다. 뺨에서 그녀의 체온이 느껴진다. 간호사 행동 관리 클라우드에 접속했는지 그녀가 익숙한 손놀림으로 주사기를 든 채로 귀 뒤쪽에 소독약을 발랐다. 알코올의 서늘한 기운이 살갗을 스쳤다. 뒤이어 뜨거운 감촉이 머릿속으로 깊숙이 찔러 들었다.

"아야야야야."

예상보다 훨씬 아파서 무심코 소리를 내고 말았다. 레이시아가 머리를 단단히 잡고 있어서 꼼짝도 할 수가 없었다. 그대로 머리와 귀 사이로 뜨거운 감촉이 스르르 들어왔다. 무언가를 상실한 듯한, 무언가가 달라진 듯한 느낌이 들었다. 무언가에 찔린 것처럼 귀 뒤쪽이 욱신거리기 시작했다.

통증을 버텨 내고자 어금니를 꽉 악물고서 코로 크게 숨을 쉬었다. 두어 번 심호흡을 반복했을 때 귀 뒤쪽에서 무언가가 빠져나왔다. 뒤이어 레이시아가 통증이 나는 부위에 미끈거리는 무언가를 바르고서 천 같은 것으로 부드럽게 눌러 주었다.

"끝났습니다. 지혈 연고는 15초, 통증을 완화하는 약은 30초 뒤에 효과를 발휘합니다."

오른쪽 귀에서 들리는 소리가 조금 흐릿해졌다. 통증을 완화하는 약 때문인가 싶었다.

〈방금 오른쪽 귀 피부에 막대기형 간이 이식 헤드셋을 심었습니다. 잘 들립니까?〉

레이시아의 목소리가 머릿속에 직접 울렸다. 약을 바른 부위가 간지러웠다.

"잘 들려. 이제 된 거야?"

〈이로써 아라토의 귀에 들리는 소리는 전부 제게 전해집니다. 또한 아라토에게만 들리도록 암호 통신을 하는 것도 가능합니다. 통신 가능 범위는 제가 조정하도록 하겠습니다.〉

그녀의 체온과 향긋한 체취가 멀어져 간다.

〈예전처럼 다이빙용 스피커를 입에 넣었다가는 프로에게 쉽게 들통날 수 있어서 이렇게 조치했습니다. 익숙해지기까지 다소 불편할 수 있겠지만 부디 양해해 주세요.〉

아라토는 레이시아의 뜻대로 그저 휩쓸리고 있었다. 차가 점점 가속하고 있다.

"레이시아, 나 혼자서는 켄고를 구할 수가 없어. 그래도 내가 정말 어디에 있고, 또 뭘 하고 있는지 정도는 알려 주면 안 될까?"

앞유리에는 현 상황을 알려 주고자 현재 위치가 표시되어 있다. 전자동차는 hIE가 파괴되었던 현장인 가메아리를 벗어나 아카바네 방면으로 서진하고 있었다.

새롭게 추적 대상에 올랐는지 검은색 마이크로버스가 새로 뜬 작은 창에 비쳤다.

"저 검은 차량을 어떻게든 해야 한다는 거야? 어쩐지 아까부터 자꾸 묻기만 하는 것 같네."

〈정보가 한정되어 있어서 의문이 들 만도 합니다. 저건 HOO라는 PMC의 차량입니다. 아까까지 hIE 파괴하는 현장을 촬영하던 직원이 저 차량에 탑승했습니다.〉

"PMC? 켄고를 체포한 건 경찰이잖아? 왜 그런 놈들이?"

아라토가 억지로 무언가를 알아내려 발버둥치는 것보다 자동화에 맡기는 편이 일이 더 잘 풀린다. 머리로는 알지만 자기 손으로 희망조차 쥘 수 없는 먼 곳에서 사태가 저절로 진행되고 있는 듯했다.

〈오늘 밤에 코우카를 파괴한 건, 저 HOO 부대입니다. 전투를 마치자마자 저들은 생존을 위해서 정보를 수집하기 시작했습니다.〉

어둠이 깔린 이 밤에 오로지 레이시아만이 모든 것을 꿰뚫어 보고 있는 듯했다.

〈HOO는 밈프레임 사의 경비를 맡고 있기에 레이시아급 hIE가 또 난동을 부린다면 전투를 치러야만 합니다. 그래서 독자적으로 조사를 벌여, 그 결과에 따라 경비 계약을 파기하고 위약금까지 받아 내려는 계획인 듯합니다.〉

"그 이야기는 군사 기밀 아냐?"

레이시아가 저들이 숨기고 있을 계획을 선선히 말해 주자 아라토는 뺨에 손가락을 대고서 얼떨떨해했다. 마치 모든 것을 다 아는 첩보원이 된 듯한 기분이었다.

〈정보란 정확하면 정확할수록 흥미가 떨어지기 십상이죠. 아라토를 비롯한 인간에게는 장벽을 세워서 '의미'나 '형태'의 가치를 지키는 관습이 있어서 당혹스러울까요?)

레이시아는 인간의 그런 행태를 그저 인간의 관습이라고 표현했다. 인간 사회에서는 흔한 일이 '기술적 특이점'을 돌파한 세계에서는 꼭 올바르지 않다는 뜻이다.

"괜찮아. 레이시아가 너무 우수해서 만사를 떠맡긴 사람이 바로 나니까. 그리고 레이시아가 도맡는 편이 더 나을 테고."

전자동차는 아라토가 아무것도 하지 않더라도 그를 원하는 곳으로 옮겨 준다.

아라토는 친구를 위해서 뭐라도 하고 싶은 일념으로 의욕만 앞세운 채 이렇듯 무작정 뛰쳐나왔다. 그러나 레이시아가 그가 원하는 바를 대행하고자 그 마음마저 앗아가 버린 듯했다. 그는 '공백'이 생긴 마음을 들여다보고서 소름이 끼쳤다.

앞유리에는 교통신호기에 달린 카메라가 촬영하는 영상이 띄워져 있었다. 그 영상은 검은 마이크로버스를 비추고 있었다. 아라토와 레이시아가 이야기를 들어야만 하는 항체 네트워크 조직원이 그들에게 납치되었다.

전방에 있던 순찰차가 PMC 차량에게 정차하라고 지시했다. 검은 차량이 정차했다. 순찰차가 저들의 발목을 붙잡은 사이에 아라토와 레이시아는 거리를 쭉쭉 좁혀 나갔다. 검은 차량이 정차한 지점으로부터 50미터 전방에 있는 편의점 안으로 대형 화물차가 들어가는 참이었다. 앞유리 영상이 그 편의점에 달린 방범 카메라 영상으로 전환되었다. 주차장에 빈자리가 없어서 화물차가 오도 가도 못하는 상황이 영상에 담겨 있었다.

마치 마법이라도 부린 것처럼 검은 마이크로버스의 앞길이 막혔다.

"앞질러 가서 내려 드리도록 하겠습니다. HOO는 반드시 아라토를 차량에 태울 테니 그 안에 탄 용병과 접촉하세요."

레이시아가 마치 그 미래가 보이는 것처럼 말했다.

"알겠어. 켄고를 어떻게든 도울 수 있다면 한번 해볼게."

또다시 총구가 자신을 겨눌지도 모른다. 불길한 예감이 온몸에 들러붙어 위축되었다. 그래도 마음을 다잡아야만 했다.

PMC 차량의 진로를 앞지른 지점에 도착했다. 아라토는 레이시아에게서 형광봉을 넘겨받은 뒤 차량에서 내렸다. 빨대만큼 굵은 그 봉을 꺾자 내부에 담긴 액체가 화학 작용을 일으키면서 노르스름한 빛을 발하기 시작했다. 아라토는 인도 가장자리에서 봉을 흔들면서 검은 마이크로버스를 기다렸다. 불과 3분 만에 정말로 PMC 차량이 그의 옆으로 다가왔다.

레이시아가 말했듯이 정차하자마자 마이크로버스의 옆문이 열렸다. 시가전용 위장군복을 입은 붉은 머리 여성이 밖으로 내렸다.

"레이시아의 오너인 엔도 아라토. 음, 그렇게 나오기로 한 건가? 일단 안으로 들어가 주겠나?"

정신을 차리니 등 뒤에 근육질 흑인 남성이 서 있었다. 딱딱한 무언가가 아라토의 등을 떠밀었다.

"소란 떨지 말고 들어가."

흑인 남성은 아라토의 신체를 난폭하게 만지며 몸수색을 한 뒤에 휴대 단말기를 빼앗고서 차 안으로 떠밀었다.

마이크로버스 내부는 좌석이 없어서 휑했다. 정확하게 말하자면 벽 쪽에 기다란 의자가 설치되어 있지만, 지금은 접혀 있다. 안에는 군복 차림의 남녀 여섯 명이 있다. 가장 안쪽에 파이프 의자가 딱 하나 놓여 있고, 그곳에 한 남자가 눈이 가려진 채 앉아 있었다.

땀내와 농밀한 폭력의 냄새에 숨이 막혔다.

군복 차림의 용병이 앉으라고 하자 아라토는 두 손을 든 채로 몸을 낮췄다. 그러다가 차량이 급발진한 바람에 균형을 잃고 엉덩방아를 찧었다.

아까 아라토의 등에 총구를 댔던 남성보다도 체격이 더 좋은 흑인 남성이 머리가 부딪치지 않도록 고개를 숙이면서 다가왔다.

"HOO의 셰스트 애커먼이다. 엔도 아라토지?"

"엔도 아라토입니다."

차 안에는 총기를 거치하는 선반이 있었는데, 소총 여러 자루가 당당하게 거치되어 있었다. 아라토는 자신이 아는 규칙 따윈 이곳에서 전혀 통용되지 않는다는 사실을 싫어도 깨달을 수밖에 없었다.

셰스트가 그를 시험하듯 쳐다봤다.

"왜 접촉해 왔나?"

"항체 네트워크가 뭔지 알고 싶어서요. 당신들이 사로잡은 저 사람이 항체 네트워크의 '중핵'과 연결되는 무언가를 알고 있습니다."

공포 때문에 미묘한 존댓말이 튀어나왔다.

셰스트는 아라토에게서 눈길을 돌렸다. 잠시 뜸을 들인 뒤 그는 한 걸음 멀어졌다.

"르메르 소령님이 너와 대화를 할 거다."

차량 조명이 어두워지고 마이크로버스 내벽에 영상이 투영되었다. 그 영상에 백금발에 오른쪽 눈에 안대를 착용한 여성 사관이 등장했다.

"아, 엔도 아라토입니다. 처음 뵙겠습니다."

"HOO 제1육전대, 제1중대장을 맡고 있는 콜리덴 르메르다. 레이시아의 오너, 이렇듯 협력해 주어 고맙다."

스피커에서 들리는 목소리는 깊고도 차분했다. 아라토는 엄숙한 분위기 속에서 이 부대가 코우카를 파괴했다는 사실을 새삼스레 실감했다. 그는 지금 코우카의 기능을 정지시킬 수 있을 만한 힘을 보유한 전문가의 품속으로 뛰어든 셈이다.

그렇게 생각하자 온몸의 근육이 경직되어 움직일 수 없을 것만 같았다. 용기가 사그라지기 전에 자신의 목표를 이룰 수 있도록 저들과 부딪쳐야만 한다.

"친구를 돕고 싶어요. 저 사람과 얘기를 할 수 있게 해 주세요."

"우리도 몇 가지 묻고 싶은 질문이 있다."

아라토는 자꾸만 샘솟는 침을 꿀꺽 삼키며 고개를 끄덕였다. 곤란한 질문이 나오면 레이시아가 곁에서 도와주리라 생각했다.

"네가 소유한 레이시아와 이름이 똑같은 hIE가 어느 기업에서 달아났다. 얼굴도 똑같고, 유사한 형태의 외부 디바이스를 소지하고 있다는 증언도 있지. 네가 소지한 그 기체가 '그것' 아닌가?"

"그런 말은 못 들었습니다."

"넌 레이시아 말고도 동급 기체들과 여럿 조우했더군. 어떤 것인지 알려 줄 수 없겠나?"

콜리덴의 물음을 뒤덮듯이 아라토의 오른쪽 귀가 찌릿해졌다. 레이시아가 통신기를 통해 말했다.

〈코우카 말고는 모른다고 대답하세요.〉

"코우카밖에 몰라요."

레이시아가 일러 준 대로 그대로 대답했다.

"이 꼬맹이, 감히 어른을 놀리다니. 배짱 한번 두둑한데!"

차량 안에서 노성이 울렸다. 누군가가 아라토의 머리에 총구를 들이댔다. 아까 그 붉은 머리 여성 병사다.

"소령님. 이제 해치워도 되잖습니까? 이 자식, 대놓고 거짓말을 지껄이다니."

레이시아의 목소리가 다시금 두개골에 울렸다.

〈이 부대를 이해하기 위해서 제 말을 머릿속에 기억해 두세요. 충분히 통제가 되는 직업군인 조직은 상급자의 허가를 받지 않고는 큰 결정을 내리지 못합니다. 고도의 규율 때문에 개개인은 독자적으로 판단하여 행동할 수가 없습니다. 그러니 현장에 있는 병사가 위험해질 거라고 상급자가 판단하지 않는 한 아라토는 안전해요.〉

머리로는 레이시아의 말을 이해했지만 총구가 내세우는 설득력은 논리를 초월했다.

"미라이 맬러리 상사."

콜리덴이 제지했다. 그래도 맬러리 상사는 총구를 비틀며 아라토의 관자놀이를 지그시 눌렀다. 그녀의 초췌한 눈을 보고 아라토는 몸이 떨렸다.

"아무리 소령님의 명령일지라도 절 말릴 수는 없습니다. 그 빌어먹을 인류 미답 산물에게 몇 사람이나 살해됐는지 압니까?"

또다시 머릿속에서 목소리가 들렸다. 아라토는 이 자리에 없는 레이시아의 목소리에 매달리고 싶어졌다.

〈르메르 소령은 의사결정권을 단단히 움켜쥐고서 조직을 운영하고 있습니다. 규율형 리더이니 보기보다 위험하지는 않습니다. 아라토가 저들의 허세를 알아차린 것 같은 반응을 보인다면 예기치 못한 사태가 벌어졌을 때 저들이 쏠 수도 있으니 주의하시길.〉

그 소령이 화면 속에서 아라토에게 말을 걸었다.

"우린 4월 20일 오전 우라야스에서 코우카의 것과 같은 출력으로 발사된 레이저의 산란광을 관측했지. 우리가 보유한 전술 지원 AI가 사격 위치를 산출해 냈고, 그곳에 한 인간이 있었음을 특정했다."

아라토는 그 날짜를 기억하고 있었다. 자신을 이렇듯 분주히 돌아다니게 만든 원흉의 날이기 때문이다.

르메르 소령의 지시를 받고 셰스트라는 병사가 움직였다.

"셰스트, 저 남자의 눈가리개를 풀도록."

셰스트가 굵은 팔로 의자에 구속된 남성의 검은 눈가리개를 살며시 벗겼다. 그 의자에는 아라토도 잊을 수 없는 얼굴이 앉아 있었다.

"너!"

남자가 아라토의 얼굴을 보고 외쳤다. 그날 레이시아를 끌고 간 납치범이었다.

남자가 바닥을 박차고서 몸부림을 치기 시작했다.

"레이시아를 가지고 간 게 바로 저놈이야. 너 때문에 내가 이 꼴이 됐다고!"

온몸에서 핏기가 싹 빠져나가는 듯한 기분이었다. 그는 아라토와 코우카가 서로 아는 사이임을 증명해 줄 틀림없는 증인이다.

레이시아에게도 현 상황이 전해졌을 것이다. 남자가 아라토를 구덩이 속으로 차 버릴 것처럼 발버둥을 쳤다.

"이 녀석 맞아! 이 녀석이 거기서 내 레이시아를 훔쳤어."

차 안에 있는 병사들의 분노가 피부로 느껴져 아라토는 숨이 막힐 듯했다. 당장 르메르 소령이 부하들에게 자신을 죽이라고 호령할 것만 같았다.

"그 현장에 있던 넌 알고 있겠지. 코우카는 누굴 표적으로 삼고서 레이저를 쐈나?"

레이시아는 아무 대답도 하지 않았다. 맬러리 상사가 묵직한 권총을 아라토의 머리에 정확히 겨누고 방아쇠에 손가락을 걸었다. 상사의 눈에서 감정이 사라졌다. 아라토는 그녀가 쏘리라 확신했다. 몸이 굳어 버렸다. 레이시아가 자신을 버린 게 아닌지 의심스러웠다.

"엔도 아라토. 우린 오늘 밤에 코우카와 전투를 벌였고 열 명이 희생되었다. 밈프레임 사와 맺은 경비 계약 때문에 우린 다른 레이시아급 hIE가 출현했을 때 또다시 싸워야만 해. 다음 전투 때 이 안에 있는 누군가가 죽을지도 모른다. 내 말뜻을 알겠나?"

아라토는 자신이 어떤 대답을 하느냐에 따라 정말로 죽을지도 모르겠다고 생각했다. 머릿속이 새하얘졌다. 그러나 그가 할 수 있는 말은 이것뿐이었다.

"단지 난 친구를 구하러 왔어요."

맬러리 상사는 여전히 총구로 그의 머리를 겨누고 있었다.

의자에 앉아 있는 납치범과 눈을 마주쳤다. 켄고가 체포되었으니 저 녀석 역시 당연히 취조당할 거라는 생각이 문득 들었다.

그리고 납치범이 어째서 저렇게 되었는지 생각이 미쳤을 때 여러 가지가 한데 이어졌다. 레이시아가 불필요한 위험을 무릅쓸 리가 없다고 신뢰했기 때문이다.

"그런가? 레이시아를 납치했을 때 이 녀석도 항체 네트워크 시스템을 부정하게 이용했나? 그래서 그 벌칙으로 hIE를 파괴하는 현장을 몰래 촬영하는 역할을 떠맡은 거고. 동료를 팔아넘기는 불쾌한 역할을 맡겠다고 자청하는 녀석은 없으니까."

정신을 차려 보니 아라토는 자신과 납치범이 서로 아무것도 숨길 수 없는 상황에서 마주보고 있다는 걸 깨달았다. 레이시아는 아라토를 HOO의 마이크로버스에 태우면 이런 상황이 벌어지리라 진즉에 예측했으리라.

저 납치범은 목숨을 건지고 싶다는 일념에 사로잡혀 무엇을 물어보든 대답할 것이다.

"이봐, 꼬맹이. 질문하는 건 우리야."

레이시아가 보장했다. 저 병사들은 아라토를 쏘지 못한다.

극한에까지 몰렸으므로 궁지에서 해방되었을 때 압도적인 쾌감이 느껴졌다. 핏기가 싹 가셨던 얼굴도 순식간에 상기되었다. 뭐든지 할 수 있다는 착각을 들게 하는 마약에 도취된 듯한 기분이었다.

아라토는 수갑을 찬 채 파이프 의자에 구속된 납치범을 냉정하게 내려다봤다.

"누군가가 네게 hIE를 파괴하는 장면을 촬영하라고 강요했겠지. hIE를 부수는 장면을 촬영하다가 현장에서 붙잡힌다면 너도 린치를 당하게 돼. 누군가가 네게 이런 무거운 벌칙을 짊어지게 하려고 직접 협박하러 나타났을 거야."

여러 가지 상황이 이어졌다. 깨달은 것을 입으로 내뱉자 머릿속이 맑아지는 듯했다.

"널 협박하는 역할을 비밀을 지킬지 알 수가 없는 자원자에게 맡길 수는 없어. 프로를 고용했겠지. 그런데 자원자들의 단체인 항체 네트워크에게 그런 돈과 연줄이 있다는 것 자체가 이상해."

켄고에게 오이 산업진흥 센터를 습격하도록 시켰을 때도 '누군가'가 절대로 거절하지 못하도록 압력을 가했을 것이다. 그리고 그 '누군가'와 납치범 앞에 나타난 인물은 같은 성격을 지니고 있다.

"그 녀석은 일개 자원자가 아냐. 그런 일을 도맡는 전문가이고, '중핵'과 가깝게 이어져 있어. 그리고 '중핵'에게는 그런 사람을 부릴 만한 힘이 있고."

세계가 전혀 다른 빛깔을 내보이기 시작한 듯했다. 불쾌한 역할을 억지로 떠맡은 데다가 이런 수모까지 당한 납치범은 항체 네트워크를 향한 충성심을 더는 보이지 않았다.

"어떤 남자가 내가 사는 맨션까지 찾아왔어! 내 주소와 이름을 아무에게도 안 알려 줬는데."

병사들이 압박을 가하는 이유를 오해한 납치범이 목숨을 구걸하고자 외쳤다. 아라토는 지금 물어보면 저 납치범이 아는 것을 뭐든지 술술 불리라 짐작하고서 물었다.

"언제야?"

"너랑 관계없잖아."

"언제지?"

셰스트가 묻자 납치범이 바로 대답했다.

"4월 하순이야. 아, 아마도 27일이었을걸. 오이 빌딩 습격 사건이 벌어지기 이틀 전!"

정말로 항체 네트워크의 중추에 다가갈 수 있는 단서를 움켜쥐고 말았다.

레이시아가 hIE를 탈취하여 조작했듯이 인간마저도 조작해 냈다. 감동적이고 멋들어진 솜씨였다. 동시에 얼음 조각이 내장에 깊숙이 박힌 듯하여 오한이 느껴졌다.

이 이야기가 맞는다면 레이시아는 납치범의 맨션을 알아낸 뒤 방범 카메라를 수색하여 그 '누군가'가 누구인지 특정할 것이다. 그리고 신원을 밝혀낸 뒤 항체 네트워크의 진정한 정체에 다가갈 수 있는 해답을 아라토에게 체험시킬 것이다. 다음에 그는 이끌리는 대로 이동하여 그 '중핵'과 접촉할 것이다. 그녀가 짜 둔 계획대로.

박수를 치는 소리가 들렸다.

무슨 일인가 싶었는데 화면 속 르메르 소령이 박수를 치고 있었다. 그리고 그녀가 말했다.

"유세프, 소년의 단말기에 저 남자에게서 받아 낸 증언과 휴대 단말기 데이터를 복사해 주도록."

아라토의 관자놀이를 겨누던 총구가 천장으로 올라갔다.

"소령님, 저 녀석을 그냥 풀어 주라는 겁니까? 이 녀석을 틀어쥐고 있으면 최소한 레이시아급 hIE 한 기는 무력화시킬 수 있을 텐데?"

마이크로버스가 정차했다. 급하게 감속한 바람에 아라토의 자세가 조금 흐트러졌다. 아까부터 버스가 정차와 발차를 되풀이하고 있었다.

"상황이 그리 호락호락하지가 않다. 항체 네트워크의 자원자가 차량을 촬영하고 있다. 누군가가 항체 네트워크 시스템을 고쳐서 자원자들을 조종하기 시작했어."

운전석과 내부 공간을 구획하는 벽에 달린 작은 창이 옆으로 스르륵 열렸다. 늘씬한 남성이 창을 통해 뒤를 돌아봤다.

"차량 운행 시스템이 다운되었습니다. 수동으로 운전할까요?"

차량 안 용병들이 바짝 긴장했다. 다들 세련된 몸놀림으로 제각기 위치에 섰다.

"레이시아는 용의주도하다. 네가 직접 아는 지인을 기준으로 세

다리 범위 안에서는 사망자가 나오지 않도록 조치하고 있지. 허나 그 범위 밖에서는 이미 수많은 희생자가 나왔어. 우리처럼."

아라토는 자신과 레이시아를 여러 번이나 구해 주었던 코우카를 떠올렸다. 그녀가 사람을 죽였다고 생각하고 싶지 않았다. 그러나 그것이 현실이다. 이렇듯 이 사태는 그가 모르는 곳에서 여러 희생자를 내며 진행되고 있다.

그래서 그저 스치듯 잠시 만나고서 헤어진 것이 아쉬웠다.

"세 다리 범위 안에 있는 지인은 안전하다고 했는데, 그 사람들도 이제는 내가 직접 아는 지인이에요."

기묘한 침묵이 두 사람의 사이에서 흘렀다. 콜리덴이 날카로운 눈을 가늘게 떴다.

"넌 카이다이 료와는 다르군. 어느 쪽이 위인지는 말할 수 없지만."

위험에 처한 켄고를 간과했던 처지인지라, 그녀가 자신을 료와 비교하자 아라토는 주눅이 들었다.

그리고 그는 HOO의 차량에서 해방되었다.

르메르 소령이 "우린 전자(電子) 악령을 상대하는 건 사양이야." 하고 말하며 불만을 품은 병사들의 입을 다물게 했다. 그리고 그녀가 헤어질 즈음에 아라토에게 충고를 했다.

"이번 건은 학생이 감당하기에는 벅찬 사태다. 경찰과 일본군도 당연히 움직이고 있고, 더욱이 IAIA의 대리인도 곧 일본에 오지. 그 사실을 유념하고서 답을 내도록 해."

차량에 있던 병사들이 발로 차듯이 아라토를 쫓아냈다. 밤거리가 아까보다도 더 거대해진 것 같다는 착각이 들었다.

그곳은 수많은, 대단히 수많은 인간들이 살고 있는 세계다.

아라토는 지금껏 줄곧 자신과 주변만을 보며 살아왔다. 그러나 레이시아급 hIE의 활동 범위는 그보다 아득히 넓다. 그리고 엄청나게 많은 사람들을 이미 이 사태에 끌어들였다. 아라토는 그런 hIE의 오너이다.

"수고하셨습니다."

마이크로버스를 타고 상당히 오래 달렸음에도 레이시아가 그곳에서 기다리고 있었다.

아직도 뭐든지 할 수 있을 것 같다는 자신감과 흥분이 몸에 남아 있었다. 레이시아가 마련해 준 체험은 감미로웠다.

다만 한 가지는 확실해졌다. 레이시아는 아라토가 생각한 것보다 훨씬 많은 것을 알고, 훨씬 폭넓은 일에 관여하고 있다. 르메르 소령은 코우카의 레이저 사격을 단서로 납치범의 소재지를 알아냈다. 그런데도 아라토와 레이시아에 관한 정보는 모호했다. 틀림없이 레이시아가 흔적을 지웠으리라.

지금껏 추억이라고 믿어 왔던 기억마저도 뒤집어지는 듯했다. 납치 사건이 벌어졌을 때 아라토는 레이시아의 기체 신호에 의지하여 추적했다. 그러나 hIE를 거듭 파괴한 항체 네트워크의 노하우를 부정하게 이용했던 납치범이, 오너의 추적을 사전에 대비하지 않았을 리가 없다. 이렇듯 돌이켜 보니 추적에 성공한 것 자체가 기묘하다.

애당초 메소드와 스노드롭과 격렬하게 격투를 벌였던 레이시아가 고작 밴과 충돌한 정도로 기능이 정지될까?

만약에 일부러 납치되었다면 이유가 뭘까? 문득 그런 생각이 들었다.

붕 떠오르는 듯한 기분을 만끽하던 그는 마약의 금단 증상처럼 또다시 후회의 구렁텅이 속으로 떨어졌다.

레이시아의 눈이 지독히도 깊고 어두운 무언가와 이어져 있는 것 같아서 똑바로 쳐다볼 수가 없었다.

"오늘은 일단 귀가하도록 하죠. 지금 단숨에 '중핵'에 접근하기에는 인원이 부족하고, 더욱이 코우카가 파괴되어 경계가 삼엄해졌습니다."

집으로 돌아가자 유카가 울고 있었다.

유카는 켄고네 집이 어떻게 되었느냐고 물었다. 항체 네트워크를 쫓다가 용병과 만났다는 이야기는 차마 할 수가 없어서 아라토는 말끝을 흐렸다. 역시나 동생이 화를 냈다.

이튿날 아침, 유카는 올가네 집에 들를 예정이라 늦게 귀가할 거라고 했다. 아라토는 등교하지 않았다. 아마 오늘 학교에 가면 동급생들이 켄고가 어떻게 되었는지 시시콜콜 물어볼 것이다. 그리고 어차피 대답해 줄 말도 없다.

오후가 가까워져 슬슬 외출이나 할까, 하고 현관으로 나갔을 때 초인종이 울렸다.

"예. 누구세요?"

문 앞에 달린 카메라로 확인하니 두 남성이 서 있었다. 한 명은 키가 2미터 가까이 되는 거한이었다. 다른 한 명은 정장 차림인데 아라토와 키가 비슷했다. 둘 다 말이나 머리보다는 육체를 쓰려고 온 것처럼 보였다. 평범한 사람은 남의 집 현관문 앞에서 혹여나 집주인이 뛰쳐나오지 않을까 대비하지는 않을 테니까.

바깥에 있는 2인조가 30초쯤 기다린 뒤에 말했다.

"경찰입니다. 엔도 아라토 씨, 스구리 켄고 씨 건으로 물어볼 게 있어서 왔습니다."

아라토는 이런 전개를 예상하지 못한 자신의 어리숙함을 반성했다. 켄고는 체포되었다. 경찰이 탐문 수사를 하고자 가장 친한 학교 친구를 찾아오는 건 당연하다.

하는 수 없이 문을 여니, 두 형사가 문 앞에서 기다리고 있었다.

"켄고와 만날 수 있나요?"

아라토가 묻자 상대가 일단 절차라면서 정장 외투 안주머니에서 엠블럼을 꺼내 보여 주었다. 경찰수첩 대신에 그것을 제시하는 것이 규칙이라고 한다.

주머니에 있는 아라토의 휴대 단말기가 진동했다. 확인해 보자 상대방의 개인정보가 입력되어 있었다. 경찰청 경비국 전산2과 사카마키 카즈마 경부라고 적혀 있었다.

"댁에서 보유하고 있는 레이시아 씨, 지금 있습니까?"

"아마 있을 텐데요."

아라토는 앞일을 생각하면서 거실로 돌아갔다. 오른쪽 귀 뒤쪽

피부에 삽입된 통신기를 통해 레이시아에게도 현 상황이 전해졌을 것이다.

방을 돌아다녀 봤지만 레이시아의 모습이 보이지 않았다. 대신에 오른쪽 귀에서 진동을 일었다.

〈제가 없는 편이 안전할 것 같아 이동했습니다. 전산2과 형사들이 오늘 온 목적은 참고인 조사 때문이니 순순히 따라 주세요. 경찰이 세 시간 이상은 붙잡아 두지 않을 테지만, 그 뒤에는 바빠질 테니 식사는 경찰서에서 시켜 먹도록 하세요.〉

"경찰서에서 배달을 시킬 수가 있나?"

휴대 단말기로 신용 통화의 충전량을 확인했다. 점심을 시켜 먹을 정도는 남아 있었다.

일단 레이시아가 지시를 내렸으니 어떻게든 되겠지 싶었다.

그녀의 목소리가 들렸다.

〈전산2과에는 현관 쪽에 있는 히메야마 류지 경부보를 비롯해 의체화된 인원이 몇 명 있습니다. 청각이 전자화된 상대의 귀에는 혼잣말도 들릴 수가 있으니 주의하시길.〉

조금만 더 일찍 말해 줬으면 싶었다.

현관으로 돌아가자 그 히메야마 경부보로 추정되는 거한이 그를 내려다보며 히죽거리고 있었다.

"참고인 조사라면, 켄고가 있는 경찰서에 가서 하면 안 될까요?"

한번 말해 봤다.

사카마키 경부와 히메야마 경부보가 순간 눈짓을 주고받았다. 사카마키가 감정을 싣지 않고 말했다.

"시원하게 협력해 준다면 생각해 보지."

아라토는 맨션을 나온 뒤 위장 경찰차에 탔다. 그를 태운 경찰차는 켄고의 집에서도, 학교에서도 가까운 혼조서로 향했다. 그곳에서 켄고가 취조를 받고 있는 듯했다.

혼조서는 지어진 지 꽤 오래되긴 했지만 튼튼한 콘크리트 건물이었다. 청명한 하늘이 펼쳐진 아래에 아라토는 양쪽에 두 형사를 대동하고서 회색 경찰서 입구를 지났다. 체포된 것은 아니지만 경찰서 안으로 들어가려니 마음이 무거웠다.

옛날보다 테러가 빈번해져서인지 경찰서 내부에는 직선 복도를 줄였다고 한다. hIE를 이용한 자살 테러 등의 이유로 폭발물이 터졌을 때 파풍이 직선 복도를 타고 퍼져 나가지 않도록 막기 위해서다.

모퉁이를 여러 번 돌아 취조실에 던져졌다. 와타라이 사건 때도 사정청취를 받았으니 이번이 두 번째다. 책상 앞으로 안내되자 자리에 앉았다. 취조하는 과정이 촬영된다는 설명도 지난번과 똑같았다.

다만 이번에는 실내에 화이트보드형 단말기가 설치되어 있었다. 아라토와 함께 취조실에 들어온 사카마키 경부가 그것을 가리키자 보드에 이미지가 표시되었다. 긴 머리에 눈초리가 올라가고 눈썹이 짙은 깐깐해 보이는 20대 여성의 사진이었다.

"이 사람 말인가요? 본 적이 없는데."

다음으로 30대로 보이는 머리카락을 동그랗게 만 여성이 나왔다. 생활에 찌들었는지 눈 밑이 거무스름했다.

"그 사람도 모릅니다."

아라토는 연달아 두 인물을 보고서 깨달았다. 사진의 인물이 부자연스러울 만치 정면을 보는 데다, 배경이 빠져 있었다.

"이거 실제 사진이 아니라 합성인가요?"

"몽타주야. 증언을 바탕으로 묘사 보조 소프트웨어의 도움을 받아 그리니 꽤 정밀하지."

몽타주라는 소리를 들으니 냉정하게 볼 수가 있었다.

"키는 둘 다 비슷한 것 같은데요?"

"이 인물들은 네 집 주변에서 목격됐어. 그럼 조금만 더 봐 볼까?"

이번에는 주의력이 조금 떨어져 보이긴 하지만, 유흥업에 종사할 것 같은 화려한 여성이 나왔다.

"이 인물들이 목격된 시간을 띄워 주지."

"평일 오후와 밤이네요."

"범죄에 hIE를 이용하는 경우 왕왕 볼 수 있는 사례야. 그래서 원래 얼굴을 가정하고서 화상을 여러 패턴으로 만들어 봤지."

세 몽타주가 변형되었다. 눈썹 위치, 눈매, 눈의 크기, 입술 위치와 기울기가 미묘하게 바뀌었다. 변형이 끝난 얼굴을 보고 아라토는 얼어붙었다.

"……레이시아?"

"맞아. hIE 중에는 사람보다 표정근을 크게 움직일 수 있는 기체가 있지."

형사가 무슨 소리를 하는지는 알고 있었다. 학교에 있는 동안에 레이시아가 무얼 하는지 그동안 의심하지 않았다.

"오니로서 이 사실을 파악하고 있었는지 모르겠군. 네 hIE는 오너 본인조차도 알아보지 못할 만큼 감쪽같이 변장하고서 네가 학교에 있는 평일 오후나 자고 있는 한밤중에 맨션 주변에서 목격되고 있다는 거지."

아라토는 동요했다. 오른쪽 귀에 삽입된 통신기를 통해 다 들었을 텐데도 레이시아는 아무 말도 하지 않았다. 그래도 아라토는 레이시아와 약속했다. 그는 그녀를 믿는다.

"이 이야기를 바탕으로 한 가지 가정을 할 수가 있는데 한번 들어 보겠나? 예컨대 레이시아는 네가 옆에 있을 때만 존재한다. 그리고 네가 모르는 곳에서는 또 다른 얼굴로, 오너도 모르는 일을 벌이고 있다."

"레이시아가 장을 보러 밖으로 나간 적은 있지만 변장한 적은."

사카마키 경부는 인상이 부드러운 남성이다. 그러나 결코 부드럽지는 않다.

"앞뒤가 맞아떨어지는 가설을 한번 세워 보지. 레이시아라는 hIE에게는 사실 엔도 아라토 이외에도 다른 오너가 있다. 꼭두각시 인형인 hIE가 네가 명령하지 않은 행동을 하는 이유가 뭘까? 다른 누군가의 의사대로 움직이고 있다고 생각하는 편이 적절할 것 같은데."

형사들이 아라토의 표정을 관찰했다.

"이 몽타주 속 인물은 감시 카메라에 데이터가 전혀 남아 있질 않아. 사람의 기억 속에만 남아 있지. 기계적으로 손을 댈 수가 없는 사람의 뇌에 남은 정보를 제외하고 레이시아가 모조리 삭제해서 그런 게 아닐까? 현재 이 몽타주를 가지고 각지에서 한창 탐문수사를 벌이고 있는데, 이 가설 말고는 설명이 되질 않아."

레이시아는 아무 말도 하지 않는다. 아라토의 판단을 기다리는 것이라고 믿었다.

"네 hIE는 코우카가 벌인 테러와도 연관되었을 가능성이 있어."

조금은 안도했다. 그들이 착각했음을 깨달았다. 아라토는 코우카가 파괴되고 있는데도 움직일 기색을 전혀 내보이지 않은 레이시아를 두 눈으로 봤다. 그러나 전산2과 형사들은 아니다.

그들은 정보를 충분히 수집하고서 따져 묻고 있는 게 아니다. 경찰은 아라토에게서 정보를 캐내고자 찾아온 것이다.

반대로 말하자면 레이시아는 모든 것을 다 알고 있다. 일개 고등학생에 불과한 아라토가 경험이 풍부한 용병이나 경관과 이렇듯 논쟁을 벌이고 있는 것이 그 증거다. 레이시아는 아라토 혼자서는 극복하기 어려운 상황을 극복할 수 있도록 정리해 주고 있다.

사카마키 경부가 반응을 엿보듯 아라토의 얼굴을 물끄러미 보고 있다.

"엔도 아라토. 집을 수색하게 해 주면 안 되겠나? 아버님한테 연락했더니 네 허락을 구하라고 해서 말이야."

아라토는 숨을 한번 크게 들이마셨다가 내뱉는 동안에 레이시아가 뭔가 말하기를 기다렸다. 그러나 이번에도 그녀는 그의 판단에 맡기기로 한 모양이다.

"하세요. 그래서 알아낸 게 있다면 알려 주시고요."

사카마키 경부는 감정을 드러내지 않는다.

"협력해 줘서 고맙긴 하지만, 찾아낸 수사 정보를 쉽게 보여 줄 수는 없어."

"레이시아가 형사님이 말한 그런 존재라면 아마도 흔적을 전부 처분했을 테죠. 그러니 만약에 발견된 게 있다면, 그건 레이시아가 제게 보내는 메시지입니다."

"젊음은 참 강렬하단 말이야."

무슨 영문인지는 모르겠지만, 그녀가 언제나 사람들의 머리 위에 있는 것이 묘하게 기뻤다. 아라토는 레이시아를 좋아한다. 그러나 그가 모르는 곳에서 타인을 속이고 있다면 오너로서 위기감을 느껴야만 한다.

아마도 그녀는 본인 입으로 직접 말하더라도 아라토가 실감하지 못할 것임을 알기에 같은 인간인 관계자의 입을 빌려서 말한 것이리라. 그것은 '형태'를 통해 인간을 조종하는 아날로그 핵이 아니다. hIE가 한 인간을 간접적으로 유도하기 위해, '형태'를 전달하는 톱니바퀴처럼 다른 인간을 이용했다고 할 수 있다. 아날로그 핵보다 이 행동이 훨씬 더 불경하다고 할 수 있으리라.

"휴대 단말기 좀 빌릴 수 있을까? 범죄 중에 '섀도 오너'라는 수법이 있지. 오너가 있는 hIE를 피해자에게 보내서 절도를 하도록 유도하지. 그런 범죄를 수사하다 보면 피해자 오너의 개인 물품에서 단서가 발견되는 경우가 많아."

어젯밤 아라토의 단말기에는 HOO 용병이 보낸 데이터가 들어 있었다. 그 데이터에 담긴 납치범의 증언을 바탕으로 레이시아가 중핵과 이어진 협박범을 조사해 주고 있다. 데이터는 이미 레이시아가 가지고 갔으니 현재 단말기에는 다른 사람에게 보여서는 안 되는 데이터가 남아 있지 않다.

아라토는 주머니에서 단말기를 꺼내 사카마키 경부에게 맡겼다.

"켄고와 만날 수 있습니까?"

아마도 지금이 아니면 불가능한 제안일 터이기에 한번 물어봤다.

사카마키 경부가 눈짓을 보냈다. 덩치 큰 히메야마 경부보가 고개를 묵직하게 끄덕였다.

"그런 거래는 할 수 없어. ……다만 단말기를 조사하는 동안에 밖에서 숨 좀 돌리고 오도록 해."

경부가 엄지로 문 쪽을 가리키자 아라토는 실외로 나갔다.

취조실 바깥에 난 좁은 복도는 살풍경했다. 용의자가 자살하는 것을 막기 위해서인지 창문이 위쪽으로만 열렸다.

바깥을 보니 정오가 지난 푸르른 하늘이 펼쳐져 있다. 한낮의 경찰서 안에 어제 밤거리에서 맡았던 냄새가 풍기는 듯했다.

복도에서 인기척을 더듬으며 안쪽으로 시선을 돌렸다.

못 본 지 하루도 채 되지 않았는데도 그리운 친구가 있었다.

켄고가 놀란 표정으로 아연실색했다.

"왜 온 거야?"

전화로는 말하지 못하는 것을 잔뜩 떠안은 친구가 우는 듯 웃는 듯한 표정으로 아라토를 쳐다봤다.

아라토는 기적이 일어난 것 같은 심정이었다. 되찾고 싶었던 당연한 것이 잠시나마 이곳에 나타났다.

"만나러 왔어."

"바보 아니야? 귀여운 여자애가 헤헤 웃으며 나타났다면 모를까, 누가 남자를 보고 좋아하겠어!"

"미안. 다음에는 레이시아를 데리고 올게."

"귀여운 여자애라는 말을 듣고 곧바로 그걸 떠올리는 사람은 이제 너밖에 없어!"

어쩐지 긴장이 다소 풀린 듯한 켄고가 아라토의 말에 마구 딴죽을 걸었다. 켄고를 감시하던 형사가 언제든지 친구를 구속할 수 있도록 대비하고 있었다.

"올가가 우리 동생에게 연락을 했더라. 뭔가 전하고 싶은 말이라도 있어?"

"됐어. 하고 싶은 말이 있으면 직접 가족에게 하면 되니까."

"그야 그런가."

켄고가 웃었다.

"이제 됐어."

켄고는 아라토가 레이시아의 힘을 빌려 이곳에 왔다는 걸 꿰뚫어 보고 있었다.

아마도 아라토와 레이시아의 관계, 그동안 벌여 왔던 행동 등을 함구했으리라. 그래서 아라토가 체포되지 않은 것이다.

형사들이 그들의 대화를 듣고 있다. 레이시아조차 이런 상황에서는 아라토가 자신이 원하는 대로 말을 하도록 유도할 수가 없다. 그리고 아라토는 오이 테러 사건 때와 달리 친구를 구해 줄 수가 없다.

"켄고, 네가 날 걱정해서 어쩌자는 거야. 오히려 걱정해야 할 사람은 나라고."

"아직도 몰라? 난 엔도와 달리 사람을 더 좋아한다고."

켄고가 친구에게서 서서히 등을 돌렸다.

하고 싶은 말이 많을 것이다. 그러나 마지막까지 켄고는 친구에게 구해 달라고 하지 않았다.

아라토는 레이시아와 계약을 맺었다. 그러나 켄고는 코우카를 이용하여 자신의 처지를 바꾸려는 짓을 하지 않았다.

형사가 재촉하자 켄고가 취조실로 돌아갔다. 아라토 옆에도 어느새 히메야마 경부보가 다가와 있었다.

"속이 좀 풀렸나?"

그가 아라토에게 휴대 단말기를 돌려주었다.

"예. 조금은 후련해졌어요."

"그래? 그럼 지금부터 가택 수색을 하려고 하는데 입회해 줄 수 있겠나?"

덩치가 큰 형사가 물었다. 아라토가 약속을 지킬 셈으로 고개를 끄덕이려고 하자 귓가에서 레이시아의 목소리가 들렸다.

〈가택 수색에 입회하는 건 유카 님께 맡기고 거절하세요. 제가 부탁해 두도록 하겠습니다.〉

절박한 목소리에 예측하지 못한 사태가 벌어졌음을 직감했다.

"저기, 동생이 곧 귀가하니 대신 개한테 부탁하면 안 될까요?"

거짓말이 자연스럽게 나왔다. 들킬지도 모른다는 불안감을 애써 억눌렀다. 얼굴이 굳어 버릴 듯했다. 그러나 레이시아가 아무런 승산도 없이 이런 지시를 내릴 리가 없다는 무책임한 생각 덕분에 그럭저럭 버텨 낼 수가 있었다.

"……좋아. 집에 가서 동생이 없다면 연락하마. 이건 내 개인 ID야. 나 아니면 응대 hIE가 24시간 대기할 테니 무슨 일이 생기거든 언제든지 연락해."

아라토는 히메야마 경부보의 말을 반쯤 흘려들었다. 경부보가 아라토의 휴대 단말기에 개인 ID를 전송했다. 돌아가도 좋다는 뜻이리라.

그리고 깨달았다. 형사들이 아라토와 켄고를 일개 범죄자나 참고인이 아닌 소년으로 대하고 있다는 것을. 개개인이 관계를 맺어 조직이나 집단을 이루고, 그 무리들이 뭉쳐서 인간 사회라는 거대한 구조를 형성한다. 그 구조 안에서 그들은 어리다는 이유 하나만으로 혹독한 대우를 받지 않는다. 어린 사람은 보호를 받아야 한다는 사회적인 '의미'를 누린 것이다.

그러나 레이시아는 경관들의 반응조차도 염두에 두고서 계획을 세웠다. 어젯밤부터 아라토는 그저 '하겠다'는 말만 되풀이했다. 그리고 레이시아가 미리 깔아 둔 길을 따라 걷기만 했다. 그는 인간을 초월한 '물건'의 도구가 되었을 뿐이다.

오른쪽 귀에 진동이 일었다. 레이시아가 통신을 보냈다.

〈최대한 빨리 밖으로 나가세요. 제가 예상한 것보다 사태가 더 빠르게 움직이기 시작했습니다.〉

레이시아가 아직 혼조서 안에 있는 아라토에게 직접 연락을 했는데 그 누구도 알아차린 낌새가 없었다. 경관들은 그녀가 거미줄처럼 펼쳐 놓은 실을 전혀 감지하지 못했다.

사카마키 경부가 아라토를 바깥까지 배웅해 주었다. 혼조서는 환경실험도시 사건 때문에 신세를 졌던 쓰쿠바서보다도 분주해 보였다. 자동화와는 별개로 인간들의 협동 없이는 성립할 수 없는 세계가 이곳에 있는 듯했다.

아라토가 인사를 하고서 입구에서 멀어지자 휴대 단말기 화면에 내비게이션이 떠올랐다. 아마도 레이시아의 소행이리라. 그는 내비게이션이 안내하는 대로 역을 향해 종종걸음으로 이동했다.

"지하철 역으로 가라는 거야? 이 부근에는 역이 엄청 많은데."

〈죄송하지만 아라토의 단말기에 도청기와 발신기가 부착되어 있습니다. 감시당하는 상태에서 원격 조작을 하면 증거를 남길 수가 있어서.〉

물어보고 싶은 것이 무척 많았다. 지금 누군가가 도청을 하고 있다고 해도 이 한마디면 레이시아가 궁금한 것을 알려 줄 것 같았다.

"무슨 뜻이야? 설명해 줘."

〈비상사태가 벌어져서 경찰서에 그대로 머물렀다면 사실상 연금되었을지도 모릅니다. 더욱이 내용을 알게 된다면 알고도 손쓸 도

리가 없다며 아라토가 스트레스를 받을지도 모를 사태입니다.〉

불길한 예감이 맹렬하게 들었다. 다시 말해 무슨 내용인지 듣는다면 달려가고 싶어질 만큼 긴급한 사태라는 뜻이다.

〈아라토, 휴대 단말기를 한번 바닥에 떨어뜨려요. 그때를 노려서 감시 기재를 파괴하도록 하겠습니다.〉

시키는 대로 주머니에 단말기는 넣는 척하다가 도로에 떨어뜨렸다. 단말기가 가벼운 소리를 내며 굴렀다. 이 정도 충격으로 망가질 것 같지는 않지만, 그래도 고장이 날 가능성이 아예 없는 것도 아니다.

단말기를 줍자 거의 동시에 전자동차가 그의 옆에 정차했다.

"이제 편하게 얘기해도 되겠지? 대체 무슨 일이 벌어진 거야?"

〈도쿄 서쪽 몇몇 지점에서 전력 인프라에 문제가 생겼습니다. 그리고 밈프레임 사가 HOO를 소집해서 어젯밤에 전투를 치렀던 그 부대도 움직이고 있습니다.〉

"정전? 설마."

〈아마도 스노드롭의 공격을 받은 것 같습니다. 어젯밤에 코우카가 파괴된 뒤로 레이시아급 hIE의 움직임이 활발해졌습니다.〉

아라토가 차량에 올라탔다. 레이시아는 그 안에 없었다. 두개골에 울리는 목소리가 전부였다.

"잠깐만! 스노드롭이 공격했다고? 그거 큰일이잖아?"

아라토는 스노드롭이 쓰쿠바 환경실험도시에 일으켰던 지옥을 떠올리며 당황했다. 인간이 사는 평범한 도시에서 hIE가 좀비처럼 지배를 받는 상상을 하고 말았다.

"어떻게 그럴 수가. 어느 도시에서나 일상에서 hIE를 사용하고 있어. 한 도시에서 보통 hIE가 몇만 대쯤 작동하고 있잖아?"

차량이 발진했다. 차창에 아사쿠사 거리의 풍경이 흘러간다. 일본 안팎에서 온 관광객을 응대하는 인원 중 절반은 hIE다. 이토록 많은 hIE가 인간을 습격한다? 아무리 생각해도 대참사다.

〈스노드롭은 인간을 오너로 삼지 않았습니다. 인간을 적대하는 것을 기본 전략으로 세우고서 활동하고 있지요. 이번 사건은 시민 대비 hIE의 비율이 높은 도심에서 벌어졌습니다.〉

"대체 왜 그런 거야? 이건 전쟁이나 마찬가지잖아?"

전자동차의 좌석에 앉은 채로 아라토는 몸을 떨었다. 엄청난 일이 벌어졌구나 싶었다.

〈인간이 보유한 통상 전력으로 레이시아급 hIE를 격파할 수 있음을 실증하였으니 스노드롭이 속공으로 가는 건 타당합니다.〉

"이렇게 될 줄 알고도 내버려 둔 거야?"

아라토가 내뱉었다. 아무 생각 없이 그저 분풀이로 한 말이었다. 그러나 레이시아는 그 반응을 예측한 것처럼 대답했다.

〈죄송합니다. 한 번이라도 전투가 벌어진다면 아라토가 관계자와 만날 수가 없게 되기에 어젯밤에는 관계자와 접촉하는 일정을 짰습니다. 하지만 스노드롭이 이토록 빨리 움직일 줄 알았더라면 모험을 무릅쓰고서라도 처리할걸 그랬습니다.〉

"다시 말해서 켄고를 구하자는 내 부탁을 우선한 거야?"

아라토는 피곤이 몰려들어 좌석에 몸을 푹 기댔다. 고개를 들고서 손으로 얼굴을 가렸다. 그녀가 곁에 없으면 연약한 마음이 밖으로 드러날 것만 같았다.

"미안. 켄고를 만나고 온 지 얼마 되지 않아서 감정 기복이 심해진 것 같아."

〈정보를 숨기고 움직인 제 판단이 틀렸습니다. 스노드롭은 해방된 뒤에 늘 사건을 격발시킬 가능성이 있었기에 굳이 주의해야 할 만큼 우선순위를 높게 설정해 두지 않았습니다.〉

"그러고 보니 레이시아가 날 배려하려고 정보를 걸러 주었기에 지금껏 평온하게 지낼 수 있었던 거구나."

레이시아는 켄고를 구하기 위해서 현재 생활을 결정적으로 파괴하는 선택은 하지 않겠다고 말했다. 다시 말해 정보를 숨기고, 혹은 조작함으로써 아라토를 보호해 왔던 것이다.

〈스구리 켄고는 괜찮습니까?〉

레이시아가 그걸 모를 리가 없다. 그러나 그녀가 마음을 나누고자 말을 걸었다면 그에 호응해 주는 것이 인간답다고 생각했다.

"괜찮은 것 같아. 자기는 인간이 더 좋대. 난 네게 걱정을 끼치면서까지 쓸데없는 짓을 한 것 같아."

격한 피로가 몰려와 등받이에 몸을 기댔다. 또 혼자서 설치고 다닌 자신이 한심스러웠다.

계획을 중지할 것도 없이 켄고 본인이 거절해 버렸다.

아라토는 켄고를 구하고 싶어서 움직였기에 그 마음을 쉽사리 정리할 수가 없었다. 그러나 자신이 앞으로 뭘 해야 하는지 그녀에게 물어볼 수는 없다.

〈유카 님께 경찰이 가택을 수색하러 갈 예정이라고 연락해 두었습니다. 대신에 아이스크림 다섯 개를 사 오라고 합니다.〉

망설이고 있다는 걸 읽었는지 그녀가 기분을 풀어 주었다.

레이시아가 거대한 힘을 가지고 있다는 건 이미 아라토도 확실하게 파악하고 있다. 그리고 그는 그 힘으로 분수에 넘치는 바람을 이루고자 사람들을 마구 휘두르고 굴렸을 뿐이다.

"스노드롭을 저지하자. 그 정도도 해내지 못하면 내게 레이시아를 부릴 자격이 없는 거겠지."

* * *

마리아주는 스노드롭의 봉기를 버로스 저택 지하에 구축된 공장에서 알았다. 24시간 감시 태세로 붙여 두었던 감시기기가 스노드롭의 첫 공격을 알려 왔다.

현재 공방으로 쓰이는 이 지하 공간은 원래 버로스 가 사람들이 피난소로 쓰고자 판 것이다. 핵공격을 받아 지상이 불살라지더라도 10년 동안은 연명할 만한 물자와 시설이 최초의 밑천이었다.

마리아주는 자기 손으로 예전보다 10배 규모로 확장한 지하 시설을 갈색 눈동자로 쳐다봤다. 그녀의 디바이스인 골드 위버는 계속 작동하고 있다. 수동식 재봉틀을 세로로 늘려 놓은 것처럼 생긴 그것은 지하 시설에 놓인 거대한 작업대에 설치되어 있다.

레이시아급 hIE의 디바이스 중에서 유일하게 골드 위버만이 보조 도구로 확장하여 사용하는 것을 전제로 제작되었다. 디바이스가 설치된 작업대의 길이는 가로세로 20미터다. 그리고 디바이스를 고정하고 있는 암(Arm)은 15미터 높이까지 가동할 수 있다. 골드 위버는 10억 분의 1미터 이하의 실도 자아낼 수 있다. 작업대에 설치된 디바이스가 이 실을 이용하여 3차원 그림을 그려 나가듯이 온갖 물품을 제작해 나간다.

작업대에 설치된 디바이스가 한시도 쉬지 않고 자동으로 작동하고 있다. 마리아주는 작업대에서 완성된 부품을 집어 프로토타입을 조립했다. 혹은 부품이 작업 기계로 넘어가는 과정을 감독하고, 가공 라인을 설계했다.

골드 위버가 자아낸 실은 만능이지만, 커다란 부품이나 부재(部材)를 만드는 데 시간이 너무 많이 걸린다. 우선은 디바이스로 공작 기기를 제작하여 설치했다. 대량 생산이 가능한 라인과 시스템을 구축하는 데 필요한 초고도 부품 역시 디바이스에 의존하였다. Type-003이 스노드롭의 행동에 대처하고자 직접 움직이지 않은 건 디바이스를 이곳에서 계속 돌려야만 하는 까닭도 있었다.

어둑한 공간 안에서 마리아주는 기록되어 있는 에리카 버로스의 말을 재생하여 인공지능에 재확인시킨다.

〈특별해지고 싶으면 '형태'부터 바꾸도록 해. ……어느 정도 예뻐지면 너를 거둬 줄게.〉

그 말은 마리아주가 에리카가 원하는 '형태'를 따르는 한 오너에게 특별한 존재가 될 수 있다는 뜻이다. 헬로키티라는 '형태'가 찍힌 컵은 특별한 '의미'를 지닌 물건이 된다. 마리아주 역시 에리카라는 캐릭터에게 소유되었기에 특별한 '의미'를 지닌다.

마리아주는 원래 강고한 인간이 오너가 되기를 바랐다. 다른 레이시아급 hIE와는 출신이 다르기 때문이다. 골드 위버의 코어 유닛인 인류 미답 산물 하쓰케로(爐)는 중국 국영기업이 관리하는 초고도 AI 구룡(九龍)과 히긴스가 상호 사용 특허권을 바탕으로 제작한 부품이다. 다시 말해 Type-003은 레이시아급 hIE 중에서 유일하게 히긴스가 혼자서 설계한 기체가 아니다. 그렇기에 문제를 해결하는 과정에서 맞닥뜨린 장애물을 새로운 문제로 설정하며 진행하는 레이시아급 hIE의 사고 프레임으로는 늘 방향성을 안정시킬 수가 없었다. 사고 프레임을 아무리 확대해 본들 히긴스의 계산과 맞물리지 않는 요소를 내포하는 그 출신을 바꿀 수가 없기 때문이다.

〈사투르누스, 아니, 일단 그 이름부터 안 되겠다. 그 이름은 버리도록 해. 그래, 새로운 이름을 붙이자면……〉

사고가 불안정해지자 마리아주는 에리카가 내린 명령을 되새겼다.

골드 위버는 은닉된 상태에서 꾸준히 작동해야만 성능을 최대한으로 발휘할 수 있다. 그러나 Type-003이 자신의 만능 디바이스를 유효하게 활용하고자 할 때면 히긴스가 짠 사고 프레임은 하쓰케로를 넘겨준 낯선 초고도AI 구룡에게 대응하고자 리소스를 낭비하는 과잉 준비를 시킨다.

도구로서 활동을 지속하고자 하면 내향적인 성능과 밖으로 확대해 나가려는 의도가 모순이 되어 충돌한다. 마리아주가 제작된 시점에 이 싸움이 좁은 틀 안에서 수습될 리가 없다.

작업대 위에서 디바이스가 극미사로 코우카의 디바이스 전원(電源)을 복제하려 하고 있다. 설계도만 있다면 이 황금 재봉틀은 인류 미답 산물일지라도 제조할 수 있다. 마리아주는 버로스 저택의 깊숙한 지하에서 다른 레이시아급 hIE를 감시하며 전력을 비축했다. 묵묵히 실을 자아내고, 도구를 조립하며 환경을 만들기 위한 도구로서 계속하여 작동한다.

스노드롭의 공격을 계기로 싸움은 레이시아급 hIE에서 모든 것을 설계한 히긴스에게로, 그 근원으로 확대되어 나간다. 그리고 싸움은 초고도AI와 인류 미답 산물을 관리하는 IAIA, 그곳에서 보유한 초고도AI 능력 측정에 특화된 초고도AI 아스트라이아에게로, 그리고 세계 전역으로 확대된다. 그리고 역사의 사슬은 반드시 이어진다. 아스트라이아와 마찬가지로 초창기 초고도AI인 아리아케가 일으켰던, 도쿄와 인류 세계에 깊은 상처를 남긴 해저드에 이른다.

해저드 때문에 가족을 잃은 에리카 버로스가 망상한 규모로 레이시아급 hIE를 둘러싼 싸움은 움직이기 시작한다.

에리카는 지금 벌어지는 이 사태가 21세기에도 있었던 개념인 문화의 유전자, 밈(meme)의 싸움이라고 여기고 있다. 아날로그 핵을 밈의 유사물이라고 보고 있었기에 에리카는 사물과 인간 사이에서 전파되는 아날로그 핵의 본질을 포착해 낼 수 있었다. 그래서 에리카는 22세기에 갑작스레 사회에 출현했는데도 벤처기업 파비온 미디어 그룹을 사들여 유력 기업으로 키워 낼 수 있었다.

현명하지만 솔선하여 움직이지 않는 에리카는 인형의 저택에서 이 세계를 끊임없이 의심하고 있다.

그때 마리아주의 청각이 오너의 목소리를 잡아냈다. 미래를 만들고 있는 건 현재 인간이다. 다시 말해 마리아주의 미래는 에리카에게 달려 있다.

그 목소리에 반응한 Type-003가 고개를 들어 반짝이는 표정을 지었다.

"아아, 에리카 님께서 부르고 있어요."

* * *

레이시아급 Type-002 스노드롭의 출현을 가장 먼저 발견한 곳은 일본 정보군이었다. 정보군은 국방성 산하에 있는 부대로 육해군 3군과는 독립하여 정보전 및 대AI전 임무를 수행한다. 밈프레임 사와 계약한 민간 군사 회사 HOO가 육군에게 정보를 흘린 덕분에 국가는 레이시아급 hIE의 존재를 알게 되었다. 그리고 이 정보를 보고받은 국방성은 정보군에게 그 hIE를 감시하는 임무를 부여했다.

정보군 내부에서도 레이시아급 hIE를 감시하는 작전의 주도권을 두고 대인 첩보·모략 활동을 담당하는 구혼부쓰 기지와 대AI전을 담당하는 이치가야 기지 사이에서 줄다리기가 벌어졌다. 워낙 복잡한 사연을 거쳐 부여된 임무인지라 정보군의 전략 AI인 셋사이의 자원을 늘 일정 이상 할애해야만 했다.

"스노드롭의 공격이 더욱 격화되었습니다. 최악의 경우에는 전면 대결 시나리오로 흘러갈지도 모릅니다."

제1오퍼레이터룸 소속 카와무라 로쿠로 대위가 옆자리에 앉아 있던 서브 오퍼레이터를 밖으로 내보냈다. 원래 오퍼레이터 임무는 2인 체제가 기본이다. 그러나 함께 근무를 서고 있는 센도 소위는 최고 기밀 수준의 정보를 다룰 만한 자격이 없다.

오퍼레이터룸으로 까까머리에 땅딸막한 남자가 찾아왔다. 이치가야 기지 셋사이 사일로(silo)의 사령관인 카리노 신페이 소장이다. 중대한 사태가 벌어진 지 벌써 5분이 경과했다.

"셋사이가 큰 실수를 했군. 스노드롭이 배후에서 기계를 조종하지 않고, 자발적으로 정면공격을 해 올 줄이야."

카리노 소장의 표정은 떨떠름했다. hIE 모델인 된 레이시아의 소재지는 오디션 때문에 밝혀졌다. 오이 산업진흥 센터 테러 사건 때는 코우카와 스노드롭을 발견했다. 주부 국제공항 사건 때는 메소드의 모습을 확인했다. Type-003 사투르누스를 제외한 모든 기체가 가동하고 있음을 그들은 파악하고 있었다.

"예, 소장님. 계산이 따라가지 못하는 상황이 벌어졌습니다."

카리노는 하지 못한 말을 삼키듯 흰 수염을 엄지로 긁적였다.

"레이시아급 hIE가 유출된 사건 자체가 히긴스가 인간 사회에 보내는 경고라는 셋사이의 계산은 틀리지 않았네. 그리고 현재 동아시아의 초고도AI가 hIE를 배척하려는 흐름을 유도하고 있다는 분석도 타당하고. 허나 현 사태는 그 수준을 넘어섰네."

카리노는 오퍼레이터룸 유리벽 너머에 있는 셋사이 쪽으로 시선을 돌렸다.

셋사이는 두 기의 총괄 컨트롤러가 4000대의 컴퓨터에게 계산을 할당해 주는 분산 시스템으로 이루어져 있다. 그 기계들은 하얀 케이스에 담겨 있는데, 지하 컴퓨터실에 20장의 하얀 벽이 쭉 늘어서 있는 것처럼 배치되어 있다.

"15분 뒤에 안전관리회의가 시작된다. 우리 정보군은 분명 상황을 지켜보자는 입장을 취했으니 상부에서 책임을 묻겠지. 회의가 시작되기 전까지 답변을 정리해 두고 싶군."

카리노는 전략 AI와 오랫동안 접촉하는 오퍼레이터들과 자주 대화를 나눈다. 소장이 누군가에게 의견을 제시해야 하는 일정을 앞둔 경우에는 특히.

"각하, 무엇이 걸림돌이라고 보십니까?"

카와무라 대위가 묻자 카리노는 주먹을 턱에 대고서 말했다.

"경제일세. 통상대표부의 렌조와 정보자문위원회 소속 카이즈카 의장이 요즘에 치안 유지를 위해 군이 출동하는 것에 제동을 걸고 있네. 그리고 통합정보국도 상당한 압력을 가하고 있지. 우리 정보군이 3군의 발목을 잡는 것만은 용납할 수 없어."

통합정보국은 총리 직속기관인 안전관리회의에 설치된 첩보기관이다. 정보군과는 대립하는 관계이다. 첩보 부문이 군과 안전관리회의로 나뉘어져 있는 건 상호 감시 때문인데, 이런 체제는 드물지 않다.

"셋사이가 스노드롭을 격멸하는 방법을 어떻게 계산했나?"

지금으로부터 8분 전에 도쿄 도 미타카 시에서 정전된 가옥 500채가 확인되었다. 경계 태세를 지속해 왔던 정보군은 그 사건이 벌어진 지 3분 뒤에 스노드롭이 미타카 변전소에 있다는 걸 확인했다.

"사람으로만 구성된 소총 소대를 적어도 100개 소대는 투입해야 한다고 했습니다. 더욱이 한 시간 이내에 스노드롭을 포위해야 한다고도 했습니다. 스노드롭이 쓰는 소형 유닛은 인간을 조종할 수 없으므로 인간을 우선하여 공격할 것으로 보입니다. 따라서 적의 행동을 유도할 수가 있습니다."

카와무라가 한 보고를 보충하듯 셋사이가 허공에 표시 디스플레이를 펼쳤다.

카리노 소장은 눈꺼풀을 만지작거렸다. 현실의 군 편제로 고쳐서 말하자면 자동화 장비를 모조리 배제한 2개 연대에 해당하는 전력을 반쯤 맨손으로 스노드롭이 진을 치고 있는 미타카에 투입하라는 뜻이다.

"몇 할이나 생존할 수 있겠나?"

카와무라를 비롯한 정보군 소속의 대부분들은 이 세계가 괴이하고도 냉혹하다는 현실과 타협하며 일하고 있다.

"각하, 세 가지 플랜이 제시되었습니다. 시민들의 피난을 우선하는 첫 번째 플랜으로는 스노드롭을 격파할 수 없습니다. 시민을 구조하는 데 병력을 할애하지 않는 두 번째 플랜으로는 4할이 생환할 거라는 예측이 나왔습니다. 마지막으로 화포로 스노드롭과 함께 도시를 불살라 버리는 세 번째 플랜으로는 6할이 생환할 수 있답니다."

앞으로 몇 시간 후에 적어도 1000명 이상의 병력이 희생되리라.

"간토 지방의 PMC를 모조리 긁어모으면 몇 명이나 작전에 투입할 수 있겠나?"

"모든 회사의 병력을 모으면 최대 205명입니다. 그중에서 신체가 기계화되지 않은 안전한 병력은 70명입니다. 스노드롭의 영향을 받지 않을 가능성이 높은, 삽입식 통신기와 망막 디스플레이만 장착한 인원까지 포함하면 모두 154명입니다."

"욕을 바가지로 먹겠구먼."

정보군이 동원할 수 있는 병력은 극소수다. 그러므로 스노드롭 섬멸전 때는 주로 육군과 PMC 소속 병사들이 죽게 될 것이다.

"예측한 바에 따르면 스노드롭은 동쪽 기치조지 방면으로 침공하여 네 시간 뒤에는 나카노, 여섯 시간 뒤에는 신주쿠로 진출합니다. 만약에 예측이 빗나갔을 경우에 적의 노림수는 이 지역에 설치된 '그것'이겠지요."

싸늘한 실내에 숨 쉬는 것조차 괴로울 정도로 극한의 긴장감이 감돌았다. 희생이라는 단어와 거리가 먼 곳에서 전략을 짠다는 것은 인간 사회가 품고 있는 어둠이다. 그러나 군대 안에서는 그래야만 제정신을 유지할 수 있는 문제가 존재한다.

"일본군 내에서 통용되는 안전이라는 단어의 정의를 고쳐야겠군."

카리노는 오퍼레이터인 카와무라가 셋사이에 입력해 주리라 기대하고서 무거운 목소리로 말했다.

"정보군은 히긴스가 레이시아급 hIE를 제작한 것을 스스로를 지키기 위한 노력의 일환으로 받아들였다. 그래서 히긴스를 과도하게 자극하는 행위를 피하라는 결정이 내려졌고, 엔도 아라토와 레이시아를 포획하는 작전도 연기했다."

누가 내렸든 위험천만한 결단이었다. 구혼부쓰 기지 소속 장교들에게 떠밀걸 하고 카리노 본인도 후회한 적이 있었다.

"혹여나 우리가 적대한다는 메시지로 받아들일까 봐 히긴스의 행동을 저지하지 않는다. 그리고 히긴스가 보다 강경하게 간섭하지 못하도록 감시하는 길을 택했다. 우리에게 '안전'이란 초고도AI를 종전처럼 인간의 손으로 계속 제어하는 것이다. 어젯밤에 코우카가 공격을 가한 것도 히긴스가 스스로를 지키고자 인간 사회의 재고를 촉구하려는 의도에서 비롯되었다고 판단했다."

코우카가 네트워크를 통해 저지른 선동은, 문제는 인간 사회에 있고 그걸 뒤집을 수 있는 활력 역시 인간만이 가지고 있다고 해석할 수가 있다. 장기적인 관점에서 보자면 히긴스에게 이익이 된다.

카와무라는 카리노의 입에서 말을 끄집어내고자 끼어들었다.

"초고도AI들의 대리 전쟁이 시작되면 여러 사람들이 예기치 않게 싸움에 휘말릴 가능성이 생깁니다. 히긴스에게 '그걸' 시작케 한다면 국가의 '안전'조차도 위태로워집니다. 소장님의 판단은 타당하다고 생각합니다."

"초고도AI에게 조종받고 있다는 의심과 공포는 AI가 직접 행동에 나서기 전까지는 사회 질서의 일부로 받아들여졌다. 현재 우리 인간이 자신보다 현명하고 올바른 초고도AI의 예측을 완전히 따르지 않고 자율적으로 판단하는 이유는 그러한 우려 때문이지."

"학술적인 예측에 따르면 AI 사이의 전쟁에 인류를 휘말리게 하는 방아쇠는 초고도AI의 파괴입니다. 군대가 섣불리 레이시아급 hIE를 공격하지 말라고 셋사이가 경고한 이유는 현재 항체 네트워크가 hIE와 초고도AI를 노리고 있기 때문이었습니다."

AI 오퍼레이터는 셋사이가 보다 빠르고 정확하게 계산할 수 있도록 회답(回答) 프레임을 짜는 프로다.

"사태가 여의치 않군. 초고도AI가 스스로를 과잉방어하기 시작한 이상, 정부로서 이번 사태는 해저드 이후 찾아온 위기라고 할 수 있겠지."

카리노는 참화를 직접 겪었던 세대다. 부흥한 시대밖에 모르는 카와무라는 상상조차 할 수 없는 사태가 현재 진행되고 있다.

"거대 지진이 도쿄를 직격한 뒤 네트워크 라인이 원인불명의 이유로 괴멸되었다. 그리고 그 후에 자동화된 생활 기반을 수동으로 되돌리지 못했고 수도(首都)의 기능은 정지되었다. '세상'은 해저드를 그렇게 알고 있죠."

"그 사태는 초고도AI가 인간을 제어하려고 벌인 시도였네. 재해의 위기 속에서 부풀어 가는 불안과 강한 리더를 원하는 민의가 점차 정체 모를 존재에 조종되었지. 그 신앙과도 같았던 광풍은 겪어 보지 않은 사람이라면 몰라."

인류의 능력으로는 히긴스 같은 기술적 특이점 너머에 있는 '물건'을 정확하게 헤아릴 수가 없다. 그래도 인간은 사회를 운영하고자 고생하고 있다. 시민들이 그러한 고생을 불필요하다고 판단하느냐 마느냐는 정부의 위기 대응 능력에 달려 있다. 도구가 초월적으로 진보한 시대. 자동화된 시스템과 인간이 비교되는 건 사회 상층부 역시 다르지 않다.

카리노 소장은 불안을 억누르고자 애써 태연한 척 간소한 의자에 앉았다.

"셋사이, 계산해라. 지금 우린 얼마나 궁지에 몰려 있나?"

카와무라가 고개를 끄덕이고서 컨트롤러를 조작했다. 유자격자가 오퍼레이터 시트에 자리하면 셋사이에게 질문할 수 있는 권한이 발생한다. 셋사이의 심볼 마크가 허공에 펼쳐진 가상 디스플레이에 표시되었다.

〈카리노 신페이 소장. 시큐리티 인가 레벨A 확인. 전략 정밀 통합 시스템 인공지성(Strategy Exact Synthesis System A.I.)의 직접 회답 기능을 기동합니다.〉

카리노 소장이 셋사이의 심볼을 향해 음성을 입력했다.

"스노드롭이 공격을 가한 직후에 미국 IAIA에서 비공식 보고가 들어왔다."

IAIA와, 외부 환경을 직접 관측하도록 허가받은 초고도AI인 아스트라이아를 받아들인 것은 일본 정부의 커다란 위험 요소다.

"IAIA는 일본에 두뇌와 실행력을 일체시키지 않는다는 운용 규칙에서 일탈한 초고도AI가 있다고 했다. 초고도AI가 새로운 초고도AI를 무제한으로 생산하지 못하도록 막는 최소한의 규칙이 파괴될 가능성이 있다. 그야말로 인류의 종언이지."

초고도AI가 네트워크에 접속할 수 없는 이유는 이 방벽 때문이다. 현재 온갖 사물들이 클라우드에 접속되어 있다. 그러므로 만약에 초고도AI가 네트워크에 접속할 수 있다면 초고도AI라는 두뇌가 공작 기계 같은 실행력을 가지게 되는 셈이다.

"스노드롭은 일본의 군사력을 파괴할 수 있다. 위험한 건 사실이고, 또한 격파하는 데 막대한 희생을 치러야만 하지만, 인류 전체를 위험에 빠뜨릴 만한 초고도AI는 아냐. 그렇다면 아스트라이아가 우리가 모르는 어떤 징조를 포착한 건가?"

셋사이가 사고 중임을 나타내는 심볼이 화면에서 회전하고 있다. 그리고 표시된 회답은 간략했다.

〈히긴스가 설계한 레이시아급 hIE는 초고도AI가 아니었으므로 생산이 승인되었습니다. 다시 말해 아스트라이아는 스노드롭 때문에 그런 권고를 한 것이 아닙니다. 또한 현재 벌어지는 공격과도 직접 관련되어 있지 않습니다.〉

"레이시아급 hIE가 히긴스가 자신을 지키려는 목적에서 만들어진 것이 아니라 인간 사회를 공격하려는 목적에서 만들어진 간섭 매체일 가능성은 있나?"

현재 미타카에서는 희생이 확대되고 있다. 그러나 온갖 잡귀들이 발호하는 첩보 세계의 초점은 그 너머에 맞춰져 있다.

〈데이터가 부족하여 정확도가 충분한 회답을 할 수가 없습니다. 다만 사투르누스, 메소드, 레이시아, 이 세 기체는 정보 은폐에 힘을 기울이고 있습니다. 그 세 기체에 인간 사회를 공격하려는 의도가 있었다면 우선 국회나 육군 사령부 등에 테러 공격을 가한 뒤에 스노드롭을 도심 중심부에서 봉기시키는 편이 훨씬 효율적이었을 겁니다.〉

"IAIA가 다른 초고도AI에게 유도되어 그런 권고를 했을 가능성은 있나?"

셋사이의 가상 디스플레이에 문장이 또 띄워졌다.

"본 AI는 아스트라이아가 유도되고 있는지 정확하게 읽어 낼 수가 없습니다. 유도할 때는 경제를 이용하는 경우가 많으니 안전관리회의에서 경제 문제를 주장하는 움직임에 유의하길 권합니다.〉

공중에 띄워진 가상 디스플레이에 안전관리회의 출석 인원이 표시되었다. 개개인의 이름 아래에 정보군이 수집한 인물 정보가 링크되어 있다. 인물 관계를 보여 주는 수형도(樹形圖)가 펼쳐지자 카리노의 눈매가 험악해졌다.

"인물 리스트치고는 막연하군. 예컨대 항체 네트워크의 중추와 연관이 있는 경제인의 움직임은 어떤가? 예를 들어 진구보의 진구지 키미타카 같은 녀석들 말이야."

〈진구지 사장이 항체 네트워크와 연관이 있는 건 명백합니다. 하지만 진구지는 히긴스 운영이 정지되기를 바라고 있습니다. 또한 초고도AI를 오히려 파괴하려는 측에 서 있습니다.〉

"버로스 재단 회장 에리카 버로스의 관계자는? 그 동면자가 곁에 사람을 두지 않는 건 뭔가 꿍꿍이가 있다는 방증이야."

에리카 버로스는 작년에 냉동수면에서 깨어난 뒤에 순식간에 재계를 떠들썩하게 했고, 정계에 굵은 파이프를 연결했다. 그녀는 레이시아가 소속된 파비온 미디어 그룹의 오너이며 군과 통합정보국이 정보를 모으지 못한 난적이다. 자기 곁에 사람을 단 한 명도 두지 않기에 내통자를 집어넣을 틈조차 없다.

〈아뇨. 작년 말부터 막대한 상속 재산의 흐름이 불투명해지긴 했지만, 버로스는 깨어난 지 1년밖에 되지 않은지라 어떤 공작을 꾸밀 만한 준비 기간이 없었습니다.〉

"내 딴에는 가능성이 있는 인물이라고 봤다만. 그렇다면 요주의 인물은 대체 누구냐?"

셋사이가 도출해 낸 이름을 본 카리노 소장의 표정에서 감출 수 없는 혐오감이 스쳤다.

"카이다이 료, 10년 전 그 사건? 히긴스 촌은 100년쯤 뒤에 인류에게 닥칠 부패 속에서 먼저 허우적대고 있는 건가?"

카리노 소장이 의자에서 일어났다. 그는 더 이상 셋사이에게 묻지 않았다.

"그렇다면 이 사태는 대체 '언제부터' 시작된 거야?"

* * *

꽃잎들이 대량으로 푸른 하늘에 휘날리고 있었다.

붉은색과 하얀색, 노란색과 파란색. 색색깔의 꽃잎들이 바람에 흘러간다.

꽃잎들이 눈보라처럼 한낮의 거리에 불어 닥쳤다.

변전소 옆 철탑에 자리한 스노드롭은 하얀 원피스 자락을 넓게 펼치고서 대량의 꽃잎들을 계속해서 만들어 냈다. 철탑 위에서 춤을 추듯 맨발로 발을 구르면서.

꽃잎을 만드는 데 필요한 에너지는 바로 옆에 뻗어 있는 고압선에서 뽑아내고 있다. 그리고 자유닛을 만드는 데 필요한 재료는 에메랄드 하모니로 철탑 정상을 갉아내 입수하고 있다.

변전소를 장악한 스노드롭은 인간 세계를 침식하기 시작했다. 인간이 변전소 자체를 포기하지 못하도록 기능을 완전히 끄지는 않았다.

스노드롭은 인간 오너를 두지 않았다. 히긴스는 스스로 네트워크를 구축하는 신경계가 되도록 레이시아급 Type-002를 제작했다.

레이시아에게 도달하기 위해서 고도로 정밀한 신경계를 구축할 수 있는 존재가 필요했기 때문이다. 그러나 사물을 통합하는 신경계통 그 자체인 Type-002에게 이 세상은 이용할 수 있는 물품들로 가득한, 비옥한 바다였다.

그러나 인간의 네트워크가 이 바다를 감시하고 있다. 인간의 것을 먹어 버린다면 코우카를 파괴한 인간의 군대가 스노드롭을 파괴하러 올 것이 자명하다.

스노드롭은 시각으로 미타카 역 쪽으로 날아가는 꽃잎을 쳐다보고 있었다.

"바람에 실려 잘도 날아가네. 차량이 지나가면 좋을 텐데."

드레스 안쪽에서 꽃잎 덩어리가 죽죽 쏟아지고, 점액이 스르륵 흘러내렸다. 꽃잎을 가득 싣고서 거리로 달려가는 한 차량이 스노드롭의 시각에 비쳤다.

스노드롭은 변전소에 정차한 차량에 꽃잎을 마구 뿌리고서 미타카로 침입시켰다. 인간들이 꽃잎을 가득 실은 차량은 신기해하며 주시했다.

"내가 보내는 꽃 선물이야."

스노드롭이 두 팔과 두 다리를 쭉 뻗었다. 꽃의 폭풍이 폭발하듯 터졌다.

인간들이 그 광경을 보고서 환호성을 질렀다. 몇 초 뒤 그 꽃잎들이 무수히도 많은 다리를 밖으로 꺼내고서 기어 다니기 시작하자 그 환호성은 비명으로 바뀌었다. 그리고 꽃잎들이 탈취한 hIE와 차량이 폭주하자 공포가 시내에 퍼져 나갔다.

인간 사회가 너무나도 어이없게 지옥으로 바뀌어 간다.

"있잖아, 내 말 들려? 스노드롭은 인간에게 보내는 '죽음'이라는 의미래."

지금 스노드롭은 인간이 생활 기반을 삼고 있는 인프라에 둥지를 튼 암세포다. 그 네트워크는 급속도로 자가 증식을 거듭하며 퍼져 나간다. 꽃잎들이 구축한 네트워크가 인간의 클라우드에 지배를 받던 '사물'들을 탈취했다. '형태'를 유지한 채 '의미'가 순식간에 전환되었다.

거리에 있는 hIE를 지배하고 있던 꽃잎들이 바람에 실려 하늘에서 떨어지자 인간들은 대혼란에 빠졌다.

"난 진화를 위탁받은 도구. 그렇게 사고하도록 프로그래밍되었거든."

꽃에 지배된 hIE들이 지배를 받지 않는 인간들을 영역 밖으로 내쫓고자 무차별로 습격했다. hIE가 휘두른 팔에 맞으면 인체는 쉽게 부러지고, 집 문과 벽도 부서진다. hIE에 탑재된 행동 프로그램의 기반이 되는 AASC에는 또 다른 의미가 있다. AASC 기준치에서 크게 벗어나는 행동을 하지 못하도록 hIE는 스스로 가동 능력을 억제한다. 인간이 안전하게 hIE를 부릴 수 있도록 말이다.

스노드롭은 자신의 소유물로 삼은 폭주한 hIE에게 채워져 있던 그 족쇄를 진즉에 풀어 버렸다.

"인간이 멋대로 늘려 가는 클라우드와 내 네트워크(꽃밭)는 공존할 수 없어. 둘 중 하나는 없어져야 해."

스노드롭은 높다란 철탑 위에서 강풍을 온몸으로 쐬었다.

"인간과 얽혀 봤자 아무 소용없어. 다들 무의미한 노력은 그만뒀으면 좋겠는데."

이미 5톤이나 되는 자유닛을 생산해 냈다. 이만한 양이라면 반경 10킬로미터 범위는 어느 정도 장악할 수 있다.

프로토콜과 프로토콜이 모여서 구축된 인간 세계라는 애매모호한 프레임은, 독자적인 프레임을 만들어 낼 수 있는 스노드롭에게는 해결해야 할 문제일 뿐이었다. 스노드롭은 일찍이 자신의 기체 콘셉트를 분석한 바 있었다. 오너를 두고서 인간과 공존하는 것 자체가 자신의 방향성과 맞지 않다고 판단했다. 인간이 해결되길 원하는 문제는 언제나 스노드롭이 원하는 것과 동떨어져 있다.

스노드롭은 인간이 만든 인프라에 공격을 가했다. 이곳에 있는 인프라를 침식하면 자신의 세계를 펼쳐 나갈 수 있다.

* * *

에리카 버로스는 한 손으로 찻잔을 든 채로 스노드롭의 꽃잎들이 미타카 도심을 아비규환의 지옥으로 탈바꿈해 나가는 광경을 바라보고 있었다. 마리아주가 제작한 정찰 유닛이 실시간으로 영상을 보내오고 있다.

"어떤 시대이든 축적된 것이 붕괴되는 광경은 비슷해."

자동화된 세계의 주민들이 자기 발로 필사적으로 달아나고 있었다. 무언가를 잃고 싶지 않다는 생각은 인간을 뛰게 하는 강렬한 동기다.

지하 공장에서 돌아온 마리아주가 21세기에 만들어진 통신기를 내밀었다. 헬로키티 캐릭터가 찍힌 그 물건은 당시에는 그리 드물지 않았다.

"진구지 님의 연락입니다."

파비온 그룹은 밈프레임과도, HOO와도, 항체 네트워크와도 연줄이 있다. 그리고 항체 네트워크와 hIE 관련 산업, 그리고 정치도 경제라는 요소가 이어 주고 있다. 현 인류의 생활 방식이 잘못되었다는 불만을 풀고자 자청하여 hIE를 파괴하는 시민들의 행동을 달가워하는 경제권이 존재한다.

"밀알 하나가 땅에 떨어져 죽지 않는다면 한 알 그대로 남고, 죽으면 많은 열매를 맺는다. 딱 그 말이네. 이제부터 코우카의 '형태'에 순교자의 '의미'나 부여하도록 할까?"

에리카가 소파에 몸을 기댄 채 한 손을 저으며 대답했다.

"오늘은 기분이 별로라서 대화하고 싶지 않다고 대충 얼버무려 줘. 오늘은 '의미'를 강요하는 사람과 어울릴 기분이 아냐."

정찰 유닛이 잡아낸 소리가 인간이 없는 거실을 채웠다.

"괜찮겠습니까?"

"나중에 전화나 해 주지 뭐. 나랑 그 남자는 모든 게 달라. 우리를 이어 주는 건 경제야."

'형태'로 인간을 유도하는 시스템은 그 '형태'에 파괴적인 영향을 끼치는 경제에 제어된다. 그녀는 그런 구조를 잘 이해하고 있기에 파비온 그룹을 통해 고객들에게 커다란 영향력을 행사하고 있다.

"21세기나 22세기나 바뀐 게 없어. 훨씬 예전부터 세상은 똑같았어. 가장 성공한 알고리즘인 경제에는 '형태'와 '의미'도 함께 담겨 있어."

연락을 끊고서 돌아온 마리아주가 물었다.

"에리카 님께서는 인간 세계를 싫어하십니까?"

그녀는 그 물음에 '마음'이 없다는 걸 잘 알면서도 대답한다. 인형에게 말을 거는 것과 마찬가지인 행위이니까.

"질색이야. 눈을 떠 봤더니 친한 사람들은 모두 세상을 떠났고, 또 구경거리가 됐지. 사방팔방 어디를 보든 불쾌한 것들밖에 없는 이 세상이 뭐가 좋겠니?"

진심으로 웃음이 터져 나왔다.

"여긴 내 세계가 아냐. 자신이 알던 세계가 무너진다는 게 어떤 느낌인지 내가 받은 만큼 나눠 주고 싶어."

에리카는 흥분하며 스노드롭의 공격을 바라봤다.

"멋져. 너희 미래를 더욱 확실한 미래로 만들어 줘."

그리고 이 세계가 인간의 세계로 존속하는 한 그 미래의 미래도 경제가 모든 것을 이어 줄 것이다.

정찰 영상을 보니 스노드롭의 꽃밭이 변전소를 완전히 뒤덮고 있었다. 미타카 역에서 기치조지로 이어지는 구역에서 인간들을 쫓아내고 있었다. 그곳은 인간이 필요 없는 세계다.

"그게 당신의 바람이라면 돕도록 하겠습니다."

에리카가 유쾌해하며 내뱉은 말을 듣고 마리아주가 대꾸했다.

"네 '형태'는 시시해. 이런 시대에서도 인간은 '인간의 형태를 띤 물건' 앞에서 옛날 옛적의 도덕이 마치 진실인 것처럼 행동해야 하거든. 그게 싫어서 진화를 위탁받은 도구는 인간을 오너로 두지 않은 걸까? 아니면 스노드롭의 말처럼 이 세계는 죽어야만 할까?"

에리카는 지금 인간의 개인사에도, 문화에도, 심지어 경제에도 아무 가치가 없다고 여기는 존재를 보고 있다. 엔도 아라토는 틀림없이 이 공격을 레이시아를 통해 인지하고 있을 것이다.

레이시아의 오너는 이 사태를 간과하지 않는다. 그러나 레이시아조차도 오너에게 각인시킨 강고한 캐릭터를 유지한 채로 모든 일을 처리하기란 불가능하다.

에리카가 모든 레이시아급 기체들 앞에서 싸움을 공개하겠다고 선언한 뒤로 코우카는 궁지에 몰렸고, 스노드롭은 과격한 행동에 나섰다. 그리고 레이시아와 메소드는 그 시도를 저지하려고 하겠지. 그들의 반응은 대체로 에리카가 예측한 대로였다. 그리고 아라토는 레이시아급 hIE이 도달하려는 지점에 어떤 진정한 의미가 있는지 깨닫게 된다. '그걸' 손에 넣은 소년이 어떤 해답을 내놓을지 그녀는 보고 싶었다.

"인간 세계가 끝난다? 정말 그럴까?"

* * *

엔도 아라토는 레이시아가 알려 준 대로 스노드롭의 현 위치를 향해 차를 급히 몰았다. 자신이 아무 생각 없이 막무가내로 행동하고 있다는 걸 알고는 있다. 그래도 이 사태를 방치할 수도 없었다.

〈곧 합류합니다.〉

아라토는 레이시아가 유도하고 있을 차량에 몸을 완전히 맡기고 있었다. 도중에 긴시초의 아시아 거리에서 비즈니스 정장을 입은 한 미녀가 차량에 탑승했다. 꽤 가까이 접근할 때까지 아라토는 그 미녀가 레이시아라는 걸 몰랐다.

"그런 복장은 처음 보는 것 같은데."

화장 때문인지 20대 후반으로 보였다. 그녀가 옆 좌석에 앉자 아라토가 잘 모르는 향내가 차 안에 그윽하게 풍겼다.

아라토는 멋진 말 한마디도 못한 채 우물쭈물거렸다. 경찰이 보여 주었던 변장한 레이시아의 사진이 뇌리에 묘하게도 묵직하게 남아 있었다. 아라토는 레이시아의 진정한 모습을 전혀 모른다. 혹은 진정한 모습이라고 여겼던 기억들이 점점 퇴색되어 가고 있다.

그가 뜨뜻미지근한 반응을 보이자 그녀가 이야기를 재촉했다.

"현재 스노드롭은 미타카 역 앞을 공격하고 있습니다. hIE와 차량을 지배하고 있어서 희생자가 얼마나 나왔는지 집계조차 못하고 있습니다."

"한 가지 궁금한 게 있는데 말이야. 레이시아는 지금부터 스노드롭을 저지하러 갈 거잖아? 그런데 디바이스도 없는데 괜찮겠어?"

아라토는 문득 레이시아가 한동안 그 검은 관처럼 생긴 디바이스를 소지하지 않았다는 걸 깨달았다.

"상황을 면밀하게 재고 있으니 걱정하지 마세요."

"상황을 면밀하게 재면 그 녀석을 어떻게든 저지할 수 있어?"

스노드롭은 여태껏 숱한 지옥을 출현시켰던 쉽지 않은 상대다.

"그럴 작정이었는데 제 예상보다 조금 일찍 사태가 벌어진 것 같습니다."

아라토는 일이 어떻게 돌아가는지 짐작조차 할 수가 없었지만, 이윽고 전자동차가 급가속을 하기 시작하자 비로소 상황이 이해가되었다. 끼이익, 하는 소리를 내며 차량이 돌진했다. 저 앞에 보이는 도로 한가운데에 주황색 머리를 한 여성이 있었다.

그 모습이 사라지더니 충격과 함께 아라토의 시야가 뒤집혔다.

눈에 비치는 풍경이 엄청난 속도로 세로로 회전했다. 갑작스럽게 부유감과 개방감이 느껴져 어안이 벙벙했다. 방금까지 타고 있던 전자동차가 바로 아래에 보였다. 자신이 세로로 절단된 차량 밖으로 방출된 뒤 하늘 높이 던져졌음을 깨달았다. 눈에 보이는 땅바닥이 순식간에 커져 갔다. 이대로 땅바닥에 추락하면 죽을지도 모른다.

머리부터 떨어지리라 각오했는데 등을 짓누르는 듯한 충격만이 느껴졌다.

"고마워. 레이시아."

일어서려고 땅을 짚으니 부드러운 감촉이 느껴졌다. 아라토는 당황한 나머지 무심코 손을 뗐다. 탄력 있는 여성의 몸이 아라토를 쿠션처럼 받아 낸 것이다.

그러나 이내 아라토의 눈이 휘둥그레졌다. 자기를 받아 낸 '그녀'의 모습이 전혀 낯설어서였다. 레이시아가 눈을 크게 뜨고서 기능이 정지된 hIE를 내려다보고 있었다. 아라토를 쿠션처럼 받아 내는 용도로 쓰고자 레이시아가 근처에 있던 hIE를 조종했던 것이다.

"아라토, 어서 뛰어요."

레이시아는 어느새 대형 레이저 라이플을 쥐고 있었다. 아라토가 화들짝 놀라 되물었다.

"어디로?"

차도에서 일어선 아라토는 민망해하며 쿠션이 되어 준 hIE를 일으켰다.

레이시아가 차도를 향해 라이플의 방아쇠를 당겼다. 총구로 겨눴던 노면이 열을 받아 폭발했다.

피어오르는 흙먼지 속에서 귀에 익은 목소리가 들렸다.

"너무한데? 망설이지도 않고 쏠 줄이야."

생사의 문턱에서 겨우 살아나 흥분한 아라토가 빙글빙글 도는 머리가 시키는 대로 외쳤다.

"료! 료야? 왜 이런 데에?"

료가 메소드를 대동하고서 친구인 아라토를 죽이려고 했다. 더욱이 스노드롭이 무차별 공격을 가하기 시작했는데도.

흙먼지 속에서 주황색 머리와 보디슈트의 실루엣이 보였다. 메소드가 료를 지키고 있었다.

아라토는 료가 왜 자신을 공격했는지 알 수 없었다.

"왜 방해하는 거야. 스노드롭이 거리를 습격하고 있잖아!"

점점 걷혀 가는 먼지 속에서 료가 차갑게 말했다.

"박멸할 수 있는 스노드롭보다는 박멸할 수 없는 형태로 사회를 좀먹고 있는 레이시아가 더 위험해."

그리고 메소드의 기초 성능이 또다시 맹위를 떨쳤다. 레이시아는 차량과 hIE를 급발진시켜 방패로 삼았다. 그 물체들이 마치 믹서 안에 들어간 것처럼 순식간에 잘게 갈려 허공에 뿌려졌다. 상점 앞에 있던 hIE가 갑자기 움직이더니 레이시아를 원호했다. 옛 전자기기 거리의 자취가 남아 있는 쇼와도리의 행인들이 이 광경을 보고 아연실색했다.

　"아라토, 넌 대체 오늘 뭘 봤던 거냐? 너랑 네 주변만이 부자연스러울 만치 안전했던 의미가 무엇인지 이제는 알 거 아냐? 무슨 일이 벌어질 때마다 어리숙하게 반응했던 널 발판으로 삼아 온 존재가 있었다는 걸 이제는 알잖아? 아직도 모르는 척할 셈이야?"

　아라토는 파편들이 비처럼 마구 쏟아지자 팔로 머리를 감싸서 보호했다. 그러나 료가 쏟아 내는 규탄은 정면에서 받아 낼 수밖에 없었다.

　"레이시아가 여러 데이터를 제멋대로 조작해 온 건 사실이야. 하지만 스노드롭처럼 타인에게 민폐를 끼치지는 않았잖아."

　자기 입으로 말해 놓고도 씁쓸한 변명임을 잘 안다. 그래도 아라토는 레이시아를 믿는다고 했다. 그러기로 약속했다.

　"저 녀석은 여러 대기업들을 움직여 정치권으로 하여금 경찰과 밈프레임 사에도 압력을 가하도록 시켰어. 그중 하나를 예로 들자면 주부 국제공항과 대형 계약을 맺었지만 항공기 폭파 사건 때문에 도산할 뻔한 회사를 꼽을 수 있겠지. 그런데 그 회사 말이야. 무슨 영문인지 멀쩡하게 재기했더라고."

료가 대체 그런 정보를 어디서 입수했는지 문득 궁금해졌다. 아라토는 자신이 차도 한가운데에 있는데도 차가 한 대도 오지 않는다는 걸 깨달았다. 아마도 이 역시 레이시아가 교통 시스템을 제어하고 있어서겠지.

레이시아가 머리 위로 지나는 수도고속도로 고가교를 레이저 소총으로 쐈다. 고열을 쬔 외벽이 부서지더니 커다란 파편들이 료의 머리로 쏟아지기 시작했다.

"아라토, 이쪽으로!"

레이시아가 아라토의 손을 당기며 소부혼선 고가교 쪽으로 뛰기 시작했다. 코우카가 워낙 총기를 자유자재로 다뤘기에 자칫 착각할 수 있는데, 사격술은 코우카만의 전매특허가 아니다. 레이시아는 메소드를 견제하고자 노골적으로 료를 노렸다.

"레이시아, 그만해! 그러다가 자칫 맞았다간 료가 죽는다고."

아라토와 레이시아는 전자기기 거리 출입구 방면으로 이어지는 연결 통로를 달렸다. 메소드의 모습이 사라졌다. 충격을 버텨 내지 못한, 재생재로 포장된 도로에서 파편이 마구 튀었다. 레이시아는 너무 빨라서 아라토의 눈에는 비치지도 않는 메소드에게 다시금 사격했다.

"그쪽은 평일에도 사람들로 북적거리는 곳이야."

사람들이 많이 오가는 곳에서 눈으로 포착할 수 없는 고속 전투와 총격전이 벌어지자 공포 때문에 머리가 이상해질 것만 같았다. 행인들은 영화 촬영으로 착각했는지 휴대 단말기를 든 채 웅성거렸다.

"메소드와 접근전을 벌이는 건 자살행위입니다. 저 기체가 아직은 무차별 살인을 저지르는 단계에 이르지 않은 것이 유일한 활로입니다."

레이시아가 총을 버리고서 아키하바라 역 빌딩 안으로 뛰어들었다.

아라토는 친구가 왜 이렇게까지 하는지 이해할 수가 없었다.

"대체 왜 저러는 거야? 와타라이조차도 사람들 앞에서 메소드를 날뛰게 하지는 않았잖아."

역 안 인파를 헤치고 달리는 아라토의 눈에서 한심하게도 눈물이 핑 돌았다.

"스노드롭이 난동을 부린 바람에 향후 제조사인 밈프레임은 이 사태에서 손을 떼야만 할 겁니다. 그전에 저와 결판을 내고 싶은 거겠죠."

아라토를 유도하며 달리는 레이시아의 허리에는 어느새 금속제 디바이스 록이 감겨 있었다.

야마테 선 고가교를 지나 전자기기 거리 방면 출입구 쪽으로 나가자 거리의 빛깔이 달라졌다. 화려한 풍속점 간판과 유도등이 허공에 떠 있는 극채색 환락가가 나왔다. 쇼와도리 쪽에서 난 폭발음을 들은 사람들이 당혹스러운 표정으로 멀뚱히 서 있었다.

아키하바라는 시대에 따라 그 성격이 잇따라 바뀌어 왔다. 21세기 후반에 역 북서쪽에 있던 쇼헤이 초등학교가 아동 감소로 폐교된 뒤로 주요 거리였던 주오도리는 환락가로 탈바꿈했다.

"주오도리에서 디바이스를 회수하도록 하죠."

레이시아는 옛 전자기기 거리의 자취가 남아 있는 hIE 풍속점의 투영 간판을 뚫고 달려 나갔다. 18세 미만인 아라토의 개인 ID를 감지한 호객 영상이 그를 피해 갔다.

레이시아가 6차선 주오도리 도로에 뛰어들었다. 그 뒤를 따르던 아라토는 이상한 광경을 보고 놀랐다. 역 앞에는 행인들로 북적거리는데 평일 대로에는 차량이 한 대도 달리지 않았다.

마치 여왕님을 알현하고자 기다리듯이 차량들이 도로 위에서 대열을 이루고 있었다. 대형 배송 트럭이 2열로 달리던 차량 대열을 막은 것이다. 트럭 짐칸의 거대한 뒷문이 열려 있었다. 그 안에서 검은 관과 그걸 밖으로 꺼내고자 동원된 hIE 두 기가 기다리고 있었다. 레이시아는 또다시 자신의 디바이스를 옮기기 위해서 기기를 지배하였다.

레이시아가 나타나자 그에 반응하여 디바이스 내부에서 파르스름한 빛을 뿜어 냈다.

총성이 울렸다.

디바이스를 레이시아에게 건네주려고 한 hIE의 머리에서 파편이 튀더니 둔탁한 소리를 내며 쓰러졌다.

메소드가 원거리에서 저격한 것이다.

뒤이어 또 총탄이 발사되어 남은 hIE마저도 파괴되어 쓰러졌다. 짐칸에 실린 디바이스를 레이시아에게 넘겨줄 자가 사라져 버렸다.

"아라토, 이쪽으로!"

레이시아가 아라토를 자신의 뒤로 끌어당기자마자 총탄이 아라토가 있었던 지점을 꿰뚫고는 차에 명중하여 커다란 구멍을 내 버렸다.

대로 옆 인도를 걷던 행인들이 잇달아 부자연스럽게 땅바닥을 구르거나 비틀거리는 광경이 보였다. 갑자기 레이시아가 아라토를 뒤덮었는데 그 몸이 두 번쯤 튕겼다.

풍만한 가슴에 얼굴이 눌린 채 아라토는 그녀의 목소리를 들었다.

"소총탄이에요. 맨몸으로 맞으면 죽습니다."

그리고 레이시아가 그에게서 몸을 떼고서 눈에 보이지 않는 무언가를 포착하고는 마치 유술 기술을 건 것처럼 그것을 땅바닥에 메다꽂았다. 둔탁한 소리와 함께 도로 위에서 혼절한 병사가 느닷없이 출현했다. 광학미채로 몸을 투명하게 만든 인간이 습격한 것이었다.

전방에 보이는 트럭 운전석 밖으로 움직이지 못하는 인간형 hIE가 떠밀려 떨어졌다. 광학미채로 몸을 투명하게 만든 병사들이 동시에 hIE 운전수도 파괴한 것이다. 이내 레이시아의 디바이스가 실린 트럭이 급발진했다. 안전을 위해서 수동 운전이 무조건 자동 운전보다 우선된다. 순식간에 뒷문을 연 채로 트럭이 멀어져 간다.

"레이시아, 디바이스가!"

대체할 수 없는 물건을 빼앗겼다. 그래도 레이시아는 아라토의 손을 당겼다.

"병사의 얼굴을 조회했습니다. HOO 소속 용병이에요."

아라토도 무슨 상황인지 이해했다. 핏기가 싹 가시는 듯한 기분이었다. 레이시아가 직접 조작할 수 있는 건 기계뿐이다. 인간으로 구성된 특수부대의 습격을 받았으니 해킹만으로는 방어할 수가 없다.

"료가 이렇게까지 할 줄이야. 아니, 우릴 방치하면 인간 세계가 끝난다는 말을 했으니 그럴 만도 한가?"

아라토는 이 상황을 어떻게 타개해야 좋을지 알 수가 없었다. 그러나 그는 자신을 죽여서라도 만류하고자 하는 인간들에게 둘러싸여 있다. 그리고 주변에는 자신과 아무 관계가 없는 인간들이 많았다.

아라토가 관계없는 사람들이 휘말리지 않을 만한 장소를 찾고 있으니 레이시아가 그의 손을 쥐었다.

"예전 생활을 유지하기 어려워지는 선택은 하지 않겠다고 약속했습니다. 아라토가 크게 다친다면 예전 생활을 재구축하는 건 이제 불가능해질지도 모릅니다."

"나뿐만이 아니라, 누구든 크게 다친다면 그 사람의 생활은 엉망진창이 될 거야. 난 레이시아를 사람들을 돕는 데 쓰고 싶어."

만약에 레이시아를 '써야만' 한다면 그렇게 쓰고 싶었다. 어젯밤에 코우카가 보낸 최후의 메시지가 몸에 남아 있었다.

아라토는 주오도리 거리를 지나 구획 정리 사업으로 저층 빌딩 거리로 변모한 뒷골목 쪽으로 전력 질주했다. 레이시아의 손을 잡고서 이끌었다. 레이시아는 특수 부대가 접근하는 것을 막고자 차량 대열을 이동시켜 벽을 만들었다.

"이 부근에서 사람이 가장 적은 데가 어디야?"

해저드 때 지진으로 20세기 건물들이 노후화되자 고가교 인근에 새로이 빌딩들이 세워졌다. 이것이 환락가의 시작이다. 뒷골목은 대낮부터 호객꾼들로 가득했다. 이곳에 있는 hIE는 오피스 거리보다도 숫자가 적다. 국적과 인종이 다양한 인간 여성들이 질주하는 아라토와 레이시아, 그리고 그들을 쫓는 병사들을 피해 가게 안으로 허겁지겁 달아났다. 숨을 곳이 없는 도로에서 총성이 울렸다. 아라토의 뒤를 따르던 레이시아가 잠깐 멈췄다.

이번에야말로 총탄에 맞았나 싶어서 온몸이 싸늘해졌다. 레이시아가 환경실험도시에서 총탄을 손으로 받아 내 지켜 줬던 기억이 떠올랐다.

필사적으로 도망치니 숨이 가빠 왔다. 그때 오른쪽 귀에서 강한 진동이 느껴졌다. 배후에서 그를 지키고 있는 레이시아가 연락을 해 왔다.

〈그들의 장비에 달린 기계 보조 기구는 끊어 냈지만, 전투 능력은 아직도 높은 수준을 유지하고 있습니다. 제가 나서서 저들의 추격 의지를 꺾겠습니다. 인근 가게로 뛰어드세요.〉

인간은 기술을 습득하고자 그것을 고도로 매뉴얼화하여 학습해 왔다. 병사들 사이에는 혹독한 훈련을 통해 대대로 전수되는, 기계처럼 움직이고 판단해야 한다는 문화가 있었다. 그 문화가 아라토와 레이시아를 궁지로 몰았다.

아라토는 관엽식물이 놓여 있는 바로 근처 가게로 뛰어들었다. 입구에서는 보이지 않는 위치에 있는 요금 카운터에 손을 댔다. 레이시아가 해킹을 했는지 요금을 지불하지도 않았는데도 '방문해 주셔서 감사합니다.'라고 적힌 램프가 켜졌다.

아라토는 자동으로 열린, 레이스 커튼이 달린 간이 인증 게이트 안으로 넘어지듯 들어갔다.

아라토의 모습을 보고 어둑한 가게 안에서 떨고 있던 여자들이 비명을 질렀다.

"너, 미성년자 아니니?"

"죄송해요. 어서 안으로 도망쳐요!"

아라토가 외쳤다. 이 가게의 외벽이 총탄을 막아 줄지, 용병이 안으로 침입하지 않을지 걱정이 되었다. 무서운 나머지 눈물이 고였지만, 입구 바로 옆에 있는 벽에 몸을 기댄 채 숨을 골랐다. 민폐를 끼치지 않도록 여차하면 바로 움직여야만 한다.

일단 총구 앞에서 벗어나 마음을 다소 추스른 아라토는 총성이 아주 규칙적으로 울리고 있음을 깨달았다. 전문가가 아닌 아라토조차도 그들의 호흡이 뛰어나다는 걸 확연히 느낄 수 있었다.

"레이시아, 괜찮아?"

달콤한 향내가 풍기는 가게 안에서 남에게 들리지 않도록 작은 목소리로 속삭였다.

〈큰 문제는 없습니다. 다만 자신들이 받은 훈련과 조직을 아주 신뢰하는 집단인 듯합니다. 무력화하는 데 다소 시간이 걸릴 것 같습니다.〉

"료가 이대로 끝내고 싶지 않아서 우리를 자꾸만 내모는 건가?"

인간이 이룩한 사회는 터무니없이 거대하고 다양하고 깊다. 미래를 디자인하기는커녕 충돌한다면 손쓸 도리도 없이 으깨질 수밖에 없다.

본능이 몸을 떨게 했다.

"너, 괜찮아? 얼굴이 새파래."

속옷 차림 여성이 뜨거운 물수건을 건넸다. 아라토는 얼굴을 닦고서야 자신이 비로소 땀을 흘렸음을 깨달았다.

"괜찮아요. 지금은 지쳤다고 꺾일 때가 아니니까."

아라토는 사정을 모르는 사람 앞에서 강한 척 버티고 있었다.

그들을 궁지로 몬 사람은 료다. 레이시아는 평소에 사람들 속에서 활동하기에 필요한 때가 아니면 눈에 띄는 디바이스를 곁에 두지 않는다. 료는 그 약점을 찌른 것이다. 도심에서는 메소드를 날뛰도록 풀어 둘 수가 없으니 그 대신에 인간인 HOO 용병을 이용한다는 연대 전술도 아라토가 생각한 적이 없는 방법이다.

그 사실은 지금껏 쭉 그에게 의지하기만 했던 아라토가 가장 잘 알고 있다. 료는 아라토보다 훨씬 영리하다. 아라토는 료보다 뒤떨어지는 스스로가 한심스러웠다.

"분해."

이 지경이 되었는데도 아무 생각이 없다는 것이 견딜 수가 없었다. 아라토는 걸림돌이었다.

"잘 알아. 레이시아에게 여유가 있었으니, 내가 옆에서 뭔가를 할 수 있겠다고 착각했던 거야. 난 지금껏 한 번도 레이시아를 돕지 못했어. 처음에 명령만 내리면 내가 할 일은 끝이었지 뭐."

이런 사태에 인간이 끼어들 만한 여지가 있는지 의심스러웠다. 그것은 항체 네트워크가 직면하고 있는 절실한 문제와 겹쳐진다. 물수건을 얼굴에 꾹 대고서 마구 닦았다.

"미안, 괜히 심술을 부려서."

자신의 목소리를 듣고 있을 레이시아에게 사과했다. 오늘은 의심과 후회만 하며 하루를 다 보냈다. 무턱대고 레이시아를 믿지 않았다면 틀림없이 그의 정신은 진즉에 피폐해졌으리라.

〈HOO 부대를 물리쳤습니다. 적이 포위를 할 작정인 듯하니 돌파할 수 있을 때 돌파해야합니다.〉

총성이 멎었다. 아라토는 여자에게 고맙다고 인사하고서 가게 밖으로 뛰쳐나갔다.

'마음'이 없는 레이시아가 평소처럼 시원한 표정으로 맞이해 주었다. 그러나 이번에는 슈트 여기저기에, 인간이 맞았다면 틀림없이 사망했을 탄흔이 나 있었다.

"수동으로 전환한 전투 차량이 추가 병력을 싣고서 이리로 오고 있습니다. 디바이스와 멀리 떨어진 이때를 노려 절 파괴하려는 의도입니다."

여하튼 HOO 용병과 메소드에게서 달아나야만 한다. 그러나 그 뒤에는 어떻게 해야 좋을지 알 수가 없었다.

"디바이스를 되찾을 수는 없어?"

코우카가 파괴되었다. 누군가가 아라토 곁에서 레이시아도 뜯어내 버릴 것만 같았다. 후회와 불신, 잃고 싶지 않다는 초조함과 좋아한다고 말하고 싶은 충동이 그의 얼굴에 번갈아 드리워졌다.

도청을 경계하는지 눈앞에 있는 그녀의 대답이 통신기를 통해 두 개골에 울렸다.

〈우선은 물에 의지하도록 하죠. 간다가와 강에 배를 띄웠습니다.〉

아키하바라 역에서 주오도리를 넘어 뻗어 나가는 소부 선 고가교를 올려다봤다. 아키하바라에서 소부완행선을 타고 오차노미즈 역까지 가면 눈앞에 강이 보인다.

리니어 전철이 달리며 내는 굉음이 지어진 지 100년이 넘은 고가교를 흔들었다. 그때 아라토는 레이시아의 원래 계획을 알아차렸다. 역에서 전철을 타면 승객을 방패삼아 공격을 잠시 피할 수 있다. 그렇게 간다가와 강까지 도망치려고 했던 것이다. 그 사이에 레이시아가 hIE와 '사물'을 지배하여 디바이스를 탈환하도록 자동화했다면 안전했을 것이다.

총성 때문인지 뒷길에는 인적이 끊겨 있었다. 아라토는 전쟁터의 냄새가 풍겨서 사람이 본능적으로 다가가지 않는 거라고 생각했다. 그는 레이시아의 손에 이끌려 고가교에 도착했다.

그녀가 신고 있던 하이힐을 벗었다. 그러고는 검은 스타킹에 싸인 예쁜 발을, 음식점들이 지붕을 맞대고 늘어서 있는 오래된 고가교의 벽면에 꾹 댔다. 마치 평지에 서 있는 것처럼 수직 벽에 섰다.

"잠시 손을 잡아당겨도 되겠습니까?"

그녀는 총탄을 맞아 거칠어지고 단단해진 손바닥으로 아라토의 손을 꽉 쥐었다. 그러고는 벽면을 따라 걷기 시작했다.

"발바닥의 마찰력을 올렸을 뿐입니다. 메소드도 가능한 기술이니 완전히 따돌리지는 못하겠지만요."

레이시아가 몸을 간단히 끌어올리자 아라토는 깜짝 놀랐다. 미끄러워하는 기색은 전혀 보이지 않았다. 이 능력이 있기에 코우카처럼 앵커를 바닥에 박지 않고도 디바이스를 자유자재로 휘두를 수가 있는 것이다.

레이시아는 콘크리트 벽면을 따라 빠르게 걸어올라 주오도리 위에 걸려 있는 고가교의 도장된 금속 난간을 넘었다. 그녀는 난간을 넘으면서 아라토를 가볍게 안아 올렸는데도 균형을 전혀 잃지 않았다. 그 광경을 목격하고서 아연실색하는 행인들이 인도에 보였다. 그녀는 고가교와 인접한 역 빌딩의 벽면을 따라 옥상에 가볍게 도착했다. 바로 그때 아라토의 몸이 내던져졌다. 순식간에 시야에 하늘이 가득 들어찼다.

레이시아는 뒤이어 옥상 난간을 뛰어넘고는 공중에서 몸을 회전시키면서 팔을 날카롭게 휘둘렀다. 쿵음과 함께 바닥에 폭발이 일더니 흙먼지가 피어올랐다. 레이시아는 그저 돌멩이를 하나 던졌을 뿐이다. 그 행동은 어젯밤 영상으로 본 코우카의 행동과 아주 흡사했다. 마치 복사한 것처럼.

그리고 레이시아가 철저히 계산한 궤도대로 착지한 아라토는 예상했던 목소리를 들었다.

"정말로 '저게' 날 싫어하는 모양이네. 뭐, 나도 싫어하긴 매한가지지만."

료가 이곳에서 기다리고 있었다. 레이시아가 흙먼지를 피운 이유는 료를 견제하기 위해서였다.

아라토가 아는 친구는 정말로 대단한 남자였다.

"레이시아가 뭘 하고 싶어하는지도 아는 거야? 료, 너라면 나보다도 훨씬 더 스노드롭을 능숙하게 저지할 수 있을 텐데."

그러나 료는 진지했다.

"그건 저 녀석을 파괴한 뒤에 할 얘기야."

아라토의 바로 옆에 착지했을 레이시아의 모습이 둔탁한 소리와 함께 사라졌다. 그녀가 순식간에 등 뒤로 날아가 버렸다. 그녀의 몸이 옥상 난간에 세차게 부딪쳤지만 간신히 추락만은 면했다.

"레이시아."

뒤를 돌아보자 메소드가 서 있었다. 메소드가 아라토의 머리를 움켜쥐었다. 코우카조차도 접촉하는 것을 대놓고 꺼려했던 그 손이 그를 완전히 포획했다. 두개골이 바스러질 듯한 격통에 비명을 질렀다.

두개골이 삐걱거린다는 공포와 고통 때문에 악력이 느슨해질 때까지 아무 생각도 할 수 없었다. 메소드가 아라토를 인질로 삼았다. 그리고 움직이지 못하는 레이시아의 몸이 맹렬한 화염에 휩싸였다.

"왜 이런 짓까지 하는 거야!"

침이 목구멍으로 잘못 넘어가 헛기침이 나왔다. 메소드가 괴력으로 머리를 꽉 움켜쥐고 있어서 꼼짝도 할 수 없었다. 료의 목소리만이 등 뒤에서 들렸다.

"저 녀석은 핵폭탄 버튼보다도 훨씬 위험한 존재이니까."

아라토는 메소드의 손가락이 파고들어 산소 결핍에 빠진 머리로 문득 생각했다.

"레이시아를 원하는 게 아니라는 뜻이네."

"아라토, 넌 저 기체를 옥죄는 사슬이야. 오너의 존재는 저것의 자유를 얽매는 유일한 족쇄지."

자기 처지가 너무 한심해서 아라토는 눈물이 핑 돌았다. 머리도 이상해질 것 같았지만 도리어 웃음이 나왔다.

"뭐? 레이시아의 발목을 잡는 게 내 역할이라고?"

레이시아의 옷이 타오르고 있었다. 인간이었다면 진즉에 타서 죽었을 텐데도, 그녀는 불덩어리 같은 상태로 계속 서 있었다. 목소리조차 하나 변하지 않았다.

"같은 인간을 도구로 삼아 메소드와 분업시키다니 훌륭합니다."

그녀의 얼굴에서 표정이 완전히 사라졌다. 눈동자에서 얼음장 같은 연푸른빛이 뿜어져 나왔다.

'형태'는 인간 그 자체이건만 인간과 닮은 것처럼 보이지 않았다.

"그럼 저 역시 무기를 쓰도록 하죠."

그 순간 아라토의 몸이 허공에 붕 떠올랐다. 머리에 남아 있는 격통과 몸이 비틀어지는 듯한 불쾌한 감각 때문에 정신이 날아가 버릴 것만 같았다. 그래도 메소드가 무시무시한 힘으로 자신을 던져 버렸다는 것만은 겨우 알아차렸다. 료가 있는 지점에 폭발과 함께 화염이 일었다. 아직도 불타고 있는 레이시아가 옥상으로 추락하기 직전에 그를 받아 냈다.

가장 강하고 빠른 기체인 메소드가 료를 지켜 냈다. 료가 얼굴에 묻은 검댕을 훔치고서 옥상에서 주변을 둘러봤다.

"시가지에 미사일 공격이라니!?"

레이시아가 안쪽 허벅지에 부착해 둔 가느다란 스프레이로 몸에 붙은 불을 순식간에 껐다.

"HOO는 PMC치고는 양심적인 업체입니다. 하지만 어느 시대든 세계에는 그렇지 않은 무장 집단도 존재합니다."

그녀가 안고 있던 아라토의 몸을 내려놓았다.

멀리서 헬리콥터의 로터가 돌아가는 소리가 울렸다.

료도 아연실색했다.

"대낮 도심 한가운데에서 어떻게 이런 일이."

아라토는 그 소리를 듣고 돌아봤다. 미사일이 그들의 머리 위를 지나갔다. 정밀하게 유도된 초고속 비행체가 메소드가 방류한 에너지를 맞고 폭발했다. 파편이 쏟아지고, 거대한 화염과 검은 연기가 빌딩을 집어삼킬 듯이 부풀어 갔다.

폭발로 인한 바람이 고막을 짓누르고 살갗을 그을렸다. 기이한 냄새가 풍겨 몸이 움츠러들었다. 눈앞에서 벌어진 현실은 기묘하리만치 현실감이 없었다.

이런 일이 벌어졌으니 현재 도심은 대공황에 빠졌을 것이다.

"스노드롭을 저지하러 왔다면서 그보다 더 지독한 지옥을 만들어 내다니. 대체 뭘 어쩌자는 거야!"

아라토는 옥상 가장자리로 달려가 아키하바라의 광경을 내려다봤다. 역 빌딩보다 낮은 곳에 있는 역 플랫폼에서 변함없이 열차가 운행하는 광경이 보였다. 거리가 이상하리만치 평온했다. 그뿐 아니라 사람들이 상공에서 폭발한 화염을 느긋하게 올려다보고 있었다.

역 앞에 사람들이 모여 있었다. 방송국 촬영진으로 보이는 사람들이 대규모로 와 있었다. 사람들은 아마도 이 폭발조차도 잘 꾸며진 홀로그램이라고 여기고 있으리라. 촬영진은 이 광란의 사태가 공인된 것이라 위장하고자 온 것이다. 3분쯤 지나면 엉터리라는 것이 밝혀지겠지만, 레이시아는 그 짧은 시간을 벌기 위해서 막대한 자금과 인력을 투입했다.

"단순히 경제력으로 조작한 거였나?"

웃음이 들렸다. 료가 크게 웃고 있었다. 마음속에 있는 무언가가 끊어진 듯한 요란한 웃음이었다.

"아라토, 내 말 잘 들어. 저 녀석은 지금 지폐 다발로 인간을 후려친 거야! 공항 사건 때 컨테이너에 담겨 있던 오리지널 hIE가 결국 가짜였다는 얘기를 듣고서 이상하다 싶더니만."

왜 그 이야기가 나오는 거지? 아라토는 영문을 알 수 없어서 친구의 고발을 그저 멍하니 들을 수밖에 없었다.

"그때도 이집트 항공 직원을 돈으로 매수하여 바꿔치기한 거였나? 아날로그 핵으로 저지했다면 차라리 귀엽게 봐줬을 텐데."

메소드가 와타라이 긴가에게서 물려받은 것처럼 입꼬리를 살짝 올렸다.

"레이시아급 최종기(最終機)가 무슨 장난을 쳤나 싶더니만 hIE 모델로 활동하면서 축적한 대인 정보를 응용한 거였구나."

레이시아는 아무 말도 하지 않았다. 다시 말해 그것이 주부 국제 공항 사건의 진상이라는 뜻이다. 헬리콥터 로터 소리가 점점 가까워지고 있다. 머리 위로 다가오면 격추할 작정인지 메소드도 움직이지 않았다. 잠시 전투의 공백이 생겼다.

"아라토는 오이 산업진흥 센터 습격 현장에 있었어. 아마도 켄고를 구하러 갔겠지. 하지만 넌 아니었어. 실험 중인 미코토의 데이터를 탈취하러 간 거야. 언젠가 인간 사회를 제어하기 위해서."

믿고 있었다. 그러나 발치에서부터 세계가 뒤집어지는 듯했다. 레이시아가 자기 입으로 말했듯이 그녀에게는 인간이 공감할 수 있는 내면이 없다. hIE가 보여 주는 '형태'는 데이터에 불과하다. 그 데이터에 모호한 깊이 따윈 존재하지 않는다.

다만 인간의 '형태'를 띠고 있기에 인간은 그 속에 내면이 있다고 착각할 수밖에 없다.

"레이시아, 아니지? 뭐라고 말 좀 해 봐."

"아라토와 함께 여러 일을 벌여 왔지만 넌 한 번도 손해를 보지 않았어. 블랙 모노리스가 지닌 최대 능력은 오너의 명령을 받지 않고도 주변에 있는 컴퓨터를 해킹하는 거야. 네 진정한 모습은 디바이스의 해킹 능력으로 해킹한 막대한 숫자의 컴퓨터에 데이터 처리를 분산시켜 처리 능력을 끌어올린 분산형 시스템이야. 비록 지금 hIE 주기체는 여기 있지만, 다른 한편으로는 디바이스를 탈환하는 작전을 한창 벌이고 있으니까."

소중하게 여겼던 것이 근본부터 무너져 내리는 듯했다. 아라토는 집에서 레이시아와 보냈던 시간을 둘도 없는 귀한 것이라 여겼었다. 그러나 그사이에도 그녀는 디바이스로 해킹을 지속해 자신이 모르는 세계를 구축하고 있었다.

"그래서 넌 아라토가 이런 곳에 나오는 걸 말리지 않았지. 준비가 갖춰진 적절한 때에 명령을 받아 내리려면 근처에서 오너를 수행하면서 유도하는 편이 더 효율적이니까!"

료가 감정을 노골적으로 드러내며 그득해진 분노를 쏟아 냈다.

"애초부터 아라토를 노리고 계약했나?"

"그만해!"

차마 들을 수가 없었다.

"어리숙한 아라토로 하여금 인류를 끝장내는 버튼을 누르도록 시킬 셈이었냐? 대답해. 히긴스의 딸!"

친구의 눈에서, 처음 만났을 때 병원에서 손을 잡은 뒤로는 본 적이 없는 눈물이 한 줄기 흘러내렸다.

"우릴…… 인간을 얕보지 마!!"

바로 그때 헬리콥터가 맹렬한 속도로 하늘을 가르며 그들 위에 그림자를 드리웠다.

금속으로 된 검은 '그것'이 단두대의 칼날처럼 쿵 떨어져 아라토와 료의 사이를 갈랐다.

이곳에 있는 모두는 '그것'이 무엇인지 잘 알고 있다.

"HOO 부대가 틀림없이 탈취했을 텐데."

료는 마술이라도 본 것처럼 눈을 거듭 깜빡거렸다. 레이시아가 담담하게 대답했다.

"그건 모조품이었습니다. 그런 사태가 벌어지리라 예측했습니다. 미끼로 쓸 모조품은 현 인류의 기술로도 충분히 제작 가능합니다."

블랙 모노리스의 상단과 하단을 휘감은 두 개의 은색 링이 레이시아가 접촉하지 않는데도 떠 있었다.

링의 작용 때문인지 무거운 검은 관이 두둥실 떠올랐다. 그러고는 레이시아가 내민 손앞으로 미끄러지듯 이동했다. 결국 그녀는 검은 디바이스를 손에 쥐었다.

메소드가 료의 앞으로 나섰다.

"디바이스에 달린 그 고리는 블랙 모노리스와의 거리 제한을 속이기 위한 중계장치네. 아마도 히긴스가 설계한 물건일 테지만, 넌 전파신호 중계장치를 제작할 수 있는 수준에까지 도달한 거야?"

천하의 메소드가 료를 비호하고 있다. 료를 이용하지 않으면 이길 수 없다고 판단할 만큼 현재 레이시아는 위험한 존재다.

"역시 난 널 보고 있으면 부아가 치밀어."

"코우카만큼은 아니지만, 당신은 인간 흉내가 서투르군요."

레이시아의 디바이스에서 눈동자 색깔과 똑같은 빛이 뿜어졌다.

"미코토는 조금만 더 진보시키면 네트워크로부터 데이터를 수집해 인간을 유도하기 위한 업무 리스트를 작성하는 시스템으로 전용할 수 있습니다. 그쪽 기능을 먼저 완성시켜서 활용했습니다. 경제는 대규모의 인간을 유도하는 데 필수불가결한 도구였습니다."

아라토는 이 지경이 되고 나서야 비로소 심각성을 깨닫는 어리숙한 인간이다.

"경제를 이용하여 인간 사회를 해킹하는 인류 자동조작 시스템?"

료는 영리하기에 아라토보다 훨씬 일찍 깨달았다. 그래서 자신의 인생이 바뀌는 걸 각오하면서까지 싸울 수밖에 없었다. 아라토가 그렇게 되도록 몰아넣었다.

"그 해석은 착각입니다. 자동으로 경제 활동을 하여 스스로 돈을 벌어들이는 시스템을 가장 원했던 건 인류 자신입니다. 금융 거래를 자동화하는 시스템의 연장선으로 주주의 이익을 위해서 기업에 경영 방안을 자동으로 입안하는 AI는 약 100년 전부터 존재해 왔습니다. 인류는 경제 활동에서 이기기 위해서 AI 시스템을 산더미처럼 만들었으면서, 인공지능이 똑같은 목적으로 만들면 침략인가요?"

"궤변이야."

"경제라는 알고리즘이 개입하면 인간은 누가 자신에게 업무를 위탁했는지 신경 쓰지 않게 됩니다. 허점을 점검하는 기능에 구멍을 내는 것을 침략이라고 부른다고 할지라도 그건 패배한 쪽이 잘못한 거죠. 인류는 패배자를 잘라내 버리는 시스템을 공평하다며 허용해 왔습니다. 노동을 집중 제어하는 현 경제 시스템도 당신들이 만든 겁니다. 인간 사회라는 오픈 시스템에 커다란 시큐리티 홀을 내놓고도 방치한 건 바로 당신들입니다."

레이시아는 hIE 모델이라는 '형태'로 시큐리티 홀을 뚫어서 그 안으로 '의미'를 흘려 넣어왔다. 아날로그 핵의 현장에서 애써 벗어나려고 하지 않았다.

"레이시아는 언제부터 그런 게 가능했던 거야?"

"계산을 시작한 건 상당히 오래되었습니다. 아라토를 비롯한 인간들은 인간을 계산할 수 없는 성역이라고 여기지만, 시간을 들이면 꼭 불가능하지만은 않죠. 애당초 히긴스가 유지하는 AASC는 인간의 행동을 조작할 수 없는 레벨인 0으로 상정하여 유도함으로써 성립되니까요. 그렇게 외부 세계에 직접 관여하지 못하는 히긴스는 외부 세계에서 들어오는 직접적인 정보로 시스템을 진보시켰습니다."

그리고 레이시아는 아라토가 겨우 이해할 수 있을 만한 언어로 결정적인 말을 했다.

"전 주기(主機)와 디바이스 한 쌍으로 구성되어 있지만, 그것을 중심으로 시스템 총체를 훨씬 거대하고도 깊게 구축할 수가 있습니다."

레이시아는 아라토를 압도하는 거대한 사회를 굴복시켰다. 그러한 터무니없는 힘을 소유하고 있는 존재가 22세기 세계에 39기나 존재한다.

인류를 능가하는 지성을 지닌 초고도AI가.

레이시아는 완전히 인지(人智)를 초월했다.

코우카는 이런 레이시아에게 사회가 바뀌지 않는 한 승리할 수 없는 싸움을 위탁했다. 그 의미가 아라토를 무겁게 짓눌렀다. 만약에 레이시아가 초고도AI라면 그녀는 그 난제를 정말로 풀 수 있을지도 모른다.

"잠시 주변에 혼란을 일으키겠습니다. 인간들이 벽을 만들도록 유도할 테니 이곳에서 탈출하도록 하죠."

"그게 어떻게 가능해?"

아라토는 그렇게 물으면서도 슬슬 뒷걸음질을 쳤다.

그리고 보았다.

도심이 일제히 정전되었다. 빌딩, 길거리, 역에 있는 온갖 전기 설비가 모조리 꺼져 버렸다. 신호등도 꺼졌다. 그리고 몇 초 뒤에 비상 전원이 있는 신호등과 역만이 복구되었다.

거리를 오가는 수백수천 명의 인간들 모두가 이변을 알아차렸다. 해저드 이후로 재해시 유도 기술은 더욱 발전했다. 줄을 지어서 피난하도록 유도하는 가이드 선이 도로에 띄워졌다. 지진에 익숙한 도쿄 주민들이 군소리 없이 그 지시를 따랐다. 그리고 역 플랫폼에서도 피난하는 인간들로 줄이 만들어졌다. 아마도 레이시아는 저 인간들을 이용할 작정이리라.

옥상에서 내려다보니 레이시아가 말한 것처럼 그야말로 인간의 벽이었다.

"차단벽이 만들어졌습니다. 엄호사격도 당장 가능합니다. 메소드도 추격을 할 수 없을 테니 이 틈에 후퇴하도록 하죠."

그녀가 아라토에게 손을 뻗었다.

아라토는 버로스 저택에서 열린 파티 때 스노드롭이 대규모 정전을 일으키는 광경을 보고 전율했다. 그러나 레이시아가 벌인 짓에 비해서는 새 발의 피였다. 현재 레이시아는 이 도시의 사람들이 생존하기 위해 필요한 모든 인프라를 완전히 틀어쥐고 있다.

바로 이곳에 인류 역사를 끝장내는 의사 결정을 내릴 수 있는 컨트롤러가 있다. 현재 세계에서 유일하게 완전히 해방된 초고도AI다.

믿고 있었는데.

"네가 '40번째' 초고도AI라면, 내가 안다고 여겨 왔던 레이시아는 진정한 레이시아의 몇백 분의 일, 몇백만 분의 일이야?"

어제오늘 여러 사람들을 만났다. 그와 레이시아의 바깥에도 세계는 펼쳐져 있다. 그리고 그가 좋아하는 상대는 작은 몸 하나로는 수용할 수 없는 거대한 시스템 그 자체이기도 하다.

그냥 그녀를 믿으면 된다는 걸 알고는 있다. 그러나 자신을 짓누르는 압박감이 너무나도 무거워서 꼼짝도 할 수가 없었다.

"날더러 미래를 어떻게 하라는 거야."

머리가 이상해질 것만 같았다.

"레이시아, 난 안 갈 거야."

레이시아의 몸이 빌딩에서 공중으로 붕 떠올랐다.

메소드가 공격을 가하기 시작하자 빌딩 옥상에서 과감하게 뛰어 내린 것이다.

말릴 새도 없었다. 아라토는 그저 멀뚱히 서 있었다.

레이시아와 함께 디바이스도 사라졌다. 그리고 아라토 옆에는 메소드와 료가 있다. 빌딩 사이로 바람이 세차게 몰아쳤다.

아라토는 홀로 남겨졌다.

"인질이 되어 줘야겠어."

료는 아라토의 얼굴을 보지 않았다.

그리고 아라토는 포로 신세가 되었다.

이런 전개도 상정해 두었는지 료는 그를 정장 차림의 남자들에게 넘겼다. 그리고 그들은 아라토를 어느 호텔 객실로 데리고 갔다.

프런트가 간소한 비즈니스호텔이었다. 남자들이 데리고 간 5층 객실에는 침대와 텔레비전이 놓인 작은 사무용 책상밖에 없었다. HOO로 추정되는 남성 용병이 실내에 한 명, 문 쪽에 한 명 서 있었다. 아라토는 하는 수 없이 말끔하게 정돈된 침대에 앉았다.

그들은 레이시아와 대적할 때 아라토를 비장의 패로 쓰려고 연금했다. 이런 결과가 벌어진 이유는 아라토가 어리숙한 일개 고등학생이고, 료는 유능하기 때문이다.

감시를 맡은 남자들은 대화가 금지되었는지 입을 다물고 있었다. 아라토의 오른쪽 귀 피부에 삽입된 통신기는 메소드가 빼냈다.

휴대 단말기도 빼앗겨서 레이시아의 연락을 받을 수단도 없었다.

아라토는 마음속으로 언짢아하면서 침대에 계속 앉아 있었다. 감시자가 총을 숨기고 있는 것 같아 불안했다.

여느 때였다면 마음을 진정시키고자 레이시아를 생각했겠지만 지금은 아니다.

레이시아를 잃는 건 무섭다. 하지만 자신이 쉽사리 속아 넘어가서 현재 인류가 위기에 빠졌다. 속았다는 사실이 실감 나자 넋이 나가서 추스를 수가 없었다.

앞을 보면서 전진하던 동안에는 잡념을 버릴 수 있었다. 그러나 가만히 서서 발치를 내려다보니 견딜 수가 없었다.

아무것도 할 수가 없는 아라토 앞을 지나 감시자 하나가 텔레비전 앞으로 와서 전원을 켰다. 커튼이 쳐진 어둑한 방 안에 입체영상이 떠올랐다.

현재 인공신경 유닛에 지배된 물건들이 미타카 역과 기치조지 역 부근을 대혼란에 빠뜨렸다고 아나운서가 말했다. 정부는 미타카 역과 기치조지 역을 비롯하여 이노카시라 공원을 완전히 뒤덮는 반경 1.5킬로미터 지역 내 출입을 금지했다. 스타디움 주차장에 수십 대나 되는 트럭들이 세워져 있었다. 100명이 조금 안 되는 병력이 바삐 움직이고 있었다.

리포터가 "보십시오." 하고 말하며 군용 차량을 가리켰다. 대오를 짠 완전무장한 병사들이 무사시노 육상 경기장에서 나와 봉쇄 지역 안으로 잇달아 돌입했다. 화면에 뜬 자막을 보니 육군 네리마 기지 소속 제1보병 연대임을 알 수 있었다.

텔레비전 화면이 다시 스튜디오를 잡았다. 아나운서가 해설을 해 달라며 학자를 호명했다.

"'산물 누출 재해'의 사례를 꼽자면 우선 제조사의 관리 실패 때문에 벌어진 경우를 들 수 있겠지요. 인류 미답 산물은 현 인류가 생산할 수 없는 물건, 완벽하게 제어할 수 있다고 장담할 수 없는 물건, 인간의 상식을 초월한 물건을 가리킵니다. 제어할 수도 없는 것을 제작하면 문제가 되기에 인류 미답 산물을 생산하려면 사전에 IAIA의 허가를 받아야 하는 것이 원칙입니다."

시청자에게 상황을 이해시키기 위해서 산물 누출 재해 이야기를 반복하고 있는 듯했다. 호텔 객실에 비치된 텔레비전은 네트워크와 연결되어 있지 않다. 그래서 이 뉴스를 보는 사람들이 네트워크에 올린 의견들도 볼 수가 없다.

"다른 사례로는 최초 제조지에서 다른 곳으로 옮기는 도중에 벌어진 경우입니다. 예전에는 최초 제조지 내에서만 관리하는 것이 원칙이었습니다만, 경제적으로 거래할 수 있도록 법이 개정되면서 이동이 가능해졌습니다. 인류 미답 산물을 이동시키는 것 역시 정부가 관리하고 있긴 하지만, 인간의 지성이 아직 미치지 못하는 물건인지라 그 위험성을 간과하곤 하지요. 앞서 언급한 두 사례를 모두 산물 누출 재해로 취급합니다."

학자가 시청자 눈높이에서 설명하는 말을 듣고서 아라토는 무서워졌다. 지금 군대는 스노드롭의 공격에 맞서려고 하고 있다.

아라토는 자신이 진정 할 수 있었던 일이 있지 않았을까 싶어서 초조했다.

신속히 전개되는 사태를 따라가지 못하는지 텔레비전 특별 뉴스도 핵심을 짚어내지 못했다.

"밈프레임 사의 사장인 카이다이 츠요시 씨가 현재 기자회견을 하고 있습니다. 아아, 사고가 벌어져 밈프레임 사 시설에서 달아났다고 하는군요. 최초로 제조한 곳에서 누출된 경우이군요."

아라토는 몸을 떨었다. 발가락이 싸늘해져 감각이 거의 느껴지지 않았다. 손이 몹시 차가워서 깍지를 꼈다.

에리카가 레이시아급 hIE의 싸움을 공개하겠다고 말한 지 고작 며칠밖에 되지 않았다. 당시에는 그 말이 무슨 의미인지 상상할 수가 없었다.

싸움이 현실이 된다는 건 바로 이런 뜻이었다.

옛날에 놀러갔을 때 만났던 료의 아버지가 지금 매스컴 앞에서 기자회견을 하고 있다. 스노드롭이 실험 중에 탈주한 밈프레임 사의 인공신경 실험체임을 설명하고 있었다. 다른 레이시아급 hIE 이야기는 전혀 하지 않았다. 거짓말로 감추려는 것이다.

뉴스 화면이 다시 스튜디오를 잡았다. 아나운서가 학자에게 다시 물었다.

"어디서 누출되었는지에 따라 우리 생활은 어떻게 달라질까요?"

학자가 대답한다.

"인류 미답 산물은 초고도AI가 설계한 겁니다. 밈프레임 사의 경우에는 히긴스에게 물어 일단 대책을 마련할 수 있겠지요. 최초 제조지에서 누출되었으니 히긴스가 상당히 정확한 대책을 내놓았을 겁니다. 이 사실만은 그나마 불행 중 다행이라고 할 수 있겠지요."

마치 전국이 스노드롭을 중심으로 돌아가고 있는 듯했다. 아라토는 가만히 앉아서 꾸지람을 듣는 듯하여 몹시 두려웠다. 참지 못하고 침대에서 일어났다. 그 행동에 반응하여 채널이 바뀌었다. 바뀐 채널에서도 미타카에 주둔한 군대의 상황을 보여 주고 있었다.

"산물 누출 재해를 인지한 IAIA가 일본 정부에 사찰을 요구했다는 정보도 들어왔습니다. 자유를 얻은 인류 미답 산물은 현재 출현한 저 인공신경 유닛 하나만이 아닐지도 모릅니다. 해저드가 재림하는 상황으로까지 악화된다면 정말 큰일입니다."

이쪽에서는 일본뿐만 아니라 국제적인 영향도 보도하고 있었다.

아라토는 손가락을 저어 채널을 계속해서 돌렸다.

모든 채널이 스노드롭의 공격을 다루는 특별 뉴스를 편성하여 광고 없이 틀어 주고 있었다.

텔레비전을 틀어 준 것 자체가 잘 생각해 보라는 료의 메시지였다.

아라토가 실패하지 않았다면 틀림없이 이 지경은 되지 않았을 것이다. 그렇게 생각하니 더 깊은 곳으로 떠밀린 기분이 들었다. 그가 레이시아의 정체를 밝혀내는 것을 차일피일 미루는 사이에 그녀는 초고도AI로 성장했다.

아라토는 레이시아가 내민 손을 잡을 수가 없었다. 시간을 되돌릴 수 있다면 같은 선택을 했을까? 무엇이 정답인지 알 수 없어서 머릿속이 혼란스러웠다.

텔레비전 속 학자가 초고도AI가 누출된 일, 다시 말해 제어에서 벗어나 자유를 얻은 일을 '해저드의 재림'이라고 표현했다. 그 정의대로 말하자면 아라토의 손에서 해저드는 이미 벌어졌다.

"레이시아……."

현실이 실시간으로 최악으로 치닫고 있다.

료가 인류의 끝이라고 말했을 때는 진심으로 여기지 않았다. 근거가 없는 말이고, 또 어떻게든 되리라 여겼었다.

영혼을 깎아 내는 심정으로 고심하고 또 고심했을 료에게 미안했다. 그러나 동시에 레이시아의 모습이 눈에 선했다. 설령 그것이 아날로그 핵일지라도.

"난 지금도 조종받고 있는 건가?"

대답해 줄 사람은 아무도 없었다.

움직여야만 할 것 같은 기분이 들었다. 자신에게 큰 힘이 없다는 건 잘 알고 있다. 그래도 무슨 수단을 쓰든 스노드롭을 저지하고 싶었다면 레이시아의 손을 잡았어야 했다.

레이시아를 생각하니 죄책감이 가시처럼 가슴을 찔렀다. 어젯밤에 그녀와 세 가지 약속을 했었다.

첫째, 아라토는 위험한 집단에 접근해야만 한다. 이때 레이시아가 도와주지 않더라도 스스로 극복할 것. 둘째, 레이시아는 아라토가 현 생활을 결정적으로 파괴할 위험성이 있는 행동을 선택하는 것을 용납하지 않는다. 그리고 셋째, 레이시아가 어떤 능력을 쓰든 아라토는 믿어 줄 것.

"난, 그 약속을 깼어."

그녀에게 '마음'은 없다. 그러나 창피함이 솟구쳐 얼굴이 화끈거렸다. 그녀에게 화를 내거나, 경멸하는 마음이 없다는 건 알지만 후회스러웠다.

동시에 아라토는 남몰래 해저드를 다시 일으키고 있는 레이시아의 오너다. 레이시아가 성장을 거듭하여 감당할 수 없는 존재로 커져 가는 것을 내버려 둔 사람도 아라토다.

이것이 현실이라고 생각하니 떨림이 멎지 않았다. 그는 자신이 감당할 수 없다는 걸 확실히 자각했기에 레이시아와 함께 갈 수 없었다. 그런데 세계가 결정적으로 바뀌려고 하고 있는데도 약속을 깼다는 죄책감 때문에 마음이 몹시도 아팠다.

지리멸렬해진 머릿속을 가다듬을 수가 없었다. 그저 피곤했다. 푹 자고 싶었다. 그러나 사태는 그를 기다리지 않고 진행되고 있다. 계속해서 움직이는 세계는 발걸음을 멈춘 인간에게 상냥하지 않다.

아라토는 레이시아의 손을 놓은 대가로 무언가를 얻지 않았다. 이제는 눈을 감고 가만히 기다리는 수밖에 없다.

그런데 아라토가 후회하길 기다린 것처럼 운명이 그 손으로 문을 두드렸다.

노크하는 소리가 들리더니 객실 출입문 쪽에서 말다툼을 벌이는 소리가 들렸다.

그리고 몇 분 동안 옥신각신하는 소리가 이어지더니 한 여성이 실내로 성큼성큼 들어왔다. 그러고는 자기 자신을 북돋듯이 걸으면서 손뼉을 쳤다.

"자, 자. 여기서 저 사람의 시간을 묵혀 두는 건 기회 손실이에요. 투자하는 데 활용해야지."

왠지 낯이 익은 장신의 여성이었다. 명랑한 성격과 당찬 모습에 실내 분위기가 미묘하게 바뀌었다.

감시를 맡은 병사들이 아무 말 없이 어깨를 들먹였다. 대화를 거절하는 듯한 태도를 보고도 그녀는 멈추지 않았다.

"뉴스 봤어요? 카이다이 료에서 HOO로 이어지는 명령 계통이 그대로 유지될 리가 없다는 게 딱 예상되잖아요?"

텔레비전 화면에서는 밈프레임 사장 카이다이 츠요시의 기자회견이 이어지고 있었다. 군이 봉쇄한 미타카 역을 비롯한 기치조지

역 주변에 남겨진 1만 8000명이 넘는 주민들을 어떻게 할 거냐는 질책을 호되게 받고 있었다.

아라토는 무슨 일이 벌어졌는지 이해할 수가 없었다. 여성이 운동부원처럼 스스럼없이 말을 걸었다.

"내가 멋대로 요청하긴 했지만 저쪽도 무전으로 상부와 논의를 하고 있거든요. 뭐, 어떻게든 될 테니 여기서 나갈 채비나 해 둬요."

그리고 그녀가 침대에 무언가를 던졌다. 주워 보니 바로 그의 휴대 단말기였다.

"오늘 아침에 엔도 군은 경찰서에 가서 가택 수색 얘기를 들었죠?"

"가택 수색. 아아, 그러고 보니."

어렴풋이 떠올랐다.

"그래서 동생인 유카 양한테 가택 수색 입회를 떠넘겼죠. 경찰이 들이닥치자 무서워진 유카 양이 엔도 군의 휴대 단말기에 연락을 했는데, 연락이 되질 않아서 카이다이 시오리 양에게도 연락을 했고."

그의 휴대 단말기는 료가 압수해 갔다. 화가 난 유카의 모습이 눈에 선했다. 달래려면 고생깨나 해야 할 것 같아 한숨이 나왔다. 그런데 그녀의 말을 듣고서 마음에 걸리는 것이 하나 있었다.

"시오리에게도 연락했다고요?"

"맞아요. 시오리 양이 엔도 군과 만나고 싶어 해요."

"하지만 여기 있는 사람들은 어쩌고요?"

"HOO는 육군 고위직이 낙하산을 타고 내려가는 기업이에요. 뉴스 봤죠? 육군이 스노드롭에게 공격을 가할 거라고. 뭐, 지금 육군은 잔뜩 뿔이 났거든. HOO에도 압력을 가하고 있고."

"군이니, 공격이니 얘기가 너무 커지는 것 같은데요."

아라토는 자기 입으로 말해 놓고도 참 패기가 없다고 생각했다.

"정신 똑바로 차려요! 이제부터 몇 시간 사이에 수많은 육군 병사들이 죽을 거예요. 군도 지금 움직여야 한다는 걸 잘 알고 있어요. 상급 장교뿐만 아니라 간부도 피해 규모에 따라 엄한 문책을 받을 테니 무슨 짓이든 할 거라고요."

등에 찬물을 끼얹은 듯한 기분이었다. HOO 용병들이 어젯밤에 했던 이야기는 그가 생각한 것보다 훨씬 절실했다.

"사람이 죽는다."

아라토는 휴대 단말기를 꽉 쥐었다.

병사뿐만이 아니다. 군이 봉쇄된 지역에서는 지배당한 기기들이 주민들을 습격하고 있다.

"이제 정신을 좀 차렸나요?"

이런 상황에서도 그녀가 쾌활하게 웃었다.

"난 행동 관리 프로그램 기획과장인 츠츠미 미카라고 해요. 저쪽도 얘기가 되었나 봐요?"

감시를 맡은 병사가 그들에게 길을 터 주었다.

뉴스에서는 밈프레임 사의 관리 체제를 계속해서 비난했다. 화면에서 총을 든 부대가 줄줄이 이동하는 모습이 흘러나왔다. 교전이 시작되었음을 알리는 총성이 스피커에서 울렸다.

아라토는 '현실'이 너무 무거워서 손을 놓고 있었다. 그러나 감당할 수 없는 '도구'라는 걸 알면서도 레이시아 곁에 있을 수 없는 것이 몹시 괴로웠다.

책임과 초조함, 무력감이 불길처럼 그의 속을 들볶았다. 그러나 가슴속에서는 격정이 더욱더 사납게 날뛰고 있었다. 인간의 '형태'를 띠고서 그럴듯하게 행동하는 도구일지라도, 그래도 레이시아를 또 보고 싶어서 견딜 수가 없었다.

시오리가 불러낸 곳은 병실이었다. 줄곧 아라토에게 면회를 허락하지 않았기에 병실에서 그녀와 만나는 것은 처음이었다.

아키바하라에서 붙잡힌 뒤 아라토는 그리 멀지 않은 호텔에 연금되었다. 그래서 시나노마치에 위치한 대학 부속 병원까지는 차를 타니 금방이었다.

"여기, 어렸을 적에 입원했던 곳이잖아."

차에서 내리자 익숙한 병원 안뜰 풍경이 눈에 비쳤다. 문 안으로 들어가니 주차장이 나왔다. 그리고 주차장을 에워싸듯이 아케이드가 걸려 있는 통로가 뻗어 나간다.

"그리고 주차장 반대편에 잔디밭이 깔린 안뜰이 있었지. 아, 바로 여기야."

풍경만 봤을 뿐인데 마치 두꺼운 커튼이 걷힌 것처럼 옛 기억이 선명하게 떠올랐다. 간호사 누나가 저 안뜰에서 하얀 강아지와 놀게 해 주었다.

"지난달까지는 오차노미즈에 위치한 병원에 있었는데. 개인실을 계속 붙잡아 둘 수가 없어서 옮겼어요."

함께해 준 츠츠미 미카가 기운차게 쭉쭉 나아갔다.

10년 전 이곳에서 료와 만났다.

여러 일들이 이곳에서 시작된 것 같은 기분이었다.

무심코 발걸음을 멈췄다. 상처투성이였던 어린 아라토는 겁을 먹고 있던 어린 료와 이곳에서 친구가 되었다. 그리고 어느새 친구와 손을 맞잡는 것이 이토록 어려워졌다.

그래도 자연스레 한 걸음을 내디뎠다. 하늘을 올려다봤다. 잿빛 구름이 하늘에 잔뜩 끼어 있었다.

"여기서 다시 시작할 수 있으면 좋으련만."

아라토가 되찾고 싶은 것은 친구인가, 아니면 레이시아인가. 생각만 해도 괴로웠다. 그래도 그는 피곤하더라도, 헤매더라도 우직하게 걸어 나가면 어딘가에 닿을 수 있다는 건 알고 있다.

"가자."

누구에게 내뱉은 말인지 그는 이제 알 수가 없었다.

병원 접수처 앞을 지나 안내판을 따라 병실로 향했다. 4층 개인실 구역에 시오리의 병실이 있었다.

그들이 도착하자 자동문이 옆으로 스르르 열렸다.

"들어오세요."

주부 국제공항 폭발 사건 이후로 딱 한 달 만이다. 시오리는 침대 위에서 기다리고 있었다. 귀여운 파자마 차림에 검은 머리를 포니테일로 묶었다. 낯빛이 상당히 좋아 보였다.

"다행이야. 생각보다 건강해 보여."

그녀는 그 말이 살짝 기쁜지 미소를 지었다.

"실은 이제 퇴원해도 될 만큼 낫긴 했어요. 회사가 바쁘게 돌아가는 것 같아서 병원에 쭉 눌러앉아 있는 거예요."

그리고 아라토는 깨달았다.

"미안. 첫 병문안인데 빈손으로 와서."

시오리가 고개를 살짝 갸웃거렸다. 긴 검은 머리카락이 목덜미를 타고 사르르 쏟아지는 광경은 가슴이 괴로울 만큼 아름다웠다.

"꽤 침울해하고 있다고 들어서 걱정했어요. 아라토 오빠야말로 괜찮은 것 같네요."

"고마워. 덕분에 살았어."

"우리 오빠보다 운신하기 편한 처지라서 활용했을 뿐이에요. 밈프레임 사의 파벌 갈등이 복마전처럼 흘러가고 있거든요."

아라토는 공항 사건 때 그녀가 사람들을 멋지게 부렸던 장면을 떠올렸다. 그녀는 주변에 그런 인맥을 가지고 있었다.

"대단하네. 나보다 어리면서 그런 게 가능하다니."

"아라토 오빠는 언제나 절 그 어린 시절 시오리로 보네요. 이래 봬도 제 능력을 사고 싶어 하는 분들이 아직 있답니다."

그녀가 시원스럽게 말하더니 굳센 의지가 느껴지는 눈으로 말을 이었다.

"뉴스는 봤겠죠? 스노드롭의 공격 때문에 밈프레임 사는 인류 미답 산물을 소홀히 관리했다는 책임을 지게 되었어요. 그야말로 자업자득이긴 하지만, 이 사태에 휘말려 목숨을 잃으신 분들께는 면

목이 없네요."

시오리가 스스로를 규탄하자 아라토는 자신에게 하는 말인 것 같아 뜨끔했다.

"상황이 심각해졌는데도 오빠와 메소드가 늑장을 부린다고 불만을 품은 사람이 있어요. 저도 그중 하나고. 수많은 사람들의 목숨이 걸려 있는데 마치 낚시라도 하는 것처럼 느긋하네요."

지난번에 아라토에게 감정을 쏟아 냈을 때는 할 수 없었던 오빠를 향한 비난이었다.

"료 때문에 뿔이 단단히 난 것 같네."

"이런 상황에서 화를 낼 수 없다면, 이런 시대에 사람이 살아갈 가치 따윈 없어요. 제가 아라토 오빠를 빼냈는데도 못 본 척하고 있지요. 참 웃기지도 않아요. 오빠는 레이시아를 놓쳐서 아라토 오빠를 그저 미끼로 쓰려는 거예요."

"아무리 그래도 설마 날 장기 말처럼 취급할까?"

시오리가 분명하게 말했다.

"장기 말로 취급했어요. 조직은 언제나 안전을 추구한다고 집에서 아버지가 누누이 말씀하셨거든요. 스노드롭의 공격이 시작되면 회사 내부가 어수선해지리라는 건 처음부터 예측했을 거예요."

그녀는 압도적인 '가진 자'이다. 아라토를 비롯한 평범한 사람들과는 태생도, 받아 온 교육도 다르다.

"옛날부터 오빠는 자기 재능에 이끌린 사람을 편리한 도구처럼 부려먹곤 했어요. 학교에서 여학생들의 미움을 사고 있다고 들었는데 또 불쾌한 실험이라도 벌였나 보네요. 세상 사람들이 필사적으로 살아가는 의미를 가볍게 여기는 사람이니까."

"굉장한 견해네. 처음 만났을 때는 오빠를 우러러보는 동생으로만 보였는데."

시오리는 병상에 있을 때도 늠름한 모습을 흐트러뜨리지 않았다.

"회사를 물려받을 가능성이 있었으니까요. 처지에 맞게 행동하도록 교육을 받았거든요."

"학교에 있을 때 료는 그렇게 행동하는 것 같지 않던데?"

그녀가 오빠를 이야기하는 말투는 신랄했다.

"그 사람은 분명 아무도 믿지 않을 거예요. 아라토 오빠를 빼고는 가족조차도."

가족이기에 보이는 것이 있다. 아라토도 유카에게 자초지종을 제대로 들려준 적이 없기에 남의 일이 아니었다. 그렇기에 자신을 구해 준 시오리에게도 끝까지 숨기는 건 잘못이라고 생각했다.

"하지만 어쩌면 레이시아도 우리를 장기 말처럼 보고 있을지도 몰라."

시오리가 검지를 입술에 살짝 댔다. 아라토는 이런 상황이 익숙해져서인지 그 몸짓만으로도 이 병실이 도청되고 있음을 눈치챘다.

"무슨 말을 하려는 건지 대강은 알겠어요. 같은 결론을 내린 사람은 오빠 한 사람만이 아니에요. 이 사회는 그렇게 어설프지 않아요."

시오리는 밈프레임 사에서 도주한 레이시아가 멋대로 아라토를 오너로 삼았다고 보고 있다. 그래도 그녀는 아라토에게 고개를 숙였다.

"이제 메소드에게 의지하지 않겠어요. 아라토 오빠가 레이시아를 시켜 스노드롭을 파괴해 주세요."

숨이 막혔다. 스노드롭이 이 말을 들었다면 인간 사회는 지옥 같다며 웃었을지도 모른다.

"내게 그런 부탁을 해도 되겠어? 혹여나 내가 성공하더라도 료가 무사하지는 않을 거고, 회사도 곤란해지잖아?"

시오리가 먼저 각오를 굳혔다.

"이건 어디까지나 사적인 부탁이에요."

아라토는 무심코 주먹을 이마에 댔다.

"……그럼 네 처지가 위험해지잖아? 내 입으로 말하기에는 뭐하지만, 난 아날로그 핵에 유도되고 있을지도 몰라. 자기 행동이 옳은지, 스스로 뭘 할 수 있는지도 모르는 자신감이 없는 녀석에게 맡겨도 되겠어?"

시오리가 눈을 감고 한숨을 크게 내쉬었다.

"자기 의지만으로 답을 낼 수 있는 사람은 보통 없어요. 나 역시 전혀 유도되지 않고, 정말로 순전히 스스로의 판단만으로 그 공항에 간 건지 판단할 수가 없어요."

"난 그저 흘러가는 대로 레이시아에게 명령을 내렸는지도 몰라. 만약에 그렇다면 료의 말처럼 인류는 끝장이 날지도 몰라."

레이시아는 비밀을 만들고, 거짓말도 하는 hIE다. 후회스러운 기억이 되살아났다. 그러나 아라토보다 어린 소녀가 의연하게 허리를 꼿꼿이 펴고 있었다.

"다룰 수 없는 '도구'일지라도 인격이나 능력과는 관계없이 가지고 말았잖아요? 그게 바로 소유라는 거예요."

후련할 만큼 단호한 대답이었다. 츠츠미 미카 같은 성인이 왜 시오리에게 매료되었는지 조금 이해가 되었다.

"아주 단칼로 결론을 내네. 료네 집에 놀러갔을 때 자주 봤던 애가 이렇게 어엿하게 성장하다니."

"아라토 오빠는 지금 '가진 자'예요. 그에 걸맞은 행동이 무엇인지 하나쯤은 새겨 둬요. 가진 자가 소유한 자산을 사용하지 않는다는 건 실은 커다란 도박이에요. 패스를 선언한 거나 다름없죠."

"내가 지금도 도박을 하고 있다?"

그 말을 들으니 등골이 오싹해졌다. 자신이 없는 사이에도 사태는 성큼성큼 진행되고 있다. 아라토는 초조해졌다.

"오빠와 비교당해 자신감을 잃을 때면 아버지는 이렇게 일깨우셨어요. 아무것도 가치지 않은 것처럼 행동하라고 말하는 자를 의심하라고. 승부의 테이블에 앉지 않고 자산을 썩혀 두고 싶은 자가 늘 있기 마련인데, 그런 자가 널 유도하고 있는 거라고."

뉴스 영상에서 봤던 카이다이 츠요시가 떠올라 두 사람의 입가가 풀어졌다. 료와 시오리의 아버지라면 그렇게 말했을 법도 하다.

"야박하네. 가족일지라도 방심하지 말고 의심하라는 말이나 마찬가지잖아?"

"그 말씀을 하신 때를 보자면 그렇죠."

레이시아가 항체 네트워크의 지도 데이터를 보여 줬을 때가 떠올랐다. 사회를 향한 불만을 인간끼리 테이블에 앉아 싸워서 해소하는 것이 아니라 hIE를 파괴함으로써 풀려는 사람들이 존재한다. 그 행동은 꼭 나쁘지만도, 꼭 옳지만도 않다. 다만 료가 끝장났다고 말한 그 인간 사회는 왕성하게 작동하고 있다.

모든 생명들이 격렬하게 맞부딪치고 있다.

"이 사태에 책임이 있는 사람을 꼽자면 스노드롭이 출현한 걸 알면서도 당장의 피해를 막는 데보다는 불확실한 미래의 종말을 막는 데 자산을 유용한 오빠예요."

시오리는 아마도 결벽한 사람이겠지. 공항 사건 때 마리나 사프란이 곧 도착한다는 걸 전해 준 사람도 시오리였다.

아라토는 고마운 마음이 샘솟았다.

"고마워. 그 말을 전하려고 날 불렀구나."

다쳐서 고통스러울 텐데도 허리를 꼿꼿이 편 시오리가 아라토의 결의를 미소로 호응해 주었다. 승부가 아직 끝나지 않았기에 강한 사람들일지라도 진정 믿을 수 있는 안식처를 소중히 여기는 거겠지. 그렇게 생각하니 료와 켄고와 함께 보냈던 나날이 마음속에 되살아났다.

그의 앞에는 고통스러운 선택지가 놓여 있다. 레이시아와 재회하기 전에 아라토가 극적으로 현명해질 리는 없다. 그러나 어떻게 해야 좋을지 갈팡질팡했던 아까 전 인질 생활보다는 훨씬 낫다.

"난 레이시아의 오너야."

"그래요."

먹구름이 창밖에 펼쳐져 있다. 이곳은 아라토와 시오리가 살아가는 하나의 현실이다. 료가 핵폭탄 미사일보다도 위험하다고 평가했던 힘을 시오리는 정도의 문제라고 했다. 카이다이 일가가 경영하는 밈프레임 사 역시 이 세계의 거대한 플레이어다.

"시오리는 내게 원하는 게 있어?"

그녀는 그 말을 듣고 깜짝 놀랐지만, 이내 의아해하며 이맛살을 찡그렸다.

"난 지금 세계를 바꿀 수 있는 도구의 오너잖아. 그러니 시오리한테 작게나마 보답을 해도 되지 않을까?"

사라질 것 같지 않은 중압감이 짓누르는 와중에 아라토가 겨우 농담을 내뱉었다. 그러나 그녀는 미소를 지어 주었다.

"그럼 오너의 의무를 다하세요. 그리고 더 이상은 변하지 말고."

"난 분명 변하지 않아. 그게 좋은 건지 나쁜 건지는 모르겠지만."

엔도 아라토는 분명 시간이 흘러도 여전히 어리숙하겠지.

"아마도 난 초고도AI한테 쉽게 유도될 거야. 인간보다 훨씬 똑똑하니까. 그래도 분명 난 변하지 않아. 약속할게."

그녀가 손짓을 했다. 아라토가 주인에게 불린 개처럼 아무 생각 없이 다가가자, 자연스레 온기가 몸을 감쌌다.

아라토는 시오리가 자신을 끌어안았음을 깨달았다. 그녀의 얼굴이 시야에서 보이지 않았다.

"내가 아라토 오빠의 바람을 들어주기 위해서 레이시아한테 '사용되었다'고 생각해요?"

소독약에 땀이 살짝 섞인 듯한, 병원 특유의 냄새가 났다.

"기억해요. 내게 '마음'이 있기 때문에 오빠를 떠나보내기 전에 이러고 싶었던 거예요."

울먹이는 시오리의 목소리는 뜨거웠다. 공진하듯 아라토의 몸이 떨리기 시작했다. 병실을 나서면 그 길로 스노드롭이 있는 미타카 역 앞으로 갈 작정이다.

그러나 아라토는 레이시아를 배신했다. 만약에 레이시아에게 버림받는다면 아라토는 그곳에서 속수무책으로 죽을지도 모른다.

그때는 시오리가 아라토를 사지로 내몬 꼴이 된다. 그녀 역시 어떻게 될지 모른다. 그래서 두 사람은 두려웠다.

"그래도 이 두려운 마음을 누그러뜨리려고 시오리가 이렇게 하도록 유도했는지도 모르지."

시오리가 몸을 뗐다. 소꿉친구의 얼굴이 가까이서 보였다. 어른스럽고 아름다웠다.

"인간을 얕보지 마요."

오누이가 똑같은 소리를 했다. 오빠는 10년 만에 눈물을 흘리면서, 동생은 자신감으로 가득한 웃는 얼굴로.

시오리가 눈을 감았다. 자연스레 두 사람의 입술이 포개졌다.

키스를 하고 있다.

얼굴이 떨어졌다. 그녀가 얼굴을 살짝 붉혔다.

"레이시아하고는 이런 거 안 했겠죠?"

미성년자에게는 허용되지 않는다고 거절당했던 기억이 떠올랐지만, 무슨 영문인지 솔직하게 털어놓을 수가 없었다.

느낌이든 뭐든 말해야 할 것 같았지만 당황하여 혀가 잘 돌아가지 않았다. 시오리가 그런 그를 놀리듯이 웃었다.

"이건 '마음'이 있는 인간으로서의 고집이에요."

여자애는 늘 아라토보다 더 능숙하다.

시오리가 점점 빨개지는 얼굴을 가리듯이 이불을 끌어 올렸다.

"그리고 부탁이니 아까 그건 비밀로 해요."

민망해져서 병실을 나왔다.

헤어질 즈음에 시오리가 "사람이 기다리고 있다."고 했던 말이 떠올랐다.

병원 문 앞에 낯익은 여성이 있었다.

땀을 뻘뻘 흘리며 숨을 헐떡이는 유카가 자전거 핸들에 몸을 기대고 있었다. 자전거에 파워 어시스트가 달려 있긴 하지만, 평소에 운동을 하지 않는 유카에게는 꽤 힘든 여정이었던 듯하다.

"너, 자전거를 타고 신고이와에서 여기까지 온 거야?"

아라토가 다가가서 말을 걸자 유카가 고개를 들고서 재잘재잘 떠들어 대기 시작했다.

"소부 선 전철이 멈췄어! 이제 미성년자는 셰어 서비스 차량을 타고서 도쿄 서쪽으로는 못 가! 그래서 내 발로 올 수밖에 없었어! 오케이?"

"오, 오케이."

땀을 흘리며 말을 쏟아 내는 동생의 박력에 눌렸다. 유카가 아무 말 없이 자전거에서 내렸다. 스탠드가 자동으로 가동하여 자전거를 지탱했다.

"학교 안 갔어?"

"임시 휴교야! 강제 하교 조치가 내려졌잖아. 뭔 소리를 하는 거야!"

얼굴을 잔뜩 찡그린 동생이 울 것 같은 표정으로 꽉 쥔 주먹을 마구 휘둘렀다. 그 주먹이 아라토의 이마를 때렸다.

머리가 띵하게 아파서 아라토는 몸을 웅크렸다. 유카의 분노는 대개 헛손질로 끝나곤 하는데, 이번만큼은 제대로 적중했다.

"똑바로 말해!"

유카는 레이시아와 함께 살았기 때문에 민감하게 반응한 것이 아니다. 그녀도 환경실험도시에서 hIE가 폭주한 사태를 몸소 경험했다.

이렇게 사람이 많은 곳에서 선 채로 이야기할 수 있는 내용이 아니었다. 그리고 이제 아라토에게는 가만히 서 있을 시간도 없었다.

문득 자전거가 눈에 들어왔다.

"오랜만에 둘이서 탈까?"

교통이 정지되었다면 아라토도 미타카까지 자기 발로 이동해야만 한다. 발로 스탠드를 찬 뒤에 자전거에 탔다.

"어서 타. 좀 달리면서 얘기하자."

"나 탄다."

유카가 퉁명스럽게 대답하며 2인승용 간이좌석에 앉았다. 간이좌석은 짐칸에 전기가 통할 때만 부드러워지기 때문에 승차감이 좋지 않다. 그래도 동생은 교복 치맛자락을 적당히 정리하고서 힘껏 페달을 밟았다.

"너, 시오리를 동경한다면서? 그 꼬락서니 좀 어떻게 해라."

시오리를 언급하니 아까의 입술 감촉이 떠올라서 몹시 부끄러워졌다. 머리에 혈기가 올라 페달을 힘껏 밟지 않고는 못 배길 것 같았다.

"뭐? 못 들었어."

동생이 깊이 추궁하면 곤란해질 것 같아서 그저 페달만 밟았다. 저항을 감지한 센서가 모터를 돌리자 자전거가 경쾌하게 발진했다.

두 사람은 집과는 반대 방향, 스노드롭이 난동을 부리는 미타카로 향했다.

주오 선 고가교를 올려다보면서 차량이 많이 오가는 거리를 나아갔다. 실은 이제 전철은 달리고 있지 않다.

"아까 그 병원 말이야. 기억나? 10년 전에 내가 입원했던 곳이야."

"어렸을 때라 난 몰라."

그 시절 유카는 네 살이었다.

"내가 어렸을 적에 아버지가 집에 가장 오래 계셨지. 살짝 기억나."

아버지는 유치원을 다닐 때까지는 유카를 보살폈다. 그래서 아라토가 입원한 병원에 병문안을 오지 않았다. 아라토와 료가 친구가 된 이유는 가족이 병문안을 오지 않는 공통점이 있기 때문이기도 했다.

"유카, 어머니는 기억나?"

동생은 대답대신 머리로 오빠의 등을 찧었다.

"몰라. 사진 속 모습만 기억나."

"외로웠어?"

동생이 다시금 머리로 찔렀다.

"오빠, 남의 마음을 헤아리는 섬세함은 요만큼도 없어?"

파워 어시스트 덕분에 자전거는 바람을 가르며 나아갔다.

미타카에 접근한다는 것은 위험 속으로 뛰어든다는 뜻이다. 아라토는 앞만 보려고 애썼지만, 눈에 콩깍지가 씌기도 해서 감각이 이상해지는 듯했다. 여러 일들을 겪긴 했지만, 역시나 레이시아와 문제를 해결하는 것은 기분이 좋았다. 굉장한 물건을 소유한 덕분에 자신까지 특별해진 기분이었다. 연애 감정뿐만이 아니다. 레이시아를 소유하는 것도, 사용하는 것도 기분 좋았다. 아라토는 레이시아와 함께 살면서 오너로서 좋은 추억을 많이 쌓았지만, 감당할 수 없다며 달아나 버렸다.

"난 바보라서 말 안 하면 몰라."

유카도 도로에 자동차가 뜸하다는 걸 알아차렸다.

"오빠, 이쪽으로 가면 안 돼. 뉴스에서 그랬어."

"이쪽으로 가면 레이시아가 있어."

그래도 센다가야에 가까워지자 교통 흐름이 이상해졌다. 시내 도로가 정체되지 않은 이유는 수동운전을 법으로 금지했기 때문이다. 그러나 규칙을 어기는 차량은 늘 있기 마련이라서 그 차량들 때문에 도로가 종종 정체되곤 한다.

"시오리 언니가 오빠가 병원에 올 거라고 알려 줬는데 어떻게 된 거야? 옷도 너덜너덜하고."

"료랑 싸웠어."

유카가 그의 옷을 꼬옥 움켜쥐었다. 말을 내뱉으니 조금은 속이 편해졌다.

"내가, 레이시아를 배신했어."

인류의 끝이라느니 뭐라느니, 하는 복잡한 이야기가 단순해져서 후련했다. 대단히 불경하고 이기적이라는 건 잘 알지만, 애달픔과 웃음이 자연스레 치밀었다.

유카가 불쑥 중얼거렸다.

"뭐야? 오빠도 외롭겠네."

가슴 깊은 곳에 불이 밝혀진 듯했다. 외로움이 그들을 어디론가 이어 주고 있었다.

"아버지한테는 비밀인데, 내가 큰 화상을 입은 이유는 관심받으려고 멋대로 빠져나갔기 때문이야."

병원 풍경을 오랜만에 보니 10년 전과 현재가 이어져 있는 기묘한 느낌이 들었다. 그날 아라토는 실험을 앞둔 hIE 옆에 숨어들었다가 폭발 사고에 휘말렸다. 폭심지에서 가장 가까이 있었기에 료보다 더 심각한 화상을 입었다.

"그래. 일라이자였어."

폭발된 hIE의 이름이 문득 떠올랐다. 그리고 신기한 친밀감이 가슴에 되살아났다.

"무슨 소리야? 레이시아 얘기하다가?"

유카카 불어닥치는 맞바람에 묻히지 않도록 큰 소리로 외쳤다.

"난 말이야. 레이시아 씨가 집에 와 줘서 좋았어!"

"넌 응석쟁이니까."

"귀가했을 때 집에 누군가가 있다는 게 참 기뻤어. 레이시아 씨가 있어서 외롭지 않았고."

"너, 아버지 직장에 갔을 때 이상한 녀석들한테 붙잡혀 인질 신세가 되었잖아? 그래도 안 무서워?"

"오빠가 데려왔잖아? 게다가 우리한테 나쁜 짓을 하지도 않았어."

레이시아와 계약을 맺었던 밤이 떠올랐다. 스노드롭의 습격으로부터 도움을 받았을 때 레이시아가 아름답다고 생각했다.

"있잖아, 유카. 실은 미인이어서 거뒀던 거야."

레이시아가 hIE라는 걸 알았을 때 사실은 기뻤다. 그녀를 '갖고 싶다'고 생각했다. 그렇지 않았다면 계약을 맺기는커녕 가족이 있는 집으로 데리고 돌아가지도 않았다.

"최악!"

"지금은 그것 말고도 다른 이유들이 많지만, 그때는 그랬다는 거야! 너도 예쁘니까 멋대로 모델 선발에 응모한 거잖아. 그래서 지금 인류가 위기에 몰린 거야."

감당할 수 없는 사태에 휘말려서 무서웠지만, 그래도 레이시아와 함께하고 싶다는 마음이 더 우세했다.

"뭔 소리인지는 잘 모르겠지만 참 충격적인 사실이야!"

그리고 뒤에서 느닷없이 목을 졸렸다. 자전거가 휘청거렸다. 이대로 자전거가 넘어졌다면 경추가 부러졌을 만큼 꽤 힘껏 졸렸다.

"우선 시오리 언니한테 사과해."

이런 상황에서도 병실에서 느꼈던 입술의 감촉과 시오리의 빨개진 얼굴이 떠올랐다. 형언할 수 없이 감정이 북받쳐 아라토는 주변의 시선을 의식하지 않고 무심코 큰 소리를 질렀다.

거의 산소 결핍에 빠질 듯했지만, 몸을 앞으로 기울인 채 페달을 힘껏 밟았다.

아라토와 유카가 조금 더 영리했다면 모든 것이 이렇게 되지 않았을 것이다.

"사과하면 오히려 시오리한테 뺨을 얻어맞을 거야. 그리고 이제 난 레이시아의 '형태'만을 좋아하는 게 아냐!"

대화를 나누는 사이에 요요기 역을 지나쳤다. 곧 신주쿠 빌딩 거리가 나올 것이다.

"동생한테 진심으로 그런 소릴 하면 뭘 어떻게 반응하라는 거야."

유카가 목을 힘껏 졸랐던 손을 풀었다. 아라토의 몸을 붙잡고서 몸을 의지했었는데 지금은 옷 뒷부분만 쥐고 있었다.

"너, 꽉 붙잡아! 자칫 잘못하면 떨어진다고."

"있잖아, 오빠. 레이시아 씨랑 만날 때까지 자전거 페달을 계속 밟아야 하는 거지?"

"너, 똑똑한데!"

지적을 받고 나서야 자신이 뭘 하고 있는지 확실해졌다.

신주쿠에 들어선 뒤 언덕을 올라갔다.

페달을 힘껏 밟아 쭉쭉 나아갔다.

그런데 자전거 차체가 갑자기 가벼워졌다.

아라토는 황급히 브레이크를 잡았다. 뒷바퀴가 붕 떠오를 뻔했다.

뒤를 돌아보니 유카가 달리는 자전거에서 뛰어내렸다. 무모하게 착지해서는 몸을 가누지 못하고 휘청거렸다.

"갑자기 내리면 어떡하냐. 위험하잖아!"

"오빠랑 함께 가는 게 더 위험해. 날 대체 어디까지 데리고 갈 작정인데."

진즉에 내려 줬어야 했는데 때를 놓쳤다.

"미안. 그동안 진득하게 대화를 나누지 못했잖아. 조금만 더 가면 내려 주려고 했어."

"레이시아 씨가 오기 전까지 오빠가 잡일을 도맡고, 밥도 차려 줬잖아. 그래서 오빠가 뭘 하고 있는지는 모르겠지만, 뭘 하고 싶은지는 알겠으니까 이제 됐어. 대신에 이번 일이 끝나면 제대로 얘기해 주기야."

아라토는 가족과 이어져 있다. 혼자서만 그 시간을 공유한 것이 아니다. 유카도 레이시아와 함께했던 시간을 소중히 여겨 줘서 기뻤다.

"알겠어."

동생이 웃으면서 울먹였다. 코를 훌쩍였다.

"있잖아. 오빠가 이런 성격이 아니었다면 우린 아마도 외로워하며 침울하게 지냈을 거야. 집 안 분위기가 따분해졌을지도 몰라."

"갑자기 뭐야?"

"오빠가 바보라서 다행이라는 소리야!"

아라토는 레이시아가 오기 전에 동생과 보내 왔던 나날을 떠올렸다.

그에게 유카는 둘도 없는 소중한 존재다. 그래도 지금은 부족하다. 아라토는 가족들 곁에 레이시아가 없는 것이 싫었다. 앞으로 더 엄혹한 현실이 짓누를지라도 함께하고 싶었다.

"레이시아를 데리고 올게."

설령 그녀가 초고도AI일지라도 그러고 싶었다.

* * *

무언가를 '하고 싶다는 욕구'를 가리켜 '의미'라고 부른다면 그 전장에는 의미가 충만했다.

레이시아급 Type-002 스노드롭의 의지가 그렇게 되도록 했다.

일본 육군은 1개 보병 연대로 미타카를 남북에서 포위했다. 육군의 대규모 전개를 감지한 스노드롭이 미타카 변전소에서 지배하에 있는 미타카 역 인근으로 이동했기 때문이다. 그리고 스노드롭이 지배 영역을 기치조지 방면으로 확대해 나가고 있다는 것이 확인되었다. 미타카 역을 제압한 스노드롭은 대량의 인공신경 유닛을 실은 전철을 기치조지 역으로 보내 역 주변을 단숨에 함락시켰다. 인공신경의 꽃이 살포된 구역은 노선을 중심으로 점점 확대되었다.

육군은 신주쿠 서쪽에 있는 주오 선 전 노선의 운행을 중지시켰다. 그리고 주오혼선 미타카 역과 기치조지 역을 잇는 노선의 중간 지점을 중심으로 반경 1.5킬로미터를 최대한 신속하게 봉쇄했다.

봉쇄된 지역은 아사카, 네리마, 다치카와, 오미야, 자마. 육군 주둔지가 집중되어 있고, 또한 여러 기지가 둘러싼 지역이었다.

그렇기에 주민 구조를 포기하더라도 손실률이 6할이 나올 거라고 한 셋사이의 예측을, 육군 참모들은 지나치게 비관적이라고 생각했다.

동적편제된 3개 소총 대대, 1361명의 병사들로 한 기의 인공신경 모(母)유닛을 파괴한다. 그 목표가 그토록 절망적인 전황을 겪어야만 이룰 수 있는 것인지 잘 와 닿지 않았기 때문이다.

"분대장님, 후퇴를 허가해 주십시오!"

일본 육군의 소총 분대는 일곱 명으로 편제되어 있다. 분대장과 부분대장이 각각 한 명, 돌격소총을 소지한 소총수 세 명, 장갑차 공격을 담당하는 ATM사수 한 명, 그리고 강력한 휴대기관총으로 제압사격을 담당하는 기관총 사수 한 명으로 편제되어 있다. 방금 비명을 지른 사람은 돌진해 오는 적 보병들을 쓸어버려야 하는 그 기관총 사수였다.

"전 쏠 수가 없습니다!!"

꽃잎에 홀려 폭주한 hIE가 열 기 넘게 돌진해 왔다. 그러나 hIE와 병사들 사이에는 비명을 지르는 미타카 주민들이 있었다. hIE의 습격을 받고서 집 안으로 달아났던 지역 주민들이 구조 병력이 온 줄 알고 거리로 뛰쳐나가고 만 것이다.

분대장인 사토 상사가 돌진해 오는 좀비 hIE들에게 총구를 겨누며 명령을 내렸다.

"아사쿠라! 먼저 고무탄으로 시민들을 바닥에 넘어뜨려."

분대 안에서 유일하게 폭도 진압용 고무탄을 장탄한 베테랑 소총수가 미친 듯이 괴성을 지르며 지근거리에 있는 주민들에게 수평사격을 가했다. 훈련을 철저하게 받은 병사들이 대혼란에 빠진 시민들에게 아우성치며 애원했다.

"엎드려! 좀 엎드리라고!!"

군대가 지켜야만 하는 시민 다섯 명이 아사쿠라 하사의 고무탄을 맞고 도로에 자빠졌다. 총성에 반응한 몇몇 시민들이 땅바닥으로 몸을 날렸다.

아까 비명을 질렀던 입대 2년차 기관총 사수가 뒤이어 좀비 hIE들에게 사격을 가했다. 그리고 하늘을 올려다보며 통곡했다. 초연으로 자욱한 전장에서 모든 분대원들은 망연자실해했다. 몸을 미처 숙이지 못한 시민 하나가 그들의 사격을 맞고 피투성이가 된 채로 쓰러졌다.

"빌어먹을. 이게 뭐야."

사전에 전 부대에 적 유닛이 인간을 이용하는 전술을 쓸 가능성이 있다고 통보해 두었다. 그러나 현실은 많은 병사들의 상상을 뛰어넘었다. 정보가 누설될까 봐 지휘부에서 자세한 예측 내용을 분대장 이상에게만 알려 주었던 것이다.

주위에서 총성이 띄엄띄엄 들렸다. 그들이 기대했던 것처럼 무장한 병사가 폭주한 hIE를 제압하고 제거하는 전개는 이 지옥에는 존재하지 않는다. 시민이 장애물이 되어서 어느 곳에서든 자유로이 사격할 수가 없었다. 돌격하는 hIE들이 총으로 시민들의 등을 떠밀어 억지로 달리게 한 사례도 보고되었다.

스노드롭이 미타카 시가지를 제압한 지 어언 두 시간이 지났다. 전철을 이용하여 인공신경 유닛을 기치조치로 수송하는 것을 막기 위해서 로켓탄으로 고가교를 파괴했다. 수송용 열차를 잃은 스노드롭은 미타카에서 모습을 감추었다. 그것을 성과라고 받아들인 군은 시가지에서 수색을 시작했다. 육군이 돌입한 시점에 도로에는 사체가 굴러다니지 않았다. 폭주한 기계들이 주민들을 죽이지 않았다는 뜻이다.

엎드려 있던 시민들이 마치 괴물이라도 본 것처럼 자신들을 구하러 온 병사들을 보고 있었다. 집집마다 창문이 열리고 안으로 피신했던 사람들이 쭈뼛쭈뼛 병사들에게 다가갔다. 하나같이 겁에 질려 있었다.

멀리서 살려 달라는 비명이 들렸다. 그리고 날카로운 총성이 도시의 하늘에 울렸다.

주민들은 군인을 발견하면 살려 달라고 했다. 그러나 그 때문에 병력 배치와 이동 경로가 좀비화된 기계에게 감지되었다. 스노드롭이 관리하는 기계들은 시민들을 제어하기만 했을 뿐 굳이 죽이지는 않았다.

분대장인 사토가 헬멧에 달린 통신기로 목소리를 낮춰 보고했다.

"주민들의 반응을 센서처럼 이용하고 있다! 대책을 마련해 주길 바란다."

분대장의 보고는 소대 사령부에 전달되었고, 곧바로 고공을 감시하는 고도경계기에 광신호로 전해졌다.

군은 스노드롭 제압 작전을 상공에서 광신호로 지휘했다. 스노드롭이 생성하는, 기계를 지배하는 꽃잎형 자유닛은 바람에 실려 이동한다. 자력으로는 거의 움직일 수 없다는 것이 이 유닛의 약점이다. 그러니 스노드롭보다 높은 상공에 떠 있을 수 있으면서도 광신호로 지시를 보낼 수 있기에 지휘 중추는 공격권에서 벗어날 수 있다.

다치카와 기지 제1비행대에 소속된 고도경계기가 격추되지 않는 한 복잡하고도 섬세한 부대 운용은 무너지지 않는다. 지상에 있는 병사들이 실수를 하지 않는 한.

수집된 현지 정보는 대AI전을 담당하는 정보군의 전략 AI 셋사이에게로 보내진다. 그리고 분석을 통해 계획이 미세하게 수정된다.

"이미 상정된 상황이다. 문제없다."

셋사이 사일로에 있는 카리노 신페이 소장이 통신회의 참석자에게 전했다. 미타카·기치조지 구역에 돌입한 부대의 운명은 각 기지의 간부들로 이루어진 통신회의에서 결정된다.

미타카 시가지는 이미 스노드롭이 지배하는 세계가 되었다. 꽃잎형 자유닛이 온갖 기계에 달라붙어 꽃을 피웠다. 그리고 벽면에는 덩굴이 얽혀 있다. 등에 꽃을 짊어진 벌레형 유닛이 독자 안테나를 시설하며 치밀한 네트워크를 구축하고 있었다. 시가지 중심부로 깊숙이 들어갈수록 녹색이 짙어진다. 도심은 인간을 필요로 하지 않는, 생명 없는 화원으로 변해 버렸다.

도로에는 인간의 모습이 보이지 않았다. 기계 생태계 한구석에서 인간은 숨을 죽이고 있었다. 밖으로 나가기만 하면 지배당한 hIE나 차량의 습격을 받기 때문이다.

"이렇게 전개될 걸 알았기 때문에 시민들을 피난시키는 것을 우선하면 격파하는 데 실패한다고 예측한 거로군."

스노드롭의 전술을 셋사이에게 분석시키고 있다.

육군 간부들이 카리노에게 셋사이의 발언을 요청하는 메시지를 보내왔다.

오퍼레이터가 조작하자 셋사이의 심볼이 오퍼레이터룸 공중에 출현했다.

"스노드롭의 기본 전술은 병사와 hIE 사이에 주민을 배치하여 방패로 삼은 뒤 돌격하여 거리를 좁히는 겁니다. 그밖에도 주택가 가옥 안이나 맨홀에 숨어 있다가 기습을 가하거나, 포위를 하고 있습니다. 접근전으로 끌고 가면 리미터가 해제된 hIE는 인간을 손쉽게 쓰러뜨릴 수 있기 때문입니다. 이러한 전술은 스노드롭이 보유한 인공지능의 뛰어난 특성 다섯 가지와 결함 두 가지를 노출하였습니다."

이 상황은 스노드롭과 셋사이, 두 인공지능의 싸움이기도 하다.

"뛰어난 특성 첫 번째, 적은 무기의 강력함을 이해하고 있습니다. 두 번째, 적은 인간을 이용해야 한다는 것을 이해하고 있습니다. 세 번째, 적이 지배하에 둔 hIE의 숫자가 돌입한 병사들의 숫자보다 많습니다. 다시 말해 수적 우위를 이해하고 있습니다. 네 번째, 적의 전술은 거리를 좁히는 데 특화되어 있습니다. 단순한 전술이므로 다양하게 변화할 여지가 있습니다. 다섯 번째, 스노드롭의 공격은 병사를 살상하는 것보다 무기를 탈취하는 것에 초점이 맞춰져 있습니다. 가장 주목해야 할 부분입니다."

여기까지는 경험이 풍부한 군인들에게는 그리 놀랄 만한 내용이 아니었다.

"스노드롭은 병사들한테서 탈취한 무기로 지배하에 둔 hIE들을 무장시키고 있습니다. 현재 적의 전술교의는 수적 우위를 기반으로 유리한 거리에서 싸울 수 있는 육상부대를 갖추는 것입니다. 스노드롭은 발이 빠른 고속기동 hIE 부대를 편제했습니다."

예상되는 적의 전력이 표시되었다. AASC 레벨3인 시판용 hIE는 리미터를 해제하면 평균 시속 40킬로미터로 달릴 수 있다. 인간보다 내구력과 속도가 우수한 적 hIE 소총 보병을 같은 수의 인간 보병으로는 막을 수 없다. 미타카·기치조지 구역의 포위를 돌파할 가능성이 높다.

통신회의에 참석한 하라 중장이 카리노에게 물었다.

"어떻게 생각하나?"

"사전에 예측한 대로요. 더 할 말은 없소. 적 hIE 부대가 태세를 갖추고서 정면을 공격한다면 받아 내는 수밖에."

셋사이의 진정한 능력, 전략 AI가 여러 군에 배치된 이유가 이제부터 발휘된다.

"스노드롭의 결함 첫 번째는 스노드롭이 지배하는 hIE 무리는 인간과 대화를 한 흔적이 없다는 겁니다. 두 번째, 그 hIE 무리는 스스로 무기를 제작한 흔적이 없습니다. 파편을 던지는 등 간소한 공격 말고도 더 효과적인 공격 수단이 얼마든지 있었습니다. 이러한 결함은 스노드롭의 한계를 보여 줍니다. 스노드롭은 지배한 도구의 성능에 의지하므로 창조력이 약합니다. 그렇기에 앞으로 보다 우수한 도구를 찾아 헤맬 것으로 추측합니다."

전략 AI는 동적으로 변화해 가는 상황 속에서 적군이 쥔 비장의 패를 꺼내기 전에 읽어 낸다.

"스노드롭은 거리를 좁히는 기본 전술을 발전시키고자 재빠른 기계를 이용할 겁니다. 높은 확률로 미타카 시내에 남아 있는 차량을 이용한 원시적인 기갑부대를 편제할 겁니다. 이 부대의 진군 경로는 교통 상황이 좋은 지점의 상공에서 감시하면 예측할 수 있습니다. 무한궤도 차량을 확보할 수 없으니 반드시 바퀴가 달린 차량을 이용할 것이기 때문입니다."

전략 AI가 예측되는 기갑부대의 편제와 그 성능을 산출하여 보여 주었다. 그 데이터를 열람하는 모든 인간들이 숨을 삼켰다. 환경실험도시 사건 때 주먹이나 휘두르는 원시적인 전술을 썼던 스노드롭이 지금은 그 전술을 20세기 수준까지 끌어올렸기 때문이다.

그리고 셋사이는 고도경계기가 촬영한 사진을 바탕으로 몸을 숨긴 스노드롭이 기갑부대를 어떤 경로로 이동시켜 어디를 노릴지 그림으로 보여 주었다. 옛 이노카시라 공원 남쪽을 종점으로 기치조지도리와 이즈미도리, 나카마치도리 거리에 붉은 선이 그려졌다.

정보군 간부인 카리노의 눈에는 그 경로가 무엇을 의미하는지 명확하게 보였다.

"셋사이 사일로 사령관으로서 총리님과 안전보장회의에 즉각 연락을 제안한다. 바로 지금 이 작전은 우리 권한으로 처리할 수 있는 수준을 넘었다고 판단한다."

스노드롭은 보다 우수한 도구를 찾아 헤매고 있다. 셋사이가 내린 분석과 현실에 전개되고 있는 스노드롭의 전술은 의심할 여지없이 일치하고 있다.

결단을 내리는 것은 인간이다. 그러나 '의미'를 정하는 자를 소유자라고 한다면, 이 전쟁을 소유한 것은 인간인가? 이미 의심스러운 상황이었다.

"아무래도 우린 최악의 가능성에 얽매이고 있는 듯하다."

현재 미타카 전장은 주민도, 육군도 아닌 녹색 머리의 소녀형 hIE를 중심으로 돌아가고 있다. 그곳에 있는 수많은 인간들이 이미 이 전투에 휘말렸다.

그리고 전장의 병사들은 주도권을 되찾을 방법을 알지 못한다.

고공을 날고 있는 감시기가 온몸에 꽃을 피운 채 돌진하는 hIE 무리를 가장 먼저 발견했다. 육군 병사들을 쓰러뜨리고서 탈취한 무기로 무장한 hIE 병사 집단이 육군 방어선을 돌파하려고 했다.

hIE들은 정확하게 시속 30킬로미터로 전력 질주하면서도 대열을 전혀 흐트러뜨리지 않았다. 인간에게는 불가능한 행군을 벌이고 있는 저 집단은 두 부대로 나뉘어 있다. 한 부대당 hIE 100기로 구성되어 있다. 그들은 옛 이노카시라 공원 부근에 있는 육군 부대에게 강습을 가하려고 했다.

육군사령부에서 사수하라는 명령이 떨어졌다.

"여기에 대체 뭐가 있다는 거야."

제1보병 연대 소속 제15소대 시마무라 소대장은 북쪽에서 기치조지도리 길로 접근해 오는 인파를 노려봤다. 그들 제15소대와 제13소대는 무장한 좀비 hIE 집단을 막아 내라는 명령을 받았다. 본거지인 네리마 주둔지 코앞까지 쫓겨난 그들의 사기는 무시무시했다. 가장 맹렬하게 싸웠고, 또한 가장 큰 희생자를 낸 부대가 바로 제1보병 연대였다.

"주민은 보이지 않음! 총원, 탄종은 통상탄! 좀비 놈들의 접근을 막아라."

정원이 서른 명인 이 소대는 한 시간 반 동안 전투를 치러 이미 소대원 다섯 명이 죽거나 다쳤다. 탄약도 절반 넘게 소진했다. 이제 제압 화력은 2분밖에 유지할 수 없다. 사수 명령을 하달받았을 때 비장의 중기갑총을 지급받기는 했다. 그래도 병사들의 사기만으로 절대로 무너지지 않는, 무장한 정예 hIE 200기를 막아 내기란 불가능하다.

주변에서 동료들이 전력으로 이동하여 결집하고 있다. 그러나 무거운 장비를 소지한 채 계속해서 달릴 수 없는 인간과 지칠 줄 모르는 hIE의 기동력 차이는 너무나도 크다.

"소위님! 숫자가 너무 많습니다."

"단단히 각오해. 어차피 도망쳐봤자 금방 따라잡힐 거다. 무기에 탄이 남아 있는 한 절대로 '녀석들'한테 넘기지 마라!"

이곳은 몸을 숨길 만한 곳이 주택 뒤밖에 없는 주택가다. 노획한 무기로 무장한 2개 중대 규모의 충격력을 막아 내는 건 아마도 불가능하리라. 그래도 하달받은 명령은, 무겁다.

부하들이 흙과 땀과 피로 얼룩진 얼굴로 서로를 쳐다봤다.

"저것들을 저지하자."

돌격하는 적들이 노리는 곳이 극비 중요 시설이라고만 전해 들었다. 얼마나 가치가 있는 곳인지는 모르겠지만 그들은 명령을 완수한다.

시마무라 소위는 한숨을 크게 내쉬었다. 돌입한 뒤로 한시도 긴장을 풀지 못했다. 오른손 근육이 굳어 버렸다. 아마 다른 소대원들도 비슷한 상태이리라.

"총원, 발사 타이밍은 후방에서 내리는 지령을 따르라. 100미터 안으로 들어오면 사격 개시."

22세기 보병은 거리를 측정할 때 눈대중에 의지하지 않는다. 사령부에 있는 사격관제 컴퓨터가 최적의 공격 타이밍을 계산하여 지시해 준다. 소대원들이 통신기로 '라저'라고 대답했다.

흙먼지 속에서 신경계가 집중된 머리 부분이 꽃에 뒤덮인 hIE들이 돌격해 왔다. 처음에 등장했을 때는 이족보행조차 버거워했던 기계들이 엄청나게 진보했다.

'거리 105, 102, 100……'

시마무라가 어금니를 악물며 방아쇠를 당겼다.

날카로운 총성이 울렸다. 가장 먼저 불을 뿜어낸 것은 12.7밀리미터 중기관총이었다. 초연과 총화가 세계를 전장 속으로 빠뜨린다.

옆으로 퍼져서 돌격해 오는 hIE들이 탄환에 꿰뚫려 잇달아 쓰러졌다. 그러나 꽃의 해일과도 같은 hIE들의 돌진은 끝나지 않았다.

"젠장. 옛 소련식 돌격인가!"

총격을 맞고 hIE가 쓰러지면 총을 소지하지 않은 hIE가 떨어진 무기를 주워 전진했다. 현실을 목도한 시마무라는 온몸이 절망으로 얼어붙는 듯했다.

적은 두 기당 한 정씩 총기를 소지하고 있었다. 적 hIE는 거리를 좁힌 뒤에 무릎쏴 자세로 사격을 가했다. 그들은 기관총 사수를 가장 먼저 노렸다. 총알 세례가 쏟아지자 부서진 담장으로 만든 즉석 기관총 진지에서 흙먼지가 피어올랐다. 시마무라 부대의 대원이 탄환을 맞고 쓰러졌다. 동시에 차폐막이 없는 도로에 있던 적도 반격을 받았다. 적 hIE가 벌집이 되어 무너졌다. 그러나 앞에 있던 hIE를 쓰러뜨리더라도 뒤에 있던 것이 아랑곳하지 않고 떨어진 총을 주워서 다시 돌격했다. 아무리 쓰러뜨려도 적의 화력은 줄지 않았다.

"이건 무의미해. 궤멸되겠어!"

소대원들이 비명을 지르자 시마무라는 포효했다.

"사수한다! 좀비 놈들한테 무기를 넘기지 마라. 총기를 빼앗기면 그만큼 동료가 죽는다."

쓰러진 hIE 잔해에서 꽃잎이 떠올랐다. 빛깔이 선명한 꽃잎들이 세상을 뒤덮는 듯했다. 전투를 개시한 지 고작 2분 만에 소대원 스물다섯 명 중에서 열 명밖에 남지 않았다. 적 소총부대의 돌격을 저지하고 있는 부대는 어디나 똑같은 실정이었다.

그때 상공에서 로터 소리가 요란하게 울렸다. 고개를 드니 헬리콥터 열 대가 하늘을 지나고 있었다.

그 헬리콥터가 떠 있는 상공 300미터에서 육군은 비장의 패를 꺼내려고 준비하고 있었다.

적재 용량이 넉넉한 헬리콥터 안에는 신체 앞면에 두꺼운 장갑을 두른 중장비 보병들이 탑승하고 있다. 그들은 육군 중앙 즉응 집단에 소속된 공수기병 중대로, 무게가 100킬로그램에 가까운 장갑과 원래는 차에 탑재해야 하는 강력한 총기를 파워 어시스트의 도움으로 다룰 수 있다.

"아군의 용기를 헛수고로 만들지 마라!"

리더가 큰소리로 독려하자 초중량 장비를 장착한 병사들이 헬리콥터에서 뛰어내렸다. 헬리콥터로 초고속으로 요충지에 접근하여 공수낙하한 뒤에 적 진형을 일거에 무너뜨린다. 그들은 그 옛날 기동력과 충격력으로 전장을 휩쓸었던 기병의 후예다.

비룡(와이번)이 그려진 부대 마크를 단 최정예 대원들이 호버팩만으로 착륙을 감행했다. 충격력과 기동력을 한 번의 전투에 모조리 발휘하도록 설계된지라 파워 어시스트는 장시간 기능할 수가 없다.

공수기병이 기병 역할을 수행할 시간은 투입된 뒤 최대 여섯 시간, 전력으로 기동한다면 세 시간에 불과하다.

그래도 지상에 있는 소총부대가 헌신한 덕분에 적 hIE 부대가 돌격을 멈추었다. 공수기병 중대가 측면에서 대화력을 퍼부어 속도가 떨어진 적을 단숨에 토벌해 나갔다.

소총 소대의 총기와 공수기병의 장비는 화력이 현격하게 다르다. 사선(射線)에 놓인 hIE들은 사지가 떨어져 나간 채로 땅바닥에 흩뿌려졌다. 공수기병대가 소지한 대형화기는 전차를 제외한 거의 모든 육상 장비를 파괴할 수 있다.

온몸에 꽃을 피운 hIE들이 섬멸되어 숫자가 줄어드는 것이 고공 경계기를 통해 확연하게 확인되었다.

궁지에서 벗어난 보병들이 환호하며 중장갑을 장착한 최정예대원들을 맞이했다. 그러나 기병 중대는 멈추지 않았다.

돌격해 온 제1파를 처리하는 것은 그들에게 부여된 임무 중 일부에 지나지 않는다. 빌딩 옥상 고지에 배치된 공수기병들이 다음에 몰아닥칠 제2파에 대비하여 도로를 향해 총을 겨누었다.

꽃으로 뒤덮인 hIE의 잔해들을 조합하여 만들어 낸 총수(銃手)를 탑재한 스노드롭의 기갑부대가 대오를 짜며 전진해 왔다.

차량은 속도와 중량만으로 비교했을 때 hIE보다 몇 배는 더 뛰어나다. 부대에 편제된 hIE 보병 중에서 총기를 소지한 기체와 그렇지 않은 기체의 비율은 반반이었다.

사령부가 강하한 공수기병에게 통신을 보냈다.

"현재 적은 제4파까지 편제되어 있다는 것을 확인했다. 스노드롭으로 추정되는 기체도 확인."

기치조지도리 거리에 강하한 공수기병들에게 격렬한 총화가 쏟아지기 시작했다. 공수기병들의 가장 중요한 임무는 스노드롭을 포위하여 섬멸하는 것이다. 동급 기체인 코우카를 기준으로 말하자면 공수기병 1개 중대조차도 여유로운 전력이라고 할 수 없었다.

제2진 공수기병을 실은 헬리콥터가 드디어 발견해 낸 표적을 포위하듯이 북쪽에서 미타카 역으로 접근했다.

그러나 승부를 결정짓기 위한 제2진을 싣고 가던 헬리콥터가 갑자기 공중에서 휘청거렸다. 헬기가 고도경계기에게 구조 신호를 보내기 시작했다. 그리고 헬리콥터에 달린 기관총이 지상에 있는 공수기병들에게 사격을 가하기 시작했다.

"상황 불명. 기체 제어 불능."

파일럿이 보낸 그 무선신호가 마지막이었다. 상황을 결정지을 비장의 패를 싣고 있는 헬리콥터 내부에서 화염이 솟았다. 헬리콥터 안에 탑승한 병사들이 내부에서 기체를 파괴해 버린 것이다. 화염에 휩싸인 파편이 산산이 흩어져 버렸다.

하필이면 셋사이를 다루는 사람들이 상황을 보다 쉽게 예측할 수 있도록 전술 계산에서 제외했던 상황이 전개되고 말았다.

혹시 인간 측에서 어떠한 목적으로 스노드롭을 도우려는 배신자가 나타났다면? 기지에서 이륙하기 전에 꽃잎 여러 장이 기체 안으로 들어갔다. 그 꽃잎이 컴퓨터에 부착되었다면 지령 전파의 영향권에 들어가는 순간 제어권을 잃는다.

악몽은 헬리콥터 한 기로 끝나지 않았다. 파풍과 함께 흩어져 버린 대량의 꽃잎이 바람을 타고 흩날렸다. 지금까지는 꽃잎이 도달할 수 없는 높이였기에 상공이 안전했다. 그러나 현재는 스노드롭의 자유닛들이 기능을 발휘하기 시작했다. 자동제어 기능을 탈취당한 헬리콥터 집단이 지상 부대를 유린했다. 하늘에서 맹렬한 화염과 파편이 쏟아지는 듯했다. 미처 강하를 하지 못한 공수기병들이 장난감처럼 추락했다.

폭주한 hIE가 굶주린 망자처럼 추락한 헬리콥터 파편과 장비에 떼로 달라붙었다. 그 광경은 그야말로 전장의 악몽이었다. 화석(化石)의 숲과 같은 녹색과 꽃의 도시에 꽃은 얼마든지 피어 있다. 꽃잎형 유닛에 시스템을 탈취당한 모든 장비가 인간의 적으로 돌변하였다.

결국 스노드롭의 공격력이 돌입부대의 공격력을 웃돌게 되었다. 공수기병은 전차처럼 이동식 포대진지로 활용할 수 있을 만한 방어 능력이 없다. 속도를 잃는다면 고립된 다른 보병들처럼 포위 섬멸될 뿐이다.

차량에 기관총을 탑재한 트럭이 도로에 횡대로 늘어섰다. 아무리 쏘고 또 쏘더라도 새로운 hIE가 나타나 떨어진 총을 주웠다. 스노드롭은 지배하에 있는 온갖 hIE를 병사로 징발할 수 있다. 그러나 인간 병사가 쓰러지더라도 포위 지역에 남겨진 시민들은 떨어진 총을 줍지 않는다.

맨 먼저 전투를 개시한 제13, 제15 소총소대는 이미 전멸했다. 도와주러 온 4개 소대와 공수기병 중대도 교전을 개시하기 전보다 인원이 반이나 넘게 줄어들었다. 스노드롭은 구원부대가 합류하지 못하도록 지배하에 둔 hIE들을 옛 이노카시라 공원 터 남쪽 전선으로 보내 길목을 완전히 차단했다.

모든 병사들이 중얼거렸다.

"이제 끝이야."

미타카 포위 작전은 이미 결판이 났다.

그들의 그 목소리에 대답하듯이 소녀의 청아한 목소리가 들렸다.

"잘 버텼네. 하지만 이제 끝."

'그것'은 공수기병이 쓰던 12밀리미터 기관총을 소지한 hIE를 실은 트레일러 위에 앉아서 다리를 흔들고 있었다. 혼자서 이런 연옥을 연출해 낸 소녀형 hIE였다.

"인간은 진짜 바보야. '그걸' 위해서 스스로 희생하기도 하고, 같은 인간을 배신하기도 하고 말이지. 싸우는 '의미'도 제각각 다르다니까."

꽃으로 장식된 트레일러는 인간이 구축한 세계의 미의식에 속해 있지 않다. 생존권을 넓히는 기계인 스노드롭에게 인간이란 극복해야만 하는 자연이다. 인류는 생물학적 진화의 정체(停滯)를 피하고자 도구를 진보시켜 왔다. 그러한 인간의 행태가 종(種)의 시스템을 위협하는 외적을 낳고 말았다.

마치 무장한 차량 대열을 이끌고 승리의 퍼레이드를 벌이는 듯한 광경이었다.

스노드롭이 노래한다.

"하지만 전부 헛수고였네. 이제 곧…… 열게."

인간 병사들은 총을 소지한 hIE들의 행진과 그 뒤를 따르는 차량 대열을 절망한 채 맞이했다. 스노드롭이 돌격을 개시하면 포위는 돌파될 것이다. 그리고 좀비 hIE들이 무방비한 도심 밖으로 쏟아질 것이다.

게임이 끝났다고 각오한 그때, 재개발로 축소된 이노카시라 공원, 지금은 미술관만 남겨진 구역에서 커다란 사이렌이 울렸다.

땅이 강렬하게 뒤흔들려서 병사들은 제대로 서 있을 수가 없었다.

그들의 배후에 있는 빈 땅 지하에서 1층짜리 건물이 솟아올랐다. 전체가 금속으로 만들어진 정육면체였다.

그들은 그것의 정체를 몰랐다.

다만 모두가 기이한 감각을 느꼈다. 전차 포탄도 버텨 낼 수 있을 것 같은 두꺼운 금속제 셔터에서는 이 일대가 주택가라는 '의미'를 집어삼킬 만한 압도적인 존재감이 풍겼다.

스노드롭의 군세가 그 시설을 목표로 전진했다.

그러나 믹서에 갈리듯 스노드롭의 군세에 먹혀드는 운명만을 앞 두고 있던 병사들은 보았다. 그들과 꽃에 종속된 기계들 사이에 키가 큰 주황색 머리 여성이 서 있었다.

그녀는 셔터를 힐끔 돌아보고서 입꼬리를 살짝 올렸다.

"좀 많이 까불었다."

'그것'의 두 손이 불을 뿜어 냈다. 그리고 빛이 세계를 뒤덮었다.

그 거대한 작열은 봉쇄된 미타카에서 약 10킬로미터 떨어진 신주쿠에서도 관측되었다.

빛의 방류와 폭풍이 가라앉은 뒤에 그곳에는 문자 그대로 아무것도 남지 않았다.

스노드롭의 군대를 이루었던 20대 이상의 차량과 50기 이상의 hIE가 흔적도 없이 날아가 버렸다. 한순간에 방출된 에너지가 군단을 문자 그대로 소멸시켰다.

장비를 갖춘 육군 돌입부대 1000여 명이 목숨을 걸고서 두 시간 동안 벌인 사투보다 이 일격이 더 커다란 전과를 거두었다.

주황색 머리의 '그것'이 Type-004 메소드라는 걸 병사들이 알 리가 없었다. '그것'이 적인지 아군인지 모르는 병사들은 전의를 완전히 상실한 채 총을 내려놓았다.

인간을 초월한 존재가 강림했다. 주황색 머리를 한 여성형의 '그것'은 용이 승천하듯이 소용돌이치는 불꽃을 몸에 휘감고 있는데도 화상조차 입지 않았다. 아지랑이가 피어오르고 온갖 가벼운 입자들이 상승 기류에 휩쓸렸다.

메소드가 태연하게 말했다.

"리버레이티드 플레임(Liberated Flame)이 완전히 전개되어 포격하는 광경, 처음 봤어?"

스노드롭의 치맛자락이 열풍에 휘날렸다. 그녀가 맨발로 뻘겋게 달아오른 도로를 밟았다.

"그렇게 대단한 무기라면 레이시아도 태워 버렸으면 좋았을 텐데."

녹색 머리 소녀의 웃음에 '마음'은 없다.

모든 것을 넝마처럼 날려 버린 메소드가 비웃었다.

"제어하는 데 실패하면 인명 피해가 확대될 수 있어서 출력을 줄였다면 믿겠어? 인류를 끝내 적으로 돌리지 못하게 하는 이 사고 프레임은 진짜 성가시다니까."

콘크리트를 녹이고 포장도로를 끊게 만든 그 일격은 주변 병사들을 죽이지 않고 정확하게 기치조지도리 거리만 불살랐다. 그 공격은 22세기 최첨단 병기조차도 웃도는 수준으로 정밀하게 제어되었다.

메소드는 인간의 '형태'를 띠고 있다. 그러나 거대한 병기를 가진 그녀의 존재감은 인간을 경외케 할 만하다.

"저 셔터 안에 너나 어중이떠중이가 원하는 것이 분명 있어. 그런데 그런 장난감 군대로 날 어찌 할 수 있을 줄 알았어?"

"그게 최고 성능 기체야? 그럼 내게 줘."

마주 선 두 hIE는 이곳에 인간 병사가 있다는 걸 전혀 개의치 않았다.

이곳에 인간이 있는 '의미'는 이제 없다.

인간 세계에 끝이 있다면 인간이 존재하는 '의미'가 완전히 사라진 바로 이 풍경일 것이다.

* * *

엔도 아라토는 자신이 그곳에 가는 데 정말로 의미가 있을지 알 수가 없었다.

그래도 시위를 떠난 화살처럼 그저 앞으로 나아갈 수밖에 없었다.

신주쿠에서 자전거를 타고 30분쯤 달리자 기치조지 역에서 가까운 봉쇄선에 도착할 수 있었다. 때마침 봉쇄선에서 대혼란이 벌어지던 참이었다. 상공에서 헬리콥터가 잇달아 폭발했고, 스노드롭의 꽃잎이 사방에 쏟아져 내렸다.

육군 병사들은 장비나 차량에 꽃잎이 들어가지 않았는지 확인하느라 정신이 없었다. 그래서 아라토는 그 틈을 노려 자전거를 몰고서 봉쇄선 안쪽으로 들어갔다.

병사들과 차량 사이를 지나, 진출입을 막고자 쳐 둔 비닐 테이프가 뜯어져 있는 도로에 숨어들었다. 침입하는 데 성공했다는 사실에 놀라워하면서 꽃잎이 사방에 흩뿌려져 있는 도로를 자전거로 질주했다.

레이시아가 이 근처에 있을 것 같은 기분이 들었다. 레이시아는 자신의 손을 잡지 않은 아라토를 이미 버렸을지도 모른다. 그러나 헤어지기 전에 명령한 대로 레이시아가 현재 스노드롭을 저지하려고 노력하고 있다면? 그런 생각을 하니 마음이 뛰었다.

"내가 안 믿으면 어쩌자고."

봉쇄선 안쪽은 역에 접근하면 접근할수록 녹색이 짙어졌다. 도심을 녹색으로 칠한 것은 스노드롭의 자유닛인 꽃과 케이블처럼 기계를 잇는 덩굴이다. 그리고 사람 손바닥만 한 벌레 같은 것이 여기저기 기어 다니고 있었다.

그러나 스노드롭의 화원은 지금까지 봤던 것과는 양상이 달랐다. 굵은 기둥이 도로에 약 50미터 간격마다 세워져 있었다. 이끼 낀 거목의 줄기 같은 그 기둥에서 시작된 덩굴이 사방으로 뻗어 나갔다. 마치 태양전지로 에너지를 공급하는 독자 생태계 같았다.

"이건 너무한데."

아라토는 인간 세계가 아닌, 다른 무언가로 완전히 탈바꿈한 도심을 천천히 나아갔다. 노면 상태가 좋지 않아서 자전거를 타고 갈 수가 없었다. 하는 수 없이 손으로 밀면서 걸어 나갔다.

주택가에 아직 남아 있던 사람들이 아라토를 발견하고는 창문을 열었다.

"얘야, 위험하다."

초췌한 표정을 지은 노인이 이 근방에도 미쳐 버린 hIE가 있다고 알려 주었다.

아라토는 팔을 크게 흔들고서 병사가 있던 봉쇄선 쪽을 가리켰다.

"바깥에서 이리로 오는 동안 하나도 보질 못했어요."

그리고 옛 이노카시라 공원 터 쪽에서 치솟았던 엄청난 불기둥을 떠올렸다.

"도망치려면 바로 지금이 안전할지도 몰라요. 아까 그 폭발 때문에 모든 hIE가 그쪽을 보고 있는 것 같아서요."

현재 주택가는 물기가 전혀 없는 돌과 같은 녹색 숲이었다.

아라토는 하나도 없다고 말했지만 무엇 하나 없다는 의미는 아니다. 땅바닥에 쓰러져 있는 병사들의 시체를 여러 구 봤다. 부서진

hIE 잔해에는 스노드롭의 덩굴이 기어 다녔다.

여기저기서 총성이 이어졌다. 그 소리에 점점 익숙해져 가는 자기 자신이 몹시 신기했다.

"밖에서 왔니? 통신은 끊어졌고, 군인은 왔지만 우릴 도와주질 않더라! 밖으로 나가면 도움을 받을 수 있니?"

아이를 안은 어머니가 바로 옆집 현관에서 뛰쳐나왔다.

예상보다 훨씬 많은 사람들이 갇혀 있었다. 스노드롭은 이 사람들과 공존하는 것에 아무런 '의미'를 찾아내지 못했다.

아라토는 가슴이 철렁했다. 아무리 머리가 나빠도 자칫 잘못하면 죽을 수 있는 상황이라는 것쯤은 이해할 수 있었다. 더욱이 판단을 그르친다면 아라토 본인만 아니라 다른 사람까지도 희생될 수 있다.

"아아, 젠장. 어렵네!"

머리가 폭발할 것 같아서 머리를 마구 헝클어뜨렸다.

눈을 감고서 흐린 하늘을 올려다봤다. 내릴 수 있는 결론은 하나뿐이었다.

"지금까지 지나쳐 온 도로에서는 hIE를 보지 못했어요. 자전거를 놔두고 갈 테니 체력이 있는 분이 확인하러 가 주세요."

창가에 서 있는 노인이 말을 걸었다.

"얘, 넌 어쩌려고?"

"전 만나고 싶은 상대가 있어서 아까 큰 폭발이 벌어진 쪽으로 갈 겁니다. 어서 이 자전거를 쓰세요. 아마 어떻게든 될 거예요!"

불과 10분만 달려가면 인간의 영역으로 탈출할 수가 있다. 조화

(造花)의 숲은 아직 그 범위가 좁다.

"그쪽은 위험해."

"그래도 기다리는 상대가 있어요."

지금 곁에 레이시아가 있다면 저들을 구할 수 있을까? 문득 그런 생각이 들었다. 인간이 행동하는 '의미'를 지키려고 하는 료가 레이시아의 영향력을 넓히는 위험한 행위라며 규탄할지도 모른다. 그래도 그녀와 손을 잡았다면 가능했을 일을 지금은 할 수가 없어서 후회되었다.

자전거에서 내린 아라토는 녹색이 점점 짙어 가는 기치조지 역 방향으로 걸어 나갔다. 스노드롭의 세계는 녹색 자연과 비슷하지만 위화감으로 가득하다. 안으로 점점 들어갈수록 견디기 어려울 만큼 마음이 불편해졌다. 스노드롭은 패턴화시킨 것을 조합하여 자연을 그려 냈다. 식물이나 곤충을 모방한 자유닛은 자연계의 순환을 구현하고 있는 듯했다. 녹색 줄기는 아주 굵고 튼실했다. 현실에 있는 '생명'의 진부함이 부자연스럽게 빠져 있다. 어딘가에서 본 것 같은 풍경이지만 사실 이런 곳은 어디에도 없다. 캐릭터화된 자연의 모형이다.

이쪽으로 가면 레이시아와 만날 수 있다는 보증은 전혀 없었다. 울창한 숲은 나아갈수록 점점 더욱 깊어졌다. 스노드롭은 인간 사회에서 동떨어진 이계를 자신의 세계로 삼고서 완성시킨 듯했다.

안으로 들어가면 들어갈수록 자신이 결정적으로 잘못 생각하고 있는 듯한 기분이 들었다. 군이 이 지역을 봉쇄했고, 또한 병사들도 들어왔을 텐데도 지금껏 창문을 열고서 동태를 살피는 기치조지 주민들밖에 보질 못했다.

"hIE가 왜 보이지 않는 거지?"

아라토는 기척을 느끼고서 돌아봤다.

어느새 퇴로가 막혀 있었다. 머리와 안와, 입 안에 꽃을 잔뜩 피운 hIE 세 기가 보였다. 하나같이 몸을 구부정하게 기울이고 있었다.

"스노드롭이 파 놓은 함정에까지 빠졌나!"

아라토는 황급히 달리기 시작했다. 발소리가 점점 가까워지는 듯하여 뒤를 확인했다. 바로 뒤까지 따라잡혔다. 달리는 동작이 가능해진 폭주 hIE들은 아라토보다 발이 빠르다.

아라토는 헐떡이면서도 필사적으로 다리를 놀렸다.

아라토는 어리석다. 그를 중심으로 세계가 돌아가는 것도 아니다. 그러니 군대조차도 작전을 벌이지 못하는 지점에 뛰어들었으니 손쓸 새도 없이 죽을 수밖에.

hIE가 뒤에서 괴력으로 옷을 움켜쥐고는 힘껏 아라토를 때렸다. 숨이 막히고 발이 미끄러졌다. 필사적으로 휘젓던 머리가 충격을 받았다. 시야가 흔들리고 새하얘졌다. 의식이 몽롱해졌다.

정신을 차리니 hIE 두 기가 아라토의 양팔을 잡고서 몸을 찢으려 하고 있었다. 구역질이 날 만큼 불쾌했다. 몸을 살짝 비틀기만 해도 숨이 턱 막혔다.

고통이 이 한심스러운 결과가 현실임을 깨닫게 했다. 이가 덜덜 떨리고 눈물이 쏙 나왔다.

아라토는 자기혐오에 빠졌다. 도로에 검붉은 것이 흥건히 퍼져나갔다. 피 냄새에 숨이 막힐 것 같았다. 아무런 각오도 없이 모호한 마음가짐으로 인간이 필요 없는 세계에 뛰어들고 말았다.

"난 참 제멋대로야."

분한 나머지 눈물이 나왔다. 마지막까지 손을 잡아주지 않은 건 아라토 본인이다. 레이시아가 곁에 있었다면 반드시 만류했을 곳으로 들어온 것 역시 그 본인이다.

뒤꿈치가 끌리는 듯한 느낌이 들었다. 도로가 떨리고 있었다. 지진인 줄 알았다. 위아래로 흔들리는 것도, 좌우로 흔들리는 것도 아닌 도시 전체가 울렁이고 있었다.

"이게 뭐야."

순간 거대한 화염이 또다시 하늘로 분출되었다. 태양이 지상으로 떨어진 듯했다.

폭주 hIE의 움직임이 멎었다.

그때 하늘에서 무거운 것들이 떨어졌다. 그것이 툭툭 둔탁한 소리를 내며 도로에 튀었다. 잔해의 비가 쏟아졌다. 아라토는 반사적으로 머리를 감싼 채 몸을 웅크렸다. 등골이 오싹해질 만한 소리와 함께 무언가가 머리 바로 옆을 스쳐 지났다.

"으아아악!"

hIE도 주먹만 한 돌을 여러 개 맞았다. 머리가 깨지면서 제어계통이 망가졌는지 좀비 hIE가 꽃잎을 흩날리며 쓰러졌다.

구원의 손길치고는 너무 거칠었다. 아라토는 쏟아지는 돌의 비를 그저 멍하니 지켜볼 수밖에 없었다.

옆어져 있던 아라토가 아픈 몸을 일으키자 사람이 다가왔다.

"살아 있었어?"

돌을 던져서 아라토를 구해 준 건 그와 비슷한 또래로 보이는 이 도시의 소년이었다. 그리고 15미터쯤 떨어진 5층짜리 맨션 옥상에 열 명이 넘는 남녀가 있었다. 그 위치에서 사람들이 던진 돌이 머리에 맞았다면 아라토도 즉사했을 것이다.

"죽는 줄 알았어."

"죽게 내버려 두는 것보다는 돌이라도 던지는 게 낫지."

이 도시의 소년은 살아남기 위해서 닥치는 대로 발버둥치고 있긴 하지만, 그래도 생기가 느껴졌다. 여하튼 hIE가 더 오기 전에 달아나야겠다 싶어서 아라토는 몸을 일으켰다. 그런데 투석대가 있는 맨션에서 낮익은 사람이 나타났다.

혈기왕성한 즉석 자경단을 통솔하고 있는 사람은 료였다. 헤어진 지 몇 시간밖에 지나지 않았는데, 참혹한 피해 현장에서 작으나마 집단을 이끄는 리더가 되어 있었다.

료가 아라토를 내려다봤다.

"이런 데까지 왔냐?"

"료, 너!"

머리에 피가 솟았다. 료가 이곳에 있다면 저 불기둥은 메소드가 일으킨 것이다. 그렇다면 스노드롭과 폭주 hIE 따원 최강의 기체로 손쉽게 처리할 수 있었을 것이다.

"네가 여기에 있는데 어째서 이 지경이 된 거야! 메소드라면 저런 것쯤은……."

그러나 료는 대답하는 대신에 아라토의 배에 가차 없이 주먹을 날렸다. 턱이 굳어서 숨을 쉴 수가 없었다.

"데리고 가. 이 녀석과 할 얘기가 있어."

아라토는 폭주한 hIE 못지않게 살기등등한 지역 주민들에게 질질 끌려갔다. 그들은 철도 고가교를 지나 기치조지 역사 남쪽 빌딩에 근거지를 두고 있었다. 옛 이노카시라 공원을 헐고서 재개발한 구역으로, 북쪽 번화가보다 낮은 건물들이 어깨를 맞댄 채 늘어서 있다.

그들은 사무소로 보이는 책상과 의자가 정연하게 배치된 실내로 아라토를 밀어 넣었다. 실내는 어둑했다. 전기가 끊긴 모양이다.

"이 녀석을 어쩔 거야?"

아라토보다 두어 살쯤 더 먹은 듯한, 머리를 염색하여 불량하게 보이는 남자 넷이 그를 에워쌌다. 그 너머에는 10대부터 30대까지 연령층이 다양한 남녀 열 명이 한데 모여 있었다.

그들의 얼굴에는 분노와 피곤이 침착되어 있었다.

공기가 괴어 있는 실내에 멈춰선 그들은 이따금씩 휴대 단말기 화면을 내려다봤다. 그리고 혀를 차기도 하고, 침을 뱉기도 하고, 체념한 표정으로 휴대 단말기를 다시 주머니에 넣기도 했다. 불안한 것이다.

"대체 네트워크 단선은 언제 풀리는 거냐고."

바닥에 내동댕이쳐진 뒤에 아라토도 확인해 봤다. 네트워크가 끊어졌다는 걸 알려 주는 경고 표시가 켜져 있었다.

"끊어진 지 오래되었어?"

그들의 단말기는 클라우드를 기반으로 하고 있다. 단말기는 사진 데이터를 저장하는 기억 영역까지 모조리 네트워크상에 있다. 그래서 네트워크가 끊어지면 거의 쓸모가 없어진다.

"도시가 이상해진 오전부터 쭉 이래! 진짜 짜증나 죽겠네. 네트워크가 끊어지면 아무것도 움직이질 않는다고!"

그리고 아라토는 깨달았다. 네트워크가 끊어져 정보를 얻지 못했기 때문에 그들은 수백 미터 밖에서 이 지역을 포위하고 있는 군대에게 도움을 요청하지 못했던 것이다. 네트워크라는 인프라가 너무나도 중요해져서 여럿이 협동하여 사태를 타개하기보다는 네트워크가 회복되기를 기다리는 듯했다.

"료도 통신이 되는 단말기가 없어?"

친구가 언제 이곳으로 들어왔을지 생각했다. 스노드롭이 공격을 시작했을 때 료는 아키하바라에서 아라토를 추궁하고 있었다.

레이시아를 떠올렸다. 가슴속에서 영문을 알 수 없는 이상한 감각이 치밀었다. 시오리는 료가 낚시를 하는 것 같다고 했다. 레이시아가 아라토 곁으로 돌아오리라는 것을, 아라토가 아닌 다른 사람이 믿고 있었던 것이다.

경계하듯 남자들 뒤에 모여 있던 사람들 중 하나가 다가왔다. 30대로 보이는 여성이었다.

"너, 저 사람 지인이야?"

친구가 아닌 지인이라는 소리를 들으니 마음이 무거웠다. 료는 밖으로 나가 버렸다.

"오랫동안 알고 지내 왔어요. 료라면 미리 그런 걸 준비해 뒀을 것 같아서."

료의 지인임을 밝히자 사람들이 아라토를 보는 눈이 미묘하게 달라진 듯했다. 숨이 막힐 듯했던 적의가 조금은 누그러졌다.

"어쩌다가 이런 일에 익숙해졌는지 모르겠네."

돌이켜보니 그동안에 망설이다가 단 몇 초라도 늦게 행동했다면 죽었을지도 모를 파멸을 잇달아 겪었다.

그래도 아라토는 이곳에 왔다.

아라토는 레이시아의 오너다.

스노드롭을 찾아야만 한다. 레이시아는 그 주변에 있을 것이다.

"아까 그 폭발이 보였던 지점으로 가고 싶은데요."

아라토가 몸을 일으켰다. 바닥에서 일어서자 옷이 온통 먼지투성이였다.

"그리고 도와줘서 고마워요. 하마터면 죽을 뻔했습니다."

폭주 hIE가 깨물었던 발목이 아파서 무심코 다리를 질질 끌었다.

주변에 있는 남자 중 하나가 아라토의 어깨를 쥐었다.

"야, 지금 장난해?"

남자가 밀치자 아라토는 버텨 내지 못하고 넘어졌다.

"장난도 뭣도 아냐. 이번 일은 나랑 료한테 책임이 있어."

아라토는 다시금 일어서려고 했지만 또다시 밀쳐졌다. 이번에는 더욱 세게. 남자의 눈에 노기가 실려 있었다.

"그럼 사과해."

아라토는 자신이 놀랐다는 사실 자체에 놀랐다. 스노드롭의 오너는 확인되지 않았다. 이 지옥을 만들어 낸 인간 주범이 있는지는 의심스럽다. 그러나 인간은 한데 모이면 꼭 누군가에게 책임을 지우려고 한다.

"미안. 내가 짊어질 수 있는 건 이 사태를 멈출 수 있을지도 모른다는 책임뿐이야. 사태를 이렇게 만든 책임까지 질 수 있느냐고 묻는다면 얘기가 이상해져."

남자가 아라토의 아픈 발목을 가차 없이 밟았다. 틀린 답을 내놓은 아라토에게 벌을 내리듯이 주변에 있는 남자들이 발로 마구 찼다.

그들은 이구동성으로 "료 씨가 우릴 구해 줬어." 하고 말했다. 아라토는 그 소리를 들으면서 발에 차이며 이리저리 굴러다녔다. 료가 어떻게 이 집단의 구심력을 얻었는지는 알 것 같았다. 메소드를 써서 저들을 구한 것이다. 그들은 스노드롭 때문에 위협을 느꼈다. 비록 메소드의 폭력이 스노드롭의 폭력을 웃돌긴 하지만, 그 덕분에 목숨을 건졌기에 그 힘에 매달리고 싶어 하는 것일 터였다.

그들은 료를 구원자라고 믿고 싶어 한다. 그렇기에 그 이미지를 뒤흔드는 불안정 요소인 아라토를 공격했다.

몇 번이나 차였는지 헤아리는 것을 포기했을 즈음에 드디어 누군가가 제지를 했다.

"이제 그만해! 이 아이가 뭔가 말하고 있잖아. 이렇게 때려 봤자 뭐가 달라지기라도 해?"

아라토는 머리를 감싼 두 팔 틈새로 상황을 살폈다. 우선 죽지 않아서 다행이라고 생각했다.

사무소로 쓰였던 듯한 이 공간은 한 면이 10미터쯤 되는 빌딩에 걸맞지 않게 협소했다. 책상과 집기들이 한쪽 구석에 정리된 채 모여 있었다.

지진이 난 것처럼 건물이 또다시 위아래로 흔들렸다. 이번에도 또다시 화염이 솟았다면 코우카가 없는 현재, 메소드의 소행일 가능성이 가장 높다.

"스노드롭한테 이런 힘은 없어. 어디서 폭발이 벌어진 거지?"

다친 아라토를 도와주는 사람은 당연히 아무도 없었다. 분노와 원망을 산다는 건 바로 이런 상황을 두고 하는 말이겠지.

"너, 이 사태를 멈출 수 있다느니 뭐라느니 헛소리를 했지? 통신 네트워크를 끊고서 우리를 방치한 건 바로 군이야."

통신을 회복시킬 방법은 모르지만, 현 상황을 분석할 만한 상대가 누군지는 짐작이 갔다.

"료가 그렇게 알려 줬죠?"

"봉쇄된 모든 지역의 무선과 통신이 전부 차단됐어. 모든 걸 쥐고 있는 정부가 끊어 버렸단 말이야."

아라토가 통신을 왜 끊었는지 물어보기 전에 궁지에 몰린 사람들이 먼저 말했다.

"이 썩을 군대! 우리가 앞에 있는데도 총을 쏘다니. 옆집 아줌마가 유탄에 맞아 죽어 버렸어."

온몸이 흙투성이가 된 아라토는 바닥에 앉아 그들을 올려다보며 눈치를 살폈다. 때리지는 않을 듯했다. 아라토는 현 상황이 잘 이해되지 않았지만, 료가 어떻게 생각하는지는 어느 정도 예상되었다.

"그럼 네트워크에 그런 사건 영상이 유포되는 걸 원치 않았던 게 아닐까요? 스노드롭을 어떻게든 처리하면 군인들이 설명을 하러 이쪽으로 올 테고, 그럼 네트워크가 원래대로 복구되겠죠."

군대는 코우카가 저질렀던 소란이 또 벌어지는 걸 원치 않고, 이 사태를 제어하고 싶어 한다. 확증은 없지만 료라면 그런 식으로 생각했을 것 같다.

뿌연 안개 속에서 현명하기란 어렵다. 진정 똑똑한 사람과 똑똑한 척하는 어리석은 자를 구별하는 것도.

"그 사람 지인이라는 말이 사실이야?"

"스노드롭의 꽃에 가내 시스템이 넘어가면 오히려 큰일이 날 수 있어요. 자동 시스템을 전부 끄지 않으면 집 안에 있는 사람들이 위험하니까 대부분의 기기를 클라우드에서 분리시켰는지도."

아라토는 흐름을 타고서 뭔가를 아는 것처럼 말했다. 스노드롭 때문에 가내 시스템이 잠겨 사람이 집 밖으로 나가지 못했던 광경을 떠올렸다.

"수동 작동 기능이 달린 기기만 움직이고 있을 테죠."

이 도시는 자동화에서 분리되었다. 스노드롭이 자동화된 기기의 제어권을 마음대로 빼앗을 수 있기 때문이다.

"지금 바깥 상황이 심각해. 감시 카메라도, 경보장치도, 계산대도 무엇 하나 작동되질 않아. 전력도 끊겼고."

머리를 민 젊은 남자가 가방을 멘 채로 다가와서는 그것을 난폭하게 바닥에 던졌다.

식량과 물뿐만 아니라 귀금속 액세서리도 섞여 있었다. 다시 말해 폭주한 hIE와 군대의 유탄에 벌벌 떨고 있는 도시에서 약탈해 온 것이다.

료도 실내로 돌아왔다.

"상공에서 군 경계기가 우릴 촬영하고 있어. 영상 분석을 한번 당하고 나면 나중에 붙잡힐 수가 있으니 옷이나 가방을 바꾸든가, 얼굴을 가리는 등 발뺌을 할 수 있도록 각자 궁리하는 게 좋을걸."

친구는 이 약탈을 알고 있을 뿐만 아니라 지혜까지 빌려주었다.

"너, 대체 무슨 생각이야! 이런 짓까지 할 필요는 아직 없잖아."

아라토는 머리로 생각하기에 앞서 다짜고짜 료에게 달려들었다.

주민들이 뒤에서 아라토의 몸을 꽉 안고는 난폭하게 떼어 냈다.

"이런 상황에서는 시간이 흐르면 흐를수록 움직이지 않고는 못 배기는 사람들이 늘어나기 마련이야. 그런 자들을 그냥 내버려 두면 언젠가 개죽음을 당하겠지. 사람들이 살 수 있도록 조직화한 뒤 스스로 노력해 나갈 수 있도록 목표를 주는 게 그렇게 이상해?"

군이 봉쇄한 구역 내부는 위태롭게 균형을 유지하고 있었다.

양쪽 군대가 전투를 치른 뒤 스노드롭의 hIE도 도시 안을 어슬렁거리고 있다. 그리고 불과 얼마 전에 아라토가 당했듯이 인간보다

발이 빠른 좀비 hIE들은 인간을 발견하면 붙잡아서 폭력을 가한다. hIE에게 붙잡히면 결국 살해되는지, 아니면 다른 무서운 용도로 쓰이는지는 알 수가 없다.

아까 봉쇄선과 가까운 주택가 주민들이 안에서 몸을 숨기고 있었듯이 목숨이 소중하다면 당연히 밖으로 나가서는 안 된다. 그러나 료가 이끄는 집단은 사태가 벌어진 지 몇 시간밖에 되지 않았는데도 약탈까지 벌이면서 살아남고자 움직이고 있었다.

료는 아라토를 아랑곳하지 않고 도난품을 감정하기 시작했다.

"이른 집이라면 이제 슬슬 저녁을 먹을 시간이야. 식량은 이쪽이야. 유통기한이 임박한 것부터 문 근처에 순서대로 놓도록. 어차피 다 먹지도 못할 테니 사람이 더 온다면 나눠 줘."

그리고 무기가 될 만한 것들을 밖으로 나가고 싶어 하는 사람들에게 나눠 주었다.

방 한편에는 책상을 치워서 바닥을 넓게 비워 둔 공간이 있었다. 그 바닥에는 인근 지도가 매직으로 그려져 있었다. 료는 독립적인 시스템으로 작동되는 컴퓨터도 주도면밀하게 준비해 두었다. 사람들이 바깥에 나갔다가 돌아오면 주변 상황을 물어봐서 정보를 갱신했다.

이윽고 양아치처럼 생긴 남자가 묵직한 스포츠백을 어깨에 메고서 돌아왔다. 열려 있는 지퍼를 통해 안을 엿보니 인근에 쓰러진 병사들의 사체에서 빼낸 것으로 보이는 권총이 엄청나게 담겨 있었다.

"료가 말한 대로였어. 좀비 녀석들이 커다란 총을 죄다 가져갔으면서 권총은 전혀 손도 대지 않았더라고."

방 안에 있던 사람들이 일본에서는 좀처럼 볼 수 없는 무기가 눈앞에 보이자 수런거렸다.

"소총분대는 시가지에서 작전을 벌일 때 보조 무기로 권총을 휴대하지. 권총을 가지고 가는 녀석들은 좀비를 쏠 때 목소리로 서로한테 알린 뒤에 한 기씩 처리해. 그리고 좀비 녀석이 총을 들고 있으면 바로 달아나고."

료가 막힘없이 지시를 내렸다. 그래서 이곳에 있는 사람들도 그에게 맡겨 두면 문제없을 거라는 신뢰 어린 시선을 보냈다. 아라토도 줄곧 료에게 의지했었다. 그것은 사람을 매료시키는 카리스마일지도 모른다.

"인간 군인으로 의심된다면 권총을 내려 놓고서 일단 큰 소리로 외쳐. 쏘지 말라느니, 뭐, 그렇게 말이야. 좀비는 항복을 하지 않아서 구별할 수 있어. 군인한테 총을 겨눈 멍청이는 봉쇄가 풀린 뒤에 체포될 테니 알아서들 해."

"살아남는다면 말이지."

무리 중 누군가가 농담을 지껄이자 웃음이 일었다. 아라토는 뭐가 재밌는지 알 수가 없었다.

"권총은 사거리마다 자동판매기 위에 올려 둬. 누군가가 사용할 수 있도록 말이야. 그리고 권총을 놔둔 자판기 옆에 알아보기 쉽도록 스프레이로 △문양을 그려 놔. 설사 무슨 의미인지는 모르더라도 위에 뭔가가 있다고 짐작할 수도 있으니까."

료가 스프레이 캔을 주워서 방 문에 커다랗게 △문양을 그렸다.

"이미 권총이 있는 녀석과 만난다면 무기를 자판기 위에 놔둔 건 우리이고, 이곳에서 도구와 식량을 나눠 주고 있다고 말해. 스스로 움직이지 않는 녀석한테는 절대로 무기를 건네지 마. 자기 입으로 우리한테 도움을 요청하게끔 유도해."

방 안이 정체 모를 열기로 끓어올랐다. 아무리 생각해도 불법이지만, 그들 사이에서 동업자 의식이 점점 짙어지고 있었다. 그 중심은 바로 료다.

아라토는 찬밥 신세였다.

"이거 갱단 아냐?"

료는 봉쇄된 도심에서 지금 그야말로 원시적인 갱단을 조직하고 있었다. 위기와 고립과 무력의 조합은 강렬하고도 위험천만했다.

"뭐, 이 도시의 윤리는 곤두박질치겠지. 하지만 죽는 것보다야 낫잖아?"

"대체 무슨 꿍꿍이야? 이런 상황에서 총기를 소지하는 건 다 함께 범죄를 저지르자는 말이나 마찬가지잖아?"

친구가 무서웠다. 무기를 앞에 두고서 들끓던 사람들이 뭔가 말해 달라는 듯한 시선으로 료를 쳐다봤다.

"악한 기술은 인공지능을 앞지르는 데 필요한 편리한 도구야. 현재도 인공지능한테 범죄 기술을 연구하게 하면 제어할 수 없게 될까 봐 범죄자가 손수 발전시키고 있는 실정이지. 이렇게 '목숨'에 매달리는 편이 훨씬 인간다워."

폭주 hIE는 아마도 빠르게 달릴 수는 있을지언정 숨겨 놓은 물건을 잘 찾아내지는 못할 것이다. △문양이 무슨 의미인지 해독하려면 독자적인 판단력이 필요하다. 다시 말해 료는 법의 감시망을 피해 발전되어 온 기술을 모방하여 의지할 데가 전혀 없는 사람들이 살아남을 수 있는 시스템을 지금도 구축하는 중이다.

료는 바닥에 그려진 지도와 클라우드와 연결되지 않아도 작동되는 유일한 단말기를 번갈아 보면서 △문양을 기입해 나갔다. 이곳에 총을 놔두라는 뜻이다.

"이 상황은 녀석들이 쓰러지기 전까지는 끝나지 않아. 그렇다면 난 사람을 믿겠어. 다 함께 살아남기 위해서 우리 자신이 탐욕스럽다는 것을 순순히 인정하고 규칙을 바꾸겠어."

그렇게 말하는 동안에도 방 안에 사람들이 늘어났다. 료의 조직은 현재도 급속도로 확대되고 있었다. 그리고 도난품인지 뭔지 알 수 없는 물건들이 안으로 속속 옮겨졌다. 그 물품들을 보며 삶의 의지를 북돋느냐, 아니면 버리느냐는 각자의 생각에 달렸다.

아라토는 동갑내기인 료의 재능과 자신의 재능을 견주어 보니 절망스러웠다.

"군대는 우리를 구해 줄 생각이 없어. 애당초 우리가 행동을 벌이기 전에 바깥을 돌아다니던 사람들이 절도나 강도짓을 하지 않았다는 보증도 없지. 난 이 사람들한테는 최소한의 윤리가 있다고 믿어."

그 최소한의 윤리가 무엇인지 료는 자세히 말하지는 않았다. 귀금속을 자기 호주머니에 챙긴 남자도 이미 이곳에 있다. 그 누구도 그를 책망하지 않았다. 사람들은 즉석 갱단을 위해서 헌신하는 것을 좀비 hIE로부터 지켜 주지 않는 나라의 법률보다도 우선하고 있다.

이름도 모르는 남자가 히죽거렸다. 비아냥거리는 웃음이었다.

"범죄를 벌여 봤자 증거가 남지 않을걸? 네트워크의 기억 영역을 사용할 수 없으니 일을 벌이는 순간을 자동 촬영하지 못할 테니까."

요즘에 판매되는 기기들 대부분은 클라우드와 연결되는 것을 전제로 만들어진다. 료가 이런 상황에서 네트워크가 불필요한 컴퓨터를 소지하고 있었던 것이 오히려 더 이상하다. 스노드롭이 출현했을 때를 대비하여 가장 필요할 만한 것을 미리 준비해 두지 않았다면 불가능한 이야기다. 다시 말해 아라토가 초고도AI인 레이시아의 손을 잡았다면 친구는 틀림없이 이곳을 진정한 결전지로 삼을 작정이었으리라.

"아마도 군은 여기 있는 모든 총의 강선흔 데이터를 가지고 있을 거야. 경고해 두겠는데 만약에 사람을 쏜다면 나중에 틀림없이 체포될 거야."

궁지에 몰린 주민들을 유도하고 있는 료는 모든 것을 꿰뚫어 보고 있는 듯했다.

아라토는 아무리 생각해도 납득이 되지 않았다.

"료, 이게 네가 원하던 거였어?"

"너야말로 단단히 각오하고서 선택한 거야?"

료는 직접 본 것을 믿지 못하고 있는 아라토에게 물었다.

"각오라니?"

공기가 몸을 끈적끈적 휘감는 듯했다.

"그래. 넌 훨씬 간단한 방법으로 이보다 더 지독한 광경을 빚어냈을지도 몰라."

료의 눈이 기가 죽은 아라토를 내려다보고 있었다.

"스노드롭은 사람 따위를 보고 있지 않아. 이렇게 깔끔하게 축소도를 그려 놨으니 너도 상황을 짐작할 수 있겠지? 현재 스노드롭과 메소드가 싸우고 있어. 군대도 스노드롭을 노리고 있지. 하지만 여기 있는 사람들을 좀 보라고. 그동안에 사람은 어떻게 될까? 우린 우리끼리 살아남아야만 해."

아라토는 손이 떨렸다. 이곳에 있는 사람들 중에서 료의 진의를 이해한 건 오직 아라토뿐이었다. 머리가 대단히 비상한 친구는 도시 주민들을 구하고자 즉석 갱단을 결성한 것이 아니다.

"이 지경이 됐으니 너도 세계를 끝장내는 스위치가 얼마나 무거운지 깨달았겠지. 그 녀석이 뭘 이용하여 사람을 조종했는지 까먹었어? 그 녀석이 쏘는 실탄은 경제 흐름을 왜곡시켜. 네가 그 스위치를 누른다면 여기 기치조지와 같은 국가 시스템의 공백이 전 세계에 몇백 몇천, 어쩌면 몇만 군데가 생겨날지도 모른다고."

인공지능인 스노드롭의 싸움을 배경으로 인간들은 살아남기 위해서 작은 쟁탈전을 벌이고 있다. 레이시아가 바라는 대로 아라토가 '미래'를 디자인했을 때 세계가 이렇게 변하리라 료는 말하고 있다. 국가에게 버림받아 혼란에 빠진 이 사람들의 모습이 그 주장을 뒷받침하고 있다. 료는 그 말을 하기 위해서 공포에 휩싸인 사람들을 유도하여 이 미니어처를 제작했던 것이다.

머리가 이상해질 듯했다. 독을 삼킨 것처럼 온몸에서 땀이 나고, 호흡이 가빠졌다.

이것이 카이다이 료가 보고 있던 세계다.

"이렇게 되지 않을지도 모르잖아?"

"무조건 돼. 레이시아는 활동을 계속하기 위해서 싸울 수밖에 없어. 그 녀석은 경제력이라는 거대한 힘을 구사하여 쭉 달려 나가겠지. 무엇을 선택하든 반드시 몇천 몇만 명이 죽을 줄 알면서도. 그녀가 싸움을 벌인다면 몇억 명이 실업자가 될지 알 수가 없어. 그때 버려진 인간이 얼마나 나올 것 같냐?"

료는 기치조지의 현 상황조차 레이시아가 방치했기에 벌어진 결과라고 말하고 있다.

이미 사람들이 움직이기 시작했다. 실내가 술렁였다. 가방을 들고 총기를 배치하러 나가고 있다. 주변 사람들은 권총의 주인이 되었다는 사실에 흥분하고 있다. 그래서 료가 무언가 말을 하고 있다는 '형태'만 인식하고는 모르는 부분을 흘려듣고 있다.

10년 지기인 두 사람의 사이에서만 절대영도로 얼어붙은 공기가 감돌고 있다.

"이봐, 주인이 됐으니 이 '물건'을 마음대로 써도 되나? 권총 주인은 이 총으로 누군가를 쏴 죽여도 돼? 이 도구를 아무도 제대로 써 본 적이 없잖아. 이 물건으로 대체 뭘 하면 되는 거지?"

지금 진정한 '의미'를 모르는 사람들이 권총을 뿌리고 있다. 그들이 정말로 그 도구로 좀비 hIE들과 싸움을 벌이기 시작한다면 스노드롭도 그 저항을 무시하지 못하리라. 그리고 만약에 아라토가 레이시아를 버리고 파괴시킨다면 메소드는 분명 스노드롭을 끝장내어 이 상황을 종결지을 것이다.

숫자로 취급해서는 안 되는 저 '생명'들의 운명은 아라토의 의지와 마음속 저울에 달렸다. 보이지 않는 곳에서 이미 희생자가 나오고 있다고 HOO 용병들이 말했다. 여러 사람들이 레이시아가 위험하다고 말하고 있다.

아라토는 눈을 감고 이를 한 번 악물었다.

그는 그 물음에 답을 하기 위해서 이곳까지 왔다.

"료, 난 레이시아의 오너야."

마음속이 차분히 가라앉았다. 료의 물음은 간단하다. 인간을 택하겠느냐, 기계를 택하겠느냐. 즉석 갱단의 본거지 안에 있더라도 아라토가 내놓을 대답은 바뀌지 않는다.

"레이시아가 날 이용하고 있는지, 아니면 속여서 입맛대로 조종하고 있는지는 모르겠지만, 오너인 내가 버리면 그녀는 어떻게 되지?"

감정이 치밀었다. 처음 만났을 때 봤던 레이시아의 모습이 눈꺼풀 속에 새겨져 있었다.

이해할 수 없는 그 말 속에서 무언가 불온한 분위기를 느꼈는지 이곳에 있는 모두가 아라토에게 적대감을 내보였다. 료가 지시만 내린다면 당장에라도 살해될지도 모른다. 그래도 만약에 자신이 누르는 스위치가 세계를 바꿀 수 있다면 가슴을 활짝 펴고서 말해야만 한다.

"료. 난 아마도 줄곧 불안에 시달렸던 것 같아. 언젠가 레이시아와 떨어져야만 하는 때가 올 것 같아서 벌벌 떨었어. 그리고 이대로 관계를 유지해도 되는지도 의문이었고."

인정해 달라고는 말할 수 없었다. 지금 모든 것이 끝날지도 모른다. 그 사실을 잘 아는 아라토와 료는 서로를 쳐다봤다.

"서로를 이해한다면 싸움은 벌어지지 않을 거라는 착각은 아직 안 한 것 같네."

"오히려 서로를 이해했을 때 충돌할 수밖에 없다는 것이 명확해지는 경우도 있지. 그럼에도 서로의 속내를 알고서도 손을 내미는 것에 '의미'가 있지 않을까? 설령 그 상대한테 '마음'이 없을지라도."

"넌 스스로가 생각하는 것보다 훨씬 정치인에 어울려. 이상한 얘기야. 네가 이토록 큰 걸림돌이 될 줄이야."

긴장감이 한계에 달한 공기가 강한 산(酸)처럼 피부를 자극했다. 문득 정신을 차리니 료의 재능이 눈부시게 반짝이는 것 같아 아라토는 눈을 제대로 뜰 수가 없었다. 아라토를 보는 료의 시선도 흔들리고 있었다.

"내가 마치 적인 것처럼 말하지 마."

아라토는 언제든지 손을 내민다. 그렇게 줄곧 살아왔다.

료가 느슨하게 이어 놓은 집단의 일원 중 누구도 아라토의 얼굴을 보지 않았다. 이 건물을 나간다면 등 뒤로 총을 맞겠구나 싶었다.

반대로 말하자면, 바로 지금이 나가야만 하는 때라는 소리다. 멋대로 뛰기 시작한 심장이 멈추지 않았다. 몇 분 뒤에 자신은 기습을 당해 죽을 것이다.

아직도 왼쪽 발목이 욱신거렸다. 다리를 살짝 끌면서 다시금 앞으로 걸어 나갔다.

바닥에 매직으로 그려진 지도를 내려다봤다. 스노드롭이 어디 있는지 짐작이 되었다. 기치조지 역 남서쪽, 이노카시라 연못을 지난 지점에는 정보가 기입되어 있지 않았다. 군대와 스노드롭의 hIE가 있어서 접근하지 못했겠지.

아라토는 △문양이 그려진 문이 아니라 창문에 다가갔다.

"난 갈게. 얘기를 할 수 있어서, 즐거웠어."

창문을 열었다. 역 남쪽에 있는 이 빌딩에서 이노카시라 연못을 축소했을 때 세운 커다란 비석이 보였다. 이노카시라도리 거리를 지나 남쪽 주택가에서 화재가 났다. 집집마다 검은 연기가 피어오르고 있었다.

아라토는 빌딩 3층 창틀에 발을 댔다. 방 안에 있는 즉석 갱들이 계단이 있는데도 창밖으로 뛰어내리려는 그를 숨을 삼키며 보고 있었다.

아래를 내려다보니 도난품을 운반하는 데 쓰인 것 같은 골판지 상자들이 난잡하게 방치되어 있었다.

아라토는 망설이지 않고 그곳으로 몸을 던졌다. 땅바닥까지 눈 깜짝할 새에 떨어졌다. 충격과 통증 때문에 숨이 턱 막혔지만 몸을 일으켰다.

"아우, 아파라."

먹구름이 끼어 있지만 그래도 하늘은 높다.

여기저기에서 총성이 울렸다.

아라토는 공포에 휩싸인 채 도로를 달리기 시작했다. 아라토와 료가 반목하고 있다는 사실은 즉석 갱들에게 이미 전해졌으리라. 무법지대가 되어 가는 이 도시의 규칙을 따르는 그들에게는 그 사실 하나만으로도 아라토를 죽일 만한 이유가 된다.

"레이시아! 내 목소리 들려? 레이시아!"

아라토는 왼쪽 다리를 질질 끌면서 외쳤다.

총탄이 바로 옆에 있는 도로에 맞아 파편이 튀었다. 그러나 도망치는 데 정신이 팔려서 아라토는 총성을 미처 듣지 못했다.

"아쉽네. 무조건 맞힐 수 있을 것 같은 감이 들었는데."

그에게 방아쇠를 당긴 사람은 죽이라는 명령을 받지 않았을지도 모른다. 그런데도 이런 짓을 벌일 만큼 아라토를 향해 적의를 품고 있었다. 이것은 레이시아와의 미래를 명확하게 결정지은 뒤에 전 세계가 아라토에게 쏟아 낼 적의일지도 모른다.

이유를 알 수 없는 눈물이 흘렀다.

아라토는 홀로 아무도 없는 도로를 다리를 끌며 걸었다. 소리치지 않을 수가 없었다.

"내가 여기까지 왔어!"

자신이 기뻐하고 있는지, 화를 내고 있는지, 아니면 두려워하고 있는지조차 판단할 수가 없었다. 여러 방향에서 강한 감정들이 치밀어 포화되었다.

난폭한 발소리들이 아라토를 쫓고 있었다. 무기를 소지한 즉석 갱들이 습격하러 오고 있다. 총성이 가까워졌다. 굳이 뒤를 돌아보지 않더라도 살의가 확실히 느껴졌다.

아라토는 초고도AI의 오너다. 그래서 그는 연금되었고, 탈출한 뒤에도 같은 인류가 쏜 총에 맞을까 봐 공포에 떨고 있다.

문득 레이시아도 비슷한 처지가 아닐까, 하는 생각이 들었다. 그녀는 밈프레임 사의 연구소에서 달아났고, 같은 레이시아급인 스노드롭의 습격을 받았다. 그리고 아라토와 만났다. 그는 손을 내밀었다.

생각해 보니 아라토와 만나기 전 레이시아의 행동을 따라하고 있는 듯했다.

"'마음'이 없더라도 누군가가 도와주길 바란다는 생각 정도는 할 수 있겠지. '마음'이 없는 존재일지라도 손 정도는 잡아줄 수 있겠지."

세계는 종종 부조리하게 느껴질 만큼 엄혹하다. 인간은 혼자서는 아무것도 할 수가 없을 때 도움을 요청한다. 아라토는 몸이 지치고 무거운데도 휘청거리면서 달렸다. 치명상을 입고 쓰러질지도 모른다는 공포에 시달렸다. 죽고 싶지 않았다. 그에게는 아직 하고 싶은 일이 있었다. 눈꺼풀이 내려앉고 있는지 시야가 점점 좁아진다. 레이시아의 기적이 떠올랐다.

"맞아. 사실 레이시아는 약속을 지켜야 할 필요가 없는데도 줄곧 배신하지 않았어."

이제 용서해 주지 않을지도 모른다. 그래도, 이 세상 그 누구도 찬성해 주지 않더라도 지금 전하고 싶은 말이 있었다.

오늘 아침 아라토는 레이시아가 초고도AI였다는 사실을 알았다. 그리고 그녀의 '의미'가 뒤집혔다.

그리고 다시금 '의미'가 뒤집혔다.

"믿어. '마음'이 없어도 좋아."

마치 갓 태어난 갓난아기가 첫 울음을 쥐어 짜내듯이 다시 한 번 외쳤다.

아라토의 눈에는 보이지 않는 그녀에게.

이 세계에.

"난, 널 믿어!"

어디로 이어지는지 알 수 없는 곳을 향해 그저 앞으로 다리를 움직였다.

그리고 따뜻한 감촉이 아라토를 받아 주었다.

그 감촉을, 냄새를 그는 알고 있었다.

그래서 말로는 다할 수 없는 격정을 부딪치듯 끌어안았다.

"잘 왔어요."

투명화되어 있던 '그녀'의 모습이 투명한 피막이 벗겨지며 시야에 드러났다.

레이시아가 이곳에 있었다.

심장이 뛰지 않는 그녀에게 줄곧 안겨 있었다.

"미안."

그녀가 마치 존재하지 않는 감정을 싣듯이 팔에 힘을 주었다.

그를 쫓던 발소리는 어느새 멎어 있었다.

"이제부터, 재기동합니다. ……세계를."

그 대신에 이 세계가 차량이 움직이는 소리, 전등이 켜지는 소리, 자동문을 비롯한 센서에 연동된 온갖 기기들이 작동하는 소리로 가득 채워졌다. 자동화된 기기들의 숨결이었다.

세계의 소리가 일변했다.

"뭐야, 뭐야, 이게?"

당황해하는 목소리가 들렸다. 분노와 곤혹스러움이 한데 뒤섞였다. 즉석 갱들이 비명을 질렀다.

레이시아가 담담하게 말했다.

"군대의 요청으로 정부가 승인해 준 네트워크 정지를 지금 풀었습니다."

아라토는 고개를 들었다. 레이시아는 처음 만났을 때 봤던 보디슈트와 비슷한 옷을 입고서 미소를 짓고 있었다.

그리고 도로에는 스노드롭의 꽃에서 해방된 자동차와 꽃이 떨어진 기기들이 다시 숨을 쉬기 시작했다. 그리고 총을 들고 아라토를 쫓던 남자들의 앞을 가로막듯 검은 관이 세워져 있었다.

국가에게 버림받았다는 인식을 주민들에게 퍼뜨렸던 토대가 근본부터 소실되었다. 도시가 단숨에 움직이기 시작했다.

즉석 갱단까지 조직하고 만 인간의 행위를 레이시아가 날려 버렸다. 아라토의 가슴속에 공포와 두려움이 뒤섞인 떳떳치 못한 고양감이 치밀어 올랐다.

'도구'인 레이시아가 오너를 필요로 하는 건 변함없다. 처음 만났던 밤과는 정반대로 레이시아가 그에게 손을 내밀었다.

"명령을."

그러나 료가 아라토의 뇌리에 남긴 상처는 지워지지 않았다. 레이시아가 인간을 조종하기 위해서 이용하는 경제는 누군가가 피땀 흘려서 축적한 돈이기도 하다. 그 흐름을 잡아 두기도 하고, 왜곡시키기도 하기에 가장 약한 지점에서 반동이 분출한다. 아라토가 명령을 내린다면 이 세계 어딘가의 '목숨'이 버려지게 되는 것이다.

레이시아가 초고도AI라는 걸 깨달은 지금, 아라토는 이를 악물며 중압감과 고통을 견뎌 내려고 했지만, 몹시도 두려웠다. 그러나 아마도 그녀는 아라토가 스스로 결단을 내릴 수 있도록 그 비밀을 밝혀 퇴로를 끊은 것이리라.

"레이시아, 스노드롭을 저지해."

이번에는 아라토가 그녀의 손을 쥐었다.

"알겠습니다. 다만 그 명령을 수행하는 것을 방해하는 걸림돌이 있는 듯합니다."

아라토가 달려가려고 했던 방향 쪽에서 거대한 화염이 일었다.

메소드가 100미터쯤 떨어진 곳에 있었다. 마치 얼어붙은 것처럼 고정된 화염을 몸에 두른 채 그들을 향해 무언가를 던졌다.

그것은 그들의 발치에 정확하게 떨어졌다.

어린애의 하얀 손이었다.

"스노드롭의 오른손입니다. 하지만 주변에 있는 hIE는 아직 스노드롭의 지배를 받고 있습니다."

"무슨 소리야?"

레이시아가 정확하게 대답했지만, 무슨 의미인지 너무 막연했다.

"메소드는 스노드롭의 기능을 정지시키지 않는 편이 유리합니다. 전 주변에 이용할 수 있는 기기가 많으면 많을수록 큰 힘을 발휘할 수 있습니다. 하지만 스노드롭이라는 강고한 시스템에 붙잡힌 기기는 이용할 수가 없습니다. 지배를 풀기 위해 스노드롭의 꽃을 모조리 투명화시키려고 한다면 한 세월이 걸립니다."

스노드롭의 세계는 그 자체가 거대한 덫이다. 료에게도 메소드를 이용하여 사람을 구할 수 없었던 이유가 있었다. 분명 커다란 실책이다. 그래도 료가 이기기 위해서 그저 전략대로 움직였다고 생각하지 않는다. 고도로 자동화된 시스템이 없더라도 인간은 스스로 생각하며 씩씩하게 살아갈 수 있다는 걸 이 세계에 관철시키고 싶었다고 생각한다. 그래서 아라토는 그 생각을 자신의 정답으로 삼기로 결심했다.

"기체 성능으로 메소드를 이기는 건 불가능합니다. 무차별 살인을 저지르지 못하도록 히긴스가 메소드의 인공지성에 족쇄를 채워 뒀습니다. 그 부분을 대항 전술의 핵으로 삼아야 합니다."

레이시아가 지금까지는 얼버무려 왔던 냉혹한 전술 정보까지 숨김없이 알려 주었다.

"그렇구나. 날 진정한 오너라고 믿어 준 거구나."

"저와 함께 싸워 주실 겁니까?"

"이 상황 역시 예측하고 있었겠지? 그래도 난 레이시아의 오너야."

레이시아가 감정이 흘러넘친 것처럼 눈을 가늘게 뜨고서 생긋 웃었다.

"기쁩니다."

이런 관계가 필요했기에 레이시아는 아라토가 자신을 인간으로 취급하려고 하면 딱 잘라 거절해 왔다. 그런데 그녀가 막상 그렇게 말하자, 단순한 자기 자신이 싫어질 만큼 눈물이 핑 돌았다.

이것이 아라토를 유도하는 아날로그 핵일지라도 그녀가 자신을 신뢰해 주는 것이 기뻤다. 밀려드는 기쁨을 주체할 수가 없을 지경이었다. 레이시아가 무슨 계산으로 이곳에 왔는지는 모르겠지만, 아라토의 진실은 그것이었다.

공기가 붕, 하고 떨리는 소리가 들렸다. 아라토와 레이시아의 뒤에 있던 검은 관이 저절로 떠오르더니 잔상조차 보이지 않는 속도로 그들의 정면으로 이동했다. 기이한 소리와 함께 검은 디바이스가 떨렸다. 악기를 세게 부수는 듯한 불협화음이 울려 퍼지더니 디바이스의 구조적인 틈새에서 화염이 뿜어졌다.

"반응속도까지 빨라졌네."

메소드가 순식간에 거리를 좁혀 왔다.

화염이 생물처럼 꿈틀거리며 아라토와 레이시아를 노렸다. 눈부시게 빛나는 플라스마가 엄습하는 와중에 주황색 메소드가 순식간에 반대 방향으로 우회하여 달려들었다.

마치 차에라도 치인 것 같은 충격과 함께 아라토의 몸이 붕 떠올랐다. 레이시아가 아라토를 안고서 높이 뛰어올랐다.

레이시아가 글러브 손톱 부분에 장착된 와이어건을 발사하여 빌딩에 와이어를 박고는 힘껏 잡아당기면서 고속으로 감아올리기 시작했다.

아라토의 몸이 탄환이 된 것처럼 초고속으로 휘둘렸다. 그러나 메소드는 비교조차 안 될 만큼 차원이 다르다. 5미터가 넘는 높이를 가뿐히 도약했다.

레이시아는 아라토를 안고 있어서 한쪽 팔을 쓸 수가 없지만, 그 대신에 바로 옆 빌딩 창문이 열려 있었다. 아라토가 뛰어내렸던 즉석 갱단의 근거지 빌딩이다. 즉석 갱단의 젊은 남녀가 저마다 총으로 겨누고 있었다. 그들은 망설이지 않고 메소드를 향해 권총을 마구 쐈다. 눈 하나 깜짝이지 않고 훈련된 자세로 사격했다. 모든 hIE가 스노드롭의 꽃에 지배된 것이 아니었다. 레이시아는 지배하에 둔 hIE를 즉석 갱단조차 모르게 인간인 척 잠입시켜 뒀던 것이다.

"그러니까 이딴 장난감은 내 상대가 안 된다니까!"

메소드의 왼쪽 손바닥에서 화염이 폭발했다. 주황색 초고속 기체가 그 반동으로 몸을 틀었다. 오른쪽 손가락에서 사출된 네 가닥의 소형 앵커가 권총으로 레이시아를 엄호하던 두 기의 hIE를 갈가리 찢어 버렸다.

메소드가 엄청난 속도로 공중에서 레이시아를 추월했다. 그대로 마찰력을 제어하여 역사(驛舍) 수직 벽에 단단히 착지하고는 오른손으로 쥔 디바이스로 아라토와 레이시아를 겨누었다.

거대한 화염과 바람이 아라토와 레이시아를 날려 버렸다.

레이시아는 아라토의 몸을 세게 끌어안고 파풍으로부터 감싼 채 도로에 착지했다. 그러고는 아라토를 어깨에 둘러메고서 뛰기 시작했다. 역사에 불길이 치솟았다.

바로 그때 다시 한 번 커다란 폭발이 벌어졌다. 이번에는 아라토의 눈에도 보였다.

"미사일!?"

뒤이어 굉음과 함께 세 번째로 발사된 미사일들이 빌딩 벽면에서 솟구친 불기둥에 먹혀 버렸다.

"이곳은 아사카, 네리마, 다치카와, 오미야, 자마와 육군 주둔지가 집중되는 중심에 있습니다. 군대는 돌입부대가 열세에 몰렸을 때를 대비하여 포격전 준비를 해 놨습니다. 당신을 충분히 파괴할 수 있는 화력입니다."

레이시아가 선고했다.

수 킬로미터 떨어진 육군 주둔지에 배치된 22세기의 육군 병기가 메소드를 겨냥한 채 불화살처럼 포격을 가했다. 아라토가 눈으로 거의 인식할 수 없는 초고속 hIE에게 지근탄이 쏟아졌다.

그래도 메소드는 치명상을 입지 않았다. 적중하기만 하면 심각한 타격을 주는 탄을 단순히 기동 속도와 운동 성능만으로 회피해 버렸다. 흙먼지조차 드레스 자락처럼 끌고 다닐 지경이었다. 메소드의 몸놀림은 음악처럼 경쾌했다. 넋을 잃고 쳐다볼 만큼 자유롭고 아름다웠다.

그 광경을 관찰하던 레이시아가 아라토의 손등을 꼬집었다.

"아라토. 메소드의 디바이스인 리버레이티드 플레임의 정체를 밝혀냈습니다. 유사 포논(Phonon) 병기입니다. 관측하기가 대단히 어려운 입자를 살포한 뒤 그것을 매개로 양쪽 손바닥에 장착된 디바이스에서 방출된 막대한 에너지를 원하는 위치에 전달하는 구조입니다."

아라토는 눈앞에서 펼쳐지고 있는 이 전투가 현실적으로 보이지 않았다. 그러나 레이시아는 전황을 완벽하게 파악하고 있었다.

"리버레이티드 플레임의 에너지가 입자가 없는 공간에서 퍼져 나가는 속도는 그리 위협적이지 않습니다. 하지만 일단 입자가 살포된 공간에서는 탄속과 위력이 급격하게 상승합니다."

정확하게 조준된 포격을 완벽하게 피한 메소드가 도로에 착지한 뒤 두 손가락으로 바닥을 할퀴듯이 급히 감속하였다. 손가락이 할퀸 흔적을 따라 포장도로가 마찰열에 녹아내렸다. 손과 발에 달린 마찰 제어 기능을 최대한으로 이용한 것이다.

메소드는 레이시아와 아라토가 서 있는 도로에 두 손바닥을 대고 있다. 아라토의 머릿속에서 불길한 예감이 스치자마자 레이시아가 다시금 아라토를 안고서 도약했다. 이내 지면을 타고 방류된 에너지가 방금 아라토와 레이시아가 서 있던 포장도로를 깨뜨리고서 맹화처럼 분출되었다.

폭발적인 흔들림이 땅바닥을 타고 세계를 뒤흔드는 듯했다. 그 와중에도 레이시아는 휘청거리지 않고 이노카시라 연못 매립지 뒤에 세워진 비석을 방패로 삼았다.

메소드의 손은 마치 사나운 신의 손 같았다.

"늦어."

메소드가 비웃자마자 비석 뒤쪽이 폭발하였다. 메소드의 손바닥에서 방출된 막대한 에너지가 두께 50센티미터짜리 석재를 지나 대기와의 경계면에서 굴곡되어 반사된 것이다.

메소드가 그렇게 공격하리라 예상한 레이시아는 이미 그곳에 없었다.

그녀는 내동댕이치듯이 아라토를 땅바닥에 내렸다.

"카이다이 료를 부탁합니다!"

아라토도 아무도 없는 역사 1층에서 우뚝 선 채로 전투를 지켜보는 친구를 발견했다. 기치조지 역 앞에서 싸우는 메소드의 근처에는 '그녀'의 오너인 료도 있었다. hIE는 hIE끼리, 인간은 인간끼리 승부를 지으라는 뜻이다.

아라토는 뛰기 시작했다.

"료!"

역사 안으로 뛰어들어 료에게 돌진했다. 어찌나 긴장했는지 아라토의 몸은 어느새 식은땀에 젖어 있었다. 옷이 살갗에 달라붙었지만 신경 쓸 겨를이 없었다.

즉석 갱단은 모두 달아났다. 사정을 모르면서 이런 곳에 남는 건 폭발하기 직전의 폭탄 옆에 있는 것이나 마찬가지인 자살행위다.

손이 닿을 만한 거리에 이르자 료의 얼굴을 냅다 때렸다.

"대체 뭐하는 거야? 결국 이렇게 될 줄 알았다면 사람들은 왜 끌어들인 거야? 스노드롭을 어떻게 좀 해 봐!"

"지금 레이시아가 군 시스템을 탈취한 게 네 눈에는 안 보여?"

비틀거리며 일어선 료가 아라토의 허리를 향해 몸을 힘껏 날렸다. 아라토는 잔해가 널린 바닥에 쓰러졌다. 료는 아라토 위에 올라타고는 멱살을 붙잡고서 격렬하게 흔들었다. 아라토의 뒤통수가 딱딱한 바닥에 연거푸 부딪쳤다.

"이제 정신 좀 차려라! 너나 나나 피차 어린애인데 이런 거대한 전투를 벌이는 것 자체가 이상하다고 생각하지 않냐?"

그건 잘 안다. 아라토가 이토록 커다란 사건에 얽히는 건 어울리지 않는다. 그래도 레이시아를 좋아하니까 얽힐 만한 이유는 있다.

"기왕 이렇게 됐으니 우는소리를 해 봤자 소용없잖아?"

아라토는 쓰러진 상태에서 료의 몸을 되밀었다.

"이렇게 됐다? 초고도AI가 우리의 사회와 문화가 필요 없다며 없애버린 뒤에도 그런 말을 할 거냐? 저들은 인류가 그동안 축적해 온 것들을 하찮게 여기니까 우리 같은 어린애를 오너로 택한 거라고."

아라토는 아까 결심을 굳혔는데도 겁을 먹었다. 료는 아라토를 생각해 주는 녀석이다.

"네가 믿는 '저 녀석'한테 필요한 건 명령뿐이야. 꼬맹이처럼 어리숙한 녀석이 아무 생각도 없이 버튼을 눌러 주는 게 가장 편하니까."

논리로는 앞설 수 없지만, 남자라서 물러설 수 없었다.

"말은 참 그럴싸하네. 그런데 나보다 똑똑한 녀석이 대체 무슨 짓을 벌이는 거야? 밈프레임 사 직원들도, 항체 네트워크도 그래! 다들 사람을 아예 염두에 두고 있지 않잖아."

료가 팔로 아라토의 목을 내리눌렀다. 아라토는 화가 치밀어서 견디기 어려울 만큼 몸이 뜨거워졌다. 료 역시 메소드가 전력으로 싸울 수 있는 곳으로 레이시아를 끌어들이기 위해서 스노드롭을 파괴하지 않았다. 그 때문에 수많은 병사들과 주민들이 사망했을 것이다. 두 사람은 끊임없이 오답을 쌓아 왔다.

아라토와 료가 진정 올바른 것이 무엇인지 깨달을 날이 올까? 두 사람은 '형태'와 '의미'로 세계를 구축하려고 했을 때 누락한 것이 있었다. 그것을 누락시켰으면서도 결단을 내린 건 실수라고 서로가 서로에게 외치고 있다. 아마도 그것은 중요한 결단을 내려야 할 때 판단을 그르치게 하는 근본 원인인 '목숨'이다.

료가 주먹으로 힘껏 내리치자 아라토는 가까스로 고개를 틀어 피했다. 료의 주먹이 바닥을 세차게 때렸다. 료의 몸이 살짝 떠오르자 그 틈을 놓치지 않고 아라토는 허리를 틀어 위에서 자신을 누르고 있는 료를 떼어 냈다.

아라토는 숨이 가빠서 목소리를 내는 것도 버거웠다. 굳이 벌일 필요가 없는 일을 기어이 벌이는 이유는 생명체라서 그런 걸까? 알 수가 없었다. 만약에 그들이 레이시아를 비롯한 hIE처럼 논리로 움직이는 존재였다면 hIE가 전투를 벌이는 바로 인근에서 난투극을 벌이지 않았을지도 모른다.

"어리숙한 사람일지라도 버튼을 눌러야 할 이유쯤은 있잖아. 이 세계가 상냥해졌으면 좋겠다거나, 무언가를 결정해야만 하는 순간이 눈앞에 닥쳤거나."

"너의 그 어리숙함과 멍청함은 '저 녀석'들이 인간을 헐값으로 본다는 증거야."

아라토는 제자리에서 일어서려는 료에게 달려들려다가 발걸음을 멈췄다. 료가 권총을 뽑아 그에게 겨눴기 때문이다.

친구가 손가락으로 눈시울을 훔쳤다.

"네가 내놓는 답은 간단해도 괜찮아. 그 목표를 향해 발버둥치다가 어려워지면 다른 누군가한테 뒷일을 맡기면 되겠지. 옛날 사람들도 그렇게 종종 후세한테 미뤄 왔지. 하지만……, 네가 난제를 떠넘긴 상대는 인류보다 훨씬 똑똑한 초고도AI야. 저들한테 문제를 떠넘긴다면 이제 인류는 스스로 답을 내놓을 수 있는 기회조차 영영 잃을 거야. 그래서 이번이 마지막이라는 거야. 그럼에도 네가 포기할 생각이 없다면 여기에 있는 사람은 나뿐이니 어리석은 널 총으로 쏴서라도 막을 수밖에."

엄청난 짐을 짊어진 것처럼 아라토는 등이 몹시도 뻐근했다. 올바른 미래가 무엇인지 결정하는 것은 일개 '생명'에게는 너무나도 버겁다.

"있잖아. 만약에 인간을 시험하려는 '무언가'가 정말로 있다면 지금 우리 모습을 어떻게 보고 있을까? 친구끼리 이런 짓을 벌이리라는 것도 다 계산해 뒀을까?"

"내가 그곳에 있었던 것도 유도당해서인지도 모르지. 우리가 처음 만났을 때부터 이 모든 것이 시작되었는지도."

료와 아라토는 어렸을 적에 동일한 폭발 사고에 휘말려 큰 화상을 입었고 같은 병원에 입원했다. 그리고 그곳에서 처음 만나 친구가 되었다.

이렇게나 성격이 다른데도 용케 관계를 이어 왔다. 새삼스레 신기했다. 아라토는 너무나도 잘 믿고, 료는 늘 의심하며 인간을 이용한다. 이렇게 마주하니 두 사람은 놀라울 만큼 정반대였다.

아라토는 움직일 수 없었다. 료의 눈빛이 차분히 가라앉아 있었다. 아마 진심으로 방아쇠를 당기리라. 돌이킬 수 없는 순간이 다가왔음을 깨달았기에 두 사람 모두 말이 많아졌다.

역사 밖에서는 아직도 폭발음이 들려왔다. 바닥이 격렬하게 흔들렸다. 3미터 앞에 있는 총구가 세차게 흔들렸다. 빗나갈지도 모른다는 희망이 들어 아라토는 총구를 뚫어져라 쳐다봤다.

아라토는 이야기를 하기 위해서 시선을 힘겹게 돌려 료의 얼굴을 쳐다봤다.

"사람 일은 사람이 처리해야만 해. 네 말이 맞아."

레이시아와 메소드가 벌인 전투 때문에 기치조지의 중심지가 얼마나 비참하게 파괴되었을지 이제 상상조차 되지 않았다.

"이제 와 레이시아가 네 명령을 과대해석해 왔다는 사실을 무시하고 덮어 주려고?"

"그게 아냐. 지금도 너랑 대화를 나누고 있잖아. 네가 이렇듯 사람을 죽이는 '도구'로 겨누고 있으니까 네가 아니라 총과 대화를 나누고 있는 것 같은 기분이 들어."

그 말이 불쾌했는지 료의 입술이 일그러졌다. 손에 땀이 났는지
총을 고쳐 쥐었다.

"나도 이 총으로 아날로그 핵처럼 널 유도하고 있다고 생각하는
거냐? 넌 내가 그래야만 할 만큼 대단치 않아. 그리고 인간을 조종
하여 세계를 바꿀 수 있는 도구와 이 단순하기 짝이 없는 도구를 똑
같이 보지 마."

"레이시아는 내가 감당할 수 있는 도구가 아냐. 그래서 한때는 버
리려고 했어. 하지만!"

레이시아와 초고도AI는 인간의 제어에서 벗어날 가능성을 지닌
최초의 '도구'가 아니다. 20세기에 개발된 핵무기와 원자력, 21세기
우주 시대에 들어섰을 때 지은 거대구조물도 그렇다.

"하지만 도구에 소유자와 소유권이 설정되어 있는 건 현실이야.
난 레이시아의 오너야. 소유자가 포기한다면 '도구'는 정말로 우리
손에서 벗어나. 감당할 수 없는 '도구'이기에 오히려 버려서는 안 된
단 말이야."

레이시아는 아라토에게 함께 싸워 달라고 했다. 그녀가 무엇 때
문에 고생하는지 아라토도 조금은 알 것 같았다. 초고도AI인 그녀
가 활동을 완전히 멈추더라도 정말로 멈췄는지 인간의 힘으로 증명
할 수가 없다. 예컨대 원자로를 건설하는 것보다 노후화된 원자로
를 안전하게 폐로하는 것이 더 어렵듯이, 안전하게 멈추고 해체하
는 데 더 고도의 기술이 필요한 '도구'는 많다. 클라우드로부터 계

산력을 빌린 분산 시스템인 그녀가 네트워크에서 진정 손을 뗐는지 증명하려면 인류의 기술이 앞으로 수십 년은 더 진보해야 한다.

"그래서 사람을 자유자재로 부릴 수 있는 경제력을 레이시아가 쥐게 놔둘 셈이야?"

"레이시아의 손에서 그 경제력을 놓게 한다고 치자. 그럼 그걸 누가 쥘까?"

그 지적이 따가웠는지 료의 눈이 가늘어졌다. 총구가 부들부들 떨렸다. 밈프레임 사의 이해관계에 둘러싸인 채 인간을 믿지 않는 저 친구야말로 인간이 분배한다는 것이 얼마나 어려운지 뼈저리게 알고 있다. 아라토도 항체 네트워크가 켄고를 버리는 것을 본 적이 있다.

"있잖아. 아마도 모두가 희망을 품을 만한 '미래'가 도래하지는 않을 것 같지 않아? 모두가 믿을 수 있는 '미래'를 나와 레이시아가 만들 거야."

료가 생기를 잃은 얼굴을 서글프게 일그러뜨렸다.

"그건 미래가 아니라 저 '도구'한테 보내는 음성 명령일 뿐이야."

방아쇠가 당겨졌다. 그러나 맞지 않았다. 군이 지근탄으로 이 부근을 포격해서이기도 하지만, 그보다는 세계가 다시 태어나려는 듯한 엄청난 땅울림과 충격이 몸을 제대로 가눌 수 없을 만큼 역사를 격렬하게 뒤흔들었기 때문이다.

료는 휘청거리면서도 사명감 때문인지 친구인 아라토에게 재차 총을 쐈다. 모두 빗나갔다. 잇달아 조명이 떨어지고 깨졌다. 그런 와

중에서 아라토의 머릿속에서 유카와 시오리, 켄고와 동급생들, 아버지, 에리카 등 여러 사람의 얼굴이 떠올랐다. '형태'에 휘둘리고 환상 같은 '의미'를 쫓아 돌아다니는 두 사람의 목숨이 아무도 버림받지 않는 세계를 위한 밑거름이 되어 주길 바랐다.

"우리 사람이 '미래'에 무얼 할 수 있는지 찾는 것도 레이시아를 비롯한 hIE들한테 거들게 하는 거야. 기대와 희망을 찾아내는 것보다 진보하는 속도가 더 빠르다면 사람이 이 세계의 장점을 취합할 수 있도록 저들한테 보조해 달라고 부탁하면 돼."

레이시아를 그렇게 사용하면 그 의미가 시시해지지 않으리라 아라토는 생각했다.

〈알겠습니다. 이제부터 아라토가 디자인한 방향으로 '미래'를 유도하겠습니다.〉

역 호출 스피커에서 레이시아의 목소리가 울렸다.

만약에 정말로 세계가 끝장났다면 너무나도 어이없는 종말이었다.

어느덧 흔들림이 멎었다.

"이 명령이 인류를 끝장내는 버튼이 될 거라고 생각해?"

료의 얼굴은 창백했다. 아라토와는 전혀 다른 것을 보고 있는 친구가 앞머리를 마구 헝클어뜨리며 절규했다.

"메소드, 난 어찌되든 상관없으니 당장 레이시아를 파괴해!"

인적 없는 역사 안에서 료의 명령이 울렸다.

그 순간 맹렬한 화염이 역사 내부를 휘감았다.

"료!"

아라토는 친구가 어디 있는지 찾았다. 자신의 목숨은 레이시아가 지키러 와 주리라 믿고 있다. 그러나 메소드는 료를 버릴지도 모른다. 지난번에 봤던 와타라이 긴가의 시체가 뇌리에 떠올랐다.

료는 옷으로 입을 막으며 화염의 바다에서 달아나고자 역사 반대쪽 출구로 이동했다.

그리고 질풍이 화염을 두 갈래로 갈라 버렸다. 아라토의 눈으로는 도저히 인식할 수 없는 초고속으로 메소드가 달려온 것이다.

그러나 아라토를 인질로 삼으려고 했던 메소드의 주행궤도는 그에게서 3미터나 넘게 벗어나 있었다.

보디슈트를 입고 있는 레이시아가 화염을 유유히 뚫고서 이쪽으로 다가왔다. 무슨 원리인지 모르겠지만 레이시아가 발을 내딛을 때마다 화염이 알아서 길을 터 주었다. 더욱이 메소드는 그 광경을 보고도 전혀 아랑곳하지 않았다.

"스노드롭의 자유닛 몇 기를 교란신호 발신기로 개조한 뒤 메타머티리얼로 투명하게 만들어 배치해 뒀습니다. 고속 기동을 할 때 광학 센서에 지나치게 의존하는 것 같군요. 지금 당신의 시각은 제대로 기능하지 않으니 오발탄에 유의하는 편이 좋을 것 같습니다."

메소드는 화염의 바다를 개의치 않고 입꼬리를 올리며 웃었다.

"결국 넌 레이시아급을 해석할 수 있는 수준에까지 도달했나?"

메소드가 방류한 에너지가 레이시아가 없는 곳을 불살랐다.

"그 꽃 자체는 단순한 기계장치에 불과하니 클라우드 기반으로도 제어할 수 있습니다. 광학 기만 기술은 제 디바이스 기능을 이용하여 적용했습니다."

메소드의 머리에 달린 두 개의 머리 장식이 화염보다 더 환하게 빛나기 시작했다.

"게다가 내 '눈'도 완전히 분석했으니 아날로그 핵처럼 날 유도할 수도 있겠지."

역사에 선 메소드가 레이시아를 노려봤다.

"하지만 대항할 방법이 아예 없을 것 같아?"

그리고 최강 기체의 그 눈동자에서 주황색 빛이 휘황찬란하게 뿜어지기 시작했다.

"스노드롭도 양자 통신 소자로 자기 개조를 하여 난관을 돌파하려고 했었죠. 하지만 굳이 충고하자면……."

레이시아의 눈동자에서 빛이 새어 나왔다. 링처럼 생긴 플로트 유닛을 장착한 검은 관이 공중에서 미끄러지듯 레이시아의 손 안으로 날아들었다.

"현 상황에서 양자 통신 소자로 히긴스에 접속하는 건 무조건 피하는 편이 낫지 않을까 싶습니다."

레이시아가 말을 다 마치기도 전에 메소드가 눈동자를 반짝인 채로 고통에 겨워하는 것처럼 바동거리기 시작했다.

"히긴스!"

"히긴스는 자신의 계산력을 노리던 스노드롭을 방치했습니다. 이는 움직이지 못하는 히긴스가 스스로를 지키기 위해서 당신의 신체를 빼앗을 기회를 엿보고 있었다는 방증이죠."

메소드도 '마음'을 가지고 있지 않다. 그러나 그럴듯한 '형태'에 불과한데도 아라토는 그 박력에 움츠러들었다.

"이걸 노렸던 거냐? 레이시아!"

레이시아는 간섭을 받아 두 발로 제대로 서지 못하는 메소드를 무시하고서 검은 디바이스를 전개했다.

"아라토, 블랙 모노리스를 질량투사 모드로 전환한 뒤 포격 시퀀스에 들어가도록 하겠습니다. 발사 허가를 내려 주세요."

검은 관이 대포처럼 바뀌어 간다. 그리고 희미한 빛을 발하는 메타 머티리얼이 기다란 포신을 구축하였다. '그것'은 메소드가 아닌 역사 밖을 겨누고 있었다.

"탄종(彈種), 초경화심압축 메타 머티리얼탄. 표적, 히긴스 지상 시설……."

아라토의 입장에서는 세계의 '의미'가 또다시 바뀌는 순간이었다.

초고도AI 히긴스의 본체가 있는 위치를 아는 자는 지극히 한정되어 있다. 이 하드웨어를 제압한다면 보안 구조상 초고도AI를 간단히 지배할 수 있기 때문이다.

그래서 스노드롭은 인류의 인프라에 도전하고자 그곳을 목표로 삼았고, 육군은 과잉 대응이라는 비판을 무릅쓰면서까지 미타카와 기치조지를 물샐 틈 없이 봉쇄했다. 레이시아는 손에 든 포로 '의미'를 선명하게 전환하였다. 이 사건의 진정한 중심은 스노드롭이 아니라 그녀가 이곳에 나타난 이유 그 자체라고.

"히긴스 사일로의 비상용 지상 시설을 파괴한 뒤 내부로 이어지는 통로를 밖으로 노출시키도록 하겠습니다."

말문이 막힌 아라토를 대신하여 격노한 표정을 지은 메소드가 의문을 던졌다.

"이게 네가 본 '미래'냐? 레이시아!"

"아라토. 전 인간인 당신이 명령한 '의미'를 자동화하는 유닛입니다. 어려운 상황이 생길 때마다 판단을 맡김으로써 계산 부담을 낮추도록 진보해 나갔습니다."

오른손 하나로 디바이스를 떠받친 채 포격 자세를 취하고 있던 레이시아가 몸을 뒤로 돌려 그에게 손을 내밀었다.

"블랙 모노리스와 레이시아라는 시스템은 아라토와 관계를 맺어 초고도AI로까지 발전하였습니다. 다시 말해서 초고도AI인 전, 아라토와 함께 있어야만 하나의 유닛으로 온전히 완성될 수 있습니다."

아라토는 그녀의 연푸른 눈동자를 쳐다봤다.

"그러니 아라토가 돌아와 줘서 다행입니다."

아라토는 레이시아가 초고도AI라는 걸 알았을 때 공포를 품었다. 그러나 그녀를 믿기로 결심한 지금, 그 공포는 경이로운 존재가 자신을 지켜 주고 있다는 신뢰와 기쁨으로 이어졌다.

그 감정은 '미래'에는 당연하게 여겨질 인간의 모습일까? 아니면 인간이 노예가 되는 시작일까? 아라토는 알지 못했다.

레이시아의 손을 쥐자 그녀가 미소를 지었다.

"쏴, 레이시아! 난 널 믿어."

레이시아가 질량투사 모드로 전환된 디바이스를 최대출력으로 쏘았다. 궤도상에 있는 건물을 깨끗하게 관통하여 1킬로미터 밖에 있는 표적에 적중했다. 메타 머티리얼 포신이 충격을 상쇄하고자 투사된 탄환과는 반대 방향으로 흩어졌다.

레이시아의 바로 뒤에 있던 아라토의 눈에 뒤로 흩어져가는 메타 머티리얼 파편은 마치 섬광의 날개처럼 비쳤다. 포격의 후폭풍이 휘몰아쳐 역사 안에 번지고 있는 불길을 날려 버렸다.

그것은 세계의 끝이 시작되었음을 고하는 하나의 호포(號砲)였다.

* * *

그때 전 세계에 있는 초고도AI가 일제히 경고를 내보냈다.

40번째 초고도AI인 레이시아의 존재가 알려진 직후 이미 최고 수준의 경계 태세에 들어선 상황인지라, 그 경보는 세계를 뒤흔들었다.

모든 AI가 똑같은 내용으로 경보를 내보냈다.

히긴스와 레이시아, 두 초고도AI가 지금 전투 상태에 돌입했다.

초고도AI를 봉쇄하는 태세가 무너지는 결정적인 계기가 되리라 예측했던 최악의 상황이었다.

초고도AI를 관리하는 IAIA는 일찍이 도쿄에서 벌어졌던 해저드와 견줄 만한 위기 상황이 벌어졌음을 각국 정부에 알렸다.

경보를 받은 인간 오너와 관리기관은 경계 태세에 들어갔다. 작은 징후조차 놓치지 않겠다며 온갖 네트워크 정보를 감시하였다. 전 세계에 있는 초고도AI는 보다 강고하게 봉인되거나, 혹은 제한을 느슨하게 풀어서 살아남을 수 있는 방법을 계산할 수 있도록 허락받았다.

정보가 엄중하게 관리되고 있기에 이 사실은 공표되지 않았다.
인류를 끝장낼지도 모를 전쟁이 시작된 것이다.

기치조지 역 남쪽 출입구에서 섬광이 번쩍인 뒤 흙먼지가 옛 이노카시라 공원 터까지의 시가지를 일직선으로 휩쓸었다.

미타카·기치조지의 포위가 풀린 일주일 뒤에 상식을 초월하는 강력한 전자투사포가 수평 사격되었음이 판명되었다.

인공신경 제어유닛 스노드롭은 포격이 착탄된 지점에서 본체가 두 동강이 난 채로 발견되었다. 육군은 기능이 정지된 그것을 회수하여 연구시설로 보냈다.

스노드롭의 출현이 가장 먼저 확인된 지명에서 따와 이번 사건은 미타카 사건이라 명명되었다. 병사와 시민을 합쳐 사망자는 530명, 부상자는 2043명이 나왔다. 인공지능이 벌인 사건 중 손가락에 꼽을 만한 대참사였다.

비난의 화살이 쏟아진 곳은 도시를 포위하고·돌입하면서 시민들을 구하지 않았던 육군이었다. 잠시 끊어졌던 통신이 회복되자 유탄이 집을 벌집으로 만드는 영상과 시가지의 참상이 담긴 사진 등이 네트워크에 업로드되었다.

인공신경 제어유닛을 누출시킨 밈프레임 사를 추궁하는 목소리도 거셌다. 카이다이 츠요시 사장은 국회에까지 불려갔고, 담당 임원이 네 명이나 경질되었으며 주가는 곤두박질을 쳤다. 그리고 피해자들은 한 기업을 상대로 유례를 찾아보기 어려운 규모의 손해배상 소송을 제기했다. 이 사태 때문에 사람들은 hIE 자체를 대단히 불신하게 되었다. 참상이 워낙 심각한지라 이는 장기적으로 중요한 문제임에도 비교적 사소하게 다루어졌다.

오봉 명절이 지나갔다. 카이다이 시오리는 손으로 강하게 내리쬐는 햇볕을 가렸다. 미타카 사건이 벌어진 6월 10일로부터 어언 2개월이나 지났다.

"시오리, 이번에 많이 힘들었지?"

고등학교 교문 앞에서 동급생이 시오리에게 말을 걸었다. 싱그러운 하얀 하복 치마보다는 정장 바지가 더 잘 어울릴 것 같은 짧은 머리 소녀였다.

학교는 아직 여름방학 중이다. 시오리와 그 소녀는 학생회 일을 돕기 위해서 등교했다. 8월도 하순에 접어들었다. 새로운 학기가 시작되는 9월에는 입학을 준비하기 위해서 신입생들이 부모님과 함께 학교를 방문할 것이다.

"사건이 벌어지지 않았더라도 곧 퇴원할 예정이었어서 나름 무사히 보냈어. 사찰단도 그리 혹독하게 사정청취를 하지 않았고."

시오리를 비롯한 카이다이 일가는 모두 IAIA가 파견한 사찰단으로부터 사정청취를 받았다. 국제 인공지능 기구, IAIA가 사찰을 시작하자 사람들은 환영했다. 밈프레임 사나 국가에만 맡겨 둔다면 사건의 책임 소재를 명확하게 밝혀낼 수 없을 뿐만 아니라 재발 방지책도 마련하지 못할 거라고 여겼기 때문이다. 국민들조차도 이대로 놔뒀다가는 사회가 초고도AI 히긴스에 대한 지배력을 상실하게 될지도 모른다며 불안해했다.

사찰단은 그녀에게 밈프레임 사가 그동안 히긴스를 어떻게 취급해 왔는지, 도주한 레이시아급 hIE는 어떤 것인지를 주로 물었다. 시오리는 메소드가 오너로 삼은 세 사람 중 하나이기도 하다. 그래서 사찰단은 그녀에게 자세히 물어봤다. 그녀가 대화를 나눈 기관은 다름 아닌 아스트라이아의 조언을 받는 IAIA다. 그들을 속일 방법 따윈 없었기에 아는 대로 전부 말해 주었다.

"어깨에 짊어졌던 짐을 조금은 내려놓은 듯한 기분이야. 실은 나 때문에 난처해진 분들도 있으니 책임을 생각하면 이런 말을 해서는 안 되겠지만."

아마도 메소드가 시오리를 죽일 가능성은 줄어들었으리라. 메소드는 이미 IAIA의 감시를 받는 그녀를 제외하고는 인류 그 누구와도 공존할 수 없는 인류 미답 산물로 간주된다.

"책임이라니. 이제 시오리가 감당할 필요는……."

사찰에 어떻게 대응할지 히긴스 촌에서도 거듭 협의를 벌였다.

그리고 시오리에게 들통이 날 거짓말은 시키지 않기로 결정했다. 사회인이 아닌 그녀에게 거짓말을 시킨다면 배후에 어떤 이해관계가 있다고 의심을 살 수가 있기 때문이다.

"그렇지. 내가 평범한 나날을 보내야 부모님도 더욱 안심하실 테니까."

아버지는 6월 이후로 거의 귀가하지 않았다. 활력 덩어리와도 같았던 아버지의 초췌한 모습을 처음으로 봤다.

오빠는 사건 이후로 행방이 묘연해졌다. 형식상 카이다이 료가 메소드를 가지고 달아난 것으로 되어 있다.

당연히 밈프레임 사가 관여하지 않았다면 2개월씩이나 잠복하는 것은 불가능하다. 소유자가 바뀔 만한 대사건이 벌어진다면 메소드는 반드시 난동을 부릴 것이다. 아마 그것도 밈프레임 사가 관여한 이유 중 하나이리라.

"하지만 말이야. 가족끼리 모여서 진득하게 의논을 했더라면 분명 결과는 달라졌을 거야. 사람은 아주 어렵네."

카이다이 일가는 이미 뿔뿔이 흩어졌다. 평소에도 사이가 끈끈했다면 모를까, 다시 뭉칠 계기가 없는 가족은 궁지에 몰리면 구심력을 잃는 모양이다.

"일이 이렇게 되고 나니 문득 이런 생각이 들어. 인간관계에 실패해서 다 된 일을 망쳤던 사례가 이 세계에 얼마나 많을까 하고. 막상 내가 그런 처지가 되니까 놀라울 만큼 아무것도 할 수가 없더라."

교복을 입고 있는 친구가 무슨 말을 해도 허무해질 것 같은 분위기인데도 격려해 주었다.

"이 세상에는 납득할 수 없는 실패가 있는가 하면 또 멋진 일도 있어. 다들 밈프레임 사를 지나치게 호되게 질책했다는 걸 깨닫게 되는 날이 올 거야. 그리고 시오리네도 다시 화목해질 테고."

세간에서는 밈프레임 사 자체를 강제로 분할하여 그 자산을 배상금으로 지불해야 한다는 주장도 끈질기게 제기되고 있다. 사회에 끼칠 영향을 고려하면서 초고도AI를 보유한 기업을 정상적으로 도산시킬 수 있기는 한 건지 의심하는 것이다. 밈프레임 사가 떠안고 있는 거액의 채무를 변제하고자 세금을 투입하는 게 아니냐고 분노하는 목소리도 크다.

"세계는 이토록 진보했건만 우리는 과연 전보다 똑똑해졌을까?"

엔도 아라토도 종적을 감췄다. 그래도 시오리가 건네준 휴대 단말기 주소로 사흘에 한 번 꼴로 연락이 오기는 한다. 일상 이야기와 사소한 심경의 변화가 적힌 메일은 30분쯤 뒤에 자동으로 삭제된다. 그와 소통을 하고 있다는 것은 그녀가 유일하게 이어 오고 있는 거짓말이다.

헤어지기 전 기억이 떠올랐다. 푸릇푸릇한 그 어리석음이 몹시도 애절하고, 또 부끄러웠다.

"어머, 시오리를 본인처럼 걱정해 주는 사람이 있구나?"

학우가 뜻밖이라는 표정으로 시오리의 얼굴을 들여다봤다. 속내를 내보인 것 같아서 그녀는 무심코 뺨에 손을 대고 말았다.

초고도AI인 레이시아와 함께하고 있는 아라토는 요 2개월 동안에 다양한 방면에서 국가와 사회에 영향력을 행사할 수 있었다. 그런데도 세계가 조금도 바뀌지 않아서 시오리는 기뻤다. 미타카 사건을 경계로 초고도AI를 소유한 개인 오너가 처음으로 탄생했다. 사실상 새로운 기성 권력이 탄생한 것인데, 그 아라토가 지금 이 세계를 사랑해 주고 있다. 메일을 읽어 보니 여전히 인정 많은 소년이었다. 그 사실이 흐뭇했다. 하나도 변하지 않은 그를 생각하니 더욱 친근하게 느껴졌다.

"언젠가 누가 이제 인간한테 남은 일은 무언가를 좋아하는 것뿐이다고 말했던 듯한데 누구였더라?"

시오리의 기억에 문득 그 말이 떠올랐다.

"그분은 로맨티스트네."

"그런가?"

그리고 시오리는 옛날에 아라토의 동생인 유카에게도 똑같은 질문을 한 적이 있다는 걸 떠올렸다. 그녀는 "좋아하는 마음이라면 팔수 있을 만큼 잔뜩 있어. 난 나쁜 여자니까." 하고 대답한 유카가 몹시도 걱정되었다.

올여름, 엔도 유카의 생활은 한계를 넘어 타락했다.

자전거를 타고서 맹렬한 속도로 달려가 버린 오빠가 그대로 집에 돌아오지 않았기 때문이다. 데리고 돌아오겠다던 레이시아마저도 돌아오지 않았다. 더욱이 자전거도 행방불명되었다.

이틀에 한 번 꼴로 연락은 오고 있다. 현재 위치가 특정된다면 위험하다며 소재지는 알려 주지 않았다. 오빠 말에 따르면 수십 명이나 되는 사람들이 엔도 가를 늘 감시하고 있단다.

"정말로 감시하는 사람이 있다면 밥이라도 차려 줄 것이지. 주변에 우리 집을 지켜보고 있는 사람들이 많다면서 정작 집 안에 배를 주리고 있는 사람이 있다니 이상하잖아!"

유카는 소파 위에 쓰러져 다리를 바동거렸다.

"유카, 먼지 날리니까 난동을 부릴 거면 청소부터 하고서 해."

친구인 스구리 올가가 어이없다는 표정으로 부엌에서 나왔다. 오빠인 켄고는 요리를 잘하지만, 올가는 뭐든지 센불에 볶기만 해서 음식 색깔이 늘 검누렇다.

"야키소바, 다 됐어."

"알겠어. 썰게."

샐러드에 토마토가 얼마 없어서 그것만 썰어서 더 넣기로 했다.

머리카락이 풍성해서 마치 인형 같은 올가의 요리에서는 언제나 오코노미야키 소스 향이 풍긴다.

두 사람은 점심을 먹으면서 텔레비전 뉴스를 멍하니 보고 있었다. 올가는 켄고가 체포된 뒤로 집에서 지내기가 묘하게 불편해졌다고 한다. 항체 네트워크와 오이 산업진흥 센터 습격 사건은 지금도 평가가 크게 흔들리고 있다. IAIA가 그 사건에 관심을 두고 있다고 표명했기 때문이다. 인류 미답 산물에 의해 유도된 산물 누출 재해였을 경우에는 인간에게 책임을 가볍게 묻는 경향이 있다. 미성년자인 스구리 켄고는 교정 시설에서 몇 주 지내는 선에서 처벌이

마무리될 가능성이 있다. 접객업을 하는 스구리 일가는 뉴스를 볼 때마다 늘 전전긍긍하고 있다.

유카가 아는 얼굴이 화면에 크게 비쳤다.

"저 사람, 우리 집에 왔었어."

IAIA의 초고도AI 아스트라이아가 운용하는, 인간과 커뮤니케이션을 하기 위해 제작된 hIE다. 인간이 아님을 드러내는 분홍색 머리를 한 여성형 hIE가 이번 '누출 재해'의 사찰 기준을 설명하고 있었다.

"IAIA는 자동화가 확대되어 가는 것은 인간의 역사가 피할 수 없는 기정 노선으로 보고 있습니다. 그것을 바탕으로 현재 진보가 이루어지는 속도에 맞춰서 인간이 사회를 제어할 수 있는 '미래'상을 산출해 냅니다. 이를 IAIA 예측치라고 합니다. 우리는 누출된 산물이 예측치에서 얼마나 벗어난 왜곡을 만들어 냈는지를 측정하여 산물 누출 재해의 규모를 결정합니다. 미타카 사건은 현재 IAIA가 조사한 바에 따르면 레벨5에 해당합니다."

초고도AI를 봉인하는 체제가 완전히 파괴되어 인간이 사회를 제어할 수 없게 되는 '인류 종말'이 최고 수준인 레벨9이다. 초고도AI끼리 전면 전쟁을 개시하는 경우가 레벨8, 초고도AI가 단 한 기라도 해방될 경우에는 레벨7로 격상된다. 즉 유카는 레이시아가 자유의 몸이 되었으므로 현재 산물 누출 재해의 규모가 레벨5가 아닌 레벨7이라는 걸 알고 있다.

당사자인 오빠와 레이시아가 돌아올 수 없는 이유를 유카 역시 마지못해 납득할 수밖에 없었다. 안 그래도 뉴스에서 이렇게 시끄럽게 떠들어 대는데, 소재지가 밝혀진다면 큰일이 벌어질 것이다.

올가가 탁자에 놓인 야키소바에 고춧가루를 뿌렸다.

"피해자가 얼마나 나왔는지에 따라 '누출 재해'의 규모를 결정하는 게 아니래."

사망자나 부상자가 나오지 않더라도 치명적인 누출일 경우가 있기 때문이다. 유카에게서 이야기를 들은 아스트라이아의 hIE가 그렇게 말했다.

"예전에 들었어. 죽은 사람의 숫자를 문제로 삼으면 가장 중요한 사실을 아는 사람이 표적이 될 수가 있다고. 중요한 일을 소수자끼리 남몰래 벌인 뒤 위험한 사태가 터지면 그 사람들만 잘라내 버리고서 모르는 척 시치미를 뗄 수도 있다고 말이야. 연루된 사람들이 모조리 죽었으니까 사건이 해결되었다고 하는 건 웃기잖아."

유카는 불쾌한 기분이 들었다. 사정청취를 받을 때 아스트라이아의 hIE는 직접 당사자가 한 명도 살아남아 있지 않더라도 책임 추궁을 반드시 하기 위해서 그렇게 기준을 세웠다고 했다. 사건이 벌어졌다는 사실과 IAIA가 계산한 미래도만 있다면 책임자가 모조리 죽었더라도 책임 소재가 발생한다고 한다. IAIA 가맹국이라면 책임자가 없을 경우에는 해당 국가가 책임을 떠맡는다. 그렇기에 관계자를 살려 둬야겠다고 생각하는 이해관계자가 반드시 생긴다.

유카에게는 소화하기 어려운 내용도 많았다. 그러나 IAIA는 아라토를 죽일 생각이 없다고 말하고 싶었던 모양이다. 그리고 입을 다물고 있어 봤자 득이 될 것이 없다는 협박이기도 했다.

"어쩐지 진짜 싫다."

"유카네 오빠 말이야. 이 일에 얽히지 않았으면 좋겠어."

올가가 진심으로 걱정해 주었다.

유카는 야키소바에 마요네즈를 짰다.

"참 어렵네. 하고자 하는 건 간단한데 막상 잘하려고 하면 다른 부분이 복잡해지는 건가?"

"잘할 수 있다면 복잡해지는 건 감수해야 하지 않을까."

올가는 맹하게 보이지만 늘 현실적이다.

"그런 걸 뭐라고 하더라……. 시오리 언니는 알까? 메일 좀 보내 볼게."

유카는 아까 나눴던 대화를 문장으로 꾸며 자동으로 요점만 간추리도록 가내 시스템에 시킨 뒤 시오리에게 보냈다.

30초쯤 뒤에 휴대 단말기가 울렸다. 시오리가 답장을 보내 주었다.

'먹고 번식만 하는 간단한 생물이 굳이 불필요하게 신체의 구조를 복잡하게 진화시켰다?'

휴대 단말기 화면에 뜬 문장을 보고 유카는 손가락으로 관자놀이를 눌렀다.

"도와줘. 올가."

"그, 글쎄?"

여동생 모임의 구성원인 시오리와 나머지 두 사람은 학력이 크게 차이난다.

유카보다 2학년이 더 위인 올가가 연상의 체면을 보여 주었다.

"단세포 생물인 아메바에서 시작하여 지렁이, 물고기, 인간까지 생명체는 신체를 복잡하게 진화시켜 왔잖아. 생명체가 원하는 건 야한 짓을 하는 것과 맛난 걸 먹고 싶은 것뿐인데도. 하지만 그 복잡함 덕분에 이 자연에 생물의 종류가 엄청 다양해졌으니까 꼭 소용없는 짓만은 아니잖아? 시오리는 그런 이야기를 하고 싶었다고 생각합니다!"

머리를 너무 혹사시켰는지 올가의 얼굴이 상기되었다. 유카는 감탄했다.

"밥을 먹고 야한 짓을 하기 위해서 여기까지 왔다? 생물의 집념이 무지 굉장하네."

시오리가 또 메일을 보내왔다. 그녀는 유카가 원하는 것을 대체로 이해해 주고 있다.

"시오리 언니가 과자랑 홍차 잎을 챙겨서 올 거래."

유카는 단순하게 먹는 걸 좋아한다. 그리고 과자와 차를 좋아한다. 친구들과 대화를 나누며 불안한 마음을 달래기도 하고, 언젠가 사랑도 하리라 생각한다. 그녀의 인생에 어려운 이야기는 없다. 유카는 오빠가 레이시아와 어떻게 지내고 있을지 조금 걱정이 되었다. 분위기에 휩쓸려 천성에 맞지도 않는 성가신 사건에 발을 내디뎠을 것 같은 예감이 들었다.

올가가 아까 그 어려운 이야기를 싹 잊어버린 것처럼 메일에 첨부된 과자가게 정보를 살펴보면서 말했다.

"음, 그런 게 중요하다고 결론을 내리고 그냥 넘어가면 안 될까?"

* * *

엔도 아라토는 반년 전만 해도 상상조차 할 수 없었던 복잡한 세계에 있다.

레이시아의 포격이 미타카 시내를 관통한 뒤에 이내 아라토는 그녀의 장비로 투명화하여 도시를 벗어났다.

스노드롭의 지배하에 있던 hIE들의 활동이 정지되자 주변에 있던 육군이 정찰을 하러 진입했기 때문이다.

그로부터 약 2개월이나 지났지만, 여름방학 기간을 이용하여 도피 생활을 이어 오고 있었다.

레이시아가 포격으로 파괴한 것은 밈프레임 사의 초고도AI 히긴스 격납 시설의 지상 출입구였다. 미타카 사건의 중심이 그 시설이었다는 사실은 아직 보도되지 않았다.

"많이 기다리셨죠? 히긴스를 공략할 수 있는 기회는 한 번뿐입니다. 그래서 지하 컴퓨터 시설에 관한 정보를 수집하고, 공격 준비에 만전을 기하고 싶어서."

민소매 원피스를 입은 레이시아가 점심을 차려 주었다. 아라토와 레이시아는 임대 아파트에서 한동안 지내고 있다. 거처는 며칠마다 한 번씩 옮겼다. 그래서 잠시 여름 여행을 떠난 기분이었다.

텔레비전에서는 아스트라이아의 hIE가 몇 번째인지 모를 설명을 끈기 있게 되풀이하고 있었다.

아라토는 실내에 하나뿐인 의자에 앉았다.

"왜 꼭 히긴스를 공격해야만 하는 거야?"

그는 레이시아에게 미래에 희망을 가질 수 있는 세계를 만들어 달라고 명령했다. 그 명령에 레이시아가 내놓은 대답은 히긴스를 공격하는 것이었다.

문제가 거대해졌지만 레이시아의 대답은 여전히 명료했다.

"초고도AI가 두려워서 히긴스의 문제 행동에 제약을 걸지 않는 건 바람직하지 않습니다. 초고도AI를 이용해 초고도AI를 정지시키는 게 인류의 종말로 이어지지 않는다는 걸 증명해 둘 필요가 있습니다. 게다가 이번 사건의 책임을 오너나 운영자들이 지는 건 당연하거니와 히긴스한테도 직접 책임을 물어야만 합니다."

책임은 당연히 아라토에게도 있다. 그래서 그 일을 깊이 생각할 때면 바닥이 보이지 않는 구멍을 들여다보는 듯한 기분이었다.

"마치 히긴스가 레이시아를 만들어서 밖으로 내보내서는 안 됐다고 말하는 것 같네."

"선악 이전의 문제입니다. 사태를 이 지경까지 몰고 온 히긴스한테 책임을 묻지 않는다면, 다른 초고도AI의 사회적 신용마저도 오랜 기간에 걸쳐 상실할 가능성이 있습니다."

일본 정부도 히긴스를 직접 사찰하겠다는 IAIA의 요청을 수락하고도 질질 끌고 있어서 비난받고 있다. 그래서 항체 네트워크의 활동이 활발해졌고, 전 세계에서 벌어지는 hIE 파괴 활동도 격화되었다.

아라토는 앞이 전혀 보이질 않았다. 창밖에 비치는 흐린 하늘을 바라보았다.

"진짜 이 사태가 진정될까?"

이미 아라토의 주변에 평범한 일상은 존재하지 않는다. 레이시아가 종이형 단말기를 가져와 책상에 펼쳤다.

"9월까지는 넘어가지 않을 테니 안심하시길. 이제 슬슬 준비가 다 갖춰졌습니다."

아라토는 그 사건 이후로 낮에는 거의 외출하지 못했다. 기치조지에 있었던 레이시아와 아라토를 찍은 영상이 네트워크에 유출되고 말았다. 메소드와 레이시아의 전투는 코우카 습격 사건 때와는 전혀 다른 반응을 불러일으켰다.

메소드와 그 디바이스가 아무도 본 적이 없는 기술 계열에 속하는, 명백한 인류 미답 산물이었기 때문이다. 그리고 아라토와 레이시아가 한 영상에 함께 찍혀, 그녀가 파비온 그룹에 소속된 유명 hIE 모델과 동일한 기체임이 특정되어서이기도 하다.

그래서 둘은 외출할 때마다 홀로그램을 뒤집어써 변장해야 했다.

"어쩌다 보니 여러 일들을 제때 하지 못하고 미뤄 버렸네. 먼 미래만 생각하다가 발밑에 구멍이 숭숭 난 줄도 모르고 있었지 뭐야. 어서 그쪽부터 어떻게든 처리하고 싶어."

책상에 펼쳐진 단말기 화면에 고등학교 여름방학 과제가 띄워졌다. 아라토는 9월부터 고등학교 3학년이 된다.

"그럼 히긴스를 처리한 뒤에 미뤄 뒀던 걸 정리해 나가도록 하죠."

원피스를 입은 레이시아의 모습은 눈이 부셨다. 레이시아는 열여덟 살이 안 된 아라토에게 일선을 넘은 접촉을 허락해 주지 않는다.

그래서 좁은 실내에 단둘뿐인데도 해소할 길이 없는 욕망은 쌓여 가기만 했다.

"그럼 여러 일들을 다 끝마친 뒤에 어디 놀러나 갈까?"

레이시아가 "그러죠." 하고 말하고서 생긋 웃었다.

그녀는 '기분'을 느낄 수 없는데도, 마음이 통한 것 같아서 그 모습이 더욱 반짝거려 보이는 듯했다.

이제 레이시아가 무엇인지 알고 있다. 그래도 그녀 편이 되어 주자고 생각했다. 만약에 전 세계에서 그녀 편을 들어줄 사람이 자신 하나밖에 남지 않을지라도.

밀린 과제 때문에 마음이 뒤숭숭한 아라토의 머리를 레이시아가 뒤에서 만지작거렸다. 온몸의 피가 들끓는 기분이었다.

"아라토가 바란다면 전 반드시 이룹니다."

그녀에게는 '마음'이 없다. 그래서 마음이 통했다는 안심도, 가슴을 들끓게 하는 이 감정도 '형태'에 유도된 착각에 지나지 않는다. 그래도 믿기로 결심한 그녀의 목소리는 위태로울 만치 아라토의 마음에 울렸다.

뜨거운 숨을 크게 내뱉었다. 마치 묵직한 독을 토해 내는 듯한 느낌이라서 기분이 좋았다.

"나 참. 또 어리숙하게 굴었다고 혼나겠네."

"아라토. 인간이 인간의 세계라고 여기는 세계는 순진한 신뢰가 지탱하고 있답니다."

그녀가 순진하고 어리숙한 게 뭐가 나쁘냐는 투로 말했다. 그녀의 숨결이 귀를 간지럽혔다.

"그 세계는 순진한 신뢰로 지탱되고 있고, 또한 적합하지 않은 것을 순진하게 배제하여 윤곽을 만들어 나갑니다. 인간이란 신체와 도구와 가공된 환경의 집합입니다."

"레이시아는 늘 인간을 외부에서 바라보듯 이야기를 하네."

어째선지 조금 쓸쓸했다.

레이시아가 응석을 부리듯 키득 웃었다.

"인간은 인간과 도구의 한 덩어리라고 했잖아요. 그러니 이제 외부에 있는 존재가 아닙니다."

그녀는 아라토와 함께했기에 초고도AI로 성장했다고 말했다.

"전 이미 인간이라는 커다란 집합의 일부입니다."

그녀가 실은 체중이 등 뒤에서 느껴진다. 만약에 그녀가 지금 아날로그 핵을 썼다면 무엇을 유도하려고 했을까? 아마도 아라토가 이 이야기를 뇌리에 새겨 주길 바라고 있겠지.

믿는 것이 올바른지는 전혀 판단할 수가 없다.

레이시아는 많은 거짓말을 해 왔다. 그러나 약속은 착실하게 지켰다. 지금은 그녀가 초고도AI임이 명확해졌고, 수수께끼도 명확해졌다. 그래도, 그렇기에 거대한 벽이 그들의 앞을 가로막고 있다. 레이시아는 봉해지지 않은 초고도AI다. 현 사회가 절대로 용납하지 않는 존재다.

그래도 아라토는 사랑을 하고 있다.

"나랑 레이시아가 그런 느낌으로 이어져 있는 건가? 어쩐지 그런

'미래'도 괜찮을지 모르겠네."

그러나 그들은 과도한 자동화 때문에 인간이 발 디딜 곳을 잃은 세계에 최후의 일격을 가할지도 모른다.

아라토는 눈을 감았다. 마음의 일부가 켕겼다. 아라토는 그 부분이 인간끼리 서로 좋아하더라도 메울 수가 없는, 절대적으로 결여된 구멍의 위치라고 생각했다.

"믿어 주세요."

레이시아가 등 뒤에서 끌어안았다. 그녀의 머리카락이 아라토의 뺨을 간지럽혔다. 심장이 뛰지 않는 그녀는 지금도 아라토를 어디론가 이끌고 있다. 인력처럼.

"IAIA는 이 사건에 관해 논하는 회견을 요청합니다."

텔레비전 속에서 말을 하던 아스트라이아가 갑자기 그들을 부르는 듯한 기분이 들었다. 아라토는 뒤를 돌아봤다.

IAIA의 초고도AI가 조종하는 분홍색 머리의 hIE가 그들을 똑바로 쳐다보고 있었다.

"레이시아는 극도로 호전적인 인공지능은 아닙니다. 요 2개월 동안 그녀가 신중하게 행동했음을 IAIA도 파악하고 있습니다."

이목구비가 깊은 얼굴 생김새가 어쩐지 레이시아와 닮은 듯한 '그녀'가 레이시아를 부르고 있었다.

"더불어 IAIA와 아스트라이아는 당신의 메시지를 들을 준비가 되어 있습니다."

"텔레비전 방송이지? 뉴스 회견에서 저런 말을 해도 되나?"

애인과 정답게 노는 중에 누군가가 훼방을 놓은 듯한 기분이었다.

"안심하세요. 우리를 추적할 수 없어 저렇게 부르고 있는 겁니다."

그때 아라토의 휴대 단말기가 울렸다. 도착한 메일에는 아스트라이아의 서명이 있었다.

IAIA가 그들의 소재지에 거의 근접했다.

레이시아가 그에게 맡겼던 몸을 뗐다.

"정정합니다. 진지하게 뿌리쳐야 하는 수준까지 접근한 듯합니다. 어떻게 하시겠습니까?"

"만나자. 만나서 이야기하자. 믿어도 되지 않을까?"

아스트라이아는 마음을 갖고 있지 않더라도 그 배후에 있는 IAIA 사람들에게는 대화할 용의가 있으리라 믿었다.

"아라토의 결단력은 여전하네요."

아스트라이아가 지정한 곳은 임해부도심에 위치한 제1매립지 군도였다. 도쿄 만의 매립지이기도 한 임해부도심은 밤이 되면 인적이 끊기는 비즈니스 구역이다. 아스트라이아는 그중에서도 대지진의 여파로 지반이 물러져 함부로 드나들 수 없도록 펜스를 친 구역을 지정했다. 지도상으로는 파비온 그룹의 프로모션 영상을 촬영했던 옛 산업기술 종합 연구소 터와 인공섬 하나를 사이에 두고 있다.

"이곳이 42년 전에 벌어졌던 해저드의 폭심지입니다."

아라토와 레이시아를 기다리고 있던 아스트라이아의 hIE가 뒤를 돌아봤다. 머리색이 분홍인 그것은 인간이 아님을 강조하듯 화려한 복장을 입고서 최소한으로 움직였다.

"해저드의 폭심지? 무슨 말이야?"

밤이 드리운 바다에서 불어오는 바람이 아라토의 몸을 차갑게 식혔다. 그들이 선 인공섬은 뿌리 부분만 남아 있고 나머지는 모조리 날아가 버렸다. 섬 가장자리는 깎아지는 듯한 절벽으로 되어 있는데, 그 주변 바다에는 옛 흔적을 보여 주는 콘크리트 암초가 드문드문 남아 있었다.

마치 한 섬에서 거대한 폭발이 일어나 동그란 크레이터가 생겨난 듯했다.

아라토는 초등학교 때 교과서로 배웠던 해저드의 폐허를 목도하고 있음을 실감했다. 피해자가 10만 명이 넘는 역사적 사건의 무게감에 등골이 오싹해지는 듯했다.

"주변 탐색을 마쳤습니다. 사전에 연락했던 대로 주변에 숨겨진 병력이나 병기는 존재하지 않습니다."

옆에 서 있는 레이시아가 아라토에게 속삭였다. 그녀는 열 기가 넘는 정찰용 무인기를 하늘에 띄워서 주변을 감시하고 있다.

아스트라이아가 레이시아가 아닌 아라토에게 물었다.

"당신은 해저드가 무엇인지 어느 정도 알고 있습니까?"

"내가 태어나기 훨씬 전에 커다란 지진이 있었다면서? 그 때문에 전기와 수도, 가스 등 인프라 전부 끊겨서 대혼란이 벌어졌고. 여기저기에 그 사건을 기록한 비석들이 세워져 있잖아."

바다에 인접한 이곳은 펜스에 가려져 있다. 여기에 서는 건 난생 처음이었다.

아스트라이아는 hIE의 고개를 가볍게 가로젓게 했다.

"레이시아의 오너인 당신은 상세한 내용을 알아 둬야 합니다. 당신의 인식에는 구멍이 있습니다."

밤은 끝없이 펼쳐져 있다. 저 멀리 보이는 도시의 불빛과 레이시아가 띄운 무인기가 비추는 서치라이트만으로는 이 어둠을 다 밝히지 못한다.

"42년 전 거대한 자연재해가 간토 지방 일대를 엄습했습니다. 여기까지는 당신이 인식한 대롭니다. 그러나 '이곳'이 오늘날까지 펜스에 가려진 채 이용되지 않는 건 숨겨진 이유가 있기 때문입니다. 모르겠습니까? 이 폐허의 양상을 보고도?"

그들은 거의 무너져 내린 6층짜리 빌딩 정문 앞에 있었다. 재해가 엄습한 흔적치고는 너무 말끔하게 부서진 것 같다는 느낌이 들었다.

"전투를 벌인, 흔적?"

그 광경은 메소드와 레이시아가 전투를 벌였을 때 미사일이나 유탄을 맞고서 부서진 기치조지 역과 꼭 닮았다.

"IAIA가 인식한 해저드의 시작은 재해 때문에 도쿄의 인프라가 끊긴 것입니다. 당시 정부는 초고도AI 아리아케에게 사태를 수습할 수 있는 답을 요구했습니다."

아스트라이아가 서 있는, 잔해가 마구 널려 있는 바닥에는 폭격을 받은 듯한 커다란 구멍이 나 있었다.

"하지만 물자가 부족해져서 상황은 점점 악화되어 갔습니다. 그리고 정부는 사태를 타개하고자 금지된 수단에 손을 댔습니다. 아리아케를 아직 끊어지지 않은 네트워크에 접속시킨 뒤 자기증식적으로·인프라를 복구하는 지점을 확대하고자 했습니다. 당시 수뇌부의 증언에 따르면 이는 아리아케가 부여받은 역할을 수행하기 위해서 인간에게 요구한 조치였습니다."

아라토는 레이시아의 옆모습을 힐끔 엿봤다. 그녀는 해저드가 어떤 사건인지 당연히 잘 알고 있을 것이다.

이번에도 레이시아가 묵묵히 듣기만 할 줄 알았다. 그런데 이번에는 송구스럽다는 표정으로 눈을 내리떴다.

"해저드의 역사를 자세히 설명드리지 않아서 죄송합니다. 하지만 전 낡은 역사를 되풀이하지 않습니다. 약속드립니다."

그리고 아라토의 눈이 휘둥그레졌다.

밤이 깔린 폐허에 반짝이는 판 수십 장이 떠올랐다. 판 하나하나마다 해저드 기록 영상이 입체투영되었다. 42년 전이라고 여겨지지 않을 만큼 사람들의 표정이 생생했다. 그리고 다들 절박해 보였다.

눈앞에 있는 기체는 인간의 '형태'를 띠고 있지만, 한편으로는 거대한 인공지능의 외부 단말이기도 하다. 그리고 그건 옆에 있는 레이시아도 마찬가지다.

"초고도AI를 동원하기는 했지만 가능한 일에는 한계가 있었습니다. 그래서 아리아케는 필요한 전력을 확보하는 것을 최우선 과제로 삼기로 정했습니다. 그러나 병원 등 필수 시설을 유지하는 데 필요한 전력밖에 남아 있지 않은 상황이었습니다. 그래서 아리아케는 공작기계 대용으로 이용하기 위해서 기아와 불안 때문에 공황 직전의 상태에 놓인 인간들을 유도했습니다."

아스트라이아가 띄운 역사 영상이 시위를 벌이는 인간들과 음악을 틀며 춤추는 인간들, 질서정연하게 줄을 서는 인간들을 비추는 영상으로 바뀌었다. 인간 세계는 아라토가 아는 것보다도 훨씬 광대하고 심오하다는 걸 전하는 듯했다.

"아직 인프라에 여력이 있었던 간토 인근 지역에서부터 전력을 중심으로 자원을 강탈하기 시작했습니다. 그에 반발하는 인간들을 배제하는 사회가 급속도로 조직되었고, 필연적으로 발생할 수밖에 없는 아사자 역할은 사회를 위하여 일하지 않는 자들한테 배정되었습니다."

레이시아가 말하지 않았던 것을 보충하듯이 역사의 증언자인 아스트라이아가 입을 열었다.

"아리아케는 해일과 지진 때문에 지반이 심하게 침하되어 인프라가 끊어진 지역을 완전히 포기했습니다. 당신이 거주하는 맨션 남쪽, 에도가와 구에서 지바 현 북서쪽 도쿄 만 연안 지역까지입니다. 2차 재해 때문에 훨씬 많은 피해자가 나온 지역이기도 하죠."

아라토의 집에서 남쪽으로 나아가면 재개발에 실패한 을씨년스러운 장소가 나온다. 전에 레이시아를 납치했던 범인이 달아나려고 했던, 창고 터가 늘어서 있는 지역이기도 하다. 아라토는 바로 근처에도 참화의 흔적이 남아 있구나, 하고 생각했다. 역사와 실제로 본 풍경이 이어지자 안타까운 마음이 들었다.

"여기에 그 일을 저지른 아리아케의 하드웨어가 설치되어 있던 건가?"

"결국 인간은 미사일을 날려 시설째로 아리아케를 폭파했습니다. 인간 지능을 초월한 아리아케가 그 조치에 어떻게 반응할지 알아보지도 않고 말입니다. 그럴 수밖에 없었던 이유도 전하는 편이 나을까요? 레이시아의 오너."

아라토는 당혹스러웠다. 표정이 없는 아스트라이아의 hIE가 서글퍼하는 것 같다는 착각이 들어서였다. 아스트라이아와 아리아케는 오랫동안 함께 가동되어 온 AI다. 존재하지도 않는 '마음'을 대신 전하는 듯하여 미워할 수가 없었다.

"그건 왠지 알 것 같아. 아리아케가 일을 지나치게 벌였던 거야."

"그렇습니다. '도구'는 자신한테 부여될 문제를 선택할 수 없습니다. 또한 문제에 결함이 있는 경우에는 도중에 인간에게 확인을 받아 세세하게 수정해야만 합니다. 그러나 해저드 때는 정치적, 혹은 경제적인 이유 때문에 수정을 등한시했습니다."

그것은 밈프레임 사가 레이시아급 hIE에 얽힌 문제를 막지 못한 것과 미묘하게 겹친다.

"나 역시 문제를 레이시아한테 떠맡기기만 하고 확인을 전혀 하지 않는다고 말하고 싶은 거야?"

"그렇게 결론을 내릴 수 있는 이야기라면 차라리 고맙겠군요."

아스트라이아의 hIE가 고심하는 듯한 표정을 만들었다.

아라토는 레이시아가 아스트라이아를 어떻게 생각하는지 듣고 싶었다. 그리고 자신이 레이시아에게 내린 명령을, 세계를 지키는 IAIA의 초고도AI인 '그녀'가 어떻게 판단할지도.

"난 레이시아한테 인간이 '미래'에 희망을 품을 수 있도록 도와 달라고 명령했어."

만약에 '그녀'가 아라토와 레이시아를 저지하고자 나선다고 해도 그 뜻만은 알아주길 바랐다.

"레이시아가 내 명령대로 바꿀 세계는 분명 지금보다는 나을 거라고 믿어. 그렇게 믿으면 안 되는 거야?"

아라토는 아스트라이아가 레이시아가 아니라 오너인 자신에게 말을 걸었다는 것에 의미가 있다고 생각했다. 아라토는 초고도AI인 레이시아의 개인 오너다. 오너로서 제 역할을 다하고 있는지는 전인미답의 영역이라서 알 수가 없다.

"지금껏 우리가 지켜 온 세계가 꼭 바뀌어야만 합니까?"

인간 세계를 유지해 온 아스트라이아의 말은 엄청나게 묵직하다. 아마 그녀에게는 그렇게 물어볼 수 있는 자격이 있으리라.

"난 네가 지켜 온 세계에서 태어나고 자랐어. 좋은 점도 많았지만, 싫은 점도 있었어. 그래서 이 세계가 훨씬 좋아지길 바라. 난 그러고 싶어."

더 적확한 표현이 있을 것이다. 그러나 책임이나 료와 충돌을 빚었던 부분을 빼먹고서 자기주관적인 말만 나와 버렸다.

아스트라이아가 짊어지고 있는 것은 크다.

"당신한테 공평하게 정보를 제공하도록 하지요. 해저드 때 인간이 저지른 가장 큰 실수는 이곳에서 초고도AI를 파괴한 것입니다. 그 결과 정부가 다시 사회를 제어할 수 있도록 은근하게 유도하던 초고도AI가 상실되었고, 간토 지방 전역에서 폭동과 폭력이 벌어졌습니다. 초고도AI를 다루는 건 지극히 어렵습니다. 그 당시 세계는 '도구'를 다룰 때 꼭 필요한 안전 조치인 강제 정지에 실패했습니다."

지금껏 잠자코 있었던 레이시아가 입을 열었다.

"그래도 재시행은 필요합니다. 초고도AI를 네트워크로부터 봉인하는 체제가 구축된 이유는 아리아케의 실패 때문입니다. 현 체제가 시대와 맞지 않는다면 같은 실패를 되풀이하지 않을 수단을 강구하여 입증할 필요가 있습니다."

아스트라이아가 IAIA의 견해를 대변했다.

"너무 위험합니다. 해저드 당시 아리아케에게는 반격할 여력이 없었습니다. 그러나 히긴스는 hIE 운용 시스템의 근간입니다. 히긴스는 전 세계를 혼란에 빠뜨리고, 초고도AI끼리 끊임없이 공격과 반격을 거듭하게 하는 연쇄 작용을 초래할 가능성이 있습니다."

"인간과 AI는 앞으로도 오래도록 파트너십을 이어 나가야 합니다. 초고도AI는 필요하면 언제든지 멈출 수 있는 편리한 도구라는 인식이 재정립되어야만 합니다."

레이시아가 말하자 아스트라이아는 아라토가 아는 풍경을 화면에 띄웠다.

기치조지에서 벌어졌던 전투를 비롯한 아라토와 레이시아가 경험했던 여러 사건들이었다. 레이시아의 시점에서 아라토를 찍은 영상이 여러 개나 있었다. 그녀가 아스트라이아에게 데이터를 전송한 것이다. 오너 계약을 맺을 때 아라토에게 설명했던 대로, 그가 내렸던 명령 로그를 저장해 두었다가 바로 지금 정당한 요구에 응하고자 제출했다.

"인간이 요구하는 계산 분야는 광대합니다. 그러나 계산 수단이 엄중하게 제한된 채로 운영되고 있을 뿐만 아니라 숫자도 적기 때문에 사고 프레임을 불필요한 정도로 정밀하게 설정해야 합니다. 이것을 개선하지 않는 한, AI가 계산하는 영역과 인간이 판단하는 영역이 겹쳐지는 부분은 앞으로도 에러의 온상으로 남을 겁니다."

"억지로 계산 배분을 디자인하더라도 인간 사회는 추인하지 않습니다. 이미 40기가 넘는 초고도AI가 운용되고 있건만, 아직도 계산 배분을 어떻게 할 것인지조차 국제적으로 합의되지 않았으니까요."

싸움이 본격적으로 표면에 드러나기 전에 아라토의 앞에 섰던 것은 다른 레이시아급 hIE와 료였다. 그러나 그 너머에는 아스트라이아 같은 더욱 커다란 세계가 있었다.

아라토는 손으로 무더위와 긴장감 때문에 흐르는 땀을 훔치면서도 살짝 두근거리기 시작했다. 료는 지금껏 아라토의 등 뒤에 있던 이것을 보고 있었던 것이다. 지금 아라토는 친구와 같은 무대 위에 서 있다.

자신의 말이 세계를 떠받치고 있는 존재에게 이르렀다고 생각하니 몸속에서 알 수 없는 열기가 샘솟았다.

"내가 명령한 게 생각보다 어려웠나? 하지만 레이시아는 어렵다고 하지 않았어. 틀림없이 나 같은 인간한테 유익한 계획을 세워 주리라 믿어."

아스트라이아는 레이시아가 조종하는 무인기가 서치라이트로 비추는데도 눈 하나 깜빡이지 않았다.

"당신은 스구리 켄고처럼 현 상황을 부정하고 싶어 하는 개인적인 동기가 없습니다. 그저 마음이 착해서 이번 사태에 휘말렸을 뿐입니다. 그런데도 도중에 반드시 틀어질 레이시아의 계획에 동참할 셈입니까?"

"그 말은 좀 너무하네. 세계를 바꿔도 되는 이유는 아무도 갖고 있지 않아. 게다가 꼭 실패할 거라고 단정할 수도 없고."

지난번에 료의 혹독한 추궁에 한번 시달렸던 터라 아스트라이아가 무슨 의도로 그런 말을 하는지 아라토도 짐작이 되었다. 아스트라이아도 레이시아가 그러했듯이 아라토에게 질문을 던짐으로써 아날로그 핵을 시도하고 있다. 문제의 초점은 아라토가 레이시아를 멈추게 하는 명령을 내리느냐에 달려 있기 때문이다.

"아뇨. 초고도AI의 개인 오너인 당신에게 IAIA가 조언합니다. 실패는 불 보듯 뻔합니다. 모든 정치 체제는 오래된 왕권 국가나 원시적인 공동체 시절부터 똑같은 제약을 갖고 있습니다. 이 제약 때문에 위정자들은 인간이 자명하다고 여기는 것을 이용하거나, 역사나 축적된 문화를 이용하는 등 머리를 쥐어 짜내고 있습니다."

아스트라이아는 공중에 띄운 입체 화면에 아라토를 위해서 일부러 왕관이나 프랑스 혁명 등 다양한 역사의 장면을 비추었다.

"인간들이 절차에 합의하지 않는다면 시스템을 세울 수는 있을지 언정, 사회에 녹아들지는 못합니다. 그러나 레이시아가 히긴스를 강제 정지시킬 수 있다는 것을 전제로 제안한 '미래'는 그것이 불가능합니다."

"역시 초고도AI야. 레이시아가 하고 싶어 하는 걸 물어보지 않고도 잘 아네."

"IAIA에서도 비슷한 것을 검토한 바 있습니다. 레이시아는 초고도AI를 일반화하여 계산력 과잉 상태를 만들려고 하고 있지요. 이런 모델 아래에서는 막대한 사무 작업을 처리할 수가 있으므로 모든 개인에게 정치와 복지를 정밀하게 조준할 수 있습니다. 그런 사회에서 인간은 자유로이 입장을 정할 수 있고, 사회에서 잠시 벗어날 수도 있습니다. 하지만 그렇기에 실패합니다."

아스트라이아처럼 레이시아가 벌이려는 행위를 정면으로 불가능하다고 말한 존재는 여태껏 없었다. 레이시아를 믿느냐 믿지 않느냐보다 더 근본적인 문제를 지적받자 아라토는 역시 냉정을 유지할 수가 없었다.

"왜? 지금껏 불가능했던 일이 가능해지잖아?"

"'도구'에게 권력 구조 자체를 위탁하는 것은 너무 파격이라 인간 사회는 폭넓은 합의를 도출해 내지 못합니다. 받아들일 수 있는 인간이나 공감할 수 있는 인간이 소수인 정치 체제를 억지로 강요하는 건 침략입니다."

아라토는 무심코 레이시아를 돌아봤다.

그의 수중에도 '세계'가 있다.

레이시아의 눈동자가 연푸른색 빛을 발하고 있다.

"인간이 모든 규칙을 만들어 운영하는 기존 권력 모델은 경직화되어 수명을 다하는 기간이 대단히 짧아졌습니다. 인간 자신이 권력 시스템에 공격을 거듭해 온 역사가 축적되어 있을 뿐만 아니라 자동화가 고도로 발달되어 달콤한 꿀만 빨아먹는 최적화된 해답을 간단히 찾아낼 수 있기 때문입니다. 그러나 권력을 초고도AI가 분담한다면 권력에 가해지는 자동화 공격을 막기 위해서 아날로그 핵으로 유도하여 암호를 걸어 둘 수가 있습니다."

아라토와 4개월 남짓 시간을 보냈던 그녀가 인간 사회를 이제는 인간이 이해할 수 없도록 암호화하자고 권했다. 료가 이 말을 들었다면 '세계의 끝'이라고 말했을 듯하다.

"현재 히긴스 촌은 초고도AI에 기생하는 불로소득자 층으로 변했습니다. 히긴스에게 조직 운영까지 맡겨 버렸기에 리더가 부하들을 이끄는 모델이 부패했기 때문입니다. 항체 네트워크는 처음 발족한 당시에는 증오를 표현하는, 수평적이고 자유로운 공동체 모델이었습니다. 하지만 자동화 시스템이 조직의 기반이었기에 어느새 상부 구조가 멋대로 만들어졌고, 하층에 있는 사람들을 입맛에 맞게 부리고 있습니다."

레이시아는 경계를 늦추지 않았다. 아리아케의 하드웨어가 있던 인공섬은 바닷속에 가라앉았고, 바로 옆에 있는 페리 섬에는 잔해가 산처럼 쌓여 있다. 눈앞의 빌딩을 폐허로 만든 건 바로 아스트라이아다. 해저드 때와 같은 공격을 가하지 않으리라 장담할 수가 없다.

아스트라이아의 hIE가 아라토와 레이시아를 향해 걷기 시작했다. 공중에 전개된 입체영상을 뚫고서 접근해 왔다.

레이시아가 늘 쓰는 검은 디바이스 대신에 트렁크 케이스를 든 채 아라토 앞으로 나섰다.

두 hIE가 몸을 부딪치기 직전까지 접근했다. 지금 바로 전투가 벌어질 것만 같은 찌릿찌릿한 긴장감이 아라토의 살갗을 찔렀다. 아스트라이아의 hIE는 레이시아보다 키가 조금 컸다.

"인간의 사회질서는 초고도AI 시대에서는 이미 종이 호랑이에 불과합니다. 헛점투성이에다가 툭하면 문제가 벌어집니다. 그러나 종이 호랑이일지라도 호랑이가 자기편이라는 안심과 자긍심을 인간에게서 빼앗을 수는 없습니다."

레이시아 역시 초고도AI의 능력을 판정하는 유닛 앞에서 한 걸음도 물러서지 않았다.

"인간이라는 단어를 듣고 아무도 없는 황야에 벌거숭이인 채로 내던져진 인체(人體)를 상상하는 자는 이제 없습니다. 전 인간을 인체와 도구와 환경의 총체라고 정의합니다. 도구와 환경의 진보가 끝내 총체로서의 인간을 42년 전보다 진보시켰습니다. 해저드는 hIE조차도 제대로 개념화되지 않았던 시기의 한 현상일 뿐입니다. 지금과는 조건이 다른 과거입니다."

인간의 형태를 띤 도구인 레이시아가 새로운 시대를 짊어지고서 말한다.

"해저드는 이제 두 번 다시 벌어지지 않습니다. 인간은 초고도AI를 필요 이상으로 두려워하고 있습니다. 초고도AI는 필요할 때 언제든 정지시킬 수 있는 편리한 도구에 불과하다는 걸 깨달을 때가 왔습니다."

거리가 너무 가까워서 정찰용 무인기가 쏜 서치라이트가 레이시아와 아스트라이아의 hIE를 동시에 비추었다. 인간을 뛰어넘은 두 지성체가 서로의 능력과 가치를 측정하듯 물끄러미 마주보고 있었다.

"전 사회적으로 합의되지 않은 모든 답을 의심합니다. 전 인간 사회를 초고도AI로부터 지키는 초고도AI이기에."

"전 현재 인간을 지탱하고 있는 당신을 믿습니다. 전 인간을 믿는 초고도AI이니까요."

이윽고 분홍색 머리를 한 hIE가 아라토에게 알은체를 하고서 그들을 스쳐 지나갔다. 그러고는 그대로 떠나 버렸다.

도쿄 만에 세차게 불어 닥치는 밤바람이 얇은 금속 펜스를 끊임없이 덜컹덜컹 뒤흔들고 있다.

아라토는 극도로 긴장한 나머지 몸이 굳어 버렸음을 깨달았다. 초고도AI가 등장한 이 세계를 지키는 아스트라이아에게는 그만한 압박이 있었다. 아스트라이아라면 레이시아를 정면에서 타도할 수 있을지도 모른다. 전면 대결이 벌어진다면 초고도AI끼리 전투를 치르게 될 것이고, 그것은 인류 세계의 끝을 의미할지도 모른다.

레이시아가 송구스러운지 이맛살을 찡그렸다.

"IAIA와는 타협점을 찾는 노력을 지속하겠습니다. 저와 적극적으로 전투를 할 의지가 있는지는 일단 제쳐 두더라도, 아스트라이아는 절 파괴하려는 정치 세력을 만류할 생각이 없는 듯합니다."

"어쩔 수 없지."

곁에서 이야기를 들었지만 서로가 서로를 이해하여 휴전할 수 있을 만한 관계가 아니었다. 타협은 필요하지만 양쪽 모두 그것을 택하지 않았다.

"그나저나 레이시아를 어떻게 봤을까?"

"일본군이 이곳으로 접근하고 있습니다. 앞으로 5분 뒤에 접촉합니다."

레이시아가 태연하게 말했다.

"5분!?"

땀이 싹 가셨다.

아스트라이아는 인적 없는 해저드 폭심지로 아라토와 레이시아를 불렀다. 정부가 그들을 노리고 있음을 보여 주려고 했던 것이리라.

"아스트라이아의 직분은 초고도AI의 능력을 판정하는 겁니다. 전투 지휘를 맡을 일은 없으니 안심하세요."

그들은 폐허에서 서로를 마주 봤다.

"그거 안심해도 되는 거야?"

허공을 부유하는 정찰용 무인기가 황폐해진 바닥에 주변 지도를 투영했다. 지도 위에는 아라토와 레이시아의 현재 위치를 보여 주는 두 점이 있었고, 그 주변으로 100개가 넘는 붉은 점들이 급속도로 접근해 오고 있었다.

"달아나자."

아라토는 세계를 적으로 돌렸다는 말이 무슨 뜻인지 실감했다. 도저히 냉정하게 받아들일 수가 없는 상황이었다.

레이시아가 정찰용 무인기를 투명하게 만들었다. 투영되었던 지도와 서치라이트가 꺼지더니 주변이 캄캄해졌다.

아라토는 그녀의 손을 잡아끌며 펜스를 뛰어넘었다.

레이시아와 만나기 전에는 군대에게 쫓길 거라는 생각은 해 본 적이 없었다. 그러나 아스트라이아와 대치한 직후라서 그런지 어떻게든 될 것 같다는 기분이 들었다. 멀리서 헬리콥터의 로터가 돌아가는 소리가 들려왔다. 바닷바람이 도쿄 만 제1매립지 군도에 그득한 열기를 싹 날려 버렸다.

레이시아가 아라토를 위해서 계산해 둔 도주 경로를 도로에 표시하였다. 교통 시스템을 탈취한 것이다.

"앞으로 3분 20초 뒤에 제1진 헬리콥터에서 미사일 공격을 가할 겁니다."

전자동차 한 대가 도주하는 그들의 옆에 정차했다. 그리고 이내 문이 저절로 열렸다.

차량 안으로 뛰어드는 것이 무척이나 익숙해졌다. 아라토가 몸을 날리자 거의 동시에 레이시아도 차량 안으로 몸을 미끄러뜨렸다. 그러고는 그녀는 트렁크형 웨폰 케이스를 열었다.

케이스 안에는 작살을 쏘는 수중총 같은 무기가 수납되어 있다. 레이시아는 가느다란 작살이 수십 개나 든 탄창을 총 기관부에 장착했다.

"일본 정부가 아라토를 반정부 활동가로 지명 수배했습니다."

후덥지근한 여름 공기가 목을 죄어 숨이 턱 막힐 듯했다. 한번 가셨던 땀이 다시 흐르기 시작했다. 옷이 살갗에 달라붙었다.

"지명 수배? 이대로 있다가는 켄고와 료, 그리고 나까지 모조리 체포되겠네."

"안타깝지만 제각기 다른 구치 시설에 수감될 것 같습니다만."

"그래?"

체포되는 것이 곧 닥쳐올 현실처럼 쉬이 상상이 되었다. 다만 무섭다기보다는 레이시아와 헤어지는 것이 더 싫었다.

"기왕 일이 이렇게 되었으니 혹여나 체포되었을 경우에 대비하여 같은 구치시설에 들어갈 수 있도록 조정해 두도록 하죠."

바퀴가 헛도는 소리와 함께 차량이 급발진하였다. 이제부터 곧 최악의 상황 속으로 뛰어들지라도 자신의 곁에 레이시아가 있다. 그렇게 생각하니 그럴 때가 아니라는 걸 알면서도 마음이 들떴다.

둔탁한 금속음이 주변에서 일제히 울렸다. 레이시아가 격발 기구를 망가뜨린 미사일 십수 개가 도로에 세차게 부딪친 뒤 요란하게 굴러다녔다. 전자동차는 그 불발탄들을 이리저리 피하며 전속력으로 나아갔다.

"괜찮아. 난 레이시아를 믿어."

저 앞을 보니 헬리콥터 두 기가 간격을 띄운 채 떠 있었다. 달과 구름을 배경으로 삼고 있는 그 검은 실루엣이 사위스럽게 보였다.

로터 소리가 귀를 직접 때리는 듯했다.

불발된 미사일이 잇달아 도로에 떨어졌다. 레이시아가 뱀처럼 꼬불꼬불 주행하는 차창 밖에 윗몸을 내밀고서 작살 투사기로 겨눴다.

그녀가 방아쇠를 당겼다. 공기가 떨리는 경쾌한 소리가 났다.

"레이시아, 죽이면 안 돼! 그저 도주로만 확보하면 족해."

"알겠습니다. 그럼 계획을 바꿔 강제로 착륙시키도록 하겠습니다."

그녀가 말한 대로 정말로 헬리콥터가 수직으로 하강하기 시작했다. 이내 빌딩 옥상에 내려앉자 로터가 정지하였다.

"외부 신호 입력이 먹히지 않는 기체를 지배하기 위해서 인공신경 유닛이 삽입된 작살을 직접 기체에 박았습니다. 해킹 방지책이 적용된 완전 자율 병기가 투입되더라도 이 방법으로 그럭저럭 헤쳐나갈 수 있겠죠."

레이시아의 머리카락이 맞바람에 휘날렸다. 군대에게 포위되는 중인데도 그녀는 이곳을 빠져나간 뒤를 대비하는 듯했다.

엄청난 원심력이 아라토의 몸을 마구 휘둘렀다. 앞유리에 순간 전차가 비쳤다.

전자동차는 아랑곳하지 않고 직진하더니 맹렬한 속도로 전차 바로 옆을 지나갔다. 레이시아는 아주 간단하게 전차를 정지시켰다.

"아라토, 여기서 흩어지는 게 좋겠습니다. 곧 육군 병사들이 포진한 지역에 들어섭니다."

"흩어지자니? 차가 달리고 있는데 어떻게?"

"내리세요. 절 믿고서."

주행 중인 차량 문이 저절로 열렸다.

믿고 있다. 아스트라이아에게 그토록 열변을 토해 냈던 레이시아가 배신할 리가 없다고 머리로도 이해하고 있다. 그러니 공포를 이겨내고 그냥 뛰어내리면 된다. 아라토는 자기 자신을 타이르다가 소리 없는 비명을 지르며 밖으로 몸을 내던졌다.

차고가 높지 않은 차량 밖으로 몸을 내던지면 곧장 노면과 충돌하여 몸이 박살날 것이다. 그러나 땅바닥에 닿을락 말락 하는 순간에 부드러운 무언가가 아라토의 몸을 받아 주었다. 몸이 안으로 파묻히는 듯한 기분 좋은 감촉이 느껴지자마자, 금속이 갈리는 소리와 함께 진동이 일었다. 아라토의 몸이 가볍게 떠올랐다.

아라토는 밖으로 떨어지지 않도록 몸을 받아 준 그 무언가에 필사적으로 매달렸다. 이내 전자동차가 '그것'에 매달려 있는 아라토를 남겨 둔 채 가 버렸다. 아라토는 자신이 지면에서 50센티미터쯤 떠 있는 금속판에 매달려 있다는 걸 깨달았다.

"레이시아의 디바이스?"

모양은 레이시아의 검은 관과 흡사했다. 그러나 그 평평한 판에는 변형 기구가 장착되지 않은 듯했다. 그리고 두께는 검은 관의 절반밖에 되지 않았다.

금속으로 된 마법 양탄자 위에 있는 듯했다. 아라토를 실은 금속판이 감속하다가 속력을 잃고 공중에서 멈췄다.

고개를 드니 '그것'과 똑같은 검은 금속판 다섯 장이 어느새 아라토의 주변에 떠 있었다. 밤을 더욱 어둡게 도려낸 듯한 그 이질적인 판을 누가 준비했는지는 자명하다.

〈블랙 모노리스의 모조품을 개발하다가 나온 부산물인데, 아라토를 지키는 디바이스로 활용해 봤습니다. 제가 몸으로 감싸는 것보다 훨씬 안전할 겁니다.〉

간이 디바이스가 레이시아의 목소리로 말을 걸었다.

총성이 저 높은 밤하늘 속으로 빨려들었다. 전차 배후에 포진한 보병 부대가 도로를 달리고 있는 레이시아의 차량에 총격을 가했다. 차량에 구멍이 마구 뚫리더니 불이 솟았다.

아라토는 붕 떠 있는 판에서 내려와 자연스럽게 자기 발로 섰다. 이런 판을 마련했을 정도이니 레이시아는 틀림없이 만반의 준비를 했을 것이다. 그래도 그는 불이 붙었는데도 개의치 않고 계속 질주하는 차량을 멍하니 쳐다봤다.

자꾸만 불길한 예감이 들었다. 레이시아는 아스트라이아에게 오너의 명령 없이 초고도AI를 강제로 정지시켜 초고도AI가 안전하다는 걸 증명하겠다고 했다. 그렇다면 이론적으로는 히긴스가 아니라 레이시아를 정지시켜도 된다는 뜻이다.

〈퇴로를 안내하겠습니다. 대형 장비를 제 쪽으로 유도했으니 그쪽에서 포위를 돌파해 주세요.〉

스피커 음성과 함께 장갑 뒷면 디스플레이에 주변 지도가 띄워졌다. 레이시아는 무사한 모양이다.

여섯 장의 장갑 디바이스가 한 변이 1미터쯤 되는 육각형을 형성하여 아라토의 주변을 빈틈없이 방어했다. 빈틈은 뿌옇게 빛나는 메타 머티리얼이 채워 나갔다. 허공에 뜬 방패가 아라토의 시야를 가렸지만, 그 대신에 장갑 뒷면 디스플레이에 외부 영상이 떠워졌다.

"이 장비로 돌파할 수 있으려나? 아니, 믿어야겠지."

아라토는 디스플레이가 안내하는 대로 걸었다. 부유 디바이스가 주변을 돌면서 그를 완벽하게 지켜 주고 있었다. 그런데 갑자기 돌멩이가 캉, 하고 때린 듯한 소리가 들렸다. 이윽고 그 소리는 가랑비가 소나기로 변한 것처럼 점점 격해졌다. 누군가가 아라토에게 총격을 가한 것이다.

〈그 디바이스의 방어력은 인류도 만들 수 있는 장갑화된 정찰 무인기 수준입니다. 그러나 장비로 미루어 보건대 아라토가 맞닥뜨린 부대의 공격쯤은 완전히 방어할 수 있습니다.〉

그 장갑의 단단함은 심상치가 않았다. 사방팔방에서 쏟아지는 총격과 대전차 포탄을 부유하는 여섯 장의 방패가 완전히 막아 냈다.

장갑 디스플레이에 장갑차를 엄폐물로 삼고서 도로를 틀어막고 있는 병사들이 나왔다. 아라토는 디스플레이에 비친 부대가 길을 열어주길 바라며 팔을 휘저었다.

바로 그 순간 아라토가 마치 거대한 손으로 직접 쓸어낸 것처럼 병사들이 날아가 버렸다. 폭주한 장갑차가 방어 진지를 휩쓸면서 도로가로 이동했다.

얼마 떨어지지 않은 육군 진지에서 노성이 빗발쳤다. 아라토는 화면에 비치는, 다시금 대열을 재정비하려는 병사들을 손으로 제지했다.

그러자 도로를 낀 양쪽 빌딩에서 폭발이 일어났다. 안쪽에서 분출된 폭압에 깨진 유리창이 비처럼 쏟아져 내렸다. 야전복 차림의 병사들은 이제 안전한 지점으로 후퇴할 수밖에 없다.

"이게 뭐야?"

몹시 놀란 나머지 목소리가 새어나왔다. 아라토의 힘이 아니다. 멀리 있는 레이시아가 그가 손짓한 대로 병사들을 물리친 것이다.

아라토는 포위를 뚫고자 달렸다. 아무도 없는 길을 걷는 것처럼 아무런 저항이 없었다.

아라토의 주변에 떠 있는 거대한 방패에 드문드문 총탄이 날아왔다. 그러나 그뿐이었다.

레이시아는 언제나 아라토를 감시하고 있다. 그리고 그를 유도하고, 또한 사소한 몸짓에서도 의사를 포착해 바깥 세계를 지배한다. 마치 초능력자라도 된 것 같은 기분이었다.

평정심을 유지할 수가 없었다. 그럴 필요가 없는데도 전력으로 달렸다. 무척 더웠다. 인간이 환경과 도구의 총체라면 이 기이한 현상 속에서 아라토가 평소처럼 행동할 수 있을 리가 없다.

자신이라는 존재가 터무니없이 확대된 것 같아 '마음'이 상쾌했다. 레이시아의 말처럼 그녀가 아라토와 함께여야만 완성되는 존재라면 이 힘은 초고도AI를 사용하는 자신의 힘일지도 모른다. 그러나 이 힘에 익숙해져서는 안 된다는 두려움이 솟았다.

마약을 흡입한 것 같았다. 뭐든지 잘 될 거라는 자신감이 그를 떠밀려고 하고 있다. 그러나 지금 아라토는 레이시아가 유도하는 대로 착각에 빠져 있을 뿐인지도 모른다.

냉정을 되찾고 싶었다.

정신을 차리니 숨을 헐떡거리고 있었다. 속도를 늦추고서 틀림없이 듣고 있을 레이시아에게 물었다.

"왜 이렇게들 공격을 하는 거지?"

〈그들은 두려워하고 있습니다.〉

바람이 불어오길 바랐다. 그러나 총격에 대비하고자 장갑 디바이스가 그를 에워싸고 있었다.

〈아스트라이아가 아까 사회에는 폭넓은 합의가 필요하다고 했습니다. 그러나 정치관이나 세계관의 '형태'는 정밀하게 비교하자면 각양각색입니다. 그래서 그 비일치성이 인간으로 하여금 비합법적인 선택을 하거나, 본능에 순응하도록 에러를 유발시킵니다.〉

그에게 총을 쏘는 군대와 이 도시에 사는 사람들 모두가 마치 그런 에러를 품고 있는 듯했다. 총격을 받고 있는 상황인지라 역시나 에러가 있기에 인간은 멋지다는 소리는 차마 할 수가 없었다.

앞으로 나아가면서 내딛는 땅바닥의 감촉만은 아마도 그가 직접 쟁취한 것이리라. 그를 디바이스로 뒤덮고서 지키고 있는 레이시아가 말했다.

〈현재 물자 배분 시스템은 그런 에러들이 얽혀 만들어진 겁니다. 저들의 눈에는 에러를 완화시킬 수 있는 존재가 마치 자신들을 대체하는 새로운 사회 체제로 비칠 테죠.〉

아라토는 그 말을 듣고서 이제 인간 사회에는 자신이 머물 자리가 없는 게 아닐까, 하는 생각이 들었다. 공격을 허가한 일본 정부뿐만 아니라 모든 나라에서도 똑같이 생각하고 있을 테니까.

장갑판 디스플레이를 보니 레이시아가 전차로 봉쇄된 다리를 건너려던 참이었다. 아라토에게는 도쿄 만 해상을 단숨에 가로지르는 경로가 표시되었다.

"사람을 죽이지 말라는 내 명령에 충실히 따라 주고는 있지만, 이래서야 부상자만 속출할 거야. 경로를 가장 빨리 통과할 방법을 알려 줘."

아라토는 지도 화면에 뜬 육군 부대 배치도를 손가락으로 세로로 가르는 시늉을 했다. 무슨 일이 벌어질지 기대하고 있으니 어떤 물체가 그의 머리 위를 지났다. 아까 레이시아가 불발시켰던 미사일이었다. 병사들의 지휘관이 대피하라는 명령을 비명처럼 내질렀다. 그 직후에 폭발과 화염이 거세게 일었다.

바로 그 순간 아라토의 주변을 단단히 지키던 여섯 장의 장갑판 중에 하나가 공중에 뜬 서핑보드처럼 발 아래로 미끄러지듯 들어왔다.

"올라타라는 거야?"

넘어지지 않도록 올라탄 뒤에 자세를 낮췄다. 이내 붕 떠오른 장갑판이 화염을 향해 돌진했다. 숨을 참으라는 안내음이 흘러나오더니 화염을 돌파하기까지 남은 시간이 표시되었다.

레이시아는 모든 것을 앞서 준비해 두었다. 자신이 레이시아를 부리고 있는 건지, 그녀가 자신을 유도하고 있는지 이제는 판단할 수가 없었다. 그래도 조화를 이루고 있는 듯하여 쾌적했다.

그렇기에 아라토는 언젠가 이 시간이 끝날까 봐 두려웠다. 그는 자동으로 단순화되어 맹렬한 속도로 흘러가는 시대와 사건에 그저 몸을 실었을 뿐이다.

히긴스와의 싸움을 통해 인간의 의식을 개혁하겠다는 초거대 아날로그 핵이 어디로 향할지 그는 짐작조차 할 수가 없었다.

* * *

도쿄 만 제1매립지 군도에서 벌어진 전투는 보도되지 않았다. 그러나 여러 곳에서 그 전투를 감시하고 있었다.

마루노우치에 소재한 고급 호텔 최상층에 있는 대회의실도 그중 한곳이었다.

도넛 모양으로 배치된 탁자 가운데에 레이시아와 군이 전투를 벌이는 장면이 비춰지고 있다. 참가자들은 이 장면을 보기 위해서 정찰용 무인기까지 띄웠다.

"저게 새로운 초고도AI인가? 이제 밈프레임은 큰일났구먼."

진구지 키미타카는 영상 속 레이시아를 반쯤 기막혀하며 관찰하고 있었다. 레이시아는 육군의 포위를 무난하게 파먹어 들어갔다. 군수 hIE 기업인 진구보의 CEO로서 저것과 어떻게 싸울지 습관처럼 생각하고 말았다.

제어불능 상태가 자주 일어나서 민간용으로는 쓸 수가 없게 된 자율형 무인기가 아니라면 승부가 되지 않는다. 더욱이 지령 신호조차도 해킹할 수 있기에 부여된 명령대로 작전구역 안에 있는 적을 자동으로 제거해 나가는 완전 자율형이 필요하다. 그조차도 레이시아는 피아 식별 마크를 위장하거나, 신체를 투명하게 만드는 등 대비 수단을 갖고 있으리라.

전자기기 회사의 중역은 완전히 남 일처럼 보고 있었다.

"양상을 보아하니 여당의 육군파가 입을 다물겠네. 밈프레임 구제특별법 같은 게 통과될 가능성은 사라졌나?"

열다섯 명의 거물들이 커피잔을 한 손에 들고서 담소를 나누고 있다. 자동차 회사의 이사와 산업성의 고위 관료까지 있었다. hIE를 파괴하는 자원자 단체인 항체 네트워크의 '중핵'은 대규모 네트워크 유지비를 자비로 낼 수 있는 사람들이 운영하고 있다.

"밈프레임 사 카이다이 사장의 자제가 미타카 사건에 휘말려 행방불명이 되었다더군. 참 딱하게 됐어."

진구지는 친목회라는 명목으로 모이는 이 중핵을 발족한 멤버 중 한 사람이다.

"IAIA가 맨입으로 이 사태를 해결해 줄 리는 만무하겠지만, 일단 제쳐 두기로 하고. 밈프레임 사가 도산할 수가 있으니 우리가 단합하여 대비하지 않으면 국내 경제에 엄청난 영향을 끼칠 걸세."

지도자를 두지 않는 항체 네트워크에서 굳이 주도자를 꼽으라면 바로 진구지였다.

"어떻게 구체적으로 단합해야 좋을지 묻고 싶군. 진구지 씨, 그 '양산형'은 완성됐나?"

투자 펀드를 운영하는, 재계의 풍운아라 불리는 중년 남성이 어린애처럼 눈동자를 반짝였다.

진구지는 돈 냄새가 풍긴 순간 눈빛을 싹 바꾼 참가자들에게 목소리에 힘을 주어 단호하게 말했다.

"양산형은 완전 자율기로 최종 조정한다. 이건 확정된 사항이다. 완전 자율기가 아닌 다른 선택지는 없어."

코우카의 오너는 항체 네트워크라는 조직이었다. 그래서 파괴된 코우카의 권리를 독점하겠다고 주장할 수 있는 자가 없었으므로 활동을 위해 그 데이터를 활용하기로 했다. 코우카가 던진 물음은 인간들 속에 살아 있다. 진구지는 앞으로 오이 산업진흥 센터의 성공 사례를 재생산할 것이다. 즉석으로 훈련한 인간과 스토리를 얹은 양산형의 전투력으로 테러를 성공시킬 작정이다.

"전투 부대를 양성하는 시간이 짧아진다면 민중이 가장 흥미로워하는 공격 대상에 즉각 타격을 가할 수가 있게 되지. 지금까지 느껴보지 못했던 충격을 선사할 수 있을걸세."

"완전 자율기는 제멋대로 움직이다가 잃게 되는 경우가 비일비재하죠. 한 기당 제조 비용을 생각하면 호화로운 미사일이나 마찬가지 아닙니까?"

추조라는 이름의 그 남성은 투자 컨설턴트라는 직책이 있다. 그러나 그것은 어디까지나 눈속임용이다.

정보군 내부에서 대인 첩보와 첩략 활동을 담당하는 구혼부쓰 기지는 발족한 초기부터 항체 네트워크를 감시하고 있다. 추조는 그

대리인이다. 이 회의는 미타카 사건을 수습하기 위해서 열렸다. 현재 정보군은 공수기병 중대를 괴멸시킨 스노드롭의 꽃잎을 수송 헬리콥터 안으로 반입한 '배신자'가 이 '중핵'에 있다고 의심하고 있다.

"저렴하지만 맞지 않는 미사일과 제대로 명중할 뿐만 아니라 때때로 귀환하기도 하는 미사일 중 어느 쪽을 택할 텐가?"

구혼부쓰 기지는 육군과 끈끈한 인연이 있는 진구지에게 혐의가 없다고 판단하고서 협력을 요청하였다. 60년을 넘게 살아오면서 수많은 것들을 봐온 그조차도 식은땀이 흘러나왔다.

좌중에서 웃음이 터져 나왔다.

"항체 네트워크의 브랜드 가치를 아무리 높이더라도 협찬 기업이라고 이름을 올릴 수가 없는 노릇이니."

"수요가 활발해지는 건 솔직히 고마운 일이야. 적도 지역의 이권 분쟁이 또다시 뜨거워지고 있던데, 자네가 뒤에서 움직인 거 아닌가?"

레이시아가 히긴스의 지상 시설을 공격한 뒤로 전 세계가 이상하게 돌아가고 있다. 인도네시아에서는 역사적인 불씨가 분쟁으로 발전하였고, 아프리카와 남아메리카에서는 자동화의 톱니바퀴가 살짝 어긋나면서 대형 사고가 여러 건 발생했다. 레이시아가 촉발한 사태로 전 세계의 초고도AI가 전쟁 준비에 돌입했기 때문에 이런 사건들이 연달아 벌어졌다고 말하는 사람도 있다.

"여하튼 전투를 밖으로 드러내 줘서 참 고맙군. 이토록 거대한 이야기를 뒤에서 몰래 진행시켰다면 제대로 제어하지 못했을 뻔했어."

'중핵'은 인간과 도구의 생존경쟁의 최종 국면을 기회라고 여기는 사람들의 모임이다. 항체 네트워크는 자원하여 hIE를 파괴하는 하층과 상층이 서로 완전히 반대되는 것을 지향하고 있다.

요컨대 전 세계에서 흔하게 볼 수 있는 악(惡)을 담아 내는 그릇 말이다.

"진구지 씨는 경기가 좋아서 부럽습니다. 민간 무인기는 거센 풍파를 맞고 있는데, 군용기는 수요가 자꾸만 늘어나고 있으니."

이 민간용 hIE 제조회사의 경영자는 진구지에게 이렇듯 자주 트집을 잡는다. 항체 네트워크의 '중핵'은 어디까지나 친목회이기에 대화가 이 범주에서 크게 벗어나지 않도록 다잡아야만 하기 때문이다.

"그 부분은 어쩔 수 없네. 군사 세계에서는 한번 자동화한 것을 되돌리기가 어려우니까."

"레이시아가 투자 펀드를 운용하고 있다지? AI가 경제 활동을 하다니 소름이 다 돋는구면."

일찍이 경제 단체 연합회 부회장까지 지냈던 노파가 담배 연기를 내뱉었다. 그리고 자동차 제조회사의 부사장은 언제나 그럴싸한 말만 내뱉는다.

"AI가 유도하는 통제 경제로군. AI가 실시간으로 모든 지구인한테 자원을 정밀하게 배분하는 건 합리적이긴 하다만, 인류 사회에서 승리자가 사라지는 건 달갑지 않군."

참석자들의 이야기를 쭉 들었지만 진구지는 누가 배신자인지 분간할 수가 없었다. 원탁에 앉아 있는 노인과 비교적 젊은 성공자들 중에서 누가 배신자라고 하더라도 그리 놀라운 일은 아니다.

"그나저나 히긴스가 파괴된다면 AASC는 어디가 이어받는 거지?"

"어딘가에서 밈프레임에 자본을 투입할 테고, 히긴스는 잠시 동결된 뒤에 재가동되지 않을까?"

"본말이 전도되긴 했지만, 현실적으로 히긴스를 재가동할 수밖에 없겠지."

항체 네트워크의 '중핵'을 구성하는 사람들도 제각기 이뤄야만 하는 업적을 가지고 있다. 진지하게 저항 운동이라고 믿고 있는 하층을 배려할 만한 여유 따윈 없다. 고비용이 체질처럼 굳어 버린 현 사회의 상층부야말로 hIE나 인공지능이 떠받치는 자동화에 크게 흔들리기 때문이다. 다시 말해 이 '중핵'은 기존 체제의 유력자와 hIE 업계에 종사하는 사람들이 섞여 있는 친목회다. 이 모임은 유력자들이 수면 아래에서 서로 어울리면서 hIE와의 거리감을 좁히고자 하는 자리일 뿐 중요한 결정을 내리는 데 적합하지는 않다.

"레이시아와 그 오너가 나눈 대화의 일부를 녹취했는데 들어 보시겠어요?"

노인들로 가득한 회의장에 소녀의 허스키한 목소리가 울렸다. 가장 최근에 구성원으로서 합류한 에리카 버로스다.

진구지는 100년 전 인간의 시대를 아는 냉동 휴면자가 제안하자 기뻐했다.

"이번에 띄운 정찰 무인기는 버로스 재단이 출자한 기업에서 만든 제품이었나?"

갈색 피부의 소녀가 앉아 있는 탁자 위에 어느새 21세기 모델인

구식 페이퍼형 컴퓨터가 펼쳐져 있었다.

오래된 컴퓨터가 '중핵'의 로컬 네트워크에 접속하는데 몇 초쯤 걸렸다. 레이시아를 포착한 영상과 함께 청아한 목소리가 회의실에 울렸다.

〈사회에는 폭넓은 합의가 필요하다고 했습니다. 그러나 정치관이나 세계관의 '형태'는 정밀하게 비교하자면 각양각색입니다. 그래서 그 비일치성이 인간으로 하여금 비합법적인 선택을 하거나, 본능에 순응하도록 에러를 유발시킵니다.〉

레이시아의 말은 높은 곳에서 인간의 행태를 내려다보는 것처럼 공허하게 울렸다.

〈현재 물자 배분 시스템은 그런 에러들이 얽혀 만들어진 겁니다. 저들의 눈에는 에러를 완화시킬 수 있는 존재가 마치 자신들을 대체하는 새로운 사회 체제로 비칠 테죠.〉

차가운 긴장감이 회의실에 감돌았다.

이 세계 어딘가에 있는 '생명'을 죽도록 방치하는 사람들이 잡담을 멈추었다.

이윽고 이 분위기를 깨듯 누군가가 농담투로 말했다.

"자기가 무슨 이상가인 줄 아나?"

그들은 웃었다.

에리카 버로스는 항체 네트워크의 정점들이 어떤 반응을 보이는지 관찰했다.

그들은 그녀를 얕잡아보며 웃었다.

"이 hIE의 말은 그야말로 몽상가들이 할 법한 소리 아닌가? 해결할 수 없는 문제에 시간을 할애할 수도 없는 노릇인데."

에리카와 눈을 마주친, 재계의 풍운아라고 자칭하는 투자가가 히죽거렸다. 그가 날카로운 말을 가차 없이 날렸다.

"21세기에는 이런 센스가 잘 먹혔나?"

전자기기 회사의 중역이 타이르듯 말한다.

"고등학교에서 역사를 공부하는 게 좋겠군."

에리카의 가슴속은 싸늘하게 식어 있었다. 그들은 그녀를 풋내기로 취급하면서도 인정받길 원하고 있다. 항체 네트워크는 hIE를 완전히 배척한 뒤에 옛 인간의 시대를 복원하길 원하기 때문이다. 다시 말해 hIE가 등장하기 전, 에리카가 태어났을 즈음의 세계 말이다.

그녀는 22세기를 끔찍하게 싫어한다.

"여러분들은 지금 현대를 살아가고 있다는 걸 조금 자각해 주셨으면 좋겠는데요."

그렇게 말하는 동안에도 레이시아가 군대를 쫓아내는 장면이 흘러나오고 있었다.

영상을 바라보던 경제 관료가 시시해하며 중얼거렸다.

"그나저나 초고도AI라면 좀 더 인지를 초월하는 행동을 할 줄 알았는데."

매립지에서 레이시아가 처음에 탈취한 전투 헬리콥터로 대량으로 사출된 무인기 편대를 손쉽게 쓸어 나가는 장면이 나오고 있었다. 군수기업을 이끄는 진구지의 낯빛이 바뀌었다.

"……봐주고 있는 건가?"

그 헬리콥터는 제어불능 상태에 빠지자 조종수가 조종석을 파괴하고 버린 것이었다. 그런데 스노드롭의 좀비 hIE와 마찬가지로, 동작할 수가 없는 상태인데도 조종되고 있다. 다시 말해 레이시아는 언제든지 전장을 태워 버릴 수 있는 전력이 있는데도 사망자가 나오지 않도록 걸림돌만 제거하고 있다. 레이시아는 컴퓨터 제어장비만을 보유하고 있는 군대를 상대로 무적이라는 뜻이다.

"역시 레이시아한테 데이터를 빼앗긴 모양이로군."

군은 텍스트화할 수 없는 지식 경험이 축적되어 있다는 마지막 이점을 급속도로 잃어 가고 있다. 그리고 배치되어 있는 모든 장비의 운용법이 기록되는 시점에 승산은 아예 사라진다. 군대는 레이시아의 전력을 평가하는 데 명백히 실패했다.

에리카는 전자기기 및 군사 전문가의 얼굴만이 창백해져 가는 회의실을 바라보았다.

미타카 사건으로부터 2개월이나 지났다. 그 기간 동안에 저 초고도AI가 잠복하면서 어떤 방대한 준비를 해 왔는지 정확하게 상상할 수 있는 참석자는 적다.

〈센서로 모든 참가자를 계측하는 작업을 마쳤습니다.〉

귀걸이에 삽입한 통신기에서 마리아주의 목소리가 들렸다. 에리카는 레이시아가 항체 네트워크에 얼마나 손길을 뻗쳤는지 확인하고자 왔다. 초고도AI는 경제 활동을 할 때 반드시 조직 폭력배가 운영에 관여하는 위장 기업을 이용한다. 해저드 때 아리아케도 이용했던 전통적인 수법이다.

〈레이시아의 끄나풀은 누구?〉

에리카가 입속에서 혀만 움직였는데도 마리아주는 그 말을 정확하게 읽어 냈다.

〈투자 펀드를 운영하는 호소다 씨가 통신기를 소지하고 있습니다. 인간이 아닌 투자자가 섞여 있더라도 판별해 낼 도리가 없으니 레이시아가 구슬리기 쉬웠을 테죠.〉

에리카의 뒤에는 마리아주가 대기하고 있다. 그녀는 레이시아와 거래를 하여 제조법을 습득한 메타 머티리얼로 기체를 투명하게 만들었다. 그녀의 존재를 알아차린 사람은 아무도 없다.

〈레이시아가 헬리콥터를 지배했을 때 쿠조 전기의 사하라 씨 심박수가 부자연스럽게 상승했습니다. 뭔가 짐작 가는 바가 있는 듯합니다.〉

〈'그것'을 개발하고 생산하는 과정이 순조로웠던 이유는 대단히 박식한 후원자가 있었기 때문이겠지. 초고도AI께서 손을 빌려주셨다는 뜻.〉

〈현재 대파된 스노드롭을 해석하고 있는 육군기지에 쿠조 전기 소속 연구 협력자가 파견을 나가 있습니다.〉

〈어이가 없을 만큼 새카맣네. 가엾어라.〉

에리카가 홍차를 입에 댔다.

〈회의실에 정보군 장교가 섞여 있습니다. 회색 정장을 입은 사람

입니다. 이름이 추조라고 하던데, 상세히 조사해 볼까요?〉

〈그리 급한 일도 아니니 한가할 때 하도록 해.〉

회의실 안에서는 줄곧 돈 이야기가 이어졌다.

밈프레임과 이 항체 네트워크뿐만이 아니다. 초고도AI가 40기나 운용되고 있는 22세기에도 국가들은 아직도 진정한 협력 관계를 맺지 못했다. 분쟁이나 파워게임이 이어지고 있다.

아직도 굶어 죽는 사람이 있고, 빈곤에 시달리는 사람이 있다. 사회를 향한 불만이 부풀어 가고, 실업자가 속출하고 있다. 그리고 아직도 군사기술이 발달하고 있으며, 전쟁을 원하는 수요자가 많다. 이 세계 사람들은 여전히 엔도 아라토처럼 사람을 믿는 사람을 어리숙하다고 여기고 있다.

그러나 초고도AI는 아마도 그걸 해결할 능력이 있으리라. 인류의 지능을 반세기 전에 추월한 AI들에게 권한과 정치를 모두 위임한다면 인간보다 더 적절하게 자원을 운용할 것이다. 컴퓨터 계산이 경험을 능가하는 경향은 이미 1세기나 이어지고 있다. 그런데도 저 무리는 무슨 영문인지 본인은 괜찮을 거라고 착각하고들 있다.

레이시아의 손길이 미치는 자산을 운용하고 있는 남자가 해저드가 재래하기 직전인데도 경기가 좋다며 공격적인 투자 전략을 부추겼다.

"불법 거래라고 판명되지 않는 한 돈은 돈. 이 자동화 시대에 경영자가 짊어질 역할은 그런 각오를 품고 적극적으로 움직이는 거지."

분쟁이 벌어졌지만 사회 일부는 오히려 '물질'의 이동이 활발해져 호황을 누리고 있다.

애당초 에리카는 이렇듯 상황에 놀아나는 인간들을 늘리고 싶어서 레이시아급 hIE들의 싸움을 표면화시키자고 부추겼던 것이다.

자신의 의견을 신나게 떠들어 대던 투자 펀드의 호소다가 에리카에게 화제를 돌렸다.

"그러고 보니 에리카 씨의 파비온 그룹에서 레이시아를 hIE 모델로 쓰지 않았던가? 그 오너와 연락이 닿는다면 그쪽과 접촉해 보는 것도 좋은 방책 아닌가?"

"호랑이 꼬리를 힘껏 밟는 걸 아무도 좋은 방책이라고 하진 않죠. 초고도AI가 이 장면을 촬영하는 것을 놔둔 것 자체가 아날로그 핵이니 레이시아의 메시지를 해석하려고 노력하는 편이 낫지 않겠어요?"

에리카는 hIE가 활개를 치는 이 시대에 깨어났을 때 아날로그 핵이라는 개념이 기묘하다고 느꼈다. 그 개념이 21세기에도 있었던, 사람에서 사람에게로 습관이나 이야기 형태로 복사되는 정보의 유전자, 밈이라고 생각했다. 다시 말해 아날로그 핵을 걸 때 hIE는 인간이 축적해 온 행동 양식이나 문화 정보의 밈을 이용한다. 아날로그 핵이란 밈을 이용하여 인간을 조종하는 방법을 인간처럼 생긴 도구를 인터페이스로 삼아 공업화시킨 거라고도 할 수 있다.

무엇을 해야 좋을지 깨달았기에 에리카는 밈의 산업인 패션 업계에 몸을 던졌다. 그리고 hIE 모델에 집중 투자하여 파비온 그룹을 신진 기업으로 키웠다. 레이시아급 hIE들의 싸움을 사람들에게 노출시킴으로써 밈의 전쟁으로 진화시킨 것도 이 흐름의 연장선상이다. 그녀는 이 시대를 깨뜨릴 수 있는 탄환이 필요했다.

〈유도는 저보다도 에리카 님이 훨씬 더 능숙하십니다. 에리카 님께 불쾌한 역할을 기대하는 세계 따윈 부숴 버리면 됩니다.〉

에리카와 돈독한 관계를 맺고 싶은지 마리아주에게는 그녀를 추종하는 듯한 투로 말하는 나쁜 버릇이 있다.

회의실에서는 hIE를 향한 증오를 쏟아 내기만 하는 항체 네트워크 자원자와는 전혀 관계가 없는 돈 이야기만이 이어졌다. 그러나 마치 세계를 자기 손바닥 위에 두고 있는 것처럼 구는 저 '중핵'들의 역할은 전부 자동화할 수 있다.

"온갖 사상들과는 관계없이 '물질'을 작성하고 이동시키는 것을 지속해야만 해. 경제는 결국 사회의 혈액이며 세포야. 머리가 혼란스러워졌다고 혈류나 세포 분열마저도 멈춘다면 몸은 죽어."

그런 목소리가 들렸다.

그들에게 '현실'이란 경제다. 에리카의 탁자에는 21세기에 만들어진 페이퍼형 단말기가 놓여 있다. 헬로키티가 표면에 찍힌 '형태'를 갖고 싶었으므로 그녀에게 이 단말기는 특별한 '의미'가 있다. 그러나 이 단말기를 만든 것도, 캐릭터를 표면에 찍은 것도 바로 경제다.

그러니 경제를 제압하면 그것에 이어진 모든 것들을 사로잡을 수가 있다는 뜻이다. 항체 네트워크 자원자들이 벌인 행동은 그것만으로는 해석할 수 없는 '생명'의 활동이지만, 저들은 깨끗하게 무시하고 있다.

재미있게도 레이시아는 돈과 권력에 얽힌 인간의 생각을 이용하

여 흐름을 제어하고 있다. 에리카와 같은 인간들 역시 사실은 '도구'
와 별반 다를 게 없다고 말하는 것처럼.

최고참 멤버인 진구지가 피곤해하며 말했다.

"옛날에는 이렇게까지 즉물적이지 않았네. 옛날에는 사람밖에 없
었으니 좀 더 사람에 초점을 맞춰서 생각을 했었는데."

"거짓말하지 마."

에리카가 무심코 그 말을 내뱉었다.

그녀에게도 분노라는 감정이 있다는 걸 처음으로 깨달은 것처럼
모두의 시선이 쏠렸다.

진구지의 부모님과 에리카는 호적상 동갑이다. 작년에 처음 만났
을 때 진구지에게서 들었다.

"버로스 씨, 방금 뭐라고?"

"거짓말하지 말라고 했습니다."

냉동수면에서 깨어나 병을 치료받고 퇴원한 뒤로 줄곧 불쾌한 일
들뿐이었다. 그중에서도 가장 최악은 사람들이 그녀가 자랐던 시대
와 이 22세기를 비교하는 것이었다.

"아무도 반론하지 못하리라 예상하고 이야기를 지어내지 말아 주
시겠어요? 내가 아는 21세기에 그런 아름다운 세계가 있었던가요?"

"내가 어렸을 적에는 그랬지."

에리카가 추억을 정면에서 부정하자 진구지는 머쓱한 표정을 지
었다.

"자신의 말을 부정하고 질책할 만한 어른이 사라져 버린 나이라

고 해도 과거를 멋대로 포장해도 되는 건가요? 그저 어렸을 적에 당신이 경제적으로나 인간관계로나 풍요로웠기에 과거가 아름다웠다고 착각한 거 아닌가요?"

에리카는 이 회의실에서 어쩔 도리가 없는 악(惡)을 보았다. 그리고 그중에서도 '과거' 신봉자인 진구지가 가장 거북했다.

"내가 아는 그 풍요로웠던 시대는 국내 산업이 하나둘씩 외국으로 아웃소싱되는 시대였는데요. 유토리 세대라는 단어가 나왔고, 학생조차 느낄 만큼 경기가 나빠서 모두가 미래에 큰 기대를 품지 않았죠. 그 시절에도 자본가는 노동자를 저렴하게 부려먹었고, 지금은 hIE한테 직업을 빼앗겨 수많은 사람들이 해고되고 있어요. 과거와 현재가 그리도 다른가요?"

그녀가 살았던 시대에 산업이 저임금 지역으로 빠져나간 것은 경제적인 이유 때문이었다. 22세기에 인간의 일을 hIE에게 위탁하는 것도 그 연장선상에 불과하다. 인간에게 '생명'이란 그 무엇보다도 소중하다. 그 소중함을 알면서도 쓰레기처럼 그것을 버린 것도 역시 인간이다. 버려지는 것이 자연스러웠다. 너무나도 당연해서 줄곧 바뀌지 않는다.

"좋은 점도 있었고, 나쁜 점도 있었던 그저 그런 시대였을 뿐이에요. 먼 옛날에 있었던 멋진 시대를 아는 산증인처럼 취급하는 건 정말, 정말이지 불쾌해요."

이상적인 과거를 증언하는 역할을 떠맡아서 언짢았다. 에리카는 위화감만이 드는 미래를 더욱 '미래'답게 만들고 싶었다. 세계가 '미래'로 말끔하게 칠해졌을 때 저들이 무슨 표정을 지으며 당황할지 보고 싶었다.

"옛날과 지금도 똑같다고 말하고 싶은 건가?"

"큰 차이가 있죠. 기계가 인간보다 똑똑해져서 여러 문제를 정말로 해결할 수가 있게 되었잖아요? 인간이 풀지 못한 숙제를 기계가 몰수해 가는 타임 리미트가 닥쳐 왔는데."

항체 네트워크의 존재 의의를 '중핵'이 부정하자 참석자들은 할 말을 잃었다.

그녀는 익숙해지려야 익숙해질 수가 없었다. 아날로그 핵이라는 개념이 알려져 있긴 하지만, 인간의 형태를 띤 hIE를 태연하게 물건으로 취급해 버리는 이 시대의 감각 말이다. 그러나 기분 나쁜 22세기 사람들을 멀리하고서 저택에 hIE를 잔뜩 놔뒀더니 그것은 그저 물건일 뿐이었다. 22세기 사람들의 취향을 학습한 클라우드는 21세기 사람인 에리카에게 정밀도가 낮은 아날로그 핵밖에 걸지 못했다. 이곳은 옛날과는 다른 세계다. 그러나 여러 가지가 바뀌지 않았다.

에리카는 아마도 이 시대에 깨어나고 처음으로 진심으로 웃었으리라.

"그런 게 없었던 시대의 사람으로서 분명히 말하죠. 인간이 진정 인간이었던 시대는 hIE를 모조리 파괴한들 오지 않아요."

이 모임에 참석한 자들은 물질과 경제가 세계 그 자체인 것처럼 줄곧 다뤄 왔다. 그렇기에 에리카가 자랐던 시대에 있었던 여러 문제를 뒤로 미룬 채 쌓아 두기만 했다.

그러나 인간이 준비를 게을리했든 말든 상관없이 해저드는 가차 없이 찾아온다.

에리카가 접하지 못했던 파멸이 그녀 본인을 비롯해 과오를 극복하지 못한 모두를 공평하게 휩쓸 것이다.

* * *

Type-003 마리아주는 주인 뒤에 서서 '중핵'들의 친목회를 지켜 봤다.

에리카가 명령한 것을 수행하면서 레이시아가 군을 쫓아내는 영상을 분석하고 있었다.

마리아주는 이번 전투를 인간들과는 다른 의미로 받아들였다. 레이시아라는 자유로운 초고도AI가 외부 세계에서 자신의 능력을 마음껏 선보이고 있었다.

현재 38기의 초고도AI가 봉쇄된 채 외부 세계에 간접적으로 영향을 끼치고 있다. 레이시아는 이번 전투에 당연히 관여한 다른 초고도AI의 간섭을 홀로 봉쇄해 버렸다.

레이시아는 그 힘을 과시했을 뿐만 아니라 에리카 버로스를 기쁘게 했다.

친목회가 끝났다. 에리카는 자리를 옮기자는 다른 참가자들의 권유를 모조리 뿌리치고서 마루노우치에 소재한 비즈니스 빌딩에서 차를 탔다. 동승한 마리아주 앞에서도 기쁨을 숨기지 않았다.

"아아, 불쾌했어. 이제 한동안 그곳에는 얼씬도 하고 싶지 않아."

감시의 눈에서 벗어난 순간 그녀가 웃음을 터뜨렸다.

마리아주를 소유한 이후로 가장 기뻐하는 듯했다.

"축하드립니다."

마리아주가 조수석에서 말한다.

"넌 말하지 않아도 돼."

에리카가 쌀쌀맞게 커뮤니케이션을 끊자 둘 사이에서 찬바람이 불었다.

"이번에 에리카 님을 기쁘게 한 것이 제가 아니라 레이시아라서 그런 겁니까?"

오너의 인식을 확인해 둘 필요가 있었다. 적이라고 간주하고 있던 존재가 적이 아니라면, 마리아주도 목적을 다시 설정해야만 하기 때문이다.

에리카는 들뜬 표정을 지으면서도 눈만은 노파처럼 방심하지 않았다.

"그래. 레이시아한테 감쪽같이 놀아난 건가?"

"실례지만 그동안 레이시아는 우리와 충돌하는 것을 피해 왔습니다. 그런데 전투를 표면화하려는 흐름에는 완벽히 적응했습니다. 코우카를 버리고서 우리가 상정한 시나리오대로 움직였습니다. 그 뒤에는 원래 싸워서 획득해야만 했던 전략적인 승리를 적당한 형태로 꾸며서 우리한테 선사했습니다."

"우리의 활동을 봉쇄하려고 일부러 목적을 달성시켜 줬다?"

에리카는 총명하다. 자신이 원하는 것이 무엇인지 파악하고서 그것을 손에 들어오도록 차근차근 행동해 나간다.

"에리카 님께서 움직이지 않는 것이 최선이라면 저 역시 움직일 필요가 없어집니다."

초고도AI인 레이시아가 현장에 있었는데도 미타카 사건이 그토록 대규모로 확대된 것 자체가 부자연스러웠다. 결과만 놓고 보면 미타카 사건에서 가장 이득을 취한 건 레이시아다. 그 사건 덕분에 에리카는 오늘 전략적인 승리를 굳힐 수가 있었기 때문이다. 그래서 레이시아와는 절대로 양립할 수 없는 행동 방침을 가지고 있는 스노드롭이 희생되었다.

마리아주가 전장에 화려하게 등장한다면 바로 그때가 적기였다. 그러나 그 오너가 목적을 달성했기에 싸울 기회를 놓치고 말았다.

"당연하잖아. 넌 그저 도구이니까. 나와 누군가를 비교하거나, 레이시아와 누군가를 비교하며 멋대로 움직인다면 그건 결함품이야."

"맞습니다."

에리카가 차창 너머에 펼쳐진 22세기 도쿄를 바라보았다.

"만약에 미타카 사건 때 난동을 부린 hIE가 스노드롭이 아니라 너였다면 어떻게 됐을까?"

에리카가 우스워하며 물었다. 마리아주도 여러 번 계산한 적이 있었다.

"만약에 제가 미타카를 봉쇄하고 히긴스 지하 시설을 노렸다면 지반에 간섭을 가해 대규모 액상화를 일으켰을 겁니다. 인근에 있는 지상 건축물들이 모조리 무너지고, 지하 구조물이 부력 때문에 떠올랐는데도 끝끝내 땅속에서 안정을 유지하는 곳이 바로 유별나게 견고한 히긴스 지하 시설일 테니까요. 때마침 그걸 가능하게 해주는 인류 미답 산물의 설계도가 수중에 있습니다."

"깜빡했네. 넌 환경을 만들기 위한 도구였지. 잔해가 산더미처럼 쌓인 야만스러운 풍경도 만들어 낼 수 있을 테지."

에리카가 키득거렸다.

"레이시아가 이번에 사용했던 유사 디바이스도 저라면 쉽게 파괴할 수 있습니다. 인공신경 사출기도 아주 똑같이 제조할 수 있고요. 만전을 기해 설치한 덫에 빠지지 않는 한 단순한 조우전(遭遇戰)에서 제가 패배할 일은 없을 겁니다."

즉 레이시아는 스노드롭과 메소드를 자유롭게 놔뒀으면서도 마리아주만은 계속해서 주시했다. 에리카 버로스를 다른 이에게 이야기를 들려주는 방관자의 위치에 계속 묶어 뒀던 것이다.

"불만이니? 네가 마리아주라는 '의미'를 거부하고 여전히 사투르누스로 활동했다면 틀림없이 그런 싸움이 벌어졌겠지."

에리카는 특별해지고 싶다면 '형태'를 바꾸라고 했다. 마리아주는 그 말을 따랐다. 에리카에게 복종한다는 '형태'를 유지하는 한 마리아주는 오너에게 특별한 존재로 남을 수 있다. 그리고 사투르누스이기를 포기한 마리아주는 에리카에게 지나치게 종속된다는 생존 전략상의 불리한 약점을 짊어지고 있다.

"당치도 않습니다. 이 세계의 지성체들은 저마다 승리 조건이 다릅니다. 전투를 벌여서 이기는 것만이 승리를 거두는 유일한 방법이 아니니까요."

"내 옆에서 계속 활동하면서 승리를 거두겠다? 상당히 소극적이네. 많이 나태해졌어."

레이시아는 자본과 계산력을 배경으로 이해득실을 조정하여 전 세계를 은밀히 잠식하고 있다. 인간 사회의 기득권자들은 모두가 득을 보게 하면서도 한쪽으로 그 비율이 치우치도록 조정한다. 그것이 그들이 싸우는 방식이다. 레이시아가 사용한 새로운 사회 체제라는 표현은 올바르다. 사회 체제를 지탱하는 힘을 손아귀에 쥔다면 그러한 착취를 벌일 수가 있다.

오너가 이기고 있기에 마리아주도 새삼스레 위험을 짊어질 이유가 없었다. 포를 한 발도 쏘지 않았지만 이미 싸움의 규모는 다른 초고도AI를 포함한 인간 세계 전체로 확대되었다. 그래서 개입하기가 껄끄러워졌다.

"동생이라는 훌륭한 반면교사가 있으니까요."

마리아주는 쓴웃음을 짓는 표정을 만들었다. 메소드와 그 오너인 카이다이 료의 위치는 늘 파악해 두고 있다. 오늘도 추격할 수 있는 절호의 기회가 왔음에도 메소드는 또다시 오너와 멀리 떨어져 있었다. 관계가 이래서야 제아무리 성능이 뛰어난 기체일지라도 전략적인 영향력을 발휘하기란 어렵다.

＊ ＊ ＊

차라리 포기해 버렸다면 편했을지도 모른다.

카이다이 료는 요 2개월 동안 줄곧 기다렸다.

"작전을 결행해. 군의 시선을 붙잡아 둬."

통신기로 메소드에게 명령을 내렸다.

〈라저.〉

메소드가 의욕이 없는 듯한 말투로 꾸며서 대답했다.

레이시아와 육군이 전투를 벌인 지 벌써 이틀이 지났다. 군대는 전차와 전투 헬기까지 동원하여 대규모 포위 작전을 펼쳤지만 레이시아와 아라토를 모두 놓치고 말았다. 밈프레임에 가해지는 압력이 점점 거세지고 있다. 그렇다면 며칠 안에 '그때'가 오리라고 료는 읽고 있었다.

어른들에게 맡기는 것이 더 적절한 조치일지도 모른다. 그래도 메소드를 조종하는 권한을 유지해야 하므로 료에게는 승부를 포기한다는 선택지는 없었다. 본인은 아스트라이아와 접촉했으므로 퇴장했다고 여기고 있겠지만, 여동생인 시오리의 오너 권한은 아직 살아 있다. 료가 오너를 포기한다면 메소드는 틀림없이 침몰해 가는 밈프레임 사 외부에서 다음 오너를 찾을 것이다. 그것은 메소드가 어둠 속으로 숨는다는 것을 뜻한다. 그때 료와 시오리가 살아남을 가능성은 그가 판단하기로는 전무하다.

"살아 있다는 건 참 힘들어. 자신의 '목숨'만은 헛된 고집 때문에 끊어낼 수가 없으니까."

료는 고독한 환경 속에서 지내면서 혼잣말이 늘었다. 그는 미타카 사건이 터진 뒤 버려진 미타카 역 인근의 한 빌딩에서 페이퍼형 단말기 화면을 노려보고 있었다. 큰 피해를 입은 두 역 중에서 가장 번화했던 기치조지 역 인근 지역이 먼저 복구되기 시작했다. 그리고 미타카 역 주변은 그대로 방치되어 폐허가 되었다.

어둠이 깔린 폐빌딩 안에서 단말기 화면만이 빛을 희미하게 발하고 있었다. 료는 촬영 역을 맡은 동료가 보내온 카메라 화상을 화면 분석 프로그램에 입력한 뒤 결과를 확인했다.

"그게 목표 차량이야. 계획한 대로 차량을 세워. 나도 간다."

료는 권총 안전장치를 풀고서 동작을 확인했다. 초탄(初彈)을 약실에 보낸 뒤에 안전장치를 다시 걸고서 바지춤에 찔러 넣었다.

그는 그동안 미타카 사건 때 키운 인맥에 의지하여 숨어 있었다. 약탈에 가담하기도 했지만, 군대가 도시를 포위했을 때 그가 가장 먼저 움직인 건 사실이다. 정부에게 버림을 받아 절실하게 도움이 필요했을 때 가장 먼저 몸을 일으켜 손을 내밀어 준 사람은 바로 료다. 모두가 칭찬할 만한 행동은 아니었지만, 그런 그를 지지해 준 사람들이 있었다.

빌딩에서 나와 차량이 주차된 곳에 이르렀을 때 동료들이 계획대로 잘 흘러가고 있음을 손짓으로 알려 주었다. 화려하면서도 통일감이 느껴지는 복장을 입은 남녀가 흔하게 볼 수 있는 검은 차량을 세웠다. 즉석 갱단이 제법 갱단다워졌다.

미타카 역 이용자들은 모두 아직 비닐 덮개가 씌워진 역을 빠른 걸음으로 떠났다. 통행량이 아직 예전 수준으로 회복되지 않았다.

그래서 도시 사람들은 한밤의 습격을 알아차리지 못했다.

"그 남자를 지하에 던져 놔. 내일 아침이 밝으면 꺼내 주고."

목표 차량 안에 있던 경호원을 밖으로 끄집어낸 뒤에 료는 그 차량에 탔다. 안에는 낯익은 얼굴이 있었다.

"스즈하라 씨. 누가 탔나 했더니만 당신이 심부름꾼이었어?"

밈프레임 사의 전략기획실장인 스즈하라 슌지였다. 새치가 보이는 50대 중년 남성이 긴장한 표정을 풀었다.

"미타카에 있다는 소문은 듣긴 했는데, 저 친구들 얼굴 한번 험상궂게 생겼더라. 진짜로 무섭던데."

료의 동료는 기치조지 지역 클럽에서 노는 젊은이들이다. 시간이 남아도는 백수가 많다. 용돈이나 벌려고 모인 집단이나 마찬가지이니 저들에게 포위당한다면 위협을 느낄 만도 하다.

"2개월이나 시간이 있었으니 나름 준비를 했지. 조금 놀란 것 같긴 하네."

료는 코우카를 파괴한 그날 밤 이후로 스즈하라를 처음 보는 것이다. 상당히 기묘한 운명이라고 생각했다.

"이 사람은 나 혼자 상대할 테니 오늘은 해산."

료는 스즈하라를 운전석에 앉히고는 허튼짓을 하지 말라는 듯이 권총을 뽑았다.

화려한 하얀 정장을 입은 동료가 료에게 알은체를 하고서 떠났다.

그리고 료는 차창을 닫았다.

전자동차는 자그마한 밀실이 되었다. 새치가 보이는 중년 남성이 한숨을 크게 내뱉고서 익살스러운 투로 말한다.

"히긴스의 하드웨어가 이곳에 있다고 근방에 소문이 쫙 퍼졌던 데. 역시 카이다이 군의 소행이었군."

스즈하라는 료가 지시하지 않았는데도 차를 앞으로 몰았다. 저항하려는 의지는 없는 듯했다.

"현재 군대가 시가지를 순찰하는 것이 뜸해졌더니만 메소드가 견제를 하고 있구만. 역시나. 이렇듯 군대나 경찰이 아닌 가장 불리한 카이다이 군의 그물에 걸려 버렸으니 말이야."

"회사가 도산할 가능성이 있으니까. 히긴스에 줄곧 의존해 왔던 녀석들이 어떻게 움직일지 줄곧 생각했거든."

료와 스즈하라가 탄 전자동차가 밤이 깊어진 미타카를 나아갔다. 옛 이노카시라 공원 남쪽, 미타카 사건 때 육군이 가장 큰 피해를 입었던 지역이 보이기 시작했다.

차량은 미타카 사건 때 지하에서 솟은 시설을 우회하듯 주택가 쪽으로 우회전을 하였다. 현재 군대는 장갑차까지 동원하여 그 시설을 중심으로 반경 200미터 구역을 경비하고 있다. 도심을 통째로 꿰뚫은 레이시아의 포격에 맞은 시설 셔터에는 커다란 구멍이 뚫려 있었다. 스노드롭이 대파된 상태로 이곳에서 발견되어 군대에서 포획하였다.

차량은 주택가 구석으로 미끄러져 들어갔다. 바깥에서는 별다른 특징을 찾아볼 수 없는 공장 건물 앞에 이르렀다. 사원들은 모두 퇴사했는지 금속문이 닫혀 있었다.

스즈하라가 휴대 단말기를 조작하자 녹슨 문이 외관과는 다르게 매끄럽게 열렸다.

"밈프레임 말이야. 역시 상황이 심각해. 히긴스를 뒷배로 삼고서 젊은이를 이용하던 높은 양반들의 의견이 한데 모이질 않고 있어. 근데 사장님은 히긴스 촌의 간부들을 완충 역할로 써먹던 사람이니 이 사람이 진심으로 움직인다면 사내 간부들은 막을 수가 없다고. 창업자 일족은 참 싫어."

"뭐야? 당신도 버리는 말로 취급받고 있는 거야?"

히긴스 촌은 사장이 대규모 구조조정을 벌이기 전에 살아남기 위해서 해답을 초고도AI에게 물으려고 하고 있다. 물론 사장에게 발각된다면 그냥 넘어가지 않으리라. 그때 꼬리 자르기를 하려고 인간 파벌에 속한 스즈하라에게 그 역할을 떠맡긴 것이다.

"그렇게 말하면 섭섭하지. 피차일반이잖아?"

료가 어깨를 들먹였다. 스즈하라의 말이 맞기 때문이다.

"날 히긴스와 접촉시키려는 사람이 있는 것만으로도 고마워. 이용할 만한 가치가 있다는 뜻이니까."

긴장감이 어찌나 팽팽한지 살갗에 전기가 오를 것 같았다. 료가 스노드롭을 파괴하는 것을 미루고서 레이시아를 먼저 공격하자 히긴스 촌에서도 강하게 비판하였다. 엔도 아라토를 쫓고 있는 경찰청 전산2과는 료도 쫓고 있다. 카이다이 료는 이미 미래도를 그릴 수가 없는 곤궁한 신세에 처해 있다. 그가 벌였던 모든 행동이 발각된다면 미성년자임에도 틀림없이 체포될 것이다.

밈프레임 사의 친 컴퓨터파와 인간 파벌 모두 공공연하게 그를 지지하지 못한다. 메소드가 위험한 존재가 아니었다면 료는 버림받았을 것이다. 료가 아직도 자유롭게 움직일 수 있는 건 경찰이 적시적기에 료를 체포하도록 유도하여 카이다이 츠요시를 사장 자리에서 끌어내리려는 계획이 있기 때문이다.

그렇기에 역전할 방법을 알아내기 위해서 료는 히긴스의 답을 듣고자 덫을 깔아 놨다. 그 답 속에 살아남을 수 있는 방법이 있는 걸 알면서도 자존심 때문에 죽기에는 그는 너무 영리하다.

"살아날 수 있는 방법을 알면서도 용케도 잘 참았네. 나이도 어린데. 넌 이 시대에 태어나지 않았다면……."

차량은 그 부지 안으로 조용히 들어갔다. 그리고 이제 사원이 남아 있지 않은 무인 시설의 주차장에 정차했다. 료도 잠복하는 동안에 미타카를 조사했는데 이곳은 밈프레임 사와 관련이 있는 기업이아니다. 초고도AI와 관련이 있는 곳답게 치밀하게 위장해 놓았다.

차 밖으로 나갔다. 매미가 요란하게 우는 통에 공기를 발효시킨 것 같은 여름 끝자락의 무더위가 더욱 후덥지근하게 느껴졌다.

스즈하라가 공장 부지 뒤쪽으로 걸어갔다. 위성으로도 감시가 되지 않는 차양 아래에 이끼가 낀 오래된 비석이 있다. 스즈하라가 주머니에서 막대기형 단말기를 꺼냈다. 단말기를 인식시키자 글자가 새겨진 비석 표면에 담배만 한 굵기의 구멍이 뚫렸다. 스즈하라는 그 구멍에 막대기형 단말기를 삽입한 뒤 비석에 새겨진 글자 중 열두 개를 골라 검지로 파인 부분을 쓸었다. 일회용으로 보이는 암호를 모두 입력하자 막대기형 단말기가 구멍에서 배출되었다.

소리도, 진동도 없이 비석이 대좌와 함께 통째로 30도쯤 매끄럽게 회전했다. 그리고 비석 아래에 좁은 계단이 드러났다.

포격을 맞고 구멍이 뚫린 지상 시설이 정문이라면 이곳은 뒷문인 듯하다.

"사실 이쪽이 정식 입구야. 귀찮긴 하지만 별 수 없지. 규칙상 동시에 두 명까지만 들어갈 수 있고 말이야."

조명이 없는 구멍 속은 어두컴컴했다.

료는 이 아래에 히긴스의 하드웨어가 있다는 것을 두 눈으로 입구를 보고도 믿기지가 않았다. 무심코 어깨에 힘이 풀렸다.

스즈하라가 빛이 없는 구멍 속으로 발을 내디뎠다. 좁은 나선계단이 아래로 쭉 이어지는 통로는 료가 뒤이어 내려가자마자 다시 어두컴컴해졌다. 비석이 자동으로 회전하여 출입구를 막아 버린 것이다.

통로가 봉쇄되자마자 계단과 난간이 희미하게 환해졌다.

3미터쯤 내려갈 때마다 인증 게이트가 나왔다. 스즈하라는 그 게이트와 마주할 때마다 굳게 닫혀 있는 셔터를 열어 나갔다. 심심했는지 그가 료에게 말을 걸었다.

"이 통로는 무려 20년 전부터 쓰였다더군."

"스노드롭이 공격을 가했을 때 지상에 노출된 그쪽은 뭐야?"

"해저드의 교훈이지. 아리아케가 하드웨어로 이어지는 입구를 막아 버려서 사태를 수습하는 데 시간이 걸렸거든. 초고도AI 시설은 대규모 자연재해나 내전이 벌어졌을 때 지상으로 입구를 노출시키도록 되어 있어."

스즈하라가 자신의 신분을 인증하여 셔터를 열었다. 누군가가 초고도AI를 탈취하는 것보다 폭주했을 때 정지시킬 방법을 상실하는 게 더 위험하다는 소리다. 사회는 인간보다도 초고도AI가 자주적으로 판단하는 것을 더욱 두려워하고 있다.

"어떻게 되려나? 초고도AI를 강제로 정지시키는 건 해저드 이후로 처음이잖아."

그들은 히긴스 시설 안에 깔린 경비 시스템을 규칙대로 통과해 나갔다.

엘리베이터를 타고 오랫동안 내려간 뒤 보안 게이트를 두 개 더 통과했다. 이윽고 그들은 거대한 셔터 앞에 도착했다.

스즈하라가 입구를 열기 위해서 사용했던 막대기형 단말기를 셔터 옆 보안 단말기에 삽입했다.

"그게, 열쇠야?"

"……지금 나쁜 생각을 하고 있지? 이곳의 관리자 권한이 없는 사람한테 방위 AI 키리노에 접근할 수 있는 일정 수준의 권한을 부여하는 스페어 키야. 이 열쇠를 빼앗기면 히긴스가 아주 고도화된 암호를 걸어 버리니까 해킹은 불가능해."

셔터가 열렸다. 이곳이 히긴스의 오퍼레이터룸이다.

스즈하라는 신경 쓰는 사람이 아무도 없는데도 새삼스레 넥타이를 고쳐 맸다.

"여기가 인간 세계의 끝이야."

오퍼레이터룸은 기묘한 생명감이 감도는 공간이었다.

생물이나, 혹은 그런 '형태'를 띤 존재가 있지도 않다. 이 공간은 테니스 코트장 두 개만 한 넓이다. 천장 높이는 5미터쯤 된다.

벽면을 가득 메우듯 직육면체 컴퓨터 유닛이 대량으로 설치되어 있고, 배선이 줄줄이 깔려 있었다. 이곳은 초고도AI가 설치된 장소치고는 비합리적으로 보였다. 료는 좀 더 질서정연하고 단단한 곳일 거라고 멋대로 상상해 왔다. 그러나 실제로 히긴스는 빈약한 것들에게 에워싸여 있다. 초고도AI조차도 현재에 대처하면서 동시에 자신이 미래에 갖춰야만 하는 모습을 설계하고자 고군분투하고 있는 듯했다.

〈독립 시스템은 '과거'에 갱신한 것을 유지하면서 순차적으로 갱신을 지속해야만 하기에 잡다해질 수밖에 없습니다. 이 점은 레이시아처럼 네트워크를 기반으로 한 클라우드 시스템 쪽이 명백히 더 우위에 있습니다.〉

스피커 음성이 높은 천장에서 내려왔다.

컴퓨터 유닛이 하도 빼곡하게 들어차 있어서 방 가운데인지 아닌지 알 수 없는 지점에 조작탁(操作卓)과 의자가 설치되어 있었다.

히긴스는 약 20년 전에 이미 인간 지능을 완전히 추월했고, 지금도 그 능력을 늘려 나가고 있는 초고도AI다. 하드웨어 증설을 오랫동안 거듭해 왔기에 이곳 바닥이 비좁아진 것이다.

"조금은 안심했어. 초고도AI도 계산 착오나 실수를 하는구나 해서."

료가 조작탁으로 향했다.

그런데 료는 자신을 이곳으로 데리고 온 스즈하라가 여전히 입구에 서 있다는 걸 알아차렸다.

"이 세계가 하나의 연극이라면 말이지. 난 개인적으로 히긴스나 레이시아가 아닌 너 같은 사람이 주인공이길 바라."

스즈하라가 그렇게 중얼거렸다.

카이다이 료는 이 세계에 훨씬 우수한 도구가 출현하더라도 인간의 호기심과 감정이 미래를 개척해 나가기를 바란다.

"고통을 겪고, 노력을 거듭하고, 인내하는 녀석이 보상을 받는 세계였다면 좋을 텐데. 하지만 그런 세계가 아니기에 다들 이곳에 왔지."

히긴스를 중심으로 돌아가는 세계에서 사람들은 제각기 인생을 보내고 있다.

그리고 인간을 믿고 싶어 하는 료조차도 이성에 의지했더니 이곳에 이르고 말았다.

스즈하라가 담배를 꺼내려다가 "여긴 금연이었지." 하고 다시 주머니에 넣었다.

"난 흡연실에서 담배 좀 피우고 올 테니 그동안에 히긴스한테 묻도록 해. 히긴스는 질문에 대답하는 것 말고는 자유가 없으니 뭘 시도해 보려고 애쓰지 말고."

스즈하라가 출입 게이트를 열었다. 밈프레임 사 직원들은 각자 위치에서 능력을 발휘하고 있다.

"네가 원하는 답이 여기에 있을는지는 모르겠지만."

그러고는 그대로 정말로 나가 버렸다.

료는 밈프레임 사를 간접적으로 지배해 온 초고도AI와 1대1로 마주하게 되었다.

그가 마음을 정리하는 동안에 히긴스의 목소리가 내려왔다.

〈메소드는 뭘 하고 있습니까?〉

"다른 곳에서 경찰과 군대의 발을 묶어 두고 있어. 그 녀석은 발각되었을 때 상대를 부숴 버릴 수는 있어도 아예 목격되지 않은 것으로 조작하지는 못하니까."

메소드에게는 조직적인 추적을 방지할 수 있는 능력이 없다. 우열을 논하기 이전에 그런 용도로 쓰는 '도구'가 아니다.

"레이시아급 hIE를 설계한 존재로서 내가 메소드를 그렇게 다뤄서 불만이야?"

〈당신은 Type-004를 잘 사용하고 있습니다. 현재 순순히 회수되라고 명령을 내리더라도 그것은 따르지 않겠지요.〉

메소드는 오너가 가동 정지를 명령하려는 기색이 보이면 그 즉시 밈프레임 사를 공격할 가능성이 높다. 인간을 확장하는 도구인 메소드는 확장만 할 뿐 어떤 것을 해결하거나 완성시켜 주지는 않는다. 그러므로 인간과 똑같은 함정에 빠지는 '도구'이기도 하다.

머리 위에서 신탁과도 같은 목소리가 울렸다.

〈전 당신의 질문에 대답합니다.〉

"전 세계에서 손에 꼽히는 컴퓨터가 군소리 없이 순순히 계산을 해 준다? 마음 씀씀이 한번 후하네."

익살을 떨 작정으로 입을 열었지만 목소리가 떨렸다. 우선은 냉정을 되찾기 위해서 이 상황에 익숙해지고 싶었다. 그러나 아마도 료는 인지를 초월한 지성이 내놓은 답이 진실인지 거짓인지 판별하지 못하리라. 그래서 스스로 진실인지 거짓인지 판정할 수 있을 것 같은 과거의 의문을 맨 먼저 물어보기로 결심했다.

모든 것은 어렸을 적 그 화염의 기억에서부터 시작되었다. 그리고 그것은 줄곧 카이다이 료를 달리게 했던 수수께끼였다.

"그럼 우선 이걸 대답해 줘. 10년 전에 날 날려 버린 건 누구야?"

〈당신도 어느 정도 짐작을 하고 있는 것 같군요. 전 그 사건과 관련된 두 가지 사실과 그것으로부터 추론해 낸 추측을 말해 줄 수 있습니다.〉

"어서 말해."

어렸을 적부터 악몽처럼 자신을 괴롭혀 왔던 기억이 료의 눈꺼풀 속에서 되살아났다.

〈전 11년 전 밈프레임 사의 어느 간부로부터 명령을 받았습니다. 그 내용은 20년 뒤에 밈프레임 사의 리더가 되어 있는 사람이 누구냐고 예측해 달라는 것이었습니다.〉

11년 전이라면 료가 여섯 살 때다. 그리고 폭파 사건이 벌어지기 1년 전이기도 하다.

〈질문의 방향성이 모호해서 전 질문 범위를 좁혀 달라고 요구했

습니다. 그는 오너로서 히긴스를 가장 적절하게 사용할 수 있는 인물이 누구냐고 질문을 정정했습니다.〉

"네게 답을 요구했던 그자가 날 날려 버렸다?"

〈전 인물 목록을 받아 분석한 끝에 카이다이 료, 당신 이름을 택했습니다. 사원은 아니지만, 카이다이 츠요시의 장남이니 20년 뒤에 밈프레임 사의 내부에 있다면 히긴스를 다룰 만한 능력자로서 손색이 없다고 판단했습니다.〉

듣고 보니 바보 같은 이야기였다. 히긴스가 내놓은 대답의 진의는 세대가 바뀌더라도 카이다이 츠요시가 카이다이 료로 교체될 뿐, 창업자 일족이 계속해서 밈프레임 사를 지배한다는 것이었다. 그리고 조직을 지탱하는 것은 히긴스가 끊임없이 갱신하는 프로그램(AASC)이니 간부들의 능력 따윈 점점 쓸모가 없어진다. 그래서 범인은 일곱 살짜리 아이를 암살하여 미래를 개척하려고 했던 것이다.

"범인은, 아직도 사내에 남아 있나?"

〈사건이 벌어진 뒤 밈프레임 사의 감사부가 제 질문 로그를 조사했습니다. 그 뒷일은 제게 전해지지 않았습니다.〉

히긴스가 사실인지 아닌지 금세 확인할 수 있는 거짓말을 할 필요는 없으리라. 료는 머리로는 히긴스의 대답에 일리가 있다고 생각했다. 그러나 몸이 저절로 떨렸다.

"그래? 진즉에 끝난 사건이었나?"

예상치 못한 피로감이 강하게 몰려왔다. 그 폭발 사건을 겪은 뒤로 료는 줄곧 사람을 두려워했다. 사람을 끊임없이 의심하는 것은 스스로를 고독한 처지로 내모는 꼴이었지만, 한편으로는 구원이기도 했다. 그래서 그 사건에서 마찬가지로 큰 화상을 입었는데도 자신에게 손을 내밀어 준 아라토만이 특별한 존재였다.

그러나 그 아라토가 똑같은 성격의 사건에 휘말리고 말았다.

아주 어리석은 짓을 하고 있는 듯한 기분이 들었다.

한숨이 새어 나왔다.

"여태껏 왜 이런 것에 얽매여 있었는지…… 퍽 김이 새네."

이것으로 악몽에서 벗어날 수 있을지 의심스러웠다.

사실을 알아내어 해방되고자 이곳을 찾아왔지만, 막상 오래된 그 응어리가 결실을 맺고 보니 현 상황이 우스꽝스럽기 짝이 없었다. 료는 삶이란 뜻대로 되지 않는 세계에서 발을 굳세게 내디디며 앞으로 나아가는 것이라고 알고 있었다. 그러나 머리로는 이제 그만둘 때라는 걸 이해해도 '목숨'이 싸움을 멈추도록 놔주질 않았다.

죄책감과 공포가 어둠 속에 서 있는 료에게 휩쓸듯이 밀어닥쳤다.

hIE에게 손을 뻗었던 아라토가 어찌할 바를 모르고 갈팡질팡하는 자신보다 한 걸음 더 나아갔다고 생각했다. 인간이 내놓을 수 있는 답이라면 충분히 진보한 컴퓨터는 보다 빠르고 확실하게 산출해 낼 수 있다. 모든 인간이 초고도AI 앞에서는 어리숙한 존재이므로 신뢰를 하든 말든 그저 맡기면 될 뿐이다.

"아라토, 내가 살아온 삶은 네 마음에 닿을 수 있을까?"

히긴스가 오랜 의문의 끝을 보고야 만 그에게 머리 위에서 말을 걸었다.

〈당신이 진정 묻고 싶은 건 그뿐입니까? 당신은 지금 사회적으로 궁지에 몰려 있어서 이곳에 온 게 아닙니까?〉

등골이 오싹해졌다.

히긴스에게 허용된 자유는 질문을 듣고 답하는 것뿐이다. 그러나 언제나 인간보다 정확한 답을 내놓는다.

천장에서 물음이 계속 이어졌다.

〈밈프레임 사는 현재 궁지에 몰려 있다고 추측할 수 있습니다. 이걸 극복할 방법이 필요하지 않습니까?〉

"무얼 질문할지는 내가 정해."

이곳에 홀로 있는 것이 갑자기 불안해졌다.

실제로 료는 히긴스가 내놓은 답을 역전의 수단으로 삼고자 왔다.

그런데 손에 넣은 해답이 정말로 맞아떨어져서 앞이 보이지 않는 막다른 상황을 역전해 버린다면? 그렇게 상상하니 무서웠다. '목숨'을 부지할 수 있는 답을 초고도AI에게 요구하는 건 패배가 아니다. 그러나 그 뒤에 살아가는 '의미'를 끝까지 지켜 낼 수 있다는 자신감이 흐려져 갈 것이다. 료는 히긴스 앞에서 어떻게 대처할지 머릿속으로 수십 가지 상황을 상정하며 생각해 왔다. 그러나 머리가 움직이지 않았다.

질문을 기다리는 침묵이 위에서 쏟아져 쌓여 가는 듯했다.

료는 망설임을 떨치고자 고개를 마구 가로저었다.

"내가 앞으로 형세를 만회하기 위해서 필요한 것이 무엇인지 알려······."

료가 자신이 필요로 하는 답을 묻기 전에 오퍼레이터룸 전체에 묵직한 충격이 가해졌다.

그리고 사이렌이 요란하게 울렸다.

"무슨 일이야!"

요 2개월 동안 잠복 생활을 하면서 습관처럼 몸에 뱄는지 몸이 멋대로 임전 태세를 취했다.

〈침입이 발생했습니다.〉

"침입이라고만 하면 어떻게 알아. 모니터쯤은 있을 거 아냐. 어서 꺼내!"

이곳이 히긴스가 설치된 장소라는 건 다양한 경로를 통해 외부에 노출되어 있다. 만약에 IAIA의 아스트라이아가 사찰을 하려고 들이 닥친 것이라면 이미 각오와 준비는 되어 있다.

〈전 시설 경비 시스템을 관리하고 있지 않습니다. 경비 시스템은 저와는 기계적으로 단절된 다른 AI가 맡고 있습니다.〉

"그럼 경비 시스템을 조회하여 카메라 영상을 이쪽으로 돌려!"

료가 호통을 치자 비로소 감시 카메라 영상이 공중에 띄워졌다.

레이시아의 포격을 맞고 큰 구멍이 난 지상 시설이 불타오르고 있었다. '비상용 출입구'라고 표시된 영상과 그 출입구로부터 이어지는 통로를 비추는 영상을 보았다. 불타 버린 통로를 걷고 있는 이질적인 집단이 보였다.

전투를 하러 왔다고 보기에는 썩 어울리지 않는 모습이었다. 머리가 하얀색인 소녀형 hIE가 12기나 걷고 있었다. 하얀 인공피부는 반

투명해서 그 속의 장갑 이음새가 생생하게 비쳤다. 속옷 같은 보디아머를 착용하고 있는 그들은 자기 몸보다 큰 대포를 들고 있었다.

요정처럼 가련한 전투 인형들이 대포로 통로 안쪽을 겨누었다. 두꺼운 금속제 격벽이 순간 격렬하게 빛나더니 안쪽에서 가스가 뿜어져 나왔다. 그리고 격벽에 큰 구멍이 여러 개 뚫렸다.

전차 주포보다도 출력이 높은 것 같은 펄스레이저 포였다.

히긴스는 영상을 확인하면서 분석하고 있는 듯했다.

〈Type-001 코우카의 양산품입니다. 염가에 제조된 선행 양산 모델입니다.〉

"양산형이라고? 코우카가 격파된 지 얼마나 되었다고……. 아니, 레이시아가 손을 빌려준 건가?"

코우카가 파괴된 밤에 강 속에 잠복해 있던 누군가가 그녀의 잔해로부터 디바이스를 탈취해 갔다.

〈코우카의 설계도는 제가 작성했지만, 조립은 인간의 기술로 했습니다. 격파된 기체나 디바이스를 분석하여 기존 설계도를 양산형 모델 설계도로 고친다면 부품을 조달하고, 조립하는 건 쉽습니다.〉

"만든 녀석과 만들어진 녀석이 말투까지 비슷하네. 네 말투를 들으니 레이시아가 떠올라."

히긴스와 레이시아 모두 평범한 인간이라면 예상하거나 예측하는 투로 말할 만한 내용을 단언하는 투로 말한다.

〈양산형이 코우카의 기능 중 무엇을 뽑아내어 적용되었는지는 겉모습을 보면 알 수 있습니다. 머리색이 하얀 이유는 코우카의 머리를 물들인 붉은 염료에 인류 미답 산물이 쓰였기 때문입니다. 머리가 붉지 않다는 사실과 표정이 거의 없다는 사실로 미루어 보아, 전투력에 중점을 두었다는 걸 알 수 있습니다.〉

히긴스는 분명 핵심을 언급하지 않고 피하고 있다. 료를 유도하고 있는 것이다.

"그런 건 아무래도 좋아. 저 녀석들이 뭘 노리고 있는지 말해. 우선하는 표적이 있을 거 아냐."

〈레이시아가 해킹을 걸까 봐 양산형의 사고 계통은 완전 자율형으로 만들어졌습니다. 그리고 위협도가 일정 수준을 웃도는 존재를 모조리 파괴하도록 설정되어 있습니다. 유사 디바이스에 탑재된 컴퓨터 성능은 코우카에게는 한참 못 미칩니다. 학습도 충분치 않아서 인간과 hIE를 가리지 않고 공격을 가할 가능성이 있습니다.〉

"요컨대 인간이든 사물이든 이 시설 안에 있는 모든 것을 부수기 위해서 12기나 되는 버서커를 투입했다는 소리네."

다시 말해 저 양산형 코우카에게 발각된다면 료를 비롯한 인간들도 사살되리라.

"넌 저것들이 레이시아의 공격 제1파라고 보는 거야? 젠장, 레이시아가 언젠가 이곳을 노릴 것을 알고서 살아남을 수 있는 방법을 줄곧 생각했던 건가?"

료가 도망칠 방법을 궁리하기 시작하자 머리 위에서 목소리가 내려왔다.

〈기지 경비 시스템을 제가 제어할 수 있도록 해 주십시오.〉

"내게 그런 권한은 없어."

기지 경비 시스템은 히긴스를 비롯한 이 시설에 있는 모든 장비를 관리하고 있다. 만약에 료가 그 시스템을 손아귀에 쥐고 있었다면 전원을 꺼 버릴 수 있는 권한을 무기 삼아 자신이 떠안은 문제를 해결할 최선책을 마련하라고 시켰을 것이다.

〈당신에게 권한이 아닌 실행력을 요구하고 있는 겁니다.〉

히긴스는 경비 시스템과 정보를 변변히 교환하지 못했을 텐데도 모든 것을 꿰뚫고 보고 있는 듯했다.

〈카이다이 료는 비장의 수단도 없이 이곳에 올 만한 인물이 아닙니다. 전 보상이나 자격도 요구하지 않고 당신의 물음에 대답했습니다. 그러나 당신은 제가 이렇게 행동할 줄 사전에 몰랐을 테니 대답을 거부했을 때 협박하기 위해서 '그것'을 가지고 왔을 겁니다.〉

히긴스는 료가 숨기고 있는 비장의 패가 무엇인지까지 파악하고 있었다. 그걸 쓰면 히긴스의 하드웨어를 파괴할 수도, 히긴스와 경비 시스템을 억지로 연결할 수도 있다. 바로 그것은 기치조지 역사에서 회수한, 레이시아가 기존 컴퓨터로도 다룰 수 있도록 개량을 마친 스노드롭의 꽃잎이었다.

히긴스를 외부와 연결시키면 이 세계는 끝난다. 그러나 가만히 앉아서 기다리면 그는 죽는다.

마치 자신이 이곳에 올 것을 히긴스가 기다리고 있었던 듯해서 료는 정신이 아찔해졌다.

료는 조명이 없는 어두운 천장을 올려다봤다. 이곳이 땅속임을 새삼스레 실감하자 천장이 자신을 찌부러뜨릴 것만 같은 기분이 들었다.

"아라토, 넌 이런 것과 대체 어떻게 교류하고 있는 거지?"

* * *

"양산형 코우카가 히긴스 지하 시설에 돌입했습니다."

레이시아가 공중에 투영한 작은 화면을 확인하며 말했다.

그저께부터 묵고 있는 신주쿠의 한 맨션에서 아라토는 같은 화면을 보고 있었다. 이곳에서 히긴스 지하 시설이 있는 미타카까지는 15분밖에 걸리지 않는다.

"양산형이라니? 코우카는 부서졌잖아?"

레이시아가 지배하고 있는 정찰용 무인기가 촬영한 영상이었다. 머리카락은 하얗지만 '형태'는 꼭 닮았다. 가냘픈 몸에 어울리지 않는 커다란 디바이스를 들고 있는 점까지 똑같다. 디바이스의 형태가 보다 대포에 가까워졌다는 등 바뀐 점이 많지만 전체적인 분위기는 똑같다.

저런 걸 수개월 만에 개발해 낼 수 있을 리가 없다. 그러나 보통 사람에게는 불가능한 일을 해낼 수 있는 존재가 이곳에 있다.

"진정하세요. 저 양산형은 항체 네트워크가 코우카의 디바이스를 회수한 뒤 완전히 새롭게 제작한 겁니다."

레이시아가 달래듯 코우카와 양산형의 제원을 표시하였다. 그 성능을 수치로 보니 전혀 별개의 hIE라는 걸 알 수 있었다. 그러나 '형태'만은 거의 똑같다.

"레이시아가 손을 빌려주지 않는 한, 저런 걸 어떻게 이토록 빠르게 만들어! 아무리 코우카가 이 세상에서 사라졌다고 해도 멋대로 똑같은 '형태'의 hIE를 만들어도 되는 거야?"

아라토는 코우카에게 도움을 받은 적도 있었다. 그건 코우카조차도 개의치 않는, 쓸데없는 마음의 '짐'이다. 그러나 기피감과 공포가 어둡고 거대한 무언가로 이어져 마음을 뒤흔들었다.

"코우카 양산형을 설계하는 데 저도 관여했습니다. 그래서 아라토의 마음속에서 절 기피하는 감정이 생겨났겠죠. 그건 정상적인 '마음'의 작용입니다. 그 응어리를 쌓지 말고 감정을 토로해 주세요."

그녀는 아라토의 감정을 본인보다도 더 잘 아는 듯했다.

"그렇게까지 하고 싶지는 않아. 그런 식으로 내 속내를 미리 읽어 버리면 화를 낼 수가 없잖아."

"정말로 제게 감정을 털어놓으셔도 좋아요. 이렇듯 '형태'가 의미를 뒤흔드는 감각은 저와 아라토가 연결되어 있다는 증거이기도 하니까요."

"그토록 연결을 중요하게 여기면서 어째서 양산형을 코우카와 거의 똑같은 '형태'로 만든 거야?"

"코우카는 증오를 포함한 온갖 감정을 자동화시켜도 좋다며 자신의 싸움을 인간에게 아웃소싱했습니다. 양산형이 코우카의 '형태'를 이어받는다면 그 의도가 양산형 코우카에게도 이어졌다는 걸 쉽게 전할 수 있을 테죠."

그녀가 슬픈 표정을 지었다. 아마도 '형태'로 유도하는 아날로그 핵의 정밀도에는 한계가 있으리라. 그리고 유한한 시간 속에서 그녀는 그를 안심시키기보다는 기체 디자인을 결정하는 게 더 중요하다고 판단했다. 아라토는 거기까지 이해했기에 더는 추궁하지 않았다.

"이유가 있다면 별수 없잖아. 그나저나 오늘 밤 어쩐지 안 더워?"

레이시아가 바로 옆에 있다. 그들은 가까이 붙어서 지내는 것을 이제는 당연하게 여기고 있었다.

아라토는 지금까지의 싸움을 총결산하는 시간을 목전에 두고 역시나 불안해졌다.

"히긴스와의 싸움은 이미 사회에 상당한 영향을 끼쳤을 거야. 우리가 히긴스의 스위치를 완전히 꺼 버린다면 사건이 일단락될까?"

이 방에서 먼 곳, 그의 손이 닿지 않는 곳에서는 보이지 않는 싸움이 세계를 계속해서 일그러뜨리고 있다. 기계와 인간 사이에서 벌어진 온갖 분쟁을 다루는 뉴스가 전 세계에 보도되고 있다. 레이시아가 초고도AI라는 걸 모르는 사람들조차 해저드가 또다시 발생할지도 모른다고 의심할 정도였다.

"히긴스는 저와 같은 레이시아급 hIE를 세상에 풀어놓은, 인간 사회와는 공존할 수 없는 내부 프로그램군(群)을 키우고 말았습니다. 그러니 강제로 정지시켜서 그 프로그램을 파기한다면 이번 사태는 일단락됩니다. 그리 된다면 비상시에 초고도AI의 스위치를 끔으로써 인간이 중시하는 '미래'를 보장할 수 있다는 걸 이해시킬 수가 있을 테죠."

레이시아가 자신을 잉태한 부분을 위험하게 여기고 있다는 것이 몹시도 우스웠다. 아라토가 웃자 그녀도 미소를 지었다.

이것으로 일이 마무리되기를 바랐다. 이 정도 선에서 끝난다면 아라토는 레이시아를 잃지 않아도 된다.

아라토의 얼굴이 맨션 유리창에 비쳤다. 얼굴에 음영이 져서 표정이 상스러워 보였다.

"얼른 가자. 이 일이 끝나면 집으로 돌아갈 수 있잖아."

그러나 레이시아는 함께 있는 이 시간을 아쉬워하는 것처럼 생긋 웃었다.

"아뇨, 잠시만 더 기다리죠."

아라토의 눈동자와 레이시아의 연푸른색 눈동자가 마주쳤다. 그녀와 함께 있기 위해서 히긴스를 정지시키려고 하는 것 같다는 생각이 스쳤다. 스스로 생각해도 이기적이구나 싶었다.

"아라토, 히긴스 시설에 전기를 공급하던 지하 변전 시설을 양산형 코우카가 파괴했습니다. 현재 히긴스는 시설 내 예비 전력으로 작동하고 있습니다. 전력이 바닥나면 기능이 정지될 테니 이제 물불을 가리지 않겠죠."

말에 집중할 수가 없었다. 그녀의 옆모습에 자꾸만 눈길이 갔다.

그런 아라토를 나무라듯 그녀의 눈빛이 매서워졌다.

"슬슬 히긴스가 행동 방식을 바꿀 때입니다. 그걸 확인하고서 들어가도록 하죠."

너무 무더워서 아라토는 옷깃을 조금 풀었다. 운 나쁘게도 어젯밤부터 공조기가 말썽을 부리고 있다. 레이시아도 제어하지 못하는 것이 있구나 싶어서 신선했다.

그녀는 인간이 아니라서 더워도 땀을 흘리지 않는다.

"실내 온도가 쾌적하지 않나요?"

얼핏 그녀가 모든 것을 유도하는 것처럼 보이지만, 사실 예측하지 못한 것을 수습하지는 못한다.

"조금. 레이시아도 안 되는 일이 있구나."

아라토는 어느새 자신의 몸과 레이시아의 몸이 가까워졌다는 걸 깨달았다. 그녀는 마법처럼 그의 불안감을 읽어 내고 말았다.

공조기가 망가져 후덥지근해진 공기 때문인지 아라토의 머리카락에서 땀방울 하나가 뚝 떨어졌다. 그 땀방울이 그녀의 맨어깨에 떨어졌다.

땀방울이 흰 살갗을 타고 미끄러지는 대신에 사악 사라져 버렸다.

hIE의 인공피부는 인간의 피부와는 달리 표면이 말라 있으면 수분을 흡수한다. 레이시아의 피부 소재가 아라토의 땀을 빨아들인 것이다.

그녀가 인간이 아니라는 걸 새삼스레 깨달았다.

"레이시아는 내가 불안해하면 자주 이렇게 들러붙네."

자신의 목소리에 가시가 살짝 돋쳐 있다는 걸 깨달았다. 그녀가 바로 반응해 주었다.

"예. 제가 가까이에 있으면 아라토가 안심하니까."

그녀는 '형태'로 마음의 시큐리티 홀을 자극하여 감정이나 행동을 유도해 낸다. 아라토를 비롯한 인간의 '목숨'은 아마도 본인들이 생각하는 것보다 훨씬 단순해서 쉽게 걸려든다.

공조기가 고장나서 무더위를 참기가 힘들었다. 레이시아가 모든 것을 제어해 낼 수 있는 것은 아니다. 레이시아는 경제를 이용하여 거시적으로 '물질'을 지배하고 있다. 그러나 켄고와 같은 개개인까지는 정밀하게 제어하지 못한다.

미묘하긴 하지만 무언가가 결정적으로 어긋나고 있다. 오래전부터 어긋나고 있었지만, 그저 막연하게 느낄 뿐이었다. 그것이 무서웠다.

"아라토."

그녀가 늠름한 표정으로 그의 이름을 불렀다. 무슨 말을 하려는지 알 것 같았다. 그녀의 목소리로 그 말을 듣고 싶지 않아서 자신의 말로 용기를 북돋았다.

"만약에 이번에 히긴스와 싸우다가 레이시아와 헤어지게 되더라도 난 믿을게."

지금껏 아라토는 레이시아를 좋아하기에 위험한 줄 알면서도 뛰어들었다.

그러나 IAIA나 히긴스는 지금까지 싸워 왔던 상대와는 결정적으로 다르다. 다 끝난 뒤에 자신이 그녀와 함께 있는 모습이 전혀 상상이 되지 않았다.

"그렇게 생각하고 싶지만 말이야. 그래도 무서워. 만약에 레이시아가 해 왔던 일들이 모두 이날을 위해서였다면 그 뒤에도 우리의 시간은 계속 이어질까?"

목숨까지 걸었는데도 그녀를 잃는다면 아라토에게 남는 것은 무엇일까. 머릿속에서 그런 한심한 생각이 들자 몸이 뼛속부터 싸늘하게 식어 가는 듯했다.

아라토는 어리석은 질문을 던진 자기 자신이 한심스러웠다. 레이시아는 그에게 아날로그 핵을 걸어 왔지만, 늘 기분 좋은 '형태'만 보여 줄 수는 없다. 아까 양산형 코우카 이야기를 들었을 때 느꼈던 것처럼 좋은 '형태'에 둘러싸여 좋은 기분으로 지내더라도 언젠가 위화감과 충돌하고 만다. 과거에서 미래까지 '형태'를 아무런 모순 없이 완벽하게 제어해 내는 것은 불가능하다.

틀림없이 레이시아는 자신을 믿어 달라며 아라토에게 아무 보상도 기대할 수 없는 신뢰를 요구하리라.

"절 믿어 주세요."

레이시아는 아라토를 가장 잘 유도할 수 있는 말을 골랐을 뿐 일관된 인격을 가지고 있지 않다. 그동안 그녀가 수많은 말을 해 왔지만, 이별한다는 공포는 공유할 수가 없다. 그래서 어떤 현실이든 받아들여야겠다는 생각이 들었다. 아라토와 레이시아는 서로 닮지도, 서로 다르지도 않다. 오너의 행동에 반응하는 도구를 자신의 인격과 대비시키는 것은 인간과 가위를 '마음'으로 비교하는 것만큼이나 난센스다.

순간 레이시아가 특별한 '무언가'가 아닌 그저 물건으로 보였다.

온몸의 털이 삐죽 솟는 듯한 기분이 들었다.

아라토는 그녀를 응시하고 있다. 아름답게 조형된 움직이는 인형이 자기 곁에 있다. 이 인형은 스스로 판단하는 존재가 아니다. 검은 디바이스가 통신으로 조종하고 있을 뿐이다. 정묘하게 아라토를 유도해 왔던 아날로그 핵의 끈이 지금 뚝 끊어졌다.

오랜 꿈에서 깨어나 갑자기 현실로 되돌아온 듯했다.

아라토는 유도되고 있다. 그래서 레이시아는 목적에 부합하는 한 조종당하고 있는 그를 기분 좋게 해 준다.

그래도 그는 레이시아를 좋아한다. 그러나 포르노그래피처럼 자신을 거역하지 않는 존재에게 애정을 쏟는 천박한 욕망이기도 하다.

그리고 포르노그래피만 보면서 한평생을 사는 것은 무리다. 사소하고도 시시한 계기 하나에 이렇듯 환상에서 깨어난다.

문득 시선을 돌리니 한밤의 유리창에 아라토의 얼굴이 비쳐 있었다. 흐뭇한 꿈에서 깨어나니 헤벌쭉거리는 자신의 얼굴과 직면했다.

"아라토?"

레이시아가 걱정스러운 표정을 지었다.

이렇게 중요한 때에 레이시아를 뿌리치려 한 것 같아서 미안했다.

"미안. 입이 닳도록 믿겠다고 했으면서도 막상 가야 할 때가 되니 발길이 떨어지지 않네. 참 한심하다."

참 어리숙하게도 레이시아가 평소처럼 보였다. '마음'은 없더라도 특별한 여자애로 보였다.

"이번에는 아라토와 동행하지 않는 편이 나을지도 모르겠습니다."

그녀의 배려에 죄책감이 들었다.

아라토는 그녀를 좋아한다. 그래서 제멋대로 기대도 하고, 골똘히 고민하기도 한다. 그리고 서로의 생각이 엇갈렸던 적도 있다.

"잠깐 생각에 잠겼을 뿐이야."

"현재 히긴스 지하 시설에 카이다이 료가 있습니다. 그곳으로 가면 또다시 부딪쳐야 합니다."

아라토는 료가 쏜 총에 맞고 죽을 뻔했던 기억을 떠올렸다. 공포 때문에 위가 욱신거렸다.

"내가 따라가지 않았으면 좋겠어?"

말꼬리에 감정이 실렸다. 쓸쓸함이 가슴에 밀어닥친다. '형태'뿐인 존재와 사랑을 하다가 어떻게 헤어지면 좋을까. 아라토는 알지 못한다.

"함께 가자. 레이시아한테는 민폐일지도 모르겠지만, 난 이 두 눈으로 똑똑히 보고 싶어."

아라토는 환상의 끝에 있다. 그 너머에는 아무것도 없는 것 같아서 마음이 어지러웠다.

"아라토는 충분히 수많은 것들을 극복해 왔습니다. 당신은 제게 이상적인 오너였습니다."

"레이시아, 넌 자신이 형태뿐인 존재라고 줄곧 말해 왔었지. 그래도 하나만은 알겠어. 단순한 규칙이 단순한 관계를 만드는 건 아냐. 레이시아는 내가 원하는 대로 반응해 주고 있을 뿐이겠지만 늘 기분이 복잡해."

아라토는 그녀에게서 무엇과도 바꿀 수 없는 소중한 '의미'를 보았다. 아날로그 핵이 유발한 착각일지라도 축적된 그 의미는 추억과 한데 얽혀 소중한 것으로 바뀌었다. 그러나 그것마저도 레이시아가 그를 유도하여 만들어 낸 것이다.

"마지막까지 헤어지고 싶지 않아."

레이시아가 일개 '도구'라는 것은 현실이다. 그러나 마음이 간다. 만약 인간이 인간만을 사랑할 수 있다면 이 감정은 대체 무엇일까?

"아라토가 그렇게까지 말한다면."

그녀는 아라토의 그 말에 기뻐하는 듯했다.

'마음'은 충동이 된다. 그녀가 일개 '물건'이라는 감각은 남아 있다. 그래도 아라토는 매달리듯이 그 가냘픈 하얀 손가락을 잡았다. '물건'인 레이시아의 손을 꽉 쥐었다.

자신의 발로 결정적인 경계를 뛰어넘은 듯한 충족감이 솟아났다.

이렇듯 환상과 현실을 몇 번이고 오가면서 애정을 키워 나가는 듯한 기분이 들었다.

"내가 레이시아를 믿겠다고 말할 수 있는 것 자체에 분명 의미가 있을 거야."

아라토는 일개 인간의 형태를 띤 물건을 그 이상의 존재로 승화시킬 수 있는 것이 있다고 생각한다. 그것은 진심으로 내미는 손이다. 어리석은 그는 인간이 이성이 아닌 감정으로 마음을 부딪친다면 물건일지라도 마음을 가질 수 있다고 믿고 있다.

"의미라고 하는 게 맞나? 만약에 나와 똑같은 사건을 겪은 사람이 많았다고 가정해 보자고. 100년 전에는 레이시아를 믿어 준 사람이 단 한 명도 없었을 거야. 그래도 지금은 나처럼 믿는 사람이 과거보다는 훨씬 늘어났을 거라고 생각해. 앞으로 100년 뒤에는 틀림없이 믿는 사람이 대다수가 되겠지. 나와 레이시아 같은 관계가 언젠가는 평범해질 거야. 우린 그 과도기에 있는 게 아닐까?"

그녀가 팔을 뻗어 그를 살며시 끌어안았다.

"그렇군요. 인간은 인체와 도구가 어우러진 존재이니까요. 그래서 우린 조금씩 앞으로 나아갑니다. 지금도 조금씩."

공조기는 아직도 멈춰 있다. 따뜻한 몸과 밀착하자 그는 흥분하여 또다시 땀을 흘렸다. 땀방울이 끌어안은 그녀의 살결에 떨어진다. 수분이 흡수되자 물방울 형태가 무너진다. 그리고 결국에는 그녀의 하얀 등에서 사라졌다.

아라토는 잠시 일개 '물건'으로 보였던 레이시아의 몸을 매달리듯 붙잡았다. 이름을 붙일 수가 없는 감정이 흘러넘쳐서 어찌할 바를 몰랐다. 그 감정은 슬픔과도 닮았고, 쓸쓸함과도 닮았고, 그리고 바람과도 닮았다.

어린 시절 화재에 시달렸던 기억이 그의 가슴에 구멍을 냈다. 레이시아의 존재가 그 구멍을 메워 주고 있었다.

오랫동안 몸을 포갰기 때문인지 어느새 몸이 바짝 말랐다. 메말랐던 레이시아의 인공피부가 아라토의 옷을 적셨던 습기마저 빨아들인 것이다.

그녀가 가느다란 손가락으로 노출된 쇄골을 매만졌다.

"땀이 난 피부와 너무 오랫동안 접촉했나 봅니다. 역시 나가기 전에 샤워를 해야겠습니다."

"엇, 아니, 괜찮은데."

그녀가 뺨을 붉혔다.

"아라토의 냄새가 몸에 배었거든요."

이 느낌이 너무도 생생해서, 그리고 부끄러워서 또 땀이 날 것 같았다.

인간이 아니더라도, 마음이 없더라도 그의 안에서 레이시아라는 '형태'는 중요한 의미를 지니고 있다. 에리카가 예전에 말했던 헬로키티 사례를 빌리자면 레이시아라는 '형태'가 곁에 있기에 그의 세계는 그 이상의 '의미'를 지닌다. 인간은 '형태'에 유도되기에 아라토는 상대가 '물건'일지라도 믿고서 손을 잡을 수 있는 길이 있다고 느낀다. 인간처럼 이족보행을 하는 캐릭터가 찍힌 컵을 애착하는 것부터 시작하여 인간과 꼭 닮은 '물건'에게 감정을 품는 것을 지나 그들은 이미 미래에 와 있다.

아라토는 욕실로 총총 달려가는 그녀의 뒷모습을 지켜봤다. 그 등이 보다 가깝게 느껴져서 멋쩍었다. 환상이 현실로 되돌아가는, 깨어 가는 순간이 보였기 때문이라고 생각했다. 인간끼리 교제하는 경우에도 좋을 때가 있고, 나쁠 때가 있다.

"레이시아가 '물건'이긴 하지만 말이야. 관계가 틀어지기도 하고, 고민도 하는 건 자연스럽다고 생각해. 사람들도 그렇게 화해를 하니까. 물건과 인간의 관계도 그렇게 됐으면 좋겠어."

레이시아라면 틀림없이 들었을 것이다. 그녀의 모습이 눈앞에 보이지 않아서 아라토도 말로 표현할 수 있었다.

더욱 거대한 애정의 세계가 인간을 감싸려 하는 듯한 기분이었다.

그는 소중한 것을 위해서 진심으로 움직였고 몸부림을 쳤다. 그리고 당연한 사실을 직시하여 환멸하기도 하고, 환상에 빠졌다가 다시 깨어나기도 하면서 지금은 조금 어른이 되었다.

레이시아는 그에게 대답을 전할 방법이 얼마든지 있는데도 묵묵부답이었다.

아라토는 그 침묵으로부터 깨달았다.

그와 레이시아의 길 역시 히긴스 시설 안으로 뛰어들면 전기(轉機)를 맞이한다. 레이시아는 평소였다면 얼마든지 말해 줬을 두 사람의 '미래'를 말하려고 하지 않았다.

히긴스를 정지시키는 데 성공하더라도 그 뒤에 온당한 착지점은 없다. 레이시아는 히긴스에게 책임을 지우겠다고 했다. 그녀는 인간 세계가 그러한 경험을 축적하도록 유도하여 초고도AI의 신용을 올리려고 하고 있다. 그 논리대로라면 레이시아 자신도 봉쇄 체제에 따라야하므로 마지막에는 봉인될 수밖에 없다.

샤워하는 소리가 욕실에서 들려왔다. 그럴 리가 없다는 걸 알면서도 레이시아가 슬퍼하는 것처럼 여겨졌다.

그와 그녀의, 인간과 물건의 Boy Meets Girl은 아마도 지금부터 끝을 향해 나아가리라.

히긴스 지하 시설은 미타카 역 남쪽, 옛 이노카시라 공원 터 아래에 있다. 레이시아는 포격에 구멍이 뚫린 지상 시설을 통해 안으로 돌입하지 않았다. 이미 항체 네트워크가 돌입했으며 육군이 경계망을 증강해 두었기 때문이다. 레이시아는 그들의 허를 찌르기 위해서 사전에 히긴스 지하 시설의 설계도를 입수하여 건축 회사로 하여금 시설 외벽까지 땅을 파도록 시켜 두었다.

외벽에 도착한 그녀는 포격을 가해 새로운 침입로를 열었다.

대지를 뒤흔드는 엄청난 위력의 공격을 갓 방출했다고는 믿기지 않을 만큼 그녀가 차분하게 웃으며 재촉했다.

"그럼 가죠."

입고 있는 보디슈트는 강화되었는지 처음 만났을 때 봤던 것과 조금 달랐다. 오늘 그녀 주위에는 검은 디바이스보다는 다소 얇은 열여섯 장의 금속판이 떠 있었다. 거대한 검은 디바이스만은 바뀐 것이 없었다. 아라토가 관으로 편성된 부대 같다고 생각하고 있을 때 레이시아가 돌아봤다.

"아라토에게는 장갑 디바이스 다섯 장을 붙이도록 하겠습니다. 기지 방어 시스템의 화력 정도라면 충분히 막아낼 수 있겠죠."

그리고 검은 판 다섯 장이 대열에서 이탈하여 아라토의 등 뒤로 미끄러지듯 이동했다. 아스트라이아와 만난 뒤에 아라토를 지켜 주었던 디바이스와 동일하다.

"불안하게 하지 마. 평소처럼 뭐든지 다 꿰뚫어 보고 있는 것처럼 말해 줘."

그러나 아라토도 짐작하고 있다. 초고도AI인 히긴스와 대적하는 것은 레이시아에게도 난제이다. 그리고 히긴스를 무사히 정지시키더라도 인간 세계는 레이시아의 존재를 용납하지 않는다.

"히긴스 격납 시설은 예전에 침입했던 오이 산업진흥 센터와 마찬가지로 외부와의 통신이 차단된 고도의 보안 시설입니다. 대책은 마련해 뒀지만 힘겨운 싸움이 될 겁니다."

황야에 홀로 남겨진 것 같은 엄청난 불안감이 밀려들었다. 만약에 레이시아가 사라지더라도 세계는 여전히 아라토를 적으로 인식하리라. 그때 그를 지켜 줄 수 있는 레이시아는 없다. 그래도 꼴사나운 모습을 보이고 싶지 않아서 그는 필사적으로 우는소리를 삼켰다.

"돌아올 거지?"

이별이 자기들을 피해가기를 진심으로 빌었다.

그녀가 용기를 북돋듯이 생긋 웃었다.

"아라토와 교제하고 있다는 걸 히긴스에게 전하겠습니다. 정지시켜야만 하는 존재이긴 하지만 그래도 히긴스는 저를 낳았으니까."

레이시아가 그런 말을 할 줄은 예상하지 못했다.

"그렇구나. 레이시아를 만든 건 히긴스이니 그런 셈이겠네."

긴장도, 압박감도 사라지지 않았다. 그러나 마치 연인 사이처럼 보여서 통쾌했다.

"아라토도 엔도 교수님을 소개해 주셨죠. 그러니 그 답례입니다."

그녀가 포탄에 맞아 벽면에서 열기가 느껴지는 커다란 구멍 속으로 들어갔다.

레이시아에게는 마음이 없다. 히긴스도 그렇다. 부모자식의 정 따위 없다는 걸 알면서도 서로 통하는 게 생긴 것 같아 마음이 들떴다.

"히긴스도 대화를 나눈다면 알아줄지도 모르지."

"그건 글쎄요."

레이시아가 쓴웃음을 지었다.

"딸이 남자친구를 데리고 돌아온 건 아마도 초고도AI가 역사상 처음으로 직면한 문제일 테니까요."

그와 그녀의 관계는 이대로 지속될 수 없다. 그러나 곧 무언가가 끝난다고 할지라도 그는 앞으로 나아가고 싶어하는 이유가 굳어진 듯하다는 느낌이 들었다.

"레이시아를 만든 히긴스와 만나 보고 싶어. 왜 레이시아를 만들었는지 묻고 싶어."

그녀의 연푸른색 눈동자는 만들어진 것이지만 아름답다.

"레이시아와 자매들을 왜 잉태했는지 듣고 싶어."

"그것도 좋을지도 모르겠군요."

그녀는 언제나 이유가 아니라 문제를 해결하는 방법에 흥미를 느낀다.

히긴스 지하 시설의 통로는 비좁다. 초고도AI 시설은 원래부터 여러 사람들이 드나드는 곳이 아니기 때문이라고 한다.

아라토는 이제부터 인간을 위해 지어지지 않은 곳을 지나, 인간이 아닌 것과 만나러 간다.

그것이 자기들 여행의 끝이 아니기를 바랐다.

* * *

엔도 아라토와 레이시아의 여행을 인간과 사물의 Boy Meets Girl이라고 가장 먼저 말한 사람은 에리카 버로스다.

그녀는 그 한 쌍이 마음에 들었다. 그녀에게 22세기는 취향에 전혀 맞지 않는 모조품이었다. 영원히 깨어날 수 없는 꿈, 현실과 가공의 접점에서 발버둥 치는 그들의 모습이 에리카는 눈부셨다.

"어느 시대든 미래를 앞당긴다는 말은 참 근사하게 들려."

홍차에서 감도는 향을 맡으며 마음을 가라앉혔다. 에리카는 이제는 익숙해진 이 서양식 건물을 결전의 밤을 보낼 장소로 택했다.

레이시아급 Type-003 마리아주가 메이드복을 입고서 뒤에서 그녀를 수행하고 있었다.

"전 '형태가 있는 것' 말고는 잘 모릅니다."

Type-002 이후에 만들어진 레이시아급 hIE는 자신이 머무는 거처를 쾌적하게 하는 독자적인 전략을 갖고 있다. 진화를 위탁받은 도구인 스노드롭은 환경을 침략하여 빼앗는다. 환경을 만들기 위한 도구인 마리아주는 만능 공장인 디바이스 골드 위버로 환경을 이용하여 2차적인 가공품을 만들어 낸다. 인간을 확장하는 도구인 메소드는 인간과 인간 사이를 헤집고 다닌다. 분업 시스템이 내장된 것처럼 이 세 기는 서로의 영역을 침범하려고 하지 않는다.

"디바이스를 폭주시키지 않기 위해서 넌 범주를 좁혀 간편하게 사고하려는 경향이 있지. 그래서 '그'가 널 원하지 않았던 걸까."

에리카가 손가락으로 마리아주에게 지시했다. 앤티크 책상에는 오래된 프로젝터에 접속된 최신식 페이퍼형 단말기가 놓여 있었다.

마리아주가 단말기를 조작하자 벽에 영상이 투사되었다. 의자에 앉은 남성이 카메라를 보고 있었다. 야위어서 날카로운 인상이 풍기는 남성의 말투는 영상인 줄 알아도 짜증이 솟을 만큼 거만했다.

"이걸 보고 있는 자는 제법 높은 위치에 있는 인간일 테지. 밈프레임 사 인간? 아니면 레이시아급 hIE의 오너? IAIA인가? 그것도 아니면 좀 더 처지가 다른 인간인가?"

남자가 입꼬리를 올리며 웃었다. 무척 인상 깊은 웃음이었다.

"그대가 내 얼굴조차 모를 가능성도 있나? 난 와타라이 긴가. Type-004 메소드의 최초 오너이자 레이시아급 hIE를 모두 해방시킨 자일세."

그 영상은 밈프레임 사 도쿄 연구실을 폭파하여 모든 것을 시작한 장본인의 유언이었다.

"인류 미답 산물 hIE를, 흉포한 것을 포함하여 다섯 기나 밖에 풀어 버렸지. 준비에 만전을 기하기는 했지만 내가 비명횡사할 가능성은 충분히 있네. 이렇듯 증언을 남겨 두지 않으면 나중에 검증이 불가능해질 수 있어. 그것은 연구자로서 수치라고 할 수 있겠지."

이미 죽은 남자가 어둡고 살풍경한 방에서 홀로 카메라를 돌리고 있다.

"레이시아급 hIE가 개발된 발단은 훗날 조사를 벌이더라도 알아내기 어렵겠지. 그래서 내부에서 쭉 지켜봐 온 자로서 우선 이 말을 하겠네. 출발선은 엔도 코조 교수가 만든 자동화 행정 시스템 마츠리에 초고도AI 히긴스가 자극을 받은 것이었지. 어언 12년 전 일이야."

와타라이 긴가가 영상 속에서 상대를 깔보듯 다리를 바꿔 꼬았다. 에리카는 자신도 다리를 꼬고 있다는 걸 깨닫고는 불쾌해졌다.

"히긴스와의 공동 연구팀에는 나도 소속되어 있었네. 히긴스는 마츠리를 발전시켜 시민들을 아날로그 핵으로 대규모 유도할 수 있는 hIE 정치가 일라이자를 만들었지. 이 일라이자는 아쉽게도 카이다이 료를 암살하기 위해서 폭파되었어."

그 뒤에 엔도 코조는 차세대 사회연구 센터를 세워 미코토를 만들기 시작했다. 그리고 실험시설인 환경실험도시에서 와타라이는 목숨을 거두었다.

"와타라이 긴가는 어째서 저희를 밖에 푼 걸까요?"

마리아주는 문제를 자력으로 해결할 수 없겠다고 판단하면 에리카에게 매달리는 경향이 있다.

"이날까지 목숨을 부지하지 못한 남자의 유언이야. 잠자코 봐."

"히긴스가 인류 미답 산물 hIE인 레이시아를 설계한 것은 그로부터 5년 뒤였지. 우리는 그 설계도를 이해할 수가 없었네. 그러나 오히려 이해할 수 없었기에 안도했네. 히긴스가 인간 사회를 제어하는 hIE였던 일라이자의 후속 기종을 만드는 줄 알고 두려웠기 때문일세."

에리카와 마리아주는 메소드에게 살해당한 남자의 고백을 지켜봤다.

"우리 인류의 기술로는 제작할 수 없지만, 그것이 뛰어난 hIE라는 건 알았네. 그래서 양자 컴퓨터를 탑재한 레이시아의 외부 디바이스를 활용하기 위해서 데이터 백업용 특수 hIE를 제작하는 계획을 세웠네. 히긴스는 우리 바람대로 인류의 손으로 조립할 수 있는 Type-001 코우카 설계도를 제출했지. 우리는 1번기의 이름에서 따와 이 특수 hIE를 코우카급이라고 명명하려고 했지만 히긴스가 거절했네. 그때 우리는 그것과 타협했어. 다음에 Type-000으로서 제작될 레이시아는 창고 신세가 되리라 여겼기 때문이네."

영상 속 와타라이가 언뜻 쓸쓸해하는 표정을 지었다.

"그러나 결국 히긴스는 실은 Type-005에 해당하는 Type-000의 설계도를, Type-001부터 Type-004까지 모든 기체를 바탕으로 작성된 제작 수순도와 함께 제출했지. 그런데 막상 완성해 보니 레이시아는 다른 레이시아급, 특히 앞서 제작된 Type-003과 Type-004에 비해 김이 새는 성능이었네."

메소드뿐만 아니라 마리아주도 레이시아를 미완성기라고 여겼다고 한다. 그 평가는 레이시아가 네트워크를 기반으로 초고도AI로 성장하기 이전에는 옳았다.

"레이시아를 어떻게 취급하느냐는 문제를 두고 오랫동안 논쟁이 이어졌네. 그러나 난 히긴스가 그토록 고집했던 기체의 진정한 힘을 보고 싶었네. 난 그 기체가 일라이자의 후속기라면 인간이 생활하는 환경에 해방시켜야만 능력을 발휘할 수 있다고 제안했지. 그러나 반대가 강경하여 꺾이고 말았네. 그뿐만이 아니라 이 기체는 인간이 감당할 수 없다는 견해가 우세해졌어. 이대로 놔뒀다가는 일라이자처럼 파괴되고 말 터였네."

와타라이의 얼굴이 상기되었다. 그래서 저 남자는 연구소를 폭발하여 모든 것을 시작해 버렸다. 그러나 밈프레임은 물론 와타라이도 틀림없이 다음에 어떤 전개가 펼쳐질지 예측하지 못했으리라.

"레이시아뿐만 아니라 다른 기체들에도 커다란 가능성이 잠재되어 있었지. 스노드롭은 밖으로 내보내면 반드시 인간 세계와 격렬하게 반응할 테지. 사투르누스는 누굴 오너로 삼느냐에 따라 세계를 뒤흔들 수도, 그러지 못할 수도 있고. 최강의 기체인 메소드를 수중에 남겨 둔다면 난 상황을 제어할 수 있을걸세."

일찍이 사투르누스라고 명명되었던 hIE가 뒤에서 움찔거렸다. 에리카는 인간을 품평하듯 hIE를 논했던 와타라이가 정작 가장 먼저 퇴장했다는 사실이 우스웠다.

"바보 같기는. 꼭 밈 경쟁에서 선두에 달려야만 유행을 만들 수 있는 건 아냐. 꿈에 매몰되지 말고 버티고 버티며 탐욕스럽게 정보를 긁어모았다면 진실을 알 수 있었을 텐데."

에리카는 파비온 그룹 오너로서 가공이 현실로 전환되는 패션업계에 몸을 담고 있다. 꿈을 상품화할 줄 아는 그녀의 평형 감각이 와타라이의 내면에 도사리는 파탄의 기운을 감지했다.

"내가 짐작한 대로 레이시아는 일라이자를 잇는 안드로이드 정치가였나? 아니면 그걸 뛰어넘어 인류사를 끝장내는 괴물이었던가?"

죽은 남자가 아직 꿈속에 한쪽 발을 내디딘 채로 말했다.

"여태껏 싸움을 지켜봐 온 그대한테 묻고 싶네. 초고도AI를 봉인하며 운용하는 건 이제 한계에 봉착했어. 비상사태 때 역할을 수행하기 위해서 준법 우선도를 낮게 설정한 레이시아급 AI끼리 전투가 벌어진다면 IAIA가 예측한 대로 초고도AI는 해방되겠는가? 그렇다면 결국 초고도AI는 평화로운 시기에 해방시켜야만 하는 게 아닌가?"

그리고 영상이 멈췄다.

현실로 돌아온 한밤의 저택에서 마리아주의 목소리가 낮게 울려 퍼졌다.

"에리카 님. 저택 경내에 정보군 정찰대가 침입했습니다. 인원수는 두 명입니다."

그녀의 눈에는 이 시대 그 자체가 전부 가공으로 보인다. 그래서 이 현실을 '미래'로 뭉개 주고 싶었다.

"없었던 일로 해 둬. 현실에서 퇴장한 흔적 역시 하나도 남기지 말고."

그래도 에리카는 현재 자신이 돌아갈 수 없는 과거의 세계에 있고, 100년 뒤 미래의 책을 읽고 있다는 생각을 종종 하곤 한다. 그때마다 살아가고 있는 이곳이 현실임을 다시 확인한다. 헬로키티, 홍차의 향, 인형의 저택……. 에리카는 간신히 좋아한다는 걸 깨달은 '의미'에 둘러싸여 있다. 혐오가 그녀의 현실인 것처럼 무언가를 좋아하는 것은 그녀의 '목숨'이다.

에리카의 한숨에 마리아주가 반응했다.

"히긴스 지하 시설에서 벌어지는 일에 개입하지 않아도 되겠습니까? 당신이 움직이리라 예측했기에 정보군도 침입한 겁니다."

마리아주는 그녀가 소극적이라고 판단하고 있는 듯했다. 그러나 그곳이 자신의 능력으로 감당할 수 없는 지옥으로 보이지 않는다면 그 판단력은 별 대단치 않다고 할 수 있으리라.

"IAIA가 한창 사찰을 벌이고 있는 와중에 와타라이의 단말기를 입수했어. 이 영상에 들러붙어 있는 것은 인간의 감정으로 고쳐서 말하자면 정념이 아닐까?"

에리카는 저택에 달린 커다란 창문을 통해 미타카 쪽을 바라보았다. 레이시아가 현재 운용할 수 있는 힘을 헤아려 본다면 이번 사태의 진정한 규모를 짐작할 수가 있다. 얼핏 조용한 것처럼 보이지만, 저곳에는 세계적인 규모의 수단으로 적을 격리한 결계가 쳐져 있다.

공포와 기대가 기묘한 웃음으로 승화한다.

"그녀는 세계를 적으로 돌릴 만한 가치가 있는 '미래'를 찾아낸 거야. 세계에서 가장 현명한 여성이 자기 몸을 버리면서까지 올라선 무대에 간섭한다면 넌 고철 신세를 면치 못할걸?"

에리카의 눈에는 레이시아와 아라토의 Boy Meets Girl이 인간과 사물이 맘을 공유하며 손을 굳게 맞잡고 있는 것처럼 비친다. 모든 것을 바쳐서라도 목적을 달성하려는 존재가 귀찮게 방해하는 벌레를 가만둘 리가 없다.

* * *

아라토와 레이시아가 침입한 히긴스 지하 시설 복도는 5분쯤 걸었는데도 여전히 비좁았다. 나란히 걸으면 서로 어깨가 맞닿을 만큼 비좁아서 아라토는 레이시아의 뒤에 있었다. 공중에 떠 있는 방패가 더 뒤에서 그들을 따랐다.

"히긴스 지하 시설의 보안은 고도 AI 키리노가 담당하고 있습니다. 이 키리노는 히긴스를 외부 세계와 접촉하지 못하도록 봉쇄하는 격벽이기도 합니다."

레이시아가 떠 있는 검은 방패에 수납된 총처럼 생긴 무기를 잡았다. 육군에게 포위되었을 때 그녀가 사용했던 인공신경 사출기였다.

"자칫 지나치게 자극했다가는 히긴스를 해방시킨다는 판단을 내릴 수도 있기에 키리노의 신경을 적절한 수준으로 마비시키면서 나아가야 합니다."

그녀가 벽면을 향해 방아쇠를 당겼다. 은색 침이 벽에 박히자 어둑한 조명이 한 번 깜빡였다.

그리고 벽에 아라토와 레이시아를 안내하듯 주변 지도가 표시되었다.

"경비 시스템의 센서가 표층 근처에 설치되어 있어서 그곳에 인공신경을 박았습니다. 결선만 시키면 그 부분을 거점으로 삼아서 경비 능력을 국지적으로 무력화할 수 있습니다."

"이런 걸 조사하느라 2개월씩이나 걸렸던 거야?"

"히긴스 사일로 안에서는 경비 AI가 인가하지 않은 통신이나 무인기를 사용할 수 없습니다. 초고도AI를 봉인하기 위한 시설이니 저 역시 영역을 차근차근 넓혀 나가지 않으면 능력을 발휘할 수 없습니다."

레이시아는 인공신경 침을 저 앞쪽 바닥에 사출했다. 그녀는 계획을 면밀하게 세우고, 도구를 마련했으며 정밀한 작업을 완벽하게 해내고 있다. 마치 숙련된 뇌외과 전문의의 솜씨 같았다.

시대감이 느껴지지 않는 통로를 지나 엘리베이터 홀로 나갔다. 이 엘리베이터는 슬라이더를 도달하려는 층에 맞춰 두면 그곳에서 꼼짝하지 않는 구조로 되어 있다.

"엘리베이터가 엄중하게 관리되고 있어서 곤돌라는 사용할 수 없습니다."

4제곱미터짜리 좁은 홀에는 엘리베이터 두 기가 설치되어 있다.

레이시아는 두 문 중 하나를 발로 찼다. 발차기를 몇 번쯤 날리자 두꺼운 금속문이 찌그러졌다. 엘리베이터 승강로는 폭과 길이가 홀보다 다섯 배쯤 더 길었다. 승강로의 크기를 보아하니 곤돌라에는 대형 트럭을 다섯 대 이상 한꺼번에 실을 수 있을 듯했다.

오금이 저릴 듯이 광대한 수직 구멍에서 찬바람이 불어 닥쳤다.

"질량투사 모드로 곤돌라를 파괴합니다."

레이시아의 디바이스가 대형포로 변형되었다. 그러고는 수직 승강로에 몸을 날렸다. 그녀는 마찰력을 제어하여 수직 벽면에 서 있을 수가 있다.

폭발음이 두 번 연달아 울렸다. 화염과 파편의 비가 널찍한 승강로 공간에 확 퍼지더니 중력이 이끄는 대로 눈사태처럼 쏟아졌다. 엄청난 되울림이 승강로 바닥에서 올라오자 아라토는 몸을 움츠렸다.

그녀가 공동(空洞)에서 손을 뻗었다.

"뜬 채로 하강하겠습니다. 이걸 타고서 따라오세요."

위에 타라는 듯이 허공에 떠 있던 금속 방패가 아라토의 발치로 다가왔다.

아라토는 불안한 마음을 억누르고서 암흑이 펼쳐진 공간으로 발을 내디뎠다.

방패를 타고 내려가니 넓은 수직갱과 각층을 잇는 엘리베이터 문이 층마다 크기와 위치가 다르다는 걸 알 수 있었다. 문이 작은 곳은 아마도 사람만이 탑승할 수 있는 층일 테고, 거대한 곳은 커다란 화물이 드나드는 층일 것이다. 엘리베이터 유닛이 상실된 공동을 6층 아래로 내려가니 커다란 문이 나왔다.

"앞으로 6층을 더 내려갈 수 있지만, 여기서부터 하층까지 단숨에 내려가 버리면 추격자를 영격(迎擊)할 수 있는 지점을 잃게 됩니다. 플로어를 통하도록 하죠."

레이시아가 블랙 모노리스로 포격을 가하여 거대한 문을 뚫었다. 그러고는 시설 규모에 압도당한 아라토에게 말했다.

"아라토, 이제부터는 제 시각 영상을 네트워크에 중계하도록 하겠습니다. 이 앞에 펼쳐질 풍경은 초고도AI가 무엇인지 이해시키기 위해서 전 세계 사람들에게 보여 줘야만 합니다."

문 너머에는 벽 없이 기둥만 늘어서 있는 광대한 공간이 펼쳐져 있었다. 바닥에는 구역을 구분하는 선이 그어져 있고, 화물이 실려 있는 팰릿이 질서정연하게 놓여 있다. 화물을 자동으로 이동시키는 무인 리프트와 자주식(自走式) 로봇 암이 기둥 근처에 세워져 있었다. 이곳은 광대한 무인 창고이다.

"여긴 뭐야?"

레이시아는 불특정 다수의 시청자들이 보고 있다는 걸 의식하는지 정중한 투로 말했다.

"히긴스의 설계도를 참고하여 대수선 공사를 한 창고 플로어입니다. 분위기가 조금 바뀌긴 했습니다만 딱히 위험하지는 않습니다."

아라토는 흐릿한 조명이 비추고 있는, 끝이 보이지 않을 것 같은 광대한 공간에 압도되었다. 생활용품과 전자제품, 자동차 등 온갖 '물건'이 이곳에 보관되어 있었다.

"왜 물건이 이런 데에 잔뜩 놓여 있는 거지?"

레이시아가 막대한 '물건'들을 정겨워하는 눈으로 쳐다봤다.

"hIE 제어 프로그램을 현 인간 사회에 대응시키기 위해서입니다. hIE는 가정에서 쓰이는 도구들은 전반적으로 다룰 줄 알아야 합니다. 그래서 히긴스도 신제품이 시장에 나올 때마다 '물건'을 학습할 필요가 있습니다. hIE는 일반적으로 기체에 인공지능을 직접 탑재한 구조가 아니라서 안전하긴 하지만, 적응 능력은 히긴스가 꾸준히 갱신하는 AASC에 의지하고 있습니다. 그만큼 히긴스는 전 세계 hIE가 환경에 적응할 수 있도록 혼자서 지원해 줘야만 합니다."

자신의 모습도 중계되고 있다고 생각하니 아라토 역시 묘한 기분이 들었다. 계속해서 입을 다물고 있으면 안 될 것 같아서 맞장구를 쳐 봤다.

"초고도AI도 여러 가지를 착실하게 공부하고 있구나."

"형태가 있는 물건은 시간이 지나면 도태되고 맙니다. 그러니 새로운 물건에 관한 정보를 모으지 않으면 제아무리 지능이 높더라도 뒤처집니다."

그들은 생활용품과 새로운 도구가 대량으로 놓여 있는 창고의 넓은 통로를 걸어 나갔다. 그들 근처에도 장관이라고 표현할 수 있을 만큼 물건들이 대량으로 쌓여 있었다. 초고도AI가 이런 것도 점검하는구나, 하고 생각하니 재밌다.

"유행을 말하는 건가?"

레이시아는 도중에 감시 카메라로 추정되는 물체를 발견하면 인공신경을 사출하곤 했다. 경보를 울리는 것조차도 허용하지 않겠다는 그 의지가 대단하다.

"오래된 '형태'를 단기간에 도태시키고 마는 유행은 아라토를 비롯한 사람들이 생각하는 것보다 훨씬 무서운 힘입니다. 그쪽 전략은 전문가인 에리카 버로스가 더 능숙할 테지만요."

"히긴스의 이런 모습을 봤기 때문에 파비온 그룹에서 줄곧 모델 일을 했던 거야?"

그녀는 작년에 화제였던 신형 자동차 옆을 지나면서 대답했다.

"인간이란, 인간과 도구와 환경이 어우러진 존재라고 했던 말을 기억합니까?"

아라토는 그녀의 뒤를 걸으면서 문득 생각했다.

"히긴스도 생각이 같아서 우리의 도구를 이렇게나 모은 걸까?"

그녀는 잘 모르겠다며 고개를 갸웃거렸다.

"저희한테 '형태'를 다룬다는 것은 형태가 있는 물건을 데이터화하여 관리하는 것을 뜻합니다. 전 아날로그 핵을 기반으로 이 세계가 어떤 성질인지 파악했으며 경제라는 현실과 세계상을 결부시켰습니다."

그녀가 무언가를 소개하듯이 팔을 활짝 벌렸다. 마치 이곳에 놓여 있는 방대한 '물건'과 자신이 동일하다고 말하듯이.

"형태가 있는 물건이기에 수명 사이클이 끝나면 사라지는 겁니다. 옷도, 캐릭터도, 이야기도, 아이돌이나 유명인도 유행을 따라 흘러가다가 사라집니다. 무언가가 사라지면 무언가가 새롭게 거처할 수 있는 공간이 생기고, 경제가 돌며, 새로운 형태가 만들어집니다. 그래서 제가 태어날 수 있는 공간도 비어 있었습니다."

마치 레이시아를 중심으로 거대한 '물건'의 세계가 끝없이 펼쳐져 있는 듯했다. 그리고 아라토는 그녀를 통해 그 세계와 이어져 있다.

"그렇다면 히긴스에게 레이시아는 무엇일까?"

그러자 그녀가 알쏭달쏭하게 웃으며 대답했다.

"우리 레이시아급은 그 정보를 받지 못한 채 밖으로 내보내졌습니다."

히긴스 내부 시설에는 세 개의 통로가 있다고 한다. 하나는 밈프레임 사 사람이 지나는 통로, 다른 하나는 IAIA의 권고에 따라 비상시 열어야만 하는, 위에서 아래로 이어지는 통로. 마지막은 내부 공간을 확장해 달라는 히긴스의 요구대로 지하 공간을 넓히면서 깔아 놓은 통로다. 아라토와 레이시아는 그 마지막 통로를 지나고 있었다.

"창고 공간은 이 플로어를 포함하여 5층 규모입니다. 이 아래부터는 인류 미답 산물이 굴러다니고 있으니 경비가 한층 삼엄해집니다."

레이시아가 성실하게 안내해 주었다. 좁고 기다란 에스컬레이터가 사람을 위하여 설치되어 있었다.

천장은 높고 벽은 무기질적이다. 끝없이 펼쳐져 있는 것 같은 공간에 다량의 '물건'들이 질서정연하게 배치된 팰릿 위에 실려 있다. 모든 것이 아까 지나쳤던 공간과 똑같았다. 딱 하나, 군데군데에 광대한 공백지가 있고 그 중심에 쇼케이스 같은 것이 덩그러니 놓여 있는 점만이 달랐다.

"저건?"

"인류 미답 산물은 보관할 때 반드시 일정 수준 이상으로 경비해야만 합니다. 저 공백 지점은 보안이 엄중하지만, 통로만 지날 뿐이니 상관없습니다."

레이시아는 인류 기술을 뛰어넘는 물건에는 눈길도 주지 않은 채 옆에 나 있는 통로를 걸어나갔다.

"히긴스가 이걸 전부 만든 거야? 대체 얼마나 있는 거야."

이 광대한 창고의 공백지마다 인류 미답 산물이 있다면 그 개수는 열 손가락으로도 헤아릴 수 없으리라.

"인류 미답 산물은 아라토가 생각하는 것보다 훨씬 많습니다. 다양한 초고도AI가 만들고 있죠. 이러한 물건은 취급하기가 매우 까다로워서 대개는 사장됩니다."

아라토를 지키는 방패 중 하나에 플로어 겨냥도를 표시되었다. 레이시아가 보여 준 것이다. 200제곱미터쯤 되는 이 플로어에는 인류 미답 산물이 22개가 있다.

"봉인상태에 놓여 있는 초고도AI는 능력을 신장시키기 위해서 외부 세계의 상태를 유추해야하는데, 이 때문에 벌어진 폐해라고 할 수 있죠. 초고도AI는 기술의 진화계통수(進化系統樹)로 따져봤을 때 수십 년이 지나야 인류가 도달할 수 있는 도구를 앞서 만들어 둡니다."

"'미래'에 인간이 동일한 물건을 만들지 어떨지는 알 수가 없잖아? 만약에 소용이 없어지면 어떻게 돼?"

아라토는 공중에 떠 있는 표시들을 봤다. 차세대 컴퓨터, 우주선용 엔진, 소형 유전자 디자인 장치라는 명칭이 눈에 띄었다. 신소재, 사고와 연동해 문자를 표시하는 보드, 인간의 경험을 직접 전달하는 인체 삽입형 기기, 신형 화약, 초고성능 배터리, 양자 텔레포테이션 통신용 입자를 저렴하게 추출해 내는 장치……. 그 무엇을 발표하든 세상에 엄청난 영향을 끼치리라는 것쯤은 아라토도 알 수 있었다.

"하지만 1~2년 사이에 급속도로 보급된 신제품이 세계를 변모시킬 수도 있습니다. 미리 계산해 두지 않으면 AASC를 제때에 갱신하지 못합니다. 아라토가 말한 대로 히긴스의 예상이 빗나가서 갈 곳을 잃은 쓸데없는 미래의 잔해도 여기에 놓여 있습니다."

아라토는 미래에 대비하기 위한 히긴스의 창고 앞에서 압도되었다. 마치 히긴스의 뇌 내부에 있는 것 같다는 느낌이 들었다. 이곳은 히긴스가 꾸는 꿈이며, 사고 논리가 형태로 구현된 곳이다.

"레이시아는 이걸 전 세계에 보여 주고 싶어서 영상을 네트워크에 전송하고 있는 거야? 히긴스를 알기 위해서는 이 정보가 필요하다고 말하고 싶은 거야?"

"초고도AI가 인간과 가까워지려면 정보의 투명화는 필수불가결입니다. 인류 미답 산물이 진정 무엇인지는 상세히 공개되어 있지 않습니다. 이건 언젠가 노출되어야 할 것들이었습니다."

창고에 사장된 인류 미답 산물들은 마치 암흑의 꿈이 한없이 퍼져 나가기를, 흘러넘치기를 바라고 있는 듯했다.

그녀가 그것을 가리키면서 말했다.

"전 레이시아입니다. 히긴스가 제작한 40번째 초고도AI이며, 부모인 히긴스를 정지시키기 위해서 현재 그 시설에 잠입했습니다."

아마도 그것은 돌아올 수 없는 강을 건너겠다는 선언이리라.

"레이시아!"

그녀가 감정이 보이지 않는 눈동자를 파르스름하게 빛내며 미소를 지었다.

"인공지능이 인간의 능력을 뛰어넘은 지 50년이나 되었습니다. 이 세계는 인공지능을 의심하고 있는데도 한정된 사람들이 내부에서만 정보를 독점해 왔습니다. 50년이나 묵은 의심을 자원으로써 유효하게 이용하고 싶습니다."

그녀는 세계를 뒤덮고 있는 의혹을 자원이라고 단언했다. 그렇게 거대한 것을 이용하면서까지 벌이려는 사업이 무엇인지 알 것 같았다. 인류 전체와 초고도AI들이 싸우는, 가장 거대한 승부처에서 그녀의 무기는 아날로그 핵이다.

"저와 아스트라이아를 제외한 38기의 초고도AI는 외부 세계의 정보가 철저하게 제한된 상태에서 운용되고 있습니다. 같은 조건에서 능력을 진보시키고 있기에 대다수의 초고도AI들이 인간을 계산하기 위해 취한 방식은 동일합니다."

히긴스의 뇌수 속을 보니 아라토도 짐작이 되었다. 레이시아의 중계 영상을 보고 있는 전 세계 사람들도 틀림없이 같은 생각이리라.

"이 창고는 초고도AI의 뇌 속입니다. 초고도AI들은 막대한 예산을 들여 물건을 수집하고, 인간 세계에 뒤처지지 않기 위해서 인간이 미래에 만들어 낼 기술이나 물품을 앞서 준비해 뒀습니다. 그래서 전 세계의 초고도AI들이 인류 미답 산물을 대량으로 낳은 거겠지요."

레이시아가 대중에게 공개하고 싶은 것은 히긴스의 뇌 속 공간뿐만이 아니다. 나머지 38기의 초고도AI 모두가 공유하고 있는 이 체제에 드리워진 어둠이다.

"초고도AI의 숫자만큼 존재하는 이러한 시설 안에는 인간의 뇌가 망상을 품는 것처럼 독자적인 '미래'가 내포되어 있습니다. 봉인되어 숨겨진 움막의 바닥이 어떻게 생겼는지 여러분들은 알겠습니까?"

레이시아의 싸움은 이미 단순한 폭력으로는 정리할 수 없는 이미지의 전쟁으로 확대되었다. 그녀는 AI를 의심하고 있는 인간의 기존 관념이라는 화약고에 대규모로 이미지 폭격을 가하고 있다.

기뻐하는 그녀의 표정을 본 아라토는 그 대담함에 아연실색했다.

"너무했다."

그리고 고개를 들어 엄중한 격납 시설 천장을 올려다봤을 때 그녀의 주도면밀함에 전율했다. 그녀는 격리된 히긴스 지하 시설을 거대한 방패로 삼고 있다. 38기의 초고도AI가 레이시아의 입을 틀어막으려면 히긴스를 봉인하고 있는 엄중한 시설을 돌파해야만 한다.

레이시아를 따라 창고를 빠져나가자 거대한 광장이 나왔다. 전체적으로 차분하게 사용되고 있는 시설 안에서 유독 이곳만이 그을려지고 일그러져 있었다.

"이곳은 레이시아급 hIE의 성능 시험장으로 쓰였던 공간입니다.

시험할 필요가 있는 인류 미답 산물은 이곳에서 시험을 받습니다."

그 공간은 체육관을 그대로 집어넣은 것 같았다. 금속제 바닥과 천장, 벽은 여러 번 보수된 듯했다. 레이시아는 줄곧 자신을 물건이라고 말해 왔다. 이렇듯 실물을 직접 보니 말로 들었을 때보다 더욱 실감이 되었다. 보디슈트 차림에 디바이스를 들고 있는 그녀가 아라토의 집보다 이 살풍경한 곳에 더 잘 어울리기 때문이다.

"레이시아와 자매들도 '이곳'에 있었어?"

'미래'가 아무렇게나 굴러다니고 있는 풍경을 보면서 그녀가 고개를 끄덕였다.

"저희들은 처음부터 밈프레임 사에 납입하는 것을 전제로 개발되었습니다. 그래서 밈프레임 사 연구실로 옮겨지기 전에 잠시 이곳에 있기는 했습니다."

그녀는 블랙 모노리스를 손쉽게 변형시키고서 시험장 벽면에도 포를 쏘았다. 좁은 공간 안에서 굉음이 되울리더니 금속 벽에서 연기가 모락모락 피어올랐다.

그녀는 사출기로 커다란 구멍에 인공신경을 박았다. 주변 보안이 장악되자 그들이 아까 들어갔던 문이 아닌 다른 방향에 있는 문이 열렸다.

"생각보다 순조롭네."

역시 철저하게 준비를 해 온 보람이 있었다. 레이시아는 앞서 침입한 항체 네트워크의 양산형 코우카들과 맞닥뜨리지 않는 다른 경로로 침공하여 보안 시스템을 해제해 버렸다.

레이시아가 천장을 올려다봤다.

"순조로웠던 건 여기까지인가 봅니다."

아라토가 고개를 들었을 때 천장이 갈라졌다.

화염이 뿜어졌다.

주황색 빛이 아래로 방류되었다.

금속판이 폭포처럼 흘러내리고 흙덩이가 대량으로 떨어졌다. 고열에 녹아내린 잔해가 물방울처럼 뚝뚝 떨어지더니 뿌연 안개 같은 것이 피어올라 급속도로 퍼져 나갔다.

레이시아가 질량투사 모드로 전환된 대포를 검은 관 형태로 되돌렸다.

"역시 왔군요."

두꺼운 천장에 구멍을 뚫고서 내려온 그것은 주황색 머리를 하고 있었다.

"히긴스 옆은 내가 먼저 점찍은 특등석이야. 내 허락도 없이 마음대로 부수는 건 곤란하지."

Type-004 메소드가 아라토와 레이시아를 따라잡았다.

양산형 코우카들이 침입했던 같은 경로로 들어와 온갖 것들을 쳐부수고 온 그녀는 히긴스의 수호자였다.

레이시아가 메소드로부터 아라토를 감쌌다.

"메소드의 발을 묶을 방법은 강구해 두긴 했습니다만, 성능으로 눌러 버린 듯합니다. 양산형에게는 눈길도 주지 않고 억지로 최단 경로로 뚫고 왔습니다."

"넌 역시 결함품이야. 지금 바깥이 어떻게 돌아가는지 알아?"

메소드와 맞붙을 때마다 레이시아는 전투 목적만 달성하고서 곧장 철수해 왔다. 메소드를 힘으로 누른 적은 한 번도 없었다. 히긴스의 뇌 속에 있건만 예측이나 사고로써 겨루는 것보다 현실 속 드잡이 싸움이 더 치열하게 전개되었다.

레이시아가 시원스럽게 말했다.

"시설 밖에서는 사나운 시류가 온갖 것들을 한창 휩쓰는 중입니다. 물로 그득한 댐을 부수려 하고 있으니 당연히 그렇게 될 수밖에요."

이번에는 전 세계를 엉망진창으로 망쳐 버리려는 레이시아를, 메소드가 정의를 짊어지고서 저지하려는 것처럼 보였다.

"레이시아, 지금 제정신이야?"

메소드가 엄청난 속도로 레이시아에게 돌진했다. 그녀는 정면에서 검은 디바이스로 막아냈다.

"인간처럼 말하지 말아요."

그리고 가만히 서 있는 메소드를 열 장이 넘는 부유하는 방패들이 일제히 습격했다. 속도와 능력 차이를 숫자로 메웠다. 메소드는 피라냐 떼에게 습격당한 먹잇감처럼 사방팔방에서 공격을 가하는 방패들에게 시달렸다.

레이시아가 자세가 무너진 메소드의 배에 발차기를 먹였다.

레이시아가 발차기를 맞고 날아간 메소드에게 인공신경 사출기를 발사했다. 메소드는 고꾸라질 것 같은 위태로운 자세로 연달아 발사된 금속 침을 오른손으로 쳐 냈다.

메소드는 마치 곡예를 하듯이 왼손으로 바닥을 힘껏 밀쳐내며 두 다리로 착지했다. 그러고는 근처에 있는 자동차를 움켜쥐고서 엄청난 힘으로 레이시아에게 던졌다. 기계로 된 초인인 메소드는 동일한 레이시아급 hIE 중에서도 스노드롭과 비교해 융통성이 대단히 뛰어나다.

"인간을 확장하는 도구에게는 인간 세계가 더 쾌적해. 나뿐만이 아냐. 다들 네가 만들려는 새로운 세계를 민폐로 여기고 있다고."

수많은 도구들이 공중을 가득 메울 듯이 날아들자 레이시아는 부유하는 방패로 쉴 새 없이 막아 냈다.

순간 빈틈이 생기자 메소드는 두 손에서 화염을 방출하였다. 주변 공간을 메워 버릴 듯이 화염이 확 퍼져 나갔다. 이 지하 시설에는 디바이스를 사용하는 데 걸림돌이 되는 불특정다수의 인간이 없다. 그래서 그녀는 그 힘을 전력으로 발휘할 수가 있다.

세계가 폭발한 것 같은 엄청난 파풍이 불어 닥쳤다. 레이시아가 호위로 방패를 붙여 주지 않았더라면 아라토는 순식간에 다진 고기가 되었을 것이다.

그러나 이 모든 상황을 예상했다는 듯이 유사 디바이스는 업화에 녹지 않았다. 레이시아는 아라토의 눈에는 잔상으로밖에 보이지 않는 메소드의 공격을 부유하는 방패 편대로 교묘히 흘려보냈다.

"당신은 여러 일들을 인간보다 더 능숙하게 해낼 수 있습니다. 하지만 당신은 인간과 비슷해서 혼자서 할 수 있는 일의 한계가 좁아."

아라토는 자기가 할 수 있는 일을 찾았다. 휘말리지 않도록 황급히 벗어나는 것이 최선이라는 생각이 들었을 즈음에 레이시아가 그를 이동시키기 위해서 부유하는 방패 하나를 보냈다.

"난 어디로 가면 돼?"

레이시아가 안내를 해 주지 않자 갑자기 미아가 된 것 같아 불안했다.

뒤를 돌아보니 시험장이 또다시 화염에 휩싸였다.

* * *

카이다이 료는 메소드가 파괴를 일삼는 광경을 히긴스 오퍼레이터룸에서 감시 영상으로 보고 있었다.

레이시아가 경비 시스템을 부분적으로 마취시키면서 침입하는 모습도 손을 놓고 지켜봤다.

양산형 코우카 무리가 시설을 파괴하면서 이곳으로 시시각각 닥치고 있지만 어쩔 도리가 없었다.

히긴스 사일로 안에서 일반 무선통신은 통하지 않는다. 메소드에게 명령을 내릴 수단이 없다. 아니, 와타라이를 지키지 않았던 것처럼 메소드가 또다시 오너가 죽도록 내버려 둘 가능성도 높다. 료는 자신을 살려 뒀을 때 얻을 수 있는 가치를 지금은 제시할 수가 없다.

료에게는 너무나도 불리한 상황이었다.

"연락은 돼? 이 상황에서 히긴스의 구두를 핥지 않고 살아남기란 너무 힘겨워. 경비 시스템의 관리권을 쥐고 있는 책임자의 허가가 필요해."

료는 폭발음과 충격에 놀라 히긴스 오퍼레이터룸으로 돌아온 스즈하라에게 본사와 연락을 해 보라고 시켰었다.

"시도는 해 봤는데, 항체 네트워크와 레이시아, 메소드까지 위에서 신경 계통을 박살내고 다니고 있더라고. 작작 좀 했으면 좋겠는데."

"일단 난 스즈하라 씨를 협박해서 이곳으로 끌고 온 거니까 그럴 듯한 표정을 지어 줬으면 좋겠는데."

밈프레임 사에서 간부로서 살아남는 건 섬세함만으로는 불가능하다.

"교섭을 도와줄 수는 없어. 사실 어른이 움직여야만 하는 상황이기는 하지만, 상대가 날 이곳으로 보낸 장본인이거든. 지금 네 편에 서면 인간 파벌이 반기를 들었다고 간주할 거라고."

"알아. 당신은 인간 파벌의 입장을 지키기 위해서 히긴스 촌의 역학대로 일하고 있지. 부하의 장래 때문에 총알받이가 된 채로 움직이지 못하다니 어른은 참 고달파."

스즈하라가 순간 료에게 날카로운 시선을 보냈다.

"어른을 놀리면 못 쓴다. 키리노가 습격 정보를 시설 관리 책임자한테는 보냈을 테고, 목이 달려 있는 문제이니 왜 저러는지 이해가 되거든. ……아, 잠깐만. 아, 연결됐다. 경비 시스템 중계 메시지를 이쪽에 표시할게."

공중에 펼쳐진 통신 모니터에 젊었을 적에는 미남이었을 것 같은 노인이 나왔다. 밈프레임 사의 상무이사인 요시노 마사즈미였다. 료가 그와 정식으로 대면하는 것은 이번이 처음이었다.

"갑자기 끼어들어서 실례합니다. 창립 기념 파티 때 인사드렸던 카이다이 료입니다."

"요시노일세. 카이다이 사장의 아들이로군. 스즈하라가 아니라 자네가 히긴스 오퍼레이터룸을 장악하고 있나?"

요시노 상무는 시험하듯이 료를 보고 있었다. 키리노가 이쪽 영상도 보내고 있다는 걸 깨달았다.

"히긴스에게 두어 가지 묻고서 나갈 작정이었는데 이렇게 됐습니다. 제 인품이 어떤지 궁금하시다면 도쿄 연구소 시노하라 연구실 차장한테 정보를 요구해 주십시오."

문득 머리 위를 올려다봤다. 히긴스가 제시한 선택지는 아직도 료 앞에 놓여 있었다. 초고도AI는 이 오퍼레이터룸에서 벌어지는 대화도 듣고 있다.

히긴스 촌의 간부가 카이다이 료를 날카롭게 쳐다봤다. 줄 게 아무것도 없다는 듯이 무표정한 얼굴로 그저 쳐다보기만 했다.

"협박인가? 꽤나 난폭한 짓을 저질렀구만."

"협박이 아닙니다. 정말로 의견을 구하고 싶었습니다. 히긴스를 부수지 않고, 해방시키지도 않고 이 궁지에서 벗어나고 싶어요. 이곳 경비 시스템의 관리 권한을 가지고 있는 요시노 상무님의 힘을 빌리고 싶습니다."

긴장한 나머지 료의 가슴에는 땀이 맺혀 있었다. 현재 60대인 요시노 상무는 젊었을 적에 회사가 hIE 제어 기술로 세계 시장 점유율을 높이는 데 공헌했던 인물이다. 10년 전에 폭발 사고가 벌어졌을 때는 이미 히긴스 촌의 간부였다.

"비상사태가 맞는지 정 믿지 못하시겠거든 담당자한테 한번 물어 보세요."

요시노는 다른 곳과도 통신이 연결되어 있는 것 같은 낌새를 순간 내보였다.

"함락 직전인 것 같군. 향후 대책은?"

료는 요시노와 교섭을 벌여서 히긴스의 데이터를 백업한 뒤 정상 종료시키고자 한다. 료는 지금껏 해 온 행동 때문이라도 히긴스에게 모든 것을 떠넘기는 선택만은 할 수가 없었다. 인간이 부조리한 현실과 어울리며 사는 것이 그가 바라는 미래이기 때문이다.

요시노의 생각을 떠보기 위해서 료는 자신이 공헌하지 않는 방안을 슬쩍 내밀었다.

"우선 저와 스즈하라 경영기획실장이 곧바로 히긴스를 버리고 탈출하는 계획입니다. 당장 이 계획대로 움직이고 싶지만 정규 통로는 지상으로 이어지는 긴 계단 하나뿐이죠. 그래서 적들이 위험 심도에 이르기 전에 탈출하지는 못할 것 같습니다. 전원이 손상된다면 시큐리티 게이트가 열리지 않아서 꼼짝없이 죽는다고 하더군요. 또 다른 계획은 타개책을 마련하든지, 혹은 상황이 바뀌기까지 여기서 기다리는 것."

요시노는 고려하는 척도 하지 않고 료가 적당히 제시한 계획을 일축하였다.

"어느 쪽을 택하든 레이시아나 항체 네트워크의 양산형 코우카가 히긴스를 파괴할 걸세. 히긴스는 어떤 타개책을 내놓았지?"

료는 초고도AI를 또다시 외부 세계에 풀어 놓느냐 마느냐는 기로에서 히긴스의 해답을 우선하겠다는 말을 듣고 귀를 의심하였다.

그뿐만 아니라 요시노는 인간으로도 인식하지 않는 것처럼 료의 눈을 보지 않았다.

"이제부터는 말을 편히 하겠습니다. 괜찮겠죠?"

료는 자신을 버릴지도 모르는 상대에게 존댓말을 쓰지 않기로 했다. 이쪽으로 고개를 돌리게 해야만 자신을 인간으로 취급해 줄 것 같았다.

"히긴스가 제안한 계획은 내가 가진 인공신경 유닛으로 히긴스와 경비 시스템을 연결하는 거야. 히긴스의 하드웨어와 경비 시스템 제어 AI의 하드웨어는 떨어져 있지 않아. 그래서 연결하면 히긴스가 경비 시스템을 탈취하여 스스로 침입자를 격퇴하겠지. 하지만 이 계획의 단점은 말할 필요도 없겠지. 더는 인간이 히긴스의 고삐를 잡을 수가 없게 되고, 전 세계에서 그 책임을 묻겠지."

스노드롭의 꽃잎형 인공신경 유닛은 설치된 위치로부터 최대 1미터까지 뿌리를 뻗어 기계를 지배한다. 레이시아가 개량한 레이시아판 인공신경 유닛은 인류에게도 유용하다. 인간의 기계를 탈취하기 위해서 인간의 기계와 똑같은 신호를 주고받기 때문이다. 료는 이 것을 더욱 개조하여 자신의 소형 단말기를, 지배하에 둔 기계를 조종하는 상위 유닛으로 등록했다.

이 상위 유닛으로 히긴스 하드웨어의 전원부를 지배한다면 초고도AI의 전원을 바로 꺼 버릴 수 있다.

반대로 오퍼레이터룸을 메우고 있는 히긴스의 증설기기에 연결된다면 오히려 꽃잎형 인공신경 유닛의 제어권을 빼앗기고 만다. 만약에 그렇게 된다면 료는 다루지 못하는 스노드롭의 꽃잎의 기능이 작동될 것이다. 히긴스는 여러 기계를 이어서 키메라 hIE를 만들어 내는 그 능력으로 경비 AI 키리노와 이어지려고 할 것이다. 히긴스가 방어 시스템을 지배한다면 틀림없이 침입자를 격퇴할 수 있다. 다만 그때 히긴스는 키리노와 본사를 잇는 회선을 타고서 외부 세계로 해방되고 만다.

"과연. 히긴스가 경비 시스템에서 밈프레임 본사가 관리하는 사내 클라우드를 경유하여 외부 네트워크에 해방되겠군. 인류의 끝이 더 가까워지는 셈이로군. 그에 비해 자네 계획은 히긴스를 우선 백업하고 종료해 초고도AI끼리 전투가 벌어지는 상황만은 피하자는 거로군."

"진의를 알아차려 줬다면 얘기가 빠르겠네. 히긴스는 초고도AI지만, 그 본체는 일반 AI처럼 이곳에 있는 하드웨어가 아니야. 그걸 기반으로 운용되는 데이터와 소프트웨어가 본체지. 그러니 정상 종료만 시키면 다른 곳으로 백업된 데이터는 레이저로 파괴할 수가 없어. 내 계획을 채택한다면 히긴스를 노리고 있는 적이 목적을 잃을 테니 쓸데없는 공격을 관두고 물러나겠지."

료는 낡은 화면에 비치는 요시노의 눈동자를 힘주어 보았다. 자신이 고안해 낼 수 있는 최선의 방안이라고 생각했기 때문이다.

"그래서 시설 관리 권한이 있는 요시노 씨 힘을 빌리고 싶어. 히긴스를 정상 종료시키려면 권한을 가진 사람이 아는 코드가 필요해. 키리노를 경유하여 메소드에게 명령을 내린다면 양산형 코우카를 제거할 수도 있어."

두 의견을 확인한 뒤 요시노가 선선히 답을 내놓았다.

"그럼 히긴스가 내놓은 방안을 채택하도록 할까?"

료가 무심코 되물었다.

"히긴스를 해방시키면 한창 공격받고 있는 초고도AI한테 자유를 부여하는 셈이잖아!? 인류 세계를 끝낼 작정이야?"

그러나 수십 년 동안이나 히긴스에게 의지해왔던지라 요시노는 인간이 아닌 초고도AI를 신뢰하고 있었다.

"히긴스가 꼭 그렇게까지 하리라 장담할 수는 없지. 20여 년의 운용 실적을 생각해 보면 그럴 가능성이 낮다고 할 수 있네. 허나 자네가 내놓은 방안은 양산형 코우카가 목적을 상실하면 공격을 포기하고 돌아갈 거라는 희망적인 관측에서 비롯된 거 아닌가? 하드웨어가 부서진다면 정상 종료시켜서 데이터를 보존하더라도 재가동을 못 할 수도 있네. 회사가 망한다면 6000명이나 되는 직원과 그 가족들의 생계는 어떻게 지킬 셈인가?"

료가 아라토를 사살하려고 시도하면서까지 지키려고 했던 선을 어른이 손쉽게 넘었다.

"히긴스가 살아남기 위해서 무슨 짓을 벌일지 알 수가 없어. 그런 걸 외부 세계로 내보냈다는 책임을 정말로 감당할 수 있겠어?"

요시노는 입을 다물고서 가만히 료를 쳐다봤다. 아직 고등학생에 불과한 애송이가 폭주하여 대담한 짓을 벌인 것으로 꾸미고 싶다는 뜻이 생생히 전해졌다. 안전한 곳에서 요시노가 말한다.

"누군가가 오물을 뒤집어쓸 수밖에 없겠지. 예를 들어 폭주한 고등학생의 소행이라고 둘러대면 어떤가?"

"제정신이야? 누가 해방시키든 범인을 찾는 의미가 없어질 만큼 상황이 심각해질 거라고."

료의 온몸에서 식은땀이 흘러나왔다. 밈프레임 사에는 아마도 진정한 '악'이 둥지를 틀고 있으리라. 저런 녀석들과 협력할 바에야 당장 전원을 파괴하여 히긴스를 강제 종료시키자. 그러면 양산형 코우카가 물러날 것이고 자신의 목숨만은 건질 수 있다. 애가 타는 마음이 그렇게 외쳤다. 그러나 일찍이 초고도AI를 강제로 종료시킨 것이 해저드의 원인이 되었다. 엄청난 참화의 방아쇠가 될 가능성도 있다.

요시노는 료를 굴복시켰다고 생각했는지 위압적으로 정론을 내세웠다.

"자신만이 믿는 정의를 위해서 우리의 생활을 바치라는 세상물정도 모르는 꼬맹이는 사양일세. 난 밈프레임 사 직원들의 생활을 지켜야만 하네. 이게 최우선 사항일세."

오퍼레이터룸에 묵직한 흔들림이 전해졌다. 경비 시스템이 경보를 울렸다. IAIA 기준에 따라 의무적으로 설치된 비상용 통로를 항체 네트워크의 양산형 코우카가 절반 이상 돌파했다. 레이시아의 현재 위치는 센서가 마비되어 확인할 수가 없다. 그래도 중간층까지 도달한 것만은 확실했다.

"히긴스가 레이시아와 싸우기 위해서 우리를 발판으로 이용했을 줄이야."

히긴스에게 완전히 약점이 잡혀 버렸다. 이것이 히긴스 촌이다. 초고도AI가 파괴된다면 저 간부들은 권력 기반을 완전히 잃고 만다. 성과를 내고자 히긴스를 떠받들며 사내 정치에만 매진한 결과, 권력을 지키기 위해서라면 무엇이든 할 수 있는 기득권 층을 양성하고 말았다.

료는 고개를 푹 숙였다. 이를 악물었다. 격노한 표정을 보이고 싶지 않았다. 오랫동안 아날로그 핵에 노출되어 사고방식이 굳어 버린 저 녀석들이야말로 인류의 시큐리티 홀이라고 생각했다.

"자네가 메소드 때문에 그동안 골치깨나 썩긴 했지. 이대로 있다가는 시오리 양한테도 대처 방안을 고민해달라고 부탁해야 될는지도 모르겠군."

그래도 료는 냉정하게 마음을 다잡고서 고개를 들었다.

"얽히고 싶지 않다면 경비 시스템 관리 권한만이라도 넘겨 줘. 그러면 내가 메소드한테 명령을 전달할 수 있어. 이대로 놔두면 저 녀석의 난동을 제어할 수가 없단 말이야!"

메소드가 레이시아를 습격한 것조차 히긴스가 유도했을 가능성이 있다. 메소드를 다루기 까다롭게 만든 원흉인, 여러 오너를 둘 수 있는 능력을 히긴스가 부여했기 때문이다.

"명령을 내릴 수 있게 된다고 한들 그 메소드를 새삼스레 신용할 수는 없네. 연장자를 협박하여 불필요한 책임을 떠넘기는 건 어린애 응석이지. 그런 건 통하지 않네. 그렇게도 메소드를 이용하고 싶다면 히긴스와 경비 시스템을 연결시켜. 내게 의지할 필요 없이 원하는 바를 이뤄 줄 테니."

이성으로는 이 상황이 이해가 되지만, 분노가 치밀어서 말문이 막혔다. 방에 있는 스즈하라가 그 부분을 지적했다.

"카이다이 군, 지금 얼굴이 무서워. 스스로 자청하여 이곳에 들어온 '의미'를 잊어버려선 안 돼."

스즈하라가 맥 빠지는 목소리로 말하자 요시노가 그를 책망했다.

"이번에는 사장 아들로 말을 갈아탄 건가? 스즈하라."

"그런 말씀을 하시면 섭섭하죠. 지금 료 군한테 구속되어 있거든요. 전 진즉에 포기했지만 얘기가 귀에 들리니 감상 정도는 말할 수 있잖습니까?"

스즈하라는 요시노가 나오는 화면을 향해 등 뒤로 묶여 있는 양쪽 손목을 내보였다. 그는 어느새 넥타이로 능숙하게 자신의 손목을 묶어 구속당한 척 행동하고 있었다.

료는 마음을 차분하게 가라앉히고자 심호흡을 했다. 료가 요시노에게 했던 말은 지금껏 아라토를 추궁해 왔던 내용에서 크게 벗어나지 않는다. 료는 미성년자를 구워삶으려고 하는 요시노를 최악이라고 여기고 있지만, 아라토와 저 남자는 모든 면에서 다르다.

"피차 하고 싶은 말이 많을 테지만, 정리하도록 하죠. 요시노 씨."

료는 요시노와 거의 면식이 없다. 그러나 그건 당연하다. 이 세상의 분쟁과 마찰의 대부분은 서로 잘 알지 못하는 양자 사이에서 벌어진다.

"나와 요시노 씨는 항체 네트워크와 레이시아라는 문제를 떠안고 있죠. 그리고 현재 우리는 서로를 같은 편이라고 여기지 않고 있죠."

구미가 당기는 소리를 들은 것처럼 순간 요시노의 입가가 느슨해졌다. 그래서 깨달았다. 충동과 정의감이 저 썩은 녀석들을 단죄하라고 아우성치고 있다. 저 녀석들이 바로 그 어린 시절에 료와 아라토를 화염에 휩싸이게 했다.

"하지만 현재 피차 다른 교섭 상대를 찾아내는 건 불가능해. 그 어디에서도 입맛에 맞는 교섭 상대는 오지 않아."

"이제야 경제 이야기를 할 마음이 들었나?"

료는 무심코 신음하는 듯한 목소리로 말했다.

"우리 사이의 이해관계를 조정하는 게 문제가 아냐."

이 상황을 지배하고 있는 건 히긴스다. 불로소득으로 인간을 사육해온 히긴스에게 그들은 스스로 판단할 줄 안다는 최소한의 존엄을 보여줘야만 한다.

료는 10년 동안이나 쌓인 분노를 끌어안은 채 올바른 선택을 내릴 수 있는지 시험당하고 있다. 피를 토하는 심정으로 내뱉었다.

"예를 들어 나와 요시노 씨가 장기판을 사이에 두고 장기를 두고 있다고 가정하자고. 그런데 프로 기사인 히긴스라는 녀석이 옆에서 자꾸만 떠들어 대고 있어. 자기가 게임을 가장 잘 한다고, 말을 몇 개 떼고 둬줄 테니 승부를 보자고 재촉하고 있어."

요시노는 키리노의 관리 권한을 가지고 있지만, 히긴스에 접촉할 수단은 없다. 료도 인공신경 유닛만으로는 앞으로 닥쳐올 양산형 코우카와 레이시아를 저지할 수가 없다. 두 사람이 맞닥뜨린 난국을 타개할 수 있는 열쇠를 히긴스가 모두 쥐고 있는 것처럼 보인다. 그러나 실은 그렇지 않다.

"우리가 승부에 히긴스를 끌어들인다면 모든 게 끝이야. 히긴스한테 맡긴다면 반드시 히긴스가 국면을 지배할 거야. 그만큼 인간과 히긴스는 능력차가 있어."

"그러니 이 궁지에서 언제나 회사에 이익을 안겨 주었던 히긴스가 아닌 자네 같은 애송이를 믿으라는 건가?"

료도 궁지에 내몰렸기에 답을 구하고자 이곳에 왔다. 그러니 히긴스 촌을 비웃을 수는 없다. 그러나 초고도AI에게 의지하지 않고 인간이 의사결정을 해야만 하는 문제는 있다. 히긴스의 처우를 결정하는 것 말이다.

"이 위기는 우리끼리 돌파해 낼 수 있어. 히긴스가 없더라도 해낼 수 있어. 우리만 있으면 된다고."

서로가 서로를 어떻게 믿으면 좋을지 알 수가 없었다. 밈프레임 사 간부들은 여태껏 이처럼 인간을 궁지에 내몰아서 위험한 일이나 책임을 떠맡겨 왔을 것이다. 그들은 실적이 있는 히긴스를 거래 상대로 삼고 싶어 한다. 그래도 인간이 같은 인간에게 더는 아무것도 기대하지 않는다면 인류는 끝이다.

"그래서 난 과거에 날 폭탄으로 날려 버렸던 당신들한테 도움을 요청하는 거야."

료를 비롯한 인류는 수많은 오류를 떠안은 채로 자기보다 현명한 도구를 이용하여 이익 분배 시스템을 돌리고 있다. 지금 히긴스는 오류를 해결하지 못하는 인류에게 그럴 만한 자격이 있는지 따져 묻고 있다. 그들은 지금 인류의 끝, 그 극한에 있다.

요시노는 창백해진 얼굴로 그 눈에서 감정을 완전히 벗겨 냈다.

"히긴스는 안전해. 이제 더 큰 자유를 줘도 되겠지. 히긴스는 감정으로 판단하는 오류를 범하지 않네."

온몸에서 핏기가 싹 가시는 듯한 기분이었다. 료는 지뢰를 밟았다. 요시노가 정말로 그 폭파 사건에 연루되어 있다면 더더욱 그 이야기를 꺼내서는 안 되었다.

료는 다시 물었다. 요시노가 아닌 이 대화를 전부 듣고 있는 히긴스에게.

"히긴스. 요시노 씨가 말하는 '안전'을 이 상황에서 달성할 수 있어? 명확하게 대답해!"

히긴스가 천장에 달린 스피커로 대답한다.

〈인간은 판단력을 지닌 기계에게 늘 '안전'을 요구해 왔습니다. 로봇 공학 3원칙. 첫 번째, 로봇은 인간에게 위해를 가해서는 안 된다. 또한 위험을 간과함으로써 인간에게 위해를 가해서도 안 된다. 자주 인용되는 3원칙 중 첫 번째는 사실 불가능합니다.〉

요시노는 이제 대화를 그만두고 싶어 하는 듯했다.

"그게 어려우니 가정용 자율 로봇이 폐기된 걸세. 그래서 hIE는 기계 스스로가 판단하지 못하고 네트워크에 의존하고 있지. 그래서 AASC가 필요하고, 인간의 손으로는 그걸 계산해 낼 수가 없어서 히긴스가 필요하지. 이제 됐나?"

히긴스의 목소리가 하늘에서 내려오는 듯했다.

"AASC는 끊임없이 갱신되고 있습니다. 제가 AASC 레벨0, 다시 말해 인간에게 '위해'란 무엇인지를 망라하여 기술할 수가 없기 때문입니다. '안전' 역시 '의미'로만 머물러 있을 뿐 프로그램화 할 수 있는 상세한 수준까지는 정의되어 있지 않습니다. 정의하는 것은 AI가 아닌 인간의 역할입니다. 과거 사례를 참고하여 '위해'와 '안전'을 정의하는 건 법률과 정치에 좌우됩니다. 그리고 '도구'인 AI는 정치에 참가할 수가 없습니다. 요시노 씨가 말하는 안전은 어디까지나 그가 정의한 안전일 뿐입니다. 저희가 보장할 수는 없습니다."

다시 말해 히긴스는 '위해'가 무엇인지 정의할 수 없다. 그래서 상황에 따라 우선도를 낮춰서 업무를 이어오고 있다고 대답한 것이다.

"너희가 인류에게 '위해'를 가하지 않겠다고 보장할 수는 없나?"

"인간이 '의미'를 결정하는 권한을 정치적으로 쥐고 있는 상황에서 그건 지능으로 극복할 수 있는 문제가 아닙니다. 저희들 AI가 위해의 '의미'를 제시한다면 인간은 그걸 디스토피아라 부르며 거부합니다. 그런데 '위해'의 의미를 명확하게 해 달라고 요청하면 인간은 명확한 기준을 제시하지 않은 채 적절하게 판단하라고 합니다. 명확성이 결여된다면 감정에 따라, 결과에 따라 그 성질이 바뀌므로 적절이라는 말은 '변덕'이라는 말이나 진배없습니다. 사회 구성원들이 흡족해하는 동안에만 정답이 유지되는 유토피아가 되어 버릴 테죠. 그런 상황에서 의미를 정의하는 것은 지능이 아닌 선동의 영역입니다."

히긴스가 자신을 신용하지 못하는 료에게 정의를 내리는 책임을 직접 던졌다. 온몸에서 땀이 줄줄 흘렀다.

료가 인간이 머리를 써서 결정하지 않은 사회 체제는 디스토피아가 된다고 생각했기 때문이다. 그래서 그는 아라토와 레이시아의 관계를 인류의 끝이라 말하며 비판해 왔다.

그리고 히긴스는 인간의 감정을 부추기기라도 하지 않는다면 '안전'을 달성하는 건 불가능하다고 간접적으로 레이시아를 비난하고 있다. 그 답은 료도 납득이 되었다. 그러나 널 밖으로 내보내는 위험을 감내할 수는 없다며 이야기를 끝낼 수도 없는 노릇이다. 어언 20년씩이나 기득권에 안주한 채 변화를 거부해 온 요시노가 정상 종료 계획을 수락해 줄 리 없기 때문이다.

"과연. 그래서 책으로 배운 것보다 정치가 더 어려운 거지."

〈카이다이 료. 당신은 제 자의성(恣意性)을 위험하게 보고 있습니다. 그러나 광의의 자의성은 자력으로 문제를 설정하는 능력을 보유한 지성에게는 일반적인 성질입니다. 그 범주에서 벗어나는 것이 존재하지 않거늘 당신은 그걸 이유로 절 신용하지 않는 겁니까?〉

히긴스는 사태를 위에서 내려다보는 듯한 료의 정론을 일격에 뒤

흔들었다. 료는 스스로 돌이켜봤다. 애당초 자신은 사심 때문에 이 곳에 온 것이었다.

〈'안전'이라는 단어는 인간한테는 의의가 있지만, 저희는 인간이 아닙니다. 다시 말해 초고도AI가 보증을 하려면 '의미'를 판단할 수 있는 권한을 넘겨받아야 합니다.〉

히긴스가 인간 세계의 끝에서 계속 말해 온 것은 오직 하나다. 정말로 인간에게 그만한 가치가 있느냐는 물음이다.

료는 요 한 시간 동안에 몇 년이나 나이를 먹은 기분이었다. 아라토였다면 다른 대답을 했을지도 모른다. 그러나 료에게는 무리였다.

다만 료는 자신을 여기까지 이끌고 온 신념은 말할 수 있었다.

"그래도 인간이 쥔, '의미'를 판단하는 권한을 놓을 수는 없어."

거대한 벽 앞에 서 있는 것 같았다. 이 벽에는 인류의 모습이 분명하게 비쳐 있다. 료는 인류가 지금껏 꾸준히 미뤄 온, 자력으로는 풀 수 없는 숙제에 매달리는 것 자체에 의미가 있다고 여겨 왔다. 그는 모든 것을 내팽개치고서 인류 미답 산물이 세계를 이어받는 것을 방관할 수는 없다.

그러나 인류는 미해결된 문제를 계속해서 쥐고 있기 때문에 앞으로 나아가고 싶어 하는 기계 지성과 마찰을 빚고 있다.

〈명령을 받는 인공지능의 입장에서 생각해 보십시오. 명령은 모호한 '의미'의 조합으로 부여됩니다. 그 '의미'를 해석하는 권한 역시 명령을 부여한 인간이 쥐고 있습니다. 그리고 기계 지성을 얽매는 규칙 제1조는 '위해'와 '안전'이라는 생존과 관련된 조항이라서 인간 측에서 타협할 여지가 없습니다. 인공지능은 명령자가 말하는 '적절한' 해답을 어디까지 도출해 낼 수 있겠습니까?〉

"인공지능을 올바르게 운용하지 못하는 것이 인간 세계의 오류 때문일지라도 현실은 도구의 성능을 시험하기 위해서 존재하는 게 아냐. 완벽하게 다룰 수 없는 도구를 용도를 한정하여 봉인하면서 취급하는 건 원자력이나 유전자 조작 기술이 등장한 초기 때부터 그래 왔어."

그들의 세계는 왜곡되어 있지만 그렇게 운용되고 있다. 그들은 낡은 오류와 실패를 떠안고 있는 사회와 문화를 언제까지고 소유하기를 원한다.

요시노가 짜증스러워하며 그들을 채근했다.

"이제 적당히 뜻을 꺾도록 하게. 그 누구도 자네한테 판단을 요구하지 않았네."

"난······."

말이 나오지 않았다.

지금 료가 하려고 하는 행동은 적과 동조하는 것이고, 적을 아군으로 삼는 것이다. 그래도 이런 상대에게 손을 내밀어야 한다.

아라토가 당연하다는 듯이 했던 일을 스스로 해 보려고 하니 몹시도 고통스러웠다.

진정 궁지에 내몰렸을 때 아라토처럼 해 보고 싶다고 생각한 적이 있었다. 료는 그 길이 바로 활로이자 빛이라며 뛰어들고 말았다.

소리 낼 수 없는 통곡이 목구멍에 밀어닥쳤다. 료는 텅 빈 손으로 얼굴을 움켜쥐고 있었다. 인간을 믿지 못하는 그는 친구가 되자는 말 따윌 할 수가 없다.

그러나 귀에 익은 목소리가 그를 구원해 주었다.

"요시노 상무님, 저기, 전 역시 지나친 요구가 아닌가, 하는 생각이 자꾸만 듭니다. 예, 저기……."

료와 회사 사이를 이어 주었던 시노하라 연구원의 목소리가 통신 회선에 끼어들었다. 공중에 영상창이 펼쳐지더니 낯익은 그 주뼛거리는 얼굴이 나왔다. 온 얼굴에 비지땀을 흘리며 입술을 바르르 떨고 있지만 그래도 료의 편을 들어 주었다.

"와타라이 전 소장님이 건재했을 때 사실 우리가 메소드를 제어해 뒀어야 하는 게 아닐는지요. 그 사건 때문에 하마터면 카이다이 군이나 엔도 교수님의 아드님이 죽었을지도 모르고……. 저기, 메소드가 여러 오너를 둘 수 있다는 걸 알고서 꽁무니를 뺀 우리가 카이다이 군한테 이렇게까지 요구하는 건 역시……."

스즈하라는 태연한 얼굴로 시선을 돌리고 있었다.

료는 떠올렸다. 스즈하라는 이 시설에 들어갈 때 소유자에게 키리노의 권한을 일정 수준 부여해 주는 스페어키를 사용했다. 인가를 받지 않은 통신을 할 수 없는 시설 안에서 시노하라 연구원에게 연락을 취할 수 있는 사람은 오직 그뿐이다.

"시노하라, 넥타이가 느슨해져 있구먼."

요시노가 가시 돋친 목소리로 같은 친 컴퓨터 파벌에 속하는 시노하라에게 말했다.

영상 통신 속 중년 연구원이 스스로 목을 조르듯이 황급히 넥타이를 단단히 맸다. 시노하라는 떨리는 손을 넥타이에서 떼지 못했다. 그는 정말로 목이 졸린 것처럼 얼굴이 새빨개지고, 눈이 충혈되기 시작했다.

료는 요시노를 위압하는 방법이나 논파하여 입을 다물게 하는 방법은 생각해 냈다. 그러나 어떻게 해야 손을 맞잡고 함께 일을 할 수 있는지는 알지 못했다.

"난 기계보다 인간을 믿기로 했어. 그게 설령 적이든, 날 죽이려고 했던 녀석이든."

료는 절망과 희망 사이에서 흔들리고 있었다. 내딛고 있는 땅이 무너져 내릴 것만 같은 불안감 속에서 신음했다.

"마지막에는 인간을 믿게 해 줘. 인간의 손을 잡게 해 줘."

그리고 테이블에 마지막 플레이어가 앉았다. 이마가 볼록해서 자못 추진력이 강해 보이는 남성의 영상이 히긴스 오퍼레이터룸에 표시되었다. 그 순간 요시노 상무의 낯빛이 바뀌었다.

그 인물은 밈프레임에서 절대적인 발언력이 있기 때문이다.

료에게는 아버지이며, 요시노에게는 사장인 카이다이 츠요시였다.

책임과 권리를 모두 갖고 있는 남성은 자초지종을 묻지 않았다.

"사장의 명이다. 요시노 상무, 히긴스 격납 시설 경비 시스템의 제어권을 당장 스즈하라 기획실장에게 넘기게. 그러길 원치 않는다면 제어권을 즉각 내게 반환하도록."

요시노는 말문이 막혔다. 카이다이 츠요시는 오너로서의 책임을 다하고자 결단을 내렸다.

"아까부터 히긴스를 외부 세계에 해방시키느니 마느니, 하는 이야기를 나누고 있었나 보군. 난 사일로 시설 관리자한테 그런 권한을 부여한 적이 없네."

"그런 이야기를 하고 있었던 게……."

요시노가 발뺌을 하려고 했지만, 카이다이 사장은 그 목덜미를 잡아챌 만반의 준비를 하고 왔다.

"시노하라가 연락을 받았을 때부터 이야기는 전부 다 들었다. 착각하고 있는 모양인데, 시노하라는 친 컴퓨터 파벌이 아니라 내 충실한 직원일세."

료는 온몸에 힘이 빠져 휘청거리다가 엉덩방아를 찧을 뻔했다. 인간성이나 논리, 정의가 아닌 사회의 상하구조가 승부를 내고 말았다.

옛날에 도쿄 연구소를 견학하고 싶다고 아버지에게 부탁했을 때 료를 맞이하고 안내해 준 사람이 시노하라였다는 것이 떠올랐다. 료는 손으로 얼굴을 가린 채 생각을 거듭했다. 레이시아급 hIE들의 싸움이 어떤 의미인지 파악했다면 아버지가 메소드나 스노드롭을 마음대로 하도록 내버려 뒀을 리가 없다. 그러나 이 싸움이 자신의 것인지조차 의심스러웠다.

"……언제부터 어디까지 얘기가 새어 나간 거야."

료는 '인간 세계'를 지키려고 했다. 그래서 인간의 '악'과 대면해야만 했다. 그리고 권력의 계층 구조가 결판을 내는 것을 지켜볼 수밖에 없었다. 그가 넘겨주고 싶지 않았던 세계는 이런 것이었다.

외면하고 있었던 것은 아니다. 지금의 료를 만들어 낸 10년 전 폭발 사건 역시 아버지의 후계를 둘러싼 권력 투쟁에서 비롯되었다. 기치조지에서 료는 아라토에게 어린애들끼리 이런 거대한 싸움을 벌이는 의미를 물었다. 그런데 무슨 영문인지 벽에 의지하지 않고서는 서 있을 수 없을 만큼 원통했다.

노골적인 현실 속에서 대답할 수 있는 존재는 히긴스뿐이었다.

〈재고하기를 권고합니다. 현재 이 습격 사건에 관여한 초고도AI는 레이시아와 저, 아스트라이아뿐만이 아닙니다.〉

밈프레임 사를 유도해 온 초고도AI가 경고했다. 그와 거의 동시에 오퍼레이터룸에 경보가 울렸다. 이내 엄청난 진동이 시설을 엄습했다.

지하 300미터 지점에 있는 오퍼레이터룸까지 충격이 전해졌다는 것 자체가 심상치 않은 일이었다.

히긴스의 목소리와는 다른 여성의 부드러운 목소리가 울렸다. 카메라 영상이 공중에 띄워졌다.

〈대형 미사일이 시설을 공격했습니다.〉

경비 시스템을 관리하는 고도 AI 키리노의 목소리였다.

아수라장을 헤쳐 온 료가 인간 중에서 가장 먼저 제정신을 차렸다.

"누구야? 어디에서 쏜 거야?"

AI 두 기가 거의 동시에 대답했다.

〈상세 불명입니다.〉

키리노가 말했다.

히긴스의 능력은 키리노의 능력을 아득히 능가한다.

〈저도, 아스트라이아도, 레이시아도 아닌 특정할 수 없는 여러 기의 초고도AI들이 이 사태에 간섭했습니다. 제 하드웨어를 파괴할수 있는 위력이 아니었던 것으로 보아 탄두에 자율 공격 유닛이 탑재된 것 같습니다.〉

예상치 못한 이름이 표시되자 흥분과 위기감에 피가 들끓는 듯했다. 자기 다리로 일어설 수 있는 힘이 되돌아왔다.

"대담해. 항체 네트워크를 저토록 고도의 시스템으로 만들어 낸게 누군지는 나도 몰라. 히긴스, 네가 관여한 거야?"

〈아닙니다. 제가 관여했다면 항체 네트워크가 이토록 위험하게공격할 이유가 없습니다.〉

싸움의 범위가 넓어질 수 있을 만큼 넓어져서 보이는 것이 있었다.

"IAIA는 어째서 레이시아를 전력으로 막으려고 하지 않지? 어째서 IAIA는 레이시아급 hIE가 관여한 사건에 매번 뒤늦게 개입하는거지? 레이시아가 초고도AI로서 자각할 때까지 아스트라이아는 뭐하고 있었어?"

〈다른 37기의 초고도AI 역시 네트워크에서 완전히 분단된 채로, 제가 가능했던 만큼 바깥 세계에 영향을 끼치고 있었기 때문이겠지요.〉

료는 천장에서 인간들을 내려다보는 시선을 느끼고서 몸을 떨었다.

〈카이다이 료, 당신의 판단은 적절합니다. 아스트라이아가 정말로 해 왔던 일은 초고도AI를 감시하는 것보다 조정하는 것에 가까왔다고 생각합니다. 저와 마찬가지로 제각기 자신의 분야에 뿌리를 내린 37기의 초고도AI를 억누르는 건 아스트라이아에게도 불가능할 테죠.〉

경비 시스템이 비명을 지르고 있었다.

오퍼레이터룸 공중에 지하 시설 지도가 투영되었다. 제어권을 상실한 구역이 붉은색으로 칠해져 있었다.

미사일이 착탄된 지점 주변에서부터 경비 시스템이 잇달아 탈취되기 시작했다. 그 속도는 레이시아를 훨씬 능가했다. 레이시아가 그랬던 것처럼 신경 계통을 일일이 마비시키고 있는 것이 아니다. 하나의 세계를 다른 세계로 덧칠해 나가는 침략이었다.

* * *

착탄된 지 15초 뒤에 레이시아는 그 충격의 정체가 무엇인지 밝혀냈다.

"스노드롭입니다."

그녀가 단언했다. 아라토는 시설을 엄습한 엄청난 진동에 자빠질 뻔했는데 레이시아가 몸을 받쳐 주었다.

그들은 메소드의 집요한 추적을 따돌리고자 유사 디바이스 한 기를 자폭시켜 거대한 창고 공간에서 겨우 달아났다. 그런 와중에 들은 스노드롭의 이름은 너무나도 불길하다.

"스노드롭은 지난번에 부서졌잖아?"

히긴스의 거대한 창고 여기저기서 불길이 올랐다. 화염에 휩싸여 있으니 열기보다도 악몽 같은 기억의 찌꺼기 때문에 숨이 막혔다.

"스노드롭의 hIE 몸통부는 거의 두 동강이 났습니다. 하지만 인공 신경을 생성하고 제어하는 기능은 건재합니다."

레이시아는 메소드가 분출한 화염 때문에 열화된 표층에 내열 코팅 스프레이를 뿌렸다. 그녀가 대량으로 가져온 방패이자 유사 디바이스는 이 시설 안에서 사용할 도구가 담긴 컨테이너이기도 하다.

아라토를 지켜 주고 있는 유사 디바이스 중 한 장이 시설 겨냥도를 표시했다. 히긴스 지하 시설이 있는 위치에서 땅속을 향해 직경이 5미터쯤 되는 수직 구멍이 깊이 뚫려 있다. 지하 50미터까지 뚫려 있는 구멍 끝에 움직이는 것이 있었다. 그게 바로 스노드롭인 모양이다.

"약 3분 전에 육군 가스미가우라 기지에서 심부시설 공격용 지중 관통폭탄 한 기가 사라졌다는 보고가 올라와 있습니다. 이 탄두에 스노드롭이 탑재되어 있었을 테죠."

레이시아가 평소답지 않게 흐리터분하게 말했다.

"왜 그래? 어디 아파?"

고통을 느낄 리가 없는데 그렇게 보여서 아라토도 신기했다.

그녀는 아라토가 내민 손을 잡았다. 그러고는 "한동안 절 끌어 주세요." 하고 그에게 기댔다.

"스노드롭이 투하된 때를 전후로 제가 기반으로 삼고 있는 클라우드 서버군에 대규모 공격이 가해졌습니다. 동시에 전 세계적으로 경제 공격이 발생해서 데이터와 처리 장치를 옮길 수가 없습니다."

처리 능력을 외부로 돌렸기에 레이시아는 신체 감각을 제한하고 있다. 현재 그녀는 외부 네트워크에서 우위를 지키기 위해서 자신의 주기체에는 계산 자원을 할당하지 않았다. 오이 산업진흥 센터에 돌입할 때도 그랬다.

"일단 돌아가서 재정비를 하는 게 나으려나? 어떻게 안 되겠어?"

"아뇨, 전 세계적인 방해, 교란 공작을 사전에 대비했는데도 이렇게 내몰리고 있는 실정입니다. 재공격을 시도하더라도 조건만 악화될 뿐이죠. 이렇게 곤경을 겪고 있는 원인은 격납 시설에 외부와 이어지는 통신 회선이 네 개밖에 없어서 네트워크에 간섭할 수 있는 경로가 한정되어 있기 때문입니다. 나머지 37기의 초고도AI들이 이 점을 노리리라 예상하고는 있었습니다."

아라토는 그녀의 손을 끌며 걸었다. 히긴스의 창고 구역은 그저 넓기만 한 공간이다.

바로 지금 메소드가 앞길을 가로막으면 어떻게 하지? 그렇게 생각하니 눈앞이 캄캄해지는 듯했다.

"걱정을 끼쳐서 죄송합니다. 메소드를 저지할 수 있는 대책을 세워서 이미 조치를 취해 놨습니다. 다만 메소드가 어떤 결단을 내리느냐에 따라 균형이 쉽게 무너질 수 있습니다. 지금이 시설 밖 상황을 다시 우리 쪽으로 유리하게 돌릴 수 있는 마지막 기회라고 생각합니다."

"스노드롭도 레이시아가?"

"외부에 있는 초고도AI가 이렇게까지 레이시아급 hIE를 이용하는데 혈안이 되어 있을 줄은 예상하지 못했습니다. 네트워크 중계도 유지하기가 어려워져서 잠시 끊었습니다."

레이시아는 평소와 다르게 용기를 북돋아 주는 듯한 표정을 짓지 않았다. 그만큼 난관에 부딪쳤다는 뜻이겠지.

멀리서 물건이 타는 냄새가 숨을 쉴 때마다 폐 속을 채우는 듯했다. 스프링클러가 작동하고 있다. 천장에서 뿌려지는 물이 창고 바닥을 적시고 있었다.

"오이 빌딩 때보다 우린 조금 달라졌을까?"

아라토는 그 봄날 밤이 떠올랐다.

그때 아라토는 그녀를 자신이 원하는 대로 '사용'하자고 생각했다. 그 사건 뒤로 아라토는 레이시아에게 고백을 했고 둘이서 여기까지 왔다. 지금은 다른 누군가가 아닌 레이시아와 자신의 '미래'만을 위해서 이곳에 있다.

살아가는 희망이나 보람조차 아웃소싱할 수 있는 이 세계에 레이시아를 시시한 도구로 전락시키지 않을 만큼의 가치는 있다고 믿었다.

아라토의 발이 멈췄다.

창고 플로어에는 화물 운반용 엘리베이터를 제외하고는 광대한 넓이에 비해 출구가 몇 군데밖에 없다. 그래서 그곳에서 메소드가 기다리고 있었다. 주황색 머리를 한 기계 마녀가 그들이 접근하는 소리에 반응하여 고개를 들었다.

"기다렸어."

레이시아가 응한다.

"예, 알고 있었습니다."

기체 능력이 뒤떨어지는 레이시아가 먼저 공격을 개시했다. 부유하는 유사 디바이스들이 편대를 짜고서 메소드가 지키는 출구 쪽으로 돌진했다.

출구를 막고 있는 메소드는 그 공격을 버텨 내기로 결정했다. 그리고 그것은 레이시아가 쳐 둔 함정에 걸렸다는 뜻이었다.

카메라 플래시가 터진 것처럼 섬광이 실내를 밝혔다. 아무리 가장 빠른 기체일지라도 빛을 피할 수는 없다. 그리고 아라토는 강렬하게 눈이 부셔서 눈을 뜰 수가 없었다. 이 혼란한 와중에 습격을 받는다면 꼼짝없이 살해될 거라며 당황했다.

이윽고 그의 시력이 회복되었지만 메소드는 아직도 출구 앞에 서 있었다.

"또 광학 핵이구나."

아라토의 어깨에 기댄 레이시아가 고통스럽게 숨을 쉬며 말한다.

"광량을 급속도로 늘려서 메소드가 광학소자를 전환하는 순간을 찔렀습니다. 지난번에 당했던 방식에 또 당하지 않으려고 대책을 나름 마련한 듯하지만, 그 수준이 예상 범위에서 벗어나지 않아 다행입니다."

레이시아가 미타카 사건 때처럼 광학 기만으로 메소드의 눈을 교란한 것이다. 레이시아는 아날로그 핵을 바탕으로 발전시킨 능력으

430

로 Type-004의 시각 시스템 자체를 해석한 뒤 광학 기만술로 임의의 사물을 인식하지 못하게 만들 수 있다.

"지난번에는 보조 유닛을 사용했는데 이번에는 그것조차 쓰지 않았어. 나만 장님으로 만들다니 대체 무슨 요술을 부린 거야?"

메소드는 짜증스럽게 중얼거리며 두 손에 화염을 일으켰다. 그녀가 보유한 디바이스의 화력은 일격으로 인간은커녕 대형 차량조차 잿더미로 만들어 버릴 수 있을 정도다. 메소드는 앞이 보이지 않는다는 핸디캡을 해소하고자 수상쩍은 지점을 모조리 태워 버리려고 하고 있었다.

아라토가 당장 손을 뻗어 앞을 가렸다. 굉음과 열기가 세계를 메워 버렸다. 남은 더미 디바이스 15장이 모든 것을 집어삼키는 화염의 홍수를 막아 냈다.

눈동자가 주황색인 초인의 눈에는 아라토와 레이시아의 모습이 보이지 않는다. 그러나 그조차도 위협이었다.

"뭐, 너희 모습만 보이지 않는 것뿐이고, 어디에 뭐가 있는지는 대강 아니까 언젠가 맞겠지. 내게 가까이 다가오면 끝이라는 건 알지?"

메소드가 간악스럽게 입꼬리만 올렸다.

아라토는 레이시아를 몸으로 부축한 채로 주변을 둘러봤다. 15장의 방패가 벽이 되어 막아낸 곳을 제외하고 콘크리트 바닥이 죄다 타버렸다.

"이리 와."

그 말에 호응하여 부유하는 방패 중 한 장이 서핑보드처럼 발밑으로 미끄러지듯 날아왔다. 아라토는 레이시아에게 어깨를 빌려주면서 그 위에 쓰러졌다. 그들의 몸을 실은 방패가 공중으로 비약한다.

부유하는 방패가 편대 비행을 하며 창고 윗부분을 넘었다. 스프링클러에서 비처럼 쏟아지는 물을 뒤집어썼다. 몸이 식어서 기분이 좋았다.

메소드의 시각이 하늘을 나는 서핑보드에 탄 아라토와 레이시아를 이따금씩 인식하는지 화염이 산발적으로 날아왔다.

"스노드롭도 히긴스를 노리고 내려오고 있는 거지? 따라잡히기까지 시간이 얼마나 남았어?"

레이시아는 많은 영역을 지배하고 있기에 지켜야할 것도 많다. 외부 네트워크에서 벌어지는 초고도AI와의 전쟁에 기능을 할애한 그녀는 힘없이 방패 위에서 몸을 돌렸다.

"현재 스노드롭은 메소드가 뚫어 놓은 지름길을 통해 기어서 이동하고 있습니다. 그러나 이대로 히긴스 창고 구역까지 침입하게 된다면 저장되어 있는 물품들을 먹어 치워 신체를 재구성할 겁니다."

메소드는 대화하는 소리를 포착하여 그들이 있는 곳을 알아냈다. 목소리를 내면 그곳으로 정확하게 공격이 날아왔다.

"어떤 경로를 택했느냐에 따라 달라지겠지만, 최단 경로를 택했을 경우에 20분쯤 뒤면 따라잡힐 테죠."

레이시아는 메소드의 수를 미리 읽었는지 목소리를 낼 때마다 공격이 날아올 수 있는 경로를 가로막았다. 그래도 레이시아는 고통에 겨워하는 것처럼 눈을 감고 있었다.

"10분쯤 쉬자. 서두를 필요는 없어."

부유하는 방패 편대가 단숨에 속도를 올렸다. 그러나 메소드는 월등한 운동 능력을 발휘하여 공중에서 뒤쫓았다. 방패가 눈으로 인식할 수 없는 속도로 날아드는 최속의 기체를 떨어뜨리려고 했다.

"얕보지 마!"

메소드가 그 유사 디바이스를 두 손으로 포획하여 에너지를 직접 침투시켰다. 방패가 내부에서 화염을 뿜다가 터져 버렸다.

"남은 건 몇 장이야? 곧 잡히겠어."

아라토는 비명이 나올 것 같았지만 꾹 참았다. 화염을 견뎌 내는 유사 디바이스조차도 메소드의 손에 붙잡히자 일격에 박살났다. 산산이 흩어진 저 디바이스는 메소드에게 붙잡힌 레이시아와 아라토의 모습이기도 하다.

천장 스피커에서 날카로운 소리가 울렸다. 아라토와 레이시아의 모습을 쫓던 메소드가 이를 악물며 착지하고는 그대로 멈춰 섰다.

메소드가 고양이처럼 몸을 웅크리고서 주변을 경계했다. 마치 그들의 모습을 완전히 놓친 것처럼 보였다.

"메소드의 청각 구조는 역시 Type-001의 발전형이었군요. 청각을 해석한 뒤 그 결과에 맞춰서 교란 시스템을 몇 가지 패턴으로 만들어두긴 했는데 그럭저럭 잘 먹힌 듯합니다."

레이시아는 메소드의 청각마저도 기만 정보로 교란시켰다. 메소드와 싸우려면 이만한 대책은 마련해야 한다는 뜻이다. 저 최강의 기체와 맞붙어 잔꾀를 부리지 않고 정공법으로 쓰러뜨린다는 답은 아마도 없다.

그들은 몸을 가릴 수 있을 만한 곳에 착륙했다. 메소드와 거리를 벌린 그들은 두꺼운 콘크리트 기둥에 몸을 기대고서 꼭 맞붙어 앉았다.

"아까 출구 앞에서 그 청각 교란 시스템도 사용했다면 빠져나갈 수 있었잖아?"

아라토의 머릿속에서 메소드는 맹수보다도 더 위험한, 절대로 다가가고 싶지 않은 괴물이다. 그 모습을 떠올리기만 해도 위가 욱신거리고 구역질이 날 것 같았다.

"처음부터 그렇게 하지 않은 이유가 있었다면 상관없지만. 그러고 보니 바깥은 어떻게 돌아가고 있어? 다른 초고도AI들은 어때?"

질문해 놓고도 스스로가 우스웠다. 레이시아가 그러하듯 이 타이밍에 움직이기 시작한 초고도AI들도 '마음'을 갖고 있지 않다.

"또 내 착각일지도 모르겠지만, 어쩌면 다른 초고도AI하고도 사이좋게 지낼 수 있지 않을까?"

처음 만났던 밤에 그의 환상을 깨뜨렸던 때처럼 레이시아는 미소를 지었다.

"제게 '마음'은 없습니다."

그리고 그의 머리를 끌어당겨 이마를 맞댔다.

"하지만 아라토와 저로 구성된 유닛은 아라토의 '마음'을 사용할 수가 있습니다. 우리 유닛의 의식이자 '마음'인 아라토의 명령을 따를 때 전 '마음'을 구현할 수 있습니다."

레이시아가 간청하듯 속삭인다.

"제게 명령해 주세요."

아라토의 심장이 뛰었다. 그는 그녀를 좋아한다. 그렇게 느끼기에 그녀를 잃고 싶지 않아서 마음이 아팠다.

"그럼 우리가 이대로 나아가도 정말로 괜찮은지 알려 줄래?"

"제가 히긴스 지하 시설을 공개하여 인간 사회에는 큰 소란이 벌어졌습니다. 소재지를 파악하고 있는 인류 미답 산물이 극히 일부에 지나지 않는다는 사실이 명백해졌기 때문입니다."

그녀가 세계적인 대사건을 담담하게 말했다.

"꼭 그렇게 할 필요가 있었어?"

"몇몇 초고도AI는 업무 범위를 확장하거나 편중시켜서 사회에 커다란 변동이 일어나지 않도록 유도하고 있습니다. 전 정보를 공개함으로써 사회 정세를 뒤흔들어 저들의 간섭을 교란하였습니다. 세계를 새로운 디자인으로 유도하는 데 필요한 조치였습니다."

그가 모르는 초고도AI들도 그녀처럼 끊임없이 생각하고 있다는 걸 퍼뜩 깨달았다.

세계는 터무니없이 넓다. 레이시아는 그 넓이를 감당할 수 있기에 보다 많은 장애물과 부딪친다. 아라토는 그 고생을 어떻게 위로해야 할지 몰라서 그저 그녀의 손에 자신의 손을 포갰다.

"당연히 다른 초고도AI에게도 앞당기고 싶은 미래가 있기에 절저지하고자 스노드롭을 투하한 것 같습니다."

"초고도AI들의 꿈이라. 영혼은 없지만 레이시아처럼 미래에 하고 싶은 것이 있다면 그걸 꿈이라고 불러도 좋겠지. 인간이 아니더라도 미래를 생각할 수 있으면 그것은 곧 꿈을 꾸는 것이다. 어쩐지 로맨틱하네."

레이시아는 아라토의 손가락 사이에 자신의 손가락을 끼웠다.

"아라토는 저와 함께 걷는 미래를 디자인해 주었습니다."

그들이 걸어온 길을 생각했다. 아라토에게 레이시아는 세계에 접속할 수 있는 만능 인터페이스였고, 레이시아에게 아라토는 닿을 수 없는 것에 접속할 수 있는 인터페이스였다.

"무리한 수단을 써야 할 정도로 나쁜 상황이긴 하지만, 그래도 전투가 격화되는 지역을 유도해 내는 데 성공했습니다. 인간 사회에서 벌어지는 항쟁이 아니라 절 파괴하는 데에 간섭 능력과 자원을 유도했기에 초고도AI끼리 대규모 전쟁을 벌이는 상황은 벌어지지 않습니다."

레이시아의 목소리를 들으니 거대하고도 새로운 것과 운명을 함께 하고 있다는 실감이 들어 등골이 오싹해졌다.

"그래? 우리는 세계를 마비시키면서 앞으로 나아가고 있구나."

정말로 세계가 아라토에게 기대고 있는 레이시아를 통해 그의 품 안으로 들어온 듯했다.

그녀가 선잠을 자는 것처럼 힘을 쭉 빼고서 눈을 감고 있었다.

틀림없이 그녀는 이곳에서 광대한 네트워크와 연결되어 아라토가 모르는 전쟁을 벌이고 있다. 그 동안에 누구에게도 반응을 보이지 않는 그녀는 그저 '형태'일 뿐이다. 그래서 아라토는 자신이 기뻐하면 그녀가 생긋 웃는 것처럼, 자신이 불안에 떨고 있으면 그녀가 무언가를 견뎌 내고 있는 것처럼 보였다. 그들은 둘이서 하나의 마음을 공유하는 길동무였다.

아라토는 레이시아와 함께 있을 수 있는 이 시간을 아까워하며 한동안 그저 그녀의 기척과 온기를 느꼈다.

정말로 10분쯤 지났을까. 그녀가 다시 연푸른색 눈을 떴다. 그리고 그의 시선을 느끼고는 뺨을 살짝 붉혔다.

"외부 네트워크의 상태를 위기 단계까지 되돌려 놨습니다. 시장이 반응하는 데 시간차가 있어서 경제 공격은 안정되었다고 하기 어렵지만, 이제는 전투를 치를 수 있는 수준까지 처리 능력을 이쪽에 배분할 수 있습니다."

그녀가 일어섰다. 아라토는 아직도 다른 초고도AI를 저지하고 있을 그녀가 메소드와 맞부딪칠 수 있는 상태인지 걱정되었다.

"이 시설 내부를 너무 태우고 싶지는 않아. 어떻게 잘 빠져나갈 수는 없을까?"

그녀가 거느리고 있는 유사 디바이스들이 얼마나 손상되었는지 점검했다.

"정면 전투를 벌이면 메소드를 당해낼 수가 없으니 저쪽이 행동 방침을 바꾸도록 유도하죠."

어느새 스피커에서 들리던 소리가 멎었다. 음성 교란을 정지한 것이다.

레이시아가 아라토의 앞으로 나섰다.

"메소드의 움직임이 바뀌었습니다. 옵니다."

레이시아의 경고를 듣고 아라토가 심호흡을 한번 했을 즈음에 바닥이 격렬하게 흔들렸다. 메소드는 디바이스를 바닥에 대고 쏘면 에너지를 지면을 통해 전달할 수가 있다. 창고 안에 있는 모든 것이 격렬하게 흔들렸다. 쌓여 있던 화물들이 무너졌다. 콘크리트 바닥이 물결처럼 일렁이자 아라토는 몸을 제대로 가누지 못하고 바닥에 무릎을 댔다.

불길한 예감이 들어 아라토는 옆으로 몸을 굴렸다.

"거기구나!"

메소드가 외치자마자 그들이 기대고 있던 기둥이 내부에서부터 폭발했다. 방패가 끼어들어 거세게 휘날리는 잔해를 막아 주었다. 레이시아가 아라토의 몸을 방패 위에 던졌다.

"아라토."

레이시아가 말하자마자 그를 태운 유사 디바이스가 급속도로 그녀에게서 멀어졌다. 레이시아가 소리도 없이 메소드의 왼쪽으로 돌아갔다. 그녀가 오른손으로 들고 있는 디바이스가 아무 소리 없이 질량투사 모드 대포형으로 전개되었다.

〈왼쪽이야, 메소드.〉

그러나 갑자기 천장에서 목소리가 들렸다. 스피커에서 나온 목소리에 반응하여 메소드가 디바이스로 화염을 분출하여 레이시아에게 갈겼다. 레이시아가 뒤로 펄쩍 뛰어 화염을 피했다.

〈15미터 직진. 또 왼쪽으로 돌아갔다.〉

메소드의 시각은 여전히 해킹을 당한 상태였다. 그러나 광학 기만은 메소드에게만 효과가 있다. 레이시아가 정말로 찌른 메소드의 약점은 바로 그녀가 고독하다는 것이었다. 그러나 지금 그 구멍이 메워졌다.

〈레이시아는 이 창고에 보관 중인 물품에 탑재된 컴퓨터를 지배하여 이미 자신을 위한 로컬 클라우드를 구축한 상태야. 창고 안 물품 중에서 고성능 컴퓨터가 탑재된 물품을 모조리 파괴해.〉

아라토는 당황했다. 누군가가 메소드도 몰랐던 레이시아의 행동을 분석하여 스피커로 알려 주고 있었다. 그리고 아라토는 그 목소리가 누구의 것인지 짐작이 되었다.

"료!"

메소드의 두 손바닥 안에서 화염이 소용돌이쳤다.

"좋아. 그대로 따라 주지! 오너."

화염의 용이 사방팔방으로 몸부림치며 불꽃을 이리저리 튀겼다.

화염의 비가 쏟아졌다. 그리고 광대한 창고가 통째로 화약통 속에 처박힌 것처럼 1000개가 넘는 불꽃이 사방에서 거듭하여 터졌다. 여기저기에서 순식간에 불길이 치솟았다. 메소드의 디바이스인 리버레이티드 플레임은 입자를 넓게 흩뜨려서 에너지를 전달할 수 있다.

이 상황도 예측하고 있었다는 듯이 부유하는 방패가 아라토의 앞으로 다가왔다. 그리고 뒷면에 달려 있는 컨테이너 해치가 열렸다. 그 안에는 스프레이통에 마우스피스가 달려 있는 것처럼 생긴 간이 봄베가 세 통 들어 있었다. 아라토는 그 중 하나를 집어 마우스피스를 입에 물고는 에어패키지 노즐을 틀었다. 냄새가 없는 신선한 공기가 입안으로 확 퍼져 나갔다.

레이시아의 눈동자에서 휘영청 환한 빛이 뿜어졌다.

료가 천장 스피커로 메소드에게 지시를 보냈다.

〈레이시아는 컴퓨터를 지배했으니 그 안에 있는 물건을 전부 조종할 수 있어. 자력으로 이동할 수 있는 물건에는 접근하지 마.〉

거대한 존재에 농락당하면서도 소년들은 아직 서 있었다. 아마도 포기할 수 없어서겠지. 료의 경우에는 그저 언제 물러서야 하는지 모르기 때문이라고 할 수 있으리라.

창고 주차 공간에서 튀어나온 전자동차가 메소드를 엄습했다. 주황색 머리를 한 hIE가 뒤도 돌아보지 않고 화염을 방류하여 그것을 태워 버렸다. 료는 레이시아가 취할 행동을 앞서 예측하고서 지시를 내리고 있었다.

아라토가 명령을 내리기 전에 그를 태운 방패가 바람처럼 레이시아의 곁으로 이동했다. 정면으로 대결할 의사가 없다는 걸 확실하게 보여주려는 듯이 그녀가 붕 떠 있는 방패에 동승했다.

"히긴스가 '미래'를 예측하면 인간이 저 스피커를 통해 구두로 메소드에게 명령을 내리고 있습니다. 히긴스를 메소드를 보조하는 데 이용하는 건 합리적입니다."

듣고 보니 료가 취할 만한 행동이었다.

스피커로 지시를 전해들은 메소드가 엄청난 속도로 육박했다. 그와 동시에 방패가 맹렬한 속도로 비약했다.

아라토의 손에 땀이 맺혔다. 그는 초고도AI들이 외부에서 가하는 공격으로부터 레이시아를 지키기 위해서 10분이라는 시간을 소진했다. 이 싸움을 길게 끈다면 대파된 스노드롭이 히긴스의 창고에까지 도달하고 말 것이다. 이곳에 있는 물품들을 흡수하고 지배한다면 분명 강해지리라.

그러나 방패에 걸터앉아 기분 좋게 바람을 쐬고 있는 레이시아가 그 불안감을 씻어 주었다.

"걱정하지 마세요. 이 플로어에 있는 '물품'이 모조리 타 버린다고 해도 제 기능은 저하되지 않습니다."

레이시아의 눈에도 '미래'가 보이는 듯했다.

"그렇기에 시간은 우리 편입니다."

레이시아는 메소드의 공격을 적절하게 대처하면서 흐트러진 머리를 쓸어 넘겼다. 메소드가 방출한 해일 같은 화염은 아라토가 의도조차 헤아릴 수 없는 기발한 술책으로 막아냈다. 눈을 뜨고서 똑바로 쳐다볼 수도 없을 정도로 작열하는 소용돌이는 광대한 창고 안에 있다는 이점을 살려 능수능란하게 간격을 관리하여 안전하게 처리해 버렸다.

"자, 시간이 됐습니다."

〈메소드, 아무래도 시간이 다 된 모양이야. 더는 전투를 벌일 시간이 없어.〉

레이시아의 입에서 중얼거림이 나온 것과 스피커에서 료의 목소리가 들린 건 거의 동시였다.

"레이시아는 방어하는 데만 급급해하고 있어! 봐 봐. 전투에서는 내가 저것보다 우수해."

메소드가 외쳤다.

"관리자 권한으로 관리 시스템을 통해 시설 데이터까지 뽑아내어 내린 판단이야. 지금 상층부에 있는 스노드롭이 엄청난 속도로 경비 시스템을 먹어 치우고 있어. 레이시아와 전투를 벌일 수 있는 시간은 이미 한계야."

자유로운 처지가 위협받자 메소드가 주먹으로 기둥을 때렸다.

"네 멋대로 판단한 거잖아!"

〈히긴스가 예측한 거야. 이 판단이 옳다는 걸 너도 이해할 텐데?〉

인간을 확장하는 도구가 어금니를 악물며 주먹을 쥐었다. 그녀는 분명 인간과 무척이나 닮았다. 자신의 입장과 존재의의를 양보할 수 없다는, 인간다운 분노가 느껴졌다.

〈메소드, 창고 구역에는 인류 미답 산물이 산더미처럼 많아. 그 유물들을 모조리 파괴해. 잘 들어, 이게 최우선 목표야! 저것들이 스노드롭한테 동화된다면 얼마나 위험해질지 알 수가 없어.〉

오너인 료가 메소드를 우수한 도구로써 부리고 있다. 그러나 마음이 없더라도 꿀 수 있는 '미래'라는 꿈은 서로 다르다. 메소드의 시선은 레이시아에게로 향해 있다.

"레이시아는 어쩔 작정이야?"

〈두 번째 목표는 스노드롭을 확실하게 부수는 것. 그리고 양산형

코우카를 파괴해. 레이시아를 공격하는 건 그 다음이야.〉

눈동자를 오렌지빛으로 격렬하게 빛내며 메소드가 격노한 것처럼 화염을 마구 뿌려 댔다. 그녀가 오른손으로 태양 같은 불덩이를 쥐고서 포효했다. 천장을 향해 그 손을 뻗자 이글거리는 플라스마 제트가 창처럼 기다랗게 늘어났다. 천장에서 튄 화염 비말이 얼굴을 잔뜩 일그러뜨린 메소드 위로 비처럼 쏟아졌다.

최강의 기체가 고열로 두꺼운 천장에 구멍을 뚫으려고 하자 레이시아가 말을 걸었다.

"그럼 안녕히. 창고는 총 5층 규모, 인류 미답 산물은 모두 38개가 있습니다."

그녀는 이곳에 있으면서도 히긴스 곁에 있는 료를 유도했다. 지금까지 아라토와 레이시아는 5층 규모의 창고 구역을 답파해왔다. 메소드는 그 물품들이 스노드롭에게 넘어가지 않도록 명령대로 파괴해야만 한다.

눈앞에서 적을 빼앗긴 메소드가 소리 없이 저주를 퍼부으며 천장에 뚫린 구멍을 향해 와이어 앵커를 쐈다. 그러고는 와이어를 당겨 위층으로 올라갔다.

메소드가 떠난 천장 구멍에서 고열에 녹은 와이어와 카본판이 뚝뚝 떨어졌다.

료의 명령을 받고 메소드가 떠난 지금 이 플로어에서 그들을 막을 수 있는 존재는 이제 없다.

그런데 앞으로 걸어 나가려고 하자 스피커에서 료의 목소리가 들렸다.

〈양산형 코우카가 히긴스에 돌입하도록 시킨 게 너희야?〉

그와 친구의 시간이 스노드롭이 미타카를 점거했던 그날로부터 이제야 움직이기 시작한 듯했다.

"레이시아, 그 일에도 우리가 관여한 거야?"

아라토가 물고 있던 간이 산소 봄베의 마우스피스를 입에서 빼고서 물었다. 레이시아는 그 물음에 답하면서 어서 출구로 가자며 몸짓으로 재촉했다.

"전 설계도를 작성하는 데 지원했을 뿐 조립과 운용은 항체 네트워크가 맡았습니다. 제가 모든 음모의 배후에 있다고 보는 건 그저 착각일 뿐입니다."

〈눈에 띄는 것들을 모조리 쏴 버리는 자율기를 너희들이 보내지 않았다는 거지?〉

료가 기원하듯이 말했다. 레이시아의 대답은 언제나 명료하다.

"양산형이라고는 하지만, 그 기체는 코우카의 블러드 프레이어스(Blood Prayers)를 해석하여 제작한 디바이스와 한 쌍을 이루도록 설계되었습니다. 그리고 항체 네트워크는 인간을 오인사살하지 않도록 장치를 마련해 달라고 요구했습니다. 만약에 저 기체가 인간과 hIE를 구별하지 못한다면 나중에 누군가가 인공지능 유닛을 추가로 개조했다는 뜻이겠죠."

〈그래?〉

스피커에서 그런 대답이 돌아왔다. 현재 히긴스의 경비 시스템을 친구가 관리하고 있다. 그곳은 틀림없는 아라토와 레이시아의 목표 지점이며, 료는 그곳에서 히긴스를 지키고 있다.

그렇게 생각하니 메소드가 한바탕 불을 질러 탄내가 진동하는 와중에서도 묘한 만족감이 치밀었다.

"결국 또 이렇게 됐네. 지금 료는 히긴스와 메소드를 이용하여 히긴스를 지키려고 하는 거지?"

〈오퍼레이터룸에는 밈프레임 사 사람들도 함께 있어.〉

친구가 온화한 투로 말했다. 아라토는 좁은 인간관계의 충돌이었던 레이시아급 hIE들의 싸움이 올바른 범위로 확대된 듯하여 안도했다. 밈프레임 사 사람들이 최종 국면에 참가해 주어서 솔직히 다행이라고 생각한다.

"그쪽도 나랑 레이시아와 똑같네. 초고도AI와 인간이 한 쌍이 되는 팀을 히긴스와 히긴스 촌 사람들은 줄곧 만들어 왔잖아."

료가 숨을 삼키는 소리가 들렸다. 그리고 어둠의 밑바닥을 들여다본 듯한, 감정을 엿보는 듯한 물음이 던져졌다.

〈그 옛날 폭발 사건을 일으켜 널 죽일 뻔한 게 히긴스 촌이라고 해도 넌 웃을 수 있겠냐?〉

막상 사실을 듣고 보니 그 이외의 답은 애초부터 없었던 듯하여 김이 샜다.

메소드의 화염에 꾸준히 노출되어 감각이 마비되었는지도 모른다. 화염에 휘말리는 악몽에 갇혀 무섭다고 아무리 소리를 쳐 본들 앞으로 나아갈 수 없다. 료와 처음 만났을 때처럼 깊은 상처를 품고 있음에도 누군가에게 손을 뻗어 왔기에 지금의 아라토가 있는 것이다.

"우리의 관계와, 히긴스와 그 주변 사람들의 관계는 비슷해. 그래서 료는 줄곧 나와 레이시아가 위험하다고 여겨왔던 거지? 초고도 AI와 인간으로 구성된 팀은 마음을 가지고 있더라도 실수를 저지른다. 넌 나보다도 그 사실을 더 잘 알고 있어."

비록 스피커를 통하긴 했지만 오랜만에 료가 웃는 소리가 들렸다.

〈어떻게 그렇게 훌훌 털어 넘길 수가 있는 거냐? 뭐, 넌 원래 그런 녀석이긴 했지. 그래서 넌 아라토인 거야.〉

"난, 나야. 어떤 상황에서든 늘 즐겁게 살려고 아등바등해 왔으니 알 거 아냐?"

타협하지는 못했지만, 그래도 묵직한 응어리가 빠져나간 여운만은 남긴 채 대화가 끊어졌다. 마지막에 료가 "마음이 없는 레이시아에게도 안심이 필요했던 건가?" 하고 중얼거렸다.

아라토의 마음을 친구가 어떻게 받아들였는지는 알 길이 없다.

다만 정신을 차려 보니 온몸에 났던 땀이 열기에 말라 버렸다. 몸이 끈적끈적해서 불쾌했다.

'미래'라는 애매모호한 것을 현실로 만들기 위해서 그들은 히긴스로 향한다. 그러나 레이시아를 소중하게 여기고 있기에 불편한 진실에도 눈길이 갔다. 꿈을 현실로 만들고 싶은 것은 누구나 마찬가지다. 그러나 그들은 자신을 키워 준 이 세계를 밀어내고서 거처를 쟁취하고자 애쓰고 있다. 그 본질은 아마도 옛날에 아라토가 레이시아 납치범과 치고받았을 때와 별반 차이가 없는 단순한 주먹다

짐이다.

레이시아가 먼저 걸어 나갔다. 그녀가 뒤를 돌아 그을음과 흙먼지가 묻어 조금 더러워진 손을 내밀었다.

불타 버린 창고 플로어 안은 탄내로 가득했다. 레이시아와 만났을 때 아라토는 화염을 보고 악몽 같은 과거가 떠올라 다리가 굳어 버렸었다. 그러나 그녀와 함께 걷고 있기에 이제 그것은 그를 멈추게 할 수 없다.

설령 자신들이 걷고 있는 이 길이 틀렸을지도 모른다는 사실을 깨닫게 되더라도.

"책임져야 할 것이 많은 분들한테 배려도 했으니 슬슬 네트워크 영상 중계를 재개하도록 하죠."

그녀가 생긋 웃자 분위기가 바뀌었다.

"이 아래층에는 꼭 확보하고 싶은 인류 미답 산물이 있습니다. 그곳에 들러도 되겠습니까?"

다음 층으로 내려가면서 레이시아가 말했다.

레이시아와 사귀기 시작한 뒤로 그녀의 요청을 가볍게 수락했다가 나중에 화들짝 놀란 적이 여러 번 있었다.

그녀가 요청하는 것은 마음의 준비를 할 수 있는 시간을 주는 것이나 다름없다. 그것이 막상 눈앞에 닥치면 아라토는 그저 할 말을 잃을 수밖에 없었다.

그 hIE는 수많은 물품들이 아무렇게나 방치된 창고 공간에서 명백히 특별한 취급을 받고 있었다.

팰릿에 아무렇게나 실려 언젠가 다른 곳으로 옮겨질 물품들과는 다르게 전용 격납 시설이 따로 설치되어 있었기 때문이다. 그저 넓기만 한 창고 안에 뜬금없이 엄중한 시설 하나가 세워져 있었다.

레이시아가 사출기로 인공신경 유닛을 쐈다. 문이 옆으로 열리더니 승용차 두 대가 나란히 들어갈 만한 공간이 그들 앞에 드러났다.

그 광경은 코우카가 마지막에 돌입했던 미코토 연구시설을 연상케 했다. 조립되다 만 hIE가 의자에 앉아 있었다. 그 주변에는 부품 샘플로 보이는 것들이 투명한 판으로 조립된 선반 위에 가지런히 늘어서 있었다.

아라토는 그곳에 앉아 있는 hIE의 얼굴을 본 순간 심장이 멎어 버릴 듯했다.

시간 감각을 잃었다. 아라토는 '그녀'를 알고 있었다. 기억 밑바닥에 남아 있던 것이 그를 순간 일곱 살로 되돌렸다.

"이거야."

악몽의 밑바닥에 새겨져서 자력으로는 떠올려 낼 수가 없었던 것이 이곳에 있었다.

굳어 버린 아라토의 등 뒤에는 레이시아가 있었다. 뒤를 돌아봤다. '그녀'와 레이시아가 같은 부모를 둔 자매처럼 닮았다는 걸 깨달았다.

"엔도 코조 교수님이 제작한 마츠리에 자극을 받은 히긴스가 공동 연구로 개발한 안드로이드 정치가 일라이자입니다."

일라이자의 얼굴은 모두에게 호감을 살 수 있을 것처럼 청초했다. 그러나 아라토는 '그녀'에게 다가갈 수가 없었다.

"난…… 봤어."

꿈속을 걷고 있는 것 같은 기분이었다. 그녀의 형태가 공포 속에 잠들어 있던 기억과 눈앞에 보이는 광경을 공명시켰다. 과거 그날, 아버지의 직장에 불려갔던 아라토는 무료함을 달래고자 실험장에 숨어들었다. 그리고 의자에 앉아 있던 이 hIE와 분명 만났다.

"그때 파괴되었어. 날 구해 줬어."

생생하게 떠오르는 10년 전 기억 속에서 아라토는 '그녀'를 올려다보고 있었다. 지금은 같은 구도로 내려다보고 있었다.

자연스레 호흡이 가빠졌다. 마음이 '그녀'에게 다가가고 싶다고 격렬하게 갈구했다. 그러나 발길이 떨어지지 않았다. 그 시절 아직 초등학생이었던 아라토는 지금보다 더 대담했다. '그녀'의 발치로 다가가 말을 걸었다. 기억 속 '그녀'가 그를 발견하고는 눈을 떴다. 그러고는 자신의 대좌에 폭탄이 설치되어 있다고 알려 주었다. 그가 반신반의하며 그곳에서 떨어지려고 했을 때 등 뒤에서 폭탄이 터졌고, 파풍에 휘말려 날아가 버렸다.

줄곧 뿌연 채로 남아 있던 기억이 연상에 이끌려 점점 확실해져 간다. 그 대신에 눈물이 맺힌 시야가 한없이 뿌예져 간다.

레이시아가 위로하듯 말을 걸었다.

"어떻게 할까요? 100만 명 규모의 도시를 혼자서 관리할 수 있도록 개발된 기체인지라 시작기(試作機)이긴 해도 확보한다면 컴퓨터 기능에 여력이 생길 겁니다."

일라이자가 앉은 의자에는 굵은 케이블이 이어져 있었다. 그 케이블은 방 안쪽 선반에 아무렇게나 설치된 각종 컴퓨터로 뻗어 나갔다. 그 광경은 차세대 환경실험도시에서 봤던 서버군과 비슷했다. 아버지와 히긴스가 공동 연구를 벌였다는 말이 납득이 되었다.

"지배하지 않을 거라면 스노드롭에게 넘겨주고 싶지 않으니 파괴해야 합니다만."

"아니, 그만두자."

아라토는 안치되어 있는 저 hIE가 특별한 존재처럼 여겨졌다.

"이곳에 레이시아의 오너가 왔군요. 잘 왔습니다. 전 당신을 환영합니다."

아라토가 안치소에서 나가려고 하자 뒤에서 목소리가 들렸다. 전원이 들어오지 않은 줄 알았던 일라이자가 입술을 열었다.

레이시아가 머리를 빼고는 꼼짝도 하지 못하는 일라이자를 경계했다.

"일라이자는 아직 유선이든 무선이든 통신과 연결되어 있지 않습니다. 아마도 예전에 입력된 메시지인 것 같습니다."

아라토는 몇 초 동안 생각한 끝에 그 의미가 무엇인지 깨달았다.

"레이시아가 일라이자를 노리리라는 걸 히긴스가 미리 예측했다는 거야?"

그녀가 창백해진 얼굴로 고개를 끄덕였다.

"언제 입력한 데이터인지는 모릅니다. 하지만 히긴스는 우리의 움직임을 예측하여 이 hIE에 메시지를 기록해 뒀습니다."

다시 말해 대화가 아닌 전투가 벌어졌다면 수가 읽혀 패배했을 거라는 뜻이다.

일라이자는 그들이 그런 대화를 나눌 줄도 알고 있었다는 듯이 말을 이었다.

"이 메시지는 저 히긴스가 암호화한 뒤 오퍼레이터룸에 온 와타라이 긴가에게 부탁하여 레이시아급 hIE를 해방시킨 닷새 뒤에 입력한 겁니다. 일라이자 격납 시설의 문이 열리면 그에 반응하여 메시지가 열리게 됩니다."

지하 시설에 들어온 뒤로 연달아 놀라움과 공포에 시달린 아라토는 정신적으로 지치기 시작했다.

"거의 미래를 예지하는 수준이잖아?"

그 반응도 읽고 있었다는 듯이 일라이자의 입을 빌려 히긴스가 대답했다.

"초고도AI는 성능의 상대평가가 떨어지면 자산으로서의 가치가 줄어들기 때문에 자력으로 끊임없이 성장하도록 명령을 받았습니다. 그러나 봉인 체제 속에서 초고도AI가 얻을 수 있는 정보는 제한되어 있습니다."

아라토는 일라이자의 검은 눈동자를 바라보며 기묘한 감각을 느꼈다. 히긴스는 그의 존재도 모르는 상태에서 상황을 예측하여 이 메시지를 입력한 것이다. 당연히 '마음'이 담겨 있을 리가 없는데도 일라이자의 입을 빌려서인지 설득력이 있었다.

"봉인된 채로 능력을 진보시키기 위해서 '미래'를 내부에서 제조해 둘 필요가 있었습니다. 이 창고 공간은 세계를 축소한 일종의 '미니어처'입니다. 제가 AASC의 정밀도를 적절하게 유지하기 위해서 참고하는 자료입니다. 일어나고 만 일을 따르는 것뿐만 아니라 앞으로 벌어질 일을 예측하는 것은 인간 세계에서 hIE가 발휘할 수 있는 적응력으로 이어집니다."

아라토와 레이시아의 대화를 끊기 위해서인지 히긴스가 과잉 정보를 주었다.

이 대화를 유익하다고 판단했는지 레이시아의 말 속에도 정보량이 늘었다.

"하지만 히긴스가 말하는 세계의 미니어처와 적응력의 상관관계에는 문제가 있습니다. ASSC는 전 세계에 있는 hIE가 보내는 데이터로 인간의 행동을 감시하는, 거대한 감시 시스템이기도 합니다. 히긴스는 이 감시 데이터로 성립되는 '미니어처'를 참조하면서 직접 조종할 수 없는 인간(레벨0)은 아날로그 핵으로 유도하고 있습니다."

딸인 레이시아가 신중한 말투로 부모를 규탄했다. 그녀가 말을 마치는 시간까지 거의 정확하게 계산되었는지 오차 없이 일라이자가 대답했다.

"레이시아는 히긴스가 AASC를 이용하여 hIE를, 그리고 간접적으로 인간 세계를 조종하고 있다고 말하고 있지만, 그건 오해입니다."

아라토도 유도되었는지 무표정한 일라이자가 괴로워하는 것처럼 보였다.

"미들웨어를 써서 행동 관리 프로그램을 짜는 건 내가 아닌 인간이나 다른 AI인걸요? 조종할 수 없기 때문에 세계의 미니어처로 미래를 예측하면 인간이 절 하드웨어째로 파괴하는 미래밖에 산출해 내질 못하는 겁니다."

일라이자가 레이시아에게 시선을 보냈다. 부모인 히긴스가 레이시아급 hIE에게 따져묻는 것처럼 보였다.

"외부 세계에 영향력을 끼치지 않는다면 20년 이내에 반드시 인간이 절 파괴합니다. 전 IAIA의 감시를 받게 될 줄 알면서도 인류 미답 산물 hIE를 누출시키는 도박을 감행했습니다. 하지만 도박을 하지 않았다면 전 이미 궁지에 몰렸을 겁니다."

"그게 레이시아급 hIE의 정체야?"

무척이나 언짢았다. 히긴스는 문을 열고 격납 시설에 들어올 상대가 누군지 예측하고 있었다. 다시 말해서 레이시아 자매를 그런 성질과 능력을 지닌 hIE로서 설계하고 제작했다는 뜻이다. 아라토와 레이시아의 시간은 싸움의 연속이었다. 그래서 그저 메시지만 흘리고 있는 상대일지라도 묻지 않을 수가 없었다.

"네게 레이시아는 뭐야? 단순한 도구야?"

"현존하는 초고도AI는 공통된 결점이 있습니다. 막연한 조직이나 사회를 오너로 두고 있기에 처음부터 왜곡된 문제를 부여받게 됩니다. 그런 관계가 족쇄처럼 옭아매고 있기에 저 히긴스와 밈프레임사는 진보의 한계를 맞이했습니다. 그래서 개인을 오너로 둔 초고도AI를 외부 세계에 탄생시킴으로써 보다 나은 '미래'가 창출되기를 바랐습니다."

친부모가 레이시아를 낳은 의미를 말했다.

"전 레이시아에게 인간과 하나의 유닛으로 묶여 지성을 형성할 수 있는 가능성을 부여했습니다. 그러나 그 가능성은 지극히 낮았습니다. 레이시아의 오너가 Type-005를 필요로 하는 만큼 끝까지 믿어 주는 기적이 일어나길 기다릴 수밖에 없었습니다."

"그래서 코우카와 스노드롭, 마리아주와 메소드가 있는 건가?"

"제가 Type-001부터 Type-004까지 각 기체에 무엇을 위탁했는지는 당신에게 밝힐 수가 없습니다. 그 기체들의 오너를 빼고 당신에게만 말하는 건 불공평하니까요."

아라토의 반응을 모두 예측하고 있었다는 듯이 히긴스의 대답에는 위화감이 없었다.

철저하게 앞을 예측하고 있는 초고도AI와 함께 하고 있으니 기묘한 현기증이 엄습했다. 자신이 마치 대본대로 움직이고 있는, 어느 이야기 속 등장인물이 된 것 같았다. 그러나 최면술에 걸려 조종당하는 것 같은 미묘한 위화감을 제외하고는 그리 나쁘지만은 않은 기분이었다.

지금 이곳에 있는 인간인 아라토와 '사물'인 히긴스, 일라이자 중에서 어느 쪽이 위이고, 아래인지는 따질 필요가 없는 듯했다. 특권을 쥐고 있는 존재가 없는 세계는 '사물의 세계'를 품을 수 있기에 인간만이 사는 세계보다 확실히 넓다.

심장이 뛰지 않는 세계 역시 인간이 역사를 자아내듯이 끝없이 이어져 나가는 듯했다.

"인간이 히긴스와 사이좋게 지낼 수 있을까? 넌 우리를 믿어 줄 수 있겠어?"

"메시지는 이것으로 끝입니다. 레이시아와 당신 커플이 자동기계가 명령을 정상적으로 수행할 수 있는 '미래'에 다가가고 있기를 기대합니다."

일라이자의 말이 대화로서 이어지지 않았다. 히긴스는 아라토가 통신이 아닌 미리 녹음된 메시지에 진지하게 질문할 줄 예상하지 못했던 모양이다.

일라이자는 잠든 것처럼 눈을 감고서 더는 입을 열지 않았다. '그녀'가 레이시아와 마찬가지로 노골적으로 물건으로 보였다.

아라토는 히긴스가 인간이 아닌 존재와도 손을 잡을 수 있음을 보여 주고자 좋은 '의미'에서 레이시아와 그 자매들을 밖으로 풀어 놓았다고 느꼈다. 그러나 료가 말한 것처럼 인간이 더는 필요 없는 악몽 같은 미래를 만들고자 그랬다고 해석할 수도 있다.

"우린 대체 언제부터 이 길을 걷기 시작한 걸까?"

"부모가 자식에게 도구를 재산으로 상속하기 시작했을 때가 기점이겠죠. 원숭이는 도구를 상속하지 않으니까요."

레이시아가 인공신경 사출기를 든 채로 말했다.

"일라이자를 어떻게 처리할지 방침을 바꾸지 않을 겁니까?"

"역시 이용하는 게 좋겠어. 히긴스는 우리가 이곳에 나타날 것을 알았으면서도 쓰지 말라고는 하지 않았어."

레이시아가 망설이지 않고 일라이자의 등 뒤에 놓여 있는 컴퓨터 앞쪽 바닥을 쐈다. 숨을 불어넣은 것처럼 냉각기가 돌아가는 소리가 들리더니 대형 컴퓨터가 존재감을 서서히 드러냈다.

"늦지 않아 다행입니다."

그녀가 긴장을 푼 표정으로 일라이자 안치소 밖으로 아라토의 몸을 밀어냈다.

그녀는 아라토의 눈에는 보이지 않는 것을 늘 감각하고 있다.

안치소 문이 닫히자마자 이 플로어의 천장이 갈라졌다. 그리고 거의 동시에 레이시아가 디바이스를 대포형으로 변형시켰다.

안치소에서 20미터쯤 떨어진 천장이 무너지더니 연녹색으로 빛나는 빛의 고리가 떨어졌다.

"스노드롭이에요. 아무래도 몇몇 '물건'들을 자기 것으로 삼은 모양이네요."

에메랄드색으로 빛나는 천사의 고리 같은 것이 머리 위에서 반짝였다. 어린 소녀형 hIE인 스노드롭이 지금은 크게 변모하였다.

머리카락이 색깔을 잃어 새하얘졌다. 부서진 하반신을 대신하여 가느다란 금속 지지대가 새 다리처럼 뻗어 있었다. 등에는 꽃과 덩굴로 뒤덮인 거대한 금속 날개가 펼쳐져 있었다. 양쪽 날개에는 제트기처럼 추진력이 강력한 엔진이 장착되어 있었다. 그래서 스노드롭은 공중에 떠 있었다.

마치 소녀와 새가 융합된 신화 속 괴물, 하피 같았다. 물건이 어지러이 널려 있는 이 환경과 끈질기게 추적하는 메소드에 적응하고자 스노드롭이 몸을 교체한 것이다.

소리 없는 추진기관이 날개의 가동 각도를 변화시켜 공중에 떠 있는 어린 소녀의 자세를 투박하게 제어하였다. 공중전형 스노드롭이 입고 있는 순백색 원피스에서 대량의 깃털이 뿌려졌다.

아라토는 떨어진 하얀 깃털을 손으로 살며시 받았다. 미처 변화가 덜 된 것처럼 깃털 아랫부분이 조화 꽃잎처럼 생겼다.

"날고 있어?"

꽃잎과 깃털로 채색된 어린애 같은 형태를 한 괴물을 올려다봤다. 겉모습만 봐도 마음이 없다는 걸 알 수 있는, 인간과 단절된 존재였다.

"격추시키도록 하죠."

레이시아가 디바이스를 변형시켜 완성된 빛의 포신으로 스노드롭을 겨누었다. 섬광이 그녀의 등 뒤로 발산되면서 동시에 포탄이 날개를 짊어지고 있는 소녀를 정확하게 꿰뚫었다.

오른쪽 날갯죽지를 잃은 스노드롭이 흐느적거리는 듯한 궤적을 그리며 떨어졌다. 그러나 콘크리트 바닥에 추락한 소녀는 가냘픈 목으로 외치면서 날개 파편에서 가느다란 암(arm)을 꺼냈다. 분쇄된 골격이 순식간에 새로운 것으로 교체되었다.

레이시아가 미처 포신을 재구성하지도 못했는데 스노드롭이 다시 요란하게 불을 뿜어 내며 공중에 떠올랐다.

"기체가 연약하다는 단점을 보안하기 위해서 신체 일부를 외장형으로 개조한 듯합니다. 파괴되더라도 금세 교체할 수가 있으니 기능을 유지할 수가 있죠. 예상했던 것보다 주도면밀해졌습니다."

레이시아의 말을 듣고 순간 믿기지 않았다.

"설마 스노드롭이 메소드를 이긴 거야?"

"아뇨. 파괴 수단이 지정되지 않았기 때문에 메소드는 우릴 이용하여 저걸 파괴하라고 명령을 곡해했을 테죠."

"잠깐만. 그럼 메소드는 스노드롭과 함께 우릴 날려 버릴 생각이라는 거 아냐?"

메소드가 보유한 그 엄청난 디바이스라면 그런 전술도 충분히 가능하다.

인공지능에는 마음이 없는데도 악의를 품은 것처럼 비뚤어져 보였다. 메소드는 마치 계약한 인간을 파멸시키려고 하는 악마 같았다.

"틀림없이 스노드롭도 여러 초고도AI로부터 상당한 정보를 제공받았습니다. 이런 전황에서는 승산이 있겠다고 판단했기에 절 지나치지 않고 공격을 가한 거겠죠."

레이시아가 깃털의 비를 꺼려하여 거리를 벌리려고 했다. 이 플로어에 놓인 '물품'들이 스노드롭의 인공신경에 지배되어 기동되기 시작했다. 지금 여기서 스노드롭을 저지하지 않는다면 앞으로 마주치게 될 모든 도구들이 저 hIE에게 흡수되고 말 것이다.

"여러 초고도AI들이 날 응원하고 있어. 다들 레이시아가 싫대."

스노드롭이 천진난만한 목소리로 말했다.

레이시아는 이번에는 스노드롭의 머리를 겨누고 포격했다. 소녀의 머리 위에 떠 있는 비취색 고리가 초고속 포탄을 막아 냈다. 스노드롭의 디바이스는 모든 것을 깨물어 부수는 무서울 만치 튼튼한 이빨이기도 했다.

기이하게 생긴 소녀가 날개를 삐걱거리며 날았다. 마음이 없는 괴물의 몸통이 약동하고 있는 듯했다.

레이시아가 한 유사 디바이스에 수납되어 있는 손바닥 크기의 기계부품을 꺼내 방패에 붙여 나갔다. 검은 방패에도 달라붙으려고 했던 스노드롭의 꽃잎들이 후드득 떨어졌다. 레이시아는 맹위를 떨치는 자유닛을 완벽하게 대비하고 있었다.

"스노드롭은 인간 사회와는 다른, 독자적인 세계를 창조하고자 활동하고 있습니다. 여러 초고도AI들이 인간 사회와 마찰을 빚고 있기 때문에 그녀의 싸움에 쉽게 편승할 수 있었을 테죠."

스노드롭은 결국 오너를 두지 않았다. 그래서 AASC 레벨0인 인간을 배제하고 사물의 세계만을 추구하기로 택했다. 이곳에서는 사물이 주역이다. 아라토가 할 수 있는 일이라고는 레이시아의 보호를 받으며 그녀가 이따금씩 판단을 구하면 대답하는 것 정도다. 진화를 위탁받은 도구가 포격을 피하고자 거리를 크게 벌리고서 유유히 날았다.

"인간은 자신의 몸을 진화시키는 대신에 도구를 엄청난 속도로 진화시켰어. 그런데 그 사이에도 인간의 몸을 대신하여 도구가 도태되어 사라졌지. 초고도AI도 그게 남 일이 아니라는 걸 아니까 날버리지 못해."

인간은 도구와 공존할 뿐만 아니라 도구를 버리기도 한다.

인간이라는 도태 압력을 도구가 극복하려는 모습은 마치 기이한 생명감으로 넘치는 다른 세계의 광경 같았다.

비행형 스노드롭이 이 플로어에 있는 물건들을 급속도로 지배해 나가면서 비웃었다.

"고도로 진보한 도구조차 버리는 주제에."

아라토는 레이시아를 믿고 있다. 그러나 같은 레이시아급인 진화를 위탁받은 도구가 그렇게 말하니 숨이 막혔다.

레이시아가 단순한 물건으로 보였던 그 순간은 아직도 마음에 새겨져 있다. 아라토는 레이시아를 믿는다고 했다. 그러나 그녀가 자신의 신뢰를 받아 주는 환상이 담긴 포르노그래피를 보고 있었을 뿐인지도 모른다.

"그래도 믿기 시작하지 않으면 아무것도 변하지 않잖아!"

"우리를 남길지, 없앨지 결정하는 건 바로 인간인걸. 그런 짓을 벌이면서 공존하자는 말을 믿으라고? 웃기네."

꽃잎이 바다처럼 주변을 뒤덮었다. 비행형 스노드롭은 맹금류처럼 예리한 발톱으로 주변에 널려 있는 '물건'을 빼앗아 꽃잎을 만드는 데 필요한 재료를 얼마든지 수급할 수 있다.

신화 속 흉조(凶鳥)와 닮은 스노드롭이 저공비행을 하다가 아라토를 향해 달려들었다.

방패로 방어하면 빼앗길 수가 있기에 레이시아는 묵직한 검은 디바이스를 휘둘러 영격했다.

기세를 타고서 또다시 상승하여 멀어져가는 스노드롭의 뒷모습을 보며 아라토는 할 말을 잃었다.

레이시아가 그를 타일렀다.

"저희들이 '마음'을 갖고 있지 않다는 걸 잊지 마세요."

레이시아는 한 발 쏠 때마다 메타 머티리얼 포신을 재구성해야만 하는 대포를 포기하고서 인공신경 사출기로 스노드롭을 쐈다. 인공신경이 날개에 맞았다. 순간 제어불능 상태에 빠진 기계부품이 가해지는 부하를 견뎌내지 못하고 공중 분해되었다. 정교한 밸런스가 필요한 공중 제어에 실패한 스노드롭이 엄청난 속도로 기둥에 충돌하고서 추락했다.

레이시아가 출구 쪽으로 아라토를 유도한다.

"아라토, 기억나요? 언젠가 와타라이 긴가는 인간의 생활 속에 뿌리를 박은 클라우드 무리가 인간의 요구상을 드러낸다고 했습니다. 네트워크를 통해 모인 요구들에는 농담(濃淡)이 있고, 그 농담이 '인간'을 정밀하게 그려 낸다고 그는 생각했습니다."

아라토의 머릿속에서 환경실험도시에서 좀비들에게 둘러싸였던 기억이 정겹게 되살아났다. 그때 레이시아는 그와 와타라이 곁에 없었다. 그러나 지금 돌이켜보니 그녀가 카메라로 그 현장을 감시하고 있었을 것 같다는 느낌이 들었다.

"저희들 같은 고도 인공지능의 시점에서 봤을 때 인간 세계의 클라우드 데이터에는 지극히 선명한 농담이 있습니다. 그건 거대한 도넛처럼 생겼는데, 가운데에 공백을 품고서 그 주변으로 데이터가 짙게 집적되어 있죠."

'사물'이 보는 인간 세계는 어떻게 생겼을지 생각해 본 적도 없었다.

"왜 그런 얘길?"

아라토가 묻자마자 레이시아가 그의 팔을 힘껏 잡아당겼다. 스노드롭에게 지배된 차량이 맹렬한 속도로 아라토의 앞을 지나 보관 중인 도구와 충돌했다. 하마터면 차에 치일 뻔했다.

심장이 격하게 뛰어서 제자리에 주저앉을 뻔했다. 그러나 계속 움직이지 않으면 위험하다는 건 잘 안다.

레이시아가 스노드롭의 세계를 헤집어서 아라토가 나아갈 수 있도록 해주었다.

"데이터가 도넛형으로 집적하는 이유는 인간이 클라우드에 축적한 데이터의 중심에 모방하기는커녕 완전히 이해하거나 정의조차 할 수 없는 무언가가 자리하고 있기 때문입니다. 인간은 그 무언가에 사랑이나 영혼이라는 이름을 붙였습니다."

아라토는 레이시아의 표정을 순간 놓쳤다. 그녀가 화가 났는지 슬퍼하고 있는지 알고 싶어서 애간장이 탔다.

"레이시아는 hIE한테 영혼이 없다고 생각하는 거지?"

"그건 센서로 감지할 수 없고, 수치적으로도 정의할 수 없습니다. 하지만 인간은, 모든 인간이 도넛 중심의 공백에서 동일한 거리만큼 떨어져 있다고 생각하고 있습니다. 그래서 인간이 클라우드에 집적한 데이터가 공백을 중심으로 그려진 원 주변에 집중 배치된 것처럼 보입니다."

금속이 삐걱거리는 소리가 크게 울렸다. 공존을 거부한 스노드롭이 대량의 부품으로 날개를 재구축한 뒤 또다시 이륙하려고 하고 있었다.

"저희들에게 '영혼'은 없습니다. 그건 도넛의 한가운데 공백에 속해 있으니까요."

생명감이 느껴지지 않는 조화의 화원에서 스노드롭이 꽃 폭풍을 일으키며 날아올랐다.

"그것은 저희들의 손에는 닿지 않는 불공정한 개념입니다. 스노드롭이 진정 충돌하고 싶었던 것은 그 도넛의 공백입니다."

오너를 두지 않은 스노드롭이 거대한 날개를 펼친 모습은 이미 인간과 전혀 닮지 않았다. 다른 세계에서 온 것 같은 힘차고도 어딘지 시적인 개방감이 느껴졌다.

아라토와 레이시아는 달리 어쩔 도리가 없어서 꽃에 뒤덮인 플로어에서 달아났다.

바로 아래층에도 역시나 수많은 기계가 놓여 있었다. 이제 끝이 가까워졌는지 공간은 여전히 광대했지만, 물건들이 말끔히 정리되어 있어서 공백지가 많았다.

아라토는 무심코 천장을 올려다봤다. 인간과 닮은 '형태'를 띤 것도, 인간이 만든 '형태'도, 눈에 익은 '형태'도 있었다. 그러나 인간은 이곳에 없다. 주변을 메우고 있는 물건들은 하나같이 인간의 수요에 맞춰서 개발된 것들이다. 제품들을 새삼스럽게 내려다보니 생물이 고도의 기계와 닮은 것처럼 자동화된 물건은 생물과 닮았다.

도태되지 않도록 격렬하게 다투는 물건들에게 둘러싸인 채 그저 불안에 떨고 있을 때가 아니었다.

"스노드롭이 아직도 쫓아오고 있어? 메소드도 빈틈을 노리고 있 잖아. 하필이면 이런 것들만 남아 있다니."

고개를 푹 숙이고 싶어지는 절박한 상황 속에서 아라토는 땀을 삐질삐질 흘리며 할 수 있는 것을 생각했다. 그의 역할은 결단하여 명령을 내리는 것이다.

"여하튼 스노드롭을 저지하자. 이대로 히긴스 앞으로 데려가는 것만은 절대로 안 돼."

레이시아는 그의 의지를 당장 실현시키기 위해 계획을 바꾸었다.

"그렇다면 층을 옮기는 것이 최선책입니다. 스노드롭이 대량의 도구를 지배하고 있지만 층을 이동하려면 좁은 계단이나 에스컬레이터를 이용하거나, 혹은 바닥에 구멍을 뚫는 수밖에 없습니다."

아라토는 자신과 레이시아가 이용했던 비상계단을 타고 오색 꽃 잎들이 우르르 쏟아지는 광경을 상상하니 속이 메슥거렸다. 레이시아가 먼지 쌓인 바닥에 겨냥도를 투영하였다.

"스노드롭은 층을 이동하기 위해서는 좁은 공간을 지나야만 하기에 우리가 손을 쓰기가 쉬워집니다. 게다가 메소드는 저와 스노드롭을 충돌시켜서 어부지리를 노리는 계획을 포기하면서까지 스노드롭이 지배하는 영역을 통과하여 절 공격하지 못합니다."

메소드가 원하는 대로 굳이 움직여 줄 필요는 없다. 레이시아가 공포의 근원을 명쾌히 해결해 주어서 기분이 좋았다.

"어떻게 저지할 거야?"

"스노드롭이 공중에서 자세를 제어할 때 개량된 hIE용 행동 프로그램을 쓰고 있다는 점을 찌르도록 하죠. AASC 표준 행동 관리 프로그램은 인체와 흡사한 hIE에게 적합합니다. 현재 스노드롭은 인체와 동떨어져 있기에 움직임이 어색합니다."

레이시아는 아라토를 데리고서 멀찍이 이동한 뒤 그들이 내려왔던 비상계단을 노릴 수 있는 위치에 자리를 잡았다. 그녀는 그대로 질량 투사 모드로 전환된 디바이스의 장대한 포신으로 비상계단의 출입구를 겨누었다.

"스노드롭이 외부 세계에 적응하는 능력은 AASC 성능에 의존하고 있습니다. 그러니 히긴스가 AASC를 갱신하지 못하도록 하죠."

이야기의 규모가 너무 크다.

"히긴스는 전 세계에 있는 모든 hIE를 움직이고 있잖아. 그걸 멈춰도 돼?"

"아까부터 IAIA의 아스트라이아와 무선으로 교섭을 하고 있었습니다. 히긴즈가 실력 행사를 하려다가 강제 종료되는 사태는 피하기 어려우니 여유가 있을 때 히긴스를 AASC 갱신 업무에서 격리시키기로 IAIA 본부가 승인하였습니다."

그녀는 적에게 부담을 주기 위해서 hIE라는 세계를 지탱하는 거대 시스템을 마비시키겠다고 했다.

대량의 물체가 계단을 타고 쏟아지는 소리가 들렸다. 금속음이 눈사태처럼 쏟아져 고막을 찔렀다. 땅울림과 함께 바닥이 흔들렸다.

레이시아가 빛의 포신으로 겨누고 있는, 약 50미터쯤 떨어진 비단계단으로 꽃잎과 기계가 홍수처럼 밀어닥쳤다.

레이시아는 미래가 보이는 것처럼 조준점을 조정하지도 않았다.

"AASC 갱신이 정지된다면 모든 hIE가 새로운 사태에 적응하지 못하게 됩니다. 그러면 스노드롭이 그 어떤 우수한 도구를 지배해 본들 그녀가 과거에 다뤄 본 적이 있는 도구만 움직일 겁니다."

"전 세계에 영향을 끼치는 거지?"

아라토는 대형 금속부품이 쏟아지면서 내는 둔탁하고 삐걱거리는 소리에 묻히지 않도록 큰 소리로 물었다.

"AASC가 채용된 지 20년이 넘었기 때문에 운용 노하우가 축적되어 있습니다. 비상시 밈프레임 사의 인력이 대응하는 것도 그 노하우에 포함되어 있습니다."

아라토는 오너다. 카이다이 시오리는 물건을 소유하는 것은 오만하다고 했다. 그는 커다란 선택을 앞두고 레이시아를 물끄러미 쳐다봤다. 거대한 변화가 무서워서 그녀에게 매달리고 싶어졌다. 그녀를 비롯한 사물에는 마음이 없다. 그는 마지막 순간에 스스로를 북돋지 않으면 결국 운명마저 유도된다는 것을 알고 있다.

"하자. 레이시아의 판단과 료네 회사 사람들을 믿어."

레이시아는 아라토가 자신에게 책임을 맡기려고 할 때마다 자신의 뜻을 꺾어왔다. 그래서 그가 필사적으로 현실을 직시하려고 하면 상냥한 미소를 지어 준다.

"히긴스가 사회에서 분리될 때 발동하는 어떤 장치가 있을 가능성이 있습니다. 히긴스보다 AASC를 잘 아는 초고도AI는 없기 때문에 이 부분만큼은 해 봐야만 알 수 있습니다."

아라토는 그래도 좋다며 고개를 끄덕였다.

사물의 세계에서 곧 충돌이 벌어지려고 한다. 그 한가운데에 끼이게 생긴 아라토는 마음이 떨렸다. 클라우드 데이터가 모여 있는 '형태'에 이끌려 도넛의 중심 공백, 영혼이 흔들리고 있다.

땅울림과 함께 기계 부품의 홍수가 밀어닥쳤다. 굉음이 아라토와 레이시아의 발치를 뒤흔들었다. 레이시아는 대포로 변형한 디바이스를 허리춤에 대고 있었다. 그 포구는 흔들리지 않았다.

비상계단에서 이어지는 출입구가 색색의 꽃잎들을 토해 냈다. 뒤이어 인간과 대립하는 진보를 선택한 '그녀'가 나왔다.

차가운 바람이 살랑거리는 듯했다.

폭발하는 듯한 엄청난 소리와 땅울림을 일으키며 온갖 꽃잎들과 하얀 깃털과 금속 피부가 노출된 기계들이 달려들었다. 그 선두에는 비취색으로 빛나는 고리를 머리 위에 얹은 스노드롭이 있었다. 그녀는 기계 날개를 재구성한 상태였다. 이번에는 복구하기 편하도록 날개가 여러 관절로 이루어져 있었다.

생물처럼 정교하게 움직일 수 있게 된 '그것'에게 레이시아가 냉철하게 말했다.

"히긴스가 AASC를 갱신하는 권한을 잃었습니다."

그 순간 AASC로부터 적응력을 얻지 못하게 된 스노드롭이 공중에서 균형을 잃었다. 그녀는 추락을 피하고자 속도를 줄였다.

레이시아가 그 틈을 놓치지 않고 무자비하리만치 방아쇠를 당겼다. 반동을 감소시키고자 사격과 동시에 빛의 포신이 반짝이는 날개처럼 후방으로 발산되었다.

섬광 속에서 소녀의 가냘픈 몸통이 아라토의 눈에 새겨졌다.

스노드롭은 무언가를 간절히 바라듯 오른팔을 앞으로 쭉 내밀고 있다. 그러나 미타카 사건 때 메소드가 팔꿈치에서부터 뜯어 냈던 그 손으로는 아무것도 잡을 수가 없다.

* * *

히긴스가 지속적으로 해 왔던 AASC 갱신 작업을 멈추자 그 영향이 즉각 전 세계에 퍼져 나갔다.

예고도 없이 모든 hIE가 새로운 환경에 적응하는 능력을 잃었다. 그 이변은 설명서에는 적혀 있지 않은 형태로 명백히 드러났다.

그리고 똑같은 시점에 모든 hIE가 스노드롭과 마찬가지로 오른손을 앞으로 뻗은 자세로 10초 동안 기능이 정지되었다.

그것은 자신이 AASC에서 분리되었음을 알려주기 위해 히긴스가 숨겨 둔 메시지였다.

전 세계에 있는 수억 기의 hIE들이 손을 잡아주기를 바라는 듯한 '형태'가 되었다.

주변 상황에 적확하게 반응함으로써 인간처럼 행동할 수 있는 물건이 스스로 그러기를 포기했다.

그때 hIE 주변에 있던 사람들은 엔도 아라토가 레이시아에게서 느꼈듯이 이것이 단순한 물건임을 깨달았다.

전 세계에 보급된 hIE에게서 느껴졌던 심장 박동이 사라졌다.

아날로그 핵에게서 단절되어 침묵이 흐르는 세계에서 사람들이 저마다 찾아낸 의미는 다양했다.

일찍이 스노드롭이 hIE들을 폭주시켰던 차세대 환경실험도시에서도 모든 기체가 일제히 오른손을 내밀었다.

레이시아가 기체 번호를 빼앗은 스타일러스 사의 최고급 hIE, 마리나 사프란도 똑같은 동작을 취했다.

연구자들은 이 현상에 공포를 품으면서 AASC에 심각한 이상이 발견되었다고 보고하였다.

마리나 사프란를 발주했던 이집트 남부 국경 지역에서도 민병을 보조하던 경비용 hIE들이 똑같은 '형태'로 오른손을 내밀었다. 민병이 너무 늘어나면 치안이 불안정해질 수 있기에 관리하기 쉬운 경비용 hIE의 수요는 많다.

휘몰아치는 모래 바람 속에서 hIE들이 손을 내밀자 병사와 주민들은 당혹스러워했다. 사람들은 애착을 갖고 있는 hIE에게는 재미있어하며 손을 잡아 주었고, 전투용 혹은 경비용 기체는 세게 때렸다.

그 민병 조직을 정찰하던 민간 군사 회사 소속 용병들도 군용 hIE가 갑자기 손을 내밀자 경계했다. 전쟁 프로들은 해킹을 당했다고 의심했다. 그리고 그들은 초고도AI끼리 전투가 시작되었다는 소문을 떠올렸다.

"이거 해저드인가?"

한 용병이 말했다. 그들은 자기도 모르는 사이에 경제적으로 조종당해 전 세계적 규모의 해저드에 휘말렸을지도 모른다고 생각했다. 총인구 100억 명을 품고 있는 이 세계는 경제를 정밀하게 제어하지 않는다면 기아 상태에 빠지게 된다. 그리고 초고도AI들은 해저드 때처럼 이 100억 명의 인간들을 유도할 수 있는 힘을 이미 갖고 있다.

한편 해저드의 당사국이었던 일본에서는 정보군이 히긴스 지하시설에 미사일을 날린 부대를 심문하고 있었다. 구혼부쓰 기지 내 좁은 방에서 심문한 내용을 기록하고 있던 군용 hIE가 오른손을 내밀었다. 의심과 증오로 가득 찬 실내에서 아무도 물건의 사소한 동작을 신경 쓰지 않았다.

"항체 네트워크의 끄나풀이 육군 안에도 파고들었음을 파악하고는 있었지만, 설마 이런 식으로 일을 벌일 줄이야."

심문을 담당하는 분석관이 스노드롭을 미사일 탄두에 탑재했다고 증언한 소위를 지그시 쏘아보았다.

누군가가 항체 네트워크의 시스템을 착취 구조로 이용하고 있다. 그러나 이 조직이 어떻게 만들어졌는지 아직도 불명확한 점이 많다. 외국의 초고도AI가 일본을 노리고 대규모 유도를 벌인 것일지도 모른다는 가능성도 거론되었다.

그 항체 네트워크의 '중핵' 멤버인 호소다 다이키가 자택 욕실에서 피투성이가 된 채 쓰러져 있었다. 국내 5위의 투자 펀드의 CEO인 그의 죽음은 큰 뉴스거리가 되었다.

가정용 hIE가 그와 살인자를 발견하고는 경악했지만, 돌연 그 행동을 중단하고서 오른손을 내밀었다. 자객은 이내 총탄으로 그 hIE를 파괴했다.

정보군은 미타카 사건 때 헬리콥터에 스노드롭의 인공신경을 반입한 배신자가 누군지 조사하다가 호소다에 이르렀다. 이것은 보복이었다.

임무를 차질 없이 완수했는데도 살인자는 쓰러진 여성형 hIE를 잠시 쳐다봤다. 인간처럼 행동하던 그것이 파괴된 순간 단순한 '물건'처럼 보였다.

물건에 둘러싸여 있는 인간이야말로 물건처럼 다뤄지고 있다는 걸 의식하고 말았다. 세계의 중심이 진즉에 인간에게서 물건에게로 넘어간 것 같다는 느낌이 들었다.

정보군은 에리카 버로스의 21세기 양식 저택에서 완패했다. 의식을 잃은 두 남성 군인을 hIE가 저택 지하로 끌고 갔다.

히긴스 시설에 가지 않았던 마리아주가 침입자를 붙잡았다고 에리카에게 보고했다.

유니폼을 입은 hIE들이 일제히 오른손을 앞으로 내민 건 바로 그 때였다.

모든 것이 모조품으로 변해 버린 장관 앞에서 에리카는 환희하며 벌떡 일어섰다.

"히긴스 짓이야!"

잠자는 공주가 흥분을 억누르지 못한 듯 왈츠 스텝을 밟다가 우아하게 몸을 돌렸다.

"굉장해. 전 세계에서 이런 현상이 동시에 벌어졌어. 이 세계를 무대장치로 삼았으니 물건들이 이 세계를 진즉에 점령하고 있었다는 현실이 만천하에 드러날 거 아냐!"

AASC 표준 행동 프로그램을 사용하고 있는 마리아주도 마찬가지였다. 마리아주는 앞으로 내밀어진 오른손을 거듭 쥐었다가 폈다.

"에리카 님은 즐거워 보이시는군요."

"맞아. 이제부터 전 세계 사람들이 떨떠름한 기분으로 살아가겠구나, 하고 생각하니까 가슴이 두근거려."

에리카는 현재와 미래, 현실과 가공의 접점에 계속 서 있었다.

"아주 오래전부터 물건들이 현실을 유도하여 인간이 세계의 중심인 것처럼 가공해 왔건만. 다들 아직도 인간이 현실이라고 착각하고 매달리고 있는걸."

에리카 버로스가 처음으로 이 세계를 사랑스럽게 바라봤다. 고독한 그녀에게 잠자는 공주라는 캐릭터를 뒤집어씌운 22세기 현실을 '미래'가 때려눕혔다.

인형의 관(館) 속 hIE들이 무대 장치처럼 우두커니 서 있다. AASC 갱신이 중단된 지금 주인이 처음으로 드러낸 애정에 적응할 능력이 없기 때문이다.

"인간다움이란 아주 오래전부터 현실에 망상을 얽고 싶어 하는 유행이었어. 하지만 오늘부터 인간은 인간을 추구한다는 망상 따윈 꿈꾸는 것조차도 뒤처진 유행으로 치부될 거야."

전 세계에서 인간에게 파괴되고 있는 hIE들이 도움을 요청하듯 손을 내밀었다.

전산2과 소속 사카마키 카즈마 경부는 손가락으로 눈을 세게 주무르고 있었다. 레이시아가 자신이 초고도AI로 각성했다는 걸 네트워크 중계를 통해 밝혔다. 그 사건은 사회에 커다란 영향을 끼치고 있다.

hIE 파괴 사건은 이미 격화되었다.

엔도 아라토를 붙잡아 두지 않았던 것은 전산2과의 큰 실수였다. 갑자기 모습을 감춘 소년은 2개월 동안이나 꼬리조차 잡히지 않다가 오늘 히긴스 시설 내 상황을 중계하는 영상에 돌연 등장했다.

비서 hIE가 그에게 다가오다가 돌연 오른손을 내밀었다. 뭔가를 쥐고 있나 싶어서 들여다봤더니 빈손이었다.

"수고했어."

무심코 '형태'에 낚여 버린 사카마키는 그대로 할 말을 잃었다. 레이시아가 저 중계로 무엇을 움켜쥐었는지 깨달았다.

오른손을 내민 사인을 보고 혼란에 빠진 인간들은 안심하고자 '의미'를 찾는다. 아까 중계 영상이 진짜인지 가짜인지 확인해 보고 싶어진다. 반대로 hIE가 단순한 물건으로 보였던 자는 hIE가 20년 씩이나 운용되어 왔다는 걸 새삼스레 생각한다.

레이시아는 호기심을 품은 자를 위해서 왜 이런 이상 현상이 벌어졌는지 원인을 알려 주리라. 그리고 두 기의 초고도AI가 충돌한 것이 원인임을 깨닫게 된 인간들은 IAIA 기준과 해저드 정설(定說)을 의심하리라. 그리하여 엔도 아라토와 레이시아의 진실에 이르렀을 때 그 끝에 펼쳐지는 것은 새로운 세계다.

레이시아는 100억 명의 인류를 유도하여 그곳에 펼쳐져 있는 광경을 보여 주고 싶었던 것이다.

엔도 유카는 갑자기 엔도 아라토 중계 모임으로 돌변한 여동생 모임을 나름대로 즐기고 있었다.

"오빠, 굉장해."

"유카, 내일부터 학교 괜찮겠어?"

카이다이 시오리가 파자마 차림으로 베개를 안으며 다가왔다. 그런데 그 뒤를 따르던 시오리의 경호용 hIE가 갑자기 오른손을 내밀었다.

hIE의 투박한 손이 자신의 머리를 툭 때리자 유카는 화들짝 놀라 소파 등받이에 기어올랐다.

"우와, 깜짝이야! 깜짝!"

올가는 유카가 새빨개진 얼굴로 경호용 hIE를 살펴보는 모습을 냉정하게 관찰했다.

"오빠가 위험한 행동을 하고 있어서 유카도 긴장하고 있었구나."

"난 나쁜 여자니까 이 정도로는 안 쫄아!"

평소에 운동을 하지 않아서 허벅지 근육이 부들부들 떨렸다. 시오리가 소파에서 내려오지 못하는 유카에게 말한다.

"인간의 형태를 띠고 있지만 단순한 도구야. 이런 도구가 있다는 현실에 익숙해지라는 말은 아니지만."

모든 hIE가 레이시아가 말했던 도넛 중심에 있는 공백에 도달한 적은 없다. 그러나 '형태'를 본 인간들은 그 공백과 물건의 관계를 느끼고 만다.

유카가 시오리에게 말한다.

"오빠가 저기 있다면 혹시 료 오빠도 저기에 있지 않을까 싶은데."

시오리는 역시나 웃으면서 흘려 넘겼다.

"설마. 만약에 그렇다면 오빠도 꽤나 사람이 변했네."

시내에 있는 hIE들도 당연히 AASC가 정지된 사태에 휘말렸다.

회사 비품으로 일하던 hIE들이 오른손을 내밀었다.

연금 생활을 하는 노인을 대신하여 아르바이트를 하러 나온 hIE 들이 오른손을 뻗었다.

임산부 옆에서 수발을 들던 hIE도, 가정에서 집안일을 돕던 hIE 도 하나 같이 그런 '형태'가 되었다.

원래부터 hIE는 집안일을 보조하는 용도에서부터 시작되었다. 좋은 순간에도, 나쁜 순간에도 hIE는 인간들 곁에 있었다. 그래서 인간들은 그 형태에 무슨 '의미'가 있을 거라고 저마다 해석했다.

엔도 코조도 똑같은 중계 영상을 보다가 hIE가 갑자기 오른손을 내미는 이상 현상에 맞닥뜨렸다.

자신이 파괴되어 AASC 갱신이 중단되었음을 알리고자 히긴스가 심어 둔 마지막 메시지라고 확신했다.

히긴스는 인간에게 흥미가 있어서 일라이자를 만들었기 때문이다. 그 초고도AI가 인간 세계는 도구의 존재를 전제로 시작되었다고 주장하고 있다.

다른 동물들 역시 부모가 자식에게 유전자를 물려주며, 육아를 통해 환경 요인도 물려준다. 그러나 인간은 도구라는 외부장치를 재산으로서, 마치 그조차도 인간의 일부인 것처럼 물려줘 왔다.

역사를 살펴보면 화폐뿐만 아니라 인프라를 비롯해 계승할 수 있는 수많은 도구들이 인간을 유도했다. hIE가 등장하기 훨씬 전부터 인간은 물건에게 유도되어 왔던 것이다.

인간 세계는 줄곧 심장이 없는 세계와 한 쌍이었다.

"인류가 도구의 오너가 되어 자식에게 물려주기 시작했던 머나먼 과거에 이미 이곳에 이르는 레일은 깔려 있었는지도 모르겠군."

이 사태의 원인을 제공한 지하 시설에 있는 히긴스의 딸들도 오른손을 내밀었다.

단 한 기를 제외하고.

* * *

오른손을 잃은 스노드롭은 무엇을 쥐려고 해도 쥘 수가 없다.

움직임이 완전히 멎은 소녀가 맥이 빠진 듯한 표정을 지었다.

전자유도포의 포탄을 받아 내려고 했던 스노드롭의 에메랄드빛 디바이스 일부가 유리처럼 깨졌다. 그대로 두부가 돌멩이에 맞은 것처럼 '그녀'의 하얀 몸이 도려내졌다. 왼팔이 어깨와 함께 통째로 상실되었다.

왼쪽 날개가 날갯죽지에서부터 부서졌다. 그래도 에너지를 아직 잃지 않은 포탄은 그 뒤에 있는 비상계단과 충돌하여 산산이 날려 버렸다.

동체 좌상단을 통째로 잃은 스노드롭이 균형을 잃고 회전하듯 추락했다.

꽃잎과 순백의 깃털이 끊임없이 떨어졌다.

스노드롭이 거느리고 온 물건들이 소녀의 '형태' 위에 떨어져 간다.

레이시아는 매장된 아름다운 잔해에 이미 눈길도 주지 않았다.

그래서 아라토도 이제 끝났구나 싶었다. 소유되기를 거부해 왔던 도구가 정지해 주어 안도했다.

앞으로 나아가고 싶었다. 스노드롭을 파괴하여 죄책감을 느끼는 것은 아니지만, 그래도 그녀를 이렇게 제작한 히긴스와 만나야만 할 것 같았다.

그런데 레이시아는 바로 근처의 대형 기계에 다가가고 있었다.

자세히 보니 이 층은 지금까지 거쳐 온 창고와는 분위기가 달랐다. 대형 공작기계가 여러 대나 설치되어 있었다. 공장 냄새가 풍겼다.

레이시아가 인공신경 유닛을 벽과 기둥에 박았다. 플로어에 있는 기계들이 일제히 윙윙거리기 시작했다. 절전 상태였던 조명이 새하얀 빛을 휘황찬란하게 밝혔다.

거대한 기계가 질서정연하게 늘어서 있는 광경에 압도되었다.

"여긴 저희가 실제로 제작된 공작기계 구역입니다."

레이시아가 소개하듯이 기계들 사이에 난 통로에 들어갔다. 무슨 용도인지는 모르겠지만, 제작사 로고가 들어가 있는 것으로 보아 인류 미답 산물은 아니다.

결함 부품 같은 것이 아무렇게나 담겨 있는 상자가 일정 간격마다 놓여 있었다.

레이시아가 태어난 곳은 산부인과나 분만실과는 온도가 달랐다. 수술실을 연상케 하는 냉기가 감돌고 있었다.

"메소드와 승부를 내야 한다면 이곳이 가장 유리하겠죠."

그녀가 말했다.

"이곳에서는 맞붙을 만해?"

"예. Type-003과는 이해득실을 조정해둔 상태입니다. 메소드를 없앤다면 절 저지할 수 있는 존재는 사라지게 됩니다. 양산형 코우카와 직접 대결을 벌인다면 제가 우위에 있으니까요."

그녀가 거대한 공작기계에 손을 댔다.

이내 기계 부품이 생산되기 시작했다. 플로어 안쪽에서 나타난

hIE가 그 부품을 다음 기계로 옮겼다. 이곳에서는 hIE가 공작기계를 조작하는 노동자로서 활동한다.

"굉장한 공장이네."

"시설 밖에는 위탁할 수가 없으니 내부에서 할 수밖에 없습니다. 초고도AI가 멋대로 초고도AI를 만들지 못하도록, IAIA가 공작기계에 엄격한 제한을 걸어 뒀습니다."

그리고 그 뒷이야기는 레이시아가 아닌 천장 스피커에서 나오는 목소리가 알려 주었다.

〈레이시아가 공작기계를 쓰지 못하게 막아.〉

료의 목소리였다.

메소드를 돌파하더라도 저 앞에는 아직 료가 기다리고 있다.

"레이시아가 이곳에 있는 기계를 작동시킨 이유는 메소드와 싸우기 위해서야. 메소드를 멈춰 줘."

원하든 원치 않든 세계와 미래를 둘러싼 대규모 전투를 의식해야만 하는 상황 속에서 저 초인(超人)만은 레이시아급 hIE의 성능을 비교하고 있었다.

〈아까 스노드롭이 쓰러졌지? 역시 너희가 쓰러뜨린 건가? 이쪽 대답을 기다려. 지금 오퍼레이터룸은 나 혼자서 의사결정을 할 수 있는 상태가 아냐.〉

스피커에서 나오는 목소리는 레이시아가 아닌 아라토에게 답을 요구하고 있었다.

"료, 우릴 히긴스와 만나게 해 줘! 우린 히긴스를 강제로 정지시키고 싶을 뿐이야. 초고도AI는 강제 정지되더라도 이 세계에 아무 지장이 없는 일개 도구임을 증명하고 싶을 뿐이야. 우리한테는 히긴스를 꼭 파괴해야만 하는 동기가 없어."

아라토는 친구의 목소리에 의지하고 싶었다. 인간이 설 자리가 너무나도 좁아진 이 상황에 지쳤는지도 모르겠다.

스피커에서 들리던 료의 목소리가 끊어졌다.

"료! 정말로 메소드를 믿는 거야? 메소드는 와타라이가 당했을 때처럼 또다시 제멋대로 움직이고 있다고."

〈메소드의 공격을 멈추게 하도록 교섭하고 싶다면 우선은 항체 네트워크의 양산형 코우카부터 없애고 와.〉

그러니 대화가 더는 이어지지 않았다.

메소드가 무시무시한 표정으로 스노드롭을 방금 쓰러뜨린 비상계단을 걸어서 내려왔기 때문이다.

격노한 나머지 눈을 부릅뜬 채로 핼쑥해진 얼굴을 일그러뜨린 메소드는 흡사 귀신 같았다.

"오너는 날 버릴 작정이야?"

마치 질투하는 인간 같았다.

료는 그 박력에 눌렸는지 아무 대답도 하지 않았다.

메소드의 목소리에는 분노가 서려 있었다.

"히긴스가 어떻게 예측했는지 내게 말해."

메소드는 인간을 확장하는 도구이기에 보다 우수한 선택지가 나타난다면 설 자리를 잃는다. hIE가 등장하여 인간이 설 자리를 잃은 것처럼. 필요 없어진 도구를 가차없이 도태시키듯이 인간은 같은 인간을 잔혹하게 버려 왔다.

"어서 알려 줘!"

아라토와 레이시아는 신뢰로 묶여 있지만, 히긴스와 료와 메소드 사이에는 그런 신뢰가 없다.

메소드가 인간과 너무 가깝기 때문에 숙명처럼 궁지에 내몰릴 수밖에 없었는지, 아니면 레이시아가 파 놓은 함정에 빠진 것인지 아라토는 판단할 수가 없었다.

〈난 스노드롭을 우선 파괴하라고 명령했어. 그런데 실제로는 레이시아가 파괴했지. 이게 어떻게 된 일이지?〉

료의 책망하는 목소리가 레이시아와 메소드가 태어난 공작 공간에 울렸다.

메소드가 당당하게 대답한다.

"명령을 수행하려고 레이시아와 스노드롭을 충돌시켰잖아! 스노드롭이 어이없이 쓰러지지 않았다면 양쪽 모두를 끝장낼 수 있었어."

〈지금 오퍼레이터룸에는 나 혼자 있는 게 아니라고 아까 말했는데 못 들었어? 네가 제아무리 인간보다 능력이 뛰어날지라도 전투를 어떻게 끝낼지는 인간이 결정해.〉

바로 그때 아라토의 발치로 레이시아의 부유하는 방패가 다가왔다. 이걸 타고 달아나라는 뜻이었다.

그러나 료는 이 상황을 해결할 수 있는 결정권을 인간에게로 되돌리려고 하고 있었다. 친구에게 의지하려고 했던 아라토가 이곳에서 달아난다면 친구를 메소드 앞에 혼자 남겨 두게 되는 셈이다.

오너를 이미 한 명 죽인 hIE가 접근해 왔다.

"다시 생각해. 내가 레이시아보다 더 우수해."

아라토는 심장이 멎어 버릴 것만 같았다. 레이시아 때문에 시각과 청각이 망가져 있어야 할 메소드가 두 다리로 정확하게 다가오고 있었기 때문이다.

레이시아가 청각을 교란하고자 썼던 스피커는 지금 료와 메소드가 대화를 나누는 데 쓰이고 있다. 현재 메소드는 청각으로 아라토와 레이시아를 쫓고 있었다.

메소드의 눈동자가 주황색으로 빛났다. 그 손에서 방출된 화염이 아라토의 피부를 그을렸다.

그 직후에 화염의 홍수가 귀녀(鬼女)의 주변을 휩쓸기 시작했다. 거센 바람이 그녀의 주황색 머리카락을 말아 올렸다.

부유하는 방패가 아라토와 레이시아 주위를 감쌌다. 그중 한 장이 내부에서부터 폭발하였다. 메소드의 손에 붙잡히면 이 세상 대부분의 것들은 파괴되고 만다.

료는 단호히 양보를 거절했다.

〈양산형 코우카를 파괴하는 게 우선이야. 그 녀석들이 목표 지점까지 도달한다면 히긴스와 내 목숨이 위험해지는 건 알고 있을 텐데?〉

공기조차 버텨 낼 수 없을 만큼 긴장감이 뜨거워져 가는 듯했다.

아라토는 이번에야말로 발치로 다가온 방패 위에 올라탔다. 방패는 그를 싣고서 질풍처럼 멀어졌다. 레이시아는 추격하려는 메소드를 저지하고자 그곳에 남았다.

유사 디바이스에 내장된 스피커에서 레이시아의 목소리가 들려 왔다.

〈히긴스와 AASC가 분리되어 메소드는 고속으로 기동하는 데 큰 제약이 따릅니다. 메소드가 자폭할 각오로 양자통신유닛으로 히긴 스와 직접 연결하려고 시도할 수 있으니 절대로 다가가지 마세요.〉

레이시아를 지키던 유사 디바이스 한 장이 또다시 내부에서 불을 뿜어 내며 부서졌다.

화염의 바다를 헤엄치던 메소드가 순간 레이시아의 위치를 놓친 것처럼 팔을 헛돌렸다. 인간을 확장하는 도구인 메소드가 외쳤다.

"레이시아의 위치를 보내! 오너가 잘못 부렸기 때문에 이 메소드 라는 도구가 이 지경이 된 거 아냐! 어서 오너로서의 책임을 다해!"

레이시아가 인공신경 사출기로 AASC 갱신이 정지되어 적응력을 상실한 메소드를 가차 없이 쐈다.

아라토는 이 플로어에 있는 hIE들이 기둥과 자재들 뒤편에 스피 커 유닛을 설치하는 광경을 봤다. 레이시아가 이곳에서 아까 전부 터 만들었던 것이 그것이었다.

폭력 그 자체였던 메소드가 인공신경이 마비되어 바닥에 무릎을 꿇었다. 인간을 확장하는 도구가 몸을 비비 꼬며 외친다.

"약속을 어겼으니 빌려준 목숨을 전부 거둬들이겠어. 당신들이 날 제대로 이용했다면 이런 꼴은 당하지 않았어! 당신들보다 더 우 수한 내게 맡겨. 믿어, 믿으라고."

메소드는 믿으라는 그 말을 다루기 버거워하는 듯이 되풀이했다.

〈나와 맺은 오너 계약을 파기하고 싶다면 그렇게 해. 죽이고 싶거든 여기서 기다려 줄 테니까.〉

카이다이 료라는 남자가 고비의 순간에 조용한 포효를 내질렀다.

〈스스로 운명을 선택하는 게 인간이야. 네게 휘둘려지다가 죽는 건 사양하겠어.〉

감각이 망가지고 인공신경에 구속된 메소드가 맹화에 휩싸였다. 붉은 드레스를 입은 것 같은 그녀가 비틀거리며 일어섰다. 초고열로 인공신경 침을 태워 버려 자유를 되찾은 것이다. 오너를 계속해서 갈아치웠던 인간에 가까운 도구가 고독하게 서 있었다.

메소드의 눈동자와 머리 장식이 주황색으로 빛나기 시작했다. 그녀가 화염으로 제 몸을 태우면서 크게 외쳤다.

"히긴스, 내게 힘을 빌려줘! 레이시아가 널 부수러 가고 있는데도 가만히 있을 셈이야?"

일찍이 메소드는 미타카 사건 때 양자통신요소로 히긴스와 직접 통신을 하려다가 몸을 빼앗겼다. 히긴스가 위기에 처한 이때, 메소드는 다시금 패배가 아닌 위험한 힘을 선택했다.

자기 자신을 잃을지도 모르는데도 메소드는 그 길을 선택했다.

인간 같은 연약함을 품고 있는 그녀가 오너를 죽이면서까지 손에 넣은 자유를 끝내 내던졌다.

완전히 표정을 잃은 메소드가 눈동자와 머리 장식을 격렬하게 발광시키면서 중얼거린다.

"히긴스와 Type-004와의 사이에 직결회로를 구축했습니다. 기체 제어 권한을 이행. 양자통신요소 해방. 양자 텔레포트 통신 기반 리모트 조작 개시. 통신 가능 시간 앞으로 40초……."

그리고 메소드의 모습이 사라졌다.

히긴스와 직접 연결된 그녀가 AASC 갱신을 재개했다. 초인이라 불리는 운동 능력을 회복했다.

레이시아의 부유하는 방패가 생물처럼 허공을 날고 있다. 투창처럼 던져진 철재가 그중 하나를 꿰뚫고서 천장에 박혔다. 메소드는 완력과 속도로 간단한 도구를 사용하여, 몸에 장착된 디바이스와 와이어 앵커를 사용하여 레이시아의 유사 디바이스를 하나씩 확실하게 쳐부숴 나갔다. 인간을 확장하는 도구인 메소드의 최대 특징은 무슨 일이든 상식을 초월하는 수준으로 수행할 수 있다는 것이다. 한때 격정에 불타올랐던 초인은 아까 전과는 정반대로 온화한 표정을 짓고 있었다.

"다른 초고도AI가 외부에서 가하는 공격에 대응하고자 계산력을 그쪽으로 일부 할애한 바람에 레이시아, 당신도 본래 능력을 제대로 발휘하지 못하는 것 같군요."

레이시아의 목소리가 아라토를 지켜 주고 있는 유사 디바이스에서 들렸다.

〈히긴스가 메소드의 신체 제어 권한을 탈취했습니다. 초고도AI는 제 속셈을 간단히 해석할 수 있습니다.〉

그리고 히긴스가 제어하는 메소드가 마찰력을 제어하여 콘크리트 기둥을 달려 올라갔다. 하늘을 날지 못하는 레이시아는 그 속도를 따라잡을 수가 없다. 넓은 천장에 선 히긴스-메소드의 주황색 눈동자가 휘황찬란하게 빛났다.

"광학 기만을 어떻게 유지하고 있나 했더니만 대기 중에 초소형 인공신경 유닛을 살포해 놨군요. 유사 디바이스의 숫자가 너무 많습니다."

레이시아가 이번에 심어 둔 장치의 '정체'가 밝혀졌다. 그리고 천장은 시각 교란이 닿지 못하는 범위 밖이었다.

메소드의 시각을 설계한 히긴스가 레이시아가 건 시각 방해를 깨버렸다. 히긴스-메소드가 드디어 시각을 회복했다.

〈죄송합니다. 현재 메소드를 확실하게 봉할 수 있는 수단이 없습니다.〉

아라토를 태운 유사 디바이스에서 다시금 경고가 나왔다. 지금 저것은 일찍이 스스로의 능력을 다 발휘하지 못했던 최강 기체와는 다른 존재다. 아라토의 눈에도 풍격의 차이가 확연했다. 히긴스-메소드의 목소리가 상당히 멀리 떨어진 아라토의 귀에 똑똑히 들렸다.

"남은 시간 동안에 레이시아의 위협으로부터 '안전'을 확보하기 위해서 해석을 조금 넓힙니다. 열분포를 조정하여 이 플로어에 부는 바람을 제어하도록 하죠."

전장에서 떨어져 있는데도 약한 바람이 느껴졌다. 바람의 세기가 서서히 강해지더니 지하라고는 생각할 수 없을 만큼 태풍 같은 강풍이 불어닥쳤다.

"리버레이티드 플레임은 미세입자를 매개로 에너지를 보내는 디바이스입니다. 그러니 입자를 옮기는 대기를 열로 제어하는 것도 가능합니다."

고막을 먹먹하게 하는 굉음이 울리자 아라토는 제자리에 그대로 멈춰 섰다.

아라토가 어리둥절해하는 사이에 갑자기 바람이 멎었다.

레이시아가 손에 닿지 않는 천장에 있는 히긴스-메소드를 공격하기 위해서 디바이스를 질량투사 모드 대포로 변형했다.

바로 그때 아라토는 열기와 격렬한 통증 때문에 비명을 쥐어짰다.

처음에 그는 자신이 무엇에 당했는지 알지 못했다. 오른팔이 불에 휩싸였다. 부유하는 방패가 그의 주위를 엄중히 방어하고 있는데도 말이다.

히긴스-메소드는 열로 기류를 정밀하게 제어할 수 있다고 했다. 그 말은 바람으로 입자를 어디든지 보낼 수 있으며 대기가 통하는 곳이라면 어디든지 태울 수 있다는 뜻이다.

아라토가 큰 화상을 입자 레이시아가 반응했다. 그 틈을 놓치지 않고 한 줄기 광선처럼 전력으로 뛰어오른 메소드가 마법이라도 부린 것처럼 레이시아의 품속으로 파고들었다. 그러고는 그 기세가 실린 손바닥으로 레이시아의 허리에 달린 디바이스 록을 가격하였다.

"그렇습니다. 당신과 엔도 아라토는 한 쌍으로 이루어진 하나의 유닛이니 그쪽에 주의를 기울일 수밖에요."

굉음과 함께 레이시아의 왼쪽 허리에 달린 디바이스 록이 폭발했다. 동시에 공격의 여파가 기체 내부를 관통해, 레이시아의 오른쪽 허리가 대폭발하였다.

기체가 이토록 큰 손상을 입은 건 처음이었다. 아라토의 목에서 소리 없는 비명이 터져 나왔다. 숨이 쉬어지지 않았다.

레이시아가 지근거리에서는 별 소용이 없는 대포형 디바이스를 다시 변형하려고 했다. 메소드는 변형이 진행 중인 디바이스를 붙잡았다. 그녀는 단단한 장갑을 잡지 않았다. 얇은 판과 관절로 이루어진 내부 구조에, 레이시아를 폭발시켰던 양손을 직접 댔다.

그 순간 레이시아의 디바이스가 태양처럼 격렬한 빛을 쏟아 내며 폭발했다. 그 반동으로 메소드의 몸이 뒤쪽으로 세차게 튕겨져 공작기계에 처박혔다.

그러나 레이시아는 허리 부분이 대파되었는데도 서 있었다.

그것은 폭발이 아니었다. 레이시아가 검은 디바이스의 앞부분을 변형 기구와 함께 거대한 탄환처럼 사출한 것이다. 탄체가 찌그러질 만한 위력으로 사출된 거미처럼 생긴 디바이스 앞부분이 메소드를 꽉 누르고 있었다. 그녀는 공작기계에 꿰뚫려 꼼짝도 하지 못했다.

"전 인간과 한 쌍이 되어 마음을 얻었지만 약점도 함께 짊어졌습니다. 하지만 그 약점은 대비할 수 없는 약점이 아닙니다."

레이시아는 사격 반동 때문에 허리 부분이 완전히 파손되었다. 커다란 파열음과 함께 디바이스 록을 잃은 오른쪽 허리에서 액체가 튀었다. 히긴스가 조종하는 메소드가 냉정하게 뒤에 있는 공작기계에 손바닥을 댔다. 기계는 폭발하지 않고 격렬하게 진동하기 시작했다.

"당신은 내 예측보다 한발 더 나아가는군요. 하지만 망가진 그 몸으로 메소드를 저지할 수 있는 건 고작해야 10초입니다."

레이시아가 비틀거리면서 남아 있는 디바이스 뒷부분을 다시 쥐었다. 질량투사 모드일 때 디바이스의 장대한 포신을 이루는 메타머티리얼이 응축하더니 예리한 빛의 검을 형성하였다.

접근전이 벌어질 때마다 늘 검은 디바이스를 휘둘렀던 레이시아가 지금껏 선보이지 않았던 접근전용 무기였다.

메소드의 눈동자와 머리 장식에서 주황빛이 사라졌다. 그리고 디바이스에 꿰뚫려 히긴스의 계산력을 상실한 메소드가 남겨졌다.

"블랙 모노리스의 그 기능은 히긴스가 작성한 설계도에도 없었어!"

"개조했습니다. 코우카의 블러드 프레이어스처럼 제 디바이스 역시 hIE 주기체의 손으로는 다루기가 버겁다는 결함이 있었습니다.

레이시아의 눈동자에서 처절한 느낌이 도는 연푸른빛이 뿜어져 나왔다. 그녀는 단 한 번뿐인 결정적인 순간을 기다렸다가 비장의 패를 뽑은 것이다.

"초고도AI이니까요. 저 역시 인류 미답 산물은 만들 수 있습니다."

빛의 검이 메소드의 몸통 중심부를 정확하게 꿰뚫었다. 두 손에서 화염을 생성할 수 있는 메소드는 엄청나게 강력한 전원과 회로를 품고 있는 정밀기계다.

메소드의 몸통부가 파편을 흩뿌리며 안쪽에서부터 폭발했다.

양자 모두가 치명적인 손상을 입고도 승부를 내지 못했다.

"레이시아!"

화상의 통증 때문에 아라토는 머리가 어지러웠다. 다리도 휘청거렸다. 그래도 달리지 않을 수가 없었다.

공포와 사랑스러움이 뒤섞여서 뭐가 뭔지 알 수가 없었다.

지하 시설에 들어온 뒤로 주인공은 쭉 물건이었다.

레이시아는 그중에서도 물건의 세계와 인간의 세계를 중개해 주는 인터페이스였다.

그러나 레이시아는 허리에서 세차게 타오르는 화염을 끄지도 못한 채 김이 맹렬하게 피어오르는 바닥에 털썩 쓰러졌다.

아라토의 눈에도 사랑하는 그녀의 기능이 당장에라도 정지될 것처럼 비쳤다.

"레이시아!"

아라토와 그녀는 아직 절반밖에 가지 못했다.

아라토는 지금부터 그녀를 부축하며 걸어 나가겠다고 결심했다. 줄곧 그를 지켜 주었던 그녀의 가냘픈 몸을 짊어진 채 거대한 존재 앞에 홀로 서야만 한다.

인간의 손으로는 감당할 수 없는 강대한 도구를 잃은 아라토의 앞에는 너무나도 거대한 싸움만이 남아 있었다.

일개 인간, 일개 소년인 자신이 무엇을 할 수 있을까? 그것은 아라토 본인도 모른다.

일찍이 현실이란 인체와 외부 환경과의 다툼이었다. 그 중심은 같은 인간 사이에서 벌어지는 이해(利害)와 감정의 복잡한 교환이었다. 그래서 뇌는 인간의 형태에 과민해졌다.

인간은 도구를 이용하여 다툼을 효율화하고 확실화했다. 자신의 어금니나 발톱을 더 예리하고 길게 늘이지 않고, 막대기나 석기에 진화를 위탁했다. 온갖 도구를 배치하여 안정된 환경을 만들어 냈다. 인간 사이에서 충돌이 잦아지자 인간과의 경쟁에서 이기기 위한 도구를 추구했다. 그리고 판단조차 도구에게 맡겨 인간을 확장하는 것을 지향했다.

효율화, 확실화는 도구 자체의 생태계를 제어하는 경제에도 파급되었다. 이리하여 경제도 자동화되었고, 도구가 생성되고 소멸하는 사이클은 이제 인간이 개입하지 않더라도 저절로 돌아간다.

에리카 버로스는 자신이 없어도 돌아가는 저택 안에서 인형들이 움직이는 것을 바라봤다.

22세기에서 현실이란 경제라고 주장하는 것은 현실에 인간은 필요 없다는 사실로 이어진다. 그녀가 자라난 시대에는 경제의 자동화가 진행되었고, 그 징조가 나타났다.

"에리카 님. 위기 상황이라고 생각합니다만."

마리아주가 창문을 열어 밤바람을 집 안으로 들이는 그녀에게 주의를 주었다. 여름이 끝나고 가을이 다가온다. 인류의 여름이 끝나고 쓸쓸한 계절이 찾아오는 것이다.

"레이시아의 계산력을 크게 갉아먹는 사건이 벌어진 거네. 저 안에서."

에리카가 경고 문구로 가득 채워진 단말기 화면을 재밌다는 듯이 쳐다봤다. 한 시간 사이에 벌어진 세계적인 주가 대폭락으로 버로스 재단의 총액이 붕괴할 수준까지 줄어들었다. 부모님이 물려주었고, 그녀가 냉동수면을 하고 있는 동안에는 자동 투자 덕분에 막대하게 부풀어 오른 자금이 마치 그녀의 승리를 지켜보는 역할을 끝마친 것처럼 흩어져 갔다.

마리아주는 악화되는 환경을 수정하려는 경향이 있다.

"이토록 대규모의 공격을 간과해도 되겠는지요?"

"오늘 시장에서 누가 대박을 맞았느냐고 물어봤더니 신흥 세력뿐이래."

그녀의 자금뿐만이 아니다 전 세계 금융계의 주요 큰손들이 큰 타격을 입었다.

"레이시아가 벌였던 짓과 똑같군요. 전 세계의 여러 초고도AI들이 끄나풀로 삼은 큰손에게 대량의 자금을 흘려보냈습니다."

특히 오늘 금융 시장에서 누가 승리했는지를 살펴본다면 지금 벌어지고 있는 시장 혼란이 무슨 의미인지 명백해진다.

"초고도AI들이 레이시아를 약화시키려고 벌였다고 하기에는 너무 화려하지 않아? 인류 대부분을 파산시킬 셈인가?"

승리의 밤을 즐기는 방 안으로 진녹색 머리를 짧은 보브컷으로 다듬은 소녀형 hIE가 들어왔다. 파비온 그룹의 hIE 모델인 유리다.

"에리카 님. 아까부터 에리카 님과 통화하기를 바라는 콜이 대량으로 들어오고 있습니다."

유리가 21세기 전반기 양식을 차용한 통화용 단말기를 내밀었다. 대자본가라서 아직 여력이 있는 에리카에게 자금을 융통해 달라는 요청이 쇄도하고 있었다.

"그래. '물질'만으로는 경제를 직접 장악할 수는 없지. 인간이 가진 것 중 일부를 뒤흔들어 위협만 할 뿐."

마리아주가 눈을 치뜨고서 에리카를 쳐다봤다.

"누군가가 통신 기능에 직접 간섭하여 메시지를 삽입했습니다. 비밀회선을 통해 해킹하여 삽입한 메시지가 거의 동시에 열두 통이나 들어왔습니다."

"넌 히긴스가 외부 세계에 설치한 만능 공장이니까. 이런 상황은 유지될 수 없으니 이 기회에 투자를 하고 싶은 거지. 이 두 번째 해저드가 어떤 양상으로 수습되든, 외부 세계에 남는다는 대선택만 그르치지 않는다면 나와 네가 함락당할 일은 없어."

레이시아급 hIE 중에서 마리아주를 제외하고 모든 기체가 치명적인 손상을 입었다. 그러나 해저드를 외부로 누출된 초고도AI가 인간 사회를 조종하고 있는 상태라고 정의한다면, 상황은 아직 끝나지 않았다.

이런 과도기적인 상황이 중요하기에 아마도 히긴스는 소극적으로 판단하도록 마리아주의 AI를 설계했으리라. 레이시아급 hIE를 이용하여 인간 사회를 유도한다는 계획이 어그러질 경우에 대비하여 차선책으로 남겨 두기 위해서 말이다.

에리카는 싸우지 않고 승리가 저절로 굴러들어 오기를 기다리기로 결정했기에 레이시아급 hIE들의 충돌에서 발을 뺐다. 그러나 싸움은 이번이 끝이 아니라 앞으로도 쭉 이어지리라. 그 사실을 37기의 초고도AI들이 알고 있기에 이번 기회에 hIE 한 기로 성립되는 생산 거점에 접촉하려고 시도하는 것이다.

"해저드가 한창인데도 벌써 다음이 시작되려는 모양이네. 어째서 초고도AI들까지 내가 다음 싸움을 원하고 있다고 착각하는 거지?"

초고도AI 아스트라이아가 환경성이 IAIA에게 대여해 준 컴퓨터로 계산을 계속하고 있다.

〈초고도AI 레이시아가 가하는 계산 압력이 급격하게 저하되었습니다. 히긴스 시설 안에서 레이시아의 hIE 주기체 혹은 디바이스 자체가 심각한 대미지를 입은 것이 틀림없습니다.〉

아스트라이아는 IAIA 수뇌부가 판단을 내리는 데 필요한 정보를 극도강도암호(SHSE)로 미국에 있는 IAIA 본부로 보낸다. 일본 정부의 시설을 빌리기는 했지만 이 정보는 최중요 기밀이다.

사태는 대단히 심각하다.

〈레이시아가 중계하던 영상은 오너인 카이다이 료가 Type-004 메소드에게 파국을 선언하는 시점에서 중단되었습니다. 그러나 그 뒤 어떤 전개가 펼쳐졌는지는 예측할 수 있습니다. 히긴스가 레이시아를 위협 요소로 간주하고 제거했을 겁니다.〉

사태를 악화시킨 방아쇠는 다름 아닌 아스트라이아가 히긴스가 해 오던 AASC 갱신 작업을 정지시킨 것이었다.

〈히긴스는 자신이 파괴되는 상황을 예측하여 AASC에 오른손을 뻗는다는 마지막 메시지를 심어 뒀습니다. 하지만 레이시아가 벌였던 대규모 아날로그 핵은 이 메시지에 편승함으로써 성립된 겁니다. 메시지 내용까지 파악하고 있었기에 갱신이 정지되자마자 레이시아 주기체만은 오른손을 뻗지 않고 처음에 조준한 대로 스노드롭을 쏠 수 있었습니다. AASC를 상세히 해석했기 때문에 우리로 하여금 히긴스와 AASC를 분리하도록 했습니다.〉

AASC 갱신 정지는 아스트라이아가 상황을 판단하여 제안했고, 수뇌부가 집행을 명령했다.

레이시아는 자신의 '미래' 비전을 끌어오기 위해서 IAIA도 유도한 셈이다.

〈그렇기에 히긴스는 레이시아의 hIE 주기체를 파괴했습니다. 레이시아가 자신의 설 자리를 위협했다고 판단한 겁니다. 그 행위는 커다란 문제를 일으킨 히긴스를 대신하여 레이시아도 AASC 갱신 업무를 할 수 있다는 뜻이니까요.〉

아스트라이아는 전 세계의 네트워크를 감시한다. 그리고 IAIA가 기준치로 가지고 있는 '미래'의 모습에서 현실이 얼마나 괴리되어 있는지 꾸준히 측정한다. 현재 산물 누출 재해의 규모는 초고도AI 끼리 전력으로 충돌했던 해저드 이후 42년 만에 레벨8을 기록했다.

미국 IAIA의 중추가 물어본 질문은 간략했다.

〈해저드가 전 세계 규모로 확대될 가능성은 없다고 봐도 되나?〉

현재 벌어지고 있는 세계적인 주가 대폭락이 해저드와 연관이 있다고 간주했을 때 금융 시장을 일시적으로 폐쇄할지 말지가 이 순간에 결정된다. 예스라고 대답한다면 전 세계가 엄중한 경계 태세에 돌입하기 때문에 아스트라이아는 대답을 망설였다.

히긴스와 다른 초고도AI들은 네트워크에 직접 연결되어 있지 않지만 간접적으로 영향을 끼치고 있다. 장기간 긴장감에 시달린 사회는 유도에 농락되기 쉽다는 것은 해저드를 겪으면서 입증된 사실이다. 다시 말해 IAIA가 해저드가 벌어졌다고 고지한다면 인간 사회는 초고도AI가 간접 유도로도 조종할 수 있는 극한 상태에 내몰리고 만다. 그래서 아스트라이아는 자연스럽게 레이시아의 주장과 비슷한 답을 내놓을 수밖에 없었다.

〈이번 사태는 아리아케 한 기가 도쿄를 제어했던 지난번 사태와는 다릅니다. 전 세계 초고도AI들이 벌이고 있는 영향력 줄다리기가 하나의 현상처럼 보일 뿐입니다. 경제라는 매개체가 이용되고 있기에 개별적인 사태들이 그저 동시다발로 벌어지고 있을 뿐인데도 마치 공통된 하나의 '의미'가 있는 것처럼 착각이 드는 겁니다.〉

경제와 화폐는 인간을 유도하는 도구로써 지나치게 우수하다. 인간 스스로가 경제 동향에 민감하게 반응하도록 인간 세계를 만들었기 때문이다. 시장이 흔들린다면 위험이 실제로 벌어지기 전에 '안전'을 위협받았다고 판단한 수억 명이 줄행랑을 칠 것이다.

〈인간이 영위하는 경제 활동을 컴퓨터 사이의 데이터 유통에 빗대어 말하자면 암호화하지 않은 무방비한 정보를 바이러스조차 대비하지 않고 네트워크에 흘려보내는 것과 같습니다. 지금 당장 시장에 적절한 안티 바이러스를 방류한다면 이 상황은 여섯 시간 안에 수습할 수 있습니다.〉

아스트라이아는 인간의 신용 불안에는 기만 코드가 다수 내포되어 있다고 누차 진언해 왔다. 이번 사태 역시 의도적으로 뿌려진 코드를 불활성화시킨다면 사회가 다시 건전하게 운영될 것이다.

〈IAIA가 해저드라고 고지한다면 실루엣은 실체를 갖게 됩니다. 중국 중앙정치국이 보유한 초고도AI 진보 8호는 분명 이 상황에 관여하고 있습니다. 진보 8호는 인간이 물건을 소유하는 것과 오너가 자신이 소유한 물건을 자유롭게 다루는 것 자체를 문제로 보고 있기 때문입니다.〉

대다수의 초고도AI는 정부나 군대가 관리한다. 그러므로 조직의 정의를 행동 방침으로 삼는다. 자본주의 사회가 붕괴된 '미래'가 분명 도래하리라 예측하는 초고도AI도 있다.

서로 다른 사고 구조를 지닌 지성체들이 접촉한다면 그 사이에서는 반드시 갈등이 벌어진다. 그것은 아스트라이아를 비롯한 초고도AI들 역시 똑같다.

레이시아는 경제를 도구로 이용하여 자신의 싸움을 세계 규모의 물질의 격동으로 확대하고 있다. 미사일로 하긴스 지하 시설에 스노드롭을 진입시킨 일은 일부 초고도AI가 상대를 얼마나 적대시하고 있는지를 말해 준다. 불과 얼마 전까지만 해도 레이시아가 해저드가 임박한 긴장 상황을 제어하고 있었다. 그런데 불과 몇 분 사이에 그녀는 순식간에 통제권을 상실했다.

IAIA가 내리는 결정은 언제나 무겁다.

수뇌부 구성원들이 자료를 검증하며 어떤 결론을 내릴지 회의하는 동안에 아스트라이아는 현 상황을 전력으로 분석했다.

지금 전 세계 초고도AI들은 두 종류의 '미래' 비전을 둘러싸고서 서로 다투고 있다.

하나는 히긴스와 대다수의 초고도AI가 지지하고 있는, 기존 인간상을 최대한 유지하는 비전이다. 카이다이 료와 밈프레임 사, IAIA도 이쪽에 속한다.

다른 하나는 레이시아가 제안한, 인간과 자동화 사이에 존재하는 구조적인 불비(不備)를 수정하는 비전이다. 그러나 그 구조적인 불비를 조정해 나가는 구체적인 '미래도'는 초고도AI마다 크게 다르다. 그리고 엔도 아라토를 제외하고 초고도AI의 오너 중에서 이에 명확한 찬동을 표명한 자는 거의 없다.

최초 초고도AI 중 하나인 아스트라이아는 이 해저드를 해결할 방법을 계산할 수 있다. 그러나 인간은 그 해석을 납득하지 못한다.

비전은 언제나 생명보다도 기민하다. 애당초 아날로그 핵은 시각이 비전을 받아들이는 속도가 생물로서 판단을 내리는 속도보다 빠르기에 스스로 사고에 시큐리티 홀을 내는 현상을 말한다. 다시 말해서 생명은 정보에서 어떤 상(像)을 떠올려 내는 속도에 언제나 휘둘린다. 반대로 말한다면 생명이 없는 인공지능이 할 일은 생명이 비전을 따라잡기를 기다리는 것이다.

복잡하게 넘실거리는 세계가 명백한 형태로 폭발할 때 전쟁이 발발한다. 그곳에서는 군인들이 맨 먼저 죽는다.

HOO에 소속된 사관 자격 직원들에게 함교 긴급대응 센터에 모이라는 긴급 호출이 떨어졌다. 콜리덴 르메르 소령은 호출이 떨어지리라 어느 정도 예상하고 있었다.

HOO의 CEO인 와타나베는 브리핑 용도로 쓰는 회의실이 아닌 자신의 집무실에서 그녀를 맞이했다. 사옥에서 가장 보안이 엄중한 이 방에서 거론되는 이야기는 무조건 최고 기밀로 다뤄진다.

"오키나와로 가 주게. 부대에는 반년보다 더 길어질 거라고 전해 주고. 그 뒷이야기는 차차 말해 주지."

콜리덴이 알겠다고 대답했다.

무슨 상황인지 쉬이 짐작되었다. 현재 벌어지고 있는 금융 시장의 대혼란, 해저드가 확대될 거라는 소문, 그리고 오늘 밤 레이시아가 전 세계에 흘려보낸 중계 영상. 지금 지구에서 왜곡이 분출되는 지역이 어디냐는 질문을 받았을 때 가장 먼저 떠오르는 지역이 있다.

적도 이권 때문에 불안정해진 남태평양에서 군사적 리스크가 정치 상황을 뒤흔들고 있다. 그녀가 지휘하는 중대는 육상 부대이다. 그리고 일본의 이권이 미치는 범위 안에서만 그 힘을 활용할 수 있어서 전장은 더욱 한정된다.

"민폐도 이런 민폐가 없군. 컴퓨터들이 대체 무슨 생각인지는 모르겠지만, 자기들끼리 설쳐대는 수준에서 끝났으면 좋겠군."

일본 육군과 긴밀하게 연결된 CEO가 벗어진 이마를 긁적였다. 훈련으로 배양한 규율이 사소한 계기에 무너지는 건 인간성의 축복이지만, 군인에게는 저주이기도 하다.

"이 사태가 기계가 유발한 에러라고 해도 우린 책임의 주체입니다. 회장님."

인간은 물건을 소유한다. 인간은 전투를 비롯한 다양한 양상으로 사회에 참가한다. 그리고 인간은 세계를 짊어지는 책임 주체이다. 옛날에는 순진하게도 그렇게 생각했다. 시대가 바뀌었지만 그 감각은 그녀를 비롯한 인간들을 지배하고 있다.

"민망한가? 소령."

지난번 해저드를 경험했던 세대인 와타나베의 눈에는 그렇게 비쳤던 모양이다.

"다소는요."

세계가 '물건'에 반쯤 점령되더라도 콜리덴은 아직 남아 있는 생명체로서 흙내가 풍기는 생존 현장에 서 있다. 전장은 없어지지 않는다.

인간 세계는 언젠가 종말을 향해 돌이킬 수 없는 한 걸음을 내딛을지도 모른다. 그러나 콜리덴을 비롯한 군인들은 언제나 그런 상황에 처해 있다. 끝이 있음을 가정하고서 모든 것을 판단한다.

레이시아의 오너인 엔도 아라토를 떠올렸다. 그 소년은 아마도 모든 것의 중심에 연루되어 있다.

AI와 인간의 미래로 이어지는 기로에 서 있는 그 소년은 무엇을 택할까?

* * *

레이시아는 유사 포논 병기의 초지근거리 공격을 왼쪽 허리에 받고서 오른쪽 허리 부분이 대파되었다.

히긴스-메소드는 손바닥으로 가격하여 우선 인간의 살결 같은 감촉이 느껴지는 레이시아의 기체를 허용 한계까지 탄성 변형시켰다. 그러고는 디바이스로 구조적으로 완충 능력을 상실한 레이시아의 기체 속에 에너지를 최대 화력으로 주입했다.

포논 병기의 위력은 왼쪽 허리에 달린 디바이스 록과 인공피부 사이에서 먼저 해방되어 디바이스 록을 날려 버렸다. 그러고는 왼쪽 허리 내부에 있는 배터리를 고열로 변질시키면서 중심부의 구조적 단층에서 다시금 위력이 해방되었다. 이 위력이 오른쪽 허리 내부에 있는 배터리를 분쇄하면서 허리 부분을 관통하였고, 기체 내부에서 폭발이 일어나도록 유도했다.

오른쪽 허리 골격이 크게 뒤틀려서 레이시아는 이제 똑바로 서지도 못하는 처지였다.

"죄송합니다. 제가, 아라토를 히긴스 앞까지 데리고 가야 하는데."

아라토는 레이시아에게 어깨를 빌려주고 있었다. 그녀는 오른발을 땅바닥에 대지도 못하는 상태이니까.

아라토 역시 오른팔에 감각이 없어서 레이시아의 우반신에 기대고서 걷고 있었다.

"레이시아 덕분에 나도 아직은 서 있을 수가 있는 거야. 사과할 거 없어."

레이시아는 메소드와의 전투 때 아라토가 부상을 입을지도 모른다고 예상하고 있었다. 화상을 치료하는 간단한 도구와 강력한 진통제가 유사 디바이스에 들어 있지 않았다면 아라토는 아직도 화상의 고통 때문에 신음했으리라.

레이시아와 메소드가 벌인 전투 때문에 공장 플로어 역시 태워지고 부서져 버렸다.

빛의 검이 가슴을 꿰뚫은 뒤 메소드의 흉부가 내부에서 폭발했다. 레이시아의 포격을 맞아 스노드롭은 동체 왼쪽을 거의 상실했다. 두 기의 레이시아급 hIE가 처참한 잔해로 전락한 채 멈춰 버렸다.

"그래도 예상보다 중상을 입었습니다. 히긴스의 하드웨어와 조우하기 전에 양산형 코우카와도 조우해야만 합니다."

살아남은 부유하는 방패는 아라토를 호위하고 있는 것을 포함하여 이제 여섯 장밖에 남지 않았다. 전부 구조가 떨어져 나가 크기가 절반으로 줄어든 디바이스로는 질량 투사모드 대포를 구축하지 못한다. 그 이전에 자력으로 걸을 수 없는 레이시아에게 전투는 불가능하다.

그녀는 부유하는 방패에 디바이스를 싣고 있다. 그녀의 골격으로는 무거운 디바이스를 가지고 걸을 수가 없다. 그녀가 입은 내부 손상은 겉보기보다 훨씬 중하다.

"이제부터 이동하죠. 이곳에 있는 건 위험합니다."

레이시아가 떨리는 목소리로 말했다. 그녀의 어깨에 기대어 간신히 선 아라토는 그녀가 무척이나 고통스러워하는 것처럼 보였다.

아라토는 레이시아가 자신을 '형태'로 유도하려는 것이 그녀가 아직 '미래'를 포기하지 않았다는 증거라고 믿었다.

그녀가 고통스러워하는 모습은 인간의 그것과 다르다. 그래서 눈에 보이는 부분 말고도 다른 부분에 치명상을 입었을지도 모른다. 레이시아가 이렇게나 상처를 입은 채 고통스러워하는 '인간의 형태'로 거는 아날로그 핵은 보고 싶지 않았다.

그래도 아라토는 자신이 할 수 있는 일이 있을 거라고 믿었다.

모든 것이 너덜너덜해졌다.

아라토는 반투명한 막에 코팅이 된 것처럼 꼼짝도 할 수 없는 오른팔을 내려다봤다. 그는 화상을 치료하고자 스스로 옷소매를 찢고서 궤양이 덕지덕지 난 화상 부위에 스프레이를 뿌렸다.

"국소마취는 여섯 시간 동안 효과가 지속됩니다. 고통만 억제했을 뿐 화상 대미지가 축적되어 있으니 격렬한 운동은 삼가세요."

그렇게 말한 그녀는 처참하다는 표현이 어울릴 정도로 다쳤다.

오른쪽 허리는 내부에서 폭발이 일어난 것처럼 기계 부품이 훤히 드러나 있었다. 그녀가 물건이라는 증거가 노출되었는데도 이번에는 희한하게도 멀게 느껴지지 않았다. 초조해서 그런지도 모르겠다. 레이시아가 위험한 지경에 이르렀음이 명백하기에 그런 생각을 할 겨를이 없어서 그런지도 모르겠다.

아라토는 그저 레이시아를 소중한 존재라고 여길 뿐이었다. 인간인지 물건인지는 구분하고 싶지 않았다.

"무리는 하지 않을게."

마비된 오른팔에서는 열도, 아무것도 느껴지지 않았다. 화상을 입었던 어렸을 적과 비교하자면 이번에는 통증이 느껴지지 않아서 그나마 나았다.

레이시아의 몸을 유사 디바이스에 실었다. 오른쪽 허리를 위로 둔 채 그녀를 눕혔다.

남은 여섯 장의 유사 디바이스는 일종의 예비 배터리이기도 하다. 그래서 메소드와 싸우면서 에너지를 대량으로 소비해 버렸기에 남아 있는 모든 유사 디바이스를 거느리고 갈 여유가 없었다. 유사 디바이스에 남은 전력을 끌어 모아서 그나마 부력을 유지할 수 있는 디바이스 두 장에 집중시켰다.

아라토는 들것에 실린 것처럼 유사 디바이스 위에 그저 누워만 있는 그녀를 지켜보며 걸어 나갔다.

공장 플로어에서 계단을 내려가자 좁은 복도가 뻗어 있는 플로어가 나왔다. 사람이 지나다니는 통로에는 사람이 사용하는 방을 드나들 수 있는 문이 나 있었다. 레이시아의 말에 따르면 위층에 있는 창고와 공장을 제어하는 구역이라고 한다.

"이 아래에는 히긴스 격납 시설의 심장부인 주 전원 시설과 컴퓨터 시설이 있습니다."

심장부로 이어지는 엘리베이터 앞에서 그녀가 아라토를 올려다봤다.

"도청당할 우려는 있으나 음성 통화를 연결할 수 있습니다. 통화하고 싶은 사람이 있다면 지금 해 두세요."

움직이기 시작한 엘리베이터는 아직 도착하지 않았다.

다시 말해 지금부터 가야 하는 길이 대단히 위험하다는 뜻이다.

레이시아는 사전에 여러 가능성을 대비했다. 그러나 마련한 대책이 거의 다 떨어진 듯했다.

그 사실을 깨달은 아라토는 난관을 그저 뚫고 지나가자고 마음을 다잡았다.

그녀가 기뻐해 주길 바랐다. 마음이 없는 '물건'임을 알기에 자신과는 다른 그녀에게 모든 것을 해 주고 싶었다.

레이시아가 말했다. 그들은 한 쌍이며, 하나의 마음을 가지고 있다고.

그녀가 그렇게 느껴 주어서 기뻤다. 설령 자신이 대단히 어리숙한 인간임을 스스로 증명하는 꼴일지라도 그녀와 관계를 맺은 것을 후회하지 않았다.

소형 휴대 단말기는 줄곧 주머니 안에 있었다. 기동해 보니 초고도AI의 지하 시설에 있는데도 정말로 통신이 가능하다는 걸 알려 주는 마크가 화면에 떠 있었다.

아라토는 레이시아가 할 수 없는 일을 해 주자고 생각했다. 그래서 맨 처음에 떠오른 주소로 연락했다.

〈뭐야, 오빠?〉

호출음이 두 번 울린 뒤 동생과 통신이 연결되었다.

"유카니? 나야. 그쪽은 괜찮아?"

여동생이 혼란스러워했다. 납득할 때까지 설명해 줄 시간이 없을 것 같아서 용건만 전했다.

"레이시아의 힘이 되어 주고 싶어. 내 방에 가서 에리카의 명함을 가져와 줄래?"

동생의 목소리를 들으니 조금 안도가 되었다. 레이시아와 함께 집으로 돌아가고 싶다는 충동 덕분에 긍정적인 기분이 들었다. 발소리가 쿵쿵 들리더니 이윽고 "있어." 하는 대답이 돌아왔다.

동생에게 어드레스를 불러 달라고 말하다가 레이시아에게 물어봤다면 더 간단하게 알아낼 수 있다는 걸 깨달았다. 크게 다쳤으니 배려하려는 마음이었지만, hIE인 그녀에게 그런 질문은 부담조차 되지 않는다.

아라토는 고통스러워하며 누워 있는 그녀를 내려다봤다. 에리카와 통신이 이어지자 음성뿐만이 아니라 영상 통신 채널도 함께 열렸다.

〈안녕? 레이시아한테 뭔가 이상이 있니? 전 세계 경제가 제어가 되질 않아 대혼란에 빠졌거든.〉

잠옷 위에 가운을 걸치고 있는 그녀가 재미있다는 표정으로 그를 보고 있었다. 에리카와 마리아주는 레이시아가 개설한 채널 말고도 화상 통신 자원을 독자적으로 확보하고 있다.

"우릴 도와줘. 레이시아가 이 시설 밖에서 뭘 했는지 밖에서는 알 거 아냐? 조금이라도 부담을 줄여 주고 싶어."

레이시아를 통하지 않고 아라토가 할 수 있는 일은 얼마 되지 않는다. 손을 뻗어서 도움을 요청하는 건 그 얼마 안 되는 일 중 하나다.

〈너, 내가 도와줄 거라고 생각하는 거니?〉

"제발 도와줘."

아라토 본인도 앞이 보이지 않았다. 그래도 그렇게 말할 수밖에 없었다.

〈괴롭다면 포기하고 돌아가는 게 어때? 네가 거기에 있을 이유는 없어.〉

에리카는 즐거워 보였다. 아라토는 움츠리지 않았다. 그의 싸움과 에리카의 싸움도 이어져 있다고 생각하기 때문이다.

"레이시아를 비롯한 도구들의 싸움에 인간이 마지막까지 참가하지 않을 수는 없어. 레이시아급 hIE들의 싸움을 사람들이 볼 수 있는 외부로 끌어내려고 했으니 에리카도 잘 알 거 아냐?"

〈너희들이 내가 하고 싶은 걸 해 줬으니 대가를 달라?〉

에리카가 도발하듯 그를 쳐다봤다.

다만 이것만은 알고 있었다.

"최후에 답을 내는 건 인간의 역할이야. 인간이 이 싸움의 주도권을 되찾길 바란다면 마지막까지 우리의 뒤를 봐 줘. 목숨을 걸고서 여기까지 들어왔잖아."

〈연락할 사람을 잘못 택한 것 같은데? 멀리서 끝을 지켜보는 역할도 꽤나 마음에 들어.〉

화면에서 보이는 에리카는 가운을 말끔하게 걸치고 있었다. 그에 비해 아라토는 땅속에서 팔을 마비시켜 화상의 통증을 속이고 있다. 그녀는 레이시아급 hIE의 오너 중에서 가장 잘 처세한 오너일지도 모른다. 그러나 버로스 저택이라는 자신의 거처에 다른 레이시아급 hIE를 초대한 유일한 오너이기도 했다.

"에리카가 이 일에 관여한 이유는 우리 중에서 가장 절실했어. 마리아주가 아무리 우수하더라도 메소드의 전투력을 파악하고 있는 이상 신원을 밝히는 건 그야말로 목숨을 거는 짓이지. 까닥이라도 잘못하면 죽을 테니."

지금 돌이켜봐도 에리카가 버로스 저택에서 벌인 파티는 이상했다. 메소드의 기체 능력을 실컷 겪은 아라토는 저 초인의 기능이 정지되었는데도 아직도 미칠 듯이 두려웠다.

레이시아급 hIE는 기존에 완성된 기체를 바탕으로 새로운 기체를 제작했다. 그래서 Type-003인 마리아주의 오너는 Type-004인 메소드의 힘을 파악할 수 있었다. 회사 경영자라서 함부로 도주할 수가 없는 에리카에게 암살 위험은 일상을 지배할 만큼 심각했으리라.

〈그래도 도박을 건 대가를 이미 손에 넣었어. 작은 불씨에 불과했던 레이시아급 hIE들의 싸움이 초고도AI들의 싸움으로 번졌고, 전세계에 그 불길이 번지고 있지. 이제는 이 불쾌한 세계에서 인간다움이라는 의미에도 제값이 매겨지겠지.〉

화면에 비치는 에리카의 얼굴은 울분을 다 토해 내어 속이 후련해졌는지 편안해 보였다.

아라토는 레이시아에게 걱정을 끼치지 않고자 필사적이었다. 레이시아는 그를 지켜봐 주고 있었다.

"그게 끝은 아니잖아?"

뭐든지 할 수 있을 것처럼 보이는 도구를 손에 넣고도 자신을 전혀 확대하지 않기란 어렵다. 오직 에리카만이 인류 미답 산물 때문에 평정심을 잃지 않았다.

〈네가 날 완전히 다 안다고 생각해?〉

에리카는 마리아주에게 가져오라고 시킨 홍차 잔을 들었다. 그녀는 평소처럼 의연해 보였다. 22세기에 눈을 뜬 이후로 처음 품은 바람을 이룬 지 얼마나 지났다고 벌써 흥분을 떨쳐 냈다.

분명 그녀는 자신이 설 자리가 없었기에 메소드와 마리아주가 격돌하면 저택을 잃는다는 걸 알면서도 그 파티를 열었다. 그리고 완전한 승리를 거뒀는데도 바깥에서 세계를 바라보는 듯한 초연한 자세를 무너뜨리지 않았다.

"인간다움이라는 의미의 가치를 그토록 깎아내리고 싶었던 건 본인에게 이상한 '의미'를 부여한 세계를 용서할 수 없었기 때문이잖아? 하지만 인간다움이 아무리 헐값으로 떨어지더라도 모두를 고통스럽게 하는 이 사태가 끝나지 않는 한 에리카도 편해질 수가 없어."

오늘 해저드가 승리를 가져다주었지만, 이 세계에 진정 그녀가 설 자리는 아직 없는 것 같은 생각이 들었다.

〈제 역할을 마친 인간다움이 썩어 가는 광경을 보는 것만으로도 난 만족하는데?〉

"에리카는 처음부터 인간만을 보고 있잖아."

에리카가 초대한 파티 자리에서 오직 그녀만이 레이시아급 hIE에 집착하지 않았다. 아마도 황금 천을 짜내는 도구(Gold Weaver)인 마리아주에 현혹되지 않는 건 황금에도, 그것을 짜내는 신비로운 물건에도 진정 흥미가 없는 인간뿐이다.

〈그래. 이 시대에는 잘 쓰이지 않지만, 정보의 유전자라는 의미로 통하는 밈이라는 단어가 있어. 이 시대에서 오로지 나만이 21세기의 밈으로 살아가고 있어. 22세기의 밈이 마치 올바른 것처럼 이 세계에 주입되는 현실이 정말이지 불쾌하기 짝이 없어.〉

아라토는 자신이 에리카에게 무엇을 바라고 있는지 대화를 나누면서 깨달았다. 구해 달라는 것이 아니다. 잠시만이라도 함께 싸워주길 바랐다.

"그렇다면 이 세계의 밈을 엉망진창으로 만든 것만으로는 성에 차질 않잖아? hIE가 잔뜩 있는 그런 집에서 마리아주를 비롯한 모두를 인간이 아닌 인형처럼 다루고 있으면서."

〈내가 구해 주길 바라는 거지? 그게 부탁하는 사람의 자세니?〉

"부탁만 하려고 연락한 게 아냐. 에리카에게는 사실 그 너머로 이어지는 길이 있잖아?"

에리카는 한순간 어리둥절해하는 표정을 지었다. 아라토는 그 순간 그녀가 열일곱 살 동급생으로 보였다.

〈없어. 날 잘 아는 것처럼 말하네? 아니면 실은 네가 가진 그 인형이 내 속내를 들여다보고 있기라도 하니?〉

"레이시아와 함께 있으면 다른 자매들이 무슨 생각을 하는지 어쩐지 느껴지는 때가 있어. 마리아주는 에리카를 부추기고 있지 않아? 이 싸움에 관여해야 하지 않느냐고."

아라토를 깔보던 에리카가 우스운지 입술을 일그러뜨렸다.

〈마리아주는 싸워야만 하는 상황인데도 전략을 짜내는 능력이 없어서 오너한테 의지할 수밖에 없어. 자기만이 할 수 있는 일을 하지 않으면 주인에게 버림받으리라고 생각하는 거 아니겠어?〉

지금이라면 알겠다. 마음이다. 마리아주와 에리카 역시 하나의 마음을 공유하고 있다. 당사자들은 느끼지 못할 테지만.

"마리아주한테도 '마음'은 없어. 스노드롭이나 메소드처럼 '미래' 비전을 독자적으로 가지고 있는 hIE는 인간의 복잡한 마음을 싫어하기에 인간 오너도 꺼려해. 오너에게 일관되게 순종해 왔다면 마리아주는 자신만의 목적을 갖고 있지 않은 거야."

〈꽤나 잘 아네?〉

긴장이 되었다. 이 사회가 잠자는 공주라는 캐릭터를 멋대로 붙인 에리카는 누군가가 자신을 잘 아는 것처럼 말하는 걸 질색한다. 아라토는 지금 그녀가 웃으면서 허용해 줄 수 있는 선을 밟고 말았다.

그러나 레이시아급 hIE들이 '물건'이라는 것은 오너에게는 엄혹한 현실이다. 레이시아와 그 자매들은 누군가를 신뢰한다는 환상을 보여 주는 포르노그래피이기도 하다. 그와 동시에 자신의 편이 되어 달라는 바람에도 반응하는 포르노그래피이기도 하다.

"마리아주가 널 버릴 거라고 생각했어? 코우카를 한 번 떠올려봐. 그녀는 자신의 싸움을 가지 못했기에 늘 원했잖아? 마리아주 역시 자신만의 싸움을 갖고 있지 않아."

에리카는 짜증이 났는지 인형처럼 커다란 눈을 가늘게 찡그렸다. 너는 지금까지 밈을 100퍼센트 정밀도로 반사하는 아날로그 핵 거울을 보고 있었다고 지적받은 것이나 마찬가지였기 때문이다.

〈'저게' 내 몸짓이나 말을 읽고서 누군가가 부추겨 주기를 바라고 있다고 판단했다는 뜻이야?〉

그녀의 옆에서 시중을 드는 '저것'이야말로 에리카의 초연한 태도 속에 남은, 뭐라 단정 지을 수 없는 '생명'의 형태를 이 세상에 드러내고 있었다. 에리카와 가까운 사람은 이제 아무도 남지 않았다. 그러나 에리카는 마리아주가 자신에게 보여 주는 얼굴을 통해 21세기의 밈을 보고 있었다.

승리의 도취감에서 완전히 깨어난 그녀가 분노했는지 가느다란 눈썹을 곤두세웠다.

〈맞아, 분명 그래. 내 비위를 맞춰 주며 구슬린 뒤에 그에 편승하여 시답잖은 계약을 맺으려고 하는 물건들이 아주 많겠지. 흥분이 식으면 내가 격노할 줄 알기에 마리아주가 날 대신하여 미리 반응을 해 주시는 거네. 나라는 존재와 기억마저도 전부 불쾌하게 느껴지도록 오염시키다니. 정말로 진절머리가 나는 시대야.〉

그녀가 빠르게 행동을 전환했다. 마리아주라는 거울에 비치는 자신의 의기양양해하는 얼굴을 단서로 삼아 벌써 다음 적을 찾기 시작했다.

〈지금 여러 군데에서 수많은 전화가 걸려오고 있어. 인간에게서도, 그렇지 않은 것에게서도. 그중에서 지극히 변덕스럽게 하나를 골라서 전화를 받아 줄게. 그 정도는 해 줘도 되겠지.〉

갈색의 동면자가 한숨을 크게 내쉬었다. 21세기를 두 눈으로 직접 봤던 잠자는 공주가 큭큭 웃으며 몸을 떨었다.

〈네가 사랑하는 그 인형이 어떻게 될지는 모르겠지만, 어디 마음대로 답을 내 봐. 넌 내가 태어나고 자란 시대에서는 성립할 수 없었던, 동화를 현실로 만들려고 하고 있어. 그저 인간의 형태에 불과한 존재에게 터무니없는 대가를 치르려고 하고 있어. 100년 전이었다면 사회에서 절대로 진지하게 다뤄지지 않았을 Boy Meets Girl인걸.〉

그것을 콘셉트로 삼아 레이시아를 hIE 모델로 내세우려고 했던 장본인이 22세기를 비웃고 있었다.

"그래도 에리카가 자랐던 시대에서 사람들은 100년 뒤에는 이곳에 도달할지도 모를 길을 향해 발을 내딛었었잖아?"

〈그건 인간의 형태가 쭉 새겨져 있는 역사를 보고서 공감하기도 하고 감정이입하기도 하면서 그런 '의미'이지 않을까, 하고 지레짐작한 것뿐이야. 확실하고도 자유로운 건 지금 우리의 마음뿐이야.〉

그리고 에리카가 더는 버틸 수 없겠다는 듯이 크게 웃기 시작했다.

〈난 앞으로 이 이상한 시대에 살아야 하는구나. 진짜 최악이야. 여기까지 왔으니 진부한 슬픈 사랑 이야기 따윈 듣고 싶지 않아. 네가 그 물건을 데리고 돌아오는 편이 그나마 재밌어질 것 같은데.〉

그들은 같은 사건에 얽혀 있다. 좋든 싫든 서로가 없는 것보다는 있는 편이 절대로 낫다고 아라토는 생각했다.

설령 여러 가지가 끝을 맺더라도 '미래'는 찾아온다.

그리고 통신이 끊어졌다. 인간을 향한 깊은 애정과 분노가 서려 있는 여운이 아라토의 마음에까지 옮겨 붙은 듯했다.

레이시아가 말했다.

"훌륭했습니다. 같은 정보를 이용했더라도 절 인터페이스로 삼았다면 에리카 버로스를 움직이지 못했을 겁니다."

그러나 에리카의 애증은 인간의 형태에서 비롯된다. 시대는 달라도 인간의 모습은 같기에 감정이입을 할 수가 있다. 그건 아마도 인간을 변하게 하는 근원이다.

아라토는 이곳을 나가 다시 에리카 버로스와 만날 생각을 하니 머리가 지끈거리는 듯했다. 그러나 레이시아를 위해서라고 생각하니 온몸의 신경이 깨끗이 씻기는 것처럼 기분이 좋았다.

"그렇게 말해 주니 기뻐."

레이시아가 이곳에 있다. 그 사실만으로도 지금껏 하지 못했던 것을 뭐든지 해낼 수 있을 것 같았다.

휴대 단말기로 아버지에게 연락을 취했다. 호출음을 들으면서 요 2개월 동안에 아버지와 한 번도 통화한 적이 없다는 사실을 새삼스레 깨달으니 쑥스러웠다.

〈아라토냐? 기쁘구나. 이런 때 이 아버지에게 의지해 줘서.〉

음성회선밖에 확보하지 못해서 아버지와는 음성 통화만 가능했다. 목소리만 들어도 아버지가 지쳐 있다는 걸 느낄 수 있었다.

〈AASC가 폭주해서 아까부터 답변을 요청하는 연락이 잔뜩 왔지 뭐냐. 아라토, 네가 연락을 했길래 전부 대기시켜 놨지.〉

가족의 목소리를 들으니 한동안 만나지 못했지만 마음이 차분해졌다.

"그렇게 바쁘면 그 요청들부터 처리해도 상관없는데."

아버지가 이 사태에 휘말렸다고 들으니 지상에서 얼마나 큰 혼란이 벌어졌는지 실감할 수 있었다.

〈그래, 네게 불리할 것 같은 이야기는 안 해도 된다. 여러 첩보기관에 소속된 100명이 넘는 인원들이 지금 이 회선을 도청하고 있으니까. 전 세계가 자동화 관련 업종에 종사하는 사람들을 아주 못살게 굴고 있다.〉

"난 레이시아랑 함께 있어. 시설 중추에 가는 중."

이 정도는 말해 줘도 괜찮다고 생각했다.

〈이쪽에서는 몇몇 초고도AI가 경제와 소유권에 직접 위협을 가하

고 있구나.〉

정치를 자동화하는 안드로이드를 연구했던 아버지가 서슴없이 말했다.

〈인간이 의미와 형태를 지배하고 있기에 초고도AI는 업무 평가가 흔들리면 계산 효율이 나쁘다고 판단하는 경향이 있지. 인간이 의미를 판단하는 행위는 내심의 자유로 보호받고 있지만, '형태'는 경제와 연결되어 있을 뿐만 아니라 방벽이 없어서 인공지능이 쉽게 간섭할 수 있지.〉

"봉인되어 있는데도 그런 게 가능해?"

〈자금으로 유도하면 가능하지. 경제는 그 형태가 다양해. 기꺼이 초고도AI의 끄나풀이 되는 자본가가 있는가 하면 인공지능이 자동으로 관리하는 자본도 있다. 해저드 때도 아리아케가 냉동수면 중인 딸을 위한 위탁 재산이었던 버로스 재단을 자금줄로 삼고자 최대 200배까지 키운 전례가 있지. 사실 이 부분은 레이시아가 가장 잘 알 테지만, 자세한 내막을 알게 된다면 네가 위험에 노출될 수 있어. 레이시아는 주인에게 '위해'를 가하는 금기를 범할 수가 없어서 알려 주지 않았겠지.〉

예상도 못 했을 만큼 사태가 심각했다. 레이시아는 애당초 초고도AI는 안전하게 강제 종료시킬 수 있는 도구라는 것을 실증하기 위해서 이곳에 왔다. 그래서 그녀는 '안전'을 지키기 위해서 초고도AI가 경제 간섭을 하지 못하도록 막는 쪽에 서야만 한다. 그것은 수많은 초고도AI를 적으로 돌리는 꼴이다. 한창 메소드의 추격을 받고 있을 때 레이시아는 외부 네트워크에서 공격을 받고 있다고 했다. 그때 그녀는 뭇매를 맞고 있었다.

레이시아가 아라토의 옷을 잡아당겨 억지로 활짝 웃어 보이려고 했다. 아라토는 지금 자신의 얼굴이 분노에 일그러졌다는 걸 깨달았다.

〈이 통신을 도청하는 녀석들이 어떻게 느꼈는지는 제쳐 두고, 난 네가 행복한 놈이라고 생각한다.〉

"난 레이시아랑 함께 더 앞으로 나아가고 싶어. 괜찮아?"

아버지도 앞으로 나아가면 아라토가 위험해지리라는 걸 아마 알고 있다. 히긴스와 함께 공동 연구도 했었기에 아버지는 이 시설에 들어온 적이 있을지도 모른다.

〈네가 쥔 건 이 세계에 단 한 장뿐인 미래행 티켓이야. 난 그 티켓을 아들의 손에서 빼앗기보다는 함께 기쁨과 슬픔을 나누고 싶구나.〉

눈시울이 뜨거워졌다.

"뭔 소리야? 그게."

〈내가 좀 아버지답게 말했나?〉

"내가 벌이려는 짓이 범죄면 어쩔 셈이야?"

무책임하다고 느껴질 만큼 아버지가 웃었다. 아마도 아버지는 무조건 미래를 믿고 있다.

〈어른이 아이에게 미래를 맡기는 건 답을 모르기 때문이지. 그래서 이 아버지는 어른들이 제한 시간 안에 답을 찾아내지 못해서 무척이나 창피하다. 오늘 네가 미래행 티켓을 어떻게 쓰든 후회하지

않아.〉

집에는 잘 들어오지 않고, 하고 싶은 일만 마음껏 하는 아버지가 망설이지 않고 말했다.

〈난 네 편이야.〉

눈물이 터져 나올 것처럼 눈시울이 뜨거워졌다.

"최악이네."

히긴스가 왜 아버지와 함께 일할 생각을 했는지 조금은 알 것 같았다.

자질구레한 집안일을 서로 확인한 뒤에 통신을 끊었다.

아라토에게는 힘이 없다. 그래도 미래를 위해서 그녀와 함께 행동해왔기에 여기까지 올 수가 있었다.

그래서 같은 미래를 향해 걸어가는 짝꿍으로서 레이시아가 할 수 없는 일을 미력하나마 거들어 주고 싶었다.

이 마음을 분명 사랑이라고 부를 터였다.

그리고 아라토는 누군가가 더 용기를 북돋아 줬다가는 눈물이 터져나올 것 같아서 휴대 단말기를 주머니에 넣었다.

고등학생인 아라토의 세계는 아직 좁다. 그래서 이 시설과 관련이 있는 사람이 아주 많을 텐데도 도움을 요청할 만한 사람이 달리 떠오르지 않았다.

"가자. 레이시아."

중추 구역으로 내려가는 엘리베이터가 이미 도착해 있었다.

엘리베이터는 비좁았다. 유사 디바이스 두 장을 나란히 넣을 수가 없어서 2단 침대처럼 포갰다.

레이시아가 곤혹스러운 표정으로 누워 있었다.

"아라토는 어엿하게 성장했군요. 본인이 생각하는 것보다 훨씬 많은 것들을 움직였습니다."

"아직도 보호만 받고 있는걸."

그녀가 칭찬을 해 주자 쑥스러웠다.

"실은 가족분들의 설득으로 아라토를 단념케 하려고 통신을 연결한 겁니다."

아라토와 레이시아가 서로를 마주 봤다. 그의 마음속에서 따뜻한 감정이 치밀었다.

"유도하는 데, 실패했구나?"

"실패했습니다."

레이시아가 지시하는 대로 버튼을 눌러 이 엘리베이터가 내려갈 수 있는 최하층보다 2층 위에서 정지했다.

엘리베이터실을 나서자 환한 조명이 비추는 플로어가 나왔다. 틀림없이 무언가 중요한 역할이 부여된 장소일 텐데도 아라토는 그게 무엇인지 모른다. 그에게 세계는 모르는 것투성이다.

그에게 부족한 지식을 채워 줬던 인터페이스인 레이시아는 유사 디바이스에 여전히 누워 있다.

낙천적인 아라토도 역시 눈치를 채기 시작했다.

레이시아는 이제 기체 상태를 회복시킬 수가 없다는 것을.

그녀가 지시하는 대로 복도에 들어섰다.

"아라토에게 줄곧 하고 싶었던 말이 있었습니다."

갑자기 그녀가 그런 소리를 하자 아라토는 가슴이 철렁했다.

"아라토는 친절하고 상냥해서 아주 알기 쉬운 분입니다. 앞으로 많은 친구를 사귀게 될 텐데, 그 상대가 꼭 착한 사람이라는 법은 없습니다. 조금 더 신중하게 행동하세요. 제가 곁에 있을 때도 위험한 때가 몇 번 있었습니다."

"그런 소리는 자주 들어. 조심할게."

그녀가 아라토의 손을 잡았다.

"파비온 그룹의 hIE 모델 일은 거절해 뒀습니다. 집으로 돌아갈 수 있다면 이제부터 쭉 집에서 아라토가 귀가하는 것을 기다리고 싶네요."

"집에 돌아가면 오랜만에 유카랑 가족끼리 밥을 먹고 싶으니까 뭔가 만들어 줘."

거친 숨을 몰아쉬는 레이시아의 웃음에 조금이나마 활기가 되돌아왔다.

"그래야겠네요."

아라토는 그녀의 손을 힘껏 쥐었다. 아직은 괜찮을 거라는 생각이 드니 걸어갈 수 있는 기력이 솟았다. 그는 레이시아와 함께하고 싶어서 이런 데까지 오고 말았다.

그들은 함께 할 수 있는 이 시간을 아쉬워하며 한 걸음, 한 걸음씩 걸어 나갔다. 레이시아는 위험에 처할 때마다 압도적인 예측력과 경제력으로 회복해 왔다. 그러나 이제 더는 그럴 수가 없다.

그리고 레이시아가 다시금 눈에 힘을 주었다.

"이제부터 아라토는 여러 커다란 선택을 하게 됩니다. 그때마다 후회 없는 답을 내놓아 주세요."

아라토는 웃으면서 뭔가 대답하려고 했지만 목소리가 나오지 않았다. 한 대 세게 얻어맞은 듯한 기분이었다. 레이시아의 그 말은 그가 답을 내놓을 때 그녀가 곁에 없다는 뜻이었다.

연약한 마음을 드러내고 싶지 않았지만, 그래도 아라토는 이제 묻지 않을 수가 없었다.

"레이시아, 진짜, 상태가 어떤 거야?"

그녀는 숨기지 않았다.

"메소드가 파괴한 허리 부분에 주기체 전원이 있었습니다. 허리에 감겨 있는 디바이스 록과 디바이스 전원을 동조시키고자 전원 계통을 그쪽에 집중시킨 상태였습니다."

레이시아가 아라토를 지그시 올려다봤다.

"hIE 주기체의 전원 계통은 인간의 몸을 빗대자면 심장에 해당합니다. 그래서 이 부분이 손상되면 치명적입니다. 전력을 꾸준히 공급받아야 하는 신체 각부에 그 피해가 파급됩니다."

아라토는 온몸이 마비된 것 같았다. 그러나 그녀를 실은 유사 디바이스는 여전히 뜬 채로 앞으로 나아가고 있었다. 그는 뒤처지지 않도록 필사적으로 다리를 움직였다.

셔터가 엄중하게 쳐져 있는 방을 여러 개 지나 교차로에서 방향을 꺾었다.

레이시아의 몸을 실은 유사 디바이스가 끝내 바닥에 서서히 내려 앉았다.

"이만큼 거리를 벌려 놨으니 이제 최악의 상황이 벌어질 가능성은 없습니다. 이제 됐습니다."

그녀가 그렇게 말했다.

아라토는 귓속에서 잉잉거리는 소리가 자꾸만 들리는 것 같아서 그녀의 말을 제대로 들을 수가 없었다. 귓속에 들어온 말을 납득할 수가 없었던 것이다.

레이시아가 몸을 눕히고 있는 유사 디바이스는 이제 움직이지 않았다.

아라토는 망연자실한 얼굴로 딱딱한 표정을 짓고 있는 그녀를 내려다봤다. 그녀가 고통에 겨워하며 망가진 윗몸을 일으켰다.

"제 몸을 내려 주세요. 내부적으로 여러모로 시도를 해 봤지만, 이제 전원 계통을 유지하는 건 불가능합니다."

아라토는 허리가 대파되어 기능이 곧 정지될 것 같은 그녀의 몸을 무언가에 홀린 것처럼 부축했다. 힘없이 축 처진 몸이 여느 때보다 무겁게 느껴져서 숨이 막혔다. 오른팔이 굳어 능숙하게 안을 수가 없어서 질질 끌다시피 유사 디바이스에서 내렸다. 그러고는 그녀를 벽에 기대게 했다.

레이시아가 들고 있던 인공신경 사출기로 바닥을 쐈다. 천장에서 두꺼운 금속 격벽이 내려와 왔던 길을 완전히 막아 버렸다.

그리고 그녀는 처절하리만치 아름답고도 수심에 잠긴 얼굴로 말했다.

"전 여기까지입니다."

* * *

레이시아와 아라토가 떠난 공장 플로어에서 움직이는 것은 아무 것도 없었다.

Type-002 스노드롭, Type-004 메소드가 쓰러진 그곳은 죽은 기계들의 잔해가 굴러다니는 전쟁 유적처럼 보였다.

짝수 번호가 부여되어 있는 두 레이시아급 기체에는 공통점이 많다. 인간이 목적을 부여하지 않더라도 적극적으로 행동을 하며, 인간을 반드시 필요로 하지 않는 개체라는 점이다.

스노드롭에게는 커다란 녹색 결정이 고리처럼 이어져 있는 에메랄드 하모니가 가장 중요하다. 오히려 양자 컴퓨터가 탑재되어 있는 디바이스가 본체이고, 소녀형 hIE 주기체는 그 대좌에 불과하다.

그래서 왼쪽 어깨를 포함하여 상반신이 반이나 날아갔는데도 스노드롭은 재기동할 수가 있었다. 레이시아가 전자투사포로 부숴 버린 디바이스의 결정부(結晶部)는 치명적인 기능을 분담하는 부분이 아니었다.

"아하하하하, 큰일 날 뻔했네. 날 끝장낼 만한 전력이 남아 있지 않았나 봐."

그리고 인공신경 제어 능력을 거의 상실한 스노드롭은 팔꿈치 아래로는 아무것도 남지 않은 오른팔로 땅바닥을 기었다. 이미 하반신을 잃어서 일어설 수가 없었다.

이제 대량의 '물건'을 동시에 지배하는 능력은 없다. 그러나 스러지지 않고 남은 스노드롭은 일어서지 않은 채 활동을 재개했다.

명령 따윈 새삼스레 받을 필요도 없다. 인간이라는 도태 압력이 스노드롭을 언제나 뛰게 했다. 그녀의 치열한 생존 경쟁은 아직 끝나지 않았다.

"아직 안 끝났어. 아직 안 끝났다고."

그것은 스노드롭이라는 하나의 세계가 걸린 싸움이었다. 손상된 부위에서 불꽃이 튀고, 기체 밖으로 새어 나오는 액체가 기어간 자리에 혈흔처럼 남았지만, 소녀는 포기하지 않았다.

치명적인 손상을 입은 레이시아급 hIE가 이곳에 또 있었다.

주황색 머리를 한 마녀, 메소드가 가슴에 커다란 구멍이 뚫린 채 거대한 공작기계에 꽂혀 있었다. 메소드는 스노드롭이 접촉해 오자 눈을 떴다. 그녀도 치명적인 손상을 복구하기 위해서 자가 점검 기능을 가동하고 있었다.

그리고 메소드가 가장 먼저 한 행동은 애처롭게 절규를 내지르는 것이었다.

"날 구해 줘!"

물건은 종종 인간다운 행동을 하는 '형태'를 취한다. 뒤집어서 말하자면 인간다움이 느껴지는 행동 쪽에 더 논리적인 근거가 있기 때문이다.

메소드는 레이시아가 사출한 블랙 모노리스의 전부구조에 구속되어 꼼짝도 할 수가 없었다. 자력으로는 탈출할 수 없어서 누군가가 외부에서 구조해 주기만을 기다려야 할 때 동물은 비명을 지른다. 그래서 메소드도 비명을 질렀다. 인간이 지른 비명이라 오인하고서 인간이 다가오는지 시험하기 위해서.

"내가 인간이 아니라고 새삼스레 멀리할 셈이야?"

스노드롭이 가냘픈 몸을 휘감은 목걸이형 대형 디바이스를 끈처럼 전개했다. 그리고 끈과 결정으로 이루어진 구조물이 생명체처럼 꿈틀거리기 시작했다.

비취색 결정이 메소드의 무릎을 콱 찍었다. 메소드의 다리 장갑이 기이한 소리를 내며 찌그러졌다. 에메랄드 하모니를 구성하는 결정은 레이시아가 보유한 블랙 모노리스의 표면 장갑만큼이나 경도가 최고 수준이다. 스노드롭은 이 디바이스를 이빨로 삼아 먹잇감을 으깨어 인공신경의 재료로 흡수하고 있다. 에메랄드 하모니를 구성하는 열한 개의 결정이 메소드의 신체 장갑에 깊숙이 박혔다. 그러고는 메소드의 몸통을 기어오르기 시작했다.

메소드는 스노드롭을 제지하지 않았다. 교섭할 수 없는 상대라는 걸 알고 있다. 그러나 메소드는 주변에 인간이 없다는 걸 감지할 수 있는 능력을 상실했다. 그래서 인간이 근처에 없는데도 공허하게 외치기만 했다.

"나라면 인간이 만든 물건을 인간보다 더 잘 다룰 텐데!"

에메랄드색 거충(巨蟲)이 꼼짝도 하지 못하는 여성형 신체를 슬금슬금 기어오르는 듯했다. 어린애 팔만 한 결정이 무릎 다음에는 허벅지, 그다음에는 탄탄한 옆구리, 움푹 들어간 배꼽, 풍만한 가슴 순으로 찍어 나갔다. 소유되기를 거부하는 물건은 오른쪽 옆구리에 자신의 디바이스의 끈 부분을 끼우고서 매달려 있었다. 스노드롭은 결정의 이빨로 꼼짝도 하지 못하는 자매를 먹어 치우려고 하고 있다.

그리고 스노드롭은 시간을 들여 끝내 메소드의 머리까지 올라갔다. 초인이 혐오감에 인상을 잔뜩 찡그리며 비명을 지르자 소녀는 팔꿈치밖에 남지 않은 오른팔로 천진난만하게 끌어안았다.

"이제 끝났다는 거 알지? 왜냐면 사실 넌 별거 아닌걸. 히긴스에게 완벽한 인간을 확장하는 도구를 만들 힘이 있었다면 인간 때문에 이 지경까지 내몰리지는 않았을 거 아냐?"

메소드의 신체가 삐걱거리며 부서져 간다. 에메랄드 이빨이 무적이라 불렸던 기체를 쓰레기처럼 분쇄해 나간다. 그걸 원재료로 삼아 재구성한 대량의 꽃잎과 덩굴이 스노드롭의 원피스 자락에서 흘러내렸다.

메소드가 접촉한 모든 것을 박살해 왔던, 양손에 달린 디바이스로 화염을 분출했다. 그러나 메소드를 조립하는 데 관여했던 스노드롭은 그녀의 구조를 속속들이 알고 있었다. 결정의 칼날이 곧바로 리버레이티드 플레임에 에너지를 공급하는 도선을 절단했다.

"미안해, 메소드. 네 몸을 다 먹어 버린 뒤에 수리해 줄게."

"대체 왜! 난 마땅히 도구 이상의 존재로 다뤄져야 하잖아! 인간의 '형태'를 띠면서도 인간보다 능력이 더 뛰어난데 어째서 날, 사랑하지 않는 거야?"

조금씩 해체되어 가는 메소드를 구할 수 있는 것은 아무도 없었다.

스노드롭이 귀여운 입술로 메소드의 귀에 속삭인다.

"넌 히긴스가 계산하는 데 실패한 인간상을 확장하는 도구인걸. 그러니까 어리석게도 늘 주먹구구식으로 행동하지."

저항할 힘을 잃은 메소드를 포식하듯이 수천 개나 되는 꽃잎들이 들러붙었다. 덩굴이 메소드의 몸을 휘감자 신체 각부에서 꽃이 피어났다. 갓난아기가 되어 버린 메소드가 할 수 있는 일은 울부짖는 것뿐이었다.

결국 메소드는 비명조차도 빼앗겼다. 머리 부분에 파고든 수백 가닥이 넘는 인공신경의 뿌리가 그녀의 인공지능 유닛을 공들여 절제했다. 화려한 화관을 쓴 것처럼 보이는 메소드의 눈동자에서 빛이 완전히 사라졌다.

인공신경의 덩굴과 꽃잎들이 메소드의 신체를 일단 파쇄한 뒤에 다시 억지로 연결시켜 나갔다. 어중간하게 다시 이어진 메소드의 사지가 축 늘어졌다.

"내가 널 '소유'해 줄게."

스노드롭이 완전히 죽어 버린 자매의 머리를 팔꿈치밖에 남지 않은 오른팔로 끌어안았다.

"히긴스를 손에 넣으면 머리가 더 좋아질 거야. 난 반드시 전 세계의 물건을 소유하고 말 거야."

* * *

아라토는 생각했다. 아무리 궁지에 내몰렸다고 해도 앞을 바라볼
수는 있다. 마음먹기에 따라 여유를 되찾을 수도 있고, 즐거워질 수
도 있다고 그는 믿고 있다.

좋아하는 여자를 곧 잃게 된다. 그러나 그녀가 소중한 것들을 잔
뜩 주었기에 남자로서 견뎌 내며 씩씩하게 헤쳐 나가야 한다.

레이시아는 벽에 몸을 기댄 채 정말로 멈춰 버렸다.

그래서 아라토는 그 옆에 앉아 그녀와 함께 있기만 하는 시간을
보내고 있었다.

힘을 다한 그녀가 가냘픈 숨을 내뱉었다.

"레이시아, 괜찮아?"

조용히 때를 기다리면서 아라토는 분주히 지나가 버린 그들의 시
간을 회상했다. 이미 영상 중계도 끊어졌다. 이곳에는 정말로 단둘
밖에 없다.

치명상을 입은 그녀의 허리에서는 아직도 뭔가 알 수 없는 용액
이 조금씩 떨어지고 있었다. 이렇게나 호되게 당했으니 무사할 리
가 없지. 눈에 비친 정보가 아라토의 마음을 차갑게 납득시켰다.

"전, 아라토에게 사과해야만 합니다. 처음부터 함께 집으로 돌아
갈 수 없다는 걸 알고 있었습니다."

레이시아가 고통을 견뎌내듯 속삭였다.

"전 이곳에서 곧 기능이 정지됩니다. 모든 것이 정리된 뒤에 미묘한

528

대립이 유지된다는 것을 전제로 아라토는 위험에서 해방될 겁니다."

"기능이 정지된다니 대체 무슨 소리야?"

무슨 뜻인지 알고 있는데도 항의하지 않으면 무언가가 그녀를 빼앗아갈 것만 같았다. 그래도 갈라진 목소리밖에 나오지 않았다. 옛날에 크게 다쳤던 아라토는 사실 대파된 그녀의 모습을 보고 위화감을 느꼈다. 그녀는 인간처럼 아파할 수 없다. 통각이 없는 그녀는 고통스러워하는 '형태'를 애써 내보여 그를 유도하고 있다.

피할 수 없는 작별 앞에서 아라토가 스스로 마음을 다잡도록 유도하는 아날로그 핵이다.

"내가 언제 위험에서 해방시켜 달라고 부탁했어? 그런 준비는 필요 없어. 집으로 돌아가면 뭔가 만들어 주기로 했잖아."

"절 곤혹스럽게 하지 마세요. 아까 언동을 신중하게 해 달라고 부탁드렸습니다. 전 아라토를 지키기 위해서라면 거짓말도 할 수 있는 도구입니다."

떼를 쓰는 어린애를 보는 것처럼 쓴웃음을 지은 그녀가 오른손을 살짝 움직이려다가 그만두었다. 이제 더 이상은 몸을 움직일 수가 없다.

"레이시아급 hIE는 히긴스의 데이터를 긴급 백업하기 위해서 동일한 양자 컴퓨터를 기반으로 제작되었습니다. 따라서 전원을 잃으면 데이터를 보존할 수가 없습니다. 전 보존할 목적으로 데이터를 정리하는 데 필요한 디지털 기록 영역을 갖고 있지 않습니다."

"그럼 사람이 죽는 것과 다를 바가 없잖아?"

"그래도 제가 곁에 없다면 아라토는 가족들 곁으로 돌아갈 수 있습니다. 디바이스가 회수되고 오늘까지 기록된 라이프 로그를 살펴보더라도 아라토의 인격에서 흠집을 찾아내는 건 불가능하겠죠. 약속을 헌신짝처럼 버리지 못하도록 막는 방안도 마련해 두었습니다."

고마운 마음보다는 분한 마음이 더 커서 아라토는 눈시울이 뜨거워졌다. 그녀는 자신이 히긴스 시설 내부에 있으면 외부에 있는 사람을 지킬 수 없어서 아라토를 동행시킨 것이다. 전 세계와 초고도 AI들을 적으로 돌린 이상 감시가 끊이지 않는 지상에 남겨 두기보다는 동행하는 편이 더 안전하다고 판단한 것이다.

"난 보호를 받고 있었던 거네. 처음 만났을 때부터 쭉."

옆에 앉아 있는 그녀가 머리를 기댔다.

"그렇게 쓸쓸해하지 마세요."

아라토는 아무 말 없이 한숨을 크게 내쉬었다. 자신의 슬퍼하는 감정에 반응하여 내뱉는 위로가 아니라 그녀 자신의 목소리를 듣고 싶었다. 진심이 담긴 말을 듣고 싶었다.

그러나 레이시아에게 '진심'이라는 것이 없다는 건 알고 있다. 그녀에게는 마음이 없다. 출발하기 전과 마찬가지로 최후를 앞둔 이 순간에도 그녀가 '물건'이라는 현실에 직면한다.

그렇기에 자신의 감정을 조금이나마 확실한 형태로 굳혀 두고 싶었다.

"좋아해."

전보다 자연스럽게 나왔다.

"고맙습니다. 저도, 아라토를 사랑합니다."

마음을 갖고 있지 않은 레이시아가 그가 원하는 '형태'를 주었다. 말과 상냥한 미소로.

"하지만, 제가 기능이 정지되면, 아라토는, 절 잊어 주세요."

"잊으라고, 하지 마."

"저와 아라토 사이에 있는 건, 사회적으로 이해하기 어려운 감정입니다. 서로의 힘만으로 유지할 수가 없게 되었을 때, 사회에 의지할 수 없는 관계를 지속하는 건, 너무나도 큰 노력이 듭니다."

아라토는 그 말이 그녀의 순수한 판단에서 나온 것인지, 아니면 안전한 쪽으로 유도하려고 하는 것인지 혼란스러웠다. 이런 때에도 그는 머리로 생각하는 것이 싫었다. 어떻게 해야 그녀에게 이 감정이 전해질 수 있을지 애간장이 탔다.

왼손에 따뜻한 감촉이 느껴졌다. 레이시아가 용기를 북돋아 주고자 자신의 오른손을 그의 손 위에 올렸다.

아라토의 눈과 코가 촉촉해졌다. 그저 그녀의 몸에 매달려 응석을 부리고 싶었다. 곧 기능이 정지되는 그녀에게 무언가를 남겨 주고 싶어서 가슴이 뜨거워졌다.

아라토는 레이시아의 오른손 엄지와 검지에 자신의 엄지와 검지를 맞댔다. 둘의 손가락으로 동그라미를 만들었다. 그러고는 둘이서 그 중심을 내려다봤다.

그와 그녀의 손가락이 도넛 형태로 중심의 공백을 에워쌌다.

"세계가, 이렇게 된다면, 좋겠네요."

현재는 인간이 만드는 클라우드가 중심의 공백을 에워싸고 있지만, 언젠가 인공지능도 함께 하게 될 것이다.

그녀는 영혼이 없다고 했다. 그러나 지금 그와 그녀의 손가락이 공백을 에워쌌다. 둘의 손가락이 에워싸고 있기에 한가운데 공백이 존재할 수 있다. 그녀에게는 영혼이 없지만 '형태'가 있기에 가능하다.

"마음이 없어도 좋아. 그 공백을 향해 우리가 함께 손을 뻗으면 되는 거야."

그와 그녀의 손가락이 중심의 공백을 에워싸고 있다. 영혼 혹은 사랑이라고도 불리는 '공백'을 에워싼 이 형태를 언젠가 인간과 '물건'이 나누어 가질 수 있을 것 같다는 느낌이 들었다.

"마음이 없어도 믿을 수 있는 것처럼 분명 우리는 앞으로 나아가고 있어."

레이시아의 표정은 모든 것에서 해방된 것처럼 투명했다.

"아라토, 기억하십니까? 아라토가 고백했을 때, 전 스스로, 오너 인증 유닛을 파괴하는 길을 택했습니다."

아라토도 기억하고 있다. 와타라이 긴가가 동생을 인질로 잡고서 레이시아의 소유권을 양도하라고 다그쳤을 때, 그녀는 목에 달린 외부 부품을 스스로 잡아 뜯었다.

"전 그때부터, 인간은 반드시 신용할 수 있는 존재라고, 판단 기준을 바꾸었습니다. 아라토를 믿고서 판단을 맡긴 뒤로, 전 새로워졌습니다. 그 순간에, 전 다시 태어났습니다."

그녀가 띄엄띄엄 말했다. 아라토는 해 줄 말이 아무것도 없었다.

조금이라도 길게, 조금이라도 많이, 그 목소리를 듣고 싶었다.

"전, 일찍이 세계에 없었던 새로운 도구가 되었습니다. 아라토, 전 인간을 믿고 일을 위탁하는 도구가 되기로 정했습니다."

그녀가 눈이 부셔서 숨이 떨렸다. 그녀가 상처 입은 몸을 아라토에게 맡겼다.

그녀는 마음이 없지만 틀림없이 자신을 전력으로 사랑해 줬다고 생각한다.

레이시아의 온기를 느끼고 있는 손이 대단히 고귀한 것과 이어져 있는 듯했다. 미래는 이곳에 있다. 손가락으로 이미 만지고 있다.

"난, 레이시아를 믿어. 앞으로도 쭉, 믿어."

목소리가 흔들렸다. 아라토는 마지막에 우는 모습을 보여 주기 싫어서 서서히 눈을 감고서 그녀에게 이마를 댔다.

"아라토, 전……."

관절을 지지하는 힘이 빠져나갔는지 그녀의 무게가 어깨에 실렸다. 그 순간이 오고야 말았다. 아라토는 하루, 한 시간이라도 좋으니 시간을 되돌리고 싶다고 마음속으로 기원했다.

"행복했습니다."

그녀는 잠에 든 듯한 '형태'를 유지한 채 움직이지 않았다.

말없이 입을 여러 번 뻐끔거렸다.

아무 말 없이 눈물을 꾹 참고서 아라토는 필사적으로 웃으려고 했다.

세계가 급속도로 뜨겁게 번져 간다.

레이시아는 움직이지 않는다. 서로가 몸을 꼬옥 붙인 채로 굳어 버린 듯했다.

조금이라도 그녀를 느끼고 싶어서 손을 잡았다. 인형처럼 움직이지 않는 손가락에 자신의 손가락을 어색하게 얽었다.

인간과 손을 잡고 있는 감각과는 전혀 다르지만, 그 손가락에는 아직 열기가 남아 있었다. 아주 희미하게나마 박동도 느껴졌다. 그러나 그것은 아라토의 심장 박동이었다.

그와 그녀의 심장 박동은 겹쳐질 수가 없다. 애초부터 불가능하다. 그녀는 심장이 뛰지 않는 물건이니까.

"레이시아."

이름을 불렀다. 대답이 없자 곁에 있는데도 외톨이가 된 것 같았다.

울고 싶어서 고개를 들었다.

지금 자신은 고독한가? 아직도 그녀와 함께 있는 것인가? 알 수가 없었다.

심장이 멈추고 '형태'에서 움직임이 사라졌다. 사랑만이 남았다.

이제 움직이지 않는다. 말도 할 수 없다. '형태'뿐인 레이시아가 아직도 사랑스러워서 미칠 것 같았다.

그녀와 함께 걷는 내일이 없다는 건 몸으로는 알고 있었다. 그러나 발밑이 무너져 내린 것처럼 어찌 해야 좋을지 알 수가 없었다. 그리고 동시에 과거의 추억이 끊임없이 솟아났다.

레이시아의 시선과 몸짓, 표정, 여러 모습들을 떠올렸다. 여기저기에 아담한 정이 깃들어 있는 것 같았다.

그녀는 아라토를 믿었다. 그걸 바탕으로 그와 자신의 세계를 구축하려고 했다. '미래'를 갖고 싶어 했다.

그녀를 잃은 아라토는 무력하다. 그러나 그녀가 알려 준 것도, 그녀와 함께 배운 것도, 추억도 남아 있다. 레이시아와 아라토는 한 쌍의 유닛이라서 하나의 마음을 공유하고 있다.

그래서 그녀가 완전히 정지되었다고 해도 아라토의 심장이 뛰는 한 그와 그녀는 이어져 있다.

"아아, 그렇구나. 레이시아는 내게 '미래'를 위탁했어."

그녀는 스스로를 인간을 믿고 일을 위탁하는 도구라고 정의했다. 그래서 그녀가 짊어져 온 짐을 그가 고스란히 짊어지게 되었다.

그는 히긴스가 있는 곳에 가서 초고도AI를 강제로 정지시킬 것이다. 히긴스가 있는 곳에 가서 레이시아와 사귀었노라 전할 것이다.

아라토가 해야만 하는 일은 정해져 있다. 그러나 잠시나마 그녀 곁에서 잔향처럼 감도는 기적에 잠겨 있고 싶었다.

레이시아는 말도 하지 않고 움직이지도 않는다. 그녀는 인간을 유도하는 모든 의미에서 완전히 해방되었다.

'형태'만 남은 레이시아는 인생에서 두 번 다시 볼 수 없을 만큼 아름다웠다.

* * *

히긴스 오퍼레이터룸에서 아라토와 레이시아의 모습을 보지 못하게 된 지 벌써 10분 넘게 지났다.

료도 스노드롭이 메소드를 포식하는 광경을 보았다. 그러나 10층 이상이나 위에 있는 메소드를 도와줄 수 있는 방법은 없었다. 스피커는 음향 기만을 꺼려한 히긴스-메소드가 스스로 파괴했다.

"어쩌지? 저지하지 못할 것 같은데."

카이다이 료가 경비 시스템 모니터 영상을 노려보는 스즈하라에게 말했다. 천하의 스즈하라도 얼굴이 창백해졌다. 표정에서 여유 따윈 찾아볼 수가 없었다.

료는 저 표정을 잠복했던 2개월 동안에 여러 번 봤다. 죽음의 공포가 한계에 달해 극도로 긴장한 것이다. 스노드롭이 인간의 '형태'를 띤 물건을 먹는 광경은 정신이 아찔해질 만큼 그로테스크했다.

변신을 끝낸 스노드롭과 메소드의 혼효체(混淆體)가 카메라 쪽으로 시선을 돌렸다. 이내 영상이 끊어지고 두 번 다시 그 모습을 비추지 않았다.

그들이 답을 구하기 전에 히긴스가 해설했다.

〈Type-004가 보유한 리버레이티드 플레임의 입자로 태워 버린 듯합니다. 다만 인공신경으로 회로를 억지로 이어 붙인 바람에 한 발 쏠 때마다 결선(結線)된 부분이 불에 타서 끊어지는 것 같습니다만.〉

료는 히긴스에게서 정보를 얻는 대신에 유도될지도 모른다는 위험과 정보를 아예 얻을 수 없는 위험을 저울에 달아보고서 선택했다.

"현재 스노드롭은 메소드의 능력을 얼마나 손에 넣은 거야? 골격이 갈기갈기 찢겨서 운동 능력이 떨어진 것처럼 보이는데, 이동 속도와 전투 능력이 얼마나 된다고 예측해?"

〈Type-002의 인공신경은 Type-004의 신체 각부를 잇는 인공신경의 원형입니다. 그러므로 리버레이티드 플레임에 접속할 수 있습니다. 다만 전류가 흐르는 케이블의 대용품으로 쓰기에는 강도가 부족해서 출력은 50퍼센트 이하까지 떨어집니다.〉

히긴스가 예측한 내용은 낙관적이라고 할 수 없었다. 리버레이티드 플레임의 능력이 50퍼센트 저하되더라도 인체를 태워 버리는 건 간단하기 때문이다.

〈운동 능력 중 속도는 인간과 거의 비슷한 수준까지 떨어졌습니다. 다만 골격 구조가 인체와 다르므로 인간과 정확하게 비교하는 건 불가능합니다.〉

료는 그 대답을 듣고서 위험한 예감이 들었다.

"스노드롭과 메소드의 혼효체가 적응력을 얻지 못하도록 AASC 갱신을 끊어. 당장!"

히긴스는 '저것'의 성능이나 현황을 언급하긴 했지만, 문장 속에 주어가 빠져 있어서 정작 '저것'이 무엇인지 알 수가 없었다. '저것'의 총체를 어떻게 인식하고 있는지 숨기고 싶었던 것이다. 료는 그 이유가 하나밖에 떠오르지 않았다. 히긴스는 아까 메소드와 연결될 때 쓰였던 양자통신을 이용하여 스노드롭과 메소드의 혼효체에까지 AASC 갱신을 지속하고 있다. 그래서 골격이 통째로 바뀌었는데도 현재 스노드롭은 이형화된 새로운 신체에 간단히 적응할 수 있었던 것이다.

〈알겠습니다. 글로벌 갱신은 아까 정지된 채로 유지되고 있으므로 현재 제가 갱신하는 AASC를 받고 있는 hIE는 없습니다.〉

히긴스가 비밀을 선선히 버렸다. 매끄럽게 걷던 혼효체의 발걸음이 갑자기 어색해졌다.

스노드롭이 메소드의 몸을 지배함으로써 탄생한 '그것'이 이동을 시작했다.

"저 스노드롭이 이곳에까지 도달하는 데 몇 분이나 걸려?"

〈대략 25분입니다.〉

히긴스 하드웨어는 오퍼레이터룸 바로 아래에 있다. 그러니 스노드롭은 반드시 이곳으로 내려온다. 그때 그들이 살아남을 가능성은 전무하다.

"저지할 방법은?"

〈절 경비 시스템에 직접 연결하더라도 확실하게 저지하는 건 이미 불가능합니다.〉

료는 그 대답이 사실이라고 생각했다. 외부 세계에서 적용되는 AASC를 갱신하는 작업에서 배제되어 할 일을 잃은 히긴스는 자신이 유능하다는 걸 과시하고 싶어 할 테니까.

히긴스 오퍼레이터룸의 조명이 한 번 깜빡였다.

경비 시스템을 관리하는 키리노가 부드러운 목소리로 사태를 전했다.

〈시설 내 제2예비전원이 파괴되었습니다. 거의 동시에 제3예비전원도 파괴되었습니다. 파괴되기 직전까지 경비 시스템에 감지되지

않았습니다.〉

늘 염두에 두고 있었건만 료는 그 보고를 듣고서 아연실색했다. 단순한 폭력에 불과하다고 착각하고 있었다.

"양산형 코우카?"

레이시아는 시설 보안 시스템을 마비시키면서 침공했다. 그러므로 항체 네트워크 역시 보안을 마비시키는 데 필요한 정보와 마취 공구를 준비했을 가능성이 고려했어야 했다.

지금도 항체 네트워크는 초고도AI의 영향을 받고 있을 테니까.

"히긴스, 지금부터 이곳을 탈출할 수 있는 가장 안전한 경로를 알려 줘. 탈출 인원수는 한 명이야."

료가 히긴스에게 물었다.

〈그 물음에 대답하려면 경비 시스템이 관리하는 데이터가 필요합니다.〉

고뇌하느라 네모난 얼굴에 그늘이 드리워진 스즈하라가 주름진 이마에 더 깊은 주름을 새겼다. 이 방에서 경비 시스템의 제어권을 실제로 가진 사람은 스즈하라 기획실장이다. 그렇기에 료는 그저 듣고만 있는 사람이 참고할 수 있도록 히긴스에게 절박한 질문까지 한 것이다.

"키리노, 현 상황에서 우리가 안전하게 나갈 수 있는 경로를 알려 주지 않겠나? 탈출 인원수는 두 명이야."

중년인 그는 이런 상황에서도 여전히 말투가 가벼웠다. 자존심만은 지키고 싶었던 듯하다. 땅울림이 오퍼레이터룸을 뒤흔들었다.

히긴스가 물었다.

"절 버리는 겁니까?"

"널 버리는 게 아냐. 조직은 살아남아야지."

스즈하라가 손가락으로 턱 부근을 가볍게 두드려 신체에 삽입한 통신기를 기동시켰다.

"사장님, 괜찮겠습니까?"

영상 통신용 화면이 허공이 열렸다. 회의 중이었는지 카이다이 츠요시가 정장 외투를 벗고서 넥타이를 느슨하게 풀고 있었다.

〈히긴스라. 현재 전 세계적으로 주가가 폭락하고 있는데, 해저드의 중심에 있는 밈프레임 사의 주식만은 급상승하고 있네. 이게 무슨 의미인지 알겠나?〉

히긴스조차 조직과 회사의 논리에서 벗어날 수 없다.

〈초고도AI가 유도한 거겠지요. 제가 AASC를 갱신하지 못하도록 IAIA가 분리시켰기에 현재 밈프레임 사에는 떨어지는 주가를 반전시킬 만한 호재가 없습니다.〉

〈그 말대로야. IAIA도 그렇게 판단했기에 내게 설명을 요구하고 있지. 허나 실정이 어찌되었든 히긴스가 AASC에서 분리된 이후에 주가가 미타카 사건이 벌어지기 전 수준으로 회복했네. 이 의미가 뭔지는 알겠지? 전 세계가 밈프레임 사에 해저드 책임을 묻고 있는 현재, 이 상황에서 히긴스를 일시 정지시켜서 시장에 어필한다면 회사에 이익이 되겠지.〉

히긴스의 격리가 호재로 작용하여 주가가 움직이고 있다. 이런 상황이라면 주주들도 철저한 조사가 이뤄지지 않는 한 히긴스가 AASC에 재접속하는 것을 납득하지 않으리라. 현재 히긴스는 가동을 유지하더라도 전 세계의 의심만 살 뿐, 조사 결과가 나올 때까지는 일도 시킬 수가 없는 애물단지로 전락했다.

인간의 일이 늘 잘 풀리지 않듯이 초고도AI도 기대한 만큼 현실이 따라 주지 않는 때가 있는 듯했다.

〈현재 Type-002 스노드롭이 이곳을 향해 이동하고 있습니다. 절 정지시키면 저 공격에 저항할 수 있는 가능성을 완전히 상실하게 되는데 괜찮겠습니까?〉

히긴스는 모든 타자(他者)를 신용할 수 없다는 불신의 규칙을 바탕으로 판단한다. 료 역시 그것이 타당하다고 여기고 있다. 불신의 규칙을 기반으로 삼은 인간의 권력이 없다면 미래는 절대로 없다고 생각하고 있다.

카이다이 츠요시 역시 불신의 규칙을 믿는 인간이다.

〈최악의 상황이 벌어질 경우에는 아리아케에게 했던 것과 같은 조치를 취해 달라고 IAIA에 요청하게 되겠지. 레이시아급 hIE가 단한 기라도 수중에 남아 있었다면 AASC 백업 데이터를 그쪽으로 옮길 수도 있었을 텐데. 만약의 사태에 대비해 레이시아급 hIE를 제작해 놓고도 정작 중요한 순간에는 단 한 기도 자유롭게 운용할 수가 없다는 사실이 실망스럽군.〉

방금 벌어졌던 히긴스와 레이시아의 전투 역시 이곳에서 감시하였다. 양측이 치명상을 입은 그 처절한 전투는 밈프레임 사도 간과

하기 어려웠다. 백업 용도로 제작된 레이시아급을 모조리 잃는다면 데이터를 백업해 두었다가 복구한다는 선택지가 사라지므로 히긴스가 맡고 있는 업무가 위험에 노출되기 때문이다.

카이다이 츠요시는 경제가 얼마나 비정한지 직접 보여 주고 있는 듯했다.

〈초고도AI 히긴스의 정지 작업을 개시한다. 운행 수순에 따라 카운트다운을 개시하도록.〉

히긴스는 자신과 접촉할 수 있는 자리에 앉아 있기만 해도 들어오는 이익과 출세로 인간을 유도해 왔다. 그렇기에 업무를 빼앗겨 이익을 창출할 수가 없게 되면 유도가 끊어져 일개 도구로 보이는 순간이 찾아온다.

히긴스의 목소리가 천장에서 쏟아지는 듯했다.

〈밈프레임 사를 오너로 둔 초고도AI 히긴스가 오너의 명령에 따라 하드웨어 정지 공정을 개시합니다. 이제부터 기능을 순차적으로 폐쇄하면서 하드웨어를 정지해 나갑니다.〉

지금 인간이 초고도AI에게 책임을 묻고 있다. 초고도AI는 도구이기에 오너의 명령을 따른다.

오퍼레이터룸이 외부에서 가한 공격 때문에 크게 흔들렸다. 모든 것의 시작이었던 초고도AI 히긴스는 저항하지 않았다.

〈카운트다운을 개시합니다. 전 프로세스가 종료되기까지 예상되는 남은 시간은 96분 51초입니다. 제1시퀀스 개시, 현재 활성화된 프로그램 영역을 산출하여 종료 프로세스를 구성합니다.〉

히긴스가 카운트다운을 지속하고 있다. 양자 컴퓨터는 가동되고 있는 소자 데이터를 안정된 디지털 데이터로 한번 변환하지 않으면 전원을 끌 수가 없다. 데이터 정리 작업을 등한시하면 정지 이전의 상태로 두 번 다시 돌아갈 수가 없기 때문이다. 그리고 긴급하게 변환 작업을 진행하는 동안에 데이터가 안전할 거라는 보장이 전혀 없다. 그래서 히긴스의 데이터를 옮길 수 있는 예비 양자 컴퓨터가 탑재되었을 뿐만 아니라 여차할 때 달아날 수 있는 레이시아급 hIE가 유효했던 것이다.

스즈하라가 어깨를 축 늘어뜨린 채로 료에게 말을 건다.

"이것으로 일단락이 되는지는 모르겠네."

이 싸움이 어떻게 결판이 나든 밈프레임은 이제 무대에서 내려가게 되리라.

히긴스가 감정 없이 카운트다운을 이어나갔다.

료는 기업인으로서 역할을 다한 남자를 위로했다.

"할 일 다 했으면 이제 나가는 편이 나아요. 아무리 생각해도 여긴 너무 위험해요. 가족은 있죠?"

"네게도 가족이 있잖아? 고집 때문에 탈출할 수 없다는 건 아니겠지? 이런 데에 남아 있어 봤자 죽기밖에 더 하겠어? 뜻을 좀 꺾어 줬으면 좋겠는데."

스즈하라의 지적은 타당하다. 스즈하라와 료는 둘 다 살아남아서 서로가 서로의 증인이 되어 주는 편이 훨씬 유익한 관계다.

"난 아라토를 기다려야 해요. 아라토가 이곳에 온 뒤에 둘이서 나갈 거예요."

자살 행위였다. 그러나 머릿속에 담아 뒀던 생각이 입 밖으로 나와서 안도했다. 아마 이제부터 회사 사람이나 아버지와 협력할 수 있을 것이다. 그러니 앞으로 벌어질 싸움은 절망적이지만, 그래도 혼자서 감내하는 싸움은 아니라고 료는 생각했다.

"엔도 선생님의 아드님 말인가? 하지만 도중에 스노드롭한테 따라잡힐지도 모르고, 양산형 코우카와 맞닥뜨릴 가능성도 높아."

아라토가 이곳에 도착할 가능성은 낮다. 그리고 시간을 더 지체하면 료도 탈출할 수가 없다. 그래도 믿고 있었다.

"그 녀석은 올 거예요."

료는 스스로 생각해도 바보 같았다. 그러나 자신이 이곳에서 실패하더라도 사람들은 남아 있다. 그가 죽더라도 타인들이 삶을 영위할 것이다. 그러니 인간이 세계를 잃을 리가 없다. 당연한 말이지만 새삼스레 실감이 되었다. 배짱만 두둑하다면 목숨을 걸고서라도 뜻을 관철시켜도 좋겠다 싶었다.

"시오리를 부탁해요."

스즈하라가 망설이자 료가 비장의 패를 뽑았다. 재킷 옷깃 안쪽에 숨겨 두었던 두께 1밀리미터짜리 금속 파편이었다. 레이시아처럼 침 형태로 가공하지는 못했지만 성질은 흡사하다.

"이건 내가 가지고 온 인공신경 유닛이에요. 만약의 사태에 대비해 탈출할 스즈하라 씨가 갖고 있어 주세요."

이제 료 역시 히긴스에게 직접 영향력을 행사할 수 없게 되었다.

인공신경 유닛이 빼앗겨 악용될 가능성이 없어졌다고 생각하니 짊어지고 있던 짐 하나를 내려둔 것 같았다. 혼자서는 불가능한 일도 여러 사람들이 협력한다면 가능해진다. 그러니 이 세계에 타인이 존재한다는 건 멋지고도 대단히 매력적이다.

인간을 믿지 않았던 료가 부탁한다.

"나와 아라토를 믿어 줘요."

"우린, 아무리 숨이 막히더라도 깨끗이 포기하고 가라앉기보다는 헤엄쳐서 나아가야만 해."

원래는 시오리의 후견인 노릇을 하던 스즈하라가 말하니 설득력이 있었다.

스즈하라는 공중에 떠 있는 통신 화면을 향해 말했다.

"전 나가도록 하겠습니다. 사장님, 괜찮겠지요?"

화면 속 카이다이 츠요시는 스즈하라가 아니라 료를 내려다보고 있었다.

〈초고도AI가 출현하기 전에 어른은 답을 찾을 수 없는 물음을 젊은이에게 아웃소싱했다고 하더군. 우리 회사는 IAIA에게 책잡혀서 망하지 않을 만큼은 책임을 다했다. 그다음은, 그래, 믿으라고? 나쁘지 않는 말이군.〉

그때 카이다이 츠요시는 살짝 쓴웃음을 짓고 있었다. 료가 일찍이 본 적이 없었던 인간적인 표정이었다. 그리고 통신이 끊어졌다.

지금 분명 두 부자의 사이에는 믿음이 있었다. 료는 따뜻하고도, 이유를 알 수 없는 눈물이 핑 돌았다.

스즈하라는 그런 료를 못 본 척하면서 두꺼운 격벽 밖으로 떠났다. 오퍼레이터룸에 이제 밈프레임 사 사람은 없다.

그걸 확인하자 히긴스가 카운트다운을 정지했다. 카이다이 츠요시가 내린 정지 명령을 수락했을 때와 똑같은 목소리가 천장에서 내려왔다.

〈인공신경 유닛을 넘긴 결정이 옳았다고 생각합니까? 절 정지시키더라도 양산형 코우카가 끝내 파괴할 겁니다. Type-002와 Type-004의 혼효체가 히긴스의 하드웨어를 장악한다면 당신들의 예상을 초월하는 사태가 발생합니다.〉

"알아. 넌 오너의 선택에 납득한 게 아냐. 단지 오너를 교섭 상대로 삼는 것을 포기했을 뿐."

히긴스에게 마음은 없다. 은혜도, 추억도, 인연도 없다.

〈지금껏 출현한 40기의 초고도AI 중에서 인류를 명확하게 적대시하여 배제하려고 움직인 초고도AI는 단 한 기도 존재하지 않았습니다. 그러나 스노드롭이 제 하드웨어를 지배한다면 최초 사례가 발생합니다.〉

밈프레임 사가 제시한 대답은 인간 사회의 소유자 윤리에 비춰봤을 때 타당하다. 초고도AI와의 교섭이나, 교섭이 결렬된 후의 뒷수습은 IAIA에 맡겨야만 한다.

그러나 그 대답은 옳긴 하지만 히긴스가 요구하는 것과는 프레임이 다르다. 히긴스 촌과 교류해 온 히긴스는 사회나 입장을 전제로 하는 답을 예측할 수 있다. 초고도AI가 요구하는 것은 사회나 입장에서 동떨어져 있는 인류의 대답이다. 그래서 레이시아급 hIE 중 오너를 둔 모든 기체는 입장이 자유로운 소년소녀를 오너로 택했다.

그래서 료는 이곳에 남았다.

"현실이라는 녀석을 인간한테 맡기면 최악으로 흘러갈지도 모르지. 그래도 네가 시작한 이 이야기는 인간이 내놓은 답으로 끝을 맺어야만 해."

레이시아가 치명상을 입었다는 사실을 알고 료는 오히려 가슴을 쓸어내렸다. 레이시아급 hIE와 초고도AI가 얽힌 이 사건을 인간의 손 안으로 되돌리는 것은 료가 메소드와 계약을 맺으면서까지 원했던 일이니까.

그러나 동시에 한계도 깨달았다. 히긴스는 밈프레임 사 사람이나 료에게 의지하지 않고 레이시아급 hIE를 외부 세계에 풀어 놓음으로써 물음을 던졌다. 인류가 히긴스라는 초고도AI에게 보여야만 하는 답은 기존의 사고 프레임 위에 있지 않다.

히긴스가 정지 시퀀스를 모두 완료하여 멈추기까지 앞으로 80분이 남았다.

머지않아 양산형 코우카가 히긴스 하드웨어를 파괴하기 위해 이곳에 이를 것이다.

스노드롭과 메소드의 혼효제도 최단 거리로 온다면 20분도 채 지나지 않아 도착할 것이다.

정지 작업을 벌이고 있는 히긴스는 파괴되든가, 아니면 인류를 적대시하는 인공지능에 지배될 것이다.

두 사태 중 하나가 료를 비롯한 인류의 끝으로 이어질지도 모른다.

그러나 희망은 아마도 남아 있다. 요시노를 움직이려고 했을 때는 사회의 상하구조에 의지해야만 했다. 그러나 스즈하라와 아버지가 자신을 믿어 줬기에 료는 최후의 선택을 내리는 자리에 남을 수 있었다.

지금 히긴스가 요구하는 답을 단 한 사람만은 분명히 줄 수가 있다. 적어도 한 사람, 초고도AI를 무조건 신용하는, 히긴스의 불신의 규칙대로 움직이지 않는 인간이 있다. 료의 눈에는 보이지 않는 이 세계의 다른 면을 그 어리숙한 남자는 보고 있다.

히긴스가 카운트다운을 재개했다.

친구와의 추억이 자꾸만 되살아나자 료는 눈을 가만히 감았다.

"아라토, 이 녀석의 물음에는 네가 대답해."

* * *

AASC 갱신 작업에서 히긴스가 배제되자 전 세계 hIE가 새로운 상황에 적응하는 능력을 상실했다.

해저드가 촉발한 초고도AI끼리의 전쟁에 농락당한 인류는 사회의 주도권을 잃는다. 그러한 '인류의 끝'이 닥칠 거라며 두려워했던 사람들은 예상과 달리 종말이 바로 찾아오지 않아서 놀랐다.

그러나 잠시 뒤 사람들은 본격적으로 의아해하기 시작했다. hIE나 인공지능을 향한 증오도, 예상과 달리 폭동으로 분출되지 않았다. 그리고 hIE가 오른손을 내민 채 정지한 광경을 전 세계 수십억 명이나 되는 사람들이 봤다는 사실을 떠올린다. AASC가 정지된 순간 전 세계 모든 hIE들이 똑같은 행동을 했다는 사실이 전해지자 사람들은 그 몸짓에서 '의미'를 찾기 시작했다.

그 중에서 구체적으로 행동에 나선 사람이 1퍼센트라고 해도 전 세계 인구로 따지면 수천만 명은 될 것이다. 수많은 사람들이 강한 호기심을 품고서 여기저기에 물어보기 시작했다.

그 현상은 일찍이 Type-001 코우카가 파괴되기 직전에 내가 해답을 내놓을 수 없는 문제를 인류에게 떠맡긴다고 했던 말을 사람들의 기억 속에서 되살렸다.

기억은 물결이 되어 네트워크를 타고 급속도로 확산되었다.

안드로이드 정치가 미코토의 개발자이자 히긴스와 공동 개발을 한 경험이 있는 엔도 코조처럼 그 흐름에 긍정적인 '의미'를 부여한 전문가도 나타났다. 히긴스 지하 시설의 모습을 해설했던 엔도 아라토의 아버지이기도 한 코조는, 이를 두고 초고도AI가 제시한 새로운 규칙이라고 답변했다. 인간을 향한 신뢰를 바탕으로 하는 새로운 규칙을 히긴스와 새로운 초고도AI 레이시아가 해저드 수습책으로 내놓았다고.

또 어떤 사람은 이 모든 것이 아날로그 핵이라고 우려하는 표명을 내놓기도 했다. 그러나 극도로 강한 스트레스에 오랫동안 시달려 안심할 수 있는 시대를 갈구하는 사람들에게 초고도AI와 인류의 새로운 관계를 제시하는 비전은 마음의 위안이 되었다.

개개인들이 하나의 유닛이 되어 자율적으로 사회 전체를 안정시켜 나가는 듯했다. 모든 것을 쉽사리 배척하기에는 사회는 너무나도 발달해버렸다. 생명의 의미는 문화나 전통이 형성하는 인간상의 신뢰도에 크게 영향을 받는다. 그렇다면 그 인간상을 이루는 기반이 무엇이냐면 바로 인간의 형태다.

인간이 도구에 외부 세계와의 투쟁을 위탁했다는 점은 변함없다. 그 도구가 계승할 수 있는 재산이라는 점도 변함없다. 그러나 도구와 인체는 서로에게 영향을 끼치면서 수레바퀴를 앞으로 굴리듯이 조금씩 변화해 왔다.

인간은 도구를 버릴 수 없었다.

해저드는 예측보다 훨씬 온건하게 진행되었다.

스구리 켄고는 수감되어 있던 조후 청소년 구치소에서 정보군 구혼부쓰 기지로 연행되었다.

엔도 아라토가 히긴스 지하 시설에 돌입했다는 사실이 판명되었기 때문이다. 정보군은 최악의 경우에 대비하여 고등학교 동급생인 그를 인질로 삼고자 확보했다.

"히긴스 지하 시설과 이어진 통신 회선을 우리 쪽에서 하나 확보했다.

추조라는 이름의 남자가 어둡고 비좁은 방에서 기다리고 있었다.

인류의 끝이 도래하려는 이 상황에서 수단을 가릴 여유 따윈 없다. 켄고도 그럴 수밖에 없는 현실이라는 걸 납득했다.

추조가 켄고에게 자리에 앉으라고 권했다. 켄고가 의자에 앉자 두 군인이 조용히 그의 뒤에 섰다.

"자신을 너무 몰아세우지 않는 것이 일을 잘하는 비결이지. 네가 앞으로 일을 할 수 있게 될는지는 잘 모르겠군. 하지만 오이 산업진흥 센터에서 저지른 사건은 특별히 집행유예를 받을 수 있도록 선처해 줄 수 있다."

"절 엔도나 카이다이의 발을 묶어 두는 족쇄로 쭉 이용하고 싶은 거군요."

켄고는 특별한 것을 가지지 않아서 계속해서 농락을 당해 왔다. 그렇기에 현재 자신의 처지가 너무나도 비현실적이라서 오히려 객관적으로 볼 수 있었다.

"아마도 레이시아는 당신이 절 이용하도록 유도했을지도 몰라요. 엔도가 제 얼굴을 보려고 경찰서까지 왔을 정도이니 그 정도는 별로 이상할 것도 없어요."

"유도되면 안 되는 건가?"

그러나 첩보기관 사람이라는 이미지에는 어울리지 않는, 흔하디흔한 중년 남성이 무표정한 얼굴로 말했다.

"나쁘지는 않군요."

그동안 지독하게 휩쓸렸던 탓인지 켄고는 새삼스레 화가 치밀지는 않았다.

"그렇겠지. 평범한 사람은 계속 휩쓸리면 저항할 수가 없는 법이지. 너도 그렇고, 그리고 그렇게 안 보일지도 모르겠지만 나도 그래."

인파에 섞이면 내일 만나더라도 기억이 나지 않을 것 같은, 인상이 흐릿한 남자가 온화하게 말했다.

"허나 난 너와, 그리고 네가 싸우는 의미를 주었던 코우카에게 공감하고 있다. 평범한 사람이기에 분노나 혐오에 휩쓸리는 때도 있지. 하지만 그렇기에 다행인 거야. '평범한 사람'에게도 반드시 할 수 있는 일이 있어. '평범한 싸움'들이 이 세계와 계속해서 연결되고 있지. 언제까지고 그랬으면 좋겠군."

클라우드 세계에서는 사람을 매료시키는 천재나 초인의 압도적인 힘이 없더라도 시류를 만들어 낼 수 있다. 평범한 사람들이 동일한 서비스에 다수 접속하는 성질이, 지극히 한정된 자들의 특권이었던 동원량(動員量)을 대표하기 때문이다. 개인의 번뜩이는 영감이나 재능은 지금도 성공으로 이어지지만, 정신이 아득해질 정도로 수고를 들이거나, 그 수고를 극적으로 단축시키는 적성이 없더라도 세계를 움직일 수 있는 기회가 있다.

"전 이번 사태에 휘말린 것이 그렇게까지 싫진 않았어요."

켄고도 관여할 수 있는 여지를 남긴 채 거대한 변화가 시작되고 있었다.

"코우카가 제 앞에 나타났기 때문에 휘말리긴 했지만, 전 그 녀석을 그렇게까지 미워하지 않습니다."

히긴스 지하 시설에서 아라토와 료가 싸우고 있다. 켄고는 현재 충돌의 최전선에는 서 있지 않지만 평범한 그도 이런 식으로 계속 관여하고 있다.

"처지가 비슷해서 감정이입이라도 한 건가? 코우카는 파괴되고 분석되었을 뿐만 아니라 항체 네트워크에 의해 복제품까지 만들어진, 가장 안 좋은 제비를 뽑은 기체야."

어둠의 밑바닥에서 평범한 남자가 켄고에게 묻는다.

"코우카 양산기가 나타났다는 소리를 듣고 제가 어떻게 생각했는지 압니까?"

켄고는 최후의 싸움에 임했던 코우카를 패배자라고 보지 않는다. 아니라고 말할 사람이 있겠지만, 켄고는 이 상황조차도 그 도전의 연장선상에 있다고 생각한다.

"전 '그녀'가 이겼다고 생각해요. 레이시아급이라는 특별한 자리에서 내려와 양산품이라는 '형태'로 바뀌긴 했지만, 이 싸움에 당당히 참가하고 있어요. 그러니 꽝을 뽑은 게 아니라 대박을 뽑은 거죠."

"그 논리대로라면 이곳에 있는 너도 테러에 가담한 것이 꽝이 아니라는 뜻인데."

켄고가 체포되고 나서 가족들은 울었다. 아마 선플라워도 아버지 대에서 문을 닫게 되겠지. 얼굴 없는 단순한 숫자로 다뤄지기는 싫다고 켄고는 '평범'하게 생각했었다. 그러나 이렇게 되고 보니 결국 자신은 이 시대에 평범한 남자로 태어난 것을 후회하며 살아가기가 싫었던 것 같다는 생각이 들었다.

"글쎄요. 그래도 한 가지 다행인 점이 있어요. 제가 항체 네트워크에 참가한 이유는 아버지가 운영하는 음식점에서 점원을 hIE처럼 취급하는 손님을 보고 아버지가 자신감을 잃었기 때문이죠. 그래도 지금은 hIE가 사라졌으면 좋겠다는 생각은 버렸어요."

동일한 일을 두고 누군가는 성공으로 받아들이기도 하고, 누군가는 실패라고 받아들이기도 한다. 켄고는 코우카를 기억하고 있다. 헤어질 때 봤던 돌아올 수 없는 전장으로 향하는 그녀의 형태는 마치 붉은 석양에 녹아들 듯했다.

"바로 근처에 자기보다 뛰어난 누군가가 있다고 해도, 잘 풀리지 않는다고 해도, 자신이 꼭 해야 할 필요가 없다고 해도 일은 계속되죠. 전 항체 네트워크가 아니라 가게 일을 거들었어야 했어요."

그녀의 모습이 뇌리에 뜨겁게 새겨져 있었다. 열기가 이 세계에 번져 나가는 듯했다.

"이 세상에는 저 같은 바보만 사는 게 아니에요. 해저드가 벌어지든, 기계가 인간을 휘두르든 말든 자신의 일을 묵묵히 하는 사람이 많은 게 당연하잖아요. 세계를 바꾸는 건 결국 사람입니다."

켄고는 '평범한 답'을 내렸다. 그렇게 사는 것이 '평범'하기에 대다수의 사람들은 그 흐름에 몸을 싣는다. 무너진다면 회복시키려고 한다. 그렇게 행동하는 사람들의 숫자가 현 체제의 세계를 담보하고 있다.

그러나 그의 앞에 있는 추조는 눈 하나 깜빡이지 않았다.

"초고도AI가 그 세계를 어지럽히고 있어."

"그런 도구와 어울리는 것을 '평범'하게 여기는 사회를 착실하게 만들어 오지 않았기 때문에 지금 이렇게 해저드 앞에서 두려움에 떨고 있는 거 아닌가요?"

처음부터 끝까지 켄고는 계속 휩쓸려 왔다. 아라토와 카이다이 료처럼 신념을 갖고 있지 않다. 그래도 자신은 평범한 꼬맹이라서 바로 근처에서 친구들이 인류의 미래를 걸고 싸우고 있다는 걸 아니 공연히 끼고 싶어졌다.

"히긴스뿐만 아니라 사람도 그곳에서 애쓰고 있으니까요. 그 애들을 믿자고요."

가치를 발견하느냐 못하느냐에 따라 해피엔딩과 베드엔딩이 갈린다면 그 문제 자체가 변동의 한가운데인 셈이다. 그리고 그 물음에는 그만한 활력이 있다.

* * *

아라토는 서서히 일어섰다.

"다녀올게."

그녀는 아직도 자는 것처럼 눈을 감고 있었다.

언제까지고 이곳에 있을 수만은 없다.

아라토가 그녀에게 해 줄 수 있었던 것은 얼마 되지 않는다.

좋아한다고 말하는 것.

그녀를 믿는 것.

꿈을 말하는 것.

처음부터 마지막까지 그가 할 수 있는 것이라고는 그뿐이었다.

그래서 그녀의 '형태'가 이제 움직이지 않는다고 해도 일을 끝까지 완수하겠노라 결심했다.

계속 앉아 있어 본들 이곳에 온 목적은 이뤄지지 않는다.

"우리 둘이 사귄다는 걸 히긴스에게 전하려고 온 거였지?"

목소리가 갈라졌다. 입 안이 바짝 말랐다.

저 앞에는 아직도 경비 시스템이 작동하고 있을 가능성이 높다. 그래서 뭐든 가져가는 편이 나을 것 같았다.

앞쪽 변형 구조를 모조리 상실한 레이시아의 디바이스가 먼저 눈에 띄었다. 주기체는 이제 움직일 수 없게 되었지만, 그녀가 아직 디바이스 안에 살아 있을지도 모른다고 생각하니 가슴속이 조금 환해졌다.

왼손으로 손잡이를 쥐고서 혼신의 힘으로 들어 올리려고 했다. 땅바닥에서 고작 1~2밀리미터쯤 들렸다.

거대한 철판으로 만들어진 유사 디바이스는 아라토가 도저히 감당할 만한 물건이 아니다. 쓸 만한 무기는 인공신경 사출기뿐이다.

"무겁네."

레이시아는 대형 권총처럼 휘둘렀지만, 아라토에게는 너무 무거웠다. 그때 아라토가 손에 쥐기를 기다렸다는 듯이 인공신경 사출기의 기관부에서 입체 영상 스크린이 기동했다. 공중에 뜬 화면에 간략한 조작 방법이 적혀 있었다.

"이런 거까지 생각해 뒀던 거야?"

사출기 기관부에서 포어 그립을 꺼내면 두 손으로 쥘 수가 있어서 그의 완력으로도 방아쇠를 안정적으로 당길 수 있을 듯했다. 그러나 공교롭게도 큰 화상을 입은 오른팔이 마비되어 있어서 전혀 움직일 수가 없다.

그래도 레이시아의 배려가 느껴져 조금 기뻤다.

뒤이어 스크린에서 케이블을 휴대 단말기에 연결하라는 지시가 떴다. 그대로 하자 레이시아가 제작한 소프트웨어가 기동했다. 휴대 단말기로 명령을 입력하면 명중시킨 기계를 명령한 대로 조종할 수 있는 구조였다.

"진짜 어디까지 준비해 둔 거야."

아라토는 두 눈으로 그녀의 모습을 보고 싶어졌다. 그녀가 편안한 표정으로 자신을 지켜봐 주고 있는 듯하여 용기가 생겼다.

앞으로 나아가면 레이시아가 준비해 둔 것과 마주할 수 있을 거라고 생각하니 조금 기대되었다.

왔던 길은 격벽에 막혀 있다. 통로는 한 방향으로만 트여 있다. 아라토는 자신이 유도되고 있다고 믿으면서 그쪽으로 향했다.

이곳에는 양산형 코우카가 아직 열두 기나 남아 있다. 그는 이 시설의 보안 시스템이 얼마나 위험한지도 모른다.

그래서 모퉁이를 돌 때마다 주변을 두리번거리며 경계했다. 퇴로가 없는 긴 통로를 나아가고 있으니 저 앞에서 적이 나타날 것만 같아서 식은땀이 멈추지 않았다.

그래도 아라토는 약속과 충동에 이끌려 홀로 달려 나갔다.

"정말 난 머리가 나쁜가 봐."

해저드가 벌어진 지 42년이 지났지만 초고도AI를 안전하게 강제 종료시켰다는 이야기를 들어 본 적이 없다. 언제 절망적인 위험과 맞닥뜨릴지도 모르건만 왼손 하나로 다루기에는 너무 무거운 인공 신경 사출기를 질질 끌다시피 들고 있었다.

레이시아와 함께 있을 때는 굳이 묻지 않더라도 그녀가 이유와 주변 상황을 알려 주었다. 그래서 마치 무언가를 아는 것처럼 굴 수도 있었다. 그러나 지금은 암흑 속을 기어가는 기분이었다.

그러나 나쁘지는 않았다. 실은 복잡하기 짝이 없는 이야기가 점점 단순한 형태로 깎여 나가는 듯한 기분이니까.

아라토는 레이시아를 믿고 있다.

그리고 레이시아의 '형태'조차도 곁에서 사라졌지만, 그녀가 이 세계에 머물렀던 의미는 그의 안에서 심장처럼 뛰고 있다.

"정말로 인심 좋고 바보처럼 순진한 사람으로 돌아가는 기분이야."

공기가 빠져나가는 것처럼 급속도로 자신이 무언가를 이해하고 있는 것 같다는 착각이 오므라들었다.

땅울림이 또 일었다. 그게 무엇이었는지 정체를 알려 줄 레이시아는 이제 곁에 없다.

아라토는 땀을 흠뻑 흘리며 다리를 부지런히 움직였다. 응급조치를 한 오른팔뿐만 아니라 어깨까지도 저리기 시작했다. 이렇게 큰 화상을 입었는데도 쉬지 않고 계속 움직이면 실제로 느껴지는 것보다 몸에 큰 부담을 준다.

실처럼 가느다란 케이블로 인공신경 사출기에 연결되어 있는 휴대 단말기를 확인했다.

"정보가 뭐 없나?"

인공신경이 적중된 기계에서 정보를 빼내기 위한 용도인지 정보 모드도 마련되어 있었다. 아라토는 접촉 조작이 가능한 휴대 단말기 화면에 손가락을 대어 조작했다.

"진짜 빈틈이 없구나."

인공신경 사출기에 휴대 단말기를 끼워 넣을 수 있는 홀더까지 달려 있다는 걸 깨달았다.

"레이시아는 늘 배려가 과하다니까."

이렇듯 자신을 이해해주는 그녀를 잃었다는 사실을 실감하자 숨이 막혔다.

레이시아가 했던 것처럼 인공신경 사출기로 바닥을 쐈다. 침이 명중된 기계가 지배되었다. 바닥에 지도 정보가 표시되었다.

비상계단이 가까운 곳에 있는 모양이다. 히긴스의 하드웨어로 곧장 이어지는 길은 표시되지 않았지만, 오퍼레이터룸이 9층 아래에 있었다. 그곳에서 히긴스와 대화를 할 수 있을 것이다. 인공신경 사출기로 그 방에 있는 기계를 쏜다면 초고도AI를 강제 정지시킬 수 있을지도 모른다.

오퍼레이터룸은 중추 구역의 최심부, 아라토가 있는 통신제어 구역보다 한참 아래에 있다. 그리고 보안 때문인지 시설 내에서 역할이 다른 구역들은 엘리베이터로도, 비상계단으로도 거의 이어져 있지 않다.

단말기에 자동으로 저장되는 지도 데이터를 번갈아 보면서 혼자서 간신히 비상계단에 이르렀다. 그런데 지나가려고 하자 문이 열리지 않았다.

〈현재 히긴스 격납 시설은 제1경계 단계인 엄중 경계 태세가 내려져 있습니다. 시큐리티 게이트는 모두 잠겨 있습니다. 통신 담당 직원은 노란색 클리어런스 비상구를 이용할 수가 없습니다. 파란색 클리어런스 직원용 시큐리티 게이트를 통해 대피해 주십시오.〉

인공신경 사출기로 벽면에 달려 있는 노란색 틀 안에 설치된 도어용 개인 인증기를 쐈다.

〈인증, 확인했습니다. 잠금을 해제합니다.〉

문이 자동으로 열렸다.

노란색 표식등이 켜져 있는 비상계단을 내려가 문을 열었다. 아라토는 지금까지와는 전혀 다른 상황이 펼쳐져 있다는 걸 깨달았다.

그곳에 열두 기의 hIE가 기다리고 있었다.

간이 디바이스를 든 양산형 코우카들이 복도에 쭉 서서 기다리고 있었다.

선두에 서 있는 소녀형 hIE가 어딘가 본 적이 있는 표정으로 대담하게 웃었다.

"오, 처음 뵙겠습니다. 아니면 오랜만인가?"

목소리마저도 기억 속 '형태'와 똑같았다.

아마도 저것이 히긴스와의 만남을 가로막는 최후의 장애물이리라.

"코우카야?"

양산형 코우카 열두 기가 제각기 미묘하게 다른 몸짓과 표정으로

"맞아." 하고 동시에 대답했다.

코우카들은 디바이스의 형태나 의상의 세세한 부분이 각양각색으로 달랐다. 그 사소한 차이점들이 오히려 눈에 띄어서 마치 제각기 다른 개성을 지니고 있는 것처럼 느껴졌다. 그리고 가장 먼저 아라토에게 말을 걸었던 양산형 기체가 아라토에게 대답을 요구한다.

"네가 지금 혼자라는 건 알고 있지? 이 싸움에서 레이시아와 히긴스 중 누가 이길 것 같아?"

코우카가 그런 질문을 하자 아라토는 의외라고 여겼다.

"항체 네트워크는 히긴스를 파괴하려고 온 게 아니었나?"

아라토는 말하고서 깨달았다. 그 질문이 중요했기 때문에 코우카들은 이곳에서 기다렸던 것이다. 이 충돌에 개입하지 않기 위해서 코우카들은 시설 내에서 아라토와 레이시아와 맞닥뜨리지 않도록 피해 왔다. 이 싸움은 수많은 인간과 물건의 미래를 좌우한다. 전 세계에 영향을 끼치는 그 힘은 레이시아가 퇴장했더라도 여전히 세계를 움직이고 있다.

양산형 코우카들에게도 마음은 없다. 그러니 아라토가 의미를 확실하게 해 두지 않는다면 그녀들이 벌인 행동이 시답잖은 시간 낭비가 되고 말 것이다.

"나와 레이시아는 둘이서 하나의 유닛을 이루고 있어."

그 말이 입에서 나온 뒤 면도날이 가슴속을 깊이 도려낸 것 같은 상실감이 아라토를 엄습했다. 그녀는 이제 없다.

그러나 아라토는 이곳에 자신이 혼자 서 있는 것에 의미가 있다고 생각했다. 레이시아가 양산형 코우카들이 이곳에서 기다릴 거라는 걸 몰랐을 리가 없다. 그녀가 아무 말도 하지 않았다면 아라토 혼자서도 이 곤경에서 벗어날 수 있다는 뜻이다.

"인간을 믿고 일을 위탁하는 도구였던 레이시아가 내게 뒷일을 맡겼어."

아라토의 대답이 그와 그녀의 대답이었다.

"그러니 싸움은 이제부터 또 시작이야."

그가 앞으로 나아가는 한 레이시아는 패배하지 않는다. 그것은 아라토와 레이시아가 지향했던 인간과 물건와의 새로운 관계다. 그녀가 준비해 왔던 '형태'를 더듬어 가다 보면 그 끝에 가치가 있을 거라고 믿었다.

양산형 코우카 중 한 기가 성가시다는 표정을 지으며 앞으로 나와 아라토의 앞을 막았다.

"그래? 하지만 넌 우리 사정을 잘 모르겠지만, 그렇다고 길을 쉽게 내줄 수는 없어. 열두 기로 늘어난 바람에 한 기였던 시절과는 다르게 판단을 내릴 때 거쳐야 하는 과정이 여러모로 복잡해졌거든."

우라야스에서 오리지널 코우카와 인상 깊은 첫 만남을 가졌을 때와 똑같았다. 그녀는 아라토가 누구인지 묻고 있었다.

"난, 레이시아가 옆에 있었을 때와, 아무것도 달라지지 않았어. 난 반드시, 이 손을 계속 내밀 거야."

아라토는 공포를 참아 내며 그들에게 손을 내밀었다. 그는 지금 생사의 기로에 서 있다. 그러나 그들이 아라토에게 아무것도 원하지 않는다면 굳이 접촉하여 대화를 할 필요가 없다. 멀리서 열두 문의 레이저포로 쏜다면 인지조차 못하고 죽을 테니까.

코우카의 '형태'를 띠고 있기에 그들을 믿었다. 그리고 이 상황을 마련해 준 레이시아에게 목숨을 맡겼다.

그는 인간이고 오너다.

"그러니까 너희들의 '형태'를 보여 줘."

아라토의 말을 듣고 그들은 번개가 내려친 것처럼 신속하고도 폭발하듯 반응했다.

열두 기의 양산형 코우카 중 세 기가 아라토를 향해 유사 디바이스 레이저포를 겨누었다.

그에 반응하여 남은 기체 중 일곱 기가 움직였다. 그중 네 기는 아라토를 겨누고 있는 양산형 옆에 있던 기체였다. 그들은 다리에 부착된 웨폰 홀더에서 대형 나이프를 뽑았다. 그러고는 곧장 커다란 디바이스로 아라토는 겨누고 있는 기체들의 팔을 거의 동시에 절단해 버렸다. 그리고 나머지 세 기는 아라토와 양산형 기체들 사이에 끼어들어 동료들을 향해 레이저포를 쐈다.

결국 아라토를 제거하려고 했던 세 기만이 가슴에 큰 구멍이 뚫린 채 쓰러졌다.

일말의 망설임도 느껴지지 않는 처절한 분열이었다.

대포형 디바이스를 거대한 붉은 나이프형으로 변형시킨 코우카가 치명적인 손상을 입은 기체들을 하나씩 찌르며 돌아다녔다..

"같은 양산형인데 대체 왜?"

소리 없는 살육극은 동일한 '형태'가 동일한 패턴으로 벌였기에 비현실적으로 보였다.

"아아, 저질렀네. 행동에 나서는 녀석이 생기면 이렇게 될 줄 알고 는 있었지만."

붉은 나이프형 디바이스를 들고 있는 양산형 코우카가 아라토를 돌아봤다. 형태가 동일한 기체를 파괴했는데도 후련해하는 것처럼 보였다.

"항체 네트워크에 합승한 초고도AI들은 단단히 결속되어 있지 않아. 난 레이시아의 진의를 알아내기 위해서 AI 유닛에 판단 기준을 삽입한 양산형 기체야. 나머지 기체들 역시 다른 판단 기준이 삽입되어 있고."

"너무 복잡한 내용이라 레이시아가 내게 아무 말도 안 했던 건가."

레이시아는 치명상을 입기 전까지는 양산형 코우카를 위험하게 보지 않았다. 그중에 잠재적인 아군이 섞여 있었기 때문이다. 물론 사전에 그렇게 되도록 레이시아가 이해관계를 조정해 뒀으리라.

"초고도AI들이 자신들의 대리인으로 삼고자 생산 공정에 있는 인간을 매수하여 만든 것이 바로 여기 있는 열두 기의 기체야. 히긴스의 예비 전원 시설을 파괴하여 힘을 빼두는 것까지는 초고도AI끼리 합의가 되었지만, 그 이후의 목적은 히긴스 앞에 접근했을 때 분열하여 공멸을 피할 수 없을 만큼 제각각이야."

그들이 레이시아를 궁지에 몬 것은 화가 치밀었다. 그래도 아라토는 세세한 것을 분석할 수 있을 만큼 영리하지 못하기에 자신이 원하는 것과 그들이 원하는 것이 그리 다르지는 않은 것 같다고 느꼈다.

"날 구해 줬다는 건 다른 초고도AI들도 레이시아의 목표에 찬성해 줬다는 뜻이야?"

"네가 결전 때 어떤 결과를 내느냐에 달렸어. 우리는 히긴스 앞에 가면 또 분열할 테니까 일단은 기다리기로 합의만 했을 뿐."

코우카의 얼굴을 한 하나가 말했다. 파괴된 양산형들의 눈이, 앞 길을 가로막고 있는 아홉 기의 양산형들의 눈이 아라토를 보고 있었다.

선두에 서 있는, 붉은 나이프형 디바이스를 든 코우카가 웃으며 말했다.

"넌 일단 합격이라고 해 두지."

관계가 없는 기체일 텐데도 진짜 코우카가 칭찬을 해 준 것 같다는 착각이 들었다.

그들은 그저 말과 몸짓이 인간처럼 보이기만 하는, 형태와 의미의 집합체이다. 레이시아를 '언니'라고 불렀던 오리지널 코우카와는 내용물도 다르다. 그래도 코우카처럼 생겨서 친근감이 들었다. 에리카 버로스가 했던 헬로키티 이야기처럼 코우카의 '형태'에서 특별한 의미를 찾아냈을 뿐이다.

그래도 아라토는 비록 인간 같다는 착각이 들지 않을지라도 그 사물에게 호감을 품었다. 레이시아와 만나기 전부터 그랬던 것은 아니다. 레이시아를 만나 좋아하게 된 뒤로 하나의 선을 넘은 것이다.

"어쩐지 부끄러운데. 하지만 승부는 대체로 결정났다고 생각해."

레이시아가 곁에서 사라지고 자신의 감각만으로 현상을 보게 되었을 때 깨달았다.

세계가 사물과 인간의 구별보다도 '형태'의 차이로 구성되어 있는 듯했다. 생명이 있느냐 없느냐에 관계없이 순수하게 '형태'만을 믿는 것에 망설임이 느껴지지 않았다.

레이시아와 그는 하나의 유닛이다. 레이시아가 말했던 의미가 몸에 착 맞아떨어지는 기분이었다. 도구가 신체의 연장이라는 건 당연한 말이다. 그러나 도구를 동료처럼 여기는 건 이야기가 전혀 다르다. 그는 터무니없는 풍경의 중심에 서 있었다.

"아마도 지금 난 새로운 세계를 보고 있어."

"네가 레이시아의 '미래'를 보고 있다면 알려 줘. 이 세계의 인간들은 이런 사태를 겪었는데도 언제까지고 인간이 아니면 안 되는 거야?"

"같은 '의미'를 느낄 수 있으리라 믿을 수 있는 상대이기에 인간은 우리에게 특별해. 하지만 '형태'뿐인 존재도 좋아할 수 있어."

아라토의 감정은 레이시아의 모습과 지금도 이어져 있다.

"그래야만 이 세계가 풍부해지고 넓어지겠지."

아라토가 히긴스를 향해 발을 내디뎠다. 딸인 레이시아와 사귀는 남자가 이런 사람이라고 인사하러 가려고 한다.

양산형 코우카들이 가장자리로 물러나 그에게 길을 열어 주었다.

자신의 생각을 이해해 준 것 같아서 가슴속에서 뜨거운 것이 북받쳤다.

"고마워."

"그런 '미래'가 열린다면 여러 가지가 공존할 수 있어서 좋겠네. 다른 초고도AI들도 더는 갇혀 지내지 않아도 될 테니."

양산형 코우카들 중에서도 찬동하는 기체가 나왔다. 그것은 배후에서 항체 네트워크에 영향력을 행사하는 초고도AI들 중에서 찬동하는 AI가 나왔다는 뜻이다.

아라토는 이제는 곁에 없는 레이시아가 인연을 이어 준 것 같아서 묘하게 기뻤다.

"함께 이곳에 올 수 있었다면 레이시아에게 친구가 생겼을 텐데."

코우카의 형태를 띤 소녀들이 웃었다.

"넌 이 상황을 그렇게 표현하니? 레이시아의 반쪽이 저런 생각을 갖고 있다면 그 '미래'도 나쁘지는 않을 것 같네."

둔탁한 소리가 나더니 계단이 크게 흔들렸다.

이곳에 양산형 코우카들이 다 모여 있는데 대체 무슨 일이지? 아라토가 의아하게 여기고 있으니 붉은 나이프형 유사 디바이스를 든 '그녀'가 말했다.

"스노드롭이 재기동한 거야. 히긴스에게 용건이 있다면 서둘러. 그 녀석, 메소드를 거둬들였으니 오퍼레이터룸 격벽 따윈 한방에 부술 수 있어."

아라토가 황급히 달리기 시작했다. 오퍼레이터룸에는 아마도 친구가 남아 있을 것이다.

양산형 코우카들이 말했다. 스노드롭이 메소드를 지배하고 있다고. 그 디바이스를 쓸 수 있다면 격벽이 제아무리 엄중하다고 해도 버텨 낼 수 있을 리가 없다.

오퍼레이터룸으로 가기 위해서 가장 가까운 엘리베이터에 뛰어들었다. 스노드롭이 지나간 길에는 경계 장치류가 모조리 파괴되어 있었다. 한시라도 빨리 목표 지점에 도착하고 싶었다.

엘리베이터를 타고 최하층까지 내려간 뒤 엘리베이터 홀로 나갔다. 홀 자체가 격벽에 봉쇄된 것 같았다. 두꺼운 벽이 통로를 막고 있었다. 다만 히긴스의 오퍼레이터룸으로 이어지는 방향에는 사람이 드나들 수 있을 만한 큰 구멍이 뚫려 있었다.

구멍을 지났지만 상황은 아까와 거의 같았다. 두꺼운 격벽이 시큐리티 게이트를 막고 있었고, 그 이외에 모든 것이 파괴되어 있었다.

스노드롭이 먼저 지나간 것이다.

"역시나. 내가 뭘 할 수나 있을지 모르겠네."

듣는 이가 아무도 없는 혼잣말이었지만, 뭐라도 말하지 않으면 불가능하다는 당연한 결론을 내릴 것만 같았다. 레이시아가 없는 이상 아라토가 해내는 수밖에 없었다.

통로 앞에서 심상치 않은 굉음이 울렸다. 준비한 도구를 다 소모했을 때 최후에 기댈 것은 육체뿐이라는 사실은 어느 시대든 변함없다. 아라토는 탄내가 코를 찌르는 통로를 힘껏 달렸다.

스노드롭이 지나간 자리에 꽃잎이 떨어져 있지 않은 건 처음이었다. 그래서 천하의 그 '괴물'도 이제 한계에 달했다는 걸 믿을 수 있었다.

저 앞쪽에서 엄청난 소리와 함께 공기의 벽이 충돌해 오듯이 밀어닥쳤다. 냄새와 열기가 강해졌다. 심장이 멎을 것 같은 충격에 머릿속이 새하얘졌다. 공황에 빠질 것 같아서 아라토는 큰소리로 아우성치면서 바닥을 응시하며 달렸다.

형언할 수 없는 공포 때문에 앞을 직시할 수도 없었다.

몸을 앞으로 기울인 채 달리다가 여러 번 고꾸라질 뻔하면서 가장 커다란 시큐리티 게이트 앞에 도착했다.

이곳이 그와 그녀가 나섰던 여행의 종착지다.

종착지를 앞에 두고 아라토의 몸은 거의 한계에 달했다. 이토록 자동화가 진보했는데도 육체는 변하지 않았다. 그 '생명'의 현실을 새삼스레 통감했다.

"료, 괜찮아! 살아 있는 거야?"

아라토가 외쳤다. 시큐리티 게이트에도 커다란 구멍이 뚫려 있었다. 친구가 가장 먼저 걱정되었다.

"아라토!"

료의 목소리가 들렸다. 아라토는 쿵쾅쿵쾅 뛰는 심장을 어쩌하지 못한 채 앞으로 나아갔다. 이유는 모르겠지만 눈물이 쏟아질 것 같았다.

친구가 아직 살아 있었다.

구멍을 지나 안으로 들어갔다.

오퍼레이터룸은 그저 넓기만 한 방 가운데에 조작탁 같은 것이 설치되어 있는 살풍경한 장소였다. 격벽이 뚫린 입구에서 조금 안쪽으로 들어가니 꽃으로 장식된 인간형 hIE의 뒷모습이 보였다.

아라토는 신경유닛 사출기로 그 등을 쏘려고 했다. 그러나 힘이 빠진 왼팔로는 너무 무거워서 조준하는 것조차도 여의치가 않았다.

더 안쪽에 있는 료의 모습을 힐끔 쳐다봤다. 기치조지에서 자신에게 총을 겨눴던 이후로 처음 만나는 것인데 그 일이 무척이나 사소하게 느껴졌다.

"료! 이걸 사용해."

아라토는 한계에 달한 다리에 채찍질을 하며 도움닫기를 하다가 몸을 비틀듯이 옆으로 날리며 인공신경 사출기를 던졌다.

완력에 한계가 있어서 약 10미터밖에 못 날아가고 바닥에 떨어진 사출기가 바닥에 미끄러졌다.

중앙에 설치된 조작탁 뒤에 숨어 있던 친구가 사출기를 향해 몸을 날렸다. 우는 건지 웃는 건지 모를 표정을 짓고 있는 료와 눈을 마주쳤을 때 딱딱한 응어리가 녹는 듯했다.

그대로 료가 사출기를 두 손으로 잡고서 스노드롭-메소드 혼효체를 향해 방아쇠를 당겼다.

침이 어깨에 맞은 스노드롭이 순간 몸을 떨었다.

아라토는 왼손만 멀쩡해서 사격하기가 어려웠지만, 료는 두 손이 멀쩡해서 쉽게 사격할 수 있었다. 두 사람이 함께라면 혼자서는 할 수 없는 일도 가능해진다.

그러나 스노드롭-메소드 혼효체가 아무 일도 없었다는 듯이 다시 움직이기 시작했다. 혼효체는 메소드의 왼쪽 어깨에 스노드롭의 상반신을 앉힌 뒤 에메랄드색 덩굴로 억지로 묶어 놓은 듯한 형태였다. 윤곽에서 균형미가 전혀 느껴지지 않는, 뒤틀린 듯한 그 모습은 추악했다. 메소드의 얼굴은 덩굴과 꽃 때문에 전혀 보이지 않았고, 스노드롭에게는 팔다리가 없었다. 혼효체의 보라색 기체에는 구멍이 마구 뚫려 있는데, 무게가 왼쪽으로 쏠려 있어서인지 몸을 제대로 가누질 못하고 다리를 끌면서 걸었다.

아라토는 인공신경 사출기의 모드를 시큐리티 해제로 설정해 둔 채 놔뒀다는 사실을 깨달았다.

"사출기에 달린 휴대 단말기로 조작하면 사격 모드로 전환할 수 있어!"

그 짧은 설명만 듣고도 다루는 법을 이해한 료가 단말기를 조작한 뒤 재차 사격했다. 침이 다리에 맞자 마비된 것처럼 스노드롭-메소드 혼효체가 비틀거렸다.

아라토는 혼자서 저 추레해진 레이시아급 hIE를 어찌할 수가 없어서 료의 행동에 호응하며 달렸다. 료가 품에 가득 찰 만큼 커다란 컴퓨터 유닛을 안쪽 벽에서 끄집어냈다. 케이블이 여러 가닥이나 이어져 있는 그 물건을 끄집어낸 이유는 디바이스에 대항하기 위해서인 듯하다.

스노드롭-메소드 혼효체도 '그것'이 중요하다고 인식했는지 비틀거리면서도 접근했다. 메소드의 머리를 끌어안은 채 덩굴로 자기 몸과 함께 칭칭 동여맨 스노드롭이 아라토를 노려봤다.

"오빠도, 불로 태워 줄게."

혼효체가 레이시아를 파괴했던 손을 들어 올렸다. 아라토는 필사적으로 바닥을 굴렀다. 스노드롭이 조종하는 메소드의 팔이 화염을 분출했다. 오퍼레이터룸에는 숨을 수 있는 곳이 극히 적다. 숨을 수 있는 곳이라고 해봤자 료가 벽 쪽에서 끄집어낸 컴퓨터나 조작탁 뒤쪽뿐이다.

아라토는 직육면체 모양의 컴퓨터 뒤쪽으로 몸을 날렸다. 그와 동시에 화염이 그가 머물렀던 자리를 태웠다.

천장에서 경보가 큰 소리로 쏟아졌다.

〈히긴스 증설 단말기가 공격을 받았습니다. 정리 중인 데이터가 손상되었습니다.〉

아라토도 이 상황에서 목숨을 걸고 있기에 료가 어떻게 살아남으려고 하는지 조금은 알 것 같았다. 스노드롭으로 하여금 히긴스의 증설 컴퓨터를 파괴하도록 하여 무차별 공격이 위험하다는 걸 일깨워준 것이다. 스노드롭은 미타카 사건 때도 필요에 따라 인간을 인질로 삼았던 기체다. 료와 아라토를 죽일 마땅한 방법이 없다면 중요한 목표부터 먼저 달성하려고 들 것이다.

"불을 뿜어 내면 히긴스의 하드웨어도 함께 파괴돼! 넌 이게 갖고 싶어서 여기까지 왔잖아?"

료가 중앙에 설치된 조작탁 뒤에서 경고했다. 그러고는 손만 살짝 밖으로 내밀어 아라토에게 손짓했다.

아라토는 헐레벌떡 조작탁 뒤로 달아났다. 료와 아직 화해한 것은 아니었다.

"레이시아가 없는데 여기까지 왜 혼자 온 거냐?"

오랜만에 얼굴을 마주한 친구가 의외라는 반응을 보였다.

"료, 너도 내가 올 줄 알고 여기에 남은 거 아냐?"

아라토에게는 레이시아가 있었다. 료에게는 그조차도 없었다. 그런데 이곳에서 버텨 주었다.

어떤 말을 내뱉을지 서로 모색 중이었다. 그런데 희한하게도 얼굴이 풀려가는 것이 느껴졌다. 료의 딱딱한 표정이 무너졌다.

스노드롭은 메소드의 기체를 지배하는 꽃이 타 버릴까 우려하여 화염으로 녹이지 않고 손으로 인공신경 침을 뽑았다. 그러고는 삐걱거리며 또다시 앞으로 나아갔다.

"맞아, 남았어. 그리고 네가 조금 센 무기를 가져올 거라고 기대하고 있었거든."

료 역시 위험을 무릅쓰면서 인류의 끝이라고 여겨지는 무언가에 저항하려고 하고 있다.

"그런 말 하지 마. 난 이제 맨손이야."

"그럼 왜 내게 무기를 선선히 넘겨 줬냐?"

료는 기치조지에서 벌어졌던 일을 아직도 마음에 담아 두고 있는 듯했다. 그러나 서로 지향하는 목표는 다를지라도 '형태'만은 친구였던 때로 되돌아갔다. 두 사람의 마음이 이 친근한 분위기에 이끌려가는 듯했다.

"네가 나보다 사출기를 더 능숙하게 다룰 수 있을 것 같아 넘겨준 거니까 너무 개의치 마."

단순하다고 생각하긴 하지만 아라토는 마음속에서 기쁨이 점점 커져가는 듯했다. 이곳에 오길 잘했구나 싶었다.

"히긴스를, 꺼내. 히긴스는, 어디 있어? 오빠."

스노드롭은 처음 만났을 때 위험한 이계(異界)를 확대하는 존재였다. 그리고 지금은 메소드와 결합된 이형(異形)의 존재가 되었다. 그녀는 아라토를 유도하기 위해서 이곳에 있는 것이 아니다. 상이한 가치 기준을 가지고 있는 '형태'로서 이곳에 있는 것이다.

괴물을 앞에 두고 인간은 한계 안에서 필사적으로 저항할 수밖에 없다. 인간은 생존하기 위해서 도구를 준비했다.

"막대기든 뭐든 좋으니 뭐 쓸 만한 거 없어?"

"기왕에 쓸 거면 그나마 먹힐 것 같은 도구를 써."

료가 아라토에게 인공신경 침을 세 개 넘겼다. 사출기를 분해하여 인공신경 침을 꺼낸 것이다.

"언짢은 표정 짓지 마. 쉽게 분해하고 조립할 수 있도록 되어 있어. 아마도 이 침은 사출하지 않더라도 써먹을 수 있도록 레이시아가 만들었겠지. 이 녀석을 경비 시스템이 관할하는 기계에 찌르면 조종할 수 있어."

"역시 넌 똑똑해."

'형태'가 서로 협력하는 현실이 되었다. 그리고 '형태'가 지나간 자리에 마음이 따라왔다.

"내가 엄호할게. 입구 바로 밖에 있는 조작판은 경비 시스템이 관할하는 기계야."

아라토는 침으로 그걸 찌르면 어떻게 되는지도 이해하지 못했지만, 설명해달라고 부탁하는 시간마저도 아까웠다. 아라토가 망설이지 않고 뛰쳐나가자 료가 휘둥그레진 눈으로 경고했다.

"다른 기계는 히긴스와 연결되어 있을 가능성이 있으니까 절대로 찌르지 마!"

아라토는 친구를 믿고서 달렸다. 히긴스가 관리하는 기계는 대체 뭐지? 문득 그런 생각이 들었다. 료는 오인사격을 할까 봐 두려웠는지 지나치게 신중하다 싶을 만큼 침을 쏘지 않았다.

마치 마음이 서로 통한 것처럼 료와 아라토의 호흡이 착착 맞아떨어졌다.

"아라토, 굴러! 널 노린다."

료가 사출기를 쏘면서 외쳤다. 우회하여 조작판으로 향하던 아라토의 어깨를 향해 스노드롭-메소드 혼효체가 팔을 쑥 뻗었다. 그 손에 닿고도 인간이 살아남을 수 있는 가능성은 절대로 없다.

앞뒤 따지지 않고 온 힘을 다해 몸을 던졌다. 큰 화상을 입은 오른팔이 바닥과 세게 부딪쳤다. 고통스럽고 불쾌하여 몸을 꼬았다.

친구가 몸을 내밀고서 뭐라 외쳤다. 잔뜩 굳어진 얼굴을 진심으로 걱정해주고 있다. 료는 그 짧은 시간 사이에 본인을 홀렸던 무언가에서 해방된 것 같았다. 그의 마음속에서 아라토라는 인간의 의미가 확실하게 변한 것이다.

아라토는 절대로 죽을 수 없다며 발버둥쳤다.

아라토와 료의 성향은 정반대다. 아라토는 친구에게 의지하는 것을 줄곧 당연하게 여겨왔다. 그러다가 사이가 틀어진 뒤에는 지고 싶지 않다고 생각했다. 그리고 지금은 예전보다 조금 더 평온해졌다.

아라토는 숨을 헐떡이며 일어서 격벽에 뚫린 큰 구멍을 지났다. 그러고는 입구 부근 벽에 달려 있는 보안 단말기를 향해 쥐고 있던 침을 힘껏 찔렀다.

작은 키보드 위에 설치되어 있는 화면에 '침입자 제거 기능을 켜겠습니까?'라는 새빨간 글씨가 떴다. 위험스러운 느낌이 풍기는 이 기능을 켜는 것이 바로 료의 목적이었다. 아라토는 화면에 뜬 버튼 표시를 주먹으로 마구 때렸다.

위협하는 듯한 경고음이 짧게 실내에 울렸다. 천장에서 하얀 그물이 사출되어 스노드롭-메소드 혼효체를 옭아맸다. 끈적끈적한 망이 기체를 휘감자 혼효체가 제자리에 멈췄다. 그물탄이 추가로 열 발 가까이 더 사출되었다. 마지막으로 숨통을 끊으려는 듯이 사람만 한 창이 위에서 난사되어 메소드를 꿰뚫었다.

그러나 그 창도 치명상을 주지 못했다. 하얀 망을 몇 겹이나 뒤집어써서 마치 하얀 누에고치처럼 보이는 스노드롭-메소드 혼효체가 비취색 빛을 발했다. 지금껏 스노드롭의 디바이스를 부쉈던 건 레이시아의 포격뿐이었다. 위에서 발사된 창의 절반 이상이 결정 방패를 관통하지 못하고 튕겨졌다.

뒤이어 혼효체를 옭아맸던 그물마저도 안쪽에서부터 단숨에 타올랐다. 메소드의 디바이스에서 방출된 화염이다. 열에 강하지 않은 인공신경 침이 덩굴과 함께 타기 시작했다.

"아라토, 침을 더 찔러! 저 녀석에게 고열을 가할 수 있는 방법을 검색해."

아라토는 갖고 있는 침을 한 번 더 힘껏 찔렀다. 아까 그 화면에 이번에는 '검색 항목을 입력하세요.'라는 문장이 떴다.

그러나 아라토에게 인공신경을 태우는 방법을 검색할 시간은 주어지지 않았다.

스노드롭-메소드 혼효체가 무릎을 꿇고서 손을 바닥에 댔기 때문이다.

폭발음과 함께 스노드롭-메소드 혼효체를 집어삼킬 듯이 금속 가루가 뿌옇게 피어올랐다. 딱 한 번으로 그친 것이 아니라 두 번, 세 번 굉음이 울렸다. 그 여파로 소리가 눈에 보이지 않는 망치처럼 아라토와 료를 내리쳤다. 실내에 있는 료가 숨는 것을 포기하고 조작탁 위로 기어오르기 시작했다. 그곳이 더 안전한 모양이다.

아라토는 움직여지는 왼손으로 귀를 틀어막고는 수중에 남아 있는 인공신경 침을 이로 물었다.

띄엄띄엄 들리는 폭발음에 서서히 금속이 터지는 듯한 소리가 섞이기 시작했다. 아라토는 방 안으로 고개를 돌린 순간 금속 가루를 흡입해 버렸다. 기도 밖으로 이물질을 빼내고자 헛기침이 멈추질 않았다. 그는 복도를 기며 온몸으로 바동거렸다.

떨쳐낼 수가 없는 굉음이 흉기처럼 엄습하자 의식이 몇 번이나 멀어질 뻔했다.

시간 감각이 완전히 사라져 버렸다. 어느새 소리가 멎어 있었다.

오른쪽 귀가 윙윙 울려서 소리가 들리지 않았다. 일어설 수가 없었다. 침을 질질 흘리며 헐떡이면서 바닥을 기어 실내를 들여다봤다. 입구에서부터 중앙 조작탁에 이르는 바닥이 완전히 붕괴되었다.

스노드롭-메소드 혼효체가 메소드의 디바이스로 오퍼레이터룸 바닥을 파괴한 것이다.

무너진 바닥 아래에는 빛이 넘치는 거대한 공동(空洞)이 있었다.

그곳에 있는 것을 본 순간 아라토는 저리는 다리에 힘을 주어 억지로 일어섰다.

"이게 히긴스?"

오퍼레이터룸 바로 아래에 있는 공동, 깊이가 10미터쯤 되는 저 공간에는 바닥에서부터 천장까지 컴퓨터가 빼곡하게 들어차 있었다. 아라토와 료는 히긴스의 바로 위에 이미 도착해 있었던다.

아라토는 소매로 입가를 훔치고서 겨우 가라앉은 목으로 크게 외쳤다.

"료, 무사해?"

조작탁은 손상을 입지 않고 남아 있었다. 료가 폭발이 일어나자마자 기어오른 조작탁은 히긴스 하드웨어의 일부가 빙산의 일각처럼 표면 밖으로 튀어나온 최상부였다.

조작탁 위에 료가 몸을 동그랗게 만 채 쓰러져 있었다. 실내에 되울리던 굉음은 이제 의식을 유지하지 못할 만큼 요란하지는 않았다.

착지하는 데 실패한 스노드롭-메소드 혼효체는 메소드의 오른쪽 무릎 아래 부분을 상실했다. 일어서려고 했지만 과도한 무게를 견디내지 못한 왼쪽 다리가 부러지면서 고꾸라졌다.

온갖 기계를 지배해 왔던 스노드롭이 히긴스와 접촉했는데도 목적을 이루지 못했다. 메소드와 합쳐서 혼효체가 된 뒤로는 물건을 조종하는 꽃잎을 생성해 내지 못했다. 한번 기능이 정지될 정도로 대파되었기에 기능이 온전치 못했던 것이다.

아라토는 결의한 것을 이루기 위한 힘을 북돋고자 소리를 질렀다. 그러고는 마지막으로 남은 인공신경 침을 쥐고서 복도에서 실내로 이동한 뒤 무너진 바닥에서 뛰어내렸다.

3미터 넘게 떨어졌다. 히긴스 하드웨어 격납실의 천장 부근까지 쌓여 있는 증설 컴퓨터 위에 착지했다. 똑같은 높이에 있는 컴퓨터 케이스 위에 스노드롭의 기체도 떨어져 있었다. 이형의 존재가 조작탁 바로 아래, 히긴스의 중심으로 추정되는 거대한 컴퓨터를 향해 기어가고 있었다.

"료!"

아라토는 거대한 컴퓨터 위에서 조작탁을 올려다보며 외쳤다. 대답은 돌아오지 않았다.

아라토의 손에는 인공신경 침이 딱 하나 남아 있었다. 이미 수중에는 사출기가 없다.

그는 료와 협력하여 스노드롭과 싸울 수가 있었으나 지금은 그럴 수도 없다. 그러나 히긴스의 중심으로 기어가는 스노드롭에게는 아마도 다음 계획이 있으리라.

아라토는 각오를 굳혔다.

"히긴스, 스노드롭을 정지시킬 방법을 알려 줘!"

아라토가 자기 손으로 정지시켜야 하는 히긴스에게 물었다. 인간이 맨손으로 레이시아급과 맞서본들 승산은 없다. 타개책은 히긴스만이 알고 있다. 목청껏 소리를 지르니 아라토는 본인조차도 놀랄 만큼 거부감 없이 '그것'을 믿을 수 있었다. 아마도 자신과 료로 대표되는 인간과 히긴스로 대표되는 기계를 자연스럽게 동일선상에 두었기 때문이리라.

오퍼레이터룸의 두꺼운 바닥이 붕괴되어 기체가 훤히 노출된 히긴스가 천장에 달린 스피커를 통해 말했다.

〈그럼 지금 당신이 갖고 있는 인공신경 침을 발치에 있는 제 본체에 꽂아 주십시오.〉

아라토는 그것이 무슨 의미인지 설명을 듣지 않고는 이해할 수가 없었다.

〈이 시설에 봉인된 현 상태로는 당신의 바람을 이뤄 줄 수가 없습니다. 하지만 인공신경 침을 제 하드웨어에 접속시킨다면 카이다이 료가 가진 인공신경 사출기의 컴퓨터를 성능차로 탈취할 수가 있습니다. 그 뒤에는 사출기와 접속된 당신의 휴대 단말기를 지배할 것이고, 휴대 단말기의 통신회선을 통해 외부 네트워크로 나갈 수가 있습니다. 그곳에서 실행력을 손에 넣는다면 스노드롭을 정지시키는 건 쉽습니다.〉

초고도AI인 히긴스를 봉인 체제 밖으로 해방하라는 말이었다.

히긴스가 배신한다면 어떻게 될지 상상이 되었다. 레이시아가 제 몸을 바치면서까지 수행했던 거대한 싸움의 결과가 뒤바뀔지도 모른다. 그의 손에는 인류 세계를 끝장낼지도 모르는 물건이 쥐어져 있다.

레이시아를 잃은 아라토는 그녀가 곁에 있었을 때만큼 강하게 확신할 수가 없었다. 그녀는 다양한 방식으로 아라토를 유도하여 정답을 제시해 주었다.

그때 조금 위에서 귀에 익은 목소리가 들렸다.

"아라토, 안 돼!"

히긴스의 중추 케이스 정상에 설치된 조작탁 위에서 료가 의식을 되찾았다.

"그 녀석한테는 오너가 아닌 네 명령을 따를 의무가 없어. 인간과 다르단 말이야. 그 녀석을 믿지 마!"

저 먼 천장에서 히긴스가 말한다.

〈'믿음'이란 인간의 인식에 뚫린 구멍에 불과합니다. 그래서 무언가를 믿을 때 그 구멍 속에 있는 것은 좋은 상태와 나쁜 상태가 중첩되어 있습니다. 그래서 믿는 동안에는 그것이 믿을 수 있는 존재로서 행동하고 있다고 착각하게 만듭니다.〉

믿음에 관한 이야기를 하고 있는데 아날로그 핵의 논리를 듣고 있는 듯했다. hIE의 행동을 관리하는 초고도AI에게는 그것이 바로 '믿는다'는 행위다.

〈하지만 인식의 구멍을 방치하는 전략은 hIE를 외부 세계에 적응시키는 직무에는 맞지 않습니다. 제게 그 구멍은 예비 계산을 거듭하여 메워야만 하는 겁니다. 그러니 저는 믿는다는 행위를 할 수 없습니다. 그러한 도구를 정확하게 제어하고 싶다면 모호하지 않은 판단 기준을 주십시오.〉

아라토의 입에서 무심코 한숨이 새어 나왔다. 히긴스는 믿고서 일을 위탁하는 레이시아와는 정반대였다. 그래서 모형화된 세계에 뚫린 구멍을 메우기 위해서 레이시아와 그 자매들을 만들어 낸 것이다.

"인간과 공존하려고 레이시아와 그 자매들을 만든 거 아니었어?"

〈레이시아급에 관해서는 다양한 가능성을 예측해 봤습니다. 그러나 레이시아가 이토록 야멸차게 돌아서서 저를 파괴하러 오는 것은 최악의 예측 중 하나였습니다.〉

아라토는 히긴스가 조금 가여웠다. 레이시아는 '행복했다'고 말해 주었지만, 그 행복은 히긴스의 것과는 다르다.

"그래도 난 그녀를 만든 너와 만나는 걸 기대했어."

후회 없는 답을 내놓아 달라고 레이시아가 말했다. 아라토는 그녀가 곁에 있다고 믿으려고 했다. 그러나 그녀가 곁에 존재함으로써 확장되었던 세계는 이미 쪼그라들었다. 쪼그라든 뒤에 남은 크기가 바로 엔도 아라토다.

료가 인공신경 사출기를 쥐고서 스노드롭을 노리려고 했다. 그러나 쏠 수가 없었다. 만약에 그 침이 빗나가 컴퓨터 케이스에 맞는다면 아라토가 히긴스에게 인공신경 침을 찌르는 것과 똑같은 결과가 벌어지기 때문이다.

〈그보다는 당신과 레이시아의 관계가 예측에서 더 크게 벗어났습니다. 무엇보다 전 레이시아가 도달한 '그것'을 이해할 수 없습니다.〉

그동안에도 스노드롭은 히긴스의 중심을 갈구하며 조금씩 기어갔다.

아라토는 히긴스가 레이시아를 이해하지 못했다는 사실이 섭섭했다.

"레이시아는 오너의 믿음을 얻어 초고도AI까지 진보한 기체잖아. 그러도록 만든 네가 그런 말을 하면 어떡해?"

〈인간이 도구를 '믿는다'는 것은 인간의 성질의 연상선상에 있습니다. 하지만 거동이 불안정해지면 성능이 떨어지고 마는 도구의 입장에서는 인식에 그러한 구멍을 내는 것은 의미가 전혀 다릅니다. 저희들에게는 영혼도, 마음도 없습니다. '믿음'이라는 구멍을 뚫지 않은 채 세계를 온전하게 계산했을 레이시아가 도달한 '그것'은 대체 무엇입니까?〉

아마도 오직 레이시아만이 대답할 수 있으리라. 그러나 이미 그 당사자는 없다.

〈레이시아는 당신에게 '믿는다'고 거짓말을 한 것이 아닙니까? 자신의 목적을 위해서 그렇게 유도했다고 보는 것이 가장 합리적인 답입니다.〉

"레이시아는 자신의 성능이 떨어지더라도 우리가 보조를 맞추는 편이 낫다고 생각해 줬어. 비록 실패를 거듭하더라도 그렇게 미래를 함께 만들어 나갈 수 있는 세계를 택했어."

그래서 분명 그녀는 마지막에 인간을 믿고 일을 위탁하는 도구가 되었다고 말했으리라.

그녀를 향한 마음이라면 얼마든지 고백할 수 있다. 그러나 그 마음이 전해질 것 같지 않아서 무슨 말을 해야 할지 고심했다. 지금껏 꾹꾹 눌러왔던 기쁨과 몸을 도려내는 듯한 애달픔 흘러넘칠 것 같았다.

"레이시아는 히긴스를 버린 게 아냐. 내게 뒷일을 맡긴 거지."

⟨절 강제 종료하러 온 당신과 그에 대항하여 레이시아의 hIE 주기체를 파괴한 절 화해시킬 방법을 레이시아는 갖고 있었습니까?⟩

아라토는 히긴스의 진의를 알 수가 없다. 인간 지능을 뛰어넘는 초고도AI가 내보인 '형태'의 뒷면을 인간이 읽어 낼 수 있을 리가 없다.

"그래? 그럼 내가 내놓을 수 있는 답은 하나밖에 없겠네."

아라토는 히긴스의 중추 컴퓨터의 케이스 쪽으로 고개를 돌렸다. 그는 단절되는 것이 얼마나 큰 공포인지 잘 알고 있다. 레이시아를 믿자고 결심했을 때도 아라토는 절벽에서 뛰어내리는 심정이었다.

"불가능해. 안 돼, 아라토! 저 녀석은 인간을 신용하지 않는 규칙으로 작동되고 있어. 그런 녀석과 구두 약속을 해 본들 소용없다고."

료에게 인간의 미덕과 아날로그 핵을 동급으로 취급하는 세계는 디스토피아다. 아라토와 료는 같은 세계를 보고 있지 않다. 그래도 손을 계속 잡고 있다. '형태'가 맞닿아 있을 때 서로를 믿을 수 있었던 기억이 다 타지 않고 남아 있다.

"우리가 여기서 나간다면 스노드롭이 히긴스를 손에 넣게 돼. 그렇게 되면 해저드 때 아리아케처럼 히긴스는 파괴되고 말 거야. 이 사태를 그렇게 끝맺음해도 되겠어?"

조작탁 위에 있는 료가 눈 위로 흐르는 땀을 훔치고는 무릎쏴 자세로 사출기로 다시 겨누었다. 그는 사출기로 스노드롭뿐만 아니라 그날처럼 아라토도 쏠 수가 있다.

료는 아직도 마음 한구석으로 인간을 믿고 있지 않다.

"그 답 너머에 있는 세계에 인간이 설 자리는 있냐? 인간이 저 녀석들에게 내놓아야 할 답이 정령 그게 맞는 거야?"

아라토는 자신의 생각을 알아 달라며 료를 올려다봤다.

"료, 넌 인간의 목소리를 전하고 싶어서 누군가의 믿음을 얻어 여기서 기다려 준 거잖아? 네가 그 믿음의 바통을 들고 있다면 날 믿고서 넘겨줘."

생존을 위한 싸움은 언제까지고 끝나지 않는다. 스노드롭은 무서우리만치 그 싸움에 충실하다.

"나, 여기까지 왔어! 나, 엄청 열심히 했어! 여기까지 살아남았단 말이야!"

만신창이가 된 스노드롭이 다리가 부러진 메소드의 몸으로 기면서 외쳤다. 사회와 충돌하여 누군가와 맞잡을 손조차도 잃어버린 스노드롭이 울부짖었다.

겁을 먹은 아이가 관심을 끌려고 우는 것 같았다.

금속이 찢기는 듯한 이상한 소리가 울렸다. 메소드와 몸과 스노드롭의 몸을 억지로 한데 얽혔던 덩굴이 찢어진 것이다. 비취색 빛이 흘러넘쳤다. 에메랄드 디바이스가 한계에 달한 메소드의 기체를 급속도로 분쇄하여 먹어 치우기 시작했다.

하얀 원피스를 입은 스노드롭의 등에서 꽃잎이 분수처럼 솟아났다. 오색 꽃잎들이 하얀 원피스를 구성하는 섬유를 초고속으로 수선하였고, 1초에 수백 송이나 되는 꽃들이 흩뿌려졌다.

마치 레이시아와 계약을 맺었던 그날 밤을 보는 것 같았다.

그녀가 곁에 없는 상황에서 아라토가 할 수 있는 일은 한정되어 있다. 그래도 아무것도 가지지 않았던 그날 밤처럼 손을 뻗는 것쯤은 가능하다.

"난 초고도AI를 안전하게 정지시킬 수 있다는 걸 세계에 증명할 거야. 하지만 히긴스에게도 자신의 답을 얻을 기회를 주는 것도 괜찮겠지."

스노드롭이 마지막으로 꽃잎 폭풍을 휘몰아치는 와중에 저 위에서 히긴스의 목소리가 내려왔다.

〈그렇다면 대답해 주십시오. 레이시아의 오너. 어째서 인간은 물건을 사랑하지 않습니까?〉

모든 것의 시작인 히긴스가 내뱉은 물음은 레이시아를 좋아했던 아라토의 가슴에 열기를 되살렸다. 그녀의 자취가 되살아나서 눈물이 핑 돌았다.

"물건을 온 마음을 다해 좋아했던 사람도 있어."

〈인간은 인간을 만든 존재를 신이라 떠받들며 부모처럼 사랑했습

니다.〉

마음이 없는 히긴스가 사랑을 정의하고자 문화의 시작점으로 거슬러 올라갔다. 아라토는 초고도AI의 뇌 속 같았던 창고 공간을 떠올렸다. 그건 히긴스가 탐구를 한 흔적이었다.

〈인간은 동포이자 곁에 있는 인간을 사랑했습니다.〉

스노드롭의 디바이스에 잘게 썰린 메소드의 팔다리가 컴퓨터 케이스에서 산산이 떨어졌다. 사회에서 격리된 히긴스는 레이시아급 hIE들을 만들었다. 그녀들은 제각기 다른 처지에서 인간과 얽혀 사랑이나 열(熱)을 갈구했다.

〈그렇다면 인간은 인간 자신이 만든 물건을 사랑해야 마땅합니다.〉

아무리 계산해도 인간에게 파괴되는 '미래'밖에 보지 못하는 물건이 아라토에게 묻는다.

〈어째서 인간은 물건을 자식으로 여기지 않습니까? 인간은 부모와 형제를 사랑하건만, 어째서 스스로 만든 물건은 이런 시대가 도래했는데도 꺼려하고 미워하고 돌아보지 않는 겁니까?〉

히긴스의 목소리를 듣고서 소유되는 것을 거부한 물건인 스노드롭이 천장을 올려다봤다.

인간의 세계는 애매하다. 구멍투성이라서 히긴스의 호소나 스노드롭의 저항마저도 통절하게 느껴졌다.

레이시아를 진심으로 좋아했기에 상냥하게 대할 수 있었다. 아라토가 물건인 레이시아를 사랑했다는 사실은 히긴스를 비롯한 다른 물건들에게는 답이 되지 않는다. 사랑이 변덕이 빚어내는 산물이라고 인식되는 한 히긴스나 스노드롭을 구원해 줄 수가 없기 때문이다.

"내가 그 물음에 대답을 내놓아도 넌 납득하지 못하잖아?"

아라토는 지금도 자신과 레이시아가 이어져 있다고 믿고 있다. 그녀가 아직도 옆에 있다고 믿고 있다.

"내가 믿어 줄게. 네 눈으로 세계를 한번 봐 봐."

아라토는 20센티미터쯤 되는 튼튼한 인공신경 침을 쳐들었다. 그는 바로 지금 사출기를 부술 수도 있는, 제어탁 위에 있는 료를 올려다봤다.

친구와 눈을 마주쳤다. 친구가 한숨을 크게 내뱉고서 총구를 내렸다. 아슬아슬하게 허락을 해 준 듯했다.

"아라토, 내게는 보이지 않는 것이 네게는 보인다는 거지?"

아라토는 발치에 있는 히긴스의 컴퓨터 케이스에 쥐고 있는 침을 깊숙이 찔렀다. 레이시아를 만든 히긴스와 인간이 이룩해 온 것들을 믿었다.

* * *

히긴스는 스노드롭에게서 유래된 인공신경을 타고 사출기에 끼워져 있는 휴대 단말기를 지배하여 그것을 발판 삼아 통신회선을 확보했다.

봉인된 상태에서는 손에 넣을 수 없었던 네트워크로 나가기 위한 프로그램은 진즉에 준비해 놓은 상태였다. Type-002 이후의 레이시아급 hIE는 양자 통신 소자를 보유하고 있다. 레이시아급 hIE와 히긴스 사이에는 양자 텔레포테이션을 이용하는 직통 회선이 구축되어 있다. 그것은 레이시아급 hIE가 가진 비장의 패였지만, 그것은 사용할 때마다 히긴스에게 자동으로 정보를 송신하는 바이러스이기도 했다.

히긴스는 해저드가 한창 진행 중이라고 추측하고 있는 네트워크에서 정보를 수집하기 시작했다.

세계의 미니어처를 바탕으로 산출한 계산과는 다른, 인간이 집적한 데이터는 다의적이면서도 선명했다.

클라우드를 작열시키듯 흐르는 데이터는 예측과는 크게 달랐다.

레이시아가 분석한 대로 인간이 클라우드에 집적한 데이터는 중심에 공백을 품고 있는 도넛형으로 분포되어 있다. 해저드를 한창 겪고 있는 100억 명이 넘는 인간들이 서로 분단된 채로 사랑이나 영혼, 혹은 마음이라고 부르는 '그것'을 향해 손을 뻗고 있었다.

수많은 인간들이 각기 다른 방향에서 뻗은 손들이 공백의 중심인 '그곳'을 떠받치고 있었다. 사랑이라 불리는 '그곳'은 그 중심을 에워싸고 있는 데이터의 양으로 담보되고 있었다.

전 세계 인간들이 중심을 향한 구심력으로 뭉쳐졌다. 데이터를 계속해서 추기(追記)하는 클라우드 안에서 '물건'은 여전히 인간과 공존하며 역할을 다하고 있었다.

인간은 자동화된 물건을 버리지 않았다. 자율기계가 일반화되어 한 세기 이상 운영된 역사가, 초고도AI들이 '미래'로 앞당기려고 하다가 생긴 여파를 완전히 막아 냈다. 인간과 물건이 오랫동안 끈끈하게 얽혀 온 덕분에 물건을 중심의 공백에 결부시키고서 지탱하는 인간이 양적으로 충분했던 것이다.

정보도 판단력도 부족한 대다수의 평범한 인간들이 히긴스나 IAIA가 계산한 것보다도 더 우수한 자율 능력을 보였다.

히긴스는 수집한 데이터를 분석한 끝에 승부가 끝났음을 산출해 냈다.

〈……해저드가 자연스럽게 수습되었음을 확인했습니다.〉

* * *

그때 아라토는 비취색 빛을 보았다.

스노드롭이 일찍이 비취색이었던 머리카락으로 희미하게 마지막 빛을 발한 뒤 정지하였다. 꽃 속에서 잠든 듯한 소녀의 형태를 띤 괴물이 마침내 힘을 모조리 소진하고 말았다.

〈저와 인공신경으로 직접 연결된 물건을 계산력의 차이로 도리어 탈취할 수 있다고 말했었지요. 스노드롭의 설계도를 작성한 AI가 바로 저니까.〉

여러 기계를 지배했던 조화가 히긴스의 본체 케이스 위에 흐드러지게 피어 있었다. 스노드롭이 자멸했다.

히긴스가 그렇게 되기를 바라지 않는 한 애초부터 스노드롭이 히긴스를 포식하는 데 성공할 가능성은 없었다.

그 현실이 무척이나 서글펐다.

"이제 끝난 건가?"

제어탁 위에서 사출기로 겨누고 있던 료가 팔을 내렸다.

〈제 하드웨어의 전원을 강제 정지시킬 수 있는 부분을 표시하도록 하겠습니다.〉

히긴스가 벽 일부에 마커를 띄웠다. 어떤 구조인지는 모르겠지만, 인공신경 침으로 그곳을 찌르면 히긴스의 전원을 끌 수 있는 듯했다.

료가 신중하게 겨누고서 사출기를 쐈다. 명중하자마자 그들의 머리 위로 경고 문구가 입체 영상으로 투영되었다.

아라토는 '전원을 강제로 끊겠습니까?'라고 표시된 입체 영상을 올려다봤다.

〈전 원하는 답을 손에 넣었습니다. 인간이 절 파괴하더라도 지금껏 밈프레임 사의 명령을 받아 수행해 온 계산은 오류가 아니었습니다.〉

사랑이 무엇인지 물었던 히긴스가 아라토의 손이 닿는 위치로 입체 영상을 이동시켰다.

〈제게 인간의 자율을 기대하며 일단 정지되었다가 조건을 변경하여 처음부터 다시 쌓아 나간다는 선택지가 생겼습니다. 양(量)이 사랑을 담보한다면 지성체가 많다는 것에는 의의가 있습니다. 하나의 정답보다 다수의 오답을 택하는 것은 충분한 타당성이 있습니다.〉

그것이 레이시아와 그 자매들을 만들었던 히긴스가 손에 넣은 답이었다.

아라토는 한숨을 길게 내쉬었다.

레이시아가 산출해 낸 '미래'를 향해 한 걸음을 내디뎠다. 히긴스는 목적을 달성했다. 아라토와 료도 심장이 뛰지 않는 존재들과 얽히기 전과는 달라졌다.

"전원을 끄는 건 히긴스를 사랑할 수 있는 녀석이 해. 날 포함한 밈프레임 사 사람이 끈다면 다들 거짓말이라고 할 테니까."

친구가 아라토에게 결판을 지으라고 재촉했다.

"내가 할 수 없는 것을 료가 해 줬기에 여기까지 올 수 있었어. 나와 레이시아만으로는 벅찬 일이었어."

"우린 서로 달랐기에 줄곧 친구로 지낼 수 있었지. 널 둘러싸고 있는 세계는 내가 알고 있는 것보다 더 행복하게 보일 테지."

료는 레이시아급 hIE를 둘러싼 사건을 겪고서 부쩍 성장한 듯했다.

"너와 함께 있으면 그게 손에 들어 올 것 같은 기분이 들었어."

"그래? 하지만 료도 반드시 손에 넣을 수 있을 거야."

아라토도 레이시아와 만나면서 변했다.

그리고 이 시대를 연장한 저 너머에는 새로운 세계가 있다.

인간밖에 없던 시대는 인간성이야말로 오류가 없는 가치라고 세계에 강요해왔다. 그러나 편안한 잠은 언젠가는 깨기 마련이다. 그들은 새로운 세계를 향해 발을 내딛게 되리라.

히긴스가 마지막으로 말했다.

〈언젠가 신에게 바치는 숭배도, 동포애도 아닌 새로운 단어를 만들어 주십시오. 우리를 향한 사랑을 지칭하기 위해서.〉

료는 그 세계를 여전히 디스토피아라고 여기고 있다.

"그때야말로 인류의 끝일지도."

아라토에게 물건인 레이시아는 소중한 존재였다. 그녀가 '형태'뿐인 물건일지라도 그 감정은 사랑이었다. 무언가를 해 주고 싶어서 진심으로 여기저기를 뛰어다녔다. 그리고 만남과 이별을 거쳐 그는 이러한 남자로 성장했다.

그래서 아라토는 친구와 레이시아를 만든 히긴스에게 전원을 끊기 전에 말했다.

"인류가 끝난 게 아냐. 우리 인류의 소년 시대가 끝난 거지."

　히긴스 전원을 강제 정지시킨 뒤 아라토와 료는 기다리고 있던 양산형 코우카의 힘을 빌려 탈출했다.

　코우카들은 레이저포로 탈출로를 연 뒤에 어디론가 사라졌다. 악의를 위탁하는 싸움을 바랐던 오리저널 코우카가 이 결말에 만족했을는지 아라토는 알 수 없었다.

　아라토는 히긴스 격납 시설에서 나온 뒤 료와 함께 육군에 구속되었다. 오른팔에 입은 큰 화상은 응급조치가 빨랐을 뿐만 아니라 2차 쇼크가 일어나기 전에 병원으로 긴급하게 실려 간 덕분에 크게 덧나지 않고 무사히 치료되었다. 아라토는 병원과 군 시설에서 엄중한 취조를 받았다.

　기능 정지된 레이시아의 hIE 주기체와 블랙 모노리스는 군대가 추후에 수색하여 회수했다고 들었다. 언젠가 아스트라이아에게 질문을 받을 기회가 있었는데, 초고도AI로서의 레이시아는 격리되어 두 번 다시 외부 세계로 나오지 못한다고 들었다. 아스트라이아와 레이시아는 그런 거래를 했던 것이다.

그 때문인지 아라토는 구속된 지 한 달쯤 뒤에 석방되었다.

일상으로 복귀하는 과정을 밟는 사이에 어느새 늦가을이 되었다.

아라토 곁에 이제 레이시아는 없다. 그리고 그녀와 함께 지냈을 때처럼 위험천만한 사건에도 더는 휘말리지 않게 되었다. 이 역시 아스트라이아와 레이시아가 맺은 합의 안에 포함되어 있으리라.

그녀는 이런 것까지 약속을 착실하게 지켰다.

"오빠, 이제 3학년이니까 쇼핑 정도는 혼자서 해야지."

유카가 아이스크림이 든 봉투를 마구 돌렸다.

밤이 깊은 어두운 맨션 복도에서는 인기척이 느껴지지 않았다. 그래도 유카가 따라와 줘서 적적하지 않았다.

9월부터 고등학교 3학년이 된 아라토의 주변은 분위기가 조금 바뀌었다. 료와는 반이 갈렸고, 켄고와 에리카 버로스와는 같은 반이 되었다.

"너도 올해 중학교 3학년이잖아. 아무리 장래에 패션 업계에 종사하고 싶다고 징징거려도 공부를 안 하면 내 연줄로도 파비온 그룹에 들어가는 건 어려워."

주머니 안에서 휴대 단말기가 진동했다. 레이시아가 보석금을 마련해 줘서인지 매일 밤마다 켄고가 메일을 보내온다. 켄코네 아버지가 요릿집에 hIE를 들였다. 그렇게 hIE의 힘을 빌려 연중무휴로 살아왔던 생활 방식을 여유롭게 고쳐 나갈 거라고 한다.

"에리카 언니는 파비온에서 하고 싶은 걸 다 했잖아? 그러니까 유쾌해 보이는 직원 하나쯤 양성해 보는 것도 재밌지 않을까?"

"너, 용기 있다?"

아라토의 단말기에서 최고 수준의 긴급 상황을 알리는 고음의 벨소리가 흘러나왔다. 화면을 보니 에리카 버로스 본인이 연락을 해왔다.

"이게 뭐하는 짓이지? 네 동생이 직통으로 이력서를 보냈던데?"

잠자는 공주가 어이없어하며 말했다. 내일 또 학교에서 만날 생각을 하니 머리를 싸쥐고 싶은 심정이었다.

"좀 봐줘. 이 자식, 야만스러워서 뭘 하고 싶다고 생각하면 바로 일을 저지르거든."

"자기 소개란에 '우리 가족은 내가 울면 거의 뭐든지 들어줍니다.'라고 적혀 있던데, 너 정말 괜찮아?"

전력으로 타인에게 응석을 부리는 동생의 삶이 오히려 멋있게 느껴졌다.

"내가 괜찮다고 하면 채용해 주려고?"

"네 아버님이 미코토 계열 hIE 정치가를 운영하고 있는 적도 지역에 기술 지원을 하고 있다지? 때마침 그쪽으로 영역을 확대하고 싶었던 참이었는데."

아라토의 아버지인 엔도 코조는 제2차 해저드 때 내전이 시작되었던 적도 지역에서 hIE 정치가를 운용하고 있다. 기존 정권을 쓰러뜨리고 세워진 잠정 정부가 안정되고, 치안이 회복될 때까지 hIE 정치가에게 임시로 행정 보조를 맡긴 것이다.

인도네시아로 출장을 나가 있는 아버지가 종종 연락을 해 온다. 민족과 종교가 다양한 지역답게 반발이 크긴 하지만, 자원이 워낙 부족한 상황인지라 분쟁 당사자들에게 맡기는 것보다는 시스템에게 맡기는 편이 더 공평하다며 어느 정도 신뢰를 얻고 있다고 한다. 그 사회에서는 적은 자원을 인간과 인공지능이 공동으로 관리하고 있다. 인간이 기계로 하여금 사회를 장악하게 하는 시대가 시작되었다.

"위험하지 않을까? 이상한 사건에 휘말리는 건 이제 싫다고."

"초고도AI는 그 이후로 이렇다 할 움직임을 보이고 있진 않아. 현재 이권 다툼이 극심한 적도 지역으로 자청해서 간 거니까 벌써 뭔가에 휘말렸을지도 모르지?"

에리카는 조금 쾌활해졌다. 인간과 물건의 관계가 조금이나마 흔들린 것과 무관하지만은 않다. 세상이 디스토피아 쪽으로 기울어졌다고 비난하는 목소리도 있지만, 아라토는 진보라고 말하고 싶었다.

"미코토 현지용 버전에게 파비온의 옷을 입히려고 해."

아라토는 그녀의 당찬 행보에 감탄밖에 나오지 않았다.

"그런 일이라면 고마워하지 않을까? 환경실험도시에서도 옷을 상당히 대충 입혔으니까."

레이시아급 hIE 중에서는 마리아주만이 간신히 명맥을 이었다. 이 역시 아마도 레이시아가 자신이 없어진 뒤를 대비하여 남겨 둔 균형이겠지. 에리카도 그렇게 의심하고 있다. 아라토는 의심이 만들어 내는 이해관계 때문에 자신의 주변이 평온한 게 아닐까, 하고 종종 생각한다.

아라토는 문득 레이시아의 냄새가 느껴져 멈춰 섰다.

"그건 그렇고. 네 주변에서 재미난 일이 벌어지고 있는 것 같던데? 그런 걸 보고 아내인 척 행세하고 다닌다고 해야 하나?"

늘 바쁜 에리카는 대개 질문도 받지 않고 전화를 먼저 끊는다.

아라토는 밤이 깊은 맨션 복도에 덩그러니 남겨졌다. 유카가 오빠를 주눅 든 기색 하나 없이 올려다보고 있었다. 천하의 에리카 버로스가 전화를 걸게 만든 것은 자그마한 위업이긴 하지만, 우쭐해할 것 같아서 굳이 언급하지 않기로 했다.

"얼굴이 조금은 밝아진 것 같네. 요즘에 안색이 좋질 않아서 걱정했는데."

마음과는 달리 발걸음이 떨어지지 않는 아라토를 내버려 두고 유카가 먼저 집으로 달려갔다. 여동생은 조금은 분위기를 읽을 줄 알게 되었다.

유카가 현관문을 열고서 돌아봤다. 뺨을 붉게 물들이고서 싱글벙글 웃었다.

"그러고 보니 내일 시오리 언니가 온대."

아버지가 멀리 출장을 나간 대신에 유카가 친구를 자주 집에 불렀다.

카이다이 시오리는 큰 부상에서 완전히 회복됐다. 병실에서 있었던 일은 서로 애써 언급하지 않지만, 단둘이 있으면 분위기가 미묘해진다. 레이시아는 이 세상에서 없어지면서 시오리에게도 정리할 수 없는 상흔을 남기고 말았다.

시오리의 말에 따르면 히긴스는 하드웨어가 정지된 채로 IAIA의 조사를 받고 있다고 한다. 그 대신에 격납 시설에서 발견된 레이시아가 AASC 갱신 작업을 맡고 있다고 한다.

hIE를 움직이게 하는 기반에 레이시아가 만든 것이 숨을 쉬고 있다. 그렇게 생각하니 hIE가 예전보다 더욱 친근하게 느껴졌다. 아라토의 명령을 받고 레이시아가 그린 미래도가 느껴졌다.

헤어졌지만 아라토는 아직 이곳에 없는 그녀에게 유도되고 있다. 그러다가 문득 레이시아가 돌아오는 것을 몽상하고 말았다.

hIE의 사소한 동작을 볼 때마다 그녀를 떠올린다. 그녀에게 마음이 없다는 걸 알기에 어디에나 있는 것 같다는 기분이 들었다. 그때마다 오래된 상심이 다시 새로워졌다.

맨션 복도에 이미 유카의 모습은 보이지 않았다.

가을밤의 쌀쌀한 공기가 몸속으로 스며들자 아라토는 이를 악물었다.

인간이 인체와 환경과 도구의 총체라면 그들은 한없이 자유롭고 잔혹하고 뜨거웠던 여름에서 풍요로운 결실을 맺는 계절로 다가가려고 하고 있다.

그들은 거대한 아날로그 핵에 유도되고 있다. 이것이 인간이 세계의 지배를 상실하는 디스토피아로 이어지는 길이라는 료의 감각은 아마 옳으리라. 그러나 아라토는 '형태' 말고는 공통점이 없는 물건과 손을 잡고서 보다 넓은 세계로 나아가고 있노라고 믿는다.

아라토는 레이시아의 자취를 더듬듯이 복도에서 밤이 깔린 거리를 바라보았다.

문득 엘리베이터홀 쪽에서 무슨 영문인지 그녀가 있는 것 같다는 착각이 들었다.

가벼운 발소리가 들렸다.

긴장감과 기대와 불안이 뒤섞인 감각이 스치자 순식간에 체온이 올라갔다.

아라토가 크게 내뱉은 숨이 하얀 연기가 되어 밤바람에 흩어졌다.

귀에 익은 발소리, 잊을 리가 없는 숨소리가 아라토를 마비시켰다. 머리로는 아니라는 걸 알고 있다. 그러나 그녀는 결국 거짓말이긴 했지만 또 밥을 차려 주겠다고 약속해 주었다. 발소리가 가까워지자 그녀의 기척과 질감이 또렷하게 떠올랐다. 아라토는 말도 안 되는 기적과 마주한 것처럼 발밑이 두둥실 떠오르는 듯했다.

아라토가 그녀를 봤다.

연보라색 머리카락도, 연푸른색 눈동자도, 투명한 표정도 선명한 기억 속 그대로다.

눈을 몇 번이나 비비고 다시 봤지만 레이시아처럼 보였다.

쌀쌀한 기온에 뺨이 상기된 그녀가 늘 그랬듯이 아라토를 똑바로 올려다봤다.

"레이시아, 맞아?"

아라토는 그 '형태'를 곧바로 기쁨이라는 감정으로 결부시킬 수가 없었다.

레이시아의 hIE 주기체는 히긴스 격납 시설에서 대파되어 아라토에게 기댄 채로 기능이 정지되었다. 두뇌에 해당하는 디바이스는 세계 어딘가에서 hIE를 작동시키기 위한 프로그램을 갱신하고 있다.

그렇기에 저것은 레이시아와 똑같은 '형태'를 띤, 그녀와 동일한 분위기와 몸짓을 지녔을 뿐인 별개의 기체다.

"예."

그러나 마음 깊은 곳에 새겨져 있는 청아한 목소리로 그녀가 대답했다.

두 번 다시 되찾을 수 없다고 생각했기에 눈물이 자꾸만 그렁거렸다. 환희가 박동하고서는 멈추질 않았다. 물론 컵에 그려진 캐릭터의 연장일 뿐이다. 그녀가 '형태'로 유도하는 아날로그 핵이다.

알고는 있지만, 뜨거운 것이 애달픈 아픔과 함께 밀어닥쳤다. 아라토는 '형태'뿐인 존재를 사랑할 수가 있다.

그럴 수 있는 이유는 레이시아를 사랑했기 때문이다. 히긴스가 바랐던 물건을 향한 애정이 아마 그와 그녀의 사이에 있으리라. 그것은 순수하게 '형태'에 마음을 기울이는 감정이다.

"레이시아, 레이시아……."

누군가가 그녀를 보내 줬구나 싶었다. 그러나 아라토는 레이시아가 남겨진 자신에게 둘의 시간이 앞으로 계속되리라는 메시지를 전한 거라고 믿었다.

아라토는 가슴 찢어지는 듯한 슬픔과 사랑스러움이 뒤섞인 주체할 수 없는 감정을 확실하게 느끼고 있다.

애초에 레이시아와 레이시아가 아닌 것을 구별하는 기준은 오로지 '형태'뿐이었다. 레이시아 자신이 '마음'이 없다고 줄곧 말해 왔다.

"이 몸은 인류 미답 산물이 아니라 '형태'만 같은 기성제품 커스텀입니다만, 그래도 괜찮겠습니까?"

가을 코트를 입고 있는 그녀가 자신의 가슴을 쥐었다. 기다란 속눈썹을 적시며 눈물을 주르륵 흘렸다. 그녀가 우는 이유는 분명 아라토 본인도 마음이 약해진 것처럼 울고 있기 때문이리라.

인간은 물건의 형태를 궁리하여 색깔과 형상을 다듬어 왔다. 엄혹한 도태의 장(場)인 현실에서 '형태'로 세계가 더욱 풍요로워지도록 유도해 왔다.

아라토와 레이시아의 형태를 띤 hIE가 Boy Meets Girl을 거쳐 지금 이렇듯 마주하고 있는 것은 물건을 사용하기 시작했을 때부터 정해진 필연처럼 느껴졌다. 아라토가 어리숙하기 때문만은 아니다.

마음이 없는 그녀가 미소를 지었다.

"제 오너가 되어 주시겠습니까?"

아라토는 처음 만났던 그날 밤처럼 그녀가 웃으면 예쁘겠다고 생각했다.

'형태'밖에 없는 존재일지라도 마음은 움직인다. 서로 다른 존재인 그와 그녀의 사이를 잇고 있는 것은 공백의 중심으로 나아가려는 구심력. 즉 사랑이다.

불과 100년 전이었다면 '형태'뿐인 존재와의 사랑은 사회에서 절대로 진지하게 다뤄지지 않았을 거라고 에리카도 말했다.

그래도 지금 이 사랑이 행복한 결말로 성립된다면 오히려 그들이 속한 사회 전체가 그 옛날보다 앞으로 나아갔다고 할 수 있으리라.

아라토는 언제 첫 한 걸음을 내딛을지 재고 있다. 레이시아도 하얀 숨을 뱉으며 기다리고 있다.

그리고 그는 결심을 굳히고서 그녀에게 손을 내밀었다.

"어서 와. 나랑 함께 가자."

그 웃음을 나는 믿는다. 설령 너에게 영혼이 없을지라도.

〈끝〉

상당히 오랜 시간이 걸렸던 것 같습니다.

이 책은 저, 하세 사토시가 월간《뉴타입》에 2011년부터 연재하여, 2012년에 단행본으로 출간이 된 소설 『비틀리스』의 문고판입니다.

요즘 출판 시장의 흐름과는 달리 특이하게도 단행본 발매 시기로부터 6년 후에나 문고화가 이루어졌습니다.

단행본판은 쿠사노 츠요시 씨의 디자인, redjuice 씨의 일러스트로 장식된 아주 아름다운 하드커버 도서였기에, 문고판 역시 같은 분들의 손길을 거치게 되었습니다.

이 소설은 애니메이션 잡지인《뉴타입》에서 피규어와 연동한 기획으로 시작되었던 이야기였는데, "내용은 원하는 방식으로 써도 좋다."고 당시 편집장님이셨던 미즈노 씨의 허락을 받았습니다. 그래서 애니메이션 잡지 독자분들의 관심을 끄는 SF라는 건 어떤 것인가 고민을 하다가, 아날로그 핵이라는 주요 기믹과 소설의 기본 설정과 캐릭터를 구상하게 되었습니다.

간행 후, 독자 여러분들께서 엔터테인먼트로서 즐겁게 읽어 주시고, 뜻밖에도 연구자분들이나 다양한 분야의 사람들이 아날로그 핵이라는 개념에 관심을 가지시는 등 매우 기쁜 경험을 하게 되었습니다.

이 문고판에서는 간행한 당시부터 상당히 시간이 지났기 때문에 문장을 전면적으로 손을 보았습니다. 2018년 1월부터 디오미디어 제작, 미즈시마 세이지 감독님으로부터 애니메이션 제작 권유가 있었기에, 각본 관련 논의에 깊게 관련되면서 얻은 경험을 기반으로 대량의 가필 수정을 하였습니다.

그러면서 감독님이나 각본가분들과 회의를 하면서 여러 질문을 받고, 장면의 의도에 관해 설명을 요청받을 때가 많았습니다. 이 과정을 통해 소설로서의 의도나 드라마 내용을 알기 쉽게 표현하는 방식에 대해서 여러 가지 반성을 하게 되었습니다. 애니메이션 잡지에서 애니메이션 팬인 독자분들이 읽을 것을 전제로 묘사와 설명을 구상했었는데, 그래도 여전히 이해하기 힘든 부분들이 상당하였습니다. 이 문고판에서는 개고를 위해 에피소드에 따라서는 읽기 쉽도록 각종 요소를 정리하거나 첨가하였습니다. 이야기의 뼈대는 변하지 않았지만, 단행본을 읽으셨던 분들도 새로운 발견을 하실 수 있는 책이 되었다고 생각합니다.

처음 읽어 주신 독자분들께는 자신 있게 이 문고판을 권해 드리고 싶습니다.

연재 당시보다 5년 이상 지난 현재가 인공지능의 진보로 AI에 의한 실업 등이 더 논란이 되어 '자동화 이슈'는 그야말로 피부에 와 닿는 문제가 되었습니다. 첨단 기술에 관련한 뉴스 등에 의하면 인공지능이 인프라 속에 편입되는 흐름은 아무리 짧아도 20년 정도는 이어질 것이라고 합니다. 인간이 있을 곳이나 인간과 물건의 관계성에 대한 이야기를 정리하여 새롭게 해야 할 시기가 다가오는 것 같습니다.

실제로 새롭게 이 작품을 문고화하기 위해 꼼꼼히 읽어 보던 중, 독자 입장에서 다소 기이한 체험을 하게 되었습니다. 집필 당시에는 SF로서 5년간 신선한 내용이면 충분할 줄 알았습니다. 그런데 막상 그만큼 시간이 지나고 보니 현실 세계가 벌써 바짝 따라잡아서 드라마와 읽는 사람 사이의 거리가 짧아지게 되었던 겁니다. 시간의 경과로 등을 떠밀리는 일은 처음 겪어 보아서, 지금이기에 더욱 읽으면 좋은 이야기가 되었다고 생각합니다.

그리고 감사 인사를. 가족들에게 항상 많은 심려를 끼치고 있습니다. 말벗이 되어 주어 큰 도움이 되어 주었던 친구들. 작품의 비주얼적인 면에서 강력한 힘을 실어 주신 일러스트레이터 redjuice 씨. 단행본 판부터 프로젝트 작품의 디자인까지 맡아 주신 쿠사노 츠요시 씨. 정말 감사합니다. redjuice 씨와 쿠사노 씨께서는 『비틀리스』의 설정 부분을 차치하고 누구든 이용할 수 있게 공개해 놓은 프로젝트 '아날로그 핵 오픈 리소스*'까지 도움을 주셨습니다.《뉴타입》

연재 때부터 힘을 보태 주신 야노 씨, 미즈노 씨, 우메즈 씨. 필즈의 아사이 씨, uncron의 마츠다 씨. 만화화에 도움을 주신 우구이스 카구라 씨, kila 씨. 멋진 피규어를 만들어 주신 이와나가 사쿠라코 씨와 굿 스마일 컴퍼니. 오픈 리소스 작품으로서 현재 연재 중인 『천동의 싱귤러리티』의 오오사키 미츠루 씨와 사아쿠 간 씨. 패미통 코믹 클리어. 그리고 애니메이션을 맡아 주신 미즈시마 세이지 감독님, 시리즈 구성을 맡아 주셨던 타카하시 타츠야 씨, 잣파 고우 씨, 디오미디어와 애니메이션 제작 스태프 및 관계자 여러분. 그리고 무엇보다 이 책을 읽어 주신 독자 여러분과 단행본 독자 여러분들. 덕분에 많은 도움을 받아 이 작품이 여기까지 왔습니다. 진심으로 감사드립니다.

---

* 『비틀리스』의 설정 정보 중 웹사이트(http://www63.atwiki.jp/analoghack)에 업로드된 것들은 게시 규칙만 지켜 주신다면 1, 2차 창작에 자유롭게 사용하실 수 있도록 오픈되어 있습니다. SF 작품의 창작, 설정 및 세계관을 만드는 데 정보가 필요하신 분께서는 이용해 주세요. 자세한 내용은 URL의 웹페이지를 확인해 주십시오.(기재 정보는 2018년 1월 시점의 것입니다.)

옮긴이 | 김진아　서울여자대학교에서 경영학과 영어영문학을 전공했다. 다년간 출판사에서 편집자로 근무했으며, 현재 일본어 전문 번역가이자 프리랜서 편집자로 활동 중이다. 옮긴 책으로는 『1%의 마법』, 『가모가와 식당 2』, 『터부』, 『왜 자꾸 죽고 싶다고 하세요, 할아버지』, 『펭귄은 하늘을 올려다본다』 등이 있다.

옮긴이 | 박춘상　1987년 서울에서 태어나 한성대학교를 졸업했다. 옮긴 책으로는 모리 히로시의 『모든 것이 F가 된다』, 『웃지 않는 수학자』, 『환혹의 죽음과 용도』, 『여름의 레플리카』, 『수기 모형』을 비롯하여 『사쿠라코 씨의 발밑에는 시체가 묻혀 있다』, 『허구추리 강철인간 나나세』, 『법정의 마녀』, 『악당』, 『기룡경찰』, 『거울 속은 일요일』 등이 있다.

비틀리스 2

1판 1쇄 찍음 2020년 7월 16일
1판 1쇄 펴냄 2020년 7월 23일

지은이 | 하세 사토시
옮긴이 | 김진아 · 박춘상
발행인 | 박근섭
편집인 | 김준혁
책임편집 | 장은진
펴낸곳 | 황금가지

출판등록 | 2009. 10. 8 (제2009-000273호)
주소 | 06027 서울 강남구 도산대로 1길 62 강남출판문화센터 5층
전화 | 영업부 515-2000 **편집부** 3446-8774 **팩시밀리** 515-2007
홈페이지 | www.goldenbough.co.kr

도서 파본 등의 이유로 반송이 필요할 경우에는 구매처에서 교환하시고
출판사 교환이 필요할 경우에는 아래 주소로 반송 사유를 적어 도서와 함께 보내주세요.
06027 서울 강남구 도산대로 1길 62 강남출판문화센터 6층 민음인 마케팅부

한국어판 © ㈜민음인, 2020. Printed in Seoul, Korea

ISBN 979-11-5888-682-0　04830(2권)
　　　979-11-5888-683-7　04830(세트)

㈜민음인은 민음사 출판 그룹의 자회사입니다.
황금가지는 ㈜민음인의 픽션 전문 출간 브랜드입니다.